KATE ROSS

Die Teufelsarie

Buch

Der lombardische Graf Lodovico Malvezzi ist ein Despot, der seine Familie mit eiserner Hand regiert. Seinem schwächlichen Sohn Rinaldo begegnet er mit Verachtung, weil dessen Frau Francesca ihn verlassen hat, und zwar ausgerechnet wegen des Opernsängers Valeriano, eines Kastraten. Seinen heillos überschuldeten Bruder Carlo behandelt er mit unverhohlener Häme. Einzig seiner bildhübschen zweiten Frau Beatrice bringt er Respekt entgegen, mehr aber auch nicht. Denn seine Liebe gilt der Musik, genauer gesagt außergewöhnlichen Stimmen. Seit Jahren schon protegiert er begabte, junge Sänger und läßt sie vom blinden Gesanglehrer Donati ausbilden. Auch Lodovicos neueste Entdeckung, ein junger Engländer mit dem Künstlernamen Orfeo, wird für Wochen in einer Villa am Comer See versteckt. Doch bevor Orfeo seinen großen Auftritt in der Mailänder Scala hat, wird sein Förderer ermordet. Orfeo verschwindet spurlos. Kein Wunder, daß die Polizei ihn für den Mörder hält. Sie vermutet ein politisches Motiv, denn Graf Lodovico hat sich als vehementer Verfechter der österreichischen Herrschaft über die Lombardei viele Feinde gemacht. Aus Furcht vor weiteren Attentaten wird Lodovicos gewaltsamer Tod vertuscht.

Vier Jahre später reist Dandy Julian Kestrel in die Lombardei und nimmt Kontakt mit der Familie des Grafen auf. Nach anfänglichem Entsetzen über die Tatsache, daß der Patriarch Lodovico einen gewaltsamen Tod fand, ist die Familie zu einer Zusammenarbeit durchaus bereit. Alles andere als erfreut ist jedoch die Mailänder Polizei, die noch immer felsenfest von einer Schuld Orfeos überzeugt ist. Doch der Gentleman-Detektiv Kestrel läßt sich nicht beirren und macht sich methodisch an die Arbeit. Daß jedoch auch die junge, schöne Witwe Beatrice zu den Verdächtigen gehört, macht ihm arg zu schaffen …

Autorin

Mit ihrem ersten Julian-Kestrel-Roman gelang Kate Ross ein Überraschungserfolg. Seither erfreut sich dieser unnachahmliche Dandy-Detektiv einer wachsenden Fangemeinde. Die Autorin lebte bis zu ihrem Tod im Frühjahr 1998 in Brookline, Massachusetts.

Im Goldmann Verlag außerdem lieferbar

Bis ins Mark (42552), Der zerrissene Vorhang (42791), Der Sturz des Engels (44093)

KATE ROSS

Die Teufelsarie

Roman

Deutsch von Birgit Moosmüller

GOLDMANN

Die Originalausgabe erschien 1997 unter dem Titel
»The Devil in Music«
bei Viking, New York

Umwelthinweis:
Alle bedruckten Materialien dieses Taschenbuches
sind chlorfrei und unweltschonend.

Deutsche Erstausgabe 11/1998

Umschlaggestaltung: Design Team München
Umschlagmotiv: Louis-Michel Van Loo
Satz: Uhl + Massopust, Aalen
Druck: Elsnerdruck, Berlin, Verlagsnummer: 44252
CV · Herstellung: Sebastian Strohmaier
Made in Germany
ISBN 3-442-44252-4

1 3 5 7 9 10 8 6 4 2

Eine Anmerkung zum Mailänder Dialekt

Bei der Lektüre dieses Buches sind die Leser über weite Strecken aufgerufen, so zu tun, als sprächen die Charaktere italienisch – oder, genauer gesagt, mailändisch, den alten Dialekt der Lombardei. Hin und wieder werden ein paar mailändische Worte benutzt, wie zum Beispiel *signor* für *signore, popola* für *signorina* und *palazz* für *palazzo.* Aber im großen und ganzen habe ich mich dafür entschieden, keine fremdsprachigen Worte in den Dialog einfließen zu lassen, es sei denn, sie werden im Rahmen einer nichtitalienischen Unterhaltung gebraucht. Ansonsten bin ich davon ausgegangen, daß sich die mailändisch sprechenden Charaktere gegenseitig nicht als »fremdsprachig« empfinden.

DIE NORDITALIENISCHEN STAATEN
IN DEN ZWANZIGER JAHREN
DES 19. JAHRHUNDERTS

N
W
E
S
LOMBARDEI-VENETIEN
Brescia
Venedig
PARMA
MODENA
Adria
TOSKANA
KIRCHENSTAAT

PERSONEN

Die Familie Malvezzi

LODOVICO MALVEZZI, ein mailändischer Marquis *(marchese)*
BEATRICE MALVEZZI, seine Frau
RINALDO MALVEZZI, Lodovicos Sohn aus einer früheren Ehe
FRANCESCA ARGENTI MALVEZZI, seine Frau
NICCOLÒ MALVEZZI, BIANCA MALVEZZI, ihre Kinder
CARLO MALVEZZI, Lodovicos jüngerer Bruder, ein Graf *(conte)*

Bedienstete der Malvezzis

ERNESTO TORELLI, Lodovicos Diener
GUIDO GENNARO, Carlos Diener
NINA CASSERA, Beatrices Zofe
BRUNO MONTI, TOMMASO AGOSTI, Lakaien
MATTEO LANDI, Gärtner
LUCIA LANDI, seine Tochter
ABBÉ MOROSI, Lehrer von Niccolò und Bianca

Die musikalische Welt

»ORFEO«, ein englischer Tenor
PIETRO BRANDOLIN (»VALERIANO«), ein männlicher Sopran
MAESTRO FILIPPO DONATI, ein Singlehrer und Komponist
ANTONIO FARESE (»TONIO«), Maestro Donatis »Auge« (1821)
SEBASTIANO BORDA, Maestro Donatis »Auge« (1825)
GASTON DE LA MARQUE, ein Musikliebhaber

Britische Besucher in der Lombardei

Julian Kestrel, ein Gentleman
Thomas Strokes (»Dipper«), sein Diener
Duncan MacGregor, Mr. Kestrels Freund; ein Arzt
Beverley St. Carr, ein junger Mann auf Kavalierstour
Hugo Fletcher, sein Privatlehrer

Bewohner von Solaggio

Friedrich von Krauss, Garnisonskommandant
Benedetto Ruga, Bürgermeister *(podestà)*
Don Christoforo, Gemeindepriester
Luigi Curioni, Arzt
Marianna Frascani, Wirtin der Nachtigall
Rosa Frascani, ihre Tochter

Sonstige

Gian Galeazzo Raversi, ein mailändischer Graf *(conte)*, und ein Freund von Lodovico Malvezzi
Camillo Palmieri, der Anwalt der Malvezzis
Alfonso Grimani, ein Polizeibeamter *(commissario)*
Paolo Zanetti, sein Sekretär und Übersetzer

ERSTER TEIL

März 1821

Er hört gern, wenn mein Lied ertönt,
Und lacht und spielt mit mir zumal;
Spannt meine Schwinge aus und höhnt,
Daß er mir meine Freiheit stahl.

William Blake, *Lied*

I

Lodovico Malvezzi setzte schwungvoll seinen Namen unter den Brief und lehnte sich zurück, um zu lesen, was er geschrieben hatte:

Signora, – *Castello Malvezzi*
23. März 1821

Mein Sohn hat, wie es sich geziemt, Euren Brief an mich weitergeleitet. Weder er noch ich lassen uns durch solche Bittgesuche rühren. Ich schwöre bei Gott und der Madonna, daß Ihr Niccolò und Bianca nicht sehen und auch nicht mit ihnen in Kontakt treten werdet, solange Ihr mit Signor Valeriano zusammen seid. Ich glaube, Ihr wißt, daß ich ein Mann bin, der zu seinem Wort steht. Ihr schreibt, daß es schließlich Eure Kinder seien – und daß ich aus Mitgefühl mit ihnen, wenn schon nicht mit Euch, aufhören sollte, sie von ihrer Mutter fernzuhalten. Darauf erwidere ich Euch, daß die beiden jetzt nur noch den Vater haben: meinen Sohn, der keine Schande über sie gebracht hat. Mein Gott, glaubt Ihr wirklich, ich würde zulassen, daß diese teuren Kinder – das Blut meines Blutes, die einzige Hoffnung in meiner Linie – in die Hände einer Frau fallen, die Schande über ihren Namen gebracht hat? Mein einziger Trost ist, daß Ihr in der Situation, in der Ihr Euch befindet, keine Bastarde in die Welt setzen könnt, die sie als Bruder oder Schwestern anerkennen müßten.
Ich hätte eigentlich wissen müssen, daß Ihr sofort nach Rinaldos Rückkehr hier auftauchen würdet, um mit Euren Bitten an ihn heranzutreten und mit all Eurer Über-

redungskunst zu versuchen, ihn zu erweichen. Wie ich höre, habt Ihr und Euer Freund sogar die Dreistigkeit besessen, auf der anderen Seite des Sees direkt gegenüber meinem Schloß Wohnung zu beziehen. (Ich benutze das Wort »Freund« nicht aus Rücksicht auf Eure Gefühle, sondern weil es ein Frevel gegen die Natur wäre, ihn Euren Liebhaber zu nennen.) Eure Hoffnung ist vergebens, Eure Anreise aus Venedig ein sinnloses Unterfangen. Rinaldo wird Euch nicht empfangen, und meine Bediensteten wissen, daß jeder, der Euch in mein Haus einläßt oder Euch auch nur ein Wort über die Kinder sagt, das volle Gewicht meines Mißfallens zu spüren bekommen wird.

Wenn Ihr Euch zu hart bestraft fühlt, dann fragt Euch selbst oder – noch besser – fragt einen Priester, ob es mehr ist, als Ihr verdient habt. Es ist nie zu spät für Reue, solange man noch auf dieser Seite des Himmels weilt. Verzichtet auf Signor Valeriano und kehrt zu meinem Sohn zurück. Andernfalls sind Eure Kinder für Euch so tot, als hättet Ihr sie mit Euren eigenen Händen begraben.

Ich verbleibe, zu meinem großen Leidwesen und Bedauern, Euer Schwiegervater,

Lodovico Malvezzi

Lodovico lächelte zufrieden. Der Brief würde seinen Zweck erfüllen. Er faltete ihn, versah ihn mit der Adresse und ging zum Fenster, wo er ein Stück Wachs in die Sonne gelegt hatte. Die Flamme einer Kerze hätte das Wachs sehr viel schneller schmelzen lassen, aber Lodovico hätte es für eine schreckliche Extravaganz gehalten, am hellichten Tag eine Kerze anzuzünden, nur, um einen Brief zu versiegeln. Er gab einen Klecks Wachs auf den Brief und drückte sein Siegel hinein. Das Siegel hinterließ einen kühnen, deutlichen Abdruck seines Familienwappens: eines Schwerts, um dessen Scheide sich eine Schlange wand.

Statt sofort nach einem Diener zu klingeln und den Brief

wegbringen zu lassen, begann er mit gerunzelter Stirn den Raum zu umrunden. Sein Arbeitszimmer lag im obersten Stockwerk des größten Turms seines Schlosses. Ein Fenster ging nach Westen auf den Schloßhof mit seiner hohen, von Zinnen gekrönten Mauer hinaus. Dahinter erstreckten sich bewaldete Hügel, die mit kleinen, aus robustem Stein gebauten Häusern gesprenkelt waren. In der Ferne ragte purpurfarben eine in Dunst gehüllte, von Schnee gekrönte Alpenkette auf. Vom gegenüberliegenden Fenster aus blickte man auf das blausilberne Band des Comer Sees und die zerklüfteten Bergausläufer, steil abfallenden Schluchten und bewaldeten Hänge, die sein Ufer säumten. Lodovico war Herr über alles, was er sah: Das, was ihm nicht ohnehin gehörte, beherrschte er dank seines Ranges, Reichtums und hohen Ansehens bei den österreichischen Oberherren Mailands.

Trotzdem bot ihm seine Schwiegertochter – die doch bloß eine Frau, eigentlich kaum mehr als ein Mädchen war – nun schon seit fast zwei Jahren die Stirn, indem sie unerschütterlich an ihrem monströsen Liebhaber festhielt und allen Drohungen widerstand. Ihre Untreue war noch das geringste ihrer Verbrechen: In Mailand hatte so manche verheiratete Dame von Rang ihren Kavalier, und die Gesellschaft betrachtete beide mit einem nachsichtigen Auge, wenn der Geliebte wohlgeboren war und die Affäre diskret vonstatten ging. Aber Francesca hatte ihr Herz an einen Sänger gehängt – einen, der nicht einmal verdiente, die Bezeichnung Mann zu tragen. Noch schlimmer aber war, daß sie ihren Mann verlassen hatte, um offen mit ihrem Geliebten zu leben. Das war einfach untragbar.

Lodovico trat wieder an seinen Schreibtisch, nahm ein neues Blatt Papier heraus und machte sich ans Schreiben.

Mein lieber Rinaldo,– *Castello Malvezzi*
Dienstag morgen

Ich habe den Brief Deiner Frau so beantwortet, wie er es verdient hat. Wenn ich mich bloß darauf verlassen

könnte, daß Du mit Härte und Entschlossenheit vorgehst, wäre meine Einmischung gar nicht vonnöten. Aber ich weiß nur zu gut, daß Du der Spielball jedes starken Willens bist, der auf Dich einzuwirken versucht. Da das so ist, hast Du gut daran getan, ihren Brief an mich weiterzuleiten.
Was ich nun wissen möchte – bist Du ein Mann? Hast Du vor, Dich wenigstens ein einziges Mal im Leben wie das zukünftige Oberhaupt dieses Hauses zu benehmen?
Es ist gut möglich, daß Francesca noch einmal an Dich herantreten wird, weil sie – zweifellos zu Recht – der Meinung ist, daß Du schwach genug bist, ihren Bitten nachzugeben und ihr zu gestatten, einen Blick auf Niccolò und Bianca zu werfen. Solltest Du das tatsächlich tun, wirst Du bald ohne Einkommen, ja selbst ohne Dach über dem Kopf dastehen. Ich schwöre Dir, daß ich Dich lieber auf die Straße setze, als mir in dieser Sache von Dir zuwiderhandeln zu lassen.
Da der Himmel es für richtig hielt, mir nur ein einziges Kind zu schenken, hätte ich eigentlich gehofft, daß mein Sohn sich zu einem charakterstarken, mutigen Mann entwickeln würde. Aber der Wille Gottes geschehe. Du hast bereits einmal versagt, als es darum ging, Deine Ehre zu verteidigen. Versage noch einmal, und ich will endgültig nichts mehr mit Dir zu tun haben.
Mit den aufrichtigsten Grüßen,
Lodovico Malvezzi

Nachdem Lodovico den Brief gefaltet und versiegelt hatte, zog er am Klingelzug. Die Schritte, die daraufhin auf der Wendeltreppe zu hören waren, klangen immer schleppender, je näher sie kamen. Als Lodovicos Diener Ernesto schließlich auftauchte, war er vom Aufstieg in den Turm völlig außer Atem. Lodovico war stolz darauf, daß er selbst noch in der Lage war, diese Treppen im Galopp zu nehmen, und das, obwohl er und Ernesto etwa gleichaltrig waren. Ernesto sah man seine fünfundsechzig Jahre an. Er wirkte grau und ernst, während Lodovico immer noch ein schöner Mann war: Sein Haar war mehr schwarz als weiß, seine haselnußbraunen Augen funkelten, seine hohe, aufrechte Gestalt hatte etwas Beherrschendes. Noch wichtiger aber war, daß er noch nichts an Kraft oder Energie eingebüßt hatte – er schmeichelte sich selbst damit, daß viele Frauen das bezeugen konnten.

»Hier.« Lodovico reichte Ernesto die Briefe. »Schicke sie per Boten. Sie sind zu wichtig, um sie der Post anzuvertrauen.«

»Ja, Euer Exzellenz.« Ernesto verbeugte sich. »Werdet Ihr heute vormittag zur Villa hinüberreiten? Ich war mir nicht sicher, ob ich wie üblich Euer Pferd bereitstellen lassen sollte.«

»Die Villa!« Lodovico schlug sich gegen die Stirn. »Heiliger Bacchus! Wie konnte ich das vergessen?« Er zog seine Uhr heraus. »Schon halb zehn! Laß mir auf der Stelle mein Pferd bringen! Und gib mir sofort Bescheid, wenn es da ist!«

»Exzellenz.« Mit einer weiteren Verbeugung verließ Ernesto den Raum.

Die Vorfreude ließ Lodovicos Herz schneller schlagen, und er verspürte das schlechte Gewissen, das jeden Liebhaber befällt, der seine Gedanken zu lang vom Objekt seiner Begierde hat abschweifen lassen. Das war das erstemal seit Wochen, daß er nicht jeden Augenblick auf die Uhr gesehen hatte, als es Zeit wurde, zur Villa aufzubrechen. Diese verfluchte Francesca: Ihr Brief hatte ihn um jene Stunde süßer Erwartung gebracht, die zu den köstlichsten Freuden der Liebe gehörte.

Er trat an das Fenster an der Ostseite des Turms und ließ den Blick von der felsigen Anhöhe, auf der Castello Malvezzi thronte, zu der Villa am See hinunterwandern, die von einem grünen Garten umgeben war. Es hatte einmal eine Zeit gegeben, da hatte ihn der Anblick dieses Hauses – das in seinem makellosen Weiß wie ein hübsches, unberührtes Puppenhaus wirkte – mit den Zähnen knirschen lassen. Das war zu der Zeit gewesen, als Napoleon Bonaparte, dieser

Teufel in Menschengestalt, über die Lombardei geherrscht und dem Land Krieg, Anarchie, Gottlosigkeit und jede Art von Verwüstung gebracht hatte, angefangen von unbezahlbaren Steuern bis hin zu regelrechten Plünderungen. Vernünftige Männer wie Lodovico waren dem österreichischen Kaiser – dem rechtmäßigen Herrscher der Lombardei und Hüter von Tradition und katholischem Glauben – treu geblieben. Lodovicos jüngerer Bruder Carlo aber war zum Liberalismus übergelaufen und hatte gemeinsame Sache mit den Franzosen gemacht. Mit dem Reichtum, den er dadurch erlangte, hatte er ausgerechnet diese Villa gekauft und dort vor Lodovicos empörten Augen verschwenderische Unterhaltungen für französische Emporkömmlinge veranstaltet.

Vor sieben Jahren waren die Franzosen – Dank sei Gott und der Madonna! – aus dem Land vertrieben worden, und die Österreicher waren in die Lombardei zurückgekehrt, um wieder für Ordnung und Frieden zu sorgen. Carlo war damals an den Hof von Parma geflohen, der südlich von Mailand lag. Tief verschuldet, war ihm keine andere Wahl geblieben, als die Villa an Lodovico zu verkaufen. Nach allem, was man so hörte, steckte er noch immer in finanziellen Schwierigkeiten. Das Leben als Höfling kostete Geld, und er hatte sechs Kinder, die es zu unterstützen galt. Lodovico ging durch den Kopf, daß es ihn nicht überraschen würde, wenn sein Bruder käme, um sich von ihm Geld zu leihen. Vielleicht würde er ihm sogar welches geben – je nachdem, wie Carlo fragte.

Lodovico warf erneut einen Blick auf die Uhr. Schon zwanzig vor zehn! Wo zum Teufel blieb sein Pferd? Auf dem Weg nach unten kam ihm Ernesto entgegen, um ihm zu melden, daß sein Pferd fertig gesattelt auf dem Hof stehe. Lodovico stürmte die restlichen Stufen hinunter, schwang sich in den Sattel und ritt davon.

Der Weg schlängelte sich in Biegungen und Windungen von Castello Malvezzi hinunter, vorbei an Felswänden, an denen Moos und Flechten wie Leprageschwüre wucherten. Dunkle, ehrwürdige Zypressen sperrten das Licht aus. Nur hin und wieder schimmerte ein Sonnenstrahl oder ein schmaler Streifen des glitzernden Sees zwischen ihnen hindurch. Am Fuß des Felsens verlief der Pfad hinter den Gärten der Villa weiter. Eigentlich wäre die Villa viel schneller zu erreichen gewesen, da sie direkt unterhalb des Schlosses lag, aber diese Seite des Felsens war so steil und zerklüftet, daß man weder zu Pferd noch zu Fuß hinuntergelangen konnte. Deshalb mußte Lodovico halb um die Ländereien der Villa herumreiten, um das Tor in der südlichen Gartenmauer zu erreichen.

Es war der bisher mildeste Tag des Jahres. Die Bäume trieben bereits aus, die Vögel zogen fröhlich singend ihre Kreise, und an der Gartenmauer glitten die Eidechsen auf und ab. In den Bergen im Norden und Westen hatte die Schneeschmelze mit aller Macht eingesetzt: Lodovico hörte das Rauschen der Bäche, die durch das Schmelzwasser zu reißenden Strömen angeschwollen waren. Ein paar Bauersfrauen trotteten den Weg entlang, beladen mit Körben voller Erde, mit der sie ihre Terrassenfelder anlegen wollten. Sie knicksten vor Lodovico und traten dann beiseite, um ihn vorbeireiten zu lassen.

Plötzlich sah er einen anderen Reiter herantraben. Er fluchte leise. Normalerweise hätte er nichts dagegen gehabt, ein wenig Zeit mit Conte Raversi zu verbringen, der ein Stück weiter westlich eine Villa am Seeufer besaß. Raversi und er waren etwa gleich alt und in politischen Dingen einer Meinung. Jetzt aber konnte er nur daran denken, möglichst schnell die Villa zu erreichen.

»Lodovico!« begrüßte ihn Raversi. »Ich war gerade auf dem Weg zu dir.«

»Guten Morgen«, antwortete Lodovico so höflich, wie es ihm möglich war. »Ich fürchte, ich habe jetzt keine Zeit – ich bin in einer dringenden geschäftlichen Angelegenheit unterwegs.«

»Aber ich habe dir wichtige Neuigkeiten zu berichten!«

Raversi strich sich eine widerspenstige schwarze Haarlocke aus der Stirn. In seinem langen, bleichen Gesicht brannten dunkle Augen.

»Welche Neuigkeiten?«

»Die Revolte in Alessandria hat sich auf Turin ausgeweitet. Die Rebellen verlangen eine Verfassung, und der König muß möglicherweise abdanken.«

Er sprach von der Revolte, die ein paar Tage zuvor in Piemont ausgebrochen war, dem Staat, der im Westen an die Lombardei angrenzte. »Dazu wird es nicht kommen«, antwortete Lodovico. »In Novara ist eine regierungstreue Garnison stationiert. Sie werden kurzen Prozeß mit dem Pöbel machen.«

»Aber verstehst du denn nicht? Sie werden sich auf die Rückeroberung Turins konzentrieren müssen – sie können die Hauptstadt nicht in den Händen der Rebellen lassen. Und das bedeutet, daß niemand dasein wird, um unsere Grenze zu schützen. Die Revolte wird in die Lombardei überschwappen. Die Geheimbünde hier warten doch nur auf eine solche Chance, sich gegen uns zu erheben. Es bedarf nur noch eines Funkens, um die Revolution zu entfachen –«

»Gian Galeazzo, Gian Galeazzo!« Lodovico schüttelte mit amüsierter Verzweiflung den Kopf. »Glaubst du wirklich, eine Handvoll schlecht bewaffneter Carbonari könnte es mit den österreichischen Truppen aufnehmen?«

»Wie sollen die österreichischen Truppen einen Feind bekämpfen, den sie nicht finden können?« gab Raversi zurück. »Die Carbonari sind eine tödliche Gefahr, weil niemand weiß, wer oder wo sie sind. Sie gehören geheimen Logen an, verständigen sich über verschlüsselte Codes, schwören, einander auch unter Todesqualen nicht zu verraten –«

»Sie werden schon aus ihren Löchern herauskommen müssen, wenn sie uns angreifen wollen«, entgegnete Lodovico gelassen. »Und dann werden sie wie Hunde abgeknallt, und die Sache hat ein Ende. Ich bin spät dran, Gian Galeazzo, wenn du also so freundlich wärst, mich vorbeizulassen –«

»Aber ich dachte, du würdest dir vor allem wegen der Revolte in Turin Sorgen machen. Ich weiß, daß Beatrice dort ist.«

»Stimmt, das ist sie«, antwortete Lodovico in ziemlich scharfem Ton. »Und wenn ich der Meinung wäre, daß sie in Gefahr ist, würde ich sofort zu ihr eilen. Ich bin durchaus in der Lage, auf meine Frau aufzupassen.«

»Natürlich. Aber –«

»Da gibt es kein Aber. Du kennst doch Beatrice: Sie ist eine kluge und scharfsinnige Frau – die einzige unter tausend Frauen, bei der man sich darauf verlassen kann, daß sie im Fall einer Krise nicht in Panik gerät. Sie wird wissen, ob es besser ist, Turin zu verlassen, bevor die Rebellen eintreffen, oder den Kopf einzuziehen und möglichst wenig Aufmerksamkeit zu erregen, bis die Revolte erstickt ist. Ich wünschte, sie hätte sich nicht ausgerechnet diesen Zeitpunkt ausgesucht, um Turin zu besuchen, aber ich kann es nun auch nicht mehr ändern.«

»Was macht sie eigentlich dort?«

Lodovico zuckte mit den Achseln. Er war stolz darauf, daß er nicht genauer über die Aktivitäten seiner Frau Bescheid wußte. Nicht viele Männer brachten es fertig, eine soviel jüngere und zugleich so schöne Frau zu heiraten und trotzdem der Versuchung zu widerstehen, voller Eifersucht über sie zu wachen. So viele Ehemänner verwandelten ihre Häuser in Gefängnisse, ihre Bediensteten in Spione. Beatrice und er standen über diesen Dingen. Sie war kein liederliches Frauenzimmer und er kein Schwächling. Er genoß den Luxus, ihr zu vertrauen.

»Jetzt muß ich aber wirklich weiter«, sagte er und trieb seinem Pferd energisch die Hacken in die Seiten.

»Eins noch«, erwiderte Raversi schnell. »Bei mir in der Villa findet heute um ein Uhr eine Zusammenkunft statt. Von Krauss wird auch dort sein.« Von Krauss war der Kommandant der österreichischen Garnison, die im nahe gelegenen Ort Solaggio stationiert war. »Ich möchte mit ihm darüber sprechen, wie wir die Gegend im Fall eines Aufstands verteidigen könnten. Wirst du kommen?«

»Ja, ja. Und bis dahin wünsche ich dir einen guten Tag, Gian Galeazzo.«

Fest entschlossen, endlich aufzubrechen, gab Lodovico seinem Pferd die Sporen. Raversis Herz saß am richtigen Fleck, aber er ließ sich wegen jeder Kleinigkeit aus der Ruhe bringen. Hinter jedem Busch und unter jedem Bett sah er irgendwelche Carbonari lauern. Lodovico zweifelte nicht daran, daß die Unruhen in Piemont ebenso wie die vor kurzem in Neapel ausgebrochene Revolution niedergeschlagen werden würden. Eine Verfassung zu verlangen! Jeder Idiot mußte doch eigentlich einsehen, daß ein Herrscher nicht ein und dieselben Gesetze auf alle gleichermaßen anwenden konnte – auf Adlige wie Bauern, auf Feinde wie auf Freunde. Trotzdem hielten sämtliche Idealisten und verstimmten Bürger eine Verfassung für die Lösung all ihrer Probleme!

Lodovico umrundete die südwestliche Ecke der Gartenmauer. Zu seiner Rechten tauchten die weiß gestrichenen und mit roten Dächern gekrönten Häuser von Solaggio auf, verbunden durch Gänseblümchenketten aus frisch gewaschener Wäsche. Vor ihm lag der See, auf dessen glatter Oberfläche schlanke Fischerboote dahinglitten. Der Weg endete kurz vor dem See an einem eleganten schmiedeeisernen Tor, das in die Gartenmauer eingelassen war. Lodovico sprang vom Pferd und warf die Zügel über einen Torpfosten. Er hatte keine Angst, es unbeaufsichtigt zurückzulassen: Die ganze Nachbarschaft wußte, daß es ihm gehörte, und niemand würde wagen, es zu stehlen. Bei längeren Besuchen stellte er es im Stall der »Nachtigall« unter, Solaggios einzigem Gasthaus.

Er trat durch das Tor und eilte den Pfad entlang, der parallel zum Seeufer verlief. Dies war der kürzeste Weg zur Villa. Er war mit Steinen gepflastert und führte am Rand der Uferböschung entlang, die zum See hin etwa drei Meter abfiel. Auf halbem Weg zur Villa ragte ein hübscher kleiner, im maurischen Stil erbauter Pavillon als Belvedere über das Wasser hinaus.

Lodovico warf einen Blick auf seine Uhr und beschleunigte fluchend seine Schritte. In der Ferne entdeckte er bereits den eleganten Bogen der Villaterrasse mit ihrer Marmorbalustrade über dem See. Dann tauchte die Villa selbst auf: ein weißes, in seiner Einfachheit fast streng wirkendes Rechteck mit grauen Fensterläden und Marmorbalkonen. Im Laufschritt überquerte er die Terrasse und eilte die majestätische Doppeltreppe zum Eingang hinauf. Als er oben ankam, trat gerade ein Mädchen aus der Tür.

Sie war etwa sechzehn und trug eine weiße Bluse mit hochgerollten Ärmeln, ein blaues Mieder mit passendem Rock und dazu einen roten Schal. Ihr dunkelbraunes Haar war glatt nach hinten gekämmt und oben am Kopf mit einer Krone aus schimmernden Haarklammern zu einem Knoten festgesteckt. Während sie ihn mit einem Knicks begrüßte, hielt sie den Blick ihrer glänzenden dunklen Augen gesenkt. »Guten Morgen, Exzellenz.«

»Guten Morgen, Lucia! Weißt du, wie sehr es das Herz eines Mannes erfreut, an einem Frühlingsmorgen dein blühendes Gesicht zu sehen?«

»Nein, Exzellenz«, antwortete sie, ohne aufzublicken.

»Wohin so eilig?«

»Zu meinem Vater, Exzellenz.« Ihr Vater war der Gärtner. »Besprechen, was wir alles aus dem Schloß brauchen.«

»Paß auf, daß du mit niemand anderem sprichst«, neckte er sie. »Sonst könnte es sein, daß irgendwelche armen Bauern oder Fischer beim Anblick dieser Augen verrückt vor Liebe werden. Und nicht nur sie, auch bessere Männer«, fügte er vielsagend hinzu.

»Mit so etwas kenne ich mich nicht aus, Exzellenz.«

»Nein? Das wirst du noch bald genug, Lucia.«

»Darf ich jetzt gehen, Exzellenz?«

Lodovicos Blick wanderte an ihr hinunter. Sie wurde mit jedem Tag mehr zur Frau: Ihre Brüste wirkten bereits köstlich rund, ihre Arme stark, aber wohlgeformt, ihre Gelenke schmal. Ihre Haut hatte die Farbe von Honig und schmeckte zweifellos auch so. Ah, er würde sie gerne besitzen, vor allem, wenn er der erste sein könnte. Ihre mädchenhafte Schüchternheit zu überwinden und zu spüren, wie ihre weiche Haut unter seinen forschenden Händen rot und heiß wurde –

Genug davon, ermahnte er sich selbst. Er hatte eine bessere Verwendung für Lucia. Außerdem grenzte es an Blasphemie, nach einem Bauernmädchen zu lüsten, wenn der Gegenstand seiner Anbetung so nahe war. Er gab Lucia mit einem Winken zu verstehen, daß sie gehen dürfe, und betrat die Villa.

Sie hatten ohne ihn angefangen. Als er die große marmorne Eingangshalle betrat, schallte ihm bereits ein Lied entgegen. Sie arbeiteten an »*Ecco ridente in cielo spunta la bella aurora*«, der Melodie, die der verliebte junge Graf Almaviva im »Barbier von Sevilla« unter dem Balkon seiner Liebsten singt. Lodovicos Herz tat einen Satz, als er den klaren, brillanten Klang hörte. Er trat nicht sofort ins Musikzimmer ein, sondern blieb vor der Tür stehen, wo er mit seiner Geliebten allein sein konnte. Vor Begeisterung schwindlig, schloß er die Augen und ließ sich von der Melodie einhüllen. Was bedeuteten schon Fleisch und Blut? Lodovico war verliebt in eine Stimme.

2

Lodovico war schon öfter in Stimmen verliebt gewesen. In jungen Jahren hatte er alle paar Monate eine neue musikalische Leidenschaft gehabt. Inzwischen war er ein wenig abgestumpft. Das ließ sich in Mailand nicht vermeiden, wo Leute seiner Klasse sechs Abende die Woche in die Scala gingen, drei Saisonen pro Jahr, und jeder Obstverkäufer oder Café-Kellner ein kompetenter Opernkritiker war. Trotzdem kam noch hier und da eine Stimme, die Lodovico bis ins Herz drang – ihn mit einem Verlangen erfüllte, das deshalb um so intensiver und stürmischer war, weil es nie befriedigt werden konnte.

Die Körper, in denen seine Stimmen wohnten, waren unwichtig. Sie konnten männlich oder weiblich sein, jung oder alt, schön oder häßlich. Die Stimme, die ihn zur Zeit begeisterte, wohnte zufällig in der Brust eines einundzwanzigjährigen Engländers. Er war ein Tenor mit einer warmen, attraktiven Bruststimme und einem oberen Register, dessen klare Schönheit und Süße es mit jedem Sopran aufnehmen konnte. Lodovico nannte ihn Orfeo, nach Orpheus, dem griechischen Sänger, dessen Musik sogar wilde Tiere bezauberte und Felsen zu Tränen rührte.

Orfeo war auf dem bravourösen Höhepunkt seines Liedes angelangt. Mit einer Feurigkeit und Intelligenz, die reine Akrobatik in Kunst verwandelte, sprang seine Stimme von Note zu Note. Schließlich war das Lied zu Ende, auf dem Klavier wurden die Schlußakkorde gespielt, und dann hörte man ein Händepaar applaudieren. Eine Männerstimme rief: »Bravo,mein Sohn! Das klingt schon sehr gut! Die hohen Töne entschieden und sicher, die Kadenzen auf einen Halbton genau. Natürlich wißt Ihr, wo Ihr an der falschen Stelle geatmet habt?«

»Ja, Maestro«, antwortete der junge Mann mit bedauernder Stimme. »Und als ich versucht habe, es wieder gutzumachen, bin ich aus dem Takt geraten.«

»Probieren wir diese Stelle noch einmal.«

Sie arbeiteten daran, bis die Passage so perfekt klang, daß nach Lodovicos Meinung kaum noch eine Steigerung möglich war. Es bereitete ihm eine so süße Lust, die beiden heimlich zu belauschen, daß er noch immer zögerte, zu ihnen hineinzugehen. Während Orfeo seiner Stimme eine Ruhepause gönnte, sprach Donati über die Technik berühmter Tenöre, die er gehört oder ausgebildet hatte: Crivelli, Garcia, den älteren und jüngeren Davide. Schließlich sagte er: »So, nun wollen wir Euch im Cantabile-Stil hören. Singt »Caro mio ben« und verziert die Reprise. Aber beschrankt Euch auf einige wenige, einfache Improvisationen – nichts kann eine gefühlvolle Melodie so ruinieren wie ein Sänger, der sie mit Trillern überlädt.«

Das Klavier spielte die Einleitung. Orfeo begann zu singen:

Lodovico lauschte verzückt. Seine Augen füllten sich mit Tränen. Von all den Singstilen, die Orfeo beherrschte, war der sanfte Cantabile-Stil sein bester.

Vorsichtig spähte Lodovico ins Zimmer hinein. Donati saß am Klavier und lauschte seinem Schüler mit der totalen Konzentration, die er nun, da er nicht mehr sehen konnte, für Klänge aufbrachte. Er war ein dünner älterer Mann mit einer Haut wie feines Pergament und einem kahlen Oberkopf, der von einem Kranz feiner weißer Haarsträhnen eingefaßt war.

Orfeo stand mit dem Rücken zu Lodovico und kontrollierte seine Haltung und Mimik in einem großen Spiegel, während er sang. Das war eine von Donatis Übungen, und zweifellos fiel es Sängern von niederer Abstammung auf diese Weise leichter, sich für die Bühne ein vornehmes Auftreten anzueignen, aber in Orfeos Fall war das kaum nötig. Er stand und bewegte sich wie der Gentleman, der er war. Man merkte eben, ob jemand eine gute Erziehung genossen hatte oder nicht.

Als das Lied zu Ende war, klatschte Donati begeistert Beifall. »Mein Sohn, das war wunderbar! Euer Diminuendo ist exquisit. Setzt es sparsam ein – dann wird es Euer Publikum um so mehr überraschen.«

Lodovico konnte ihm nur zustimmen. Orfeo verstand sich inzwischen meisterhaft auf die Kunst, einen Ton zu halten und dabei immer weicher klingen zu lassen, bis er sich schließlich auflöste wie ein Traum. Noch dazu beherrschte er das, ohne durch das leiseste Keuchen oder auch nur den Anflug einer Grimasse zu verraten, welch eine eiserne Selbstbeherrschung es erforderte.

Donati sprach weiter: »Ein- oder zweimal habe ich Euch dabei ertappt, wie Ihr Eure Bruststimme in den Kopf hinaufgedrängt habt. Das solltet Ihr unbedingt vermeiden. Die größte Vulgarität, die einem Sänger unterlaufen kann, besteht darin, einen hohen Ton – oder jeden anderen Ton –

mit lauter Stimme zu singen. Ein Tenor ist kein Ziegenhirte und auch kein betrunkener Gondoliere. Jeder Mensch mit einer gesunden Lunge schafft es, einfach nur *laut* zu sein. Aber mit Vornehmheit, Genauigkeit und Einfühlungsvermögen zu singen – daran erkennt man den wahren Künstler.«

»Ich werde versuchen, es zu beherzigen, Maestro.«

Lodovico konnte sich nicht länger beherrschen. »Bravo!« rief er, während er in den Raum trat und heftig applaudierte. »Ihr seid heute in Höchstform, mein Singvögelchen!«

Orfeo riß den Kopf hoch. Der Spiegel fing seinen Blick ein: erschrocken und beklommen, als würde er einen Strick um den Hals tragen, an dem plötzlich jemand gerissen hatte. Aber als er sich Lodovico zuwandte, hatte er sein Gesicht bereits wieder unter Kontrolle. »Signor Marchese. Ich habe Euch gar nicht kommen sehen.«

»Das war auch nicht meine Absicht.« Obwohl Lodovico diese Worte leicht dahinsagte, lag dabei ein herrisches Funkeln in seinen Augen. Dies war sein Haus. Er hatte keinerlei Verpflichtung, sich ankündigen zu lassen.

»Signor Marchese.« Donati erhob sich und verbeugte sich in die Richtung, aus der Lodovicos Stimme gekommen war. »Wir haben schon befürchtet, Ihr würdet heute morgen gar nicht mehr kommen.«

Lodovico spürte, daß eine kühle Förmlichkeit in der Luft lag und ärgerte sich darüber. Mußten sie ihn so spüren lassen, daß seine Gegenwart ihre enge Beziehung störte? Natürlich schuldeten sie ihm Respekt, aber sie sollten ihm gleichzeitig auch das Gefühl geben, willkommen zu sein. Sie hätten einander nie kennengelernt, wenn er nicht gewesen wäre. Orfeo hätte keinen Singlehrer gehabt, geschweige denn einen der besten Italiens.

»Ihr hättet Euch denken können, daß ich kommen würde«, sagte er gereizt. »Ich habe noch keine einzige von Orfeos Singstunden verpaßt.«

»Daß Ihr aufgehalten wurdet, bedeutet hoffentlich nicht, daß drüben im Schloß etwas nicht in Ordnung ist«, mischte sich Orfeo ein. Er sprach wie immer in ruhigem, höflichem Ton.

»Nein – ich mußte mich bloß um eine Familienangelegenheit kümmern.« Lodovicos Groll ließ nach, als ihm wieder einfiel, wie erhaben Orfeo gerade gesungen hatte. »Ihr macht wunderbare Fortschritte! Wie lange wird es wohl noch dauern, bis unser Singvögelchen bereit ist, seine Flügel auszuprobieren, Maestro?«

»Ihr meint, bis er vor Publikum auftreten kann, Signor Marchese? Ich brauche mindestens noch ein paar Monate mit ihm. Ihr wißt ja, in welch ungeschliffenem Zustand sich seine Stimme befand, als er zu mir kam.«

»Es besteht keine Eile.« Lodovico nickte zustimmend. Er freute sich schon auf den Tag, an dem er seinem Protegé zu seinem ersten Auftritt auf der Opernbühne verhelfen würde, aber noch war es zu früh – erst wollte er das Vergnügen, ihn ganz für sich zu haben, voll auskosten. »Bis er soweit ist, sein Debüt zu geben, wird sich ganz Mailand seinetwegen vor Neugier verzehren. Und dann – und dann, mein Singvögelchen, werdet Ihr einen Triumph feiern, wie Mailand es noch nie erlebt hat! Dichter werden Sonette über Euch schreiben, Impresarios werden sich um Euch streiten, Frauen werden sich in Eure Arme werfen! Wieso dieser Blick? Ihr seht aus, als hättet Ihr Zweifel.«

»Ich zweifle nicht an Eurem Urteil, Signor Marchese – nur an meiner Fähigkeit, diesem Urteil gerecht zu werden.«

»Ach was! Keine falsche Bescheidenheit. Die spart Euch für Eure öffentlichen Auftritte auf. Ihr seid ein wahres Wunder, und bald wird das ganz Italien wissen. Bis dahin habt Geduld und vertraut Euch weiterhin meiner Führung an.«

Donati wirkte beunruhigt. »Wollt Ihr damit sagen, daß er sein Gesicht auch während der nächsten paar Monate nicht außerhalb der Villa zeigen darf?«

»Das klingt ja gerade so, als hätte ich ihm sogar verboten, zum Luftschnappen vor die Tür zu gehen«, antwortete Lodovico ungeduldig. »Er kann sich nach Lust und Laune im Garten bewegen, solange er innerhalb der Mauern bleibt und sich vom See fernhält. Ich will ihn nicht einsperren – bloß verhindern, daß ihn die Leute zu Gesicht bekommen. Ihr *habt* doch darauf geachtet, daß Euch niemand sieht, Orfeo?«

»Ich habe mich in jeder Hinsicht nach Euren Wünschen gerichtet, Signor Marchese.«

Normalerweise betrachtete Lodovico es als gegeben, daß die, die von ihm abhingen, seinen Befehlen gehorchten. Aber bei Orfeo wußte er nie so ganz genau, woran er war. Der junge Mann war als Gentleman erzogen worden und hatte seinen eigenen Kopf. Im Gegensatz zu den meisten anderen Sängern ließ ihn Lodovicos hohe Stellung nicht vor Ehrfurcht erstarren. Er benahm sich ihm gegenüber respektvoll und zeigte sich dankbar für alles, was Lodovico für ihn getan hatte. Aber es gab vieles, was er vor ihm geheimhielt. Dabei war er nicht immer so zurückhaltend gewesen. Als sie sich in Mailand zum erstenmal begegnet waren, hatte er von seiner Familie erzählt, von seinem Zuhause in England und seinem Vorhaben, eine musikalische Laufbahn einzuschlagen. Nun schien er sich hinter einen Schleier zurückgezogen zu haben. Seine Zurückhaltung irritierte Lodovico – machte ihn manchmal sogar wütend. Der Körper mochte unwichtig sein, aber die Seele eines Sängers war untrennbar mit seiner Kunst verbunden. Wenn der *Mann* so schwer faßbar blieb, wie konnte Lodovico dann die *Stimme* ganz besitzen?

»Meine Vorgehensweise mag Euch hart erscheinen«, wandte sich Lodovico an ihn. »Ihr seid jung – da ist es nur natürlich, daß Euch das Eingesperrtsein nervös macht. Aber glaubt mir, nichts wird Euch in Zukunft mehr nutzen als mein Plan, vorerst ein Geheimnis aus Euch zu machen. Die Öffentlichkeit ist verrückt nach allem Neuen. Warum glaubt Ihr, daß Sänger ständig reisen, um mal in dem einen italienischen Staat, mal in einem anderen aufzutreten? Damit die Leute überall etwas Neues hören! Ihr, mein Singvögelchen, habt dagegen noch nie in der Öffentlichkeit gesungen! Was Euch betrifft, tappen die Leute völlig im dunkeln, und das muß auch so bleiben.«

»Aber Signor Marchese«, widersprach Donati schüchtern,

»warum muß er nicht nur seine Stimme, sondern auch sein Gesicht und seinen Namen verbergen? Reicht es nicht, wenn er zwar in der Öffentlichkeit auftaucht, aber nicht singt?«

»Heiliger Bacchus, Maestro! Ihr habt meine Strategie überhaupt nicht verstanden. Inzwischen weiß ganz Mailand, daß ich einen englischen Tenor unter meine Fittiche genommen habe und hier von Euch ausbilden lasse. Sie werden sich seinetwegen alle möglichen Fragen stellen: wie er aussieht, wo er herkommt, ob es stimmt, daß er edler Abstammung ist. Also sagen wir ihnen – gar nichts! Auf diese Weise werden sie anfangen, Geschichten über ihn zu erfinden. Sie werden sagen, daß Piraten ihn von einem britischen Schiff geraubt haben, daß er der Sohn eines Bastards des englischen Königs ist, daß er jemanden getötet hat und deswegen sein Land verlassen mußte. Wenn er dann schließlich sein Debüt gibt, werden die Leute kommen, nur um ihn zu *sehen* – ganz egal, wie er singt! So, Maestro: Seid Ihr nun zufrieden?«

»Wenn Orfeo zufrieden ist«, antwortete Donati.

»Wenn nicht, wäre er ein Narr«, erklärte Lodovico.

Orfeo sah ihn mit undurchdringlicher Miene an. Lodovico hatte das Gefühl, ein wenig grob gewesen zu sein. Deshalb machte er sich daran, die zersausten Federn des jungen Mannes zu glätten, um ihn in die richtige Stimmung zu versetzen, wieder zu singen. »Mein lieber Orfeo, ich wollte damit doch nur sagen, daß Ihr als vernünftiger junger Mann sicher versteht, wie sehr mein Plan Eure Karriere vorantreiben wird. Nun denn: Singt mir noch etwas vor. Singt etwas von Cimarosa.«

Orfeo tat ihm den Gefallen. Aber schon allzubald beendete Donati seine Stunde mit der Begründung, Orfeo habe nun lange genug gesungen und dürfe seine Stimme nicht überanstrengen. Lodovico stimmte seufzend zu. In Fragen der Technik und Ausbildung war Donatis Wort Gesetz.

Orfeo trat ans Fenster und sah hinaus, wobei er sich so hinter den Vorhang stellte, daß er von draußen nicht zu sehen war. Donati tastete nach der kleinen Glocke, die er immer bei sich hatte, und läutete. Sein Diener, Tonio Farese, ein untersetzter junger Mann mit einem roten Gesicht und großen, unbeholfenen Händen, kam herein, um ihnen allen Wein einzuschenken. Lodovico mußte zu seinem Leidwesen mit ansehen, wie er ein wenig auf den Teppich verschüttete. »Hol einen Lappen!« befahl er. Tonio schlich hinaus wie ein geprügelter Hund.

»Dieser Diener, den Ihr da habt, taugt nicht viel«, sagte Lodovico zu Donati.

»Nein«, pflichtete ihm der Maestro bedauernd bei. »Ich habe ihn auch nur angestellt, weil seine Eltern Lieblingsschüler von mir waren und ich nach ihrem Tod das Gefühl hatte, etwas für ihn tun zu müssen. Damals war ich gerade auf der Suche nach einem Auge, und da er Noten lesen konnte, bot ich ihm den Posten an.« *Auge* war Donatis Bezeichnung für einen jungen Mann, der ihm sowohl als Diener als auch als Sekretär diente.

Lodovico bedauerte, daß Donati überhaupt einen Diener brauchte. Je weniger Leute Orfeo zu Gesicht bekamen, desto besser. Aber von einem Blinden, der noch dazu ein bekannter Lehrer war, konnte man nicht erwarten, daß er für sich selbst sorgte. Wenigstens umfaßte die Liste der Leute, die Orfeo kannten, nur wenige Namen: Lodovico selbst, Donati, Tonio, Lucia und ihren Vater Matteo. Lucia kochte für Donati und Orfeo und kümmerte sich um die paar Zimmer der Villa, die Lodovico für ihren Gebrauch hatte öffnen lassen. Matteo hielt die Gärten in Ordnung, soweit ein einzelner Mann das konnte, und besorgte Essen und Kerzen aus dem Schloß oder dem Dorf. Orfeo, Donati, Tonio und Matteo wohnten in der Villa, aber Lucia verbrachte ihre Nächte im Schloß. Zweifellos wollte Matteo nicht, daß sie unter demselben Dach schlief wie Orfeo und Tonio.

Lodovico selbst wohnte im Schloß und kam nur zu Orfeos Unterrichtsstunden, die um zehn Uhr vormittags und um sechs Uhr abends begannen, in die Villa. Er konnte nicht umhin, sich eine Gefolgschaft von Bediensteten zu halten, die nur darauf warteten, daß er mit dem Finger schnippte. Zwar hatte er wenig praktische Verwendung für sie, weil seine häuslichen Bedürfnisse einfach waren, aber Personal gehörte nun einmal zum unverzichtbaren Beiwerk seines Standes. Dazu kam, daß er zwar stolz war, sich die Villa gesichert zu haben, sie andererseits aber nicht besonders mochte. Sein Bruder Carlo hatte sie mit Statuen und Friesen verunstaltet, die die Demokratie Athens und den römischen Republikanismus feierten.

Der Gedanke an die Politik erinnerte ihn an sein Gespräch mit Raversi. »Verdammt! Ich muß gehen. Ich habe Conte Raversi versprochen, an einer Zusammenkunft in seiner Villa teilzunehmen, um zu besprechen, wie wir die Gegend verteidigen können, falls es zu einer Revolte kommen sollte.«

Orfeo blickte sich um. »Ist das wahrscheinlich?«

»Ich glaube nicht. Aber Conte Raversi hat natürlich recht, Vorkehrungen zu treffen.« Auch wenn Lodovico Raversi für übervorsichtig hielt, wäre er nie auf die Idee gekommen, sich gegenüber Außenstehenden kritisch über einen anderen Edelmann zu äußern.

»Gibt es Neuigkeiten aus Piemont?« fragte Orfeo.

»Die Rebellion hat sich auf die Hauptstadt ausgeweitet. Aber das spielt keine Rolle – sie wird niedergeschlagen werden. Und unsere eigenen Carbonari sind zu feige und zu schlecht organisiert, um zu revoltieren. Die meisten Radikalen schwingen bloß große Reden. Sie spielen Kinderspiele, würden aber niemals ihr Leben in einer richtigen Rebellion riskieren.«

Orfeos Interesse schien geweckt. »Von welchen Kinderspielen sprecht Ihr, Signor Marchese?«

»Macht Euch deswegen keine Gedanken, mein Singvögelchen.« Lodovico lächelte geheimnisvoll. »Vielleicht werde ich Euch bald mal davon erzählen, aber die Zeit ist noch nicht reif.«

Tonio kam mit einem Lappen herein, um den Wein aufzuwischen. Lodovico griff nach seinem Hut und seiner Reitgerte. Donati begann mit verträumter Miene eine Melodie zu spielen, die er vor langer Zeit selbst komponiert hatte. Orfeo sah aus dem Fenster und behielt seine Gedanken wie immer für sich.

3

Raversis Zusammenkunft veranlaßte Lodovico, die drohende Rebellion ein wenig ernster zu nehmen. Von Krauss, der besonnene Garnisonskommandant, war beunruhigt, und dasselbe galt für einige andere hochrangige Männer aus der Gegend. Sie alle beschlossen, die Ereignisse genau zu beobachten und von Krauss unverzüglich über alle unheilverkündenden Vorfälle zu berichten. Auf Raversis Drängen hin erklärte sich von Krauss bereit, ein Kontingent von Soldaten bereitzustellen, das die Straßen aus Richtung Piemont im Auge behalten sollte, ebenso die aus Lugano, das gleich jenseits der Schweizer Grenze lag, wo sich viele radikale Exilitaliener versammelt hatten, um Pläne gegen die Österreicher zu schmieden.

Als er zurückritt, um im Castello Malvezzi zu Abend zu essen, überlegte Lodovico, ob er nach Turin reisen und Beatrice heimholen sollte. Eigentlich hatte er keine Lust, den Comer See zu verlassen – er war zu bezaubert von Orfeos Unterrichtsstunden, und außerdem arbeitete er gerade an einem Projekt, das er erst fertigstellen wollte. Er wünschte, er hätte Rinaldo losschicken können, seine Stiefmutter zu holen, aber er hatte nicht genug Vertrauen zu ihm. Wahrscheinlich würde er die Sache vermasseln oder noch Schlimmeres anstellen. Zum tausendstenmal fragte er den Himmel, warum er mit einem solchen Sohn geschlagen war.

Als er zu Hause eintraf, hatte er sich zu einem Kompromiß durchgerungen. Er schickte Beatrice einen Brief, in dem er sie beschwor, ihm in kurzen Abständen zu schreiben, ob sie in Sicherheit sei, und Turin beim ersten Ausbruch von Gewalt zu verlassen. Er wußte, daß sie genügend männliche

Diener hatte, die sie unterwegs beschützen konnten. Er war noch immer der Meinung, daß sich diese vielgepriesene Rebellion als falscher Alarm entpuppen würde, aber wenigstens würde Beatrice dann wissen, daß er an sie dachte, und der Brief mit seinem Siegel würde allen, die ihn zu Gesicht bekamen, zeigen, daß Marchese Malvezzi sogar aus der Ferne auf seine Frau aufpaßte.

Nach dem Abendessen ritt er zur Villa hinüber, um Orfeos abendlicher Singstunde beizuwohnen. Als er zum Schloß zurückkehrte, brach bereits die Nacht herein. Die bewaldeten Berge waren nur mehr schieferblaue Flächen vor dem abendlichen Himmel. Die meisten Boote auf dem See waren inzwischen mit Laternen beleuchtet, die goldene Lichter aufs Wasser warfen. Während Lodovico auf dem Rücken seines Pferdes den Berg erklomm, trug eine kühle Brise ein paar Fetzen der Lieder zu ihm hinauf, die die Männer in den Booten sangen. Aus weit entfernten Kirchtürmen drang trauriges Glockengeläut herüber. Pflichtbewußt senkte Lodovico den Kopf, um ein Gebet zu sprechen.

Am Schloßtor angekommen, übergab er sein Pferd einem Stallknecht, überquerte den Hof und betrat die riesige, kalte Eingangshalle. Dort traf er Bruno Monti, einen seiner Lakaien. Bruno trug Stiefel und Sporen, und seine dunklen Locken klebten schweißnaß an seiner Stirn. Er berichtete, daß er gerade zurückgekehrt sei, nachdem er wie befohlen Lodovicos Briefe an ihren Bestimmungsort gebracht habe: einen zu Marchesina Francesca in ihrer Villa auf der anderen Seite des Sees, den anderen zu Marchesino Rinaldo in Mailand.

Lodovico lobte ihn, weil er so schnell gewesen war, und schickte ihn los, sich etwas zum Abendessen geben zu lassen. Er selbst nahm eine einzelne Kerze und stieg in seinen Turm hinauf. Das schwache Licht zuckte über die unebenen Steinstufen und feuchten Ziegelwände, in denen Schlitze ausgespart waren, durch die Pfeile abgeschossen werden konnten. Oben angekommen, betrat Lodovico sein Arbeitszimmer, das eine quadratische Form hatte und ein ganzes

Stockwerk einnahm. Es war dunkel und kalt. Lodovico gestattete im März kein Kaminfeuer mehr. Die Einrichtung bestand aus einem großen, schweren Schreibtisch, einer schmalen Holzkiste auf Klauenfüßen und zwei Polsterstühlen mit hohem Rücken, deren ausgebleichte Bezüge schon ziemlich abgenutzt aussahen. An den Wänden, deren ehemals weißer Gips an vielen Stellen abblätterte, hingen dunkle, ernst wirkende Porträts toter Malvezzis.

Lodovico stellte die Kerze in einen großen Eisenständer, den er anschließend näher an den Schreibtisch heranzog. Endlich hatte er Zeit, an seinem geheimen Projekt zu arbeiten – einem Projekt, von dem er sicher war, daß es seinem Namen neuen Ruhm bringen würde, falls er es je schaffen sollte, es zu Ende zu führen. Er nahm einen Schlüssel von seiner Uhrkette, schloß die Kiste auf und holte ein in rostfarbenes Leder gebundenes Notizbuch hervor. Er trat mit dem Notizbuch an den Schreibtisch, nahm ein paar lose Blätter heraus und legte sie vor sich auf den Tisch. Dann schlug er das Notizbuch auf. Auf den Seiten waren Linien gezogen, die von schneller, eleganter Hand mit Noten gefüllt worden waren. Nachdem er seinen Federhalter in die Tinte getaucht hatte, begann er wie besessen auf die losen Blätter zu schreiben. Dabei hielt er nur inne, um das Notizbuch umzublättern und angestrengt auf ihren Inhalt zu starren.

Diese Arbeit nahm ihn zwei oder drei Stunden völlig in Anspruch. Als seine Konzentration nachließ und die Musiknoten sich vor seinen Augen in bedeutungslose schwarze Flecken verwandelten, trat er an das Fenster auf der Seeseite und öffnete den Laden, um sich das Gesicht von der kalten Brise kühlen zu lassen. Es war frustrierend, wie lange er für diese Aufgabe brauchte. Anfangs hatte er sich das Ganze so einfach vorgestellt.

Inzwischen waren auf dem See keine Boote mehr zu sehen, und am Ufer brannten nur noch wenige Lichter. Die Berge waren fast unsichtbar geworden, weil sie sich kaum mehr vom Himmel abhoben. Hier und da funkelten ein paar Sterne durch einen Riß im Dunstschleier. Drüben auf der anderen Seite, nur durch den See von ihm getrennt, lag seine Schwiegertochter in ihrem Bett und schlief – nein, wahrscheinlicher war, daß sie schlaflos neben ihrem grotesken Liebhaber lag und sich wegen Lodovicos Brief das Herz zermarterte. Er hoffte, daß die beiden deswegen streiten und sich irgendwann hassen würden. Sie hatten es nicht anders verdient, weil sie ihn beide verraten hatten. Francesca hatte seinen Familiennamen zu einem Synonym für den absurdesten Ehebruch gemacht, den man sich nur vorstellen konnte. Und Valeriano hatte ihm einen Stich versetzt, der fast noch mehr schmerzte.

Lodovico mußte an den Abend denken, an dem er Valeriano zum erstenmal singen gehört hatte. Seine eindringliche, brillante Sopranstimme hatte ihn fasziniert – er hatte sich sofort angeschickt, dem Sänger den Hof zu machen. Valeriano hatte seiner Hilfe kaum bedurft: Er war bereits berühmt und erfolgreich, auch wenn die Kastratenstimme in der Öffentlichkeit zunehmend auf Widerwillen stieß. Gerade in Mailand aber war er noch nicht sehr bekannt, so daß Lodovico ihn überall vorgestellt und ihm geholfen hatte, sich die besten Engagements zu sichern. Sogar unter seinem eigenen Dach war der Sänger ein willkommener Gast gewesen. Dort hatte Valeriano Francesca kennengelernt – und Lodovico seine ganze Freundlichkeit heimgezahlt, indem er mit seiner Schwiegertochter durchgebrannt war!

Lodovico schloß den Fensterladen mit einem Ruck, der in der Stille wie ein Schuß klang. Nachdem er an seinen Schreibtisch zurückgekehrt war, nahm er das Notizbuch und die losen Blätter und schloß beides wieder in der Kiste ein. Dann blies er die Kerze aus, so daß der Raum plötzlich in Dunkelheit gehüllt war. Er brauchte kein Licht, um in sein Schlafzimmer zu gelangen, das direkt unter diesem Raum lag. Aber als er an dem Fenster vorbeikam, das auf den Schloßhof hinunterging, entdeckte er unten zu seiner Überraschung ein Licht. Keiner seiner Diener sollte um diese Zeit noch aufsein und wertvolles Lampenöl vergeuden. Das führte nur dazu, daß sie am nächsten Tag zu müde zum Arbeiten waren. Er trat näher ans Fenster, um festzustellen, was es mit dem Licht auf sich hatte, aber inzwischen war nichts mehr zu sehen.

Er öffnete den Fensterladen, streckte den Kopf hinaus und wartete, bis seine Augen sich an die Dunkelheit gewöhnt hatten. Bald konnte er die Umrisse der Berge vor dem dunstigen Himmel erkennen und, etwas undeutlicher, die Schloßmauer mit ihren scharfen Steinzähnen, das schwere Tor, die quadratischen Wachtürme und das Durcheinander aus Schuppen und Karren im Hof. Licht aber konnte er keines entdecken. Entweder er hatte es sich nur eingebildet, oder es war gelöscht worden –

Nein, da flackerte es wieder auf! Es war nur eine Laterne, die jemand in der Hand hielt, aber in dieser Finsternis wirkte ihr Licht wie ein Leuchtfeuer. Lodovico starrte angestrengt auf die Gestalt, die sie hielt: einen Mann mit einem langen dunklen Mantel und einem großen Hut, der sich vorsichtig an der Mauer entlang auf Lodovicos Turm zubewegte.

Wieder verschwand das Licht. Es mußte sich um eine Laterne handeln, bei der man die Flamme hinter einem dunklen Schirm verbergen konnte. Ohne sich die Zeit zu nehmen, seine eigene Kerze wieder anzuzünden, tastete sich Lodovico schnell zur Tür und die Stufen hinunter. Unten, wo der Turm auf die Schloßmauer traf, führte eine Tür in den Hof hinaus. Lodovico entriegelte sie ganz langsam, um ja kein Geräusch zu machen, und öffnete sie.

Der Mann im Mantel hatte ihn fast erreicht. Er tastete sich an der Wand entlang und hatte das Licht seiner Laterne wieder verhüllt. Lodovico konnte ihn nur sehen, weil sich seine dunkle Gestalt ein wenig vom helleren Stein der Wand abhob. Als er die Tür zum Turm erreichte, enthüllte er seine Laterne. Das Licht fiel auf Lodovicos Gesicht.

Lodovico hörte, wie sein Gegenüber überrascht nach Luft schnappte. Er griff nach der Laterne und drehte sie um, um damit das Gesicht des Eindringlings zu erhellen. »Guten Abend, mein Singvögelchen. Ihr seid aber weit von Eurem Nest fortgeflogen.«

»Es tut mir leid, Signor Marchese.« Orfeos Augen waren weit aufgerissen, sein Gesicht ein wenig verzerrt, aber seine Stimme klang einigermaßen ruhig.

»Wie seid Ihr durch das Tor gekommen?«

»Ich habe in der Villa einen Schlüssel gefunden.«

»Die Laterne habt Ihr wohl auch dort gefunden?«

»Ja.«

»Indem Ihr Euch so weit von der Villa entfernt habt, habt Ihr gegen meine Bedingungen verstoßen.«

»Ich hatte gehofft, daß das zu so später Stunde nicht mehr so wichtig wäre.«

»Es ist zu jeder Stunde wichtig. Wir hatten eine Abmachung, und Ihr habt sie gebrochen. Warum?«

»Ich habe mich so rastlos gefühlt.«

»Ihr hättet im Garten spazierengehen können.«

»Vergeben Sie mir, Signor Marchese, aber ich war des Gartens einfach müde.«

»Was führt Euch hierher?«

»Die Neugier. Ich habe so oft zum Schloß emporgeblickt und mich gefragt, wie es dort wohl sein mag.«

Das war zuviel für Lodovico. Er warf den Kopf zurück und lachte.

Orfeo sah ihn mit weit aufgerissenen Augen an und wartete dann höflich, bis Lodovicos Heiterkeitsausbruch vorüber war. »Darf ich fragen, wieso Ihr Euch so über mich amüsiert, Signor Marchese?«

»Mein lieber Orfeo, glaubt Ihr allen Ernstes, ich weiß nicht, warum Ihr hier seid?«

»Wie meint Ihr das?«

Lodovico schüttelte nachsichtig den Kopf. »Nun ja, Ihr könnt aus Eurer englischen Haut eben nicht heraus. Ein Italiener hätte sofort alles zugegeben. Erwartet sie Euch?«

»Ich verstehe nicht.«

»Denn falls sie Euch erwartet, wird sie enttäuscht sein. Ich möchte, daß Ihr auf der Stelle in die Villa zurückkehrt. Heilige Jungfrau, Ihr habt doch den ganzen Tag Zeit, um ihr Eure Liebe zu beweisen. Es muß zwischen den Büschen genug lauschige Fleckchen für das geben, was Ihr im Sinn habt. Oder noch besser, geht mit ihr in die Höhlen. Aber besucht sie nicht mehr hier.«

Orfeos Miene wirkte plötzlich ganz starr. Ein paar Augenblicke lang sagte er gar nichts. Dann: »Ich habe keine Verabredung mit Lucia. Sie hat mich nie zu etwas ermutigt.«

»Aber Ihr seid trotzdem gekommen, um sie zu sehen – das könnt Ihr nicht abstreiten.«

Orfeo schwieg.

»Mein Junge, glaubt Ihr, ich habe etwas dagegen? Warum, glaubt Ihr, habe ich ein so hübsches, munteres Mädchen damit beauftragt, sich um die Villa zu kümmern, während Ihr dort seid? Ich weiß, daß manche Leute der Meinung sind, es sei schlecht für einen Sänger, zuviel von seiner Energie auf Frauen zu verschwenden, aber ich halte das für Unsinn. Ein Mann Eures Alters sollte weibliche Gesellschaft haben. Sonst wird sein körperliches Gleichgewicht gestört – er wird traurig und unzufrieden. Und wie soll er dann noch singen? Tut Euch also keinen Zwang an und nehmt Lucia. Betrachtet sie als Euer Eigentum, mit dem Ihr tun könnt, was Ihr wollt. Deshalb ist sie schließlich hier.«

»Und wenn ich mit ihr fertig bin?« fragte Orfeo mit ruhiger Stimme.

»Ich werde ihr eine Mitgift geben. Das und meine Dankbarkeit werden dafür sorgen, daß sie sich vor heiratswilligen Männern gar nicht retten kann. Falls sie schwanger werden sollte, könnt Ihr das Kind jederzeit besuchen. Seht Ihr, wie leicht sich das alles arrangieren läßt? Aber jetzt müßt Ihr zurück in die Villa, bevor die Diener Euch sehen. Und wehe, Ihr verlaßt sie noch einmal, bevor Eure Ausbildung abgeschlossen ist.«

»Wie Ihr wünscht, Signor Marchese.« Orfeo streckte die Hand nach der Laterne aus.

»Noch eins.« Lodovicos Hand schloß sich um die des jungen Mannes. Es war ein schmerzhafter Griff, und das war auch so beabsichtigt. »Die feuchtkalte Nachtluft ist Gift für Eure Stimme. Wenn ich Euch um diese Zeit noch mal draußen erwische, sperre ich Euch ein. Also seid brav, mein Orfeo. Zwingt mich nicht, mein Singvögelchen in einen Käfig zu stecken.«

Wie üblich schlief Lodovico gut, aber nicht lang. Bald nach dem Morgengrauen stand er auf, wickelte sich in seinen abgetragenen wollenen Hausmantel, schob seine bestrumpften Füße in Hausschuhe und zog seine Nachthaube tief über die Ohren herunter, um sie warm zu halten. Dann stieg er nach oben in sein Arbeitszimmer. Er sperrte die Kiste mit den Klauenfüßen auf und zog erneut das Notizbuch und die losen Seiten heraus. Er arbeitete eine oder zwei Stunden im fahlen Morgenlicht, wobei er oft innehielt, um sich die Hände zu reiben und seine kalten, steif werdenden Finger zu biegen.

Schließlich hörte er ruhige, gemessene Schritte die Treppe heraufkommen. Hastig raffte er die Blätter zusammen, auf denen er geschrieben hatte, und schob sie in das Notizbuch. Er vertraute Ernesto mehr als jedem anderen seiner Diener – sogar mehr als den meisten seiner Freunde –, aber dies war ein ganz besonderes Projekt. Niemand durfte davon erfahren, ehe es vollendet war.

Ernesto kam herein und verbeugte sich. »Guten Morgen, Exzellenz. In Eurem Zimmer steht Wasser zum Rasieren bereit.«

»Danke. Ich werde noch ein bißchen arbeiten, bevor ich mich rasieren und anziehen lasse. Was ist das?«

Ernesto hielt ein Päckchen in der Hand. Es war mit braunem Papier umwickelt und mit einer Schnur zugebunden. Er reichte es Lodovico. »Bruno hat es heute morgen auf den Pflastersteinen direkt vor dem Schloßtor gefunden.«

Es hatte eine ovale Form, war etwa sechzig Zentimeter lang, weich und biegsam. Wenn man es bog, war ein raschelndes Geräusch zu hören. »FÜR MARCHESE LODOVICO MALVEZZI« stand auf einer Seite in anonymen Blockbuchstaben.

Lodovico betrachtete es stirnrunzelnd. Er mochte keine

Geheimnisse oder Überraschungen. »Du kannst gehen«, sagte er. Ernesto verbeugte sich und ging.

Lodovico durchschnitt die Schnur mit seinem Taschenmesser und riß die braune Verpackung auf. Darunter kam eine Schicht knittrigen silberfarbenen Seidenpapiers zum Vorschein, wie es in Geschäften für Damenbekleidung zum Einpacken der Waren verwendet wurde. An das Papier war ein Stück gefaltetes Pergament geheftet – offensichtlich eine Nachricht, aber Lodovico nahm sich nicht die Zeit, sie zu lesen. Er riß das Seidenpapier auseinander, um zu sehen, was sich darunter verbarg.

Es war ein Damenhandschuh aus schönem weichem cremefarbenem Wildleder. An der leicht ausgebleichten Farbe des Leders sah man, daß es ein alter Handschuh war. Das Stück zwischen Handgelenk und Ellbogen war mit Myrtenblättern aus grüner Seide besetzt. Zwischen die Blätter schmiegte sich ein Herz aus Rubinen, durchstochen von einem diamantenen Schaft.

Lodovico zog den Handschuh aus seiner Verpackung. Das Leder zuckte wild hin und her. Lodovico wurde klar, daß das daran lag, daß seine Hände so zitterten. Um dem Einhalt zu gebieten, umklammerte er den Handschuh mit beiden Händen – und ließ ihn erschrocken fallen, als er sah, welche Falten und Knicke er dem weichem Leder damit zufügte.

Mit immer noch unsicheren Händen löste er die Nadel aus dem Pergament und entfaltete die Nachricht. Die Schrift wirkte unsicher und krakelig, als hätte ein Rechtshänder sie mit der Linken geschrieben. Sie lautete:

Ich weiß, wem dieser Handschuh gehört hat und wie er in den Besitz der Dame gelangt ist. Wenn Ihr nicht wollt, daß alle Welt ihre Geschichte erfährt, dann trefft mich in der Nacht vom 14. auf den 15. März nach 11.00 Uhr im maurischen Belvedere der Villa Malvezzi.

Lodovicos Wangen brannten. Erpressung! Er, Marchese Malvezzi, das Opfer eines Erpressers! Die Wut ließ seine Stärke

und Energie zurückkehren. Er sprang so ruckartig auf, daß sein Stuhl über den Boden schlitterte, und begann, wild im Raum auf und ab zu gehen. Wer konnte der Erpresser sein? Nur eine einzige Person kannte die Geschichte hinter dem Handschuh – aber wie konnte der Handschuh in die Hände dieser Person gelangt sein? Und warum hätte diese Person so lange warten sollen, ihn zu benutzen?
Wer auch immer der Erpresser sein mochte, er hatte sich das falsche Opfer ausgesucht. Er würde bald herausfinden, was es hieß, sich Lodovico Malvezzi zum Feind zu machen! Vielleicht würde Lodovico ihm die Polizei auf den Hals hetzen und die Nachricht als Beweismaterial verwenden. Genausogut konnte er einfach ein halbes Dutzend bewaffneter Lakaien zu dem Rendezvous ins Belvedere schicken. Eines war sicher – der Erpresser würde keinen einzigen Soldo von ihm bekommen. Sollte er doch reden – sollte er seine Drohungen doch wahr machen! Was er auch sagen würde, nichts konnte Lodovico jetzt noch etwas anhaben.
Oder doch? Lodovico blieb stehen. Dann ging er zu seinem Schreibtisch zurück und griff erneut nach dem Handschuh. Eine Stimme, die er jahrelang nicht mehr gehört hatte, klang plötzlich wieder in seinen Ohren, silbrig und süß. Es lief ihm kalt den Rücken hinunter.

4

»Nein, nein«, sagte Donati, »chromatische Terzen, jeweils einen Halbton hochtransponiert. So.« Er spielte ein paar Takte auf dem Klavier.

Tonios Stift kratzte mit quälender Langsamkeit über das Papier. Donati hoffte, daß er nicht zu viele Fehler machte. Manchmal schien es die Mühe gar nicht wert zu sein, Tonio die Stimmübungen zu diktieren, die er sich ausdachte. Er selbst benötigte keine Aufzeichnungen, da seine Blindheit sein ohnehin schon vorzügliches Gedächtnis für Musik noch zusätzlich verbessert hatte. Aber seine Schüler brauchten eine Transskription, die sie nachlesen und studieren konnten. Vor allem Orfeo interessierte sich sehr für solche Übungen und andere Lerntechniken und sprach darüber oft mit Donati und dem Marchese.

Donati wußte, daß Orfeo sich angewöhnt hatte, Tonios Fehler zu korrigieren. Er überflog, was Tonio geschrieben hatte, stellte ein paar Fragen und nahm die Übungen dann mit, um sie später, wenn er glaubte, daß Donati es nicht merkte, noch einmal zu schreiben. Ständig tat er Donati solche kleinen, unaufdringlichen Gefallen. Trotzdem war es Donati im Grunde nicht recht, daß er Tonios Pflichten übernahm – schließlich war Orfeo ein Gentleman, auch wenn er für die Bühne ausgebildet wurde.

Er konnte sich nicht länger vor der unangenehmen Tatsache drücken: Tonio mußte gehen. Wenn sie wieder in Mailand waren, würde Donati ihm helfen, eine andere Stellung zu finden. Das würde nicht leicht sein, denn Tonio war der mißmutigste und unsympathischste junge Mann, den Donati je kennengelernt hatte. Als untalentierter Sohn talentierter Eltern schien er der Meinung zu sein, daß die Welt es ihm schuldig war, ihn für diese Ungerechtigkeit zu entschädigen, während er der Welt im Gegenzug gar nichts zu schulden glaubte. Der einzige Mensch in der Villa, dem er aufs Wort gehorchte, war der Marchese, und das auch nur, weil er Angst vor ihm hatte. Für jemanden wie Tonio war Donati ein viel zu weichherziger Herr. Orfeo war offensichtlich derselben Meinung, auch wenn er deswegen nicht viele Worte machte.

Donati hörte ein leises Geräusch aus Richtung des Fensters: ein kurzes Seufzen, das abrupt endete. Orfeo hatte versucht, ein Gähnen zu unterdrücken. »Habe ich Euch zu hart rangenommen, mein Sohn?«

»Nein, Maestro.« An der Wärme, die in Orfeos Stimme mitschwang, erkannte Donati, daß er lächelte. Im Gegensatz zu den meisten anderen seiner Schüler schien es Orfeo immer zu amüsieren, wieviel Donati mitbekam. Aber im nächsten Augenblick änderte sich sein Tonfall – seine Stimme hatte plötzlich einen vorsichtigen Unterton. »Der Marchese kommt.«

»Er ist früh dran. Die Kirchenglocken haben noch nicht zehn geläutet.«

»Er ist gestern zu spät gekommen«, rief ihm Orfeo ins Gedächtnis.

Donati wußte, was er meinte. Nachdem Lodovico einen Teil der gestrigen Vormittagslektion verpaßt hatte, würde er heute dafür sorgen, daß er alles bekam, was ihm zustand.

Die schnellen, scharfen Schritte des Marchese näherten sich dem Musikzimmer. Er rauschte herein. »Guten Morgen, Maestro. Orfeo.« Er ließ sich nicht herab, Tonio zu begrüßen, der neben Donati am Klavier saß und mit den Füßen scharrte. »Bevor wir anfangen, habe ich euch etwas mitzuteilen. Im Schloß habe ich letzte Nacht nicht gut geschlafen, deswegen habe ich beschlossen, hier zu übernachten.«

»Hier?« Donatis Stimme klang sehr überrascht. »Heute nacht?«

»Natürlich heute nacht, Maestro. Was glaubt Ihr denn?«

»Ich nehme an, Maestro Donati wollte damit nur sagen, daß wir auf diese Ehre kaum vorbereitet sind«, sagte Orfeo. »Es sind nur ein paar von den Zimmern offen, und Dienstbotenquartiere sind gar keine hergerichtet.«

»Ich bringe keine Dienstboten mit«, erwiderte der Marchese. »Ihr wißt doch, daß ich nicht möchte, daß Euch mehr Leute als unbedingt nötig zu Gesicht bekommen. Du!« Damit wandte er sich offenbar an Tonio. »Sag Lucia, daß sie eines der Schlafzimmer für mich herrichten soll – egal, welches – und daß sie mich heute zum Abendessen und morgen zum Frühstück erwarten soll.«

»Ja, Euer Exzellenz.« Tonio schob lautstark seinen kleinen tragbaren Schreibtisch beiseite, ließ das Tintenfaß klirrend in die dafür vorgesehene Vertiefung fallen, und eilte hinaus.

»Nun denn, mein Singvögelchen«, sagte der Marchese, »nun laßt mal hören, in welcher Verfassung Ihr heute seid.«

Donati mochte diesen Ton nicht besonders. Der Marchese

klang, als würde er damit rechnen, von seinem Protegé enttäuscht zu werden. Aber Orfeo war der Herausforderung mehr als gewachsen. Er hatte nie besser gesungen als an diesem Morgen.

Der Marchese hätte eigentlich zufrieden sein sollen – und war es auch, sooft es ihm gelang, sich auf Orfeos Darbietung zu konzentrieren. Ansonsten aber wirkte er unruhig und zerstreut. Immer wieder ging er nervös auf und ab, während Orfeo sang. Einmal hörte Donati sogar das kratzende Geräusch von Tonios Feder. Der Marchese hatte die Angewohnheit, geistesabwesend auf jedem Stück Papier herumzukritzeln, das ihm unter die Finger kam, aber nie zuvor hatte er das während Orfeos Unterrichtsstunde getan.

Ließ seine Vernarrtheit nach? Donati war nicht dieser Meinung. Irgend etwas mußte dem Marchese zu schaffen machen. Hatte es vielleicht mit seinem plötzlichen Entschluß zu tun, in der Villa zu übernachten? Donati fand das noch immer höchst seltsam. Lodovico hatte immer streng darauf geachtet, daß die gesellschaftlichen Grenzen, die ihn von Orfeo und Donati trennten, von keiner Seite überschritten wurden. Sie speisten nur selten zusammen und schliefen nie unter demselben Dach. Außerdem hatte Lodovico normalerweise eine ganze Gefolgschaft von Dienern dabei, wenn er irgendwo über Nacht blieb.

Als die Stunde vorüber war, applaudierte Lodovico begeistert. »Bravo! Bravo, mein Singvögelchen! Euer Portamento ist grandios – die Art, wie Ihr von Note zu Note gleitet, hat etwas von der natürlichen Anmut eines dahinfliegenden Vogels.«

»Vielen Dank, Signor Marchese.«

»Euer kleiner Zusammenstoß mit der Nachtluft scheint Eurer Kehle nicht geschadet zu haben.«

Orfeo zögerte nur ganz kurz, ehe er antwortete: »Nein, Signor Marchese.«

»Der Madonna sei dafür Dank!«

»Welcher Zusammenstoß mit der Nachtluft?« fragte Donati.

»Hat er Euch das nicht erzählt?« Der Marchese brach in Gelächter aus. »Unser liebeskranker Orfeo hat gestern nacht auf der Suche nach seiner Dame die Mauer von Castello Malvezzi erklommen.«

»Er hat die Mauer erklommen?« rief Donati aus. »Mein Sohn, was habt Ihr Euch dabei gedacht?«

»Seine Exzellenz belieben ein wenig zu übertreiben«, antwortete Orfeo. »Ich bin durch das Schloßtor hineingekommen – mit einem Schlüssel, den ich hier in einem der Lagerräume gefunden habe.«

»Ich nehme den Schlüssel wohl besser mit zurück ins Schloß«, sagte Lodovico. »Nur, um Euch nicht weiter in Versuchung zu führen.«

»Wie Ihr wünscht, Signor Marchese.«

»Oder noch besser, ich gebe ihn Matteo, damit er darauf aufpaßt. Ihr könnt wohl kaum den Vater um den Schlüssel zum Bett seiner Tochter bitten, oder?«

»Ich hätte hoffentlich genug Anstand, zuerst das Mädchen selbst zu fragen. Aber wie ich Euch gestern nacht schon gesagt habe, habe ich das nicht getan.«

»Seht, wie er ihren guten Ruf schützt!« spottete Lodovico. »Man könnte fast meinen, sie wäre eine Gräfin. Er gibt nicht einmal zu, eine Rendezvous mit ihr gehabt zu haben!«

Orfeo erhob sich. »Wenn Ihr mich nicht mehr braucht, Signor Marchese, würde ich gern einen Spaziergang im Garten machen.«

»Jetzt habe ich mein Vögelchen beleidigt«, sagte Lodovico. »Offenbar prahlen die Engländer nicht gern mit ihren Eroberungen, wenn es dabei um Bauernmädchen geht.«

»Ich wußte nicht, daß ein Gentleman, egal, welcher Nationalität, überhaupt mit seinen Eroberungen prahlt.«

Orfeo ging ruhigen Schrittes hinaus. Donati hatte das unheimliche Gefühl, genau zu spüren, wie der Marchese ihm nachsah. Schließlich sagte Lodovico: »Damit ist er einer Beleidigung gefährlich nahe gekommen.«

Donati nahm seinen ganzen Mut zusammen. Was hatte er schon zu befürchten? Er war ein berühmter Lehrer und von niemandem abhängig. Er brauchte weder Geld noch einen Gönner, und er war am Ende seines Lebens angelangt – einer Zeit, in der ein Mann zweifellos Risiken eingehen konnte und sollte. »Ihr habt ihn gereizt, Signor Marchese. Und – entschuldigt meine Offenheit, aber ich glaube, Ihr habt es absichtlich getan. Warum?«

Die Sofakissen raschelten leicht, als würde Lodovico sich bequemer hinsetzen. »Weil sein Stolz gezügelt werden muß. Wenn er erst einmal auf der Bühne steht, kann er es sich nicht mehr leisten, zu empfindlich zu sein, was sein Ehrgefühl betrifft. Ihr kennt die Ellbogentaktik, mit der die Sänger einander auszustechen versuchen, wenn es darum geht, die besten Opern, die schönsten Arien, den obersten Platz auf der Besetzungsliste und das höchste Honorar zu ergattern. Wenn Orfeo Erfolg hat, werden ihm seine Rivalen mit boshaften Tricks und gehässigem Gerede zusetzen. Wenn er das Publikum enttäuscht, wird es sich gegen ihn wenden und über ihn herfallen, genauso, wie es ihm vorher geschmeichelt hat. Was wird er tun, wenn er zum erstenmal mit einem Schnupfen singen muß? Wird er jedem, der dann Buh! ruft, eine Herausforderung zum Duell schicken? Er muß lernen, um die Gunst des Publikums zu buhlen – und wenn nötig Demütigungen hinzunehmen. Und je eher er das lernt, desto besser.«

»Nicht alle Sänger wenden hinterhältige Taktiken an«, argumentierte Donati. »Und die, die es tun, besitzen meist nicht genug Talent, um auf andere Weise Erfolg zu haben. Orfeo besitzt dieses Talent – und was noch wichtiger ist, er besitzt Temperament und einen Charme, der größtenteils auf seine gute Kinderstube zurückzuführen ist. Wenn Ihr seinen Geist brecht, untergrabt Ihr damit womöglich seine Kunst.«

»Ach was! Ein wenig Erziehung kann selbst dem edelsten Pferd nicht schaden, und mehr habe ich mit Orfeo ja gar nicht vor.«

»Pferde sind Tiere, Signor Marchese. Sie respektieren eine starke Hand, und manchmal lieben sie den, der sie zähmt, sogar um so mehr – wie ein Kind, das einen wohlwollenden, aber strengen Vater liebt. Ein stolzer junger Mann dagegen empfindet keine Liebe für die Hand, die ihn zur Unterwerfung zwingt. Wenn Ihr einem solchen Mann etwas gebt, und er stellt fest, daß Ihr glaubt, ihn damit gekauft zu haben, wird er Euch weder respektieren noch lieben. Sogar seine Dankbarkeit kann dann nachlassen. Orfeo wird irgendwann das Gefühl haben, Euch nichts mehr zu schulden. Er wird Euch ohne Gewissensbisse verlassen, sich vielleicht sogar gegen Euch wenden.«

»Ich weiß überhaupt nicht, wovon Ihr sprecht!« rief Lodovico wütend aus. »Rinaldo habe ich auch nie verhätschelt, und er verhält sich mir gegenüber loyal und respektvoll!«

Er würde es auch nicht wagen, sich anders zu verhalten, dachte Donati traurig. Der arme Junge – der Marchese hatte ihn so eingeschüchtert, daß er gar keinen eigenen Willen mehr besaß. In Mailand war der Witz in Umlauf, Rinaldo und der Liebhaber seiner Frau besäßen nicht einmal zusammengenommen genug Manneskraft, um einen richtigen Mann zu ergeben. Lodovicos Tragödie bestand darin, daß er Stärke und Mut bewunderte, es aber nicht ertragen konnte, wenn sie gegen ihn gerichtet waren. Stets versuchte er, die Menschen um ihn herum seinem Willen zu unterwerfen, aber sobald es ihm gelungen war, verachtete er die Marionetten, die er geschaffen hatte. Er war wie ein Kind, das ständig seine Lieblingsspielzeuge zerbrach. Nur eine einzige Person schien in der Lage zu sein, sich sowohl seine Liebe als auch seinen Respekt zu erhalten: seine zweite Frau, Beatrice, von der alle erzählten, sie sei schön wie eine Göttin und subtil wie eine Sphinx.

Donati verzichtete darauf, den Streit fortzusetzen. Er kannte den Marchese lange genug, um zu wissen, daß er seine Meinung nicht mehr änderte, wenn er sich erst einmal zu etwas entschlossen hatte. Besser, er verdarb es sich nicht mit ihm, weil er dann wenigstens für Orfeo eintreten konnte, falls es zwischen den beiden zu einem ernsthaften Streit kommen sollte. Orfeo hatte eine zu schöne Stimme, um sich seine Zukunftsaussichten zu verderben, indem er sich einen so einflußreichen Mann wie Lodovico zum Feind machte. Er durfte nicht zulassen, daß Lodovico seine Karriere zerstörte, so wie er die von Valeriano zerstört hatte.

»Bitte verzeiht mir, Signor Marchese«, sagte Donati mit sanfter Stimme. »Ich fürchte, ich habe mich von meinem Eifer als Lehrer hinreißen lassen.«

»Ich habe dafür vollstes Verständnis, Maestro. Das ist nur natürlich. Wenn Euch Eure Schüler nicht so am Herzen lägen, wärt Ihr nicht in der Lage, das Beste in ihnen zum Vorschein zu bringen. Aber Eure Domäne ist die Stimme, nicht der Charakter.«

Donati nickte unterwürfig. Seine Finger wanderten über die Tasten des Klaviers und entschieden sich für eine alte Melodie von Paisiello aus *»La Molinara«*: *»Nel cor più non mi sento.«* Manchmal wünschte er, es wäre so.

Nach einer Weile hörte er zu spielen auf, um den Spatzen zu lauschen, die die Luft mit ihren Liedern erfüllten, während sie sich auf den Simsen und Balkonen der Villa ihre Frühlingsbehausungen bauten. Es war ein schöner Tag: Er spürte, wie die Sonne durch das Fenster hereinströmte, und roch den Duft der ersten sich öffnenden Blüten. »Orfeo hatte recht, ein Spaziergang wäre jetzt schön. Falls Ihr nichts dagegen habt, Signor Marchese, würde ich gerne nach Tonio läuten, damit er mich ein wenig durch den Garten führt.«

»Ich werde Euch führen, Maestro«, erklärte Lodovico in freundlichem Ton. »Heute ist kein Tag, um drinnen zu bleiben.«

Er half Donati auf und nahm dann seinen Arm. Sie traten auf die Terrasse. Hätte Donati nicht ohnehin gewußt, daß die Terrasse auf den See hinausging, hätten ihn hundert verschiedene Dinge darauf hingewiesen: das unruhige Platschen der Wellen gegen die Uferböschung, das Geschrei der Möwen, der Geruch der Fischernetze, das Schlagen der Ruder und die außergewöhnlich melodiösen Gesänge der Ruderer, die nie Musik studiert hatten und nicht einmal Noten lesen konnten.

Lodovico führte Donati weg vom See. Donati kannte diesen Weg: Er schlängelte sich an der Rückseite der Villa entlang und verlief dann in Biegungen und Windungen Richtung Norden weiter, bis er am Fuß des Felsens endete, auf dem das Castello Malvezzi thronte. Der Felsen bildete die nördliche Begrenzung des Villagartens. Donati nahm seinen Hut ab, um den Wechsel von Sonne und Schatten auf seinem kahlen Kopf zu spüren, wenn der Weg die schützenden Bäume verließ oder unter ihr Dach zurückkehrte. Bienen summten, und in den Büschen war hin und wieder ein plötzliches Rascheln zu hören, das von umherhuschenden Eidechsen herrühren mußte.

Plötzlich kam ein neues Geräusch hinzu: ein Gewirr aufgeregter Männerstimmen, und dann ein lautes, beunruhigendes Gepolter. »Was ist das?« fragte Donati ängstlich.

»Es kommt aus den Höhlen«, antwortete Lodovico.

Donati wußte, daß es am Fuß des Felsens, auf dem Castello Malvezzi stand, mehrere kleine Höhlen gab. Unterhalb der Höhlen lagen schöne Grotten, die inzwischen als Weinkeller genutzt wurden.

»Glaubt Ihr, jemand versucht, den Wein zu stehlen?« fragte Donati.

»Das werde ich gleich herausfinden!« antwortete Lodovico. »Wartet hier!«

Donati hätte ihm gern gehorcht, aber er hatte Angst – auch wenn er eigentlich nicht wußte, wovor. Als der Marchese seinen Arm losließ, streckte er die Hände aus und machte ein paar unsichere Schritte. Es gab nichts, woran er sich hätte festhalten können – er hatte nicht einmal den leichten Rattanstock bei sich, mit dem er sich normalerweise seinen Weg ertastete. Er blieb mit dem Fuß in einer Baumwurzel hängen und wäre beinahe gestürzt.

»Oh, wartet, Maestro, dann kommt Ihr eben mit!« Lodovico griff ungeduldig nach seinem Arm und zog ihn hinter sich her.

Der Lärm vor ihnen wurde lauter. Donati konnte bereits Tonios rauhe Stimme fluchen hören, woraufhin Matteo rief, er solle den Mund halten. Aber als der Marchese und Donati sie erreichten, war tödliche Stille eingekehrt.

Donati spürte, wie Lodovicos Arm sich versteifte. »Was ist denn hier los? Mein Gott, Orfeo, seid Ihr in Ordnung?«

»Mir fehlt überhaupt nichts, Signor Marchese.« Orfeos Stimme klang ruhig, wenn auch ein wenig atemlos.

»Von wegen, Euch fehlt überhaupt nichts! Heiliger Bacchus! Euer ganzes Gesicht ist voller Blut!«

»Ich habe mir die Lippe aufgeschlagen. Daher das viele Blut.«

»Ihr habt Euch geschlagen!« sagte Lodovico. »Und noch dazu mit dieser Kanaille von einem Diener! Laß hören, Bube! Was hast du dazu zu sagen?«

Es kam keine Antwort – nur das Füßescharren, mit dem Tonio üblicherweise auf schwierige Fragen reagierte. Aus seiner Richtung schlug Donati Schweißgeruch entgegen, vermischt mit dem Geruch nach Wein, der beide jungen Männer einzuhüllen schien.

»Ich erwarte eine Erklärung!« wütete Lodovico. »Matteo, was geht hier vor?«

»Sie haben sich unten in den Grotten geschlagen, Exzellenz – Signor Orfeo und Tonio.« Der Gärtner zögerte. Er war kein Mann, der gern viele Worte machte. »Lucia hat den Lärm gehört und mich geholt, damit ich den Streit beende. Was ich auch getan habe – oder zumindest gerade tun wollte, als Euer Exzellenz eintrafen.«

«Worum ging es bei dem Streit?« fragte Lodovico.

Orfeo antwortete schnell: »Tonio und ich hatten eine Meinungsverschiedenheit wegen eines Kartenspiels. Er hat mich beschuldigt, geschummelt zu haben. Ich habe versucht, ihm klarzumachen, daß er sich irre, aber wollte es nicht einsehen, so daß ich schließlich gezwungen war, ihn niederzuschlagen. Woraufhin er zum Gegenschlag ausholte.«

»Ihr habt Euch in diese Situation gebracht, habt riskiert, Euch ernsthaften Schaden zuzufügen, und Euch erniedrigt, indem Ihr Euch mit einem gemeinen Diener geschlagen habt – und das alles wegen eines Kartenspiels?«

»Rückblickend gesehen, Signor Marchese, war es die Mühe wohl nicht wert.«

»Ihr seid unverschämt, Signor. Ihr vergeßt Euch – und mich.«

»Ich könnte Euch nie vergessen, Signor Marchese.« Aus Orfeos Stimme sprach nur ein Hauch von Ironie.

Donati wünschte von ganzem Herzen, Orfeo möge schmollen oder rebellieren oder die Beherrschung verlieren. Alles war besser als diese kühle Gelassenheit. Für Lodovico war das wie ein rotes Tuch für einen Stier. »Darauf laufen Eure feinen Manieren und Eure gute Erziehung also hinaus!« fauchte er. »Eine Schlägerei mit einem Diener in einem Weinkeller! Maestro, Ihr solltet Euren Schüler sehen: Seine Lippe ist aufgeschlagen, sein Kragen halb abgerissen, sein Hut liegt am Boden, und seine Kleider sind voller Wein! Wie ist das bloß passiert?«

»Wir haben im Eifer des Gefechts eine Weinflasche zerbrochen und sind in dem verschütteten Wein herumgerollt, als wir am Boden miteinander kämpften.«

»Das wird ja immer besser!« höhnte Lodovico. »Und wer wird mir die Weinflasche bezahlen, die ich verloren habe?«

»Wie Ihr wißt, besitze ich nicht viel Geld«, antwortete Orfeo mit leiser Stimme. »Aber Ihr könnt meine goldene Krawattennadel haben, wenn Ihr wollt.«

»Ich will Eure verdammte Krawattennadel nicht! Ich kann mir Hunderte davon kaufen! Was ich will, ist eine Entschuldigung!«

»Und wofür genau?« fragte Orfeo langsam.

»Dafür, daß Ihr Euch wie ein gemeiner Raufbold benommen habt. Dafür, daß Ihr Schande über Euch und mich gebracht habt.«

»Dafür kann ich mich nicht entschuldigen, Signor Marchese, weil ich das nicht getan habe.«

Lodovico schnappte nach Luft. Nicht, flehte Donati schweigend, beleidigt ihn nicht noch einmal, viel mehr wird er nicht ertragen.

»Wie könnt Ihr es wagen?« legte Lodovico los. »Wie könnt

Ihr es wagen, mir derart die Stirn zu bieten? Was wärt Ihr ohne mich? Ein zerlumpter Gentleman, gezwungen, Musikstunden zu geben oder die Proben drittklassiger Operntruppen zu begleiten! Als ich Euch kennenlernte, war Eure Stimme gerade dabei, vor die Hunde zu gehen! Ich habe Euch unter meine Fittiche genommen – und Euch den besten Gesangslehrer Italiens gegeben! Und Ihr dankt es mir auf diese Weise! Da muß ich mich ja schämen, Euch aufgenommen zu haben!«

Orfeo sagte nichts. Seine gepreßten Atemzüge sagten Donati, daß er um Selbstbeherrschung rang.

»Ich verlange, daß Ihr Euch wegen Eurer Unverschämtheit und Undankbarkeit entschuldigt«, fuhr Lodovico fort. »Wenn ich diese Entschuldigung nicht bekomme, dann schwöre ich bei der Madonna, daß ich Euch auf die Straße setzen werde, selbst wenn es mir das Herz bricht, Eure Stimme zu verlieren!«

Es folgte eine lange Pause. Donati hatte das Gefühl, vor Anspannung verrückt zu werden. Schließlich sagte Orfeo ruhig: »Ich bitte wegen meiner Unverschämtheit und Undankbarkeit um Entschuldigung.«

»Ah.« Lodovico schnaubte befriedigt.

»Kann ich jetzt zur Villa zurückgehen, um mir das Gesicht zu waschen und mich umzuziehen?« fragte Orfeo.

»Ja, unbedingt. Seht zu, daß Ihr alle Spuren dieser Schlägerei loswerdet.«

»Ja, Signor Marchese.« Orfeo marschierte in Richtung Villa davon.

»Und was dich betrifft« – der Marchese wandte sich an Tonio –, »steht es dir nicht zu, dich mit Höherstehenden zu schlagen.«

»E-er hat angefangen, Exzellenz –«

»Es kümmert mich einen feuchten Dreck, wer angefangen hat!« bellte der Marchese. »Du bist auf jeden Fall entlassen. Pack deine Sachen und verschwinde von hier!«

Donati überlegte, ob er sanft darauf hinweisen sollte, daß Tonio sein Diener sei und nicht der des Marchese. Aber im

Grunde war es ganz gut so. Er hatte Tonio ohnehin entlassen wollen. »Ich werde dir noch einen Monatslohn zahlen«, versprach er. »Und wenn du mich wissen läßt, wohin du gehst, werde ich dir helfen, eine andere Stellung zu finden.«

»Danke, Maestro«, murmelte Tonio.

»Und nun verschwinde!« sagte der Marchese. Tonio machte sich davon.

»Soll ich ihm nicht besser nachgehen, Exzellenz?« meldete sich Matteo vorsichtig zu Wort. »Er könnte Signor Orfeo noch einmal über den Weg laufen, und –«

»Ja, ja, du hast recht. Geh ihnen nach. Nein, warte – erst habe ich dir noch etwas zu sagen. Du hast vielleicht schon von Lucia gehört, daß ich heute abend in der Villa übernachte. Ich gebe dir frei. Du kannst die Nacht oben im Schloß bei deiner Tochter verbringen.«

Donati schüttelte mit einem unguten Gefühl den Kopf. Das hieß, daß nur Lodovico, Orfeo und er selbst in der Villa zurückbleiben würden – wohl kaum eine harmonische Gesellschaft, nach allem, was heute passiert war.

Matteo und Lucia murmelten ein paar Worte des Dankes und machten sich dann auf den Rückweg zur Villa. Donati hatte Lucias Anwesenheit fast vergessen. Sie hatte die ganze Zeit geschwiegen. Er fragte sich, was sie wohl von der Sache hielt.

»Nun, Maestro?« fragte Lodovico. »Sollen wir unseren Spaziergang fortsetzen oder zur Villa zurückkehren?«

Eigentlich hätte der fröhliche Ton des Marchese Donati nicht überraschen dürfen. Wenn Lodovico seinen Kopf durchgesetzt hatte, war er selten nachtragend. »Ich würde lieber zur Villa zurückgehen, wenn es Ihnen nichts ausmacht, Signor Marchese. Das Ganze hat mich doch sehr ermüdet.«

»Natürlich, Maestro. Hier entlang.« Lodovico nahm Donatis Arm. Während sie den Weg entlanggingen, sagte er: »Seht Ihr, meinem Singvögelchen hat es nicht geschadet, die Flügel ein wenig gestutzt zu bekommen. Im Grunde ist er ein vernünftiger junger Mann, der weiß, wo für ihn etwas zu holen ist. Ihr werdet sehen, daß er in Zukunft nicht mehr so unverschämt zu mir sein wird.«

Donati gab ihm keine Antwort. Warum? fragte er sich. Warum hatte Orfeo nachgegeben? Bestimmt nicht, weil er vor Lodovico Angst hatte – da war Donati ganz sicher. Nein – er hatte sich nach reiflicher Überlegung dafür entschieden, es sich nicht mit Lodovico zu verderben. Um ihn als Gönner zu behalten? Wegen seines Geldes? Oder aus einem anderen Grund, den Donati nicht kannte? Was auch immer Orfeos Beweggründe gewesen sein mochten, Donati konnte sich vorstellen, wie schwer ihm diese Unterwerfung gefallen war. Und er wußte plötzlich, daß er bei diesem Aufeinandertreffen zweier willensstarker Männer, von denen der eine ein mächtiger Adliger und der andere ein mittelloser Sänger war, nicht um Orfeo, sondern um Lodovico Malvezzi bangte.

5

In der Villa kehrte vorübergehend Ruhe ein. Der Marchese ritt ins Schloß zurück, um erst zum Abendessen wiederzukommen. Orfeo zog sich um und ließ seine aufgeschlagene Lippe von Lucia verarzten. Tonios Entlassung nahm er kommentarlos zur Kenntnis, aber Donati vermutete, daß er darüber nicht besonders traurig war.

Donati selbst war froh, Tonio los zu sein, aber nun hatte er weder einen Diener noch einen Sekretär, der ihm die Augen ersetzte. Der Marchese hatte versprochen, ihm morgen einen Diener aus dem Schloß herüberzuschicken, aber wie sollte er heute abend zurechtkommen? »Orfeo wird Euch helfen«, hatte der Marchese gesagt, aber Donati fand, daß Orfeo an diesem Tag schon genügend Demütigungen hatte hinnehmen müssen. Da brauchte man ihn nicht auch noch zum Diener seines eigenen Gesanglehrers zu machen. Aber wie sich herausstellte, löste sich dieses Problem ganz von selbst: Orfeo übernahm Tonios Aufgaben, ohne daß man ihn darum bitten mußte.

Am Nachmittag kehrte der Marchese mit einer Tasche zurück, nachdem er sein Pferd in der Nachtigall in Solaggio zurückgelassen hatte. Lucia hatte das größte und vornehmste der sieben Schlafzimmer vorbereitet. Er, Donati und Orfeo schliefen alle im ersten Stock des vorderen Teils der Villa, wo man einen schönen Blick auf die Terrasse und den See hatte. Die Zimmer von Donati und Lodovico lagen links und rechts von der Haupttreppe. Das von Orfeo lag neben dem von Donati.

Lodovico trug seine Tasche eigenhändig in sein Zimmer und ließ nicht zu, daß Lucia sie für ihn auspackte. Er, Orfeo und Donati ließen sich zu einem unbehaglichen Abendessen nieder. Um sechs hatte Orfeo seine abendliche Unterrichtsstunde. Er sang so gut wie immer, aber Donati merkte, daß es ihn einige Anstrengung kostete. Als Donati ihn nach dem Grund fragte, gab er widerstrebend zu, daß seine lädierte Lippe wieder aufgeplatzt sei und stark blute. »Das hättet Ihr mir sofort sagen müssen«, erklärte Donati streng. »Wie kann ich Euch angemessen unterrichten, wenn ich nicht weiß, mit welchen Schwierigkeiten Ihr zu kämpfen habt?«

»Est tut mir leid, Maestro. Aber wenn ich auf der Bühne gestanden hätte, hätte ich mich auch bei niemandem beklagen können. Ich hätte so gut wie möglich weitersingen müssen.«

Donati wollte ihn gerade darauf hinweisen, daß eine Unterrichtsstunde keine Bühnenvorstellung sei, aber dann verzichtete er darauf, weil ihm klar wurde, worum es Orfeo in Wirklichkeit ging. Der junge Mann wäre lieber an seinem eigenen Blut erstickt, als vor dem Marchese über Schmerzen oder sonstige Probleme zu klagen.

Am Abend machten sich Matteo und Lucia auf den Weg ins Schloß. Lodovico ging nervös im Musikzimmer auf und ab. Donati konnte sich nicht erklären, was ihn so aufregte. Orfeo spielte Klavier und sang leise vor sich hin. Donati gestattete ihm nicht, länger als zwei Stunden am Tag mit voller Lautstärke zu singen, aber er durfte nach seinen Unterrichtsstunden noch eine Weile halblaut weiterüben, um

Interpretation und Ausdruck zu verbessern. Er arbeitete an einem der alten Lieder, die Donati so liebte:

»Ich bin voller Kummer,
ich habe nur Sorgen,
ein grausamer Schmerz bringt mich um.
Für mich sind die Sterne, das
Schicksal, die Götter, der Himmel
nichts als Tyrannen.«

»Muß es denn dauernd etwas so Trauriges sein?« fauchte Lodovico. »Könnt Ihr nicht mal was Fröhlicheres singen?«

Ohne ein Wort wechselte Orfeo zu einer fröhlichen Melodie von Mozart über, die davon erzählte, welche Vorteile es habe, sich unter einem Eselsfell zu verstecken. Lodovico begann erneut, im Raum auf und ab zu gehen. Donati war zutiefst erleichtert, als die Kirchenglocken zehn schlugen und Lodovico ihn und Orfeo ins Bett schickte. Als er an Orfeos Arm die Treppe hinaufstieg, hörte er, wie der Marchese ruhelos eine Tonleiter nach der anderen spielte, und fragte sich, wann er wohl seinerseits ins Bett gehen würde.

Orfeo half Donati beim Ausziehen und Waschen. Seine Berührungen waren so sanft und geduldig wie die einer Frau. Donati konnte sich gar nicht mehr vorstellen, wie er Tonios Dienst so lange ertragen hatte. Er haßte es, heikle Themen anzusprechen, aber er wußte, daß er nicht würde schlafen können, wenn er es nicht tat. »Mein Sohn, da ist etwas, was Ihr wissen solltet. Tonio hat in der Fastenzeit geschworen, mit dem Kartenspielen aufzuhören.«

Orfeos Hände, die gerade damit beschäftigt gewesen waren, Donatis Nachthemd am Hals zuzubinden, hielten kurz inne. Als er sprach, hörte Donati das Lächeln in seiner Stimme. »Da habe ich wohl einen Fehlgriff getan.«

»Keine Sorge, ich werde dem Marchese nichts davon erzählen. Aber sagt mir, mein Sohn, weswegen habt Ihr wirklich mit Tonio gestritten?«

»Glaubt mir, Maestro, die Sache war völlig unwichtig.«

»Warum könnt Ihr mir dann nicht davon erzählen?«

»Das werde ich, falls Ihr Euch sonst Sorgen macht. Aber ich gebe Euch mein Wort, daß es nicht nötig ist.«

Jetzt saß Donati in der Klemme. Wenn er weiter in Orfeo drang, dann hieß das, daß er seinem Schüler nicht vertraute. Orfeo war in einem Alter, in dem ein Mann das Recht hatte, über eine Auseinandersetzung Stillschweigen zu bewahren, wenn er wollte. Also stellte ihm Donati keine weiteren Fragen. Aber nachdem Orfeo ihm ins Bett geholfen und die Decke hochgezogen hatte, meinte Donati zögernd: »Ich habe gerade überlegt –«

»Ja, Maestro?«

»Ich weiß, daß Ihr und der Marchese in letzter Zeit nicht besonders gut miteinander auskommt. Dabei sorgt er sich auf seine Art durchaus um Euch. Ich habe die Angst in seiner Stimme gehört, als er Euch nach Eurer Schlägerei fragte, ob Euch etwas fehle –«

»Ich nehme an, Maestro«, sagte Orfeo ruhig, »Ihr wißt so gut wie ich, daß *Fehlt Euch etwas?* in Wirklichkeit hieß: *Könnt Ihr noch singen?*«

Donati seufzte. »Nun, wie auch immer, ich habe mir gedacht, daß Ihr vielleicht mit Eurer Ausbildung weitermachen möchtet, ohne vom Marchese abhängig zu sein. In dem Fall könntet Ihr bei mir leben, bis ich jemanden gefunden habe, der Tonios Stelle übernimmt. Die Arbeit wäre nicht hart, und Ihr könntet Euren Unterricht fortsetzen. Ich weiß, daß es für einen jungen Mann Eurer Abstammung erniedrigend sein muß –«

»Maestro, es wäre mir eine Ehre! Aber – meine Pläne stehen noch nicht fest. Ich kann nicht mit Sicherheit sagen, wo ich in einer Woche sein oder was ich in einem Monat tun werde.«

»Ich verstehe nicht ganz. Ihr würdet weggehen, bevor Eure Ausbildung abgeschlossen ist?«

»Nicht, wenn es nach mir geht. Aber es ist möglich, ja.«

»Hat es mit Eurer Familie in England zu tun?«

»In gewisser Weise. Es tut mir leid, daß ich so geheimnisvoll tun muß. Ich würde es Euch erzählen, wenn ich könnte. So, ich habe Eure Glocke in das Regal über Eurem Kopf gestellt – hier.« Er führte Donatis Hand an die Stelle. »Wenn Ihr in der Nacht etwas benötigt, braucht Ihr nur zu läuten.«

»Ich kann Euch doch nicht mit einer Glocke herbeirufen!«

»Dann werde ich wie ein Spaniel am Fuß Eures Betts schlafen müssen, damit Ihr mich aufwecken könnt, wenn Ihr mich braucht. Ich halte die Glocke wirklich für die praktischere Lösung. Gute Nacht, Maestro. Angenehme Träume.«

Donati hörte, wie er die Türe leise hinter sich zuzog. Er rechnete damit, daß Orfeo sich in sein eigenes Zimmer zurückziehen würde, aber statt dessen hörte er ihn die Treppe hinuntergehen. Der Marchese würde sehr verärgert sein, wenn er ihm über den Weg lief – Donati hatte den Eindruck gehabt, daß er ihn und Orfeo aus dem Weg haben wollte. Aber warum?

Donati schlug die Decke zurück und ließ sich auf den eisigen Boden neben dem Bett gleiten. Kniend sprach er ein Vaterunser und ein Avemaria. Dann stellte er sich Santa Cecilia vor, wie er sie am meisten liebte: Angetan mit ihrem Brautkleid, den Musikanten lauschend, die bei ihrer Hochzeit spielten, während sie in ihrem Herzen zu Gott sang, daß sie immer Jungfrau bleiben werde. Donati bat sie, sowohl Orfeo als auch den Marchese zu segnen und die Bitterkeit zwischen ihnen zu beseitigen. Außerdem bat er darum, daß Orfeo, falls er dadurch keinen Schaden davontrug, bei Donati bleiben und der große Sänger werden solle, zu dem er berufen war.

Das hektische Klavierspiel des Marchese hatte längst aufgehört. Während Donati wieder ins Bett kroch, glaubte er zu hören, wie die vordere Tür der Villa auf- und wieder zuging. Er lag still da und lauschte, aber alles, was er hörte, war das unaufhörliche, sorgenvolle Murmeln des Sees. Nach wenigen Minuten war er eingeschlafen.

Donati erwachte zum Gesang einer Lerche. Er griff nach oben und tastete nach der silbernen Taschenuhr, die über seinem Bett hing. Seine Uhr hatte kein Uhrglas, so daß er die Zeiger fühlen konnte. Er ließ die Fingerspitzen leicht darübergleiten. Es war kurz nach sechs. Um diese Zeit standen er und Orfeo für gewöhnlich auf. Er nahm seine Glocke aus dem Regalfach über seinem Kopf und läutete.

Niemand kam. In der Villa war es seltsam still. Donati nahm an, daß Lucia und ihr Vater noch nicht aus dem Schloß zurückgekehrt waren und daß Orfeo und der Marchese noch schliefen. Aber die Glocke war sehr laut – sie hätte Orfeo aufwecken müssen, dessen Zimmer gleich neben dem Donatis lag, und wahrscheinlich auch Lodovico. Konnte es sein, daß sie einen Morgenspaziergang machten? Nein – Orfeo hätte Donati niemals sich selbst überlassen. Vielleicht war er gerade unterwegs, um Wasser zum Waschen und Rasieren zu holen.

Donati wartete eine Weile und läutete dann noch einmal. Noch immer reagierte niemand. Er lag ganz still da und lauschte angestrengt, ob er Schritte näher kommen oder eine Tür aufgehen hörte. Draußen vor seinem Fenster sangen die Vögel im Chor. Aber in der Villa war kein Ton zu hören.

Als die Kirchenglocken rund um den See sieben Uhr läuteten, bekam es Donati langsam mit der Angst zu tun. Orfeo hätte ihn nie im Stich gelassen. Was, wenn er krank in seinem Zimmer lag und Donatis Glocke hörte, aber nicht in der Lage war, darauf zu reagieren? Donati befreite sich aus seiner Decke und tastete mit den Füßen nach seinen Hausschuhen. In dem Moment hörte er die Haustür auf- und wieder zugehen. Hastig griff er nach seiner Glocke und läutete sie, so laut er konnte.

Leichte Schritte kamen die Treppe herauf, dann ging seine Tür auf. »Guten Morgen, Maestro«, sagte Lucias Stimme. »Es tut mir leid, daß ich heute morgen so spät dran bin, aber eins von den Hausmädchen im Schloß hatte Zahnschmerzen, und ich mußte mithelfen, es zu versorgen. Ich werde sofort Kaffee machen.«

»Das mit dem Kaffee ist nicht so wichtig, Lucia. Ich bin schon fast eine Stunde wach, aber weder von Seiner Exzellenz noch von Orfeo gibt es bisher ein Lebenszeichen.«

»Das ist aber seltsam. Wartet einen Augenblick, Maestro.«

Er hörte sie erst in Orfeos Zimmer und dann in das von Lodovico hinübergehen. Schließlich kehrte sie in sein Zimmer zurück. »Sie sind nicht da«, sagte sie langsam. »Und ihre Betten sind unberührt.«

»Aber – wo können sie sein?«

»Ich werde unten nachsehen.«

Donati wartete, hin- und hergerissen zwischen Hoffnung und Angst. Als Lucia schließlich wiederkam, sagte sie: »Unten sind sie auch nicht. Ich kann nirgendwo eine Spur von ihnen entdecken. Aber ich habe den Kaffee aufgesetzt, so daß Ihr Euch bald damit aufwärmen könnt. Heute sieht es nach wenig Sonne aus.«

»In Gottes Namen, Lucia, vergiß den Kaffee! Wo können der Marchese und Orfeo bloß sein?«

»Wo sie auch sein mögen«, sagte sie resolut, »sie würden bestimmt nicht wollen, daß Ihr auf Euer Frühstück verzichten müßt, Maestro. Hier, ich habe Euch Wasser zum Waschen gebracht, und frische Handtücher, und wenn Ihr damit fertig seid, helfe ich Euch beim Anziehen. Macht es Euch etwas aus, vorerst unrasiert zu bleiben? Ich habe noch nie jemanden rasiert.«

»Ich kann mich selbst rasieren«, antwortete Donati hastig. »Du brauchst nichts weiter für mich zu tun, wirklich, Lucia –«

»Aber Maestro, das ist doch kein Grund, so verlegen zu werden. Als Papa letztes Jahr Fieber hatte und so hilflos wie ein Baby war, habe ich mich auch um ihn gekümmert. Ich gehe einfach für ein paar Minuten hinaus, dann könnt ihr alles tun, was Ihr allein tun müßt, und wenn Ihr fertig seid, läutet Ihr mit Eurer Glocke nach mir.«

Donati sah ein, daß Widerstand zwecklos war. Gemeinsam schafften sie es, ihn zu waschen, zu rasieren und anzuziehen, auch wenn Donati Lucia immer wieder drängte, nach draußen zu gehen und nach dem Marchese und Orfeo Ausschau zu halten. »Das werde ich tun, sobald Ihr alles habt, was Ihr braucht«, versprach sie. »Macht Euch keine Sorgen. Vielleicht hat Seine Exzellenz gestern abend irgendeinen Sänger auf dem See bewundert und ist mit Signor Orfeo mit einem Boot hinausgefahren, um herauszufinden, wer es ist. Das würde mich überhaupt nicht überraschen. Ihr wißt ja, wie Seine Exzellenz ist.«

Donati entdeckte einen angespannten Unterton in ihrer Stimme. Sie hatte ebenfalls irgendwelche Befürchtungen, zwang sich aber, sich nicht von ihnen überwältigen zu lassen.

Nachdem sie Donati in den Salon geführt und ihm eine Tasse dampfenden Kaffee in die Hand gedrückt hatte, ging sie hinaus, um den Marchese und Orfeo im Garten zu suchen. Sie sagte, falls sie die beiden nicht finden sollte, werde sie ihren Vater um Hilfe bitten, sobald er von seinem Botengang nach Solaggio zurück sei.

Donati trank seinen Kaffee und setzte sich dann im Musikzimmer ans Klavier. Es hatte keinen Sinn – nicht einmal die Musik schaffte es, ihn abzulenken. Er trat auf die Terrasse hinaus. Die Luft war feucht und ziemlich kühl, der Wind frisch. Es würde bestimmt bald regnen.

Er hatte das Gefühl, schon seit einer Ewigkeit zu warten. Als es halb neun schlug, holte Donati seinen Hut und brach zu einem Spaziergang auf. Er wußte, daß es vernünftiger wäre, für den Fall, daß der Marchese und Orfeo zurückkehrten, in der Villa zu bleiben, aber dieses Warten und Nichtstun war unerträglich – selbst für jemanden wie ihn, der darin geübt war, Geduld zu haben. Wenn er auf dem Weg am Seeufer blieb, der gepflastert und einigermaßen eben war, würde er keinen Führer brauchen. Außerdem war gut möglich, daß er dort den Marchese und Orfeo treffen oder etwas über ihren Verbleib erfahren würde.

Mit Hilfe seines leichten Rattanstocks gelangte er an die Stelle, wo der Seeweg von der Terrasse abzweigte. Er ging langsam dahin, während er den Stock vor sich leicht hin und her schwang, um nicht über irgendwelche Hindernisse zu stolpern. Die Stimmen der Fischer, Fetzen ihrer Lieder und die heiseren Schreie der Möwen drangen vom See zu ihm herauf, gedämpft von den Platanen, von denen er wußte, daß sie diesen Teil des Wegs säumten. Noch immer spürte er keine Sonne auf der Haut, was vielleicht daran lag, daß die Platanen ihn vom östlichen Teil des Himmels abschirmten, aber die Luft war nach wie vor sehr drückend, und nach kurzer Zeit begann es zu regnen. Donati wollte nicht zur Villa zurück, aber die Tropfen fielen immer dichter. Mit einem platschenden Geräusch landeten sie auf Gras und Blättern. In dem Moment begannen unter seinen Füßen lose Steine zu knirschen, und der Boden wurde uneben. Da wußte er, daß er den kiesbedeckten Hof vor dem kleinen maurischen Pavillon erreicht hatte, der als Belvedere diente, weil man von dort aus einen so schönen Blick über den See hatte. Donati selbst war noch nie in diesem Pavillon gewesen – die schöne Aussicht bedeutete ihm natürlich nichts –, aber nun schien er ihm einen willkommenen Schutz vor dem Regen zu bieten.

Er wandte sich nach links in Richtung See und tastete sich mit seinem Stock vorwärts, bis er zwei flache Stufen fand, die zu einem offenen Durchgang hinaufführten. Er trat ein und schlurfte langsam über den glatten, gefliesten Boden, während er die linke Hand ausstreckte und mit der rechten den Stock vor sich hin und her schwang.

Das Hindernis war so niedrig, daß es ihm entging. Er stolperte und fiel hin, konnte aber erst nicht ausmachen, worauf er gelandet war. Es schien ein Möbelstück zu sein – auf jeden Fall war es mit Stoff bedeckt –, lag aber seltsamerweise auf dem Boden und war zu hart und unförmig, um darauf sitzen zu können. Seine Hand bekam ein lose herabhängendes Stück des wollenen Bezugsstoffes zu fassen. Er hob es hoch und ließ es durch seine Finger gleiten. Es war kein Bezugsstoff. Es war ein Revers.

Donati schrie auf und rappelte sich so schnell wie möglich

von dem Ding hoch, auf dem er gelegen hatte. Am liebsten hätte er sich zur Tür getastet und wäre geflohen. Aber er wußte, daß er das nicht durfte. Außer ihm schien niemand in der Nähe zu sein, um zu tun, was getan werden mußte.

Er bekreuzigte sich und streckte dann die zitternden Hände aus. Wieder trafen seine Finger auf den feinen, glatten Wollstoff. Ein Mantel – der Gehrock eines Mannes. Er war aufgeknöpft, und einer der beiden Rockschöße stand seltsam ab. Donati ließ ihn, wo er war. Seine Hände fanden eine seidene Weste, eine Uhrkette und eine Leinenkrawatte. Die Weste war an einer Stelle aufgerissen. Ohne darüber nachzudenken, steckte Donati einen Finger zwischen die ausgefransten Ränder, bis er in etwas Kaltes und Breiiges eintauchte, das sich wie eine verfaulte Stelle in einem Stück Obst anfühlte. Er hatte seinen Finger in ein Loch in der Brust eines Mannes gesteckt.

Erschrocken wandte er sich ab. Sein Magen revoltierte. Santa Cecilia, Santa Cecilia, nimm dieses Ding weg! Bitte mach, daß das alles nur ein Traum ist, Santa Cecilia! Bitte, lieber Gott!

Heftig zitternd, bekreuzigte er sich immer wieder, während er gleichzeitig versuchte, tief durchzuatmen. Dann zog sich seine Brust plötzlich zusammen, und sein Schluchzen hörte auf. Er mußte unbedingt wissen, wer es war. Er nahm all seinen Mut zusammen, wandte sich wieder dem Ding auf dem Boden zu und tastete sich von der Krawatte nach oben. Der Mann trug keinen Hut, seine Wangen waren mit Bartstoppeln bedeckt, und er war kalt wie ein Stein. Er hatte ein kantiges Kinn, eine Hakennase und dichte, fransige Augenbrauen über weit aufgerissenen Augen, die Donati sanft schloß. Er war fast sicher, das Gesicht aus den Tagen zu kennen, als er noch sehen konnte. Aber es gab einen Weg, ganz sicherzugehen. Er tastete die Uhrkette des Mannes entlang, bis er auf ein aufwendig gearbeitetes Siegel stieß. Seine sensiblen Finger fanden schnell heraus, was es darstellte: eine Schlange, die sich um ein Schwert wand. Donati faltete die

Hände, senkte den Kopf und betete für die Seele von Lodovico Malvezzi.

6

Plötzlich hörte Donati Schritte über den Kies vor dem Belvedere knirschen. Sein Herz tat einen Satz. Aber im nächsten Moment erkannte er Matteos Stimme: »Hast du hier drin schon nachgeschaut?«

»Nein«, antwortete Lucias Stimme.

Donati öffnete den Mund, um die beiden vor dem Schock zu warnen, der ihnen bevorstand, aber aus seiner Kehle drang kein Laut. Er hörte sie in das Belvedere kommen. Lucia rang nach Luft, und Matteo rief: »Heilige Mutter Gottes! Seine Exzellenz!«

Lucia rannte zu Donati. »Laßt mich Euch helfen, Maestro!«

»Ich glaube nicht, daß ich stehen kann«, antwortete Donati mit zitternder Stimme.

Das Mädchen ging neben ihm in die Knie. Er spürte, daß sie auf die Leiche starrte. »Er ist tot, nicht wahr?«

»Ja. Ich glaube, er ist schon seit Stunden tot. Da – da ist ein Loch –« Er deutete mit einem zitternden Finger auf Lodovicos Leiche.

»Ein Einschußloch«, stellte sie düster fest. »Seine Weste und seine Brust sind ganz verkohlt.«

»Was sollen wir *tun?*« fragte Matteo, der noch immer in der Tür stand. Seine barsche Stimme klang unnatürlich hoch.

Lucia rang erneut nach Luft. »Orfeo!«

»Wo?« rief Donati und fuhr hoch.

»Ich weiß es nicht!« antwortete sie mit erstickter Stimme. »Ihr glaubt doch nicht, daß er – o Gott!«

Wovor hatte sie Angst? überlegte Donati. Daß Orfeo ebenfalls ermordet worden war – oder daß er Lodovico ermordet hatte? Er konnte sich nicht dazu überwinden, sie zu fragen.

»Was sollen wir bloß tun?« Matteos Stimme klang fast

wie ein Heulen. Er war noch immer keinen Schritt näher gekommen – vielleicht, weil er wie viele Bauern eine abergläubische Furcht vor den Toten hatte.

Seine Tochter war aus härterem Holz geschnitzt. »Er muß die Letzte Ölung bekommen. Papa, holst du Don Cristoforo aus dem Dorf?« Don Cristoforo war der Gemeindepriester. »Und dann – ich weiß, was das beste ist! Geh und erzähle es Conte Raversi! Er ist ein Freund Seiner Exzellenz. Er wird wissen, was zu tun ist.«

»Das ist eine gute Idee!« Matteo war anzuhören, wie erleichtert er über die Aussicht war, diese Last einem anderen aufbürden zu können. »Ich werde sofort zu ihm gehen! Aber – ich weiß nicht, ob ich euch hier allein lassen sollte –«

»Wir kommen bestimmt zurecht.« Sie klang, als wollte sie sich selbst überzeugen. »Ihr glaubt doch nicht, daß der Täter zurückkommen wird, oder, Maestro?«

»Ich weiß es nicht«, räumte Donati ein. »Vielleicht ist es besser, wenn du deinen Vater begleitest. Ich bleibe hier – beim Marchese.«

»Ich lasse Euch nicht allein«, erklärte sie. »Wir bleiben beide hier.«

Wenn sie diesen Ton anschlug, war es sinnlos, ihr zu widersprechen. Matteo eilte davon.

Lucia half Donati auf und führte ihn zu einem kleinen steineren Sitzplatz. Mit unsicherer Stimme fragte er: »Sollen wir irgend etwas für ihn tun? Seine Hände falten, seinen Mantel zuknöpfen –«

»Lieber nicht. Ich glaube, wir sollten ihn so lassen, wie wir ihn gefunden haben. Die Polizei wird vielleicht wissen wollen, wie er dagelegen hat, und wie der Zustand seiner Kleider war.«

»Einer von seinen Rockschößen steht ab«, erklärte Donati, obwohl es ihm albern erschien, eine solche Kleinigkeit zu erwähnen.

»Sie stehen beide ab.« Ihr wurde bewußt, was das bedeutete. »Jemand hat seine Taschen durchwühlt!«

»Ein Raubmord!« rief Donati. »Das war es also!« Ihm fiel

ein Stein vom Herzen. Orfeo war möglicherweise fähig, jemanden umzubringen, um ein Unrecht wiedergutzumachen oder sich für eine Beleidigung zu rächen, aber er würde sein Opfer auf keinen Fall bestehlen.

Er hörte, wie Lucia mit schnellen Schritten zu der Leiche zurückkehrte. Dann war ein Rascheln und Klirren zu hören. »Seine Uhr ist noch da«, seufzte sie. »Seine Brieftasche ebenfalls. Und seine Hosentasche ist voller Münzen.«

»Dann war es doch kein Raubmord. Es sei denn, der Mörder ist gestört worden, bevor er etwas stehlen konnte. Glaubst du, Orfeo ist vorbeigekommen und hat den Mörder überrascht?«

»Um sich anschließend aus dem Staub zu machen?« fragte sie entrüstet.

»Vielleicht hat ihn der Räuber ebenfalls umgebracht und seine Leiche in den See geworfen?«

»Nein! Das kann nicht sein. Sonst hätte der Räuber den Marchese auch hineingeworfen.«

Donati war da keineswegs so sicher, sah aber keinen Grund, ihr das zu sagen. »Conte Raversi wird uns helfen, die Sache zu klären. Es war klug von dir, nach ihm schicken zu lassen.« Donati kannte Raversi und hielt in für einen ehrenhaften und pflichtbewußten Mann, auch wenn allgemein bekannt war, daß seine Sorge wegen der Carbonari fast schon an Besessenheit grenzte.

»Wir sollten für ihn beten«, sagte Lucia nach einer kurzen Pause.

Pflichtbewußt begann sie das Totengebet aufzusagen, das als *De profundis* bekannt ist: »*Aus der Tiefe rufe ich zu dir, o Herr …*« Donati stimmte mit ein und fand Trost in dem feierlichen, vertrauten Singsang, der ihn einlullte, so daß nur seine Ehrfurcht vor Gott und sein Mitleid mit dem Toten übrigblieben.

Zu Donatis Überraschung traf Conte Raversi ohne Priester, Gendarmen oder Bedienstete beim Belvedere ein. Sein einziger Begleiter war Matteo. Raversi erklärte, er habe einen

Lakaien nach Solaggio gesandt, um Don Cristoforo und Luigi Curioni, den Dorfarzt, zu holen, außerdem Benedetto Ruga, den *podestà,* der gleichzeitig als Bürgermeister und Richter fungierte, sowie Friedrich von Krauss, den Kommandanten der österreichischen Garnison. Donati zweifelte nicht daran, daß die Ermittlungen in diesem Mordfall zwar offiziell von Ruga geleitet, in Wirklichkeit aber von Krauss organisiert und durchgeführt werden würden. In der Lombardei konnten die Italiener zwar Vorschläge machen, das letzte Wort aber war den österreichischen Militärs vorbehalten.

Raversi ging zur Leiche hinüber. »Dann stimmt es also«, sagte er mit seiner hohlen, melancholischen Stimme, die in Donatis Ohren immer so klang, als käme sie durch einen langen Tunnel. »Matteo hat es mir gesagt, aber ich habe trotz allem gehofft, es würde sich um einen schrecklichen Irrtum handeln. Mein armer Freund.« Ein paar Augenblicke lang betete er mit leiser Stimme. »So weit weg von seiner Frau und seiner Familie zu sterben – durch die Hand eines Mörders!«

Donati wußte nicht, was er sagen sollte. Lucia meldete sich zu Wort. »Wenn Ihr gestattet, Exzellenz, wir glauben, daß jemand seine Taschen durchwühlt hat, aber es scheint nichts zu fehlen.«

»Du bist Matteos Tochter, nicht wahr? fragte Raversi.

»Ja, Exzellenz. Ich bin Lucia Landi.«

»Habt ihr die Leiche bewegt oder irgendwie verändert?«

»Nein, Exzellenz.«

»Ihr seid alle meine Zeugen, daß ich das ebenfalls nicht tue. Aber ich möchte mich selbst von dem überzeugen, was du eben gesagt hast. Ja, seine Brieftasche und seine Uhr sind da. Und in seiner Brusttasche – eine Pistole! Warum sollte er in seinem eigenen Garten eine Waffe tragen? Ah, Madonna! – er muß gewußt haben, daß es ein Aufrührer auf ihn abgesehen hatte! Und trotzdem war er bis zum Schluß so tapfer – indem er die Carbonari seine Verachtung spüren ließ und sich weigerte, sie ernst zu nehmen.«

Donati war überrascht. »Signor Conte, seid Ihr wirklich so sicher, daß es ein politischer Mord war?«

»Wie könnt Ihr daran zweifeln, Maestro? Wenn ein Mann wie Lodovico – ein getreuer Freund der österreichischen Regierung und der Kirche – ohne ersichtlichen Grund getötet wird, muß es sich um ein politisches Verbrechen handeln. Denkt an die Zeiten, in denen wir leben: Rebellion in Neapel, Rebellion in Piemont und eine massive Verschwörung hier in der Lombardei, die wir gerade erst aufzudecken beginnen!«

Donati hatte alles über die Verhaftungen gehört, zu denen es im vergangenen Herbst in der Lombardei gekommen war. Eine Gruppe angesehener Männer, darunter einige führende Schriftsteller und Journalisten Norditaliens, waren angeklagt, sich verschworen zu haben, um die österreichische Regierung in Mailand und Venedig zu stürzen. In Venedig war eine Sonderkommision damit beauftragt worden, die Verschwörung aufzudecken, und wenn Donati sich nicht allzusehr täuschte, würde diese Kommission ihre Wichtigkeit bald unterstreichen, indem sie weitere Verräter fand. Diejenigen, die bereits verhaftet worden waren, hatte man in armselige Zellen gesperrt, unterzog sie geheimen Verhören und verwehrte ihnen sowohl die Hilfe ihrer Anwälte als auch den tröstenden Zuspruch ihrer Freunde.

Lucia brach das Schweigen. »Vielleicht hat sich der Marchese ja selbst erschossen, Exzellenz. Er hatte immerhin eine Waffe bei sich.«

»Aber die ist nicht abgefeuert worden«, erwiderte Raversi. »Sie ist geladen, aber er hatte keine Chance, sie zu benutzen. Die Größe der Wunde und die schwarzen Ränder weisen allerdings darauf hin, daß er tatsächlich aus sehr geringer Entfernung erschossen worden ist. Der junge Mann, den ihr Orfeo nennt, muß mit ihm ins Belvedere gekommen sein – er hat ihn jedenfalls nicht von draußen erschossen, beispielsweise durch ein Fenster. Obwohl natürlich denkbar ist, daß er ihn doch draußen getötet hat und seine Leiche anschließend hier hereingeschleppt hat, um den Tathergang zu verschleiern.«

Donati bemühte sich um einen möglichst freundlichen Ton, als er sagte: »Für Euch steht offenbar schon fest, daß Orfeo ihn ermordet hat, Signor Conte.«

»Natürlich hat er das«, antwortete Raversi eifrig. »Er war der perfekte Carbonaro-Agent: ein Ausländer ohne Kontakte in Mailand, über den weder Gutes noch Schlechtes bekannt war. Er machte aus seinem Namen und seiner Abstammung ein Geheimnis, und nun ist er verschwunden. Genauso arbeiten die Carbonari – still und heimlich.«

»Aber Signor Conti«, erhob Donati Einspruch, »es war doch die Idee des Marchese, aus Orfeos Namen und Herkunft ein Geheimnis zu machen. Er war der Meinung, daß auf diese Weise das öffentliche Interesse an ihm geweckt würde.«

»Die Carbonari sind sehr klug«, sagte Raversi. »Zweifellos hat Orfeo es so eingefädelt, daß Lodovico das Ganze für seine eigene Idee hielt.«

»Bei allem Respekt, Signor Conti, ich glaube nicht, daß es jemals ein Mensch geschafft hat, Marchese Malvezzi gegen seinen Willen einen Gedanken in den Kopf zu setzen.«

Raversi überlegte kurz. »Kennt Ihr Orfeos richtigen Namen, Maestro?«

»Nein, Signor Conti. Ich weiß fast nichts über ihn, außer daß er eine schöne Stimme hat. Was man bestimmt nicht von vielen Carbonari behaupten kann.«

»Es gibt in allen Berufen Carbonari, Maestro. Was wäre naheliegender, als einen Sänger auf Lodovico anzusetzen? Es war allgemein bekannt, daß mein armer Freund eine Manie für Musik hatte.«

Donati schwieg betroffen. Vielleicht hatte Raversi recht. Was wußte er, Donati, schon über die Carbonari? Er mochte Orfeo, aber der junge Mann war ihm immer ein Rätsel gewesen. *Ich kann nicht mit Sicherheit sagen, wo ich in einer Woche sein oder was ich in einem Monat tun werde … Es tut mir leid, daß ich so geheimnisvoll tun muß. Ich würde es Euch erzählen, wenn ich könnte.* Konnten das nicht die Worte eines radikalen Aufrührers sein?

»Exzellenz«, mischte sich Lucia ein, »woher wissen wir, daß Orfeo nicht ebenfalls getötet worden ist? Oder daß er nicht irgendwo verwundet liegt und unsere Hilfe bräuchte, während wir hier herumstehen und uns Geschichten ausdenken?«

»Comandante von Krauss und die anderen werden bald hier sein. Dann können wir mit der Suche beginnen«, antwortete Raversi. »Bis dahin muß ich euch alle bitten, hierzubleiben. Erzählt mir, Maestro, wie habt Ihr Orfeo kennengelernt?«

»Ich kannte Marchese Malvezzi schon ein paar Jahre. Er hatte vielversprechende Schüler von mir finanziell unterstützt, und ich hatte einige seiner Protegés ausgebildet. Er erzählte mir, daß er einen jungen Engländer kennengelernt und sich in den Kopf gesetzt hatte, ihn in seiner Villa am Comer See ausbilden zu lassen. Er wollte, daß ich sein Lehrer werde. Ich konnte das Ausmaß seiner Vernarrtheit daran erkennen, daß er bereit war, Mailand im Januar – der besten Opernsaison des Jahres – zu verlassen, um bei winterlichen Witterungsverhältnissen und praktisch ohne Gesellschaft von seinesgleichen am See zu leben. Ich erklärte ihm, daß ich alt und blind sei – daß meine Tage der Intrigen und Abenteuer längst vorbei seien. Ich wollte unter angenehmen Bedingungen arbeiten, ohne mich vor irgend jemand verstekken zu müssen.«

»Und doch habt Ihr Euch bereit erklärt, Orfeo zu unterrichten. Warum?«

»Signor Conte«, antwortete Donati einfach, »ich habe ihn singen gehört.«

Nun folgte eine Pause. Donati hörte, wie Raversi nachdenklich auf und ab ging. »Seit wann lebt Ihr und Orfeo nun schon hier?«

»Seit etwa sechs Wochen, glaube ich.«

»Welche Sprache habt Ihr untereinander gesprochen?«

»Mailändisch, Signor Conte. Ich spreche kein Englisch.«

»War sein Mailändisch gut?«

»Sehr gut.«

»Dann konntet Ihr Euch also problemlos unterhalten. Hat er Euch je etwas von sich selbst erzählt?«

»Nein, Signor Conte. Aber ich habe ihn auch nie danach gefragt. Ich war nicht neugierig. Wir haben für die Musik gelebt – und über nichts anderes gesprochen oder nachgedacht. Der Rest der Welt schien ziemlich weit weg zu sein.«

»Was ist mit dir, Matteo?« fragte Raversi. »Kannst du uns etwas darüber erzählen, wer Orfeo war oder wo er herkam?«

»Exzellenz, ich habe ihn kaum zu Gesicht bekommen. Ich habe die ganze Zeit draußen im Garten gearbeitet oder Botengänge ins Dorf oder zum Schloß gemacht.«

»Und du, Lucia? Kennst du Orfeos Namen?«

»Nein, Exzellenz.«

»Du bist etwa in seinem Alter«, sagte Raversi in beschwörendem Ton. »Ihr beide müßt euch doch zusammengetan – euch angefreundet haben.«

»Ein Mädchen wie ich freundet sich nicht mit einem Gentleman wie ihm an, Exzellenz – es sei denn, sie will sich ruinieren. Das wollte ich nicht riskieren. Ich möchte eines Tages eine anständige Ehefrau werden.«

»Hm. Nun gut, aber du kannst mir wenigstens eine Beschreibung von ihm geben?«

»Eine Beschreibung, Exzellenz?«

»Ja, eine Beschreibung. Wie hat er ausgesehen?«

»Das ist schwer zu sagen, Exzellenz.«

»Was ist daran so schwer? Hast du nicht die ganze Zeit mit ihm zusammengelebt?«

»Ich habe nicht hier gelebt, Exzellenz«, antwortete sie steif. »Mein Vater hätte das nie zugelassen. Ich war nur tagsüber hier, um zu kochen und sauberzumachen.«

»Trotzdem mußt du Orfeo häufig gesehen haben. War er groß?«

»Größer als ich, Exzellenz.«

»Das war zu erwarten. Wieviel größer?«

»Ich weiß es nicht, Exzellenz. Ich habe nie neben ihm gestanden.«

»War er stark gebaut?«

»Das würde ich nicht sagen, nein.«

»Welche Farbe hatte sein Haar?«

»Braun, glaube ich.«

»Hell- oder dunkelbraun?«

»Darauf habe ich nicht geachtet.«

»Und seine Augen? Welche Farbe hatten die?«

»Ich bin kein Mädchen, das einem Gentleman in die Augen sieht, Exzellenz!«

»In Gottes Namen, Mädchen, du mußt dich doch an mehr erinnern können als nur an das! Hat er gut ausgesehen? Hatte er irgendwelche Narben oder entstellende Merkmale?«

»Ich habe wirklich nicht auf sein Aussehen geachtet, Exzellenz. Er stand zu weit über mir.«

Donati schüttelte benommen den Kopf. Heute morgen hatte Lucia ihm beim Anziehen geholfen, ohne auch nur mit der Wimper zu zucken, und jetzt spielte sie die Prüde! Die schlaue, scharfsichtige Lucia, angeblich nicht in der Lage, einen jungen Mann zu beschreiben, den sie in den letzten sechs Wochen tagein, tagaus gesehen hatte! Oh, Orfeo, Orfeo, du scheinst ja einiges auf dem Kerbholz zu haben!

»Heilige Mutter Gottes!« rief Raversi verzweifelt. »Matteo, beschreibe *du* ihn.«

Matteo räusperte sich und scharrte mit den Füßen. »Ich habe ihn nicht halb soviel zu Gesicht bekommen wie mein Mädchen hier. Wenn sie ihn nicht beschreiben kann, dann kann ich es erst recht nicht, Exzellenz.«

»Das ist doch absurd! Maestro Donati, bestimmt hat Euch Lodovico etwas über das Aussehen dieses jungen Mannes erzählt?«

»Er hat erwähnt, daß er zweiundzwanzig Jahre alt ist. Aber er hat mir nie gesagt, ob er blond oder dunkelhaarig, groß oder klein ist. Er hat zwar gesagt, Orfeo werde auf der Bühne eine gute Figur abgeben und den Damen gefallen, aber ich hatte den Eindruck, er wollte damit sagen, daß der junge Mann Anmut und das Auftreten eines Gentleman besitze, und nicht notwendigerweise, daß er gut aussehe.«

»Mußtet Ihr nie Orfeos Gesicht oder Hals berühren, um ihn zu unterrichten?«

»Nein, Signor Conti. Ich wußte allein vom Zuhören, was er richtig oder falsch machte – aber wartet!« Donati hob die Hand. »Wir vergessen Tonio!«

»Wer ist Tonio?« fragte Raversi schnell.

»Mein Diener. Beziehungsweise mein ehemaliger Diener. Der Marchese hat ihn gestern entlassen.«

»Warum?«

Donati erzählte, daß sich Orfeo und Tonio im Weinkeller unter den Höhlen geschlagen hätten und daß der Marchese nach der Schlägerei dazugekommen sei, die Beherrschung verloren und mit Orfeo gestritten habe. Natürlich wollte Raversi den Grund für Orfeos und Tonios Schlägerei wissen. Donati antwortete, daß er ihn nicht kenne.

»Wo ist Tonio jetzt?« fragte Raversi.

»Ich weiß es nicht, Signor Conte. Aber er kann noch nicht weit sein. Ich habe ihm versprochen, ihm ein weiteres Monatsgehalt zu zahlen und eine neue Stellung für ihn zu finden. Deswegen ist er wahrscheinlich in Solaggio und wartet auf eine Gelegenheit zurückzukommen und mit mir zu reden, nachdem der Marchese aufgebrochen ist –« Donati hielt inne, weil ihm eingefallen war, daß Lodovico aus eigener Kraft nie mehr irgendwohin aufbrechen würde. »Solange der Marchese hier war, hätte er sich bestimmt nicht mehr blikken lassen«, fuhr er fort. »Er hatte Angst vor ihm.«

»Und wahrscheinlich eine ziemliche Wut im Bauch«, fügte Lucia knapp hinzu.

»Was willst du damit andeuten?« fragte Raversi sie streng.

»Es steht mir nicht zu, Andeutungen zu machen, Exzellenz. Ich habe nur laut überlegt, das ist alles.«

»Du glaubst, Tonio könnte den Marchese umgebracht haben?« wandte sich Matteo an seine Tochter. »Wie hätte er in den Garten kommen sollen? Ich habe das Tor gestern abend verschlossen, und er hatte keinen Schlüssel.«

»Heute morgen war es nicht abgeschlossen, Papa. Ich habe ganz vergessen, dir das zu sagen.«

»Bist du sicher?« fragte Raversi.

»Ja, Euer Exzellenz. Als Papa und ich heute morgen aus dem Schloß kamen, gab er mir den Schlüssel für das Tor, weil er selbst erst einmal ins Dorf mußte. Aber ich brauchte den Schlüssel gar nicht, weil das Tor schon aufgesperrt war.«

»Wie viele Schlüssel gibt es zu dem Tor?« fragte Raversi.

»Zwei, Exzellenz«, antwortete Matteo. »Einen habe ich gestern abend mit ins Schloß genommen, und der andere hängt in einem Schuppen im Garten.«

»Da haben wir es«, sagte Raversi. »Orfeo hat den Schlüssel aus dem Schuppen genommen und damit das Gartentor geöffnet, nachdem er Lodovico getötet hatte.«

Donati hörte nur mit halbem Ohr zu. Ihm war etwas sehr Wichtiges eingefallen. Wahrscheinlich wanderten Dutzende braunhaariger junger Männer in den Bergen herum oder versuchten die Grenze zum Piemont oder zur Schweiz zu überschreiten. Aber nicht viele von ihnen hatten eine aufgeschlagene Lippe.

Unheimlicherweise schien Raversi seine Gedanken lesen zu können. »Hat sich Orfeo bei der Schlägerei mit Tonio verletzt?«

Jemand mußte es ihm sagen, dachte Donati. Lucia wird es nicht tun, und Matteo folgt ihrem Beispiel. Also muß ich es tun. Orfeo ist möglicherweise ein Mörder. Er darf nicht entkommen.

»Ich weiß es nicht«, hörte er sich murmeln. »Wie Ihr wißt, kann ich nicht sehen.«

Er hörte, wie Lucia erleichtert ausatmete. Jetzt haben wir uns alle schuldig gemacht, dachte er. Der Himmel stehe uns bei, wenn dieser Mann es nicht wert ist, daß wir für ihn lügen!

Seine scharfen Ohren hörten in der Ferne Stimmen. »Da kommt jemand.«

Matteo ging mit schweren Schritten zur Tür hinüber. »Es sind Comandante von Krauss und ein paar Soldaten«, berichtete er. »Und Don Cristoforo und Signor Ruga sind auch schon unterwegs – oh, und Dr. Curioni. Sie kommen alle aus Richtung des Dorfes.«

»Teufel!« murmelte Raversi. »Eigentlich wollte ich keine so große Schar auf einmal hierhaben. Sagt mir eins: Weiß außer uns noch jemand von diesem Verbrechen?«

»Wir haben sonst niemandem davon erzählt«, antwortete Donati. »Aber ich nehme an, daß nun, da Ihr nach den wichtigsten Leuten in der Gegend geschickt habt, bald ganz Solaggio davon wissen wird und die Bootsleute die Neuigkeit in die Dörfer rund um den See tragen werden.«

»Nein«, widersprach Raversi. »Ich habe von Krauss und den anderen Nachrichten überbringen lassen, in denen ich sie über den Mord informiert, gleichzeitig aber eindringlich gebeten habe, noch niemandem davon zu erzählen. Nicht einmal der Diener, der die Nachrichten überbrachte, wußte über ihren Inhalt Bescheid.«

»Aber Signor Conte«, sagte Donati, »die Leute werden schon bald von dem Mord erfahren müssen.«

»Ich fürchte, ich habe Euch schon zu lange beansprucht, Maestro«, erwiderte Raversi besorgt. »Nach diesem schrecklichen Schock müßt Ihr völlig erschöpft sein. Lucia, würdest du Maestro Donati zurück in die Villa bringen? Bleibt alle dort, bis ich komme. Und sprecht mit niemandem über das, was ihr heute gesehen und gehört habt.«

7

Nach ihrer Rückkehr in die Villa suchte Lucia natürlich als erstes nach Orfeo. Er war nicht da. »Ein paar von seinen Sachen fehlen«, berichtete sie Donati. »Eine Garnitur Wäsche, seine Reitjacke und seine Stiefel. Der Frack, den er gestern abend getragen hat, hängt im Schrank.«

»Also hatte er die Absicht, uns zu verlassen«, sagte Donati. »Und er war sehr leise – er hat mich nicht geweckt, als er kam, seine Sachen zu holen, und das, obwohl ich einen leichten Schlaf habe.«

»Das Schlimmste kommt noch«, sagte sie. »Seine Pistole ist auch weg – die Waffe, die er in seiner Nachttischschublade aufbewahrt hat.«

Donati bekreuzigte sich. »Gott stehe dem Jungen bei! Ich hoffe, er war kein Carbonaro. Ich hätte ein besseres Gefühl dabei, wenn er den Marchese aus Wut über dessen Verhalten ihm gegenüber getötet hätte. Das wäre irgendwie menschlicher.«

»Maestro«, sagte sie vorwurfsvoll, »Ihr solltet ihn wirklich besser kennen!«

Donati setzte eine entschlossene Miene auf. »Wir müssen Conte Raversi und den anderen sagen, was du entdeckt hast.«

»Ich wollte es ihnen sowieso sagen, Maestro«, erklärte sie ruhig. »Sie könnten Orfeo mit seiner Pistole und den anderen Sachen finden, die er mitgenommen hat, und dann würden sie wissen, daß ich gelogen habe. Wie könnte ich Orfeo dann noch nützen?«

Sie warteten eine Stunde oder noch länger darauf, daß Raversi kommen und ihnen sagen würde, was als nächstes passieren sollte. Donati setzte sich ans Klavier, war aber zu unruhig, um einen Ton spielen zu können. Matteo, der es nicht gewohnt war, sich im Haus aufzuhalten, stapfte herum und stieß gegen Tische und Kerzenständer. Lucia machte frischen Kaffee und erledigte dann ihre üblichen Haushaltspflichten.

Gegen Mittag brachten Raversi, Ruga und Don Cristoforo Lodovicos Leiche und mit ihr eine der Laternen aus der Villa, die ebenfalls im Belvedere gefunden worden war. Von Krauss war in seine Kaserne zurückgekehrt und hatte Soldatentrupps losgeschickt, um nach Orfeo zu suchen. Don Cristoforo hatte Lodovico die Sterbesakramente erteilt, und Curioni hatte seine Leiche untersucht. Jetzt war Curioni unterwegs ins Dorf, um eine vertrauenswürdige Frau damit zu beauftragen, mitzuhelfen, Lodovicos Leichnam für die Leichenschau in der Gemeindekirche vorzubereiten. Dort würde er bleiben, bis die Malvezzi-Familie beschlossen hatte, wo und in welchem Rahmen er beigesetzt werden sollte.

Raversi berichtete, Curioni sei ziemlich sicher, daß die Leiche nach dem Mord nicht mehr bewegt worden sei. Das entkräftete die Theorie, Lodovico sei außerhalb des Belvedere getötet und seine Leiche anschließend dort versteckt worden. Curioni hatte ebenfalls bestätigt, daß der Schuß, der Lodovico getötet hatte, aus geringer Entfernung abgefeuert worden war – wahrscheinlich aus einem Abstand von weniger als zwei Metern. Deshalb war Lodovicos Brust stark geschwärzt und zerfetzt. Als weiteres Indiz kam hinzu, daß das zusammengeknüllte Papier, das benutzt worden war, um die Kugel in die Mündung der Waffe zu schieben, in der Wunde steckte. Wie sich herausstellte, handelte es sich dabei um ein Stück Papier, das mit Notenlinien zum Komponieren von Musik bedruckt war. Soweit Raversi das trotz des vielen Blutes und der Brandspuren feststellen konnte, war das Papier nicht beschrieben. »Könnte Orfeo an ein solches Papier herangekommen sein?« fragte Donati.

»Ja, Signor Conte, ganz leicht. Sowohl er als auch Tonio benutzten diese Sorte Papier, um von mir komponierte Übungen festzuhalten. Der Marchese hat selbst immer auf solchen Blättern herumgekritzelt – eine nervöse Angewohnheit von ihm. Aber es war nichts Besonderes an dem Papier. Man kann es bei jedem Schreibwarenhändler in Mailand kaufen.«

»Wann habt Ihr Lodovico zum letztenmal lebend gesehen – ich meine, getroffen?«

»Als die Kirchenglocken zehn läuteten, hat er Orfeo und mich ins Bett geschickt. Ich habe gehört, daß er unten noch am Klavier saß und Tonleitern spielte, aber nicht sehr lange. Kurz bevor ich eingeschlafen bin, habe ich jemanden zur Haustür hinausgehen hören. Aber das kann auch Orfeo gewesen sein. Er ist noch mal hinuntergegangen, nachdem er mir geholfen hatte, mich fürs Bett fertig zu machen.«

»Lodovico hat ihn ins Bett geschickt, aber er ist wieder nach unten gegangen?«

»Ja«, antwortete Donati unglücklich.

»Curioni glaubt, daß Lodovico spätestens gegen drei oder vier Uhr morgens gestorben ist, möglicherweise aber schon viel früher. Mit Sicherheit wissen wir nur, daß der Tod irgendwann zwischen zehn und vier Uhr eingetreten ist. Falls das Ganze zu einem frühen Zeitpunkt stattgefunden hat, hat Orfeo einen sehr großen Vorsprung. Gott weiß, ob wir es schaffen werden, ihn zu finden, vor allem mit dieser vagen Beschreibung. Trotzdem hat er keinen Paß, um die Lombardei zu verlassen. Wenn er versucht hätte, irgendwo über die Grenze zu gelangen, hätte man ihn aufgehalten.«

Es sei denn, er hatte genug Geld, um die Zöllner zu bestechen, dachte Donati. Oder jemanden, der ihm einen falschen Paß besorgt hat. Oder er ist über die Berge in die Schweiz gewandert, wie es die Schmuggler tun. O ja, für einen skrupellosen und verzweifelten Mann gibt es viele Wege, aus dem österreichischen Italien herauszukommen.

Lucia erzählte Raversi von Orfeos fehlenden Sachen und der Pistole. Raversi war sicherer denn je, daß Orfeo ein Carbonaro war. »Das bestärkt mich in dem, was ich Comandante von Krauss bereits vorgeschlagen habe. Ihr wißt, daß Piemont, das direkt an uns angrenzt, in den Wirren einer Revolte steckt, aber ihr habt vielleicht noch nicht gehört, daß der König abgedankt hat und der Regent, Carlo Alberto, gezwungen worden ist, eine Konstitution auszurufen. Der Erfolg der Piemonter Rebellen hat unseren eigenen Carbonari Mut gemacht. Wenn bekannt wird, daß Marchese Malvezzi ermordet worden ist und sein Mörder entkommen ist, dann könnte der Mord für die Radikalen rund um den See – und vielleicht in der ganzen Lombardei – der Anstoß zu einer Revolte sein. Man hat Lodovico so sehr mit unseren österreichischen Herrschern identifziert, daß seine Ermordung als direkter Schlag gegen die Regierung verstanden werden wird.«

»Was wollt Ihr damit sagen, Signor Conte?« stammelte Donati. »Ihr wollt, daß wir den Mord geheimhalten?«

»Nur vorübergehend, Maestro«, versicherte ihm Raversi.

»Nur, bis sich die politische Situation entspannt hat – oder Orfeo gefunden ist, so daß ein Exempel statuiert werden kann. Es ist eine extreme Maßnahme, und Comandante von Krauss war anfangs ziemlich skeptisch. Aber letztendlich konnte er es nicht verantworten, einen Aufstand auszulösen.«

»Aber wie könnt Ihr den Tod des Marchese vor seiner Familie, seinen Dienern, seinen Freunden geheimhalten?«

»Mein lieber Maestro, niemand hat etwas davon gesagt, seinen Tod geheimzuhalten. Dr. Curioni hat sich bereit erklärt, zu bestätigen, daß er an Herzversagen gestorben sei. Ich bedaure es, die Täuschung so weit treiben zu müssen, aber ich habe keine andere Wahl. Auch Curioni war von der Notwendigkeit dieser Maßnahme überzeugt.«

Donati zweifelte nicht daran, daß ein österreichischer Kommandant und ein Kontingent von Soldaten Curioni von so ziemlich allem überzeugen konnten. »Aber Signor Conte, wie könnt Ihr nach Orfeo suchen, ohne zu enthüllen, daß er verdächtigt wird, den Marchese getötet zu haben?«

»Man kann einen Mann suchen, ohne daß irgend jemand weiß, warum er gesucht wird. Von Krauss hat sich bereit erklärt, nicht einmal den Soldaten der Suchtrupps zu sagen, warum sie ihn finden sollen. Sie werden sich wahrscheinlich ihren Teil denken – ebenso wie die Leute, die sie befragen werden. Aber sie werden nichts Genaues wissen, und in der unvermeidlichen Flut der Gerüchte wird Mord nur eine Möglichkeit unter vielen sein.«

Donati schüttelte den Kopf. Vielleicht würde es Raversi gelingen, einen Aufstand zu verhindern, aber Orfeo würde er auf diese Weise niemals finden. Donati selbst hatte sein ganzes Leben lang in der Stadt gewohnt, aber sogar er wußte, daß die Bauern, die rund um den See lebten, den österreichischen Soldaten zutiefst mißtrauten und so wenig wie möglich mit ihnen zusammenarbeiteten. Schon seit langer Zeit beschützten sie immer wieder Schmuggler vor ihnen, und sie würden dasselbe für Orfeo tun, solange sie nicht wußten, daß er eines so schweren Verbrechens wie Mord verdächtigt wurde. In seinem Eifer, die Carbonari zu bekämpfen, schien Raversi vergessen zu haben, was er seinem Freund schuldete, dessen Mörder womöglich ungestraft davonkommen würde.

»Also«, fuhr Raversi fort, »wir haben folgendes beschlossen. Unser guter Don Cristoforo wird die Neuigkeit von Lodovicos Tod im Dorf bekanntmachen. Signor Ruga wird Gendarmen ausschicken, die bei der Suche nach Orfeo mithelfen und gleichzeitig nach Tonio Ausschau halten. Ich habe ihnen geraten, sich in der »Nachtigall« nach Tonio zu erkundigen. Da es in Solaggio nur dieses eine Gasthaus gibt, ist es ziemlich wahrscheinlich, daß er dort übernachtet hat.«

»Signor Conte«, protestierte Don Cristoforo, der Priester, »Ihr könnt doch nicht allen Ernstes in Betracht ziehen, den wahren Grund für den Tod des Marchese vor seiner Familie geheimzuhalten.«

»Ich fürchte, das muß ich, Euer Ehrwürden. Lodovicos Familie stellt die größte Gefahr von allen dar. Wenn die Malvezzis herausfinden, daß er ermordet worden ist, werden sie einen öffentlichen Aufschrei der Empörung auslösen und von der Regierung drastische Maßnahmen verlangen. Dann wäre es unmöglich, die Sache noch länger geheimzuhalten.«

Den anderen blieb nichts weiter übrig, als sich Raversis Plan zu fügen und zu versprechen, nichts darüber verlauten zu lassen, daß Lodovico eines gewaltsamen Todes gestorben war. Raversi verkündete, er werde an Marchese Rinaldo in Mailand schreiben und ihm nur mitteilen, daß sein Vater überraschend gestorben sei und daß er, Raversi, wegen der Beerdigungszeremonie und verschiedener Besitzfragen auf Rinaldos Anweisungen warte. Er werde außerdem an Marchesa Beatrice in Turin schreiben, auch wenn es wegen der chaotischen politischen Situation, die dort herrsche, eine Weile dauern könne, bis die Nachricht sie erreiche.

Ruga und Don Cristoforo kehrten nach Solaggio zurück. Bald darauf hörte Donati, wie die Totenglocke feierlich für Lodovicos Seele zu läuten begann. Eine alte Frau kam aus dem Dorf, um Lodovicos Leiche zu waschen und zu kleiden. Da sie das Einschußloch in seiner Brust sehen würde, würde man auch sie durch einen Eid zur Verschwiegenheit verpflichten müssen.

Raversi machte sich daran, die Villa gründlich zu durchsuchen, wobei er sich von Matteo begleiten ließ, damit er bezeugen konnte, daß Raversi die Sachen von Lodovico und Orfeo weder durcheinandergebracht noch irgend etwas entfernt hatte. Donati erfuhr nicht, ob bei der Suche etwas Interessantes gefunden wurde. Er war aber anwesend, als Raversi Matteo und Lucia fragte, wo sie in der vergangenen Nacht zwischen zehn Uhr abends und vier Uhr morgens gewesen seien. Beide gaben an, die Nacht im Schloß verbracht zu haben. Matteo hatte beim Gärtner übernachtet, während Lucia sich ein Bett mit zwei Hausmädchen geteilt hatte, Maria und Bona. Maria hatte starke Zahnschmerzen gehabt, und die anderen beiden waren die ganze Nacht bei ihr gesessen. Donati ging davon aus, daß diese Geschichte leicht zu überprüfen sein würde.

»Du hast ein Alibi«, erklärte er Lucia.

»Was ist das, Maestro?«

»Jemand, der beschwören kann, daß er sich zur Tatzeit woanders aufgehalten hat.«

»Oh«, sagte sie schlau.

»Woran denkst du?«

»Ich habe mich gerade gefragt, ob Tonio so etwas auch hat.«

Tonio hatte tatsächlich ein Alibi – aber von Tonio fehlte jede Spur. Marianna Frascani, die Wirtin der »Nachtigall«, berichtete, er sei am Vorabend in mißmutiger, zorniger Stimmung im Wirtshaus eingetroffen und habe sich in der Schank-stube sinnlos betrunken. Dann habe er nach einem Bett verlangt, aber niemand hatte Lust gehabt, ihn nach oben zu tragen. Tonio war ein kräftig gebauter junger Mann, und er besaß weder soviel Geld, daß es sich gelohnt hätte, ihm einen Gefallen zu tun, noch war er sympathisch genug, um in den Leuten den Wunsch zu wecken, ihm zu helfen. Marianna hatte ihn auf dem Steinboden in der Schankstube liegen lassen. Da sie keine gutgläubige Frau war, hatte sie ihm eine Glocke ums Fußgelenk gebunden und einen Kellner in seiner Nähe schlafen lassen, damit ihr Gast nicht die Gelegenheit nutzte, etwas mitgehen zu lassen, falls er aufwachte. Sie und der Kellner waren absolut sicher, daß er sich die ganze Nacht nicht von der Stelle gerührt hatte.

Am Morgen sei Tonio laut Marianna mit einem Brummschädel aufgewacht, habe sich an der Wasserpumpe das Gesicht gewaschen und sei dann fortgegangen. Nach kurzer Zeit sei er zurückgekommen, habe seine Habseligkeiten zu einem Bündel zusammengepackt, seine Schulden bezahlt und sei dann davongerannt, als sei der Teufel hinter ihm her.

»Wann war das?« wandte sich Raversi an Ruga, der mit diesen Informationen in die Villa gekommen war.

»Marianna zufolge zwischen acht und halb neun.« Rugas Stimme nahm den fragenden Unterton an, den sie immer hatte, wenn er mit hochrangigen Männern sprach. Es klang, als würde er zögern, ohne ihr Einverständnis eine endgültige Aussage zu machen. Wie gewöhnlich wirkte er ein wenig atemlos. Donati nahm an, daß er ein beleibter Mann war, dessen Muskeln zu schlaff waren, um sein Gewicht zu tragen.

»Hat er gesagt, wohin er wollte?« fragte Raversi.

»Nein, Euer Exzellenz.«

»Hat er etwas von Orfeo erwähnt?«

»Nein. Zumindest kann sich Marianna nicht daran erinnern.«

»Seid Ihr da ganz sicher?«

»Ja, Exzellenz. Ich habe selbst mit ihr gesprochen.«

»Er kann den Mord nicht begangen haben«, sagte Raversi langsam. »Warum ist er dann davongelaufen?«

»Ich habe keine Ahnung«, antwortete Donati. »Er wußte, daß ich vorhatte, ihm zu helfen. Vielleicht kommt er zurück, oder er schreibt mir.«

»Wenn er das tut, laßt es mich wissen. Möglicherweise ist er am besten von allen in der Lage, eine Beschreibung von Orfeo zu geben. Er hat mit ihm gekämpft – also muß er ihn sich gut angesehen haben. Ich frage mich – Ah, Madonna! Natürlich!« Raversi begann aufgeregt auf und ab zu gehen. »Orfeo hat den Streit mit ihm absichtlich angefangen! Er wollte ihn aus der Villa vertreiben, damit kein junger und kräftiger Mensch mehr da war, um Lodovico zu beschützen! Maestro, habt Ihr eine Ahnung, wohin Tonio gegangen sein könnte?«

»Nein, Signor Conte. Er hatte keine Familie und wenig Freunde.«

»Hm. Ich werde Comandante von Krauss bitten, seine Männer nicht nur nach Orfeo, sondern auch nach Tonio Ausschau halten zu lassen. Aber jetzt muß ich zum Castello Malvezzi hinauf und Lodovicos Dienern die Nachricht von seinem Tod überbringen. Signor Ruga, habt Ihr die Freundlichkeit, mich zu begleiten? Ich möchte das Haus nach Beweismitteln durchsuchen, und da wäre Eure Anwesenheit sicher hilfreich.«

»Ja, natürlich, Eure Exzellenz! Ich stehe zu Euren Diensten.«

Nachdem man ihn allein gelassen hatte, spielte Donati Klavier und überlegte, wo er ein neues »Auge« herbekommen sollte. Vielleicht war irgendein junger Sänger am Konservatorium in Mailand bereit, in seine Dienste zu treten, wenn er als Gegenleistung Singstunden bekam. Donati würde sich erkundigen, sobald er wieder in Mailand war. Er hoffte, daß das bald der Fall sein würde. Er sehnte sich nach den vertrauten Straßen der Stadt, nach der Frühjahrssaison an der Scala, nach Ricordis Musikladen. Dieser See war ein unheilvoller, tückischer Ort. Donati wünschte von ganzem Herzen, er wäre nie hierhergekommen – und hätte nie jenen Engländer mit der lieblichen Stimme kennengelernt, der Verbrecher oder Opfer, Flüchtling oder Märtyrer sein konnte.

Zwei Tage vergingen. Von Orfeo und Tonio gab es keine Spur. Die Bauern strömten nach Solaggio, um die Leiche des Marchese zu sehen, der, eingehüllt in seine schönsten Gewänder, in der Kirche aufgebahrt war, aber niemand schien zu vermuten, daß er eines unnatürlichen Todes gestorben war. Es wurde viel darüber gemunkelt, wieso die Soldaten nach Orfeo suchten. Es ging das Gerücht, er sei nach dem Tod seines Gönners davongelaufen, weil er nicht genötigt werden wollte, über die ihm zuteil gewordenen Zuwendungen Rechenschaft abzulegen. Aber die beliebtere Theorie besagte, daß er den Tod des Marchese dazu genutzt hatte, etwas mitgehen zu lassen.

Am dritten Tag nach dem Mord trafen Rinaldo und seine Stiefmutter Beatrice am See ein. Donati hatte Rinaldo viel früher erwartet, weil die Anreise aus Mailand nur wenige Stunden in Anspruch nahm. Aber Rinaldo schien nicht in der Stadt gewesen zu sein, als Raversis Bote eintraf. Donati bekam diese Einzelheiten gar nicht mehr mit. Er erhielt die Erlaubnis, den See zu verlassen, und beeilte sich, nach Mailand zurückzukehren.

Bald nachdem er in seiner Wohnung in der Nähe des Konservatoriums eingetroffen war, besuchte ihn Conte Carlo Malvezzi, Lodovicos Bruder, und sprach mit ihm eine Weile über Lodovicos letzte Tage. Carlo lebte im angrenzenden Staat Parma, hielt sich aber zufällig gerade in Mailand auf, als Lodovico starb. Nun blieb er noch etwas länger, um sich mit dem Anwalt der Malvezzi-Familie zu treffen, weil Lodovico ihn in seinem Letzten Willen als Testamentsvollstrecker bestimmt hatte.

Im Lauf der nächsten Wochen tauchten von Zeit zu Zeit hochrangige Polizeibeamte bei Donati auf, um ihn wegen des Mordes zu befragen. Aber entweder ihre Bemühungen, den Fall zu lösen ließen nach, oder ihnen fiel nichts mehr ein, was sie ihn noch hätten fragen können. Ihre Besuche jedenfalls wurden immer seltener, bis schließlich Ruhe einkehrte.

Als Zeichen der Wertschätzung, die ihr Mann Donati entgegengebracht hatte, bedachte ihn Marchesa Beatrice mit einer Pension, die er dankbar annahm. Von finanziellen Sorgen befreit, zog er sich in die Universitätsstadt Pavia zurück, die etwa dreißig Kilometer von Mailand entfernt lag. Dort hörte er mit wachsender Sorge von der Welle der politischen Unterdrückung, die die italienischen Staaten überrollte. Die Revolten in Neapel und Piemont wurden brutal niedergeschlagen. Die Sonderkommissionen, die in Mailand und Venedig eingesetzt worden waren, um gegen die Carbonari vorzugehen, florierten. Aristokraten, Künstler und geachtete Geschäftsleute wurden festgenommen, in geheimen Prozessen demütigenden öffentlichen Urteilen unterworfen und dann in Gefängnisse gekarrt, die in den entferntesten Winkeln des österreichischen Kaiserreichs lagen.

Donati fragte sich, ob man es in dieser Atmosphäre der Spannung und Heimlichtuerei jemals für unbedenklich halten würde zu enthüllen, daß Lodovico ermordet worden war. Konnte sich die Regierung das überhaupt leisten, wenn sie gleichzeitig zugeben mußte, daß sie weder den Mord aufgeklärt noch irgendeine Spur von Orfeo gefunden hatte? Donati versuchte nicht darüber nachzudenken. Er hatte genug zu tun, um sich abzulenken: Er schrieb an einer Abhandlung über Singtechniken und nahm weiterhin den einen oder anderen Schüler an. Trotzdem konnte er nie wieder das *De profundis* hören, ohne daran denken zu müssen, daß Lodovicos Seele keine Ruhe gefunden hatte und sein Mord ungestraft geblieben war. »Aus der Tiefe rufe ich zu dir, o Herr.« Aber niemand schien ihm mehr zuzuhören.

ZWEITER TEIL

September 1825

In Italien? Unglückliches Land, des Sieges ewige Beute!... Was willst Du zwischen zwei mächtigen Nationen ausrichten, die, geschworene, wüthende, ewige Feinde, sich nur vertragen, um uns in Fesseln zu legen; wo ihre Gewalt nicht ausreicht, da berückt uns die Eine mit dem Enthusiasmus der Freiheit, und die andere, mit dem Fanatismus der Religion, und wir alle, verdorben durch die alte Knechtschaft und die neue Zügellosigkeit, wir jammern als feige Sclaven, verrathen, verhungert, und nicht aufgereizt durch den Verrath, nicht durch den Hunger!

Ugo Foscolo
Letzte Briefe des Jacopo Ortis
(aus einer Übersetzung von 1807)

8

Seit drei Tagen waren die Zeitungen voll von dem Mord an Lodovico Malvezzi. Julian Kestrel sammelte die letzten Berichte und trug sie zu dem Sitzplatz am Fenster des kleinen Salons, den er sich mit Dr. MacGregor teilte. Seit dem Tag ihrer Ankunft regnete es in Strömen. Genf war eine graue Stadt an einem grauen See, überwölbt von einem blaßgrauen Himmel.

MacGregor kam herein und stellte mit angewidertem Gesichtsausdruck eine Porzellantasse auf den Tisch. »Sie haben den Tee schon wieder zu stark gemacht. Da könnte ich genausogut gleich die Teeblätter kauen. Es hat auch keinen Sinn, sie zu bitten, ihn noch mal aufzubrühen – dann kommt er als heißes Wasser zurück, auf dem ein, zwei Teeblätter schwimmen.«

»Die Einheimischen trinken eben lieber Kaffee«, antwortete Julian so geduldig, als hätten sie diese Unterhaltung nicht schon hundertmal geführt.

»Hmpf! Dieses bittere schwarze Zeug, das Ihr trinkt!«

Julian ging zur Kaffeekanne hinüber und schenkte sich eine weitere Tasse ein. Eine heftigere Geste des Trotzes schien ihm nicht angebracht. Warum sollte er jetzt noch mit MacGregor streiten, nachdem sie so weit miteinander gereist waren, ohne richtig aneinanderzugeraten, und ihre Wege sich ohnehin bald trennen würden?

Er hatte es gut gemeint, als er MacGregor auf diese Reise einlud. Sie beide kannten sich seit etwas mehr als einem Jahr. Kennengelernt hatten sie sich, als Julian den Fall löste, der inzwischen als Bellegarde-Mord bekannt war. Seitdem waren sie so eng befreundet, wie das zwischen einem sechzigjährigen Landarzt und einem nicht mal halb so alten Londoner *Beau* nur möglich war. Einen Monat zuvor hatte Julian auf dem Heimweg von einem Jagdausflug bei MacGregor vorbeigeschaut und erfahren, daß MacGregors alter Freund und Mentor, Dr. Greeley, nach langer Krankheit gestorben war. Normalerweise erholte sich MacGregor schnell von jeder Enttäuschung oder Sorge: Harte Arbeit war sein Heilmittel und die Religion sein Trost. Aber diesmal schien weder das eine noch das andere in der Lage zu sein, seine Stimmung zu heben. Eines Tages erwähnte er beiläufig, daß er sein ganzes Erwachsenenleben in Alderton, seinem Dorf in Cambridgeshire, verbracht habe und nie aus Großbritannien herausgekommen sei. Julian ging durch den Kopf, daß es ihm guttun würde, mal von seinen Patienten und Pflichten wegzukommen – und zu sehen, daß es im Leben noch etwas anderes gab als harte Arbeit und daß die Welt nicht nur aus Alderton bestand. Er selbst stand kurz vor der Abreise nach Italien, wo es ihn regelmäßig hinzog, und er fragte MacGregor spontan, ob er ihn nicht begleiten wolle. Zunächst erhob MacGregor alle möglichen Einwände: Dieser oder jener Patient brauche ihn, im Herbst würden immer besonders viele Leute krank, und im Dezember werde das erste Enkelkind des Gutsherrn geboren. Am Ende erklärte er sich doch bereit mitzukommen, aber nur für eine begrenzte Zeitspanne und nicht bis nach Italien.

Von dem Augenblick an, als sie in Calais das Schiff verließen, tat MacGregor nichts anderes mehr, als sich zu beklagen. Das Essen sei ungesund, die katholische Kirche korrupt, die Franzosen seien unhöflich und verschlagen, und alles koste zuviel. Als Julian ihn darauf hinwies, daß es größtenteils die britischen Touristen seien, die die Preise in die Höhe trieben, schimpfte MacGregor, daß die Leute viel besser daran täten, zu Hause zu bleiben.

Natürlich hatten sie beide völlig unterschiedliche Vorlieben. Julian zog es ins Theater, in die Oper, in Kunstausstellungen. Er sah sich auch gern Polizeireviere und Gefängnisse an. MacGregor liebte Institutionen. Julian war durchaus bereit, ihn an solche Orte zu begleiten – er fand sie sogar interessant. Aber es ärgerte ihn, daß immer er derjenige war, der nachgab und sich MacGregors Wünschen fügte. MacGregor besaß nicht die Fähigkeit eines Gentleman, sich anzupassen oder zu verstellen. Seine rauhe Ehrlichkeit war eine der Eigenschaften, die Julian an ihm am meisten schätzte – aber er hatte noch nie längere Zeit damit leben müssen. Da er nicht wollte, daß MacGregor sich allein mit der fremden Sprache und den ungewohnten Bräuchen herumschlagen mußte, blieb ihm nichts anderes übrig, als auf viele seiner eigenen Vorhaben zu verzichten. In Paris bekam er seine Freunde kaum zu Gesicht, mied die Spielsäle des Palais Royal und – was am schlimmsten zu ertragen war! – mußte sich jeden näheren Kontakt mit den Tänzerinnen der Pariser Oper versagen! Es war sein keuschester Parisaufenthalt seit Jahren, was seine Laune nicht gerade hob.

Die ganze Zeit über machte sich MacGregor wegen seiner Patienten Sorgen. Als sie Genf erreichten, verkündete er, daß er die Reise nicht weiter fortsetzen werde, und Julian mußte sich eingestehen, daß er erleichtert war, ihn loszuwerden. Trotzdem sagte er zu MacGregor, er dürfe die Schweiz nicht verlassen, ohne bei schönerem Wetter einen Blick auf die Alpen geworfen zu haben. MacGregor entgegnete, er habe die schottischen Highlands gesehen, und mehr Berge brauche kein Mensch. Julian gab es auf. Soweit er es beurteilen konnte, hatte MacGregor überhaupt nichts von der Reise gehabt. Vielleicht war diese starrsinnige Hingabe an die Arbeit bewundernswert, aber Julian konnte seinen Freund nur bedauern, weil er soviel versäumte. Möglich, daß er selbst allzu empfänglich für Schönheit war, aber das war immer noch besser, als Madame Pasta singen zu hören oder Notre-Dame zu sehen und dabei nichts zu empfinden.

MacGregors Stimme rief ihn ins Hier und Jetzt zurück. Der Doktor deutete auf den Zeitungsstapel am Fenster und fragte: »Schon wieder dieser Mord?«

Julian nickte. »Heute gibt es neue Informationen, aber nicht so viele, wie ich gehofft hatte. Die italienischen Zeitungen sind zu stark zensiert und die in der Schweiz nicht gut genug informiert. Trotzdem können sie die Finger nicht von der Geschichte lassen. Wie sollten sie auch? Es klingt wie eine Opernhandlung, ein Schauerroman – und wäre es nicht ausgerechnet in Italien passiert, könnte man das Ganze sowieso nicht glauben.«

»Für mich klingt das alles wie blanker Unsinn. Wie kann ein Adliger wie dieser Lodovico Malvezzi erschossen werden, ohne daß viereinhalb Jahre lang eine Menschenseele auch nur ein Sterbenswörtchen davon erfährt?«

»Die Behörden haben verbreitet, er sei an Herzversagen gestorben.«

»Und sie haben einen Arzt dazu gebracht, das zu beeiden?« MacGregor war entsetzt.

»Mein lieber Freund, im österreichischen Italien beeiden die Leute noch ganz andere Sachen.«

»Aber warum den Mord geheimhalten?« MacGregor sprang von seinem Platz auf und ging nervös auf und ab, wie er es immer tat, wenn sie sich mit einem Mordfall beschäftigten. Julian fand, daß es genau wie in alten Zeiten war. »Die Behörden müssen doch gewußt haben, daß ihnen dadurch die Hände gebunden sein würden, wenn es um die Aufklärung des Falls ging.«

»Ich weiß nicht, ob ich Euch verständlich machen kann, wie es in jenen Tagen in Italien zuging. Ich bin damals dort herumgereist und kann mich noch gut an das Klima der Anspannung und Angst erinnern: die langen Wartezeiten und Kontrollen an den Grenzen, die ständige Überwachung durch die Polizei, die Verhaftung von Männern wie Silvio Pellico, dem größten lebenden Dramatiker Italiens, und dem Philosophen Melchior Gioia. Es hatte damals eine Reihe von Verschwörungen und Rebellionen durch radikale Kräfte gegeben, und die österreichische Regierung war entschlossen, sie zu unterdrücken. Soweit ich das aufgrund der Zeitungsberichte beurteilen kann, wurde die Ermordung von Lodovico Malvezzi als politische Tat betrachtet, und ich nehme an, daß die Behörden befürchteten, die Sache könnte, wenn sie bekannt würde, einen politischen Großbrand auslösen.«

»Klingt, als hätten sie völlig den Kopf verloren.«

»Regierungen tun das gelegentlich«, meinte Julian achselzuckend. »Mein Vater hat mir von der antijakobinischen Panik erzählt, die nach der Französischen Revolution in England herrschte: Politische Zusammenkünfte wurden verboten, und viele Leute wurden als Verräter verurteilt, bloß weil sie eine Meinung vertraten, die der Regierung nicht paßte. Aber wenigstens haben wir ein Parlament und genießen so etwas wie Freiheit. Die italienischen Herrscher können mehr oder weniger tun, was sie wollen.«

MacGregor griff geistesabwesend nach seiner Tasse und begann den ungenießbaren Tee zu trinken. »Wie ist die Wahrheit über den Mord herausgekommen?«

»Den Zeitungen zufolge hat vor zwei Wochen eine alte Frau, die den Leichnam für die Beisetzung hergerichtet hatte, auf dem Totenbett Schuldgefühle bekommen und erzählt, wie man sie damals genötigt habe, einen Eid darauf zu schwören, daß sie wegen des Einschußlochs in seiner Brust Stillschweigen bewahren werde. Ich kann mir vorstellen, daß das für die Mailänder Behörden höchst peinlich war. Sie hatten wahrscheinlich nicht vorgehabt, den Mord so lange geheimzuhalten, aber da es ihnen nicht gelang, ihn aufzuklären, erschien es ihnen wohl immer weniger ratsam, zuzugeben, daß sie die Sache vertuscht hatten. Ich nehme an, daß es für sie jetzt eine Frage der Ehre sein wird, den Mörder doch noch zu fangen – oder zumindest jemanden, den sie zum Mörder erklären können. Der Marchese war ein treuer Freund der Österreicher, und sie sind in Mailand nicht so beliebt, daß sie es sich leisten können, ihre Pflicht gegenüber ihren Freunden zu vernachlässigen. Außerdem hat die Familie des Marchese Krach geschlagen. Die Behörden haben damals nicht einmal seine Verwandten über die Umstände seines Todes informiert, und jetzt will sein Bruder wissen, warum man Orfeo – den englischen Sänger, von dem ich Euch erzählt habe – nicht gefaßt hat und was die Behörden deswegen zu tun gedenken.«

»Und was gedenken sie zu tun?«

»Ich nehme an, sie werden Himmel und Hölle in Bewegung setzen, um Orfeo zu finden, aber nur der Teufel weiß, wie ihnen das gelingen soll, wenn sie nicht einmal seinen Namen und sein Aussehen kennen. Dazu kommt, daß er nach viereinhalb Jahren so ziemlich überall sein könnte.«

»Gibt es denn niemanden, der eine Beschreibung von ihm geben kann?«

»Zwei Bedienstete haben ihn damals zu Gesicht bekommen, ein Gärtner und dessen Tochter, aber der Gärtner ist inzwischen gestorben – an einem echten Herzinfarkt, wie es scheint –, und die Behörden haben das Mädchen aus den Augen verloren. Der Gesanglehrer, Maestro Donati, ist blind, und sein Diener, Tonio Farese, verschwand am Tag nach dem Mord.«

»Meine Güte!« MacGregor schüttelte den Kopf. »Dann werden sie Orfeo niemals finden! Genausogut könnten sie nach dem Elefanten im Mond suchen!«

»Nun ja, eigentlich –«, fing Julian an.

»Lieber Himmel!« stöhnte MacGregor. »Ich kenne diesen Blick! Er bedeutet, Ihr habt vor, ein ohnehin schon wirres Netz zu gordischen Knoten zusammenzuziehen!«

»Ich wollte doch nur anmerken«, antwortete Julian in sanftem Ton, »daß die Behörden, die Zeitungen und die Angehörigen des Opfers die faszinierendste Möglichkeit überhaupt nicht in Betracht zu ziehen scheinen.«

»Und die wäre?«

»Daß Orfeo den Marchese gar nicht getötet hat.«

»Aber er ist nach dem Mord davongelaufen, und man hat seitdem nie wieder etwas von ihm gehört. Das spricht nicht gerade dafür, daß er nichts zu verbergen hatte.«

»Ein Mann kann etwas zu verbergen haben, ohne ein Mörder zu sein. Aber meine Zweifel haben nichts mit dem zu tun, was ich über Orfeo gelesen habe – sondern mit dem, was ich über die Verwandten des Marchese weiß. Bei den Malvezzis geht es seit jeher ziemlich turbulent zu. Mit seinem Sohn hat sich Lodovico nie verstanden. Außerdem hatte es zwischen ihm und der Frau seines Sohnes einen erbitterten

Streit gegeben, weil sie mit dem Sänger Valeriano davongelaufen war. Er und sein Bruder hatten sich wegen politischer Differenzen entfremdet. Und als zweite Frau hatte er sich eine viel Jüngere genommen, nach allem, was man so hört, eine große Schönheit, die unter Umständen nicht traurig darüber war, Witwe zu werden.«

»Wie kommt es, daß Ihr soviel über die Sache wißt?«

»In Italien weiß das jeder. Die Italiener sind nicht wie wir: Sie schämen sich ihrer Leidenschaften nicht, und es macht ihnen auch nichts aus, darüber zu reden. Wir Engländer ziehen einen Schleier der Anständigkeit über unsere Liebesgeschichten und Familienzwistigkeiten. Die Italiener haben keine Hemmungen, im Licht der Öffentlichkeit zu lieben und zu hassen. Unter den Angehörigen des Marchese gibt es niemanden, den ich mehr verdächtige als alle anderen – ich habe sie nie kennengelernt. Nur dem Marchese selbst bin ich einmal begegnet.«

»Wirklich? Wann war das?«

»Vor ein paar Jahren, als ich auf dem Festland lebte.«

»Wie war er?«

Julians Blick richtete sich nach innen. »Er war ein Koloß von einem Mann – über eins achtzig groß, mit breiten Schultern, einer dunklen, an den Schläfen leicht ergrauenden Haarmähne, einer Hakennase und Augen, die fast goldfarben waren. Er hatte einen energischen Gang und sprühte derart vor Energie, daß man sich kaum vorstellen kann, wie ein bißchen Blei dieses Feuer auslöschen konnte. Und er war stolz wie Luzifer. Aber er vergaß seine aristokratischen Vorurteile, sobald er einen wahren Musikliebhaber traf. Jeder Obstverkäufer oder Kellner, der etwas Interessantes über Vellutis Tremolo oder die Koloratur der Catalani zu sagen wußte, konnte sein Freund werden. Ich war damals noch sehr jung und kannte in Mailand fast niemanden, aber ich wußte ein wenig über Musik Bescheid, und das verschaffte mir die Gelegenheit, ein längeres Gespräch mit ihm zu führen.«

»Er scheint bei Euch großen Eindruck hinterlassen zu haben.«

»Ich glaube, das tat er bei jedem, der ihn kannte. Ich glaube außerdem, daß er der Typ Mann war, der viele Feinde hatte, weil er nichts ohne Gegenleistung tat.«

»Vielleicht hat er sich auch diesen Orfeo zum Feind gemacht«, meinte MacGregor.

»Vielleicht. Die Zeitungen schreiben nicht viel über ihre Beziehung oder die Gründe, die Orfeo gehabt haben könnte, ihn zu töten.«

»Nun, ich muß zugeben, daß Ihr es geschafft habt, mein Interesse an der Sache zu wecken. Gut, daß Ihr nach Italien reist – dann werdet Ihr erfahren, wie das Ganze ausgeht, und könnt mir darüber schreiben.«

»Ja«, sagte Julian nachdenklich. »Ich werde Euch wissen lassen, was passiert.«

MacGregor musterte ihn eindringlich. »Kestrel, was geht Euch durch den Kopf? Was habt Ihr vor?«

»Nun, wie Ihr wißt, habe ich ein wenig Erfahrung, was die Ermittlungen in Mordfällen betrifft –«

»Wenn Ihr damit meint, daß Ihr Mordfälle aufgeklärt habt, die sogar die Bow Street Runners vor ein Rätsel stellten, ist mir das bekannt, ja.«

»– und deswegen überlege ich gerade, ob ich nicht nach Mailand reisen sollte, um herauszufinden, ob ich der Polizei oder der Malvezzi-Familie irgendwie behilflich sein könnte.«

»Meint Ihr mit ›behilflich sein‹ unter anderem, daß Ihr herausfinden wollt, ob jemand aus der Familie den Marchese umgebracht hat?«

»Falls ja, werde ich kein Geheimnis daraus machen. Sie würden es sowieso erraten. Ich würde ihnen schließlich bestimmte Fragen stellen müssen.«

»Warum sollten sie zulassen, daß Ihr – ein Ausländer, von dem sie nicht das geringste wissen – ihnen Fragen stellt und versucht, einem von ihnen einen Mord nachzuweisen?«

»Mein lieber Freund, das kann ich Euch auch nicht sagen. Möglicherweise, weil ich ebenfalls Engländer bin und ihnen deshalb vielleicht helfen kann, Orfeo zu finden. Einen Dieb läßt man am besten von einem Dieb fangen, wie mein Freund Vance immer sagt. Und falls sie mich zum Teufel schicken, was habe ich dann verloren? Ich wollte sowieso nach Italien.«

»Ihr seid bereits fest entschlossen, nicht wahr?«

»Vor fünf Minuten war ich es noch nicht«, überlegte Julian, »aber ich scheine mich gerade dazu überredet zu haben.«

Er zog an dem Klingelzug neben dem Kamin. Ein Zimmerkellner erschien. »Schickt bitte meinen Diener herauf«, sagte Julian auf französisch. Der Kellner verbeugte sich und ging wieder.

»Nun, ich nehme an, Ihr wißt, was Ihr tut«, sagte MacGregor in einem Ton, der nahelegte, daß er vom Gegenteil überzeugt war.

Julian lächelte. »Das zu behaupten, wäre vielleicht ein wenig übertrieben. Aber es könnte sich um den Fall meines Lebens handeln, und den kann ich mir unmöglich entgehen lassen.«

Julians Kammerdiener trat ein. Er war klein und drahtig, etwa einundzwanzig Jahre alt und hatte ein rundes Gesicht und funkelnde braune Augen. »Sir?«

»Dipper, ich reise nach Mailand.«

Dippers Miene verfinsterte sich. »Das habe ich mir schon gedacht, Sir.«

»Dipper mißbilligt meine italienischen Reisepläne«, wandte sich Julian an MacGregor.

»Es steht mir nicht zu, Euer Tun zu billigen oder mißbilligen, Sir.«

»Lieber Himmel«, sagte Julian. »Das klingt aber gar nicht gut. Nur wenn du ganz schlecht auf mich zu sprechen bist, fängst du an, wie ein Diener zu reden.«

Dipper ließ sich nicht aus der Reserve locken. »Bis wann soll ich unsere Sachen packen, Sir?«

»Ich würde gern morgen abreisen, wenn Dr. MacGregor nach England aufbricht. Bis dahin haben wir noch eine Menge zu tun. Wir werden Pässe für den österreichischen

Teil von Italien brauchen, was bedeutet, daß wir die Unterschrift unseres Konsuls und Visa von einem Vertreter Lombardei-Venetiens besorgen müssen. Es ist mit einem schrecklichen Aufwand verbunden, in die italienischen Staaten einzureisen – zumindest, wenn man es auf legalem Weg tut. Trotzdem wage ich zu behaupten, daß wir morgen um die Mittagszeit zum Aufbruch bereit sein können. Bist du so gut und bestellst uns für diese Zeit eine Postkutsche?«

Ich werde es tun, aber nur ungern, sagten Dippers Augen. »Ist das alles, Sir?«

»Ja. Ich möchte dich nicht unnötig aufhalten – bestimmt mußt du dich noch von einer ganzen Schar von Zimmermädchen und Hutmacherlehrmädchen verabschieden.«

Dipper verließ den Raum. Julian verzog das Gesicht. »Mein Kammerdiener will nichts mehr mit mir zu tun haben. Wahrscheinlich werde ich mir irgendwo zwischen hier und Domodossola vor lauter Gram das Gehirn aus dem Kopf blasen.«

»Was hat das Ganze zu bedeuten?« wollte MacGregor wissen. »Warum ist Dipper mit Eurer Italienreise nicht einverstanden?«

Julian zuckte mit den Achseln. »Vielleicht ist er der Meinung, ich sollte mich auf harmlosere Morde beschränken.«

»Er hat doch sonst nie Einwände gegen Eure Pläne erhoben. Soweit ich mich erinnere, wart ihr noch nie wegen irgend etwas unterschiedlicher Meinung.«

»Das glaubt Ihr nur, weil Ihr nie dabei seid, wenn ich mich morgens ankleide. Wir haben sogar ziemlich heftige Meinungsverschiedenheiten, was Wäschestärke betrifft.«

»Nun mal allen Ernstes –«

»Wie Ihr wißt, hatte Dipper früher allen Ernstes die Angewohnheit, Dinge zu finden, bevor die Leute sie verloren hatten, und sein Verhältnis zur Polizei ist noch immer nicht das beste. Zu Hause hat er sich in sein Schicksal ergeben und erträgt die Gesellschaft der Bow Street Runners, ohne zu murren, aber die Aussicht, sich unter mailändische Gendarmen mischen zu müssen, ist vielleicht zuviel für ihn.«

»Unsinn! Was er mag oder nicht mag, tut überhaupt nichts zur Sache. Wenn Ihr es verlangt, würde er sich sogar auf die Straße legen und von einem Vierspänner überfahren lassen. Was ist der wahre Grund, warum er nichts von der Sache hält?«

»Ich kann nicht für ihn sprechen«, antwortete Julian in ernsterem Ton. »Da müßt Ihr ihn schon selbst fragen.«

Er ging zum Fenster hinüber, gegen das noch immer der Regen prasselte. MacGregor folgte ihm und wollte gerade mit seinem Protest fortfahren, als ihm etwas anderes einfiel. Er zog die Stirn kraus: »Seht Euch das an: Wollt Ihr wirklich bei diesem Wetter reisen? Alle Reiseführer warnen vor dem Herbstregen in Italien. Sie schreiben, die Flüsse würden über die Ufer treten und ganze Brücken fortspülen.«

MacGregors Reiseführer waren während ihrer ganzen Reise eine Quelle schrecklicher Prophezeiungen gewesen. Julian war oft versucht gewesen, die Bücher aus dem Kutschenfenster zu werfen. »Die schlimmsten Regenfälle setzen erst in ein paar Wochen ein. Und die Simplonstraße ist in hervorragendem Zustand.«

»Eine gute Straße wird Euch nicht davor bewahren, Euch bei diesem Wetter den Tod zu holen.«

Julian legte ihm eine Hand auf die Schulter. »Wenn ich in Italien sterben sollte, mein lieber Freund, dann bestimmt nicht an etwas so Banalem wie einem Schnupfen.«

Den Rest des Tages gelang es MacGregor nicht, Dipper allein zu erwischen. Während Kestrel durch die Gegend eilte, um alle nötigen Visa zu besorgen – falls man bei jemandem, der stets so kühl und gelassen blieb wie Kestrel, überhaupt von eilen sprechen konnte –, war Dipper unterwegs, um all ihre Vorräte aufzustocken, angefangen von Seife und Zahnpulver bis hin zu Brandy und Munition. MacGregor war ein wenig überrascht gewesen, als er feststellen mußte, daß Kestrel mit Pistolen reiste. Das erinnerte ihn an die Geschichten, die er über die Banditen auf den Straßen des europäischen Festlandes gehört hatte. Zweifellos waren sie gelegentlich durch unwegsames Gelände gekommen, das sich für einen Hinterhalt geradezu anbot, aber die einzige Gefahr, die Kestrel je Sorgen zu bereiten schien, war, daß er keinen geeigneten Ort finden könnte, um seine Wäsche reinigen zu lassen.

Die Stunden schleppten sich dahin. MacGregor haßte diese Untätigkeit. Nur alte Leute und Invaliden saßen an einem Montagnachmittag herum und wärmten sich die Füße. Leute wie sein Freund Dr. Greeley, der seine letzten Tage gelangweilt, gebrochen und umgeben von Fremden in einem tristen Kurort verbracht hatte. MacGregor hatte ihn dort besucht und mußte noch immer an seine unruhigen Hände denken, an seine vergeblichen Versuche zu gehen oder zu schreiben, und an die Tränen, die seinem Freund in die Augen traten, wenn er es nicht einmal schaffte, selbständig zu essen oder sich zu waschen. MacGregor war bei ihm geblieben, solange er konnte, und als er schließlich abgereist war, hatte er sündhafterweise gebetet, Gott möge ihn sterben lassen, bevor er so untätig und nutzlos würde.

Er erhob sich, wickelte sich in seinen Mantel und brach zu einem Regenspaziergang durch Genf auf. Die Stadt war so betriebsam und geschäftig wie immer. MacGregor bewunderte ihre Sauberkeit und Ordnung und ihre hart arbeitenden, gebildeten Einwohner. Trotzdem war er insgeheim enttäuscht, weil sie ihm nicht kontinental genug erschien. Was keinen Sinn ergab, da der Kontinent für ihn bisher die reinste Tortur gewesen war. Er empfand selbst die einfachsten Rituale des Lebens als ständigen Kampf: Essen zu bestellen, sich um seine Kleidung zu kümmern, Kerzen oder Schreibpapier zu besorgen. Er war der Meinung gewesen, Französisch zu können, weil er in der Lage war, medizinische Abhandlungen zu lesen, die auf französisch geschrieben waren, aber wenn er es zu sprechen versuchte, brachte er alles durcheinander, und Kellner oder Fahrer betrachteten ihn mit müder Geduld oder unverhohlener Verachtung. Natürlich sprach Kestrel Französisch und Italienisch wie ein Einheimischer und kannte all die örtlichen Gebräuche, so daß

MacGregor sich selten allein durchschlagen mußte. Aber es war peinlich, wie ein Kind herumgeführt zu werden und sich immer verwirrt und hilflos zu fühlen.

Er wußte, daß er oft gereizt und unhöflich gewesen war – daß er Europa keine wirkliche Chance gegeben hatte. Aber wie konnte er das, wenn in seinem Herzen ständig der Gedanke an zu Hause fraß und ihm eine grausame Stimme unaufhörlich ins Ohr flüsterte: *Bleib nicht zu lange weg! Sie könnten sonst merken, daß sie ohne dich zurechtkommen!* Er schämte sich zu sehr, um Kestrel das alles zu gestehen – und konnte sich auch nicht vorstellen, daß der ihn verstehen würde. In seinem Alter konnte ein Mann noch nicht nachvollziehen, was es hieß, alt zu werden.

MacGregor ging bis zum Kai am Nordufer des Genfer Sees. Der Blick, den man von dort auf den Mont Blanc hatte, war berühmt, aber der Himmel war nie klar genug gewesen, um den Blick auf den Gipfel freizugeben. Nun würde er ihn nie mehr zu sehen bekommen, denn morgen würde er in Begleitung eines Reiseführers, den Kestrel für ihn organisiert hatte, nach England zurückkehren. Diese Aussicht verschaffte ihm nicht die erhoffte Befriedigung. Natürlich war er erleichtert, heimreisen zu können, aber es war die Art Erleichterung, die eine besiegte Armee empfand, nachdem sie sich dem Feind ergeben hatte. Während er in der Abenddämmerung zu seinem Gasthaus zurückwanderte und dabei an der kleinen Kirche vorbeikam, in der John Knox drei Jahrhunderte zuvor den Protestantismus gepredigt hatte, sagte er sich, daß Knox sich nicht durch Heimweh, sturen Stolz und ein Gefühl der Verlegenheit vom Kontinent hätte vertreiben lassen. Aber Knox war durch die Reformation inspiriert worden, und er hatte eine Gemeinde gehabt, die es zu führen und zu beschützen galt. Das fehlte MacGregor: eine lohnenswerte Aufgabe, auf die er seine Energien konzentrieren konnte. Eine solche Festlandreise bestand nur aus Faulsein und Kunst, und MacGregor verdammte ersteres und kannte sich mit letzterem nicht aus. Als er in den Salon trat, den sich er und Kestrel teilten, sah er, daß die Tür zu Kestrels Schlafzimmer offenstand. Dipper war damit beschäftigt, Kestrels drei Dutzend frisch gewaschener Halstücher ehrfurchtsvoll in eine rechteckige Schachtel zu legen. MacGregor trat näher und blieb im Türrahmen stehen. »Wo ist dein Herr?«

»Er ist ausgegangen, um ein Wörterbuch zu kaufen, Sir.«

»Ein Wörterbuch? Was denn für ein Wörterbuch?«

»Ein mailändisches Wörterbuch, Sir.«

»Wozu um alles in der Welt braucht er ein mailändisches Wörterbuch? Er spricht doch Italienisch!«

»Eigentlich gibt es gar kein richtiges Italienisch, Sir«, erklärte Dipper hilfsbereit. »Es gibt Toskanisch und Neapolitanisch und Venezianisch, und ich weiß nicht, was sonst noch alles. In Mailand quasseln sie Mailändisch. Deswegen wollte Mr. Kestrel seine Kenntnisse ein bißchen auffrischen.«

MacGregor mußte gegen seinen Willen lächeln. Es amüsierte ihn, einen jugendlichen Cockneysprecher so sachkundig über italienische Dialekte reden zu hören. »Bevor du Kestrel kanntest, hättest du da gedacht, daß du mal ein so erfahrener Italienreisender werden würdest?«

»Bevor ich Mr. Kestrel kannte, habe ich eigentlich nur damit gerechnet, eines Tages nach Australien zu reisen.«

MacGregor wurde klar, daß er wahrscheinlich die Strafkolonie in Botany Bay meinte. Und wahrscheinlich hatte er recht. Selbst die gewieftesten Taschendiebe konnten dem Gesetz nicht ewig aus dem Weg gehen. MacGregor dämmerte etwas, das ihm schon längst hätte auffallen müssen. »Es ist um Kestrels willen, daß du nicht nach Mailand möchtest, stimmt's?«

Dipper gab ihm keine Antwort.

»Kestrel will nicht, daß ich davon erfahre, habe ich recht? Deswegen hat er versucht, mich mit fadenscheinigen Argumenten abzuspeisen, als ich ihn heute morgen gefragt habe, was du denn gegen seine Italienpläne hättest. Schließlich hat er mir geraten, dich selbst zu fragen, was es damit auf sich habe – wahrscheinlich, weil er sich schon gedacht hat, daß ich das sowieso tun würde. Nun, worum geht es dabei? Heraus damit, Mann!«

»Ich glaube, er sollte die Finger von diesem italienischen Mordfall lassen, Sir. Aber er hat sich die Sache nun mal in den Kopf gesetzt.«

»Warum sollte er sein Glück nicht versuchen? Er hat doch schon mehrere Mordfälle aufgeklärt.«

»Aber nicht in Italien, Sir. Dort liegen die Dinge anders. Die *sbirri* – das sind Polizisten, Sir, aber das sagt man ihnen nicht ins Gesicht, weil es kein freundliches Wort ist –, jedenfalls fackeln die nicht lang, wenn es darum geht, einen Kerl einzulochen.«

»Ein bißchen gewählter könntest du dich schon ausdrücken!«

»Ich wollte damit nur sagen, daß sie einen Mann rein auf Verdacht verhaften und ins Gefängnis werfen können. Und wenn sie ihn für einen Carbonaro halten – das ist ein Radikaler, Sir, der etwas gegen die Österreicher im Schilde führt –, dann kommt er nie wieder raus, denn selbst wenn die *sbirri* nicht beweisen können, daß er ein Carbonaro ist, kann er wahrscheinlich auch nicht beweisen, daß er keiner ist. Also legen sie ihn in Fesseln und karren ihn in irgendein Gefängnis in Österreich.« Dipper kam näher, und seine Augen wurden ganz rund. »In Rom schneiden sie ihnen sogar die Köpfe ab. Ich hab's gesehen, als wir letztesmal dort waren. Das tut doch kein zivilisierter Mensch!«

»Nun ja, weißt du, eigentlich ist das menschlicher als unsere Methode, die Leute zu hängen. Die Guillotine bringt fast augenblicklich den Tod, während so ein armer Teufel, der am Seil zappelt, zum Sterben manchmal zehn Minuten oder länger braucht.«

»O ja, das weiß ich, Sir. Bei meinem Alten hat es damals eine Viertelstunde gedauert. Aber ich finde das mit dem Köpfen trotzdem nicht zivilisiert.«

MacGregor sah ihn bestürzt an und hatte zunächst Schwierigkeiten, den Faden ihrer Unterhaltung wieder aufzunehmen. »Aber man wird Kestrel doch nicht für einen dieser Carbonaris halten! In Gottes Namen, er ist schließlich Brite! Außerdem hat er jahrelang in Italien gelebt. Er muß doch wissen, wie man sich zu verhalten hat, um keine Probleme mit der Polizei zu bekommen.«

»Er hatte bisher nie einen Grund, ihnen zu nahe zu kommen, Sir. Das gilt für die meisten Ausländer. Sie reisen nach Italien, um sich Gemälde oder Statuen anzusehen. Sie verkehren nicht mit den *sbirri* – und auch nicht mit Mördern.«

MacGregor lief es kalt den Rücken hinunter. Er bemühte sich, möglichst überzeugt zu klingen, als er sagte: »Kestrel hat schon öfter in Mordfällen ermittelt. Er weiß, was er tut.«

»Er weiß zuviel, Sir. Er kann sogar durch Mühlsteine sehen. Und in Italien lebt der am längsten, der gar nichts sieht.«

Die Tür, die vom Gang in den angrenzenden Salon führte, ging auf und wieder zu. Dipper entdeckte sofort eine winzige Falte in einem der Halstücher und griff nach einem kleinen, schlanken Bügeleisen, das er zum Aufheizen auf den Kamin gestellt hatte. MacGregor nahm die Hände hinter den Rükken und wippte verlegen vor und zurück.

Kestrel kam herein. »Wie ich sehe, hätten mir eigentlich die Ohren klingeln müssen.« Dann fügte er mit einem kritischen Blick von einen zum anderen hinzu: »Eigentlich ist es ein Wunder, daß mein Hut nicht in Flammen aufgegangen ist.«

Dipper nahm Kestrel den nassen Mantel ab und half ihm in seinen Hausmantel. Dann gingen Kestrel und MacGregor in den Salon hinüber. Kestrel lächelte ironisch und zog die Brauen hoch. Offensichtlich rechnete er mit einer Standpauke. MacGregor wußte, daß er mit freundlichem Gesicht zuhören würde, um MacGregors Argumente anschließend mit Charme und Witz zu parieren und hinterher genau das zu tun, was er ohnehin vorgehabt hatte. Trotz seiner höflichen, taktvollen Art konnte Kestrel genauso stur sein wie – nun ja, wie MacGregor selbst.

»Ich nehme an, Ihr habt bedacht«, sagte MacGregor

schließlich, »daß alle Schwierigkeiten, in die Ihr in Mailand geratet, zwangsläufig auch ihn betreffen werden?« Er machte eine Kopfbewegung zu dem Zimmer hinüber, in dem Dipper noch immer mit Packen beschäftigt war.

»Ja«, antwortete Kestrel mit ernster Miene. »Aber was soll ich tun? Ich kann ihm nicht sagen, daß er nicht mitzukommen braucht, wenn er nicht will. Das mindeste, was ich tun kann, um mich für seine Treue zu revanchieren, ist, ihn nicht zu beleidigen.«

Mit einem Seufzer räumte MacGregor ein, daß er recht hatte. »Werdet Ihr eins für mich tun?«

»Wenn ich kann«, antwortete Kestrel vorsichtig.

»Legt die Hand aufs Herz und fragt Euch, ob Euer italienisches Vorhaben das Risiko wirklich wert ist. Vielleicht sind Dippers Befürchtungen übertrieben – ich weiß es nicht. Aber ich weiß, daß mein Sohn, wäre er am Leben geblieben, jetzt ungefähr in Eurem Alter wäre. Und wenn sich morgen unsere Wege trennen, möchte ich mir einigermaßen sicher sein können, daß ich Euch wiedersehen werde.«

Kestrel schienen ausnahmsweise einmal die Worte zu fehlen. MacGregor hätte diesen Vorteil gerne ausgenutzt: *Kommt mit mir nach Hause – oder reist zumindest anderswohin, irgendwohin, nur nicht nach Mailand!* Aber wenn Kestrel einwilligte, würde er es immer bereuen. Er hatte das Ganze den Fall seines Lebens genannt – würde er sich nicht immer fragen, wie es wohl gewesen wäre? Welches Recht hatte MacGregor, ihn um dieses Abenteuer zu bringen? Wenigstens einer von ihnen beiden sollte keinen Rückzieher machen. Deshalb schwieg MacGregor. Und am nächsten Tag brachen Kestrel und Dipper nach Mailand auf.

9

Die Simplonstraße, die über Genf und die Alpen von Paris nach Mailand verlief, war vielleicht das größte Geschenk, das Napoleon Italien hinterlassen hatte. Etwa fünfzehn

Jahre lang waren die norditalienischen Staaten unter seiner Herrschaft vereint gewesen, und Mailand war das italienische Paris gewesen – die elegante Hauptstadt von Napoleons Königreich Italien. Dieses Königreich war vor mehr als zehn Jahren gefallen, und die Österreicher, die Mailand beherrscht hatten, bevor die Franzosen kamen, hatten sich beeilt, ihren Anspruch darauf wieder geltend zu machen. Derzeit galt es in Mailand als Verrat, gut vom Königreich Italien zu sprechen. Wer seine rot-weiß-grüne Trikolore wehen ließ, riskierte, verhaftet zu werden. Obwohl Napoleon inzwischen tot war, stellte er für die Oberherren Italiens noch immer eine Bedrohung dar. Freilich war er ein Eroberer gewesen, der in den Italienern Träume von Freiheit geweckt hatte, nur um sie dann in die Knechtschaft eines anderen Herrn zu locken. Aber das änderte nichts an der Tatsache, daß zum erstenmal seit den Zeiten des Römischen Reichs ein Großteil Italiens vereint gewesen war. Der König von Italien mochte ein französischer Despot gewesen sein, aber inzwischen war das Königreich Italien für viele Italiener ein lebendiges Ideal.

Und die Simplonstraße blieb. Am Rand der großen, mit fischenden Möwen gesprenkelten Wasserfläche des Genfer Sees verlief sie durch eine Ebene voller Obstgärten, Weinberge und Herden schwarzköpfiger Schafe. Die weit entfernten Berge zu beiden Seiten des Weges waren nur riesige Schemen, deren Farbe irgendwo zwischen Grau, Rot und Blau zu liegen schien. Aber am dritten Tag von Julians Reise riß der Himmel auf, und die Berge schienen näherzurücken. Die Straße wand sich nach oben, die Pferde mußten sich mehr anstrengen und häufiger rasten, Julian legte sein Mailändisch-Wörterbuch beiseite, um einen Blick auf die Alpen zu werfen, die sich hoch über ihm auftürmten: Ihre unteren Hänge waren mit Bäumen bedeckt, die die herbstliche Kälte bereits orange gefärbt hatte, die höheren Regionen kahl und öde und mit Schneefeldern gesprenkelt. Dann verengte sich der Himmel zu einem schmalen blauen Band, und die Straße war gefangen zwischen steilen Felswänden, auf denen längst versiegte Ströme ihre Spuren hinterlassen hatten. Manchmal verschwand der Himmel völlig, und der Weg wurde von einer Höhle im Berg verschluckt, während man oben Schneemassen mit ohrenbetäubendem Getöse über die Felsen herabdonnern hörte. Schließlich erreichten sie den höchsten Punkt des Simplonpasses, wo Julian den Blick durch ein weites, von einem schäumenden Fluß durchzogenes Tal zu einer Reihe hoher Gipfel schweifen ließ, die so weiß und rein wirkten, daß man das Gefühl hatte, ins Paradies zu sehen.

Dann ging es wieder bergab. Der Weg verlief im Zickzack zwischen nackten Felsen und schwindelerregenden Wasserfällen. Der Fahrer mußte häufig absteigen, um eine Art Pfanne unter die Hinterräder zu schieben und auf diese Weise dafür zu sorgen, daß die Pferde nicht von der Kutsche überholt wurden. Bei Iselle überquerten sie die Grenze zum Piemont, dem nordwestlichsten italienischen Staat. Dort verbrachten sie die Nacht in einem Gasthaus, das am oberen Rand eines Abgrunds klebte und ständig von dem Nebel eingehüllt wurde, der aus der Schlucht aufstieg. Am nächsten Tag wurde der Boden flacher, die Landschaft grüner, und in Julian stieg Vorfreude auf, als die mildere Luft sein Gesicht mit der Verheißung Italiens umschmeichelte.

Dipper, der nie lange über Dingen brütete, die er nicht ändern konnte, strahlte bald wieder seine übliche Fröhlichkeit aus und freundete sich mit Kutschern, Stallknechten und Kellnern an, sooft sie Station machten. Sein Italienisch wies Lücken auf, aber was er nicht mit Worten sagen konnte, machte er durch Gesten klar, die genauso verständlich und ausdrucksstark waren wie die der Italiener.

Die Straße verlief an der Westseite des Lago Maggiore entlang, wo sie sich zwischen bewaldeten Hügeln und glitzerndem, tiefblauem Wasser dahinschlängelte. An der Südspitze des Sees tauchte die Grenze zur Lombardei vor ihnen auf, angekündigt durch Flaggen, auf denen die kaiserlichen schwarzen Adler prangten, und österreichische Bajonette, die das gleißende Sonnenlicht reflektierten. Zollbeamte verlangten

Julians und Dippers Pässe, reichten sie ihnen aber nach kurzer Prüfung zurück, nachdem sie das übliche Bestechungsgeld kassiert hatten. Von da an tauchten entlang der ganzen Strecke nach Mailand immer wieder schäbig gekleidete Beamte aus kleinen Holzhäuschen auf, um Pässe zu inspizieren und Trinkgelder zu kassieren. Natürlich belästigten die Zöllner hauptsächlich jene, die auf legalem Weg reisten: Schmuggler und Carbonari wußten, wie man sie überlisten oder umgehen konnte.

Das Land war inzwischen flach und fruchtbar geworden. Es war durchzogen von Reihen rebengeschmückter Maulbeerbäume. Am dunstigen Horizont entdeckte Julian einen Fleck leuchtenden Golds: die Statue der Madonnina, der Beschützerin Mailands, die auf dem höchsten Turm der Kathedrale thronte. Dann kam das Dach der Kathedrale in Sicht: eine Dreiecksform, aus der sich langsam und auf wundersame Weise unzählige schlanke, weiße Türmchen herauskristallisierten. Die Kutsche erreichte die Stadt durch das Simplontor, wo inmitten grob gezimmerter Schuppen und moosbewachsener Marmorblöcke ein halb vollendeter Triumphbogen stand. Er war von Napoleon begonnen worden, und die Österreicher konnten sich nicht dazu entschließen, ihn fertigzustellen oder niederzureißen.

Es war für Julian ein seltsames Gefühl, Mailand wiederzusehen, wo er seit seiner ersten Italienreise nicht mehr gewesen war. Trotzdem kam ihm alles verblüffend vertraut vor: die breiten Durchgangsstraßen, flankiert von einem Gewirr aus Seitenstraßen, die stolzen Paläste, die Seite an Seite mit armseligen Hütten standen, die Balkone mit ihren filigranen Eisengeländern und der im Wind wehenden Wäsche, der farbenprächtige Schmuck aus blauen, grünen und gelben Markisen an den Läden und Cafés. Aber es waren hauptsächlich die Menschen, die den Straßen ihren Charme und ihre Lebendigkeit verliehen. Reiche junge Männer stellten ihre Schneidigkeit auf englischen Pferden zur Schau. Fröhlich gekleidete Bauern hielten alles mögliche feil, angefangen von Maroni bis hin zu Rohrstühlen. Jesuiten stolzierten wie

Raben in ihren eleganten, schmucklosen schwarzen Soutanen einher. Österreichische Soldaten standen herum und unterhielten sich auf deutsch oder ungarisch. Aber am meisten fielen Julian die Frauen auf. Mit ihren großen, dunklen, ausdrucksvollen Augen und ihren ungestümen, aber doch anmutigen Bewegungen waren sie ein bemerkenswert schöner Anblick.

Julian stieg in einem Gasthaus namens »Bella Venezia« in der Piazza San Fedele ab, von wo aus die Kathedrale und das Opernhaus ebensogut zu erreichen waren wie Santa Margherita, Mailand wichtigstes Polizeirevier und Gefängnis. Was nicht bedeutete, daß er vorhatte, sich wegen des Malvezzi-Mordes direkt an die Polizei zu wenden. Wahrscheinlich würde man dort nicht gerade begeistert darüber sein, von einem jungen Engländer Hilfe angeboten zu bekommen, egal, wieviel Erfahrung er mit der Aufklärung von Mordfällen auch haben mochte. Der einzige Engländer, den die hiesigen Beamten gern zu Gesicht bekommen hätten, war Orfeo, und der hatte allen Grund, möglichst viel Distanz zu ihnen zu halten.

Nein, er würde seine Dienste lieber der Malvezzi-Familie anbieten. Aber vorher wollte er noch mehrere Dinge herausfinden. Welche Anstrengungen waren unternommen worden, um Lucia Landi zu finden? Und Tonio Farese, Maestro Donatis Diener – was war aus ihm geworden? Welche Rolle spielten Lodovicos Verwandte bei den Ermittlungen? Die Zeitungen schrieben kaum etwas über sie, was nahelegte, daß sie sich während dieser Krisenzeit vor dem Blick der Öffentlichkeit zurückgezogen hatten. Aber wenn sie sich überhaupt irgendwo zeigten, dann bestimmt in der Oper.

La Scala war der nächtliche Treffpunkt eines Großteils von Mailand. Vor allem die Aristokratie empfing ihre Gäste selten zu Hause, zum einen, weil ihre *palazzi* innen meist weniger luxuriös waren als außen, zum anderen, weil die Polizei davon ausging, daß jede Gruppe gebildeter Italiener, die sich privat traf, eine Verschwörung im Sinn hatte – vor allem, wenn sich solche Treffen zu später Stunde abspielten. Statt dessen diente jede einzelne der zweihundert Privatlogen in La Scala als winziges Wohnzimmer, in dem der Inhaber der Loge und seine Gäste sechs Abende die Woche je vier bis fünf Stunden lang Karten spielten, Klatschgeschichten austauschten, manchmal sogar eine Mahlzeit zu sich nahmen. In den dunklen Winkeln der Logen verabredeten sich Liebespaare, und angeblich schmiedeten dort auch Carbonari ihre Ränke. Der Musik schenkte niemand viel Beachtung – schließlich hörte sich das Publikum dieselbe Oper zwanzig oder dreißig Abende hintereinander an. Die lauten Gespräche und das Klirren des Bestecks verstummten nur während besonders beliebter Arien und bei Ensembles, denen man mit atemloser Aufmerksamkeit und höchst kritischem Ohr lauschte.

Nach seiner Ankunft in Mailand hatte Julian gerade noch genug Zeit, um sich für den Abend umzuziehen, zu essen und La Scala zu erreichen, bevor der Vorhang hochging. Er saß im Parkett, wo sich hauptsächlich die *cittadini* trafen, die Klasse der Mailänder Kaufleute. In Florenz oder Neapel hätten ihm Empfehlungen Zutritt zu aristokratischen Logen verschafft, aber hier war er praktisch ein Fremder. Er wußte, daß er sich stärker um die Bekanntschaft der Mailänder Adeligen bemühen mußte, weil deren Logen der beste Ort sein würden, um Klatschgeschichten über die Malvezzis zu erfahren. Aber an diesem Abend konnte er der Versuchung nicht widerstehen, sich weit genug von ihnen wegzusetzen, um die Oper zu genießen.

Es war *L'Italiana in Algeri*, Rossinis wunderliche Romanze über ein unerschrockenes italienisches Mädchen, das in türkische Gefangenschaft gerät. Hätte Julian die Handlung nicht schon gekannt, wäre es ihm unmöglich gewesen, ihr zu folgen, weil das Publikum um ihn herum während der ganzen Eröffnungsszene fortfuhr, nach guten Plätzen zu suchen und dabei laut zu plaudern. Nachdem er sich lange genug am Anblick des großartigen Bühnenbilds und der Kostüme erfreut hatte, ließ er den Blick über die Ränge mit den

Logen schweifen. Aber seine Augen waren vom Licht der Bühne geblendet, so daß er zunächst nur hohle Formen ausmachen konnte, die ihn an leere Augenhöhlen erinnerten. Hier und da flackerte eine Kerze auf, um für ein Kartenspiel Licht zu spenden.

Das Publikum verstummte, als der Tenor heraustrat, um *Languir per una bella* zu singen. Dem Theater war es gelungen, den großen Rubini für diese Rolle zu verpflichten. Den bulligen Kopf zurückgeworfen und die Hand aufs Herz gepreßt, präsentierte er sich dem Publikum in einer Pose, die er irrtümlicherweise für Schauspielerei hielt. Aber seine Stimme war lieblich und geschmeidig, sein Stimmumfang erstaunlich. Seine große Stärke waren die Fiorituren, wie man die von den Sängern improvisierten Tremoli und anderen Gesangsverzierungen nannte. Er setzte diese Stilmittel fast zu häufig ein. Zumindest war Julian dieser Meinung. Er ertappte sich dabei, wie er im Geiste manche davon ausmerzte und andere veränderte.

Als die Arie vorüber war, wurde wild geklatscht, geschrien, mit den Füßen getrampelt und mit Stöcken auf den Boden geschlagen. Julians Gedanken schweiften zu Orfeo ab, dem Lodovico Malvezzi zu einem Debüt in eben diesem Theater hatte verhelfen wollen, vielleicht sogar mit eben dieser Rolle. Nun würde er nie wissen, wie es war, von einem Mailänder Publikum vergöttert zu werden – oder verlacht, wenn seine Bemühungen scheiterten.

Während des folgenden Duetts fiel Julian auf, daß die Zuschauer um ihn herum zu den Logen auf der linken Seite hinaufstarrten und -deuteten. Inzwischen hatten sich seine Augen an das schwache Licht gewöhnt, und er konnte in den Logen Gestalten erkennen: Ganz vorne saßen jeweils zwei Damen oder eine Dame und ein Herr, und hinter ihnen befanden sich weitere schemenhafte Gestalten. Bei einer der Logen im vornehmen zweiten Rang aber waren die Vorhänge zugezogen, so daß man nicht sehen konnte, wer dort saß.

»Verzeihung, Signori«, wandte sich Julian im Mailänder

Dialekt an das ältere Paar neben ihm: »Wessen Loge ist das?«

Die beiden wechselten einen Blick. Sie sahen aus wie wohlhabende Kaufleute, die instinktiv freundlich reagierten, aber dennoch gegenüber einem Fremden, der wegen seiner Kleidung und seines Auftretens eher nach oben in die Logen der Adligen zu gehören schien, Vorsicht walten ließen. Schließlich sagte der Mann mit der unnahbaren Höflichkeit eines Mailänders, der nicht so recht weiß, wie er sich verhalten soll: »Das ist die Loge von Marchesa Malvezzi, Signor.«

»Lodovico Malvezzis Witwe?« fragte Julian so beiläufig wie möglich.

»Ja, Signor.« Die Frau des Kaufmanns konnte es sich nicht verkneifen hinzuzufügen: »Sie ist jeden Abend hiergewesen, seit das mit der Ermordung des armen Marchese bekanntgeworden ist.«

»Und warum sollte sie nicht in die Oper gehen, wenn ihr danach ist?« fragte eine Frau hinter ihnen. »Heilige Jungfrau! Sie ist doch schon seit fast fünf Jahren Witwe!«

»Seit sie von der Ermordung weiß, hält sie die Vorhänge ihrer Loge geschlossen«, rief der Kaufmann seiner Frau ins Gedächtnis. »Es ist also keineswegs so, daß sie sich öffentlich zur Schau gestellt hat.«

»Trotzdem ist es nicht richtig«, meinte seine Frau beharrlich. »Sie sollte dem Andenken ihres Mannes mehr Respekt erweisen. Er war ein großer Mann, und er ist von diesem englischen Sänger kaltblütig ermordet worden.«

»Was kann man von den Engländern schon anderes erwarten?« mischte sich ein anderer Mann wild gestikulierend ein. »Das sind lauter Ungläubige, müßt Ihr wissen. Lauter Freimaurer.«

Die Frau des Kaufmanns ignorierte ihn. »Wenn Ihr mich fragt, sollte sie zu Hause bleiben und für die Seele ihres Mannes beten, statt sich hier zu amüsieren.«

»Sie hat schon genug Messen für seine Seele lesen lassen«, erklärte die Frau mit der lauten Stimme. »Sie hat ihm sogar ein großes Grabmal erbauen lassen – von ihrem eigenen Geld, und das, obwohl er vom Alter her ihr Vater hätte sein können!«

»Von wegen, von ihrem eigenen Geld!« erwiderte die Gattin des Kaufmanns in verächtlichem Ton. »Sie selbst hat doch keinen Soldo mit in die Ehe gebracht! Alles, was sie besitzt, hat ihr der Marchese in seinem Testament vermacht. Sogar die Opernloge, in der sie gerade sitzt – das hat alles ihm gehört.«

Sie stritten sich so laut, daß es sogar einem Publikum auffiel, das an laute Störungen gewöhnt war. Ihre Nachbarn zischten zu ihnen hinüber. Die österreichischen Soldaten, die im ganzen Parkett verstreut saßen, warfen ihnen drohende Blicke zu. Julian wagte eine letzte Frage. »Was hat er ihr denn sonst noch hinterlassen?«

Angesichts von soviel Unwissenheit blinzelte der Kaufmann leicht überrascht. »Nun, die Villa natürlich, Signor. Die, wo er ermordet worden ist.«

Julian verbrachte die nächsten paar Tage damit, Informationen über die Ermittlungen zu sammeln: Bei der Nachmittagsparade der Kutschen auf dem Corso, abends in der Oper und in sämtlichen Cafés war der Mord in aller Munde. Julian war froh, daß es ihm so schnell gelungen war, seine Kenntnisse des Mailänder Dialekts aufzufrischen. Es war die Sprache, die in Mailand von allen gesprochen wurde, von Herzoginnen ebenso wie von Straßenverkäufern, und Ausländer, die nur das elegante Italienisch Dantes sprachen, bekamen eine Menge nicht mit.

Über Orfeo war nichts Neues bekanntgeworden. Die Polizei suchte überall nach Lucia Landi und Tonio Farese, aber bisher war die Suche ergebnislos verlaufen. Der Polizeipräsident hatte soeben Alfonso Grimani, einen ehrgeizigen jungen Commissario, mit der Leitung der neu aufgenommenen Ermittlungen betraut. Julian war überrascht, daß man einen so wichtigen, politisch brisanten Fall nicht einem Österreicher, sondern einem Italiener anvertraute. Grimani war offenbar nicht nur ein erstklassiger Ermittler, sondern zudem ein Mann, der seine Regierungstreue bereits mehrfach unter Beweis gestellt hatte. Für ihn würde bei der Sache viel auf dem Spiel stehen: Ein solcher Auftrag konnte seiner Karriere höchst förderlich sein, genausogut aber auch ihr Ende bedeuten.

Bald liefen Julian Bekannte aus anderen Teilen Italiens über den Weg, die wegen der herbstlichen Opernsaison und anderer Vergnügungen nach Mailand gekommen waren. Sie führten ihn in die Mailänder Aristokratenkreise ein, die begierig darauf waren, den berühmten Mann der Mode kennenzulernen. Was einen englischen Dandy ausmachte, verstand hier niemand so richtig: Einem Italiener war es unbegreiflich, wie man soviel Aufhebens um sein Aussehen und so wenig Aufhebens um die Liebe machen konnte. Aber viele junge Herrn glaubten sich rühmen zu können, in Julians Fußstapfen getreten zu sein, auch wenn man in der St. James's Street sehr erstaunt über ihre langen Haare und ihre phantastisch geschlungenen Krawatten gewesen wäre.

Als bekannt wurde, daß Julian sich nicht nur gut kleiden, sondern darüber hinaus reiten, flirten, Karten spielen und intelligent über Musik reden konnte, stand seinem Erfolg bei der Mailänder Gesellschaft nichts mehr im Weg. In der Oper hatte er bald Zutritt zu einem halben Dutzend Patrizierlogen. In jeder Loge fanden etwa zehn Gäste Platz, die im Verlauf des Abends aber ständig wechselten. Die Etikette duldete keine Ausnahmen: Sooft ein neuer Besucher eintraf, mußte derjenige, der schon am längsten in der Loge weilte, sich verabschieden, woraufhin alle anderen einen Platz weiterrückten. Auf diese Weise endete jeder Gast irgendwann im vorderen Teil der Loge, wo die Gastgeberin mit ihrem Mann, einer Freundin oder – noch häufiger – mit ihrem allgemein akzeptierten Liebhaber saß.

Für Julian hatte dieses ständige Platzwechseln den Vorteil, daß er mit vielen Leuten in Kontakt kam, von denen die meisten Lodovico Malvezzi persönlich gekannt hatten oder zumindest mit seiner Familie bekannt waren. Er erfuhr, daß gegenwärtig zwei Verwandte Lodovicos in Mailand weilten: seine Witwe, Marchesa Beatrice, und sein jüngerer Bruder, Conte Carlo, der aus Parma angereist war, nachdem er erfahren hatte, daß sein Bruder keines natürlichen Todes gestorben war. Bis zum Eintreffen von Lodovicos Sohn und Erben, Marchese Rinaldo, fungierte Carlo als Familienoberhaupt. Rinaldo befand sich auf Reisen, und es war nicht bekannt, ob er bereits davon gehört hatte, wie sein Vater tatsächlich ums Leben gekommen war. »Hat denn niemand an ihn geschrieben?« fragte Julian.

»Wer weiß, wo er sich gerade aufhält?« meinte einer von den Möchtegerndandys schulterzuckend.

»Der arme Rinaldo!« seufzte eine hübsche Contessa. »Ständig ist er in Österreich oder Rußland oder sonst einem schrecklichen Land unterwegs. Kaum zurückgekehrt, ist er schon wieder weg.«

»Das ist der Schmerz in seinem Kopf. Der macht ihn so rastlos«, sagte der junge Dandy in wissendem Ton.

»Welcher Schmerz in seinem Kopf?« rief eine ältere Duchessa.

»Na der, den man bekommt, wenn man so lange Hörner trägt, liebste Tante!«

Dieser Scherz wurde mit lautem Gelächter quittiert. Aber die hübsche Contessa schüttelte mit ernster Miene den Kopf. »Es ist nicht gut für seine Kinder, durch ganz Europa geschleppt zu werden. Er sollte sie lieber hierlassen. Beatrice würde schon dafür sorgen, daß es ihnen gutgeht, auch wenn sie nicht ihr eigenes Fleisch und Blut sind.«

Alle blickten zur Malvezzi-Loge hinauf, wo der Vorhang noch immer zugezogen war. Die alte Duchessa lächelte schlau. »Seine Stiefmutter ist nicht der Grund, warum er sich Sorgen macht.«

»Lieber Himmel, Tantchen!« antwortete der Möchtegerndandy, »Ihr glaubt doch wohl nicht, daß er Angst hat, Francesca könnte wie ein Raubvogel vom Himmel herabstoßen und die Kinder davontragen? Ich glaube nicht, daß sie in den letzten sechs Jahren auch nur einen Gedanken an sie verschwendet hat.«

»Du weißt doch überhaupt nichts über die Sache«, gab die Duchessa zurück. »Bevor Lodovico starb, war Francesca mit Valeriano aus Venedig angereist und wohnte in einer Villa auf der anderen Seite des Sees, direkt gegenüber von Lodovicos Villa. Warum hätte sie das tun sollen, wenn nicht, um ihn zu überreden, sie die Kinder besuchen zu lassen? Nach seinem Tod ist sie zu Rinaldo gegangen und hat ihn angefleht, wenigstens einen kurzen Blick auf die beiden werfen zu dürfen. Ich hatte eigentlich angenommen, daß er sich erweichen lassen würde – die Kinder von ihr fernzuhalten war schließlich Lodovicos Idee gewesen, nicht seine. Aber selbst noch aus dem Jenseits beherrscht ihn Lodovico. Er hat Francesca abgewiesen – sie praktisch von den Dienern hinauswerfen lassen! Und jetzt traut er sich nicht, die Kinder aus den Augen zu lassen, vor lauter Angst, sie könnte sie sich holen.«

Ein Neuankömmling betrat die Loge und brachte Unruhe unter die Gäste. Nachdem sie alle die Plätze gewechselt hatten, bemerkte Julian: »Marchese Rinaldo muß über den Tod seines Vaters zutiefst schockiert gewesen sein.«

»Ich nehme an, er hat sich gefühlt wie ein kleiner Hund, der sein Herrchen verloren hat«, lachte der Möchtegerndandy. »Aber niemand von uns hat ihn damals zu Gesicht bekommen. Er war gerade damit beschäftigt, Beatrice durch Piemont zu jagen.«

»Sie zu jagen?« Julian zog die Brauen hoch. »War es so schwierig, sie zu fangen?«

»Es ist unmöglich, sie zu fangen!« klagte der Dandy. »Ganz Mailand weiß, daß ich es versucht habe!«

»Ihr dürft ihm keine Beachtung schenken, Signor Kestrel«, mischte sich die Duchessa ein. »Beatrice war gerade in Turin, als die Revolte ausbrach, und sie hielt es für besser abzureisen. Ich weiß nicht, wie es passieren konnte, aber irgendwie ging sie unterwegs verloren, und Rinaldo zog los, sie zu suchen. Beide waren tagelang vermißt.«

Tagelang vermißt, dachte Julian. Konnten Leute von so hohem Rang wirklich spurlos verschwinden? Denn falls sie das konnten, dann sah es ganz danach aus, als hätten weder Lodovicos Frau noch sein Sohn für die Tatzeit ein Alibi.

Am dritten Morgen seines Aufenthaltes hörte Julian von einem neuen Aspekt in den Mordermittlungen. Er hatte bereits überlegt, wie er der Malvezzi-Familie seine Dienste anbieten könnte – nun sah er eine Gelegenheit. Er schrieb einen Brief an Lodovicos Bruder, Conte Carlo:

Signor Conte, *Gasthaus Bella Venezia*
27. September 1825

ich hoffe, Ihr werdet mir verzeihen, daß ich als Fremder so unvermittelt an Euch herantrete, und meine Kühnheit nicht als Impertinenz werten, sondern sie auf ein Übermaß an guten Absichten zurückführen. Ich habe zunächst in Betracht gezogen, einen gemeinsamen Bekannten zu bitten, uns vorzustellen, aber da ich ein heikles Thema anschneiden wollte, hielt ich es für diskreter, Euch zu schreiben.
Als erstes möchte ich Euch mein aufrichtiges Beileid anläßlich des Todes Eures Bruders aussprechen. Bei meinem letzten Besuch in Mailand hatte ich die Ehre, ihn kennenzulernen, und erlebte ihn als großzügig und freundlich gegenüber einem Fremden, der in begrenztem Maß sein erstaunliches Wissen über Musik und seine Liebe zu derselben teilte. Ich war gerade auf dem Weg nach Italien, als die Umstände seines Todes ans Licht kamen, und nach meiner Ankunft in Mailand habe ich von Eurem Vorhaben gehört, die Bow Street Runners zu beauftragen, in England nach dem als Orfeo bekannten Sänger zu suchen. Ich selbst habe bei der Aufklärung mehrerer Mordfälle mit den Runners zusammengearbeitet, und wenn ich Euch mit Informationen über sie zur Seite stehen oder auf andere Weise

behilflich sein kann, werdet Ihr hoffentlich nicht zögern, Euch an mich zu wenden. Ich würde mich sehr freuen, Euch oder den Ermittlungen dienlich sein zu können.
Euer ergebenster Diener,
Julian Kestrel

Er beauftragte einen der Bediensteten aus dem Gasthaus damit, den Brief zur Casa Malvezzi zu bringen, dem alten Familienpalast der Malvezzis in der Contrada delle Meraviglie. Obwohl der Palast wahrscheinlich Rinaldo gehörte, lebte Beatrice dort, und Carlo war für die Dauer seines Aufenthalts in Mailand ebenfalls dort abgestiegen. Der Palast war nur einen kurzen Fußmarsch von Julians Gasthaus entfernt, und er war schon mehrfach daran vorbeigegangen, hatte den Blick über die imposante Barockfassade des Hauses schweifen lassen und sich gefragt, was sich dahinter wohl verbarg.

Nachdem der Brief unterwegs war und die Würfel gefallen waren, hatte er das Bedürfnis, eine Weile nicht mehr an den Mord zu denken. Nach all seinen Recherchen hatte er sich einen freien Tag verdient. Also brach er auf, um sich die Brera-Akademie mit ihrer großartigen Gemälde- und Freskensammlung anzusehen. Anschließend ging er im öffentlichen Park spazieren, wo Napoleon eine riesige Arena gebaut hatte, die noch immer für Wagenrennen benutzt oder für inszenierte Seeschlachten mit Wasser gefüllt wurde. Und weil es einer der seltenen sonnigen Tage in einer Stadt war, die für ihren Nebel fast so berühmt war wie London, stieg er die fünfhundertzwanzig Stufen zum Dach der Kathedrale hinauf, wo er inmitten filigraner weißer Marmortürmchen über die rotgedeckten Dächer von Mailand zu den Feldern, Bauernhöfen und Flüssen der lombardischen Ebene hinausblickte und von dort aus weiter zu den schneebedeckten Alpen, die, aus der Ferne gesehen, einen fast unwirklichen Eindruck erweckten.

Er mußte an das letzte Mal denken, als er an dieser Stelle gestanden hatte. Damals hatte es den berühmten Dandy Julian Kestrel noch nicht gegeben – er war noch nicht einmal sicher gewesen, ob er überhaupt nach England zurückkehren würde. Wie konnte er Italien wieder verlassen, nachdem er dieses Land erst einmal entdeckt hatte? Trotzdem wußte er inzwischen, daß er damals gut daran getan hatte zurückzukehren. Reisejahre auf dem Kontinent prägten einen jungen Mann zwar und gaben ihm den letzten Schliff, seine Wurzeln jedoch konnten sie ihm nicht ausreißen.

Als er abends ins »Bella Venezia« zurückkehrte, stellte er fest, daß sich die Bediensteten plötzlich außergewöhnlich unterwürfig verhielten. Einer bat um die Erlaubnis, ihm die Schuhe putzen zu dürfen, eine Aufgabe, die Julian nur Dipper anvertraute, während ein anderer anbot, zu jeder Tages- oder Nachtzeit Botengänge für ihn zu erledigen, und ein Dritter versprach, sein untertänigster Sklave zu werden, wenn Julian ihm nur dabei behilflich wäre, einen Paß für einen Besuch bei seiner Schwester in Modena zu besorgen. »Man scheint plötzlich viel mehr Respekt vor mir zu haben«, sagte Julian zu Dipper.

»Das hat hiermit zu tun, Sir.« Dipper reichte ihm zwei Briefe. »Die sind angekommen, während Ihr unterwegs wart. Die Kellner wollten sie nicht ohne *buonamano* herausrücken« – er rieb die Finger aneinander, um zu unterstreichen, daß er von Geld sprach –, »aber ich habe ihnen geantwortet, wenn sie die Briefe nicht auf der Stelle herausrückten, würdet Ihr ganz schön ungemütlich werden, und Eure einflußreichen Freunde würden ihnen das Leben zur Hölle machen.«

»Ich hätte gern gehört, wie du das ins Mailändische übersetzt hast.« Julian warf einen Blick auf die Briefe. Der eine war auf feinem Pergament geschrieben und trug ein blutrotes Siegel, das eine um ein Schwert geschwungene Schlange darstellte. Auf dem anderen Brief prangten die kaiserlichen Adler Österreichs. »Conte Carlo hat wirklich keine Zeit verloren. Kein Wunder, daß das Hotelpersonal beeindruckt war.«

Er brach das Siegel des ersten Briefes auf und faltete ihn

auseinander. Obwohl Julian sich auf mailändisch an Carlo gewandt hatte, war Carlos Antwort auf englisch verfaßt.

Mein lieber Mr. Kestrel, *Casa Malvezzi*
Dienstag morgen

bitte laßt Euch versichern, daß Ihr mir mit Eurer Kühnheit, wie Ihr es nennt, in keinster Weise zu nahe getreten seid. Ganz im Gegenteil, ich bewundere Eure offene, direkte Art und bin Euch dankbar für Euer Angebot, meiner Familie in dieser schrecklichen Krisensituation beizustehen.
Über die Bow Street Runners weiß ich nur das wenige, was über ihre Leistungen durch die gewaltige Barriere zwischen unseren beiden Ländern gedrungen ist.

Julian vermutete, daß er mit dieser Barriere weder die Alpen noch den englischen Kanal meinte, sondern die österreichische Zensur, die bemüht war, ausländische Bücher und Zeitungen nicht in italienische Hände gelangen zu lassen. Carlo war als Liberaler bekannt, und seine Teilnahme an den Ermittlungen war der Regierung bestimmt ein Dorn im Auge. Aber er war zugleich Lodovicos Bruder und in Rinaldos Abwesenheit das Familienoberhaupt der Malvezzis. Wie sehr die Behörden seine politische Einstellung auch verabscheuten, sie konnten ihm seine Rechte nicht verweigern.
In dem Brief hieß es weiter:

Aber es ist gut möglich, daß der als Orfeo bekannte Engländer inzwischen in sein Heimatland zurückgekehrt ist, weshalb es mir naheliegend erschien, die Bow Street Runners zu bitten, uns dabei zu helfen, dort nach ihm zu suchen. Ich zweifle nicht daran, daß Euer Wissen und Rat für Commissario Grimani von unschätzbarem Wert sein werden, wenn es um die Frage geht, ob und wie er sich ihrer Hilfe versichern soll. Ich habe heute nachmittag eine Verabredung mit ihm, und Ihr

könnt Euch darauf verlassen, daß ich ihm von Eurem freundlichen Angebot berichten und ihn drängen werde, es anzunehmen.
Ich freue mich voller Ungeduld darauf, Euch möglichst bald persönlich kennenzulernen und über diese und andere Angelegenheiten mit Euch sprechen zu können. Heutzutage habe ich so selten Gelegenheit, englisch zu reden oder mich mit jemandem über Auslandsfragen zu unterhalten, daß mir die Bekanntschaft mit Euch doppelt teuer ist. Bis dahin verbleibe ich Euer treuer und ergebener Diener,

Carlo Malvezzi

»Das ist ja einfacher gewesen, als ich zu hoffen gewagt habe«, sagte Julian. »Eigentlich fast zu einfach.« Er faltete den anderen Brief auseinander. »Nein, ich habe mich zu früh gefreut.«

Dieser Brief war ebenfalls auf englisch geschrieben, aber in der unpersönlichen Schrift eines Sekretärs, die mit Carlos fließender, eleganter Handschrift nicht zu vergleichen war:

Polizeikommissariat
27. September 1825
3.15 Uhr nachmittags

Sir, der Polizeipräsident und die Regierung Seiner Kaiserlichen Hoheit des Vizekönigs von Lombardei-Venetien danken Euch für Euer Angebot, ihnen bei der Suche nach dem Mörder Seiner Exzellenz Marchese Lodovico Malvezzi behilflich zu sein. Aller Wahrscheinlichkeit nach dürfte es den vereinten Kräften der mailändischen Polizei und der österreichischen Armee jedoch gelingen, diesen Fall auch ohne Eure Hilfe aufzuklären. Wir werden daher darauf verzichten, Euch in dieser Sache weiter zu belästigen.
Erlaubt mir, meine Hoffnung zum Ausdruck zu bringen, daß Ihr Euren Aufenthalt in Mailand genießen werdet.

Vor allem die Brera-Akademie und die Ambrosia-Bibliothek scheinen sich bei englischen Touristen größter Beliebtheit zu erfreuen.
Ich verbleibe hochachtungsvoll Euer

Alfonso Grimani
Commissario

(Übersetzt von Paolo Zanetti, Sekretär)

»Bei Jupiter, da habt Ihr mich aber in meine Schranken verwiesen, Signor Commissario!« sagte Julian amüsiert. »Ihr habt keinen Zweifel daran gelassen, daß Ihr ohne mich zurechtkommt. Jetzt ist es an mir zu beweisen, daß ich ohne *Euch* zurechtkommen kann.«

»Wie wollt Ihr das anstellen, Sir?« fragte Dipper.

»Im Moment habe ich nicht die leiseste Ahnung. Mal sehen, vielleicht ergibt sich ja heute abend in der Oper etwas.«

In der Oper ergab sich tatsächlich etwas. Er war gerade angekommen und bahnte sich seinen Weg durch das Vestibül, wo er sich vor eleganten Damen verbeugte und stolze Lebemänner begrüßte, als er plötzlich hörte, wie jemand seinen Namen rief. Er drehte sich um. Ein älterer Adliger, den er vom Sehen her kannte, kämpfte sich durch die Menge auf ihn zu, eine Dame am Arm. Als die Leute die Frau erkannten, verstummten ihre Gespräche, und sie traten zurück und machten den Weg für sie frei, als wäre sie eine Königin.

Sie war um die Dreißig, vielleicht ein wenig älter – schwer zu sagen bei einer Frau wie ihr. Sie war nicht groß, aber ihre schlanke Gestalt mit der hohen Taille erweckte den Eindruck von Größe. Ihre Hände waren klein und zart, ihre Taille so zierlich wie die einer Puppe, aber ihre Brüste wölbten sich rund und üppig unter ihrem nur leicht dekolletierten weißen Satinkleid. Ihr Teint hatte einen bleichen, klaren Elfenbeinton, und auf ihren Wangen lag nur ein Hauch von

Rot. Weiche, dunkle Locken umspielten ihr Gesicht. Am Hinterkopf war ihr Haar mit einem rubinroten Kamm hochgesteckt. Sie besaß hohe Wangenknochen, schmale, elegant geschwungene Augenbrauen und eine Nase, die einer Venus von Canova würdig gewesen wäre. Aber das Schönste an ihr waren ihre großen schwarzen Augen, die in ihrem Gesicht wie Diamanten funkelten.

»Ah, Signor Kestrel!« Ihr Begleiter führte sie zu Julian. »Ich freue mich über das Privileg, Euch die schönste Frau Mailands vorstellen zu dürfen.« Er verbeugte sich formell vor der Dame. »Ich habe die Ehre, Euch Signor Kestrel vorzustellen, den berühmten englischen Dandy. Signor Kestrel – Marchesa Malvezzi.«

10

Lodovico Malvezzis Witwe streckte ihm die Hände entgegen. Julian küßte sie auf die mailändische Art, die soviel galanter und intimer war als eine kalte englische Verbeugung über der Hand. Als er sich aufrichtete und ihr in die Augen blickte, lächelte sie.

Er sagte auf mailändisch zu ihr: »Ich bin Seiner Exzellenz zutiefst zu Dank verpflichtet, weil er mich Euch vorgestellt hat, aber es wäre nicht nötig gewesen, mir zu sagen, daß ich die schönste Frau Mailands kennenlernen würde.«

»Genausowenig hätte er mir zu sagen brauchen, daß ich den elegantesten Mann Europas kennenlernen würde.« Ihre Stimme klang hell und melodisch.

»Ich bin der letzte, der versuchen würde, Euch diesen charmanten Unsinn auszureden.«

»Das hoffe ich, Signor Kestrel. Ich fände es nämlich äußerst schade, wenn Ihr Euch etwas vornehmen würdet, das von vornherein zum Scheitern verurteilt wäre.«

Ihr Begleiter verbeugte sich und bat mit blumigen Worten um die Erlaubnis, sich entfernen zu dürfen. Julian wechselte ein paar höfliche Floskeln mit ihm und wandte sich dann wieder der Marchesa zu. »Offenbar bin ich der Göttin Fortunas liebstes Kind«, sagte er, »da ich Euch nicht nur kennenlernen, sondern sogar mit Euch allein sein darf – soweit man in diesem Gedränge allein sein kann.«

»Fortuna hat damit nichts zu tun. Ich habe Maurizio gebeten, mich Euch vorzustellen und uns dann allein zu lassen. Wir haben das gemeinsam ausgeheckt, bevor ich hergekommen bin.«

»Ich fühle mich geehrt, Marchesa – und neugierig.«

»Ich werde Euch nicht lange auf die Folter spannen. Aber hier können wir nicht in Ruhe reden.«

Sie blickte vielsagend zu der großen Treppe hinüber, die zu den oberen Logen hinaufführte. Julian war überrascht. Diese Treppe stellte eine der wichtigsten Promenaden Mailands dar. Wenn ein Herr eine hochgestellte Dame diese Stufen hinaufbegleitete, ging ganz Mailand davon aus, daß er ihr Liebhaber war oder es zumindest bald sein würde.

Ohne seine Überraschung zu zeigen, bot Julian ihr seinen Arm an. Es wäre der Gipfel der Unhöflichkeit gewesen, eine solche Einladung auszuschlagen. Außerdem wollte er wissen, was dahintersteckte.

Ehe sie ihren schmalen, behandschuhten Arm in seine Armbeuge legte, drehte sie ihren Armreif so, daß sich der Rubin auf dem Verschluß nicht in seinem Ärmel verhakte. Dieser Rubin war neben einer roten Rose, die am Mieder ihres weißen Satinkleides befestigt war und sich zwischen ihre Brüste schmiegte, der einzige Farbfleck in ihrer Garderobe. Es erforderte Julians ganze Selbstbeherrschung, nicht auf diese Rose zu starren oder sich zu wünschen, mit ihr Platz zu tauschen.

Er konnte nicht umhin, die bösen Blicke zu genießen, die ihm andere junge Männer zuwarfen, während sie die Treppe emporstiegen. Als sie den langen, leicht geschwungenen Gang hinter den Logen des zweiten Rangs erreichten, rissen die Leute die Augen auf, als sie sie zusammen sahen, und begannen aufgeregt zu tuscheln, sobald sie vorüber waren. Julian ließ den Blick über die Wappen über den Türen der

Logen schweifen, bis er das ihm bereits vertraute mit der um ein Schwert gewundenen Schlange entdeckte. Zwei Lakaien in feuerroter Livree standen vor der Tür Wache. Als sie die Marchesa erblickten, verbeugten sie sich tief, und einer von ihnen riß mit einer schwungvollen Bewegung die Tür auf. Julian spürte ihre Blicke in seinem Rücken, als er die Marchesa durch den kleinen quadratischen Vorraum in die Loge führte.

Die Loge war schmal, aber tief. Die einzige Lichtquelle stellte ein silberner Kandelaber auf einem runden Tisch dar, dessen Platte eine Einlegearbeit aus Perlmutt zierte. Auf dem Tisch standen mehrere Silberteller mit Nougat und kleinen, nach Mandeln schmeckenden Pralinen, die Julian als italienische Spezialität kannte. Außerdem entdeckte er auf dem Tisch ein Kartenspiel. Es handelte sich dabei um die siebenundneunzig aufwendig verzierten Karten, die dreimal so groß waren wie normale Spielkarten und für das komplizierte Spiel des *tarocch* verwendet wurden. Rund um den Tisch standen mehrere schön gearbeitete Stühle. Weitere Stühle waren zu beiden Seiten der Loge aufgereiht. Ganz vorne, wo man den besten Blick auf die Bühne hatte, befanden sich zwei mit feuerrotem Seidenbrokat bezogene Sessel, in deren Mahagonirücken das Malvezzi-Wappen eingeschnitzt war.

In der Loge hatten sich bereits ein paar Gäste versammelt: eine Witwe, drei junge Lebemänner und der Adlige, der Julian der Marchesa vorgestellt hatte. Sie begrüßte sie alle, und die jungen Männer küßten ihr die Hand. Anschließend führte Julian sie zu den Sesseln im vorderen Teil der Loge. Er zog einen von ihnen ein wenig zurück, damit sie Platz nehmen konnte, und machte dann Anstalten, sich auf den Stuhl dahinter zu setzen. Aber sie legte ihm leicht die Hand auf den Arm. »Wollt Ihr Euch nicht neben mich setzen?«

Was zum Teufel hatte sie vor? dachte er. Wenn er sich mit ihr in die vorderste Reihe der Loge setzte, konnte er genausogut dem ganzen Theater verkünden, daß er in den Genuß ihrer Gunst gekommen sei.

»Kann es sein, daß Ihr ein wenig verlegen seid?« fragte sie lächelnd.

»Nein, Marchesa – nur verblüfft über die Tatsache, daß mir morgen ganz Mailand eine Ehre zuschreiben wird, die ich nicht verdient habe.«

»Aber ich würde gern in Eurer Schuld stehen.«

»Unmöglich, Marchesa. Ein Blick von Euch würde die Tafel sauberwischen – ein Lächeln würde auf der anderen Seite Schuldenberge aufhäufen.«

»Ich habe schon oft gehört, daß die Engländer hervorragende Buchhalter sind.« In etwas ernsterem Ton fuhr sie fort: »Ich tue das aus gutem Grund, nicht nur aus einer Laune heraus. Ich möchte ungestört mit Euch reden. Wenn die Leute der Meinung wären, wir würden uns nur über Nichtigkeiten unterhalten, würden sie den Wunsch verspüren, sich an unserem Gespräch zu beteiligen. Wenn sie erraten würden, worüber ich in Wirklichkeit mit Euch sprechen möchte, würden sie versuchen, uns zu belauschen. Aber jeder akzeptiert, daß ein frisch verliebtes Paar nur Augen füreinander hat. Sie werden nicht versuchen zu lauschen oder Euch meine Aufmerksamkeit streitig zu machen, es sei denn, um guten Abend zu sagen, wenn sie in meiner Loge eintreffen, und auf Wiedersehen, wenn sie wieder gehen. Und niemand wird von Euch erwarten, daß Ihr die Loge verlaßt oder den Platz wechselt, wenn ein neuer Gast eintrifft. Versteht Ihr jetzt?«

»Ja. Wirklich genial.« Wenn auch nicht gerade schmeichelhaft für die Eitelkeit eines Mannes – oder mehr als seine Eitelkeit, wenn er nicht aufpaßte. Julian war mittlerweile völlig klar, worüber sie sprechen wollte, hatte aber nicht vor, das Thema von sich aus anzuschneiden. Er wollte sehen, auf welche Weise sie darauf zu sprechen kommen würde.

Die Ouvertüre begann. Wie üblich schenkte das Publikum der Musik keine Beachtung, sondern fuhr fort, sich zu unterhalten oder Karten zu spielen. Die leeren Stühle in der Loge der Marchesa füllten sich schnell. Jeder neue weibliche Gast beäugte Julian neugierig, während ihm die männlichen

Gäste finstere Blicke zuwarfen. In den Nachbarlogen beugten sich die Leute vor, um ihn und die Marchesa in Augenschein zu nehmen. Gespenstische Finger deuteten aus der Dunkelheit des Parketts zu ihnen empor.

»Heute abend habt Ihr die Vorhänge nicht zugezogen«, wandte er sich an die Marchesa.

»Nein, ich habe sie während der letzten paar Abende nur geschlossen gehalten, weil die Polizei mich darum gebeten hat.« Sie legte eine leicht ironische Betonung auf das Wort *gebeten.* »Man hatte Befürchtungen, mein Anblick könnte für zuviel Aufregung sorgen, weil die Ermordung meines Mannes erst so kurze Zeit bekannt ist. Bei der Polizei schätzt man keine Aufregung. Man weiß schließlich nie so genau, was sich daraus entwickelt.«

»Ich hatte angenommen, Ihr wolltet nicht gesehen werden.«

»Aber warum denn? Ich habe keinen Grund, mich zu verstecken. Manche Leute scheinen von mir zu erwarten, daß ich mich einsperre und trauere. Aber das habe ich schon vor viereinhalb Jahren getan, als Lodovico starb. Er ist deswegen nicht toter als damals, bloß weil wir erfahren haben, daß er durch einen niederträchtigen Mord und nicht durch sein schwaches Herz ums Leben gekommen ist. Was ich ihm jetzt schuldig bin, sind nicht hohle Äußerlichkeiten, sondern Rache.« Sie zog die schmalen Augenbrauen hoch. »Das Wort überrascht Euch?«

»Die meisten Engländer würden Gerechtigkeit sagen.«

»Aber sie würden dasselbe damit meinen.«

»Nicht ganz dasselbe. Gerechtigkeit ist ein Prinzip, Rache eine Leidenschaft.«

»Ich schulde meinem Mann eine Leidenschaft«, antwortete sie nur. »Alles andere wäre ein armseliger Dank für alles, was er für mich getan hat.«

Julian dachte über das Paradoxon nach, sich bewußt dafür zu entscheiden, eine Leidenschaft zu empfinden – und dabei Verpflichtung und Dankbarkeit als Maßstab heranzuziehen. Aber war eine solche Leidenschaft weniger real als ein spontanes, von Herzen kommendes Verlangen? War sie nicht vielleicht um so mächtiger, weil sie kontrolliert und diszipliniert eingesetzt wurde, so, wie ausgebildete Truppen mehr ausrichteten als ungeschliffene Rekruten?

Er konnte die Unterhaltung nicht fortsetzen. Der Tenor Rubini war an den vorderen Rand der Bühne getreten, um seine Eröffnungsarie zu singen, und seine Bewunderer versuchten durch wütendes Zischen für Ruhe zu sorgen. Zuerst bekam er nicht die gewohnte Aufmerksamkeit. Zu viele Blicke waren auf Marchesa Malvezzi und ihren neuen Kavalier gerichtet. Rubini mußte das bemerkt haben, denn er verdoppelte seine Bemühungen, indem er sein Lied mit Arpeggios und Tremolos verzierte, bis seine stimmliche Kraft und hervorragende Atemtechnik dem Publikum den Atem raubten. Er beendete seine Arie in einem Beifallssturm, der so heftig war, daß die österreichischen Soldaten im Parkett die Leute lauthals zur Ordnung riefen und die Gendarmen, die die Türen bewachten, drohend mit den Bajonetten auf das Publikum zukamen.

Marchesa Malvezzi starrte reglos und unnahbar wie eine Marmorgöttin auf die Bühne hinunter. »Das ist eine schöne Melodie«, sagte sie ruhig.

Julian fragte sich, was sie wohl empfand, wenn sie eine Tenorstimme hörte. Sie ging ja wahrscheinlich davon aus, daß ein Tenor sie zur Witwe gemacht hatte. Vermutlich hingen ihre Gefühle sehr davon ab, was sie für ihren herrischen, um einiges älteren Mann empfunden hatte.

Plötzlich sah sie ihn an und lächelte. »Sollen wir darüber sprechen, warum ich dieses Treffen mit Euch eingefädelt habe? Mein Schwager hat mir Euren Brief gezeigt, in dem Ihr anbietet, bei den Ermittlungen anläßlich der Ermordung meines Mannes mitzuhelfen. Carlo fand, wir sollten dieses Angebot annehmen, aber Commissario Grimani war dagegen. Ich muß Euch gestehen, daß ich Commissario Grimani nicht mag. Meine Abneigung geht so weit, daß ich mich des Wunsches nicht erwehren kann, Euch schon allein deswegen an den Ermittlungen teilnehmen zu lassen, um ihn zu ärgern.«

»Ich kann diesen Wunsch verstehen. Er hat mir heute nachmittag einen Brief geschickt, der auch nicht gerade dazu angetan war, uns zu Busenfreunden zu machen.«

Sie neigte den Kopf nachdenklich zur Seite und betrachtete ihn. »Warum wollt Ihr Euch an den Ermittlungen beteiligen?«

»Zum einen, weil Euer Mann sehr freundlich zu mir war, als ich Mailand vor Jahren zum erstenmal besuchte. Aber vor allem, weil die Aufklärung von Mordfällen allmählich zu meinem Beruf wird. Und – ich möchte wirklich nicht gefühllos klingen, aber es handelt sich hierbei um einen besonders faszinierenden und ungewöhnlichen Fall.«

»Ihr habt Carlo geschrieben, daß Ihr schon öfter Mordfälle aufgeklärt und daß Ihr mit den Bow Street Runners zusammengearbeitet habt.«

Sie sprach diese Worte so bezaubernd aus, daß Julian einen Moment brauchte, ehe er ihr antworten konnte. »Ja. Ich habe zwei Mordfälle zusammen mit einem Runner namens Peter Vance aufgeklärt und zwei weitere allein – oder besser gesagt, ohne Vance. Natürlich klärt man einen Mordfall nie ganz allein auf.«

Sie lächelte. »Ich schließe aus diesen Ausführungen, daß Ihr extrem bescheiden seid und Eure Leistungen daher um so bemerkenswerter sein müssen.«

»Bescheidenheit allein macht noch keinen Helden aus einem Mann. Aber es ist unbestritten, daß unbescheidene Männer oft schrecklich langweilig sind.«

»Wie wahr! Aber nun sagt mir. Was würdet Ihr als ersten Schritt unternehmen, um die Ermordung meines Mannes aufzuklären?«

»Mir scheint, daß dieser Fall nie auf gründliche und systematische Weise untersucht worden ist. Deshalb würde ich meine Netze zunächst sehr weit auslegen und versuchen, soviel wie möglich über den als Orfeo bekannten Sänger herauszufinden. Aber ich wäre auch gezwungen, alle anderen unter die Lupe zu nehmen, die damals ein Motiv hatten und kein Alibi vorweisen können.«

»Alle?« wiederholte sie.

»Alle, die von seinem Tod profitierten oder Grund hatten, ihn herbeizuwünschen.«

»Das könnte auch die Menschen einschließen, die ihm am nächsten standen – sogar seine Familie.«

»Wenn sie unschuldig sind, werden sie keine Einwände dagegen haben, ein paar Fragen zu beantworten.«

Sie verzog den Mund. »Wird in England nie ein Unschuldiger zu Unrecht eines Verbrechens bezichtigt? Dann müßt ihr ein viel besseres Rechtssystem haben als wir.«

»In England braucht man sehr viel Beweismaterial, um ein Mitglied einer so angesehenen Familie wie der Eures Mannes eines Verbrechens auch nur anzuklagen, geschweige denn zu überführen. Ich glaube nicht, daß Italien in dieser Hinsicht anders ist.«

»Aber es ist doch offensichtlich, daß Orfeo meinen Mann getötet hat. Er hat kurz vor seinem Tod mit ihm gestritten, er ist in der Mordnacht davongelaufen, und er besaß eine Pistole.«

»Zugegeben, es weist alles darauf hin, daß Orfeo den Mord begangen hat. Aber ich würde Euch einen schlechten Dienst erweisen, wenn ich nicht auch noch andere Möglichkeiten in Betracht ziehen würde.«

»Einen noch schlechteren Dienst, als wenn Ihr die Verwandten meines Mannes als Verdächtige behandelt?« Mit gelassener Neugier fügte sie hinzu: »Und werde ich selbst auch zu den Verdächtigen zählen?«

Die Leute begannen zu zischen und »Zitti, zitti!« zu rufen – ihre dringende Bitte um Ruhe. Die Heldin der Oper war gerade von türkischen Freibeutern gefangen worden, und das Publikum wollte sie singen hören, wie sie die Männer zu überlisten gedachte:

»Ich hab' schon oft erprobt,
wie prächtig taugen ein tiefer Atemzug,
ein Blick der Augen:
die ganze Männerwelt hat man am Band!

Ob sanft, ob ungestüm, ob still, ob feurig,
es ist doch stets dasselbe,
sie alle flehen nur bei einer schönen Frau um deren Gunst.«

Während die Marchesa zuhörte, umspielte der Anflug eines Lächelns ihre Lippen. Julian beobachtete sie und dachte: Wenigstens geben die Männer in Italien zu, daß schöne Frauen uns zu Unsinn faselnden Idioten machen. Die Engländer hingegen versuchen stets, ihr kochendes Blut und ihre beulenden Hosen zu ignorieren. Wir sind fest entschlossen, über eine Wasserfläche zu gehen, in der die italienischen Männer liebend gern versinken würden.

Laut sagte er in kühlem, beherrschtem Ton: »Darf ich Eure Frage mit einer Gegenfrage beantworten, Marchesa? Wo wart Ihr und was tatet Ihr in der Nacht vom vierzehnten auf den fünfzehnten März 1821?«

Sie musterte ihn schweigend. Er hatte das Gefühl, daß sie herausfinden wollte, ob sie ihn dazu bringen konnte, seine Frage zurückzunehmen. Er hielt ihrem Blick stand. Wenn sie zu stolz – oder zu feige – war, seine Frage zu beantworten, würde sie ihm als Verbündete kaum von Nutzen sein.

Ihr Gesicht verzog sich zu einem Lächeln. »Wie Ihr vielleicht wißt, kam es im März 1821 in Piemont zu einer Rebellion. Ich war in die Hauptstadt Turin gereist, um Freunde zu besuchen, während Lodovico mit seinem Tenor am Comer See weilte. Meine Freunde rieten mir dringend, nach Mailand zurückzukehren oder mich zumindest nach Novara zurückzuziehen, das von einer regierungstreuen Garnison gehalten wurde. Anfangs habe ich ihre Warnungen nicht ernstgenommen. Ich konnte mir nicht vorstellen, daß die Rebellen versuchen würden, mir etwas anzutun – sie waren so von ihren eigenen Streitigkeiten in Anspruch genommen, daß sie gar keine Zeit zu haben schienen, ihre Feinde zu bekämpfen. Aber dann hatte ich doch Angst, daß Lodovico sich meinetwegen Sorgen machen könnte, wenn ich Turin nicht verließ. Also brach ich auf, um über Novara nach Mailand zu reisen, aber unterwegs hörte ich, daß auf der Strecke vor uns Rebellen lauerten. Ich wandte mich nach Norden und fuhr in diese Richtung weiter, bis ich Belgirate erreichte. Das ist ein Dorf am Westufer des Lago Maggiore.«

»Ich weiß, ich bin dort durchgekommen, als ich von Genf hierher reiste. In Anbetracht Eurer damaligen Reiseroute erscheint mir der Ort ziemlich abgelegen.«

»Es gab zwischen der Straße nach Novara und dem Lago Maggiore keinen angenehmen Aufenthaltsort. Außerdem konnte ich von Belgirate aus problemlos in die Lombardei zurückkehren, indem ich den See überquerte. Aber ich beschloß, erst ein paar Tage in dem Ort zu bleiben. Ich fand es dort recht hübsch: Der Frühling nahte, die ersten Blumen blühten, und ich hatte keinerlei gesellschaftliche Verpflichtungen. Wenn Lodovico die Idylle an einem See genießen konnte, warum konnte ich es dann nicht auch?«

»Ich glaube, ich habe von dieser Geschichte gehört«, erklärte Julian, als wäre es ihm gerade wieder eingefallen. »Jemand hat erwähnt, daß Marchese Rinaldo losgezogen war, Euch im Piemont zu suchen.«

»Der arme Rinaldo. Ja, er hörte, daß ich Turin verlassen hatte, und als ich daraufhin nicht in Mailand eintraf, begab er sich auf die Suche nach mir. Er ist ziemlich planlos durch Piemont geirrt, aber schließlich fand er mich in Belgirate und brachte mich zurück nach Mailand.« In düsterem Ton fügte sie hinzu: »Da haben wir erfahren, daß Lodovico tot war.«

»Das tut mir leid. Könnt Ihr Euch noch erinnern, wann Ihr in Belgirate eingetroffen und wann Ihr wieder abgereist seid?«

»Nicht genau. Aber ich weiß noch, daß ich dort war, als Lodovico starb. Das sind die Gedanken, die einem durch den Kopf gehen, wenn man hört, daß ein Mensch, der einem näherstand, gestorben ist: Wo war ich, und über welche banalen Dinge dachte ich gerade nach, als er seinen letzten Atemzug tat?«

»Sein Tod muß ein schwerer Schlag für Euch gewesen sein.«

»O ja. Ich mochte ihn sehr. Und er wirkte so unzerstörbar – strahlend wie die Sonne, unerschütterlich wie die Alpen.«

»Ja«, meinte Julian nachdenklich, »das war auch mein Eindruck von ihm.«

»Dabei könnt Ihr ihn gar nicht sehr gut gekannt haben.«

Er zuckte mit den Achseln. »Es ist nicht nötig, einen Wirbelwind gut zu kennen, um seine Kraft zu spüren.«

Sie schien eine Entscheidung gefällt zu haben. »Signor Kestrel, ich zweifle nicht dran, daß Orfeo meinen Mann getötet hat. Ich kenne keinen anderen Menschen, den ich auch nur eine Sekunde lang verdächtigen würde. Aber ich glaube, daß diese gründliche Untersuchung, die Ihr vorschlagt, Informationen über ihn ans Tageslicht bringen könnte, auf die die Polizei unter Umständen nicht stoßen würde. Unsere Polizeibeamten haben viele Vorzüge. Sie sind fleißig, gründlich und hartnäckig. Aber es fehlt ihnen an Phantasie, und ich fürchte, das hemmt sie, wenn es darum geht, ein Verbrechen wie dieses aufzuklären. Schließlich handelt es sich dabei nicht um einen gewöhnlichen Straßenraub, und es spricht auch nichts für ein Verbrechen aus Leidenschaft – es ist nicht einmal erwiesen, daß der Mord politische Hintergründe hatte, auch wenn Commissario Grimani das als sicher vorauszusetzen scheint.«

»Natürlich ist das in seinem Interesse.« Julian senkte die Stimme, weil ihm eingefallen war, daß jede öffentliche Versammlung in Mailand von Spionen durchsetzt war. »Sind die Rechte eines Angeklagten in politischen Fällen nicht stark beschnitten?«

»Daran hatte ich noch gar nicht gedacht«, antwortete sie langsam. »Das würde seine Chancen, eine Verurteilung zu erwirken, sehr erhöhen – mal angenommen, es gelingt ihm überhaupt, Orfeo zu finden. Ich weiß, daß er fest entschlossen ist, dieses Verbrechen aufzuklären. Er glaubt, daß ihm das eine Beförderung einbringen wird, und ich nehme an, er hat recht. Aber gerade sein Ehrgeiz wird ihn vielleicht davon abhalten, wichtigen Leuten unangenehme Fragen zu stellen.

Ihr dagegen, Signor Kestrel, habt gerade bewiesen, daß Ihr nicht unter solchen Hemmungen leidet.«

Julian verbeugte sich.

Sie lächelte. »Kurz gesagt, ich nehme Euer Angebot an. Und ich vertraue mich Eurer Führung an. Sagt mir, was ich für Euch tun kann.«

Vor seinen Augen taten sich Ausblicke auf, die nichts mit den Ermittlungen zu tun hatten. »Wärt Ihr zunächst einmal so freundlich, mir alles zu erzählen, was Ihr über Orfeo wißt?«

»Gewiß. Aber vorher müßt Ihr mich einen Augenblick entschuldigen – ich habe meine Gäste stark vernachlässigt.«

Während sie Nettigkeiten mit den neu eingetroffenen Gästen austauschte, ließ Julian den Blick zu der Loge rechts neben ihnen hinüberschweifen. Ein Priester mittleren Alters hatte die ganze Zeit über hemmungslos mit der Dame ganz vorn in der Loge geflirtet, aber nun zog er sich zurück, und ein junger Mann mit kühnen schwarzen Augenbrauen und einem Schnurrbart trat an seine Stelle. Statt sich auf den Stuhl hinter ihr zu setzen, blieb er stehen und lehnte sich über die Dame, um durch ein kleines zylindrisches Opernglas einen Blick auf die Bühne zu werfen. Julian wollte gerade wieder wegsehen, als ihm etwas auffiel, das sein Interesse erregte. Während er so tat, als wäre seine Aufmerksamkeit ganz von der Oper in Anspruch genommen, beobachtete er den jungen Mann aus dem Augenwinkel.

Er war fünfundzwanzig bis dreißig Jahre alt und hatte kunstvoll zerzauste schwarze Locken, eine dunkle Haut und blendend weiße Zähne. Er besaß einen schmalen und gepflegten Schnurrbart, und Julian vermutete, daß er in dieser Hinsicht ziemlich eitel war. In England wie auf dem Kontinent wurden Schnurrbärte fast ausschließlich von Männern getragen, die beim Militär waren. Aber die lässige Pose dieses Mannes hatte mit der aufrechten Haltung eines Offiziers nichts gemein.

Die Marchesa wandte sich wieder Julian zu. »Ihr habt mich nach Orfeo gefragt. Ich fürchte, ich kann Euch nicht sehr viel über ihn erzählen. Ich bin ihm nie begegnet und habe ihn auch nie singen gehört. Bevor Lodovico ihn in der Villa unterbrachte, hat er von Zeit zu Zeit von ihm gesprochen, aber nur, um von seiner Stimme zu schwärmen und Luftschlösser zu bauen, was seine Zukunftsaussichten betraf.«

»Er wollte nicht, daß Ihr ihn singen hört?«

»O nein. Er wollte ihn mit niemandem teilen. Er war hoffnungslos in ihn verliebt.«

Julian zog die Brauen hoch, soweit es überhaupt nur möglich war.

»Habe ich Euch jetzt schockiert, Signor Kestrel?« fragte sie lächelnd.

»Ungeheuer, Marchesa. Ich kann mir nicht vorstellen, daß ein Mann, der Euch seine Frau nennen durfte, sich in einen Tenor – oder sonst jemand anderen – verlieben konnte.«

»Ich habe damit auch nicht gemeint, daß er ihn liebte wie eine Frau. Diese Art Liebe hat ihm wenig bedeutet. Sie war für ihn nur ein Appetit, den es zu befriedigen galt, fast wie Hunger oder Durst. Eine schöne Stimme rührte ihn zu Tränen – ließ seine Gefühle in süßem Schmerz und noch süßerer Ekstase aufwallen. Es gibt ein Phänomen namens Melomanie – ich habe einmal einen Arzt darüber sprechen gehört. Lodovico hat daran gelitten. Er war wirklich ein wenig verrückt, wenn es um Musik ging.« Sie legte nachdenklich den Kopf schief. »Das Seltsame ist, daß er nie eine Sängerin zu seiner Geliebten gemacht hat. Seine Leidenschaft für die Musik blieb immer keusch. Er hat einmal zu mir gesagt, die Kombination von Liebe und Musik sei gefährlich.«

»In welcher Hinsicht?«

»Ich weiß nicht. Wie leicht entzündliche Chemikalien vielleicht.«

»Glaubt Ihr, er hat aus Erfahrung gesprochen?«

»Wenn ja, dann muß er diese Erfahrung lange zuvor gemacht haben – bevor ich ihn kannte.«

Julian blickte noch einmal zu dem schnurrbarttragenden Mann in der Nachbarloge hinüber. Er hatte das Opernglas von den Augen genommen, um sich mit seiner Gastgeberin zu unterhalten. Im Moment zuckte er gerade ausgiebig mit den Schultern, spreizte die Finger und zog die Mundwinkel nach unten. Seine Gestik gab über seine Nationalität ebenso klar Auskunft, wie es ein Paß getan hätte. Julian fragte die Marchesa: »Wer ist der Franzose in der Loge rechts von uns?«

Sie drehte sich nicht um. Statt dessen hob sie mit einer lässigen Geste ihren Elfenbeinfächer vors Gesicht, der mit kleinen Spiegelfacetten verziert war. Ihre Augen leuchteten auf, und sie lächelte auf eine Weise, die in Julian den plötzlichen Wunsch weckte, den Franzosen samt seinem Schnurrbart ins Parkett hinunterzuwerfen. »Das ist Monsieur de la Marque. Er ist sehr charmant und besitzt ein außerordentliches Ohr für Musik. Wenn er eine Melodie einmal gehört hat, kann er einem genau sagen, welche Noten gespielt worden sind, und wenn ein Orchester einen falschen Ton spielt, weiß er genau, welcher Ton das war, welcher es eigentlich hätte sein sollen und welcher Musiker dafür verantwortlich war. Warum fragt Ihr nach ihm?«

»Es kam mir so vor, als würde er Euch kennen.«

»Er ist ein Freund.« Das Leuchten in ihren Augen legte nahe, daß er mehr als das war oder zumindest Ambitionen in diese Richtung hatte. »Ich finde ihn sehr amüsant. Wir sprechen französisch miteinander, und er erzählt mir Neuigkeiten aus Paris.«

Julian warf einen letzten Blick auf de la Marque, dessen Augen wieder an seinem Opernglas klebten. Dann fragte er die Marchesa: »Könnt Ihr mir sonst noch etwas über Orfeo sagen?«

»Nein.« Ihr Gesicht verfinsterte sich. »Es besteht nicht viel Hoffnung, daß wir ihn finden werden, nicht wahr? Er könnte sich in England aufhalten, in Amerika – er könnte aber auch längst tot sein. Wahrscheinlich machen wir uns nur etwas vor – Ihr und Commissario Grimani und ich. Was hat es für einen Sinn, nach einem Mann zu suchen, der nichts ist als ein Schatten – der weder ein Gesicht noch einen Namen hat und dessen Vergangenheit uns ebenso vor ein Rätsel stellt wie seine Zukunft?«

»Ich weiß, daß wir in einer Sackgasse zu stecken scheinen. Aber denkt an das, was wir über ihn wissen: Orfeo ist Engländer, er dürfte inzwischen Mitte Zwanzig sein, er ist Tenor, und er hat im Winter 1821 sechs Wochen am Comer See verbracht – was bedeutet, daß er nicht in der Lage sein wird, uns zu beweisen, daß er irgendwo anders war.«

»Aber wo in aller Welt sollen wir nach ihm suchen?«

»Conte Carlos Idee, die Bow Street Runners damit zu beauftragen, in England nach ihm zu suchen, ist gar nicht so schlecht – obwohl ich mir nicht vorstellen kann, daß ihn die Briten ohne weiteres nach Mailand ausliefern werden. Aber bevor wir an allen vier Enden der Welt nach ihm Ausschau halten, sollten wir dort anfangen, wo sich der Mord ereignet hat und wo Orfeo zuletzt gesehen worden ist: in der Villa.«

»Aber das ist bestimmt der letzte Ort, wo wir ihn finden werden.«

Julian lächelte ironisch. »Es sei denn, er hat einen seltsamen Sinn für Humor und sehr wenig gesunden Menschenverstand. Aber es könnte dort eine Spur von ihm geben, die bisher nicht entdeckt worden ist, oder eine Erinnerung, die sich aus dem Gedächtnis eines Fischers oder Dieners herauskitzeln läßt. Ich nehme an, die Villa gehört nun Euch?«

»Ja. Allerdings wird sie nach meinem Tod an Rinaldo oder seinen Sohn zurückfallen. Lodovico hat sie mir vermacht, weil er wußte, wie gern ich sie mag, aber er wollte sie nicht für immer aus dem Besitz seiner Familie geben.«

»Habt Ihr bereits vor seinem Tod gewußt, daß er vorhatte, sie Euch zu hinterlassen?«

»Ja, Signor Kestrel«, antwortete sie ruhig. »Er hat mir alles über sein Testament erzählt.« Dann fügte sie hinzu: »Soll ich Euch morgen eine Landkarte schicken lassen, damit Ihr nachsehen könnt, wie lange ich gebraucht hätte, um in der Mordnacht von Belgirate zur Villa zu gelangen?«

»Nein, danke, Marchesa«, antwortete er höflich. »Ich bin bereits im Besitz einer solchen Karte.«

Mit einem Fanfarensturm verkündete das Orchester das Ende des ersten Aktes. Die Zuschauer im Parkett gähnten, husteten, stritten sich, streckten die Beine aus und begrüßten einander quer durchs Theater. Über ihren Köpfen lehnten sich die Leute aus ihren Logen, um Freunden zu winken, während Lakaien durch die Gegend liefen, um Eis zu besorgen, Nachrichten zu überbringen und Nachttöpfe auszuleeren.

In die Loge der Marchesa strömten so viele neue Besucher, daß sie gezwungen war, sich ein wenig Zeit für die Begrüßung zu nehmen. Julian wurde allen vorgestellt, die er noch nicht kannte, und fand sich bald in einem Kreis modisch gekleideter junger Männer wieder, die alle auf eine Gelegenheit warteten, der Marchesa die Hände zu küssen oder um das Privileg zu bitten, ihr ein Eis zu kaufen. Sie beäugten Julian mit einer Mischung aus Neid und Bewunderung, aber das besondere Feingefühl, mit dem die Mailänder Gesellschaft Frischverliebte behandelte, verbot jede offene Anspielung auf sein Glück.

Es überraschte ihn nicht besonders, daß einer der jungen Männer de la Marque war. Ein Monsignore – eine Art Halb-Geistlicher in violetten Strümpfen – stellte ihn Julian vor. »Es ist mir ein Vergnügen, Euch kennenzulernen«, sagte Julian auf mailändisch. »Ich habe schon von Euren bemerkenswerten musikalischen Fähigkeiten gehört.«

De la Marque lächelte. Seine weißen Zähne blitzten unter dem schwarzen Schnurrbart hervor. »So bemerkenswert nun auch wieder nicht, Signor Kestrel. Ich habe bloß das absolute Gehör, was sich sehr gut nutzen läßt, um in den Salons den einen oder anderen Trick vorzuführen.«

»Unser Gaston hat durchaus auch ernsthaftere Ambitionen.« Der Monsignore tätschelte de la Marque die Schulter. »Er schreibt an einem Buch übers Singen.«

»Das stimmt«, gab de la Marque zu. »Es macht mir Spaß, ein Buch zu schreiben – so sehr, daß ich wahrscheinlich nie zum Ende kommen werde.«

»Es macht ihm Spaß, Primadonnen nach ihren Techniken zu befragen«, warf ein anderer junger Mann verschmitzt ein.

»Tut Ihr das wirklich?« fragte der Monsignore grinsend.

»O ja«, antwortete de la Marque, »und manchmal sprechen wir dabei auch übers Singen.«

Diese Bemerkung wurde mit allgemeinem Gelächter quittiert, das in der plötzlich einsetzenden Musik unterging. Das Ballett zwischen dem ersten und zweiten Akt der Oper hatte begonnen. Die Gruppe junger Männer löste sich auf, aber de la Marque blieb. »Ich möchte Euch beglückwünschen, Signor Kestrel«, sagte er auf englisch. »Es ist keine unerhebliche Leistung, den Abend an der Seite der schönsten Frau Mailands zu verbringen.«

Julian verbeugte sich. »Darf ich Euch meinerseits zu Eurem guten Englisch beglückwünschen?«

»Das ist höchst freundlich, aber genau wie im Fall meines guten Gehörs handelt es sich dabei um ein rein zufälliges Talent. Ich habe die ersten siebzehn Jahre meines Lebens in England verbracht. Das Klima in Frankreich war der Gesundheit meiner Eltern damals nicht zuträglich.«

Julian verstand, was er meinte. Er mußte bald nach der *Terreur* auf die Welt gekommen sein, als jede französische Familie mit einem de vor dem Namen Angst vor der Guillotine haben mußte und Tausende nach Österreich, Italien oder England flüchteten.

»Ein wundervolles Land, England«, fuhr de la Marque verträumt fort. »Ein Ort, wo sich das Praktische mit dem Absurden verbindet – wo Männer mit mathematischer Genauigkeit berechnen, in exakt welchem Winkel und mit welchem Kraftaufwand man am besten gegen Windmühlenflügel kämpft.«

»Es ist nett von Euch, uns so große technische Fähigkeiten zuzuschreiben«, meinte Julian in freundlichem Ton. »Vielleicht habt Ihr dann auch das Opernglas, das Ihr vorhin benutzt habt, in England erstanden?«

De la Marque lächelte. Er lächelte viel – ob das daran lag, daß er tatsächlich belustigt war oder bloß auf seinen

Schnurrbart aufmerksam machen wollte, konnte Julian nicht sagen. »Ich habe es schon so lange, daß ich mich wirklich nicht mehr daran erinnern kann, wo es herstammt.«

»Ich fürchte, ich habe vorhin reichlich impertinent darauf gestarrt. Es verhilft einem zu einer diagonalen Perspektive, nicht wahr? Ich habe das Glas an der Seite funkeln sehen. Ihr habt es auf die Bühne gerichtet, aber in Wirklichkeit nach links geblickt, auf die Marchesa und mich, um genau zu sein. Ich kann Euch das kaum zum Vorwurf machen. Wenn ich in einer Loge neben der von Marchesa Malvezzi säße, wäre ich auch versucht, in ihre Richtung zu blicken.«

»Täuscht Euch nur nicht, Mr. Kestrel! Einen Blick auf Marchesa Malvezzi zu werfen lohnt sich für jeden Mann. Aber eigentlich habe ich Euch beobachtet.«

»Darf ich fragen, warum?«

»Mein lieber Mr. Kestrel.« De la Marque lächelte mehr denn je. »Fragen darf man immer!«

Er zog sich mit einer Verbeugung zurück. Julian sah ihm mit hochgezogenen Augenbrauen nach.

»Ihr habt also Monsieur de la Marque kennengelernt.« Die Marchesa erschien wieder an Julians Seite. »Ich habe gehört, daß ihr englisch mit ihm gesprochen habt.«

»Sein Englisch ist erstaunlich gut. Er könnte als Engländer durchgehen, wenn sein Benehmen nicht so französisch wäre. Lebt er in Mailand?«

»Er kommt und geht.«

»War er im März 1821 hier?«

Sie hielt die Luft an und musterte ihn eindringlich. »Ich weiß es nicht. Damals kannte ich ihn kaum. Er interessiert Euch?«

»Genug, um in mir den Wunsch zu wecken, meine Bekanntschaft mit ihm zu vertiefen.«

Ein weiterer Gast nahm ihre Aufmerksamkeit in Anspruch. Erst als der zweite Akt der Oper begann und sie und Julian wieder vorn in der Loge saßen, hatten sie Gelegenheit, ihr Gespräch fortzusetzen. »Ihr wollt also in die Villa«, sagte die Marchesa. »Was plant Ihr dort zu tun?«

Er zuckte mit den Achseln. »Mit einer Lupe herumzukriechen und angesichts unwichtiger Details geheimnisvoll die Stirn zu runzeln. Das Vertrauen zu rechtfertigen, das Ihr in meine Fähigkeit setzt, impertinente Fragen zu stellen.«

»Das möchte ich sehen! Ich werde die Villa wohnbar machen lassen. Dann könnt Ihr so lang bleiben, wie Ihr wollt. Aber es muß uns jemand begleiten, damit alles seine Ordnung hat.« Sie legte ihren Fächer nachdenklich an die Lippen. »Mit meinen weiblichen Verwandten komme ich nicht besonders gut aus. Sie werfen mir vor, daß ich zuviel lese.«

Es überraschte Julian nicht, daß sie eine Anstandsdame mitnehmen wollte. Man erlaubte den Mailänder Frauen – erwartete fast von ihnen –, daß sie sich einen Geliebten nahmen, aber sie durften ihn nicht öffentlich zur Schau stellen. Gegen diese Regel hatte Rinaldos Frau, Francesca, verstoßen.

»Ich werde Carlo einladen«, sagte sie schließlich. »Gleich morgen werde ich mit ihm darüber sprechen.«

»Ich gehe davon aus, daß er Euer Vorhaben billigt, mich zu bitten, unabhängig von Commissario Grimani eigene Nachforschungen anzustellen?«

»Das wird er«, antwortete sie lächelnd, »sobald er davon weiß. Ich habe es ihm noch nicht gesagt, weil ich heute abend erst einmal allein mit Euch sprechen wollte und er sonst darauf bestanden hätte, mich zu begleiten. Männer glauben immer, eine Frau brächte allein gar nichts zuwege, außer vielleicht eine Liebesaffäre. Und Carlo hungert nach einer ernsthaften Beschäftigung. Während der letzten zehn Jahre war er nichts als ein Höfling, und das ist schwer für einen Mann, der früher ein hohes Regierungsamt innehatte. *Sous les français*«, fügte sie diskret hinzu.

»Ich würde ihm gerne ein paar Fragen stellen.«

»Ich bin sicher, er wird Euch gerne alles sagen, was Ihr zu wissen wünscht. Wollt Ihr morgen in die Casa Malvezzi kommen – so gegen Mittag? Dann werde ich Euch Carlo vorstellen. Bestimmt wollt Ihr auch Maestro Donati kennenlernen. Er wohnt ebenfalls bei mir.«

Julian sah zu ihr hinüber. »Wie kommt das?«

»Er hatte sich nach Lodovicos Tod nach Pavia zurückgezogen. Als Commissario Grimani mit den Ermittlungen betraut wurde, war mir klar, daß er auch Donati würde befragen wollen. Deswegen schickte ich schnell einen Boten nach Pavia, um den Maestro in die Casa Malvezzi einzuladen. Es erschien mir nur recht und billig, mich um ihn zu kümmern, nachdem er nun um meines Mannes willen gezwungen ist, ein paar schreckliche Erinnerungen noch einmal zu durchleben.« Ein Lächeln umspielte ihre Lippen, als sie hinzufügte: »Außerdem wußte ich, daß die Ermittlungen ohne ihn nicht sehr weit gedeihen würden. Solange ich Donati habe, werde ich über die Fortschritte von Commissario Grimani immer auf dem laufenden sein.«

»Marchesa, es ist mir eine Ehre, Euch dienlich sein zu dürfen, aber ich glaube nicht, daß Ihr in Sachen Genialität einen Helfer braucht oder jemanden finden werdet, der es in dieser Hinsicht mit Euch aufnehmen kann.«

»Ich besitze ein bißchen Menschenkenntnis«, meinte sie achselzuckend, »das ist alles.«

Julian nieste.

»*Salut!*«

»Danke. Wo hält sich Marchese Rinaldo derzeit auf, und wann erwartet Ihr ihn zurück?«

»Ich bin in seine Pläne nicht eingeweiht. Wir führen beide unser eigenes Leben. Er bewohnt einen Flügel von Casa Malvezzi, ich einen anderen, und wenn er auf Reisen geht, sagt er mir nicht, wohin er fährt oder wann er zurückzukehren gedenkt. Ich nehme an, er wird zurückkommen, sobald er erfährt, daß sein Vater auf so gewaltsame Weise ums Leben gekommen ist.«

»Und Marchesa Francesca?«

»Sie lebt mit Valeriano in Venedig. Wollt Ihr sie ebenfalls befragen?«

»Ich würde gerne beide befragen, sie und Valeriano. Haltet Ihr es für möglich, daß sie in die Villa kommen, wenn Ihr sie darum bittet?«

»Ich denke schon. Ich bin mit Francesca immer recht gut ausgekommen. Natürlich wäre Rinaldo ziemlich wütend auf mich, wenn er wüßte, daß ich sie und ihren Liebhaber empfange, aber nachdem er nicht da ist, dürfte das kein Problem sein.«

Julian nieste erneut.

»*Salut!* Ich hoffe, Ihr habt Euch nicht erkältet?«

Julian lächelte ironisch. »Mein Freund MacGregor wäre entzückt, wenn er wüßte, daß er recht hatte, als er mir prophezeite, ich würde bestimmt krank werden, wenn ich bei so schrecklichem Wetter reiste. Das würde ihn fast über die Tatsache hinwegtrösten, daß ich nicht von einer Flut davongetragen worden bin.«

»Mir war nicht klar, daß sogar englische Dandys einen Schnupfen bekommen. Ich habe immer geglaubt, das wäre ihnen zu unfein.«

»Oh, wir sind eine sehr empfindliche Spezies. Beau Brummell, unser Schutzheiliger, hat einmal behauptet, sich erkältet zu haben, weil er sich die Wirtsstube eines Gasthauses mit einem vom Regen durchnäßten Fremden teilen mußte.«

»Ich hoffe, Eure Krankheit wird Euch nicht daran hindern, morgen bei mir vorzusprechen.«

»Marchesa, ich verspreche Euch, daß mich höchstens die Pest von Eurer Tür fernhalten wird.«

11

Es war fast zwei Uhr morgens, als Julian in sein Gasthaus zurückkehrte. Trotzdem wußte er, daß er kein Auge zutun würde, ehe er nicht einen Blick auf seine Karte der norditalienischen Staaten geworfen hatte. Im Licht einer kleinen Öllampe fand er den Comer See. Der weiter westlich gelegene Lago Maggiore verlief mehr oder weniger in nord-südlicher Richtung und bildete einen Teil der Grenze zwischen der Lombardei und dem Piemont. Belgirate war ein Ort am westlichen, zum Piemont gehörenden Ufer.

Die schnellste Art, von Belgirate zum Comer See zu gelangen, war, mit einem Boot den Lago Maggiore zu überqueren und dann über Land weiterzureisen. Julian schätzte, daß man für die einfache Strecke sieben bis acht Stunden brauchte. Selbst wenn man die Zeitspanne, die die Marchesa zusätzlich benötigt hätte, um zur Villa zu gelangen und Lodovico im Belvedere zu töten, so knapp wie möglich ansetzte, hätte sie Belgirate mindestens fünfzehn Stunden fernbleiben müssen. Bestimmt hätte eine Dame ihres Ranges – von ihrer Schönheit ganz zu schweigen – nicht so lange verschwinden können, ohne daß es jemandem aufgefallen wäre. Zumindest ihre Bediensteten hätten mitbekommen, wenn sie eine Zeitlang unauffindbar gewesen wäre. Und war es wirklich denkbar, daß diese elegante, kultivierte Frau des Nachts einsame Wege entlangritt und sich dabei der Gefahr aussetzte, Zollbeamten in die Arme zu laufen oder von Banditen überfallen zu werden?

Beruhigt legte Julian die Karte weg und ging zu Bett. Aber in der Dunkelheit wurde er erneut von Fragen bedrängt. Warum war die Marchesa nach ihrer Abreise aus Turin so weit von ihrer ursprünglichen Reiseroute abgewichen? Wenn es ihr darum gegangen war, den Rebellen zu entkommen, die im Piemont ihr Unwesen trieben, warum hatte sie sich dann nicht quer über den Lago Maggiore ins österreichische Italien gerettet? Und selbst wenn man davon ausging, daß sie nicht allein von Belgirate zu der Villa gereist war, konnte sie dann nicht einen Mann mit Geld oder anderen Mitteln dazu überredet haben, ihr bei dem Verbrechen behilflich zu sein?

Julian konnte sie nicht von jedem Verdacht freisprechen, so gern er das auch getan hätte. Der Tod ihres Mannes hatte sie zu einer reichen Frau gemacht. Zweifellos hatte sie bereits als seine Ehefrau ein luxuriöses Leben geführt, aber sie mußte ihn um jeden Soldo in ihrem Portemonnaie bitten, und die Mailänder Adligen waren bekanntlich in allem, was nicht die öffentliche Zurschaustellung ihres Reichtums betraf, ausgesprochen geizig. Es war sehr wohl denkbar, daß eine Frau wie die Marchesa – intelligent, kultiviert, ein Produkt des aufgeklärten französischen Regimes – die Herrschaft eines arroganten Mannes wie Lodovico nicht so einfach hinnehmen mochte. Konnte es sein, daß ihre angebliche Dankbarkeit und Hochachtung ihm gegenüber nur gespielt war?

Rastlos wälzte sich Julian herum und befreite sich aus dem Bettzeug, das sich um seine Beine gewickelt hatte. Er würde diese Fragen heute nacht nicht mehr klären – und wenn er nicht ein wenig schlief, würde er morgen ebenfalls nicht in der Verfassung sein, ihnen weiter nachzugehen. Energisch zwang er sich zur Ruhe und dazu, die Marchesa und all seine vertrackten Gedanken über sie aus seinem Kopf zu verbannen. Trotzdem, das letzte, was er vor dem Einschlafen sah, waren ihre wie Diamanten funkelnden Augen.

Am Morgen amüsierten sich die Zimmerkellner im Gasthaus über Julians ständiges Niesen und seine rauhe Stimme. Einer von ihnen brachte ihm eine Flasche Medizin, die er nicht einnahm, sondern in seinen Schrankkoffer stellte, weil sie fast ganz aus Alkohol zu bestehen schien und ihm gute Dienste leisten würde, falls sein Brandyvorrat jemals zur Neige gehen sollte. In den italienischen Staaten war an andere alkoholische Getränke als Wein schwer heranzukommen.

Kurz vor Mittag stattete er sich mit einer ausreichenden Menge von Taschentüchern aus und brach zur Casa Malvezzi in die Contrada delle Meraviglie auf. Obwohl es nur ein paar Straßen zu gehen waren, mietete er sich eine *sediola:* eine leichte, offene zweirädrige Kutsche. Er wollte, daß ihn die Bediensteten der Malvezzis für einen wohlhabenden Mann hielten, damit sie sich entsprechend um Dipper bemühten, der ihn anstelle eines Pferdeknechts begleitete. Keine Nationalitätsunterschiede oder Sprachbarrieren würden sie davon abhalten, sich mit einem Diener anzufreunden, von dessen Herrn großzügige Trinkgelder zu erwarten waren. Und wer wußte schon, was Dipper von ihnen über die Malvezzis und ihren Mordfall in Erfahrung bringen konnte?

Die Contrada delle Meraviglie – die Straße der Wunder – lag im Schatten des Castello, Mailands alter Festung, die nun als österreichische Kaserne diente. Casa Malvezzi wirkte ebenfalls wie eine Festung. Die Marmorfassade des Hauses war mit spitzen Giebeldreiecken übersät, der Rand seines Dachs mit stacheligen Kreuzblumen gesäumt. Dipper läutete frecherweise an einem Tor direkt an der Straße, und ein Portier führte sie hinein.

Sie fanden sich in einem weitläufigen Hof wieder, der von einem Portikus aus Granitsäulen umgeben war. Der Portier reichte sie an zwei Lakaien in geflickter und ausgebleichter Hauslivree weiter. Einer von ihnen führte Dipper in die Dienstbotenräume, um ihm dort eine Erfrischung zu reichen, während der andere Julian bat, ihm in den linken Flügel des Hauses zu folgen.

Sie kamen durch feuchte, zugige, schlecht beleuchtete Räume, in denen düstere Ahnenporträts und riesige, mottenzerfressene Wandteppiche mit Jagdszenen hingen. Jeden Raum zierte ein großer gläserner Kronleuchter mit einem Wirrwarr aus schlangenartigen Armen. Einige der mit Schnitzereien verzierten Türen waren ausgehängt, andere fehlten ganz. Aus vielen Ecken starrten ihnen hagere Holzstatuen entgegen. Hie und da blühten Bronzeblumen in grotesken, urnenförmigen Gefäßen. Stühle mit hohen Rückenlehnen standen steif bereit, luden aber niemanden zum Verweilen ein. Julian konnte hier nichts von der Persönlichkeit der Marchesa entdecken. Dies war eine Malvezzi-Hochburg, wie die vielen vergoldeten Reliefe des Familienwappens bewiesen.

Das Wohnzimmer der Marchesa war vom Stil her ähnlich, wirkte aber wesentlich gepflegter. Es besaß frisch gestrichene und vergoldete Wände, und durch die Fenster drang keine Zugluft herein. Es gab sogar ein paar zweckdienliche, mit Seide bezogene Sofas und Sessel. Über dem Kaminsims hing ein riesiges Reiterporträt von Lodovico, das stilistisch den Bildern nachempfunden war, die Velázquez von spanischen Königen gemalt hatte. Lodovico saß aufrecht und mit stolz erhobenem Haupt auf seinem Pferd. Seine haselnußfarbenen Augen blitzten golden.

Unter dem Porträt stand ein Mann, bei dessen Anblick man fast hätte glauben können, Lodovico wäre von den Toten auferstanden. Er hatte dieselbe gebieterische Größe und wie Lodovico breite Schultern, lockiges dunkles Haar und eine Hakennase. Aber seine Augen waren eher dunkelbraun als golden, was sein Gesicht weicher wirken ließ, und er hatte mehr Falten rund um den Mund als auf der Stirn, so als würde er eher zum Lächeln neigen als dazu, grimmig dreinzublicken.

Die Marchesa saß auf dem Sofa. Sie trug wieder Weiß: ein einfaches Baumwollkleid, das – falls das überhaupt möglich war – noch bezaubernder wirkte als das Seidenkleid vom Vorabend, weil es zeigte, wie wenig ihre Schönheit auf schmückendes Beiwerk angewiesen war.

Julian küßte ihr die Hände. »Guten Tag, Marchesa.«

»Du meine Güte!« Aus ihrem Lächeln sprach amüsiertes Mitgefühl. »Ich fürchte, Ihr seid mindestens zwei durchnäßten Fremden begegnet.«

»Es ist nichts – nur ein leichter Anflug von Katarrh.« Julian bedauerte sehr, ihr mit rauhem Hals gegenübertreten und sein Taschentuch auf so unromantische Weise benutzen zu müssen, aber das ließ sich nun mal nicht ändern.

»Ich bin Euch um so dankbarer dafür, daß Ihr heute gekommen seid, wo Ihr doch zweifellos viel lieber im Bett geblieben wärt.«

»Marchesa, ein Mann, der lieber anderswo wäre als in Eurer Gesellschaft, gehört eher in ein Irrenhaus als in ein Krankenbett.«

Sie lächelte. »Erlaubt mir, Euch meinen Schwager vorzustellen.«

»Signor Kestrel!« Carlo Malvezzi trat vor und schüttelte Julian die Hand. »Es ist mir ein großes Vergnügen, Euch kennenzulernen, und ein noch größeres zu erfahren, daß Ihr uns helfen werdet, die Ermordung meines Bruders aufzuklären.«

»Es ist mir eine Ehre, von Marchesa Malvezzi in einer so wichtigen Angelegenheit um Hilfe gebeten worden zu sein. Ich werde alles in meiner Macht Stehende tun, um mich ihres und Eures Vertrauens würdig zu erweisen.«

»Daran hege ich keinen Zweifel, mein Freund«, antwortete Carlo.

»Carlo hat sich freundlicherweise bereit erklärt, uns zur Villa zu begleiten«, sagte die Marchesa. »Ich habe mir gedacht, wir brechen übermorgen auf, falls Euch das nicht zu früh ist, Signor Kestrel – und natürlich nur, wenn Euer Gesundheitszustand es zuläßt.«

»Es ist mir keineswegs zu früh«, antwortete Julian, »und ich werde dafür sorgen, daß ich bis dahin wieder wohlauf bin.«

»Das liegt in Gottes Hand«, meinte sie lächelnd. »Ich hoffe, er wird mich nicht enttäuschen. Nun denn, wir nehmen uns also vor, am Freitag morgen aufzubrechen. Carlo und ich werden Euch mit meiner Kutsche abholen.« Sie fügte hinzu: »Ich habe Francesca per Boten einen Brief geschickt und sie und Signor Valeriano eingeladen, uns in der Villa zu besuchen. An Commissario Grimani habe ich ebenfalls geschrieben.«

»Du hast ihm doch wohl nicht von Signor Kestrels Ermittlungen berichtet?« fragte Carlo mit weit aufgerissenen Augen.

»Warum nicht?« antwortete sie ruhig. »Ich habe ihn darüber informiert, daß du, ich und Signor Kestrel in Kürze zur Villa aufbrechen werden und daß er, falls er mir etwas mitzuteilen hat, seine Briefe dorthin senden soll.«

»Er wird binnen einer Stunde über uns hereinbrechen«, prophezeite Carlo.

»Dann kann ich es auch nicht ändern. Wir dürfen ihm keinen Anlaß geben zu sagen, wir hätten etwas hinter seinem Rücken getan. Damit würden wir ihm eine viel zu gute Waffe in die Hand geben.«

»Ich freue mich sogar darauf, ihn kennenzulernen«, meinte Julian. »Signor Conte, habt Ihr eine Ahnung, wann Marchese Rinaldo zurückkommen wollte?«

Carlo schüttelte den Kopf. »Er hat mir schon längere Zeit nicht mehr geschrieben. Ich weiß nicht einmal, wo er sich derzeit aufhält.« Er wandte sich an die Marchesa. »Ob Ernesto wohl über seine Pläne Bescheid weiß?«

»Ernesto war Lodovicos Diener«, erklärte die Marchesa Julian. »Er stand fast vierzig Jahre lang in Lodovicos Dienst, so daß Rinaldo gezwungen ist, ihn zu behalten, obwohl er sich in seiner Gegenwart nicht wohl fühlt und ihn nicht auf seine Reisen mitnimmt.«

»War Ernesto damals mit Marchese Lodovico am Comer See?« fragte Julian.

»Ja, aber er hat Orfeo nie zu Gesicht bekommen.« Dann fügte sie hinzu: »Er hat allerdings einmal mit ihm gesprochen. Das war in Mailand, an dem Abend, als Lodovico ihn kennenlernte.«

»Wie kommt es dann, daß er ihn nicht identifizieren kann?«

»Warum lassen wir ihn das nicht selbst erklären? Läutest du ihm bitte, Carlo?«

Carlo betätigte den Klingelzug neben dem Kamin. Ein Lakai kam herein, und die Marchesa bat ihn, Ernesto zu holen.

»Mit Euch würde ich auch gerne sprechen, Signor Carlo«, sagte Julian.

»Wann und wo Ihr wollt«, antwortete Carlo.

»Ich fürchte, ich werde Euch ein paar neugierige und möglicherweise beleidigende Fragen stellen müssen.«

Carlo lächelte ironisch. »Ich bin ein in Italien lebender Liberaler, Signor Kestrel. Ich bin es gewohnt, als gefährlicher Verbrecher betrachtet zu werden.«

Ein Diener trat ein und verbeugte sich vor Carlo und der Marchesa. Er war um die Sechzig und hatte krumme Schultern und ein Gesicht, das fast so grau war wie sein Haar. Als langjähriger Diener der Malvezzis trug er statt der üblichen

Livree einen schlichten Frack. Sein Hemd war zwar geflickt und vergilbt, aber peinlich sauber.

»Ernesto«, sagte die Marchesa. »Das ist Signor Kestrel, der englische Gentleman, von dem ich dir erzählt habe. Er möchte dir ein paar Fragen über Orfeo stellen. Sei bitte völlig offen zu ihm, und halte nichts zurück.«

»Eure Ladyschaft, ich würde meine Seele sogar vor dem Teufel persönlich entblößen, wenn es dazu beitragen würde, den Mörder meines Herrn seiner gerechten Strafe zuzuführen!«

»Ich wußte, daß ich mich auf dich verlassen kann«, sagte sie herzlich, »so, wie Lodovico es immer konnte.« Sie erhob sich. »Ich überlasse dich Signor Kestrel, der alles andere als der Teufel persönlich ist.«

Julian verbeugte sich und küßte ihr die Hand. »Nur hin und wieder sein Advokat.«

Ernesto führte Julian durch eine Hintertür in eine dunkle schmale Seitenstraße hinter der Casa Malvezzi. Sie standen unterhalb einer efeuüberwucherten, etwa sechs Meter hohen Mauer, der seitlichen Begrenzung eines kleinen Hofs neben dem rechten Flügel des Hauses. »Hier habe ich ihn gesehen, Signor.«

»Orfeo?«

»Ja, Signor.«

»Erzähl mir, wie es dazu gekommen ist.«

»Es war eine oder zwei Wochen nach Beginn des Karnevals, Signor. Mein Herr hatte Kopfschmerzen und war früher als sonst nach Hause gekommen. Er sagte, der Lärm auf den Straßen mache seine Schmerzen nur schlimmer.«

Julian nickte. Der Karneval war die Festzeit zwischen Weihnachten und der Fastenzeit. In La Scala fanden Maskenbälle statt, und in den Straßen drängten sich die ganze Nacht über die Feiernden.

»Ich half ihm gerade, sich fürs Bett fertig zu machen«, fuhr Ernesto fort. »Seine Räume lagen da oben.« Er deutete auf eine Reihe von Fenstern, die auf den Hof hinausgingen. »Als der junge Mann vorbeikam und dort stehenblieb, wo Ihr und ich jetzt stehen, Signor, und plötzlich zu singen anfing, hörten wir ihn ziemlich deutlich. Zuerst war mein Herr verärgert und befahl mir, den unverschämten Kerl davonzujagen, aber dann rief er mir nach, ich solle noch warten. Er ging wie ein Schlafwandler zu den Fenstern hinüber und sagte kein Wort, bis das Lied vorüber war.«

»Was war das für ein Lied?«

»Nel vederla a un altro in braccio.« Wehmütig summte Ernesto ein paar Takte. »Cimarosa war die Musik unserer Jugend – der des Marchese ebenso wie meiner. Seltsam – es wäre eigentlich zu erwarten gewesen, daß ein so junger Mann eher etwas von Rossini singen würde.«

»Aber das wäre seinem Zweck nicht so dienlich gewesen«, überlegte Julian.

»Wie meint Ihr das, Signor?«

»Ich meine damit, daß er es anscheinend darauf angelegt hatte, den Marchese auf ihn aufmerksam zu machen. An dieser abgelegenen Stelle hätte ihn kein anderer hören können. Und wie du sagst, war Marchese Lodovico an diesem Abend früh nach Hause gekommen. War sonst noch jemand im Haus?«

»Nur ein paar Lakaien, Signor, um das Haus vor Dieben zu beschützen. Sogar das Personal hatte die Erlaubnis, während des Karnevals lange auszugehen. Und Ihre Ladyschaft wurde nicht vor dem Morgengrauen zurückerwartet.«

»Dann war Orfeos Serenade eindeutig für den Marchese bestimmt.«

»Jetzt, wo Ihr es sagt, scheint es mir auch so, Signor.« Ernesto schüttelte traurig den Kopf. »Aber damals habe ich nicht so weit gedacht. Ich war selbst zutiefst gerührt. Diese reine, klare Stimme zu uns heraufwehen zu hören – ich kann Euch gar nicht beschreiben, wie das war. Jener Sänger war kein Mann, Signor – er war der Inbegriff von Jugend und Liebe, als er in dieser Nacht für uns sang.«

Julian schwieg ein paar Sekunden. »Was passierte dann?«

»Das Lied ging zu Ende. Mein Herr kam schlagartig wieder zu sich. Mit tränenüberströmtem Gesicht drehte er sich zu mir um und rief: ›Ernesto, ich muß ihn sehen! Schnell, bring ihn zu mir, bevor er uns entwischt!‹ Ich rannte so schnell nach unten, daß meine Kerze ausging, aber ich wagte es nicht, mir die Zeit zu nehmen, eine neue anzuzünden. Ich trat durch die Hintertür auf die Straße. Er war noch da. Ich stand damals so nahe vor ihm, wie ich jetzt vor Euch stehe, Signor, aber ich habe keine Ahnung, wie er ausgesehen hat. Es war so dunkel, und er trug einen langen Umhang und einen Hut, dessen Krempe nach unten gezogen war, um sein Gesicht zu verbergen.«

»Wie groß war er?«

»Ich glaube, etwa mittelgroß, Signor. Aber ich habe nicht so darauf geachtet. Woher hätte ich wissen sollen, daß das einmal so wichtig sein würde?«

»Das konntest du nicht wissen«, beruhigte ihn Julian.

»Und doch habe ich jetzt das Gefühl, ich hätte es wissen müssen, Signor! Wenn ich daran denke, daß ich, Ernesto Torelli, ihn zu meinem Herrn gebracht habe – den Mann, der sein Mörder werden würde! Bei diesem Gedanken würde ich mir am liebsten an dieser Mauer das Gehirn aus dem Kopf schlagen, Signor!«

Julian legte ihm freundschaftlich die Hand auf die Schulter. »Ich bitte dich, nichts dergleichen zu tun. Es wird auch so schon schwierig genug für mich sein, dieses Verbrechen aufzuklären. Da solltest du mich nicht auch noch des Mannes berauben, der Lodovico Malvezzi wahrscheinlich besser kannte als jeder andere.«

»Das stimmt, Signor.« Ernesto wirkte ein wenig getröstet. »Ich habe ihm seit dem Jahr gedient, als wir beide achtzehn waren, und es hat kaum etwas gegeben, was er mir vorenthalten hat.« Er bekreuzigte sich. »Gott und die Madonna mögen mir verzeihen, was ich über meinen Wunsch gesagt habe, mir das Gehirn aus dem Kopf zu schlagen! Das wäre nicht nur eine Todsünde – es wäre auch treulos meinem Herrn gegenüber. Wie kann ich daran denken, die Welt zu verlassen, solange es noch irgend etwas gibt, das ich tun kann, um zur Aufklärung seiner Ermordung beizutragen? Was wollt Ihr sonst noch wissen, Signor?«

»Wie ging es weiter, nachdem du Orfeo hier gefunden hattest?«

»Ich habe zu ihm gesagt, daß mein Herr, Marchese Malvezzi, ihn singen gehört habe und ihn kennenlernen wolle. Er hat sich verbeugt und geantwortet, er fühle sich geehrt, oder so etwas in der Art. Ich habe ihn gebeten, mir zu folgen.«

»Wirkte er überrascht?«

»Das konnte ich nicht sehen, Signor. Er hat sich jedenfalls nicht geweigert. Ich habe ihn ins Zimmer meines Herrn hinaufgebracht. Ich nehme an, dort hat er seinen Hut abgenommen – mein Herr wäre wütend geworden, wenn er ihn in seiner Gegenwart nicht abgenommen hätte –, aber selbst dann habe ich ihn nicht richtig zu sehen bekommen. Es war nicht besonders hell – mein Herr ist mit Kerzen sehr sparsam umgegangen. Und ich war höchstens eine oder zwei Minuten im Raum. Dann hat mein Herr mich weggeschickt, und ich bin gegangen. Danach habe ich Signor Orfeo nie wieder gesehen.«

»Wer hat ihn aus dem Haus gelassen?«

»Das scheint niemand so genau zu wissen, Signor. Ich nehme an, es war der Marchese selbst.«

Julian überlegte einen Augenblick. »Es kommt mir seltsam vor, daß er um diese Zeit einen Fremden empfangen hat. Noch dazu allein. Der junge Mann hätte ein Dieb oder ein bezahlter Schläger sein können.«

»Mein Herr war ein mutiger Mann, Signor, und sehr stolz. Er wäre nie auf die Idee gekommen, daß jemand es wagen könnte, die Hand gegen ihn zu erheben. Natürlich umgab er sich normalerweise mit Dienern, wenn er einen Gast empfing, aber das tat er nur um seines Ansehens willen, nicht weil er Angst hatte. Und nachdem er Signor Orfeo singen gehört hatte, dachte er nicht mehr an sein Ansehen. Die Musik ließ ihn immer alles andere vergessen. Sie war das einzige auf der Welt, das ihn sogar vergessen lassen konnte, daß er ein Malvezzi war.«

Das einzige auf der Welt, das ihn vergessen lassen konnte, daß er ein Malvezzi war. Diese Worten erschienen Julian irgendwie unheilschwanger, als wollten sie ihn auf eine Wahrheit hinweisen, die zu verstehen er noch nicht in der Lage war.

Er fragte Ernesto nach den letzten Monaten von Lodovicos Leben. Hatte er mit jemandem Streit gehabt, irgendwelche verdächtigen Besuche oder Briefe bekommen, irgendwelche Diener entlassen? Ernesto schüttelte den Kopf. »Allerdings hat er an dem Tag, an dem er starb, ziemlich grob mit Signor Orfeo gesprochen, weil der sich mit Maestro Donatis Diener Tonio geschlagen hatte. Ich weiß nicht viel über die Sache – ich war selbst nicht dabei. Ich weiß nur, daß Tonio deswegen entlassen worden ist. Aber er kann meinen Herrn nicht getötet haben, weil die Polizei sagt, daß er die ganze Nacht sturzbetrunken in der »Nachtigall« gelegen hat.«

Der Marchese sei mit seinen Bediensteten, Pächtern und Nachbarn stets gut ausgekommen, berichtete Ernesto. Nicht so mit seiner Schwiegertochter Francesca, der er einen oder zwei Tage vor seinem Tod einen Brief geschrieben habe. Am letzten Morgen seines Lebens sei dann eine seltsame Sache passiert: Ein in braunes Papier gehülltes, an den Marchese adressiertes Päckchen sei vor dem Castello Malvezzi gefunden worden. Ernesto wußte nicht, was es enthielt, und hatte nach dem Tod des Marchese keine Spur davon gefunden.

»War es mit der Post gekommen?« fragte Julian.

»Nein, Signor. Es waren keine Briefmarken der Regierung darauf – nur FÜR MARCHESE LODOVICO MALVEZZI in großen schwarzen Buchstaben.«

»Hast du eine Ahnung, wie lange es schon dort gelegen hatte?«

»Abends war es noch nicht da. Es muß also jemand in der Nacht dort hingelegt haben.«

»Wer hat es dem Marchese gebracht?«

»Ich, Signor, aber ich war nicht lange genug im Raum, um zu sehen, wie er es aufgemacht hat.« Ernestos Miene verfinsterte sich. »Aber ich weiß, daß es etwas Schlimmes enthalten haben muß, weil mein Herr danach sehr schlechter Laune war.«

»Wie hat sich das geäußert?«

»Er war nervös und mißmutig, Signor. Dabei war es ihm vorher so gut gegangen! Es hatte ihn so glücklich gemacht, jeden Tag in die Villa zu reiten und Signor Orfeo singen zu hören.« Ernesto trat näher an ihn heran und senkte vertraulich die Stimme. »Da war noch eine zweite Sache, die bei ihm für gute Laune sorgte, Signor. Ich habe das noch nie jemandem erzählt, weil ich den Eindruck hatte, daß er es geheimhalten wollte.«

»Worum ging es dabei?«

»Er schrieb an einem Musikstück, Signor. Manchmal ertappte ich ihn dabei, wie er auf einen Stapel Blätter schrieb – und dabei auf seinem Federhalter herumkaute und sich die Haare raufte wie ein richtiger Komponist. Aber wenn ich in die Nähe kam, hat er das, was er schrieb, immer weggeräumt, als wollte er nicht, daß ich es zu sehen bekam.«

»Woher weißt du dann, daß es sich um Musik handelte?«

»Weil er Notizen herumliegen ließ, Signor. Er hatte schon immer die Angewohnheit gehabt, auf jedem Stück Papier herumzukritzeln, das ihm in die Finger kam. Es steckte so viel Leben in ihm, daß er nie stillsitzen konnte. Nachdem wir zum See gekommen waren, handelte es sich immer um Musiknoten. Er kritzelte sie überall hin – auf Zeitungen, Packpapier, alte Rechnungen. Sie schienen ihm keine Ruhe zu lassen, Signor. Deshalb bin ich sicher, daß er ein Musikstück komponierte – vielleicht eines, das Signor Orfeo singen sollte.«

»Hast du welche von diesen Notizen behalten?«

»Nein, Signor. Dafür sah ich keinen Grund. Mein Herr hat sie einfach weggeworfen, und wenn ich welche fand, habe ich es ebenso gemacht.«

Julian dachte kurz nach. »Was ist nach seinem Tod aus diesem Musikstück geworden? Ist es bei seinen Papieren gefunden worden?«

»Das weiß ich nicht, Signor. Es stand mir nicht zu, seine Papiere durchzusehen.«

»Wer hat sie dann durchgesehen?«

»Ich glaube, sie gingen an Conte Carlo, Signor. Er war der Testamentsvollstrecker meines Herrn.«

Das erschien Julian seltsam. »Ich dachte, Marchese Lodovico und sein Bruder verstanden sich nicht besonders.«

»Sie stritten oft über Politik, Signor. Aber in Geldfragen und Familienangelegenheiten hatte mein Herr großes Vertrauen zu Conte Carlo. Er hat immer gesagt, Conte Carlo habe einen scharfen Verstand, auch wenn er ihn für schlechte Zwecke nutze.«

»Dann sind die beiden trotz ihrer politischen Differenzen gut miteinander ausgekommen?«

»Ganz so weit würde ich nicht gehen, Signor. Aber – nun ja, Blut ist eben dicker als Wasser.«

Julian hielt es durchaus für möglich, daß das Blut der Malvezzis dünner war als das der meisten anderen Menschen. Lodovicos Familiensinn hatte ihn nicht davon abgehalten, Rinaldo zu tyrannisieren oder Francesca ihrer Kinder zu berauben. Wenn er seinen Bruder und langjährigen politischen Feind damit betraut hatte, als sein Testamentsvollstrecker zu fungieren, dann wahrscheinlich nur, weil er, wie Ernesto ganz richtig festgestellt hatte, nicht damit rechnete, daß jemand die Dreistigkeit besitzen würde, ihm etwas anzutun. Aber ein Mann, der sich für unverwundbar hielt, war in Wirklichkeit höchst verwundbar.

»Spielt Ihr *tarocch*?« fragte Carlo, während er Julian ein Glas Valtellina-Wein einschenkte.

»Ja. Danke.« Julian hielt das Glas vor eines der hohen, schmalen Fenster, die in dem kleinen holzvertäfelten Arbeitszimmer zwei Schlitze weißen Lichts bildeten. Obwohl draußen keine Sonne schien, reichte die Helligkeit aus, um die roten Tiefen des Weines wie Juwelen funkeln zu lassen.

Carlo hob ebenfalls sein Glas. »Auf Euer Wohl, Mr. Kestrel – im Moment leider kein leerer Trinkspruch, wie ich fürchte. Ihr habt doch nichts dagegen, wenn wir Englisch sprechen? Ich habe so wenig Gelegenheit zum Üben.«

»Natürlich nicht. Aber Ihr scheint der Übung kaum zu bedürfen, Signor Conte.«

Carlo verbeugte sich. Er sprach tatsächlich sehr gut Englisch, wenn auch mit einem starken Akzent.

Julian kostete den Wein. »Er ist sehr gut.«

»Es freut mich, wenn er Euch schmeckt. Dieser rote Valtellina gehört zu unseren besten hiesigen Weinen. Bitte nehmt Platz.« Carlo deutete auf zwei kerzengerade Holzstühle, deren lederne Rückenlehnen von eisernen Ziernägeln geschmückt waren. »Meine Frage zum Thema *tarocch* war nicht nur *Small talk*. Die Karte mit dem Rad der Fortuna faßt mein Leben sehr treffend zusammen – und in einem hohen Maße auch meine Beziehung zu Lodovico.«

»Darüber würde ich gern mehr hören.«

»Es ist kein Geheimnis, daß wir politisch auf dem Kriegsfuß standen. Von frühester Jugend an beschuldigte er mich, zum Pöbel übergelaufen zu sein, womit er meinte, daß ich an eine parlamentarische Regierung und wissenschaftlichen Fortschritt glaubte. Solange die Österreicher Mailand regierten, hatte es natürlich keinen Sinn, auf diese Dinge zu drängen. Aber als die Franzosen kamen – das waren berauschende Tage, Mr. Kestrel! Ich nehme an, es ist Zeitverschwendung, gegenüber einem Engländer Napoleon zu preisen. Aber ihr Engländer, die ihr das Privileg einer parlamentarischen Regierung schon seit Jahrhunderten genießt, könnt euch kaum vorstellen, was es für uns bedeutete, auch nur eine kleine Kostprobe davon zu bekommen. Wir hatten einen Senat und einen Staatsrat, die sich beide aus unseren eigenen Leuten zusammensetzten – was man von unseren gesetzgebenden Kräften momentan nicht behaupten kann –, und ein Großteil der tagtäglichen Regierungsgeschäfte lag in ihren Händen. Wir hatten einen schriftlichen Gesetzeskodex, anhand dessen alle Menschen ihre Rechte kennen- und verstehen lernen konnten. Wir hatten neue Schulen und öffentliche Gärten, und die Künste und Wissenschaften blühten. Wäre da nicht der ständige Krieg gewesen, der unser Geld aufzehrte und unsere jungen Männer tötete, dann hätten wir uns einbilden können, in einem Goldenen Zeitalter zu leben.«

»Und Euch hat das Rad der Fortuna nach oben getragen?«

»In der Tat. Viele Jahre lang sah es so aus, als hätte ich mich nicht nur für die richtige, sondern auch für die siegreiche Seite entschieden. Ich hatte ein hohes Regierungsamt inne, heiratete und zog Kinder groß. Während dieser Zeit wollte Lodovico nichts mit mir zu tun haben. Ich muß allerdings gestehen, daß ich die Kluft zwischen uns noch zusätzlich vertieft habe.«

Julian unterdrückte mit einem Taschentuch ein Niesen. »Auf welche Weise?«

»Ich habe die Villa gekauft – die, in der er getötet worden ist. Er wollte sie für sich selbst, müßt Ihr wissen. Sie gehörte damals einer Familie namens Delborgo, die seit langem mit der unseren im Wettstreit lag. Lodovico behauptete immer, die Villa gehöre von Rechts wegen zum alten Lehensgebiet der Malvezzis, und seine diesbezüglichen rechtlichen Schritte trugen dazu bei, die Delborgos zu ruinieren. Sie waren gezwungen, die Villa zu verkaufen, aber ich glaube, Ottavio Delborgo hätte sie lieber angezündet, als sie in die Hände von Lodovico fallen zu lassen. Er hat sie mir nur verkauft, um meinen Bruder zu ärgern.«

Julian lehnte sich zurück, streckte die Beine aus und legte dann einen Fuß über den anderen. Was nicht bedeutete, daß es ihm diese oder eine andere Position ermöglicht hätte, auf einem solchen Stuhl bequem zu sitzen – wahrscheinlich waren sie entworfen worden, um einem die Freude an langen Gesprächen zu verderben. »Mich interessiert in diesem Zusammenhang gar nicht so sehr, warum die Delborgos die Villa an Euch verkauft haben. Viel interessanter finde ich die Frage, warum Ihr sie gekauft habt. Ihr müßt doch gewußt haben, daß Ihr damit Euren Bruder erzürnen würdet.«

»Unsere Beziehungen konnten kaum schlechter werden. Aber um ehrlich zu sein, habe ich nicht weiter über Lodovicos Gefühle oder Wünsche nachgedacht. Ich war auf jener Seite des Sees geboren worden und aufgewachsen. Das erste, woran ich mich erinnern kann, ist, daß ich dort die Sonne über den Hügeln aufgehen sah und auf dem See lernte, mit einem Boot umzugehen. Standen damals noch andere Landsitze zum Verkauf, die ich hätte erstehen können? Natürlich. Aber nachdem ich wußte, daß die Villa zu haben war, kam für mich kein anderes Haus mehr in Frage.

Ich verbrachte Jahre damit, es umzubauen und zu renovieren – und diese verfallende Hülle von einer Villa in ein Juwel klassizistischer Kunst zu verwandeln. Die Gärten habe ich ebenfalls neu anlegen lassen – im englischen Stil. Ich würde sie Euch gern zeigen, wenn wir dort sind. Beatrice zufolge sind sie kaum verändert worden. Ich bin oft in der Villa gewesen, erst, um die Renovierungsarbeiten zu überwachen, später, um das Resultat zu genießen. Währenddessen saß Lodovico in seinem Schloß auf dem Felsen und schmollte – es gibt wirklich kein anderes Wort dafür. So kam es zu dem lächerlichen Spektakel zweier Brüder, die nur einen Steinwurf voneinander entfernt wohnten, aber kein Wort miteinander sprachen.

Den Rest der Geschichte kennt Ihr. Das Rad der Fortuna drehte sich weiter. Die Franzosen wurden vertrieben, die Österreicher kehrten zurück, und jede Hoffnung auf ein vereintes Italien mußte begraben werden. Ich wurde in besonderem Maß zum Ziel der österreichischen Vergeltungsmaßnahmen, weil sie sich irgendwie in den Kopf gesetzt hatten, daß ich Waffen vor ihnen versteckte.« Carlo lächelte geheimnisvoll. »Ihr werdet sicher verstehen, wenn ich nicht näher darauf eingehe, ob sie damit recht hatten oder nicht.«

Julian neigte den Kopf.

»Ich war gezwungen, Mailand zu verlassen«, fuhr Carlo fort. »Ich flüchtete nach Parma, wo meine Frau eine Anstellung als Zofe der Erzherzogin fand. Wir lebten wie Höflinge, waren aber arm wie die Kirchenmäuse. Ich mußte sowohl die Villa als auch mein Haus in Mailand verkaufen. Lodovico war fest entschlossen, sich die Villa kein zweites Mal durch die Lappen gehen zu lassen. Er bot bei weitem den besten Preis, und so kam es, daß die Villa am Ende doch noch in seinen Besitz gelangte.«

Bis ihn dort der Tod ereilte, dachte Julian. Ging dieser Gedanke auch Carlo durch den Kopf? Ob es ihn wohl mit einer gewissen Genugtuung erfüllte, daß sich die Villa – sein Werk, der Gegenstand seiner Liebe und seines Stolzes – für den Bruder, der sie ihm entrissen hatte, als so tödlich entpuppt hatte? Schwer zu sagen: Aus seinem Gesicht sprach nur Traurigkeit.

»Wie war Eure Beziehung zu ihm, nachdem er die Villa gekauft hatte?« sagte Julian.

»Oh, sie hat sich sehr verbessert.« Carlo lächelte ironisch. »Lodovico war ein Mann, der immer gewinnen mußte, aber nicht nachtragend war, wenn er erst einmal gewonnen hatte. Wir standen uns nicht besonders nahe, und wir sahen uns nur selten. Aber wenn ich Mailand besuchte, wohnte ich in der Casa Malvezzi, und wir verkehrten und sprachen auf zivilisierte Weise miteinander.

Als Francesca Rinaldo verließ, bot ich an, zwischen den beiden zu vermitteln. Der Junge tat mir leid – es war nicht leicht für ihn, mit Francescas Verrat und Lodovicos Verachtung zu leben. Lodovico zog es vor, die Angelegenheit auf seine Weise zu regeln, aber Rinaldo und ich freundeten uns ein wenig an. In letzter Zeit habe ich versucht, ihn dahingehend zu beeinflussen, den Reichtum, den er von seinem Vater geerbt hat, hin und wieder für einen guten Zweck zu nutzen. Es gibt so vieles, was er tun könnte, um die Lebensbedingungen seiner Pächter und ihre Anbaumethoden zu verbessern.«

»Ich nehme an, er hat vom Tod seines Vaters am meisten profitiert«, überlegte Julian.

Carlo nahm Zuflucht zu höflicher, patrizischer Zurückhaltung. »Er hat seinen Besitz geerbt. Insofern hat er davon profitiert, ja.«

»Ganz erheblich profitiert, nehme ich an. In England verfügt der Erbe eines großen Anwesens in der Regel schon zu

Lebzeiten seines Vaters über ein gewisses Einkommen. Hier müssen junge Männer wie Rinaldo Malvezzi damit rechnen, von ihren Vätern abhängig zu bleiben, bis sie ihr Erbe antreten können.«

»Daraus folgt aber nicht automatisch, daß Rinaldo seinen Vater deswegen umgebracht hat!«

»Nein, natürlich nicht. Ich beschuldige niemanden, Signor Conte. Ich versuche bloß zu verstehen, wie sich der Tod von Marchese Lodovico auf die Menschen in seiner Umgebung ausgewirkt hat.«

Carlo sah ihn mit ernster Miene an. »Beatrice hat mich gewarnt, daß Ihr auch die Mitglieder unserer Familie als Verdächtige betrachten würdet. Ich muß Euch gestehen, daß ich Eure Vermutung, einer meiner Verwandten könnte Malvezziblut vergossen haben, nicht nur als verletzend, sondern auch als beleidigend empfinde.«

»Das verstehe ich vollkommen, Signor Conte. Um so dankbarer bin ich Euch, daß Ihr trotzdem so entgegenkommend seid, meine Fragen zu beantworten.«

»Mir bleibt keine andere Wahl, Signor Kestrel. Ganz abgesehen von dem, was Beatrice und ich über Eure Erfahrung und Euer scharfsinniges Gespür bei der Aufklärung von Mordfällen wissen, seid Ihr wirklich der einzige Mensch, den wir mit solch privaten Ermittlungen betrauen können. Nur sehr wenige Italiener würden riskieren, der österreichischen Armee und der Polizei ins Gehege zu kommen. Selbst für Euch ist dieses Unterfangen nicht ganz ungefährlich.«

»Soll das eine Warnung sein, Signor Conte?«

Carlo begann zu lachen. »Wenn ja, dann hoffe ich von ganzem Herzen, daß Ihr sie nicht beherzigen werdet! Schluß damit, es ist sinnlos, weiter auf diesem Punkt herumzureiten. Ihr habt Euch freundlicherweise bereit erklärt, uns zu helfen, und Ihr werdet es auf die Art tun, die Ihr für die beste haltet. Als ich noch in der Regierung saß, wäre ich auch nicht auf die Idee gekommen, einen Experten um Rat zu fragen und mich anschließend zu weigern, seiner Führung zu vertrauen. Allora, was kann ich Euch sonst noch berichten?«

»Wo wir gerade bei heiklen Themen sind – wo wart Ihr in der Nacht, in der Euer Bruder getötet wurde?«

»Ah.« Carlo lehnte sich langsam zurück. »Zu der Zeit, als Lodovico mit seinem Tenor an den Comer See reiste, war ich in finanziellen Schwierigkeiten. Meine Schulden standen in keinem Verhältnis zu den mir zur Verfügung stehenden Mitteln. Ich hatte drei Söhne und drei Töchter, für die ich sorgen mußte, und die ältesten waren bereits in einem Alter, in dem es galt, sie zu verheiraten oder ihnen beruflich auf die Sprünge zu helfen. Ich saß also ziemlich in der Klemme, um es salopp auszudrücken. Ich hätte Lodovico um Geld bitten können, aber ich muß gestehen, daß mein Stolz mir das verbot. Die einzige Alternative war, alles zu verkaufen, was mir an Besitzwerten geblieben war.

Mir gehörte noch eine Loge in der Scala, die ich seit meinem Weggang aus Mailand vermietet hatte. Mit dieser Loge, zwei Pferden und dem restlichen Schmuck meiner Frau hoffte ich uns über Wasser halten zu können. Anfang März – vielleicht war es auch Ende Februar, ich weiß es nicht mehr genau – kam ich heimlich nach Mailand, um den Verkauf in die Wege zu leiten. Hätte ich das alles in Parma verkauft, dann wären unsere Gläubiger dahintergekommen, wie knapp wir tatsächlich an Geld waren, und hätten sich *en masse* auf uns gestürzt.

Ich hatte mich etwa zwei Wochen in Mailand aufgehalten, als ich von Lodovicos Tod erfuhr. Ich blieb, um Rinaldo und Beatrice beizustehen, so gut ich konnte, und mich wegen Lodovicos Testament mit unserem Familienanwalt Palmieri zu treffen.«

»Was habt Ihr in der eigentlichen Mordnacht gemacht?«

»Das alles ist viereinhalb Jahre her, Mr. Kestrel. Ich nehme an, ich war zu Hause im Bett – in der Fastenzeit werden keine Opern aufgeführt, und ich war nicht nach Mailand gekommen, um in Cafés Gelage zu feiern.«

»Gibt es jemanden, der sich eventuell daran erinnern könnte, wo Ihr in jener Nacht wart?«

»Das glaube ich nicht. Ich führte damals ein sehr zurückgezogenes Leben. Ich war in einem Außenbezirk der Stadt abgestiegen und bemühte mich, möglichst wenig Aufsehen zu erregen. Deshalb gibt es niemanden, der bezeugen könnte, daß ich mich nachts nicht davongeschlichen habe, es sei denn, mein Diener erinnert sich an Einzelheiten. Er war der einzige Mensch, den ich mit nach Mailand genommen hatte.«

»Arbeitet er noch für Euch?«

»Ja. Sein Name ist Guido Gennaro. Er ist hier bei mir in Mailand, wenn Ihr ihn sprechen möchtet.«

»Vielen Dank. Ich werde ihn vorerst nicht mit meinen Fragen belästigen.« Julian zog es vor, die Bediensteten Dipper zu überlassen, es sei denn, einer von ihnen hatte etwas Außergewöhnliches zu berichten. »Da Ihr Marchese Lodovicos Testamentsvollstrecker wart, würde ich gern von Euch wissen, wie er sein Erbe geregelt hat.«

»Das unveräußerliche Erbgut ging an Rinaldo. Dazu gehört dieses Haus, das Schloß und das es umgebende Land. Beatrice bekam die Villa samt Inhalt, die allerdings nach ihrem Tod an Rinaldo oder seine Erben zurückfällt. Außerdem hat ihr Lodovico seine Opernloge hinterlassen, ebenso alles andere, was nicht unter das unveräußerliche Erbgut fällt, abgesehen von ein paar Dingen, die er seinen Bediensteten und der Kirche vermacht hat.«

»Und Ihr, Signor Conte? Habt Ihr auch etwas bekommen?«

»Eine Kleinigkeit.« Carlo lächelte sein ironisches, resigniertes Lächeln. »Ein paar tausend Lire, damit ich Messen für seine Seele lesen lassen kann. Das, was Ihr Engländer einen ›Schilling für Kerzen‹ nennen würdet.«

»Habt Ihr schon vor seinem Tod gewußt, wie er sein Erbe verteilen wollte?«

»O ja. Er hat mich schon Jahre vorher darüber informiert, als er mich bat, als sein Testamentsvollstrecker zu fungieren.«

Die Theorie, Carlo könnte seinen Bruder umgebracht haben, um seine eigenen Finanzen in Ordnung zu bringen, ist damit wohl hinfällig, dachte Julian. »Hat Ernesto Euch von dem anonymen Päckchen erzählt, das jemand vor dem Schloßtor für Marchese Lodovico abgelegt hatte?«

»Ja. Er hat sowohl Beatrice als auch mir davon erzählt. Wir haben beide keine Ahnung, wo es herkam oder was es enthalten haben könnte.«

Julian hielt sein Taschentuch vor die Nase und nieste. »Wißt Ihr, ob Marchese Lodovico vor seinem Tod ein Musikstück komponiert hat?«

»Nein. Wieso fragt Ihr das?«

»Ernesto war dieser Meinung.«

»Ich weiß, daß er sich in jungen Jahren als Komponist versucht hat, aber er besaß kein Talent. Das bedeutete für ihn eine herbe Enttäuschung. Mir ist nie etwas davon zu Ohren gekommen, daß er es noch einmal versucht hätte.«

»Ich dachte mir, bei seinen Papieren hätte sich vielleicht etwas Derartiges gefunden.«

»Das kann ich Euch nicht sagen. Ich habe mir nur die gesetzlichen Dokumente näher angesehen – Übertragungsurkunden, Verträge, solche Dinge. Seine Briefe und alle anderen persönlichen Papiere habe ich versiegelt und Rinaldo übergeben.« Er runzelte die Stirn. »Glaubt Ihr, das könnte wichtig sein?«

»Es ist zumindest ein loser Faden, und so etwas verabscheue ich bei meinen Ermittlungen fast ebensosehr wie bei meinen Jacken.« Er betrachtete Carlo nachdenklich. »Signor Conte, wer, glaubt Ihr, hat Euren Bruder getötet?«

»Orfeo ist der naheliegendste Verdächtige. Aber da ich eine Vorliebe für aussichtslose Fälle habe, ertappe ich mich oft dabei, daß ich für ihn Partei ergreife.«

Ein Lakai kam in den Raum gestürzt. »Exzellenz, Ihre Ladyschaft hat mich geschickt, Euch und Signor Kestrel zu bitten, sofort zu ihr zu kommen!«

»Immer mit der Ruhe, mein Junge!« sagte Carlo. »Was ist denn passiert?«

»Commissario Grimani ist hier, Exzellenz. Und er sieht aus wie eine Gewitterwolke!«

12

Commissario Grimani verlor keine Zeit mit Begrüßungsfloskeln. Er kam ins Wohnzimmer geeilt und stürmte sofort auf das Sofa zu, auf dem die Marchesa saß, während er Carlo und Julian wie Luft behandelte. Nach einer angedeuteten Verbeugung stieß er aus: »Wie ich höre, hält sich Maestro Donati hier auf!«

»Wie schön, Euch zu sehen, Signor Commissario. Ja, Maestro Donati ist mein Gast.«

»Warum bin ich darüber nicht informiert worden?«

»Mein lieber Commissario, es wäre eine Beleidigung gewesen, Euch zu informieren, wo Ihr doch so hervorragend in der Lage seid, Euch selbst über alles zu informieren, was Ihr wissen wollt. Darf ich Euch unseren Freund Signor Kestrel vorstellen?«

Grimani musterte Julian abschätzig von oben bis unten. Dabei wirkten seine Augen so kalt und farblos wie Eiswasser. Er hatte ein schmales Gesicht, schmale Lippen und einen drahtigen, schlank gebauten Körper. Sein braunes Haar wuchs sehr ordentlich und gerade. Julian nahm an, daß es in seinem Fall auch kein Haar gewagt hätte, sich anders zu verhalten.

»Wie geht es Euch, Signor Commissario?« begrüßte ihn Julian.

Grimani wirkte unangenehm überrascht – vielleicht, weil Julian so fließend Mailändisch sprach. »Marchesa Malvezzi hat mir in einem Schreiben von Euch berichtet. Wenn ich sie richtig verstanden habe, haltet Ihr Euch für fähiger, dieses Verbrechen aufzuklären, als die Mailänder Polizei?«

»Auf keinen Fall. Aber da Euer Tatverdächtiger Engländer ist, dachte ich, meine Hilfe könnte irgendwie von Nutzen sein.«

»Was genau habt Ihr vor?«

Julian erklärte ihm seinen Plan, die Villa und ihre Umgebung zu erforschen und alle zu befragen, die in der Zeit vor

Lodovico Malvezzis Tod nicht gut mit ihm ausgekommen waren oder von seinem Verscheiden profitiert hatten. Grimani hörte ihm mit wachsender Ungeduld zu.

»Eine so breit angelegte Untersuchung, wie Ihr sie plant«, erklärte er, »ist Zeitverschwendung und außerdem eine Beleidigung für die Familienangehörigen und Freunde des Marchese. Wir wissen, daß in der Mordnacht ein fragwürdiger junger Mann mit Marchese Lodovico allein war und nach der Tat aus dem Haus geflohen ist. Ich nehme an, Ihr wollt Orfeo reinwaschen, weil er Engländer ist?«

Julian zuckte mit den Achseln. »Unter uns Engländern gibt es ebenso viele, die den Galgen verdient haben, wie unter den Männern anderer Nationen. Aber so, wie es aussieht, hatte Orfeo durch das Verbrechen nichts zu gewinnen und eine Menge zu verlieren. Mit einem Pistolenschuß verwandelte sich der vielversprechende Protegé eines mächtigen und einflußreichen Gönners in einen Flüchtling, der mit jedem Auftritt in der Öffentlichkeit riskierte, sich zu verraten, und mit seinem Leben bezahlen würde, wenn man ihn erwischte.«

»Es handelt sich hierbei entweder um ein Verbrechen aus Leidenschaft oder um eine politische Tat«, erwiderte Grimani knapp. »Die von Euch genannten Überlegungen spielen dabei keine Rolle.« Er wandte sich an die Marchesa. »Wann werdet Ihr zum Comer See aufbrechen?«

»Freitag morgen«, antwortete sie.

»Ihr werdet mir erlauben, mich Euch anzuschließen. Ich möchte die Villa und das Belvedere in Augenschein nehmen und mit den Leuten sprechen, die den Fall damals untersucht haben. Und obwohl ich Signor Kestrels Nachforschungen für frivol und unangebracht halte, ist durchaus vorstellbar, daß er dabei auf wertvolles Beweismaterial stoßen könnte, und ich möchte auf keinen Fall riskieren, daß es falsch behandelt wird oder verlorengeht.«

»Aber mein lieber Commissario«, protestierte die Marchesa, »ich könnte mir nie verzeihen, wenn unsere frivolen und unangebrachten Bemühungen Euch von Euren ernsthaften Pflichten in Mailand fernhalten würden.«

»Es gibt derzeit nichts, was mich in Mailand festhält, Eure Ladyschaft. Ich habe Ermittler ausgesandt, die nach Lucia Landi und Antonio Farese suchen. Falls sie mir irgendwelche Neuigkeiten mitzuteilen haben, werden mich diese in der Villa ebensoleicht erreichen wie hier. Ich betrachte die Angelegenheit als entschieden. Falls Ihr irgendwelche Beschwerden habt, könnt Ihr Euch an den Polizeipräsidenten wenden. Und jetzt möchte ich Maestro Donati befragen. Seid so gut und laßt nach ihm schicken.«

»Wie immer, Signor Commissario, fegt Euer Charme alle Hindernisse aus dem Weg.« Die Marchesa sah zu ihrem Schwager hinüber, der mit verschränkten Armen am Kaminsims lehnte und Grimani mit unverhohlener Abneigung musterte. »Carlo, würdest du bitte läuten?«

Die Art, wie Carlo sich vorbeugte, machte deutlich, daß er es nur ihr zuliebe tat, und nicht, weil der Commissario es befohlen hatte. Er läutete. Ein Lakai eilte herbei, und die Marchesa bat ihn, Maestro Donati holen zu lassen.

»Während wir auf ihn warten, möchte ich Euch etwas zeigen.« Grimani griff in eine Innentasche seines Mantels und zog einen Gegenstand heraus, der in verblichenes braunes Papier gehüllt war. Julians Interesse wuchs – vor allem, als er auf der Seite des Päckchens Lodovicos Namen entdeckte, geschrieben in schwarzen Blockbuchstaben.

»Ist es das?« fragte Carlo schnell. »Das Päckchen, das in der Nacht, bevor mein Bruder ermordet wurde, vor dem Schloß lag?«

»Wieso wißt Ihr davon?« fragte Grimani.

Carlo lächelte säuerlich. »Wenn man Euch so reden hört, Signor Commissario, käme man nie auf die Idee, daß Ihr so darauf bedacht seid, die Familie meines Bruders nicht zu beleidigen. Wir wissen von dem Päckchen, weil sein Diener uns davon erzählt hat.«

Als Grimani das Papier auseinanderschlug, kam erst eine Schicht silberfarbenes Seidenpapier und dann ein langer Damenhandschuh zum Vorschein. Er reichte ihn der Marchesa. »Habt Ihr diesen Handschuh schon einmal gesehen?«

Sie drehte ihn ein paarmal in den Händen und ließ ihre Finger über die aufgestickten Myrtenblätter und das von einem Diamantenschaft durchstochene Rubinherz gleiten. Carlo und Julian traten näher, um sich den Handschuh ebenfalls anzusehen.

»Er ist sehr alt«, sagte sie nachdenklich. »Mindestens ein Vierteljahrhundert. Eine wunderschöne Arbeit. Nein, ich habe ihn noch nie gesehen.«

»Und Ihr, Signor Conte?« wandte sich Grimani an Carlo.

Die Marchesa reichte den Handschuh bewußt erst an Julian weiter. Grimanis Augen wurden vor Wut ganz schmal. Sie ignorierte ihn. »Was haltet Ihr davon, Signor Kestrel?«

Julian studierte den Handschuh. »Es handelt sich offensichtlich um das Relikt einer *affaire de cœur.* Nicht umsonst ist er mit Symbolen der Liebe besetzt. Und wenn diese Edelsteine so echt sind, wie sie aussehen, dann war derjenige, der sie verschenkt hat, mit Sicherheit ein reicher Mann.« Er sah Grimani an. »Ich nehme an, Conte Carlo hat recht, und dies ist das anonyme Päckchen, das an Marchese Lodovico adressiert war?«

»Ja«, antwortete Grimani kurz angebunden.

»Enthielt es außer dem Handschuh noch etwas anderes?«

»Ja.« Grimani reichte der Marchesa einen gefalteten Zettel.

Sie las laut vor: »*Ich weiß, wem dieser Handschuh gehört hat und wie er in den Besitz der Dame gelangt ist. Wenn Ihr nicht wollt, daß alle Welt ihre Geschichte erfährt, dann trefft mich in der Nacht vom 14. auf den 15. März nach 11.00 Uhr im maurischen Belvedere der Villa Malvezzi.*« Sie schnappte nach Luft. »Deswegen war er zu dieser nächtlichen Stunde allein im Belvedere! Dann ist derjenige, der dieses Päckchen zurückgelassen hat –«

»– mit ziemlicher Sicherheit der Mörder«, fiel ihr Grimani ins Wort. »Ja.«

»Wie ist das Päckchen in Eure Hände gelangt?« fragte Julian.

»Conte Raversi hat nach dem Mord Marchese Lodovicos

Gemächer auf Castello Malvezzi durchsucht. Er hat den Handschuh und die Nachricht in einer Kiste mit Klauenfüßen gefunden.«

»Warum sind wir nicht sofort darüber unterrichtet worden?« rief Carlo. »Selbst wenn es eine gewisse Rechtfertigung dafür gab, den Mord geheimzuhalten – was ich, wie Ihr wißt, absolut empörend finde –«

Die Polizei ist über Eure Meinung zu den verschiedensten Themen informiert, Signor Conte«, unterbrach ihn Grimani.

»Es würde mich sehr überraschen, wenn dem nicht so wäre«, gab Carlo zurück, »nachdem ihr mich wie Habichte beobachtet, sooft ich auch nur einen Schritt ins österreichische Italien tue. Auf jeden Fall hätte man diesen Handschuh zumindest denjenigen, die Lodovico am nächsten standen, unverzüglich zeigen müssen. Vielleicht hätte das etwas Licht in den Fall gebracht.«

»Conte Raversi hat damals beschlossen, den Handschuh und die Nachricht zusammen mit dem übrigen Beweismaterial unter Verschluß zu halten. Ich glaube, zu seiner Angst, eine Revolte auszulösen, kam damals ein gewisser Widerwille, mit einer derart skandalträchtigen Angelegenheit, in die sein Freund, Marchese Lodovico, unter Umständen verwickelt war, an die Öffentlichkeit zu treten.«

»Was in Gottes Namen gab ihm das Recht, diese Entscheidung zu treffen?« fauchte Carlo. »Wäre es nicht an Lodovicos Familie gewesen zu entscheiden, ob es wichtiger war, seine Ermordung zu rächen oder seinen Namen zu schützen?«

»In diesem Punkt bin ich ausnahmsweise Eurer Meinung«, antwortete Grimani. »Hätte ich die damaligen Ermittlungen geleitet, hätte ich mich nicht durch irgendwelche Skrupel oder Empfindlichkeiten davon abhalten lassen, den Mörder mit allen mir zur Verfügung stehenden Mitteln zu verfolgen. Aber was passiert ist, ist passiert. Habt Ihr den Handschuh schon einmal gesehen?«

»Nein.« Carlo schüttelte bedauernd den Kopf.

»Wißt Ihr von irgendeinem Skandal in Marchese Lodovicos Jugend, bei dem es um eine Liebesgeschichte ging?«

»Nein«, antwortete Carlo. »Zumindest gab es da nichts, was aus dem üblichen Rahmen gefallen wäre.«

»Es muß nicht notwendigerweise einen Skandal gegeben haben«, meinte Julian nachdenklich. »Die Geschichte der betreffenden Frau ist nie bekannt geworden – nur deswegen war der Absender des Handschuhs in der Lage, ihn zu benutzen, um Marchese Lodovico zu erpressen.«

Grimani musterte ihn mit kalter Genugtuung. »Es ist nicht nötig, so vage vom ›Absender des Handschuhs‹ zu sprechen, Signor Kestrel. Wir wissen, wer ihn geschickt hat.«

»Wer?« fragte die Marchesa schnell.

»Derjenige, den Eure Ladyschaft zu Recht verdächtigen – Orfeo.«

Zwei Männer betraten den Raum. Der eine war ein schlanker, etwa zwanzigjähriger junger Mann mit dunklen Locken, einer bläulichen Oberlippe und dunklen Augen, die mißtrauisch unter dicken, geraden Brauen hervorblickten, der andere ein zerbrechlich wirkender älterer Mann mit blicklosen Augen. Sein weißer Haarkranz schimmerte durchscheinend, als wäre ihm bereits zu Lebzeiten ein Heiligenschein verliehen worden. Er ging langsam und zittrig, wobei er sich schwer auf den Arm seines Begleiters stützte.

Julian schob ihm einen Stuhl hin. Sein Begleiter brummte ein Wort des Dankes und half dem alten Mann, sich hinzusetzen. Die Art, wie er ihm mit brüsker Geste die Jacke glattstrich und sein Kissen zurechtrückte, entbehrte nicht einer gewissen Zärtlichkeit. Nachdem er fertig war, zog er sich in eine Ecke zurück, von wo aus er sie alle gleichermaßen finster anblickte.

»Mein lieber Maestro«, sagte die Marchesa. »Vielen Dank, daß Ihr gekommen seid. Ihr kennt natürlich Conte Carlo, aber Ihr seid Signor Kestrel noch nicht begegnet, dem berühmten englischen Dandy, der, wie ich Euch erzählt habe, Nachforschungen für uns anstellt.«

»Es ist mir eine große Ehre, Euch kennenzulernen, Maestro«, sagte Julian.

Donati neigte den Kopf in Julians Richtung. »Das ist sehr freundlich von Euch, Signor Kest-er-el. Bitte verzeiht – ich habe leichte Schwierigkeiten mit Eurem Namen.«

»Das macht nichts, Maestro.«

»Ich fürchte, Ihr erfreut Euch im Moment nicht gerade bester Gesundheit«, fuhr Donati höflich fort. »Ich kenne mich mit Husten und Erkältungen aus – alle Sänger leben in ständiger Angst davor. Habt Ihr schon versucht, ein wenig Medizin in kochendes Wasser zu geben und den Dampf einzuatmen? Es gibt da eine Vorrichtung, die man Inhalationsapparat nennt – Sebastiano könnte Euch einen leihen. Er ist mein Schüler und Diener – mein Auge, wie ich ihn nenne.«

Sebastiano war bestürzt darüber, im Mittelpunkt der Aufmerksamkeit zu stehen, und blickte noch finsterer drein als zuvor.

»Wir sind nicht hier, um über Signor Kestrels Gesundheitszustand zu sprechen«, sagte Grimani. »Maestro, ich bin Commissario Grimani. Ich bin hergekommen, um Euch zu Lodovico Malvezzis Tod zu befragen.«

»Du kannst gehen«, wandte sich Grimani an Sebastiano.

»Commissario Grimani schickt Euer Auge weg, Maestro«, sagte Julian zu Donati.

»Ich brauche keinen Übersetzer, Signor Kestrel!« fauchte Grimani.

»Ich habe auch nicht für Euch übersetzt, Signor Commissario.«

»Danke, Signor Kestrel«, sagte Donati hastig. »Sebastiano, geh und übe deine *messa di voce*. Ich werde sie mir ein wenig später anhören.«

»Ja, Maestro.« Sebastiano zog sich zurück.

»Was Euch betrifft, sehe ich ebenfalls keinen Grund, wieso Ihr bleiben solltet, Signor Kestrel«, sagte Grimani.

»Da habt Ihr vollkommen recht«, pflichtete Julian ihm bei. »Ich bin gerne bereit, unter vier Augen mit Maestro Donati zu sprechen, wenn Ihr wieder weg seid.«

Grimani starrte ihn an. Sie wußten beide sehr genau, daß es dem Commissario nicht recht war, wenn Donati in seiner Abwesenheit zu dem Mord befragt wurde.

»Dann ist es wohl doch praktischer für Euch, gleich dazubleiben«, meinte Grimani schließlich. »Aber seid bitte so gut und kommt nicht ständig auf unwichtige Details zu sprechen. Nun denn, Maestro, laßt uns beginnen.«

Geduldig erzählte Donati, wie Lodovico ihn dazu überredet habe, mit ihm in seine Villa am Comer See zu kommen und einen jungen englischen Tenor auszubilden, dessen Identität von einer Aura des Geheimnisvollen umgeben war. Grimani unterbrach ihn mit der Frage: »Hat Euch Orfeo jemals erzählt, aus welchem Teil Englands er stammte?«

»Nein. Er hat nie von England gesprochen.«

»Wie lang hielt er sich schon in Mailand auf, als Ihr ihn kennenlerntet?«

»Das weiß ich nicht. Als der Marchese ihn zum erstenmal vor mir singen ließ, kann er aber noch nicht allzulang dort gewesen sein, weil er noch Mailändisch lernte. Als wir ein paar Wochen später zum Comer See aufbrachen, sprach er es schon ziemlich gut.«

»Wo hatte er sich aufgehalten, bevor er nach Mailand kam?«

»Ich hatte den Eindruck, daß er in Frankreich gewesen war.«

»Wie kommt Ihr darauf?«

»Ich versuche gerade, mich daran zu erinnern.« Donati zog die Stirn in Falten. »Ah, ja. Ich habe einmal zu ihm gesagt, sein Akzent klinge eher französisch als englisch, woraufhin er antwortete, er habe Französisch gelernt, bevor er anfing, Italienisch zu lernen. Deswegen nahm ich an, daß er sich eine Zeitlang in Frankreich aufgehalten hatte.«

»Davon habt Ihr damals nach dem Mord nichts gesagt«, erklärte Grimani in vorwurfsvollem Ton.

»Niemand hat mich danach gefragt, Signor Commissario«, verteidigte sich Donati. »Und ich bin nie auf den Gedanken gekommen, daß das wichtig sein könnte. So viele Engländer besuchen sowohl Frankreich als auch Italien.«

»Seid Ihr überhaupt sicher, daß er Engländer war?« fragte Grimani.

Die Marchesa riß die Augen auf. Sie sah fragend von Grimani zu Donati.

»Zumindest schien sich der Marchese dessen sicher zu sein«, antwortete Donati langsam. »Ich habe nach jenem ersten Gespräch nicht weiter darüber nachgedacht. Obwohl ich sagen muß, daß er nichts von der üblichen Arroganz der Engländer hatte – ich bitte um Entschuldigung, Signor Kestrel.«

»Ihr habt ja so recht, Maestro«, antwortete Julian lächelnd.

Grimani bedachte ihn mit einem vernichtenden Blick.

»Maestro, glaubt Ihr, Orfeo hat es absichtlich vermieden, über sich selbst zu sprechen?«

»Er war sehr zurückhaltend«, räumte Donati ein. »Ich glaube, er litt darunter, vom Marchese abhängig zu sein. Die Engländer scheinen sich der Armut viel mehr zu schämen als wir Italiener. Die meiste Zeit haben wir nur über Musik gesprochen. Er interessierte sich sehr für Stimmbildung und diskutierte sowohl mit dem Marchese als auch mit mir darüber, welche Übungen am effektivsten seien. Er sprach auch gern über das Thema der Ornamentierung: wieviel davon angemessen sei und ob die Komponisten die Verzierungen selbst festlegen oder es lieber den Sängern überlassen sollten zu improvisieren –«

»Wie stand es mit der Politik?« fiel ihm Grimani ins Wort. »Hat er je über unterschiedliche Regierungsformen gesprochen, oder über die Aufstände in Neapel und Piemont?«

»Nicht daß ich wüßte, Signor Commissario.«

Grimani bat Donati, den letzten Tag von Lodovicos Leben zu beschreiben. Donati erzählte, Lodovico sei in die Villa gekommen, um Orfeos morgendlicher Unterrichtsstunde beizuwohnen, und habe bei dieser Gelegenheit verkündet, er habe vor, die Nacht in der Villa zu verbringen, und er werde ohne Bedienstete kommen. Der Marchese habe nervös und gereizt gewirkt und Orfeo wegen seines nächtlichen Besuchs im Schloß verspottet. Orfeo habe zugegeben, mit Hilfe eines Schlüssels, den er in der Villa gefunden habe, hineingelangt zu sein, er habe aber abgestritten, eine Verabredung mit Lucia gehabt zu haben.

»Ich zweifle nicht daran, daß er die Wahrheit gesagt hat«, erklärte Grimani. »Wir wissen ja inzwischen, warum er im Schloß war: um das Päckchen mit dem Handschuh und der Nachricht hinzubringen.«

»Aber Signor Commissario«, meldete sich Julian zu Wort, »das Päckchen ist doch *vor* dem Schloß gefunden worden. Orfeo dagegen war *drinnen* und hat zu diesem Zweck sogar einen Schlüssel entwendet. Warum hätte er das tun sollen?«

»Das ist ganz einfach, Signor Kestrel«, antwortete Grimani. »Orfeo hatte schon für diesen Abend einen Anschlag auf Marchese Lodovicos Leben geplant, aber der Marchese hat ihm einen Strich durch die Rechnung gemacht. Deshalb hat er auf seinen zweiten Plan zurückgegriffen, den Marchese am fogenden Abend mit Hilfe des Handschuhs und der Nachricht in das Belvedere zu locken. Er ließ das Päckchen bewußt draußen vor dem Tor liegen, damit der Marchese nicht erriet, daß es von ihm war.«

»Das klingt sehr plausibel«, gab Julian zu. »Ist dieser Besuch Orfeos im Schloß das einzige Indiz, das ihn mit dem Päckchen in Verbindung bringt?«

»Das ist Indiz genug. Es ist nichts darüber bekannt, daß eine andere Person in dieser Nacht in oder vor dem Schloß war.«

Donati erzählte von der Schlägerei zwischen Orfeo und Tonio und berichtete dann mit zittriger Stimme, wie er die Leiche des Marchese am folgenden Tag im Belvedere gefunden und Conte Raversi allen das Versprechen abgenommen habe, Stillschweigen über den Mord zu bewahren. Auf Julians Bitte hin verriet ihnen Grimani widerwillig ein paar Einzelheiten über den Zustand der Leiche.

»Gab es irgendeinen Hinweis darauf, wie der Mörder an

den Tatort gelangte und ihn anschließend wieder verließ?« fragte Julian.

»Er brauchte nirgendwohin zu gelangen«, antwortete Grimani. »Er befand sich ja bereits in der Villa. Und was seinen Fluchtweg betrifft, hat die Polizei vor dem Gartentor Hufspuren und Pferdeäpfel gefunden, was darauf hindeutet, daß dort ein Pferd angebunden war. Das Pferd des Marchese kann es nicht gewesen sein – das stand im Stall der »Nachtigall«. Demnach muß es sich um das Pferd gehandelt haben, mit dem Orfeo nach der Tat geflohen ist.«

Carlo runzelte die Stirn. »Hätte nicht auch ein anderer Mann zur Villa reiten und meinen Bruder umbringen können?«

»Er wäre nicht in den Garten gekommen«, antwortete Grimani. »Das Tor war nachts immer verschlossen.«

»War es am Morgen nach dem Mord ebenfalls verschlossen?« fragte Julian.

»Nein«, gab Grimani zu. »Orfeo muß es aufgesperrt haben, als er nach dem Mord den Garten verließ.«

Nachdenklich meinte Julian: »Aber ist es nicht wahrscheinlicher, daß der Marchese selbst es am Vorabend aufgeschlossen hat?«

»Lodovico?« fragte die Marchesa. »Warum?«

»Weil er im Belvedere mit der Person verabredet war, die ihm die Nachricht und den Handschuh geschickt hatte. Und da kein Grund zu der Annahme besteht, daß er Orfeo im Verdacht hatte, dürfte er wohl davon ausgegangen sein, daß sein Besucher von außen in den Garten gelangen mußte.«

»Ich verstehe!« rief die Marchesa. »Wie klug Ihr seid, Signor Kestrel! Aber vielleicht rechnete Lodovico damit, daß sein Besucher mit dem Boot eintreffen würde.«

»Kann man das Belvedere vom See aus erreichen?« fragte Julian interessiert.

»Nicht direkt«, antwortete sie. »Es steht auf einer Uferböschung, knapp fünf Meter über dem See. Aber es gibt Stellen, wo die Böschung abbröckelt. Jemand hätte am kiesigen Ufer anlegen und dann die losen Steine hinaufklettern können.«

»Bei allem Respekt, Eure Ladyschaft«, sagte Grimani, »aber diese Spekulationen sind wirklich sinnlos. Es spielt keine Rolle, wer das Tor offenließ oder wie der Besucher nach Meinung von Marchese Lodovico in den Garten gelangen sollte. Handschuh und Nachricht stammten von Orfeo, der sich bereits auf dem Gelände der Villa befand und auf einem Pferd floh, nachdem er den Marchese getötet hatte.«

»Aber Signor Commissario«, meldete sich Donati vorsichtig zu Wort, »könnte es nicht Zufall gewesen sein, daß sich Orfeo ausgerechnet zu diesem Zeitpunkt aus dem Staub machte? Der Marchese hatte ihn nach der Schlägerei mit Tonio schwer beleidigt. Vielleicht schreckte Orfeo angesichts der früheren Großzügigkeit des Marchese und wegen des großen Altersunterschieds zwischen ihnen davor zurück, Genugtuung von ihm zu verlangen, fühlte sich aber gleichzeitig außerstande, ihn noch länger zu ertragen.«

»Wäre er gegangen, ohne sich von Euch zu verabschieden?« konterte Grimani.

Donatis Schultern sackten nach vorn. »Ich muß zugeben, daß ich mir das nur schwer vorstellen kann. Ich mochte ihn und hatte das Gefühl, daß das auf Gegenseitigkeit beruhte. Ich kann nicht umhin zu denken, daß er sich verabschiedet hätte, wenn mit seiner Abreise alles in Ordnung gewesen wäre.«

»Vielleicht hat er Lodovico tatsächlich nicht getötet«, meinte Carlo, »ist dann aber davongelaufen, weil er Angst hatte, des Mordes bezichtigt zu werden.«

»Nein«, entgegnete Donati in überzeugtem Ton, »bei allem Respekt, Signor Conte, aber das ist unmöglich. Orfeo hätte mich nicht allein gelassen, wenn er gewußt hätte, daß in der Nähe Mörder oder Banditen lauern konnten.«

»Dieser Mord ist nicht von einer Räuberbande begangen worden«, erklärte Grimani. »Wir haben es mit einem Verbrechen zu tun, das in aller Stille und effizient ausgeführt wurde. Maestro, hat Orfeo von jemandem Nachrichten erhalten oder seinerseits welche ausgesandt, solange er sich in der Villa aufhielt?«

»Das weiß ich nicht«, antwortete Donati. »Ich habe kaum eine Vorstellung davon, was er getan hat, wenn er nicht mit mir zusammen war.«

»Es ist kein Verbrechen, wenn ein Mann seine Privatsphäre wahrt«, erklärte Carlo.

»Ganz im Gegenteil, Signor Conte«, erwiderte Grimani streng. »Niemand im Herrschaftsbereich Seiner Kaiserlichen Hoheit Franz des Ersten von Österreich hat das Recht, seinen Namen, seine Aktivitäten oder seine Standpunkte geheimzuhalten.«

»Aber Signor Commissario«, protestierte Donati, »die Geheimniskrämerei rund um Orfeos Identität war doch die Idee des Marchese!«

Grimani ließ diesen Einwand nicht gelten. »Solange Orfeo unter dem Schutz eines Mannes von Marchese Lodovicos Rang und unbestrittener Regierungstreue stand, brauchte er keinen eigenen Namen. Nun, da sein Gönner durch seine Hand gestorben ist, gilt dieser Schutz nicht mehr.«

Julian war inzwischen klargeworden, wieso Grimanis Feindseligkeit gegenüber Orfeo etwas so Persönliches hatte. Der junge Mann war eine Beleidigung für Grimanis ganze polititsche Philosophie. Er hatte die Dreistigkeit besessen, aus dem Nichts aufzutauchen, seine Aktivitäten mit einem Schleier des Mysteriösen zu umgeben und anschließend spurlos zu verschwinden. Er hatte dem Gesetz und den Behörden eine lange Nase gemacht – und Grimani wollte, daß er dafür ebenso wie für den Mord bestraft wurde.

»Warum verfügt die Polizei über so wenige Informationen zu Orfeos Aussehen?« fragte Julian. »Haben der Gärtner und seine Tochter ihn nicht beschrieben?«

»Man hat sie damals aufgefordert, ihn zu beschreiben«, antwortete Grimani, »aber aus ihren Aussagen geht eindeutig hervor, daß sie die Ermittlungen absichtlich behindert haben.«

»Ihr dürft nicht so hart mit ihnen ins Gericht gehen, Signor Commissario!« protestierte Donati. »Die beiden waren einfache Bauersleute. Sie konnten nicht lesen und waren es nicht gewohnt, Dinge mit Worten zu beschreiben.«

»Wenn man ihnen etwas härter zugesetzt hätte, hätten sie schon die richtigen Worte gefunden. Conte Raversi hat es nur gut gemeint, aber diese ganze Befragung ist damals völlig falsch angepackt worden. Das kommt davon, wenn man Amateure mit derartigen Ermittlungen betraut.«

Julian wußte, daß das zum Teil gegen ihn gerichtet war. »Ist es Euren professionellen Ermittlern inzwischen gelungen, Lucia und Tonio zu finden?«

»Noch nicht«, mußte Grimani zugeben. »Aber ich bin erst vor wenigen Tagen offiziell mit der Leitung der Ermittlungen betraut worden. Ich erwarte in Kürze erste Erfolge, vor allem, was Lucia betrifft. Sie ist ein Bauernmädchen – sie wird sich nicht allzuweit weg von den ihr vertrauten Hügeln und Seen niedergelassen haben.«

»Hat sie noch Familie?« fragte Julian.

»Ich habe niemanden ausfindig machen können«, antwortete Grimani.

»Ich habe auch nie von weiteren Verwandten gehört«, mischte sich Carlo ein. »Ihr Vater hat ursprünglich für mich gearbeitet. Als die Villa noch mir gehörte, war er mein Gärtner. Ein fähiger Mann, Gott hab' ihn selig. Lodovico hat gut daran getan, ihn zu behalten.«

Grimani musterte ihn eindringlich. »Habt Ihr etwas von Lucia gesehen oder gehört, seit Ihr die Villa verkaufen mußtet?«

»Nein«, antwortete Carlo.

»Ich denke, wir können diese Befragung beenden«, verkündete Grimani.

»Falls ich von Euch eine eidesstattliche Erklärung brauche, Maestro, werde ich einen Sekretär herschicken. Möchtet Ihr Eurer Aussage noch etwas hinzufügen?«

»Nur, daß ich nicht glauben kann, daß Orfeo ein Mörder war. Vielleicht war er nicht ganz ehrlich zu uns, aber im Grunde war er ein guter Mensch. Eine böse Seele hätte niemals mit solcher Süße, Glut und Schönheit singen können.

Er mag mit seinen Worten gelogen haben, aber konnte er auch in seiner Kunst lügen? Mein Herz antwortet immer: Nein!«

Die Marchesa senkte den Blick – aber vorher sah Julian zu seinem Erstaunen Tränen in ihren Augen glitzern.

»Als ich Euch fragte, ob Ihr etwas hinzuzufügen hättet«, erklärte Grimani, »habe ich gemeint, etwas Brauchbares. Einen guten Tag allerseits. Marchesa, ich werde am Freitag morgen rechtzeitig zur Stelle sein.«

Die Marchesa blickte hoch – belustigt, heiter, eine Spur zu fröhlich. »Ich werde versuchen, Eure Abwesenheit bis dahin zu ertragen, liebster Commissario.« Grimani verabschiedete sich mit einer steifen Verbeugung.

»Nun, Signor Kestrel«, sagte die Marchesa, »was haltet Ihr von unserem Commissario?«

»Ich glaube, er hat einen scharfen Verstand, und er wäre bestimmt ein erstklassiger Ermittler, wenn er sich nur dazu durchringen könnte, seinem Denken nicht ganz so enge Schranken aufzuerlegen.« Julian wandte sich an Donati. »Ich hoffe, wir haben Euch nicht ermüdet, Maestro.«

»Ich bin tatsächlich ein wenig müde«, gestand Donati. »Das hat weniger mit dem langen Gespräch zu tun als mit der Sache an sich. Je mehr ich über den Mord nachdenke, desto weniger weiß ich, was ich davon halten oder was ich wünschen soll. Ich möchte, daß das Verbrechen aufgeklärt wird, habe aber zugleich Angst davor, des Rätsels Lösung zu erfahren.«

»Ein wenig Wein wird Euch wiederherstellen«, sagte die Marchesa.

Carlo läutete nach einem Lakaien. Die Marchesa bat den Mann, ein paar Erfrischungen zu bringen.

Julian hielt sein Taschentuch vor die Nase und nieste. »Was ist aus Conte Raversi geworden?«

»Er hält sich hier in Mailand auf«, antwortete die Marchesa, »und führt wie eh und je Kreuzzüge gegen die Carbonari. Er hat bei den Verhaftungen und Prozessen vor ein paar Jahren eine sehr aktive Rolle gespielt. Die Regierung hält ihn für leicht verrückt, aber nützlich.«

»Ich würde gern mit ihm sprechen«, sagte Julian.

»Ich werde versuchen, ein Gespräch mit ihm zu arrangieren, bevor wir zum See aufbrechen«, versprach sie. »Ich nehme an, er wird Euch empfangen, wenn ich ihn darum bitte. Er empfindet mir gegenüber starke Schuldgefühle, weil er die Ermordung Lodovicos damals vor mir geheimgehalten hat. Er hat mir erklärt, er habe nicht im Traum erwartet, daß die Geheimniskrämerei so lange dauern würde. Ich glaube ihm das sogar, aber es fällt mir trotzdem schwer, ihm zu verzeihen.« Ein Blick in Julians Gesicht ließ sie innehalten. »Ihr wirkt so nachdenklich.«

»Ich mußte nur gerade daran denken, Marchesa, daß Ihr einen sehr bewegten Eindruck gemacht habt, als Maestro Donati vorhin von Orfeos Stimme sprach.«

»Warum sollte mich das nicht bewegen?« fragte sie leichthin. »Habt Ihr geglaubt, ich sei aus Stein?«

«O nein, gewiß nicht aus einem derart irdischen Stoff, Marchesa.« Trotzdem hielt er sie nicht für eine Frau, die schnell weinte – sie wurde eindeutig mehr von ihrem Kopf beherrscht als von ihrem Herzen. Was bedeutete Orfeo für sie, daß sie ihn mit Tränen bedachte?

13

Wegen seines Katarrhs verbrachte Julian den Abend im Haus. Dipper berichtete ihm alles, was er im unteren Stockwerk der Casa Malvezzi in Erfahrung gebracht hatte. Er hatte sich schnell mit den Malvezzi-Dienern angefreundet und festgestellt, daß sie sich sehr für die Ermordung ihres früheren Herrn interessierten. Einige von ihnen waren mit ihm in seinem Schloß am See gewesen, bevor er starb, aber keiner hatte Orfeo zu Gesicht bekommen. Der Marchese hatte ihnen befohlen, sich von der Villa fernzuhalten, und sie hatten nicht gewagt, seinen Anweisungen zuwiderzuhandeln. Seltsamerweise hatten sie alle Angst vor Lodovico gehabt, ihn aber trotzdem gemocht. Er duldete keine

Aufsässigkeit, war aber großzügig denen gegenüber, die ihre Arbeit gut verrichteten. Seine Macht konnte ihnen Schaden zufügen, stellte aber zugleich auch einen Schutz für sie dar. Wer seine Livree trug, konnte in Mailand mehr oder weniger tun, was er wollte. Sogar die österreichischen Soldaten respektierten sie. Vor ihrem neuen Herrn hatten die Bediensteten offenbar nicht soviel Respekt. Julian empfand ein wenig Mitleid mit Rinaldo. Wie konnte er je hoffen, in die Fußstapfen seines Vaters zu treten?

Am folgenden Tag ließ die Marchesa Julian mitteilen, daß Conte Raversi ihn um vier Uhr erwarte. Pünktlich traf er in Raversis *palazz* in der Contrada di San Maurillo ein. Der Palast entpuppte sich als kleinere, wesentlich bescheidenere Behausung als die Casa Malvezzi. Seine äußeren Wände waren in einem matten Ockerton gestrichen, die langen Fensterläden in tristem Grau. Innen wirkte das Haus völlig heruntergekommen: Die Farbe blätterte von den Wänden, die Vergoldungen waren abgeschlagen, die Familienporträts mit einer schwarzen Rußschicht überzogen. Der Diener, der Julian in Raversis privaten Salon führte, stand vor der schweren Aufgabe, einen Stuhl zu finden, der noch alle vier Beine und einen Rest von Polsterung aufwies.

Raversi selbst sah aus, als wäre er einem Gemälde von El Greco entstiegen. Er war sehr bleich und hatte lange, knochige Hände und fiebrige schwarze Augen. Sein glattes schwarzes Haar fiel ihm in schweren, wirren Strähnen ins Gesicht. Er saß an einem verkratzten Schreibtisch, der mit offiziell aussehenden Papieren übersät war. Über seinem Kopf hing ein gräßliches, mit blutroter Farbe beschmiertes Kruzifix.

»Es ist leicht, jetzt darüber zu sprechen, was man alles hätte tun können, um den Mordfall aufzuklären«, sagte er. »Kein Mensch scheint zu verstehen, in welcher Lage ich mich damals befand – in welcher Gefahr wir alle schwebten. Die Lombardei wimmelte von Verrätern, die nur darauf warteten, uns in Anarchie und Verwüstung zu stürzen. Die späteren Verhaftungen zeigten, wie weit sich das Übel bereits ausgebreitet hatte. Carbonari fanden sich in allen Ständen: im Adel, in der Bauernschaft, sogar in der Geistlichkeit. Es tut mir von Herzen leid, daß uns Orfeo entkommen ist, aber ich bereue trotzdem keine der Maßnahmen, die ich damals ergriffen habe, um zu verhindern, daß seine Tat das Land wie ein Fanfarenruf zur Rebellion aufrief. Wenn die Leute unbedingt einen Sündenbock brauchen, dann sollen sie mich nehmen. Ich weiß in meinem Herzen, daß ich das Richtige getan habe. Manchmal hat ein Mann nichts anderes, woran er sich klammern kann.«

Mit einem vertrauensvollen Blick, den Julian seltsam rührend fand, erhob er die Augen zum Kruzifix. Raversis Enthusiasmus war abstoßend. Trotzdem war er von einer Aura der Begeisterung und Aufrichtigkeit umgeben, die einer besseren Sache würdig gewesen wäre.

»Glaubt Ihr wirklich, daß Orfeo ein Carbonaro war?« fragate Julian.

»Das steht außer Frage. Was hätte er sonst für einen Grund haben sollen, meinen armen Freund zu ermorden? Er hat nichts gestohlen – und auch sonst keinen Nutzen aus seinem Verbrechen gezogen. Sein geheimgehaltener Name, seine heimlichen Aktivitäten, die Tatsache, daß er sich ausgerechnet die Zeit des Piemonter Aufstands aussuchte, um Lodovico zu töten – das alles entlarvt ihn eindeutig als radikalen Aufrührer.«

»Aber er war Ausländer.«

»Die Carbonari sind überall, Signor Kestrel. Sie haben Stützpunkte in London und Paris – Anhänger in Spanien, Griechenland, Rußland und den deutschsprachigen Staaten. Es gibt einen Schurken namens Buonarotti, der im Ausland lebt und aus ganz Europa junge Männer wie Orfeo rekrutiert. Er ist der Anführer einer gefährlichen Sekte – gottloser Schufte, die vorhaben, alle Regierungen zu stürzen und Dinge wie Religion und Privatbesitz völlig abzuschaffen.«

»Welche anderen Carbonari-Sekten gibt es?«

Aus Raversis Augen leuchtete die Begeisterung eines Mannes, der sich in sein Thema verrannt hatte. »Die ersten

Carbonari kamen aus Neapel. Ein paar von ihnen waren Köhler, was ihren Namen erklärt, aber viele waren die Art Banditen und Halsabschneider, mit denen jene Gegend verseucht ist. Ursprünglich hatten sie sich zusammengerottet, um Bonaparte aus Italien zu vertreiben, aber nachdem ihnen das gelungen war, wendeten sie sich gegen ihre rechtmäßigen Herrn und verlangten republikanische Reformen. Gebildete Männer, die es besser hätten wissen müssen, schlossen sich ihnen an. Jeder kann einer von ihnen sein – Euer Diener, Eure Geliebte, Euer Freund.

Neapel ist noch immer eine Brutstätte für Carbonari, aber inzwischen sind in ganz Italien solche Sekten entstanden. Zu der Zeit, als mein armer Freund ermordet wurde, planten unsere Mailänder Carbonari Aufstände, die mit der Revolte in Piemont zusammenfallen sollten. Viele der Anführer sitzen inzwischen im Gefängnis, Gott und der Madonna sei Dank, aber es gibt eine Sekte, deren Mitglieder sich voller Blasphemie *Angeli* nennen – obwohl die Polizei sie als Teufel bezeichnet – und deren Verschwörung nie ganz aufgedeckt worden ist. Es steht zu befürchten, daß viele von ihnen noch auf freiem Fuß sind.«

Julian lehnte sich zurück. Sein Stuhl gab ein leises, splitterndes Geräusch von sich, so daß er beschloß, doch lieber aufzustehen und im Raum auf und ab zu gehen. »Signor Conte, wenn Orfeo Marchese Lodovico umgebracht hat, um einen Aufstand anzuzetteln, hätte er dann nicht eine Möglichkeit gefunden, den Mord öffentlich bekanntzumachen? Was gewinnt ein politischer Aufrührer durch eine solche Gewalttat, wenn niemand davon weiß? Dasselbe Motiv, das Euch dazu veranlaßte, den Mord geheimzuhalten, hätte doch die Carbonari dazu treiben müssen, die Neuigkeit so laut wie möglich hinauszuposaunen.«

»Was wollt Ihr damit sagen?« Raversis Augen verengten sich. »Daß es kein politischer Mord war?«

»Ich will damit nur sagen, daß das Motiv sogar im Fall eines politischen Mordes nicht bloß darin bestanden haben kann, eine Revolte auszulösen und den Österreichern Angst einzujagen. Nein – die Carbonari müssen sich durch Marchese Lodovico besonders bedroht gefühlt haben. Und was hätte er ihnen anderes antun können, als ihre Namen oder Pläne zu enthüllen?«

Raversi wurde noch eine Spur bleicher – falls das überhaupt möglich war. »Wie hätte es in Lodovicos Macht stehen sollen, das zu tun?«

»Wenn wir das wüßten, hätten wir das Rätsel um seinen Mord schon beinahe gelöst.«

Raversi erhob sich langsam. »Junger Mann, ich frage mich, ob Ihr eine Ahnung habt, worauf Ihr Euch da einlaßt – und wie gefährlich diese Geheimbünde sein können. Wißt Ihr, daß sie ihren Mitgliedern den Eid abnehmen, Veräter in den eigenen Reihen ebenso wie Feinde von außen kaltblütig zu töten? Um Eurer eigenen Sicherheit willen solltet Ihr Euch nicht mit ihnen anlegen. Überlaßt das der Polizei.«

»Ich bin Euch dankbar für Eure Warnung, Signor Conte, aber ich würde Marchesa Malvezzi die Treue brechen, wenn ich die Kräfte, die Euch und Commissario Grimani zufolge hinter diesem Verbrechen stecken, bei meinen Ermittlungen außer acht lassen würde.«

»Ihr würdet Eure Sicherheit – vielleicht sogar Euer Leben – aufs Spiel setzen, um einen unsichtbaren Feind zu bekämpfen?«

Julian betrachtete ihn neugierig. »Ihr kämpft doch selbst gegen die Carbonari, Conte. Habt Ihr keine Angst vor ihren Vergeltungsmaßnahmen?«

»Ich tue nur meine Pflicht, Signor Kestrel. Das verlangt mein Gewissen von mir.«

»Meine Ehre stellt ähnlich hohe Forderungen an mich. Ich habe versprochen, diesen Mordfall aufzuklären, also werde ich ihn auch aufklären.«

Julian ging durch die Contrada Santa Margherita zurück, vorbei an dem imposanten Gebäude, in dem das Mailänder Polizeipräsidium untergebracht war und politische Gefangene festgehalten wurden, bis man sie überführt und verurteilt hatte. Die Kirchenuhr schlug halb sechs, als er in die Piazza San Fedele einbog, in der das »Bella Venezia« stand. Als er sich dem Gasthaus näherte, sah er, daß im Portikus Aufregung herrschte. Eine Schar von Kellnern und Portiers redete wild gestikulierend auf jemanden ein, während sich draußen auf der Piazza zwei Wandermönche, ein Obsthändler mit einem Schubkarren und ein Bauer mit einem Korb voller lebender Hähne versammelt hatten, um zu sehen, was der Grund für die Aufregung war. Obwohl die Hähne gehörig zur Geräuschkulisse beitrugen, konnte Julian eine vertraute Stimme erkennen.

»Kestrel. K-E-S-T-R-E-L. Wo *ist* er? Warum habt ihr das denn nicht gleich gesagt? Könnt ihr nicht ein bißchen langsamer sprechen? Ich verstehe kein Wort von dem, was ihr sagt. Er ist ausgegangen? Wann wird er zurück sein? *Quando* – ähm – *quando viene* – Halt, was soll das? Ich habe nicht gesagt, daß ihr das mitnehmen könnt! Ich weiß doch nicht, ob ich bleibe! Loslassen, oder ich rufe einen Gendarm! Es sind weiß Gott genug von denen unterwegs!«

Einer der Kellner erblickte Julian und stieß einen erleichterten Schrei aus. Die Gruppe löste sich auf, und zum Vorschein kam ein rotgesichtiger und völlig aufgelöster Dr. MacGregor, der mit einem kräftig gebauten Diener um seinen Handkoffer kämpfte.

»Mein lieber Freund«, sagte Julian fassungslos, »England liegt in der anderen Richtung!«

»Das weiß ich!« explodierte MacGregor. »Glaubt bloß nicht, ich hätte mir das seit meiner Abreise aus Genf nicht immer wieder ins Gedächtnis gerufen!« Er schüttelte hilflos den Kopf. »Ich mußte bloß ständig an das denken, was Dipper gesagt hat – daß Ihr Euch Hals über Kopf in eine wirklich gefährliche Sache stürzen würdet. Ich fühle mich für Euch verantwortlich. Jedenfalls könnte ich Philippa nie wieder in die Augen sehen, wenn Euch etwas passieren würde und ich Euch allein gelassen hätte.«

Philippa Fontclair war die beängstigend altkluge Tochter eines Landgrafen in MacGregors Nachbarschaft. Julian und sie waren enge Freunde und pflegten einen regen Briefwechsel.

»Fragt mich nicht, was ich mir von diesem Unterfangen erwartet habe«, endete MacGregor. »Ich sehe nicht, wie ich Euch auf irgendeine Weise behilflich sein könnte. Ich bin die weite Strecke gereist und habe mehr Reis gegessen, als ein Brite mit einem Hauch von Selbstachtung in seinem ganzen Leben zu sich nehmen sollte, und wofür? Könnt Ihr mir mit voller Aufrichtigkeit sagen, daß Ihr froh seid, mich zu sehen?«

Julian hätte MacGregor gern aus jeder eventuell drohenden Gefahr herausgehalten. Trotzdem kam seine Antwort von Herzen: »Mein lieber Freund, ich vermisse Euren gesunden Menschenverstand und starrköpfigen Skeptizismus, seit ich mich auf diese Ermittlungen eingelassen habe, und nun, da Ihr hier seid, kann ich mir gar nicht mehr vorstellen, wie ich je glauben konnte, ohne Euch zurechtzukommen.«

MacGregor starrte ihn an. »Meint Ihr das ernst?« fragte er barsch.

»Das werdet Ihr spätestens dann merken, wenn Ihr Euch die Geschichte all meiner Abenteuer anhören und hinterher Eure Meinung dazu abgeben müßt. Habt Ihr schon zu Abend gegessen?«

»Nein. Ich bin erst vor einer Stunde angekommen und habe mich als erstes bei der Polizei nach Euch erkundigt. Dort scheint man ja alles über jeden zu wissen. Auf diese Weise bin ich hier gelandet, und dieser Schurke versucht jetzt, sich mit meinem Koffer aus dem Staub zu machen.«

»Vielleicht solltet Ihr ihn lieber lassen«, schlug Julian in sanftem Ton vor. »Ihr braucht schließlich ein Zimmer für heute nacht.«

Er sagte ein paar Worte auf mailändisch. Die Diener zerstreuten sich. Ein Portier nahm MacGregors Koffer, und mehrere sich verbeugende Zimmerkellner versprachen, in Windeseile ein Zimmer für ihn herzurichten. Julian wartete, bis MacGregor alles hatte, was er brauchte, und ging dann in sein eigenes Zimmer, um sich fürs Abendessen umzuziehen.

Danach bat er Dipper nachzusehen, ob er MacGregor irgendwie behilflich sein könne. Er hatte bald Grund, diesen Akt der Freundlichkeit zu bereuen: MacGregor kam in seinen Salon gestürmt und stellte ihn zur Rede. »Dipper sagt, Ihr seid krank. Warum habt Ihr mir das nicht sofort gesagt?«

»Es ist nichts – bloß ein leichter Anflug von Katarrh, und außerdem schon fast wieder vorüber.«

»Das zu beurteilen, überlaßt Ihr besser mir. Nehmt Platz und macht den Mund auf!«

»Mein lieber Freund –«

»Tut, was ich sage!«

Resigniert ließ Julian sich auf einen Stuhl fallen und öffnete den Mund. MacGregor spähte in seinen Hals. »Ich kann keine Entzündung feststellen«, sagte er unwirsch. »Trotzdem ist es besser, Ihr geht heute abend früh ins Bett und wickelt Euch ein Stück Flanell um den Hals.«

»Ich fürchte, ich bin gezwungen, in die Oper zu gehen.«

»Gezwungen! Was für ein Blödsinn!«

»Ich muß Marchesa Malvezzi aufsuchen, um ihr von Eurer Ankunft zu berichten – und Euch vorzustellen, falls Ihr Lust habt, mich zu begleiten. Ihr müßt wissen, daß ich morgen früh mit ihr und ihrem Schwager zum Comer See aufbreche –«

»Lieber Himmel! Ihr habt wahrlich keine Zeit vergeudet!«

»– und deshalb möchte ich ihr die Gelegenheit geben, Euch einzuladen, uns zu begleiten.«

»Warum sollte sie das tun? Sie kennt mich doch überhaupt nicht!«

»Ich werde ihr sagen, daß Ihr mein unschätzbarer Partner seid und daß ich ohne Euren belebenden Einfluß nie vor nachmittags aus dem Bett käme und den Rest des Tages damit verbringen würde, mein Spiegelbild auf meinen glänzenden Stiefeln zu bewundern!«

»Hmpf! Das ist wahrscheinlich genau das, was Ihr in London immer tut.« Neugierig fügte MacGregor hinzu: »Wie ist sie denn – die Marchesa?«

Zu Julians Verdruß ertappte er sich selbst dabei, wie er blasiert den Blick abwandte, genau wie es Dipper immer tat, wenn man ihn nach einem Mädchen fragte, das ihm gefiel.

»Sie ist schön, elegant und charmant. Sie besitzt viel Selbstbewußtsein und Mut. Sie ist teuflisch klug und wäre wahrscheinlich eine vollendete Lügnerin, falls sich die Notwendigkeit dazu ergäbe.«

MacGregor sah ihn scharf an. Julian zwang sich, nicht nervös herumzuzappeln, und brachte es sogar fertig, sich mit scheinbarer Lässigkeit zurückzulehnen.

»Sie hat nicht wieder geheiratet?« fragte MacGregor.

»Nein. Und soviel ich weiß, hat sie auch keinen Geliebten.«

»So etwas könnt Ihr doch gar nicht wissen!«

»Oh, Liebesaffären sind in Mailand mehr oder weniger offene Geheimnisse, zumindest unter so hochgestellten Personen wie den Malvezzis. Und die Herren gestehen ihren Ehefrauen dasselbe Recht zu wie sich selbst, was zumindest gerechter ist, als sie zu zwingen, die offensichtliche Untreue ihrer Gatten stillschweigend zu dulden, während sie selbst sich nur in aller Heimlichkeit einen Geliebten nehmen können und dabei riskieren, vor Gericht gestellt zu werden und der Schande anheimzufallen.«

»Ihr wollt damit also sagen, daß die Mailänder das Problem der menschlichen Lasterhaftigkeit lösen, indem sie doppelt soviel davon haben!«

»Ich sehe schon, daß wir uns in diesem Punkt nicht einig werden können. Vielleicht sollte ich Euch lieber von dem Mord erzählen.«

Sie ließen sich zum Abendessen nieder. Es gab Lammkeule, Safranreis mit Trüffeln (»Schon wieder Reis!« murrte MacGregor. »Essen diese Mailänder denn gar nichts anderes?«) und Spargel in angebräunter Butter. Als Dessert bekamen sie Käse aus dem nahegelegenen Gorgonzola und Obst mit *panera*, der dicken Sahne der Gegend. MacGregor klagte, das sei alles viel zu schwer und zu stark gewürzt, aber Julian fiel auf, daß er trotzdem tüchtig zulangte.

Nach dem Essen faßte er für MacGregor zusammen, was er bisher über die Malvezzis in Erfahrung gebracht hatte. MacGregor war zu satt, um im Raum auf und ab zu gehen, wie er es sonst tat, wenn sie einen Mordfall diskutierten. Statt dessen beschränkte er sich darauf, sich in seinem Sessel zurückzulehnen und vor lauter Konzentration die Stirn zu runzeln. Schließlich sagte er: »Orfeo scheint noch immer der naheliegendste Verdächtige zu sein. Aber ich verstehe jetzt, warum Ihr Euch wegen der Familie Gedanken macht. Rinaldo ist durch den Tod seines Vaters zu Titel und Vermögen gekommen und wurde obendrein von Lodovicos Herrschaft befreit. Die Marchesa hat die Villa geerbt – obwohl kaum vorstellbar ist, daß sie allein deshalb ihren Mann umgebracht hat. Selbst wenn sie sich in einen anderen Mann verliebt hätte – nach allem, was Ihr mir erzählt habt, ist es für die Ehemänner in diesem gottverlassenen Land ja nicht schlimmer als ein Flohbiß, wenn sie von ihren Frauen Hörner aufgesetzt bekommen.«

»Es ist keineswegs so, daß es den Mailänder Männern an Mut oder Leidenschaft fehlt, wenn es um Herzensangelegenheiten geht. Sie verschwenden bloß keine Eifersucht an Frauen, die sie nicht lieben. Aus diesem Grund zwinkern sie bloß mit den Augen, wenn ihre Ehefrau sie betrügt, laufen jedoch Amok, sobald ihre Geliebte einen andern Mann auch nur ansieht. Hätte Lodovico seine Frau tatsächlich geliebt, hätte er bestimmt keinen *cavalier servente* an ihrer Seite geduldet.«

»Auf jeden Fall ist er ganz schön an die Decke gegangen, als sich seine Schwiegertochter mit einem einließ.«

»Francesca hat ihren Mann verlassen und damit die Regeln gebrochen. Noch schlimmer aber ist, daß sie sich an den gewöhnlichsten aller Bürgerlichen vergeudet hat. Wenn es stimmt, was man so hört, war Valerianos Mutter eine venezianische Prostituierte, und sein Vater könnte sonstwer gewesen sein.«

»Ihr habt gesagt, er sei Sänger. Besteht die Möglichkeit, daß er Orfeo gekannt hat?«

»Ich werde ihn bestimmt danach fragen. Aber Orfeo war damals noch völlig unbekannt, während Valeriano einer der berühmtesten Sänger seiner Generation ist. Bevor Lodovico Malvezzi ihn vor fünf oder sechs Jahren von der Bühne vertrieb, war er neben Velluti der einzige männliche Sopran, der noch große Rollen und üppige Honorare erhielt.«

»Ein männlicher Sopran?« fragte McGregor erschrocken. Dann schüttelte er mit düsterer Miene den Kopf. »Mir war nicht bewußt, daß wir von einer dieser armen Kreaturen sprechen.«

»Diese armen Kreaturen, wie Ihr sie nennt, waren die größten Sänger der Geschichte.«

»Wollt Ihr damit sagen, daß ein mitfühlender und – wie ich hoffe – christlicher Mensch wie Ihr es gutheißt, den menschlichen Körper zu verstümmeln, nur, um eine *Stimme* zu schaffen?«

»Ich sage nicht, daß ich es gutheiße. Aber die Castrati haben Besseres verdient, als daß man sie als Krüppel oder Opfer bezeichnet. Sie sind die unbestrittenen Meister ihrer Kunst – von Kindheit an zum Singen erzogen und im Besitz eines Instruments, das an Macht und Tonumfang seinesgleichen sucht.« Dann fügte er hinzu: »Falls es Euch tröstet, kann ich Euch versichern, daß mittlerweile selbst in Italien die meisten Menschen gegen Kastraten sind.«

»Gott sei Dank«, erklärte MacGregor. »Aber nun zu Carlo Malvezzi. Er hatte durch den Tod seines Bruders zwar nichts zu gewinnen, aber eine Menge Gründe, böse auf ihn zu sein. Sie waren politische Gegner, und Lodovicos Seite hatte die Oberhand gewonnen. Lodovico war reich, Carlo arm. Und um dem Ganzen noch die Krone aufzusetzen, besaß Lodovico die Villa, auf die Carlo so stolz gewesen war. Carlo hielt sich zu der Zeit, als der Mord passierte, in Mailand auf, nur ein paar Reisestunden vom Comer See entfernt. Könnte es nicht sein, daß er seinen Bruder in einem Anfall von Wut getötet hat?«

»Ich kann mir nicht vorstellen, daß er aus reinem Zorn die mit einem Mord verbundenen Probleme und Risiken auf sich nehmen würde. Trotz seines ganzen Idealismus ist er ein praktisch denkender Mensch. Daß er sich damals mit den Franzosen verbündete, mag altruistisch gewesen sein, war aber auch ziemlich schlau. Zu der Zeit begann der Stern der Franzosen in Mailand gerade aufzugehen, und der von Carlo ist mit ihm aufgegangen.«

Julian berichtete von seinem Gespräch mit Raversi. »Ich muß zugeben«, schloß er bedauernd, »daß ich keine Ahnung habe, wie ich herausfinden soll, ob ein Geheimbund Lodovico ermordet hat. Unter Umständen existiert dieser Geheimbund längst nicht mehr, und wenn doch, wie sollen wir dann dahinterkommen, wer seine Mitglieder sind? Der einzig gangbare Weg besteht meiner Meinung nach darin zu überlegen, auf welche Weise Lodovico einem solchen Geheimbund hätte gefährlich werden können. Das bedeutet, wir müssen seine nächste Umgebung unter die Lupe nehmen und feststellen, welche der in Frage kommenden Personen ihm – bewußt oder unbewußt – Informationen verraten haben könnten. Auf jeden Fall kann ich über diese Richtung meiner Nachforschungen nur mit Euch oder Dipper sprechen. In einem Punkt hat Raversi nämlich recht: Ich kämpfe diesen Kampf mit verbundenen Augen. Ihr und Dipper seid die einzigen Menschen, bei denen ich sicher sein kann, daß sie nicht ihrerseits Carbonari sind.«

MacGregor verkündete, nicht in der richtigen Stimmung zu sein, um sich in die Oper schleppen zu lassen, woraus Julian schloß, daß sein Freund erschöpft war und ins Bett wollte. Er vereinbarte mit MacGregor, daß sie sich am nächsten Morgen zum Frühstück treffen und anschließend zum See aufbrechen würden. MacGregor fühlte Julians Stirn und Puls und gab widerstrebend zu, daß er kein Fieber feststellen könne. Julian ergriff die Flucht, ehe MacGregor seiner Abendgarderobe Gewalt antun und ihm einen Flanellschal um den Hals wickeln konnte.

Da es sich um seinen letzten Abend in Mailand handelte, war er gezwungen, in allen Logen vorzusprechen, zu denen er Zutritt gehabt hatte, und sein *congé* zu nehmen. Aus einer dieser Logen hatte er einen guten Blick auf die Loge der Marchesa schräg gegenüber. Auf dem Platz neben ihr hatte ihr Schwager Platz genommen. Direkt hinter ihr saß Gaston de la Marque, der Franzose mit dem raffinierten Opernglas. Er beugte sich weit zu ihr vor, und sogar aus dieser Entfernung konnte Julian das Verlangen sehen, das aus seinen Augen und seinem Verhalten sprach.

Er spürte, wie Zorn in ihm hochstieg. Er versuchte, sich einzureden, daß es ihn nicht das geringste angehe, ob es zwischen den beiden so etwas wie eine Liebesbeziehung gab oder nicht. Schon einmal hatte er für eine Mordverdächtige etwas empfunden – wenn nicht Liebe, dann doch zumindest eine gewisse Zärtlichkeit –, und die Folgen waren katastrophal gewesen. Er durfte dieses Experiment auf keinen Fall wiederholen.

Trotzdem konnte er sich eines nicht verkneifen. Er entfernte sich mit einer charmanten Bemerkung aus der Loge, in der er sich gerade unterhalten hatte, und machte sich auf den Weg zu der der Marchesa. Natürlich zwang sein Eintreten den Gast, der sich bis ganz vorn zur Marchesa vorgearbeitet hatte, sich zu verabschieden. Als de la Marque sah, wer ihn verdrängt hatte, breitete sich auf seinem Gesicht ein Lächeln aus. Er und Julian verbeugten sich mit großer Höflichkeit voreinander. Dann verabschiedete sich de la Marque von der Marchesa, indem er ihre Hände so lange küßte, wie es der Anstand gerade noch erlaubte.

Nachdem de la Marque gegangen war, rutschten die anderen Gäste einen Platz weiter und fuhren fort, sich Klatschgeschichten zu erzählen, miteinander zu flirten und gelegentlich einen Kommentar über das Geschehen auf der Bühne abzugeben. Die Rotation der Gäste beförderte Julian immer weiter nach vorn, bis er schließlich den Platz hinter der Marchesa erreichte.

An diesem Abend hatte sie auf ihr geliebtes Weiß verzichtet und trug statt dessen ein schwarzes Seidenkleid mit durchsichtigen Tüllärmeln, die an den Handgelenken von

Armreifen festgehalten wurden. Julian war bereits aufgefallen, daß sie eine Vorliebe für Armreifen hatte. Der Reif an ihrem linken Handgelenk wechselte, aber der an ihrem rechten war immer derselbe. Er bestand aus mehreren Strängen winziger Staubperlen und einem schweren Goldverschluß, den ein großer Rubin zierte.

Sie und Carlo begrüßten Julian voller Herzlichkeit und beglückwünschten ihn zu seiner wiedererlangten Gesundheit. Julian erzählte ihnen vom unerwarteten Eintreffen seines Freundes MacGregor, dessen Hilfe bei der Aufklärung zweier Mordfälle für ihn von unschätzbarem Wert gewesen sei. Die Marchesa lud MacGregor sofort ein, mit ihnen in die Villa zu kommen. Wie die Höflichkeit es gebot, zierte sich Julian erst ein wenig, ehe er die Einladung annahm.

»Maestro Donati wird uns ebenfalls begleiten«, erklärte Carlo.

Julian runzelte die Stirn. »Haltet Ihr das für klug? Er wirkt sehr gebrechlich, und dieser Mord hat ihn schon jetzt ziemlich mitgenommen.«

»Unser Freund, der Commissario, hat darauf bestanden. Er will jemanden in der Villa haben, der sich zur Zeit des Mordes dort aufgehalten hat, damit er ihn befragen kann, falls er auf Beweismaterial stoßen sollte. Das erscheint mir sogar sinnvoll.«

»Monsieur de la Marque kommt auch mit«, sagte die Marchesa ruhig. »Ich habe ihn gerade eingeladen.«

Carlos Augenbrauen schossen hoch. *Dann ist also etwas zwischen euch?* fragten seine Augen.

Julian fühlte sich hin- und hergerissen. Als Ermittler war er erfreut über die Aussicht, mehr über den geheimnisvollen Franzosen herauszufinden. Als Mann hätte er es am liebsten gesehen, wenn de la Marque und die Marchesa durch einen ganzen Kontinent voneinander getrennt gewesen wären. Natürlich mußten die Ermittlungen an erster Stelle stehen. Er fragte sich, wie oft er sich diese Tatsache in den kommenden Tagen ins Gedächtnis würde rufen müssen.

Julian kehrte gegen ein Uhr morgens ins »Bella Venezia« zurück. Dipper war noch damit beschäftigt, ihre für den Morgen geplante Abreise vorzubereiten: Er untersuchte Julians Wäsche auf Risse und Flecken, bürstete seine Jacken aus und polierte den silbernen Griff seines Rasiermessers ebenso gründlich wie seinen Kamm und seine Nagelschere. Egal, wie spät Julian von seinen nächtlichen Unternehmungen nach Hause kam – und in London konnte das irgendwann zwischen Mitternacht und dem folgenden Vormittag sein –, Dipper war immer wach und arbeitete. Seinen Schlaf holte er wie eine Katze in Form von kurzen Nickerchen nach, die zu den seltsamsten Zeiten stattfanden.

Während er Julian half, sich auszuziehen und fürs Bett fertig zu machen, erzählte er ununterbrochen vom Gerolamo-Puppentheater, das er an diesem Abend mit einigen der Malvezzi-Bediensteten besucht hatte. »Diese Puppen sind so rausgeputzt wie für eine Parade, Sir! Und sie schlagen die Trommel und tollen herum und singen komische Lieder, als wären sie lebendig! Eine von ihnen hat Witze gerissen, und obwohl ich nicht viel davon kapiert habe, war allein schon die Art, wie sie mit den Augen gezwinkert und ihre Beißer gebleckt hat, so lustig, daß ich vor Lachen fast von der Bank gekippt wäre!«

Julian hörte geduldig zu. Irgendwann legte Dipper eine Pause ein und sagte dann: »Ich überlege gerade, Sir, was Ihr wohl davon halten würdet, wenn ich mich mit Nina anfreunden würde, der Zofe der Marchesa.«

»Sie ist nicht zufällig außergewöhnlich hübsch?«

Dipper blickte nachdenklich zur Decke hinauf. »Jetzt, wo Ihr es erwähnt, Sir – direkt häßlich ist sie nicht.«

»Es ist sehr edel von dir, daß du dich mir zuliebe mit ihr abgeben willst.«

»Sie könnte Euch nützlich sein. Sie arbeitet schon fast fünf Jahre für Ihre Ladyschaft – schon bevor Lodovico der Garaus gemacht worden ist.«

»Wirklich?« Julians Interesse erwachte. Die Zofe war tatsächlich eine vielversprechende Quelle, wenn es um Informationen über die Herrin ging. Obwohl ihm der Gedanke mißfiel, in die Privatsphäre der Marchesa einzudringen, indem er ihre Zofe dazu brachte, ihre Geheimnisse auszuplaudern, überwand er seinen Widerwillen.

Brüsk sagte er: »Ich würde gern mehr über den Ausflug der Marchesa nach Belgirate wissen: wie lange sie dort blieb, was sie tat, ob sie irgendwelche Besucher hatte. Wenn Nina damals schon ihre Zofe war, hat sie sie bestimmt begleitet. Du solltest deine Bekanntschaft mit ihr also auf jeden Fall vertiefen. Ich gebe dir *carte blanche.*«

Mit diesen Worten zog sich Julian in sein Bett zurück und dachte nicht einmal im Traum daran, daß ihn diese Erlaubnis fast das Leben kosten würde.

DRITTER TEIL

September – Oktober 1825

Trotz aller Sünden, wie ich muß gestehen,
Italien war von je mein Lieblingsland!

George Noel Gordon, Lord Byron
Beppo

14

Am nächsten Morgen brach von der Casa Malvezzi eine ganze Prozession von Kutschen zum Comer See auf. Angeführt wurde sie vom großen Landauer der Malvezzis, dessen Verdeck aufgeklappt war, damit seine Insassen etwas von der Landschaft sahen. Die Kutsche war in glänzendem Schwarz gestrichen, und auf beiden Türen prangte das Malvezzi-Wappen. Die Räder stachen feuerrot vom Schwarz der Kutsche ab, und über den Kutschbock war eine ebenfalls feuerrote Decke gebreitet, auf die das Familienwappen in Schwarz und Gold aufgestickt war. Gezogen wurde das Gefährt von einem Paar prächtiger Brauner in blitzblankem Geschirr, die mit hoch erhobenem Kopf dahintrabten. Zu Hause hinter verschlossenen Türen mochten die Mailänder Aristokraten noch so sparsam sein, aber das, was sie der Öffentlichkeit präsentierten, war stets erstklassig.

In dem Landauer saß die Marchesa, das Gesicht unter einem weißen Seidensonnenschirm verborgen, einen mit Hermelin abgesetzten Mantel locker um die Schultern gelegt. Mit ihr fuhren Carlo, Julian, MacGregor und de la Marque. Da in der Kutsche nur Platz für vier Passagiere war, saßen Julian und de la Marque abwechselnd neben dem Fuhrknecht auf dem Kutschbock.

Hinter dem Landauer folgte ein schnittiger gelber Wagen mit Maestro Donati, seinem »Auge« Sebastiano Borda und Lodovicos ehemaligem Kammerdiener Ernesto. Da die Marchesa keine weitere Kutsche besaß, die sie Grimani hätte zur Verfügung stellen können – eine Tatsache, auf die sie ihn mit gespieltem Bedauern hinwies –, fuhr der Commissario in einer Mietkutsche. Begleitet wurde er von Paolo Zanetti, einem Polizeisekretär, den er zu seiner Unterstützung mitgenommen hatte. Zanetti war ein kleiner, vierschrötiger Mann um die Dreißig, der sich ständig mit einem schlaffen weißen Taschentuch von der Größe einer kleinen Tischdecke den Schweiß aus dem glänzenden Gesicht wischte. Er lebte offensichtlich in erbärmlicher Furcht vor Grimani. Julian fragte sich, warum ihm der Name so bekannt vorkam. Dann fiel ihm die Anmerkung unter dem abweisenden Brief wieder ein, den er ein paar Tage zuvor von Grimani erhalten hatte: *Übersetzt von Paolo Zanetti, Sekretär.* Offensichtlich sprach Grimani kein Englisch und hatte Zanetti mitgebracht, um dieses Manko auszugleichen.

Das Ende der Prozession bildeten zwei von Maultieren gezogene Wagen. Die Hälse der Tiere waren mit Girlanden herbstlicher Blumen geschmückt. In diesen Wagen befanden sich neben dem Gepäck sämtliche Diener, die die Marchesa nicht schon vorausgeschickt hatte, um die Villa für ihre Ankunft vorzubereiten. Unter diesen Dienern waren auch Dipper und die Zofe der Marchesa, Nina Cassera. Dipper kümmerte sich hingebungsvoll um Nina, und bei ihrem Anblick verstand Julian sofort, wieso Dipper sich seiner Aufgabe mit solchem Enthusiasmus widmete. Sie war ein schlankes, elfenhaftes Mädchen von höchstens zweiundzwanzig Jahren. Sie besaß große braune Augen, und ihr Haar hatte den dunklen, satten Kastanienton, den man in Mailand so häufig sah.

Julian fiel ein Diener auf, der sich von den anderen fernhielt. Er war ein kräftiger Mann um die Sechzig, grobknochig und sehnig, mit dunklen Augen, die leicht zusammengekniffen wirkten, so daß man nicht sagen konnte, was er dachte. Seine Haut war dunkel, sein schwarzes Haar nur von wenigen grauen Fäden durchzogen. Statt einer Livree trug er eine braune Weste mit passender Jacke, die für seine Stellung fast zu fein war, dazu einen eleganten Zylinder und goldene Ohrringe.

»Wer ist das?« fragte Julian Dipper, als sie sich gemeinsam die Beine vertraten, während die Prozession an der Porta Nuova, Mailands nördlichstem Tor, haltmachte.

»Das ist der Diener von Conte Carlo, Sir – Guido Gennaro. Ich habe ihn erst heute kennengelernt. Er hat nicht viel Kontakt mit den anderen Bediensteten. Sie mögen ihn nicht besonders, aber das könnte auch daran liegen, daß er Ausländer ist. Er kommt aus Neapel.«

Julian stellte zu seiner Erheiterung fest, daß Dipper die hiesige Angewohnheit übernommen hatte, Italiener aus anderen Staaten als Feinde zu betrachten. »Wieso hat Carlo einen Diener, der von so weit her kommt?«

»Ich weiß es nicht, Sir.«

»Finde möglichst viel über ihn heraus. Er ist der Diener, den Carlo angeblich dabeihatte, als er damals nach Mailand reiste, um seinen restlichen Besitz zu verkaufen. Das muß um die Zeit gewesen sein, als Lodovico ermordet wurde. Ich wüßte gern, woran er sich im Zusammenhang mit dem damaligen Aufenthalt erinnern kann.«

»Ich werde es versuchen, Sir.«

»Aber sei vorsichtig. Die Neapolitaner sind gefährlich – wegen ihres aufbrausenden Temperaments neigen sie dazu, Streitigkeiten mit dem Messer auszutragen.«

Sie schlossen sich wieder den anderen an. Die Prozession ließ die Stadt hinter sich und fuhr eine Weile durch flaches, fruchtbares Weideland von sattem Grün, das wegen seiner Eintönigkeit leicht ermüdend wirkte. Dann tauchten in der Ferne Hügel auf: hohe graue Wellen, die mit Häusern gesprenkelt und von Wolken verhangen waren. Langsam jedoch wurden die grauen Hänge grün, und sooft die Wolken ein wenig aufrissen, sah man im Hintergrund die schneebedeckten Gipfel des Monte Bisbino und Monte Generoso.

Der Comer See verlief in südlicher Richtung durch die Lombardische Ebene. Etwa auf halber Höhe teilte er sich, um mit einem langen Finger nach Südosten und mit einem zweiten nach Südwesten zu zeigen. Gegen zwei Uhr nachmittag erreichte die Reisegesellschaft der Marchesa die befestigten Tore der Stadt Como, die an der Spitze des südwestlichen Seeausläufers lag. Österreichische Soldaten, deren Uniformen in Weiß oder Hellblau und Silber gehalten waren, beäugten die Wappen auf den Kutschen mit vorsichtigem Wohlwollen. Zollbeamte verlangten die Pässe der Reisenden zu sehen und zogen sich mit strahlenden Gesichtern und großzügigen Bestechungsgeldern zurück.

»Warum wird diese Stadt so streng bewacht?« fragte MacGregor Julian. »Das ist ja schlimmer als in Mailand!«

»Schmuggel«, sagte Julian leise. »Wir sind nur ein paar Kilometer von der Schweizer Grenze entfernt.«

»Und sie brauchen all diese Soldaten und Zöllner, um das zu unterbinden?«

»Nein«, murmelte Julian. »Sie brauchen sie, um den Anschein zu erwecken, als würden sie es unterbinden. Um es tatsächlich zu unterbinden, bräuchten sie doppelt so viele Männer, die alle unbestechlich sein und sogar im Hinterkopf Augen haben müßten.«

Nachdem sie die Tore hinter sich gelassen hatten, fand sich die Reisegesellschaft in einem Labyrinth aus schmalen, schmutzigen Straßen wieder, in die kaum ein Sonnenstrahl drang, weil zu beiden Seiten hohe, bröckelnde Ziegelgebäude aufragten. Die Häuser und Läden, ja sogar die Kirchen waren baufällig und rußgeschwärzt. Halbnackte Gassenkinder starrten der Kutschenparade nach. Schwarzgekleidete Matronen bekreuzigten sich mit düsterer Miene. MacGregor betrachtete den Schmutz mit Abscheu, die Armut mit Bedauern. Dann wichen die bedrückenden Häuserfronten plötzlich zurück. MacGregor rang nach Luft, und sogar Julian, der gewußt hatte, was ihn erwartete, hielt den Atem an.

Vor ihnen lag der Hafen von Como, umgeben von bewaldeten Bergen, deren untere Hänge mit weißen, rosafarbenen und gelben Häuschen gesprenkelt waren. Auf dem tiefblauen Wasser tanzten die Spiegelbilder weißer Wolken. Am Pier wimmelte es von wendigen Ruderbooten, von denen jedes einen Baldachin besaß, der aus drei oder vier gebogenen Holzlatten und einem Stück Segeltuch bestand, das um eine oben angebrachte Stange gewickelt war, so daß man es jederzeit als Schutz gegen die Sonne oder den Regen herunterlassen konnte. Manche der Bootsbesitzer schliefen unter diesen Markisen, während andere entlang des Ufers nach Fahrgästen Ausschau hielten. Als die Gesellschaft der Marchesa in Sicht kam, stießen sie Freudenschreie aus, denn die Straßen rund um den See waren in schlechtem Zustand, so daß die Marchesa und ihre Begleiter gezwungen sein würden, ihre Reise auf dem Wasserweg fortzusetzen.

Schnell war eine Bootsflotte verpflichtet. Die Marchesa lud sowohl Julian als auch de la Marque ein, das Boot mit ihr zu teilen. MacGregor fuhr mit Carlo. Da der Conte sehr gut Englisch sprach und sich zudem für wissenschaftliche Themen interessierte, hatten sich die beiden rasch angefreundet. Donati und Sebastiano schlossen sich ihnen an. Die anderen verteilten sich auf die übrigen Boote.

Sie stießen vom Ufer ab. Im Bug stehend, setzten die Bootslenker geschickt ihre langen Ruder ein. Como wurde immer schöner, je weiter sie es hinter sich ließen. Die tristen Häuser hoben sich leuchtendweiß von den dunkelgrünen Hügeln ab, die Kirchendächer reflektierten die Sonne, und die Boote schaukelten fröhlich auf dem Wasser. Dann schrumpfte die Stadt, bis sie nur noch ein Fleck war.

Dieser Arm des Sees bildete einen schmalen, unregelmäßigen Bogen, der mal von einem Gebirgsausläufer eingeengt wurde, mal zu einer Bucht anschwoll. Zu beiden Seiten ragten Felsen auf, deren kahle, öde Gipfel von Nebel verhangen waren, während auf ihren tiefer gelegenen Hängen Eichen, Kastanien und wilde Kirschen wuchsen. Auf manchen dieser Hänge hatten die Bauern kleine, filigran wirkende Terrassenfelder angelegt, die mit Maulbeerbäumen und Wein bepflanzt waren. Das Ufer des Sees war von Dörfern gesäumt, deren alte Glockentürme zwischen den Bäumen hervorragten. Hier und da schmiegte sich eine elegante weiße Villa zwischen Rosenbüsche oder Myrten- und Orangenhaine. Die Marchesa machte sie auf die Villa Garuo aufmerksam, in der Königin Caroline, die Frau des gegenwärtigen Königs von England, mit ihrem italienischen Liebhaber gelebt hatte, nachdem sie und ihr Gatte sich einander entfremdet hatten.

Etwa dreizehn Kilometer nördlich von Como ragte am westlichen Ufer ein hoher Felsen in den See hinaus. Auf seinem Gipfel thronte ein graues Schloß, dessen Mauern dicht mit Steinzähnen besetzt waren. Jede Zinne bestand aus zwei Spitzen, ähnlich wie die Federenden eines Pfeils. »Das ist Castello Malvezzi«, sagte die Marchesa. Am Fuß des Felsens lag die Villa, die sich wie eine leuchtende Perle von der dunklen Felswand abhob. Auf die Seeseite ging eine halbrunde Terrasse mit Marmorbalustraden hinaus. Unterhalb war ein kleiner Pier angelegt. Mehrere mit Bändern und Blumen geschmückte Boote waren an schlanken Pfosten festgebunden.

Die Marchesa sah nicht in diese Richtung. Ihr rätselhafter Blick war auf ein näher gelegenes Bauwerk gerichtet, das mit der Villa durch eine am Ufer verlaufende Platanenallee verbunden war. Es handelte sich um ein kleines, blau-weiß gestrichenes achteckiges Gebäude mit maurischen Fenstern, einer blauen Kuppel und einem Balkon über dem Wasser.

Julian brauchte gar nicht erst zu fragen, was für ein Gebäude das war. De la Marque betrachtete es ebenfalls, ohne etwas zu sagen. Der Bootsführer bekreuzigte sich im Vorbeifahren und murmelte ein Gebet für »*i poveri morti*« – die armen Toten.

Als das Boot sich der Villa näherte, erschienen an den mit grauen Läden versehenen Fenstern die Köpfe mehrerer Dienstboten. Ein paar Lakaien traten aus den Seitentüren unterhalb der imposanten Doppeltreppe, die zum offiziellen Eingang hinaufführte. Sie rannten quer über die Terrasse zum Pier hinunter, wo sie, Taschentücher schwenkend, darauf warteten, der Marchesa an Land helfen zu dürfen.

De la Marque wandte sich an Julian. In seinem Blick lag ein amüsiertes Funkeln. »Beim Anblick dieses Ortes muß Euer Herz höher schlagen, Mr. Kestrel.«

»Wieso seid Ihr dieser Meinung?«

»Weil das der Schauplatz Eures Triumphes werden soll – die Bühne, auf der Ihr Orfeo heraufbeschwören werdet, während außer Euch niemand auch nur die leiseste Ahnung hat, wo auf der weiten Welt er sich versteckt hält.«

»Ich kann Euch nicht versprechen, daß ich ihn aus den Bodendielen hervorzaubern werde«, antwortete Julian. »Aber es ist nur logisch, dort mit der Suche nach einem Vermißten zu beginnen, wo der Betreffende zum letztenmal gesichtet worden ist.«

»Nun seht Ihr mal, wie ein englisches Gehirn arbeitet«, wandte sich de la Marque an die Marchesa. »Es geht dort zu wie in einem gut geführten Gasthaus: Egal, ob es reich oder sparsam ausgestattet ist, es herrscht immer Ordnung.«

»Ihr scheint an Signor Kestrels Fähigkeit zu zweifeln, die Ermordung meines Mannes aufzuklären«, stellte die Marchesa fest. »Vielleicht würdet Ihr diesbezüglich gern eine Wette abschließen.«

De la Marque verbeugte sich. »Marchesa, das muß ich entschieden zurückweisen. Meine englischen Freunde haben mich über Signor Kestrels Geschick im Aufklären von Verbrechen in Kenntnis gesetzt. Deswegen bin ich weit davon entfernt, an seinen Fähigkeiten zu zweifeln, sondern im Gegenteil fest davon überzeugt, daß nur er Orfeo finden wird.« De la Marque bedachte Julian mit einem grüblerischen Blick. »Ich schlage Euch eine andere Wette vor, Mr. Kestrel. Ich wette dreitausend Francs, daß Ihr es bedauern werdet, wenn Ihr Orfeo findet.«

Julians Interesse war erwacht. »Warum?«

»*C'est évident.* Da Orfeo mit größter Wahrscheinlichkeit der Mörder von Marchese Lodovico ist, wird er einiges dagegen einzuwenden haben, gefunden zu werden, und wie wir wissen, können seine Einwände recht gewalttätig ausfallen. Andererseits besteht durchaus die Möglichkeit, daß er unschuldig ist. Ich nehme an, daß es in diesem Fall Euer englisches Gewissen belasten würde, ihn an die Polizei auszuliefern. Glaubt Ihr, unser Commissario wird auch nur einen Gedanken an weitere mögliche Verdächtige verschwenden, nachdem Orfeo in seine Hände gefallen ist?«

Das Boot schlug sanft gegen den Pier. Sowohl Julian als

auch de la Marque setzten sich in Bewegung, um den Fährmann zu bezahlen, aber Julian war schneller. De la Marque rächte sich, indem er als erster ausstieg und der Marchesa seinen Arm reichte. Sie beobachtete die Manöver der beiden Männer mit einem amüsierten Lächeln.

Die anderen Boote legten ebenfalls an und entließen ihre Passagiere. MacGregor ertappte Julian dabei, wie er de la Marque und der Marchesa nachstarrte.

»Was haltet Ihr von diesem Franzosen?« fragte MacGregor.

»Er scheint nicht zu wollen, daß ich ihn sympathisch finde, und was das betrifft, respektiere ich seine Wünsche. Wenn ein Mann sich so viel Mühe gibt, einen anderen zu provozieren, wäre es unhöflich, sich nicht provozieren zu lassen.«

»Warum sollte er Euch provozieren wollen?«

»Ich glaube, seine provokanten Äußerungen dienen nur seinem eigenen Vergnügen. Sein eigentliches Ziel ist es, mich zu warnen.« Damit wären es bereits drei, dachte Julian, die mir geraten haben, die Finger von diesen Ermittlungen zu lassen: De la Marque, Raversi und, in subtilerer Art, Carlo.

In dem Augenblick hörte er Carlos Stimme. »Hol meinen Koffer, Guido. Ich möchte mich fürs Abendessen umkleiden.«

Guido saß am Rand des marmornen Piers und würfelte mit einem der Bootsführer. Er mußte Carlos Aufforderung gehört haben, blickte sich aber nicht um.

»Guido«, wiederholte Carlo mit der seidenweichen Stimme eines Menschen, der fest entschlossen ist, nicht die Beherrschung zu verlieren.

Guido würfelte ein weiteres Mal, bevor er Carlo seinen Blick zuwandte. »Herr?«

»Bring meinen Koffer auf mein Zimmer. Ich möchte mich umziehen.«

Widerwillig hievte sich Guido hoch und schwang Carlos Handkoffer auf seine Schultern. Dann schob er seinen großen Hut trotzig in den Nacken und trottete davon. Seine goldenen Ohrringe schlugen gegen seine stark hervortretenden Kieferknochen. Carlo verdrehte die Augen gen Himmel, als wollte er um Geduld bitten, und folgte ihm dann.

»Das ist vielleicht ein unverschämter Kerl!« rief MacGregor aus. »Dürfen in diesem Land alle Diener so frech sein?«

»Normalerweise nicht. Aber vielleicht hat Carlo ihn ja nicht wegen seiner Vorzüge als Diener eingestellt.«

»Weswegen dann?«

Julian zuckte mit den Achseln. »Guido ist aus Neapel, und wie Raversi ausdrücklich betont hat, ist Neapel eine Brutstätte für Carbonari.«

Alle Schlafzimmer der Villa lagen im zweiten Stock. Die ausländischen Gäste der Marchesa kamen in den Genuß der vorderen Zimmer mit Blick auf den See. Das von Julian lag in der südöstlichen Ecke, das von MacGregor gleich nebenan und das von de la Marque neben dem von MacGregor. Dann folgte die Haupttreppe und schließlich die kleine Suite der Marchesa in der nordöstlichen Ecke. Zwischen den vorderen und hinteren Zimmern verlief ein breiter Gang, dessen Wände mit roter Seide ausgeschlagen und mit Gemälden und Wandteppichen geschmückt waren. Grimanis Zimmer lag in der südwestlichen Ecke, gegenüber dem von Julian. Daneben hatte Carlo sein Zimmer. Dann wurde die Reihe der Räume von einem Balkon mit Blick auf den Garten hinter der Villa durchbrochen. Als nächstes folgte eine unauffällige Dienstbotentreppe, dann Donatis Zimmer in der nordwestlichen Ecke, gegenüber dem der Marchesa. Es entging Julians Aufmerksamkeit nicht, daß de la Marques Zimmer nicht so weit von dem der Marchesa entfernt war wie sein eigenes und daß der einzige Mensch, dessen Zimmer dem ihren noch näher lag, blind war und daher nicht mitbekommen würde, was sich möglicherweise zwischen den beiden abspielte.

In anderer Hinsicht machte die Lage von Julians Zimmer seinen besonderen Reiz aus. Es hatte zwei Balkone, einen mit Blick auf den See, den anderen mit Blick auf einen hübschen Obstgarten auf der Südseite. Die weiße Tapete des Raums war mit blauen, grünen und violetten Vögeln und Blumen im chinesischen Stil gesprenkelt.

Rund um das Bett hingen blaue Damastvorhänge, und die oberen Ecken krönten vergoldete Meerjungfrauen.

Julian zog sich zum Abendessen um und ging dann hinunter in den großen, rechteckigen, auch Marmorhalle genannten Salon. Der ganze Raum war mit einem grauschwarzen Mosaikboden ausgelegt. Die Wände zierte eine Replik des Parthenonfrieses. In jeder Ecke standen Büsten italienischer Staatsmänner und Dichter, und entlang der Wände waren Bruchstücke römischer Säulen arrangiert. Das Schönste in dem Raum aber waren zwei lebensgroße Marmorgruppen von Canova. Die eine stellte eine ernste und schöne Minerva dar, die den Zentaur durch ihre Weisheit unterwarf. Die andere zeigte – im krassen Gegensatz dazu – Amor, wie er gerade den Arm um Psyche legte. Beide waren nackt, und ihre Lippen waren kurz davor, sich in einem Kuß zu vereinigen.

Julian war es ein wenig peinlich, daß ihn die Marchesa beim Betrachten dieser Arbeit ertappte. Sein Gesicht lief rot an, aber ansonsten blieb er nach außen hin gelassen. Sie sprachen über die Vorzüge der Skulptur mit einer Leidenschaftslosigkeit, die zumindest Julian nicht empfand. Dann bot die Marchesa an, ihm mehr von dem Haus zu zeigen.

Das war der Zeitpunkt, zu dem die Geister aus ihren Winkeln krochen. Es war unmöglich, die Villa zu erkunden, ohne an ihre früheren Bewohner zu denken. Julian konnte sie sich alle lebhaft vorstellen: das gescheite, frische Bauernmädchen Lucia, den mißmutig herumschleichenden Tonio, schließlich Lodovico, wie er zu Orfeos Unterrichtsstunde eintraf und den Raum ganz und gar beherrschte. Und natürlich Orfeo, der völlig von seiner Musik in Anspruch genommen war und seine anderen Leidenschaften für sich behielt.

Die Marchesa erklärte, daß im Erdgeschoß der Villa die

Küchen und Lagerräume untergebracht seien, im ersten Stock die gemeinschaftlich genutzten Räume, im zweiten Stock die Schlafzimmer und im Dachgeschoß die Dienstbotenquartiere. Sie und Julian begannen ihren Rundgang durch den ersten Stock in der Bibliothek, wo wunderschön gebundene Bücher standen, auffallenderweise aber keine Tische oder Stühle, um sie zu lesen. Julian ging durch den Kopf, daß es wahrscheinlich ganz normal war, wenn die Literatur in einem musikalischen Haushalt wie dem Lodovicos ein wenig zu kurz kam.

Sie gingen durch einen mit Fresken verzierten Salon ins Billardzimmer, dessen Wände auf eine fröhliche, wenn auch etwas bombastische Art mit Szenen griechischer und römischer Sportwettkämpfe bemalt waren. Von dort aus gelangten sie durch die Marmorhalle in das elegante Eßzimmer, wo Diener gerade damit beschäftigt waren, den Tisch für das Abendessen zu decken.

Nebenan befand sich der Salon, ein Raum mit cremefarbenen Marmorwänden. Die Vorhänge und Bezugsstoffe waren in Türkis gehalten. An der Wand entdeckte Julian einen prachtvollen Familienstammbaum, der sein Interesse erregte. Die Äste trugen goldene Äpfel, die alle mit einem Namen und Geburtsdatum versehen waren. Die Inschrift über dem Baum lautete VIVA CASA MALVEZZI ANNO 1742, aber einige der Äpfel waren später hinzugemalt worden, einschließlich derer, die die Namen Lodovico, Carlo, Rinaldo, Niccolò und Bianca trugen. Bei den beiden letzteren handelte es sich um Rinaldos Kinder.

»Die Kinder von Conte Carlo sind nicht erwähnt«, bemerkte Julian.

»Es war nicht genug Platz«, antwortete die Marchesa kühl. »Wie Ihr wißt, hat er sechs.«

Sie ging abrupt weiter. Julian sah ihr einen Moment forschend nach, dann folgte er ihr.

Das Musikzimmer lag im vorderen Teil des Hauses, von wo man einen schönen Blick auf die Terrasse und den See hatte. Der Raum war eine erlesene Kreation aus Weiß und

Gold. Als Ziermotive tauchten immer wieder Leiern und Lorbeerkränze auf. Hinter den Glastüren der Schränke waren alte Geigen und Blasinstrumente ausgestellt. Am einen Ende des Raums stand eine Harfe mit einem vergoldeten Notenständer daneben, am anderen ein englisches Klavier, dessen Korpus eine elegante Einlegearbeit zierte. Das Klavier zog Julian unwiderstehlich an.

»Wollt Ihr es ausprobieren?« fragte die Marchesa.

»Wenn ich darf.« Er setzte sich, schob seine Rockschöße nach hinten und ließ dann versuchsweise die Finger über die Tasten gleiten. Ihr schöner, satter Klang schallte durch den Raum. Er begann Webers sprühende *Aufforderung zum Tanz*.

Die Marchesa hörte mit wachsendem Erstaunen und sichtlicher Freude zu. Als er geendet hatte, sagte sie lächelnd: »Wie ich sehe, werde ich noch eine Menge über Euch lernen müssen. Daß Ihr Euch in der Musik auskennt, hätte ich von einem so kultivierten Mann wie Euch ohnehin erwartet, aber daß Ihr selbst ein solcher Virtuose seid, hätte ich nicht gedacht.«

»Das wohl kaum, Marchesa.«

»Wer hat da eben gespielt?« fragte eine Stimme von der Tür her.

Julian und die Marchesa blickten sich um. In der Tür stand Maestro Donati, auf Sebastianos Arm gestützt, die blinden Augen auf die Quelle der Musik gerichtet.

Julian erhob sich. »Das war ich, Maestro – Julian Kestrel.«

Donati wirkte überrascht. »Ihr habt einen gefühlvollen Anschlag, Signor Kestrel. Es war eine Freude, Euch zuzuhören.« Er zögerte. »Verzeiht, aber ich dachte, in Eurem Land spielen die Männer gewöhnlich nicht Klavier.«

»Da habt Ihr recht«, antwortete Julian leichthin. »Ich habe eine exzentrische Erziehung genossen.« Er trat ein paar Schritte vom Klavier zurück. »Ich würde viel lieber Euch hören, Maestro. Wärt Ihr so freundlich, für uns zu spielen – vielleicht eine Eurer eigenen Kompositionen?«

Donati runzelte die Stirn, als würde ihm ein beunruhigender Gedanke durch den Kopf gehen. Aber dann verbeugte er sich höflich und gab Sebastiano ein Zeichen, ihn zum Klavier zu führen. Er spielte eine Melodie aus *Die Rückkehr des Odysseus*, einer Oper, die er vor langer Zeit geschrieben hatte. Nach Julians Meinung stellte Donatis verhaltene, mühelose Beherrschung des Instruments seine eigenen, oberflächlicheren Fähigkeiten völlig in den Schatten.

Nach und nach erschienen die anderen Gäste, und die Glocke läutete zum Essen. Die Marchesa hakte sich bei Donati unter und drückte sich auf diese Weise davor, zwischen Julian und de la Marque zu wählen. Das Abendessen verband französische Delikatessen wie *foie gras* und Huhn *béchamelle* mit Kalb *alla Milanese* und dem allgegenwärtigen Safranreis. Nach dem Essen erhoben sich alle von ihren Plätzen. Anders als in England war es unter den Mailänder Damen nicht üblich, die Herren allein ihrem Portwein zu überlassen. Auf der Terrasse hatte man rund um den Lilienteich in der Mitte und auch entlang der Balustrade Stühle aufgestellt. Einige der Gäste tranken dort Kaffee oder Likör, während andere im Garten spazierengingen. Als die Dämmerung hereinbrach, wurden auf der Terrasse Lampen angezündet, deren warmes Licht einen starken Gegensatz zu den kalten, dunklen Blautönen des Sees und der Hügel bildete.

Julian warf einen Blick über die Balustrade und zog die Möglichkeit in Betracht, daß Lodovicos Mörder mit dem Boot gekommen sein könnte. In diesem Fall schien es unwahrscheinlich, daß er am Pier der Villa angelegt hatte. Das Gebäude fiel in der Nacht viel zu sehr auf: Selbst wenn nur wenige Lampen angezündet waren, wirkte sie in der blauschwarzen Stille wie ein Leuchtfeuer. Nein, der Mörder hätte sein Boot bestimmt am kiesigen Ufer zurückgelassen und wäre die Uferböschung hinaufgeklettert, um in den Garten zu gelangen. Die Marchesa hatte gesagt, daß die Befestigungsmauer an manchen Stellen stark verwittert war, so daß ein Eindringling mit den Füßen Halt gefunden hätte. Julian beschloß nachzusehen, ob es in der Nähe des Belvedere solche Stellen gab, solange die Lichtverhältnisse eine solche Untersuchung noch zuließen.

Er ging den gepflasterten Weg entlang, der parallel zum Seeufer von der Terrasse in Richtung Süden führte. Zu seiner Rechten erstreckte sich der Landschaftsgarten, dessen Grün- und Brauntöne in der hereinbrechenden Dämmerung schnell verblaßten. Zu seiner Linken stand eine Reihe prächtiger Platanen, die nur hin und wieder den Blick auf den See freigaben. Julian trat zwischen zwei dieser Bäume hindurch und spähte über den Rand der Uferböschung. Der darunterliegende Uferstreifen war kiesig, wurde aber immer wieder durch zerklüftete Felsen oder Gebüsch unterbrochen.

Er setzte seinen Weg am Rand der Böschung fort, wobei er sich oft gefährlich weit hinausbeugte, um den Zustand der Befestigungsmauer zu untersuchen. Tatsächlich fand er mehrere Stellen, an denen die Mauer stark verwittert war. An einer Stelle hatten sich sogar ganze Steine gelöst. Es gab auch eine Reihe wuchernder Büsche, zwischen denen man ein Boot hätte verstecken können.

Also gut – es war demnach möglich, daß der Mörder mit dem Boot gekommen oder geflohen war. Aber war es auch wahrscheinlich? Selbst wenn man davon ausging, daß die Ufermauer bereits zum Zeitpunkt von Lodovicos Ermordung, also vor vier bis fünf Jahren, ausreichend verwittert gewesen war, handelte es sich bei der Annahme, der Täter könnte mit dem Boot gekommen sein, um eine reine Mutmaßung. Dagegen waren die Hufabdrücke und Pferdeäpfel, die vor dem Gartentor gefunden worden waren, sehr real. War es nicht weitaus wahrscheinlicher, daß der Mörder ein Pferd benutzt hatte?

Nachdem er bereits so weit gegangen war, beschloß Julian, auch noch einen Blick auf das Belvedere zu werfen. Er folgte dem Küstenpfad bis zu dem kleinen maurischen Pavillon. An jeder zweiten seiner acht Seiten befand sich ein Eingang mit einer Jalousie, die man herunterlassen konnte, wenn man ungestört sein wollte. Drei dieser Türen gingen jeweils auf einen kleinen, kiesbedeckten Hof hinaus. Die vierte führte auf einen Balkon, der auf den See hinausragte und mit einem weißen Geländer gesichert war. Jede der vier dazwischenliegenden Seiten war mit einem schmalen, spitz zulaufenden Fenster versehen.

Julian trat durch den ihm am nächsten liegenden Eingang in den Pavillon. Im schwindenden Licht konnte er blaßgraue Wände und einen schwarz-weißen Marmorboden erkennen. Die Fenster und Türen waren von weißen Stuckverzierungen mit phantasievollen maurischen Motiven eingefaßt. Zwei niedrige Marmorbänke stellten die einzigen Möbel im Raum dar.

Julian konnte mit dem Belvedere nicht viel anfangen: Es war hübsch, ruhig, ein wenig albern – die frivole Miniaturausgabe eines maurischen Palasts an einem italienischen See. Die Vorstellung, daß hier Haß und Gewalt ausgebrochen sein sollten, erschien lächerlich.

Er trat auf den Balkon hinaus, und sein Blick fiel auf den schiefergrauen, aufgewühlten See und die hohen Hügel ringsum. Am gegenüberliegenden Ufer funkelten ein paar Lichter. Vielleicht stammte eines von ihnen aus der Villa, in der Francesca und Valeriano gewohnt hatten.

Irgendwo dort drüben läutete eine Glocke. Auf Julians Seite antwortete eine andere, und bald ertönte von Ufer zu Ufer ein wunderschöner, wenn auch leicht chaotischer Chor. Julian wußte, daß nun rund um den See die Bauern ihre Arbeit oder ihre Feierabendbeschäftigung unterbrechen würden, um ihr Abendgebet zu sprechen. Er selbst bat ebenfalls um Gottes Hilfe. Aber hörte Gott auf Gebete von Menschen, die sonst, wenn sie ihn nicht brauchten, nie auf die Idee kamen, sich an ihn zu wenden?

Das Geläut erstarb, bis nur noch der Klang einer einzigen Glocke in der Luft hing.

»Ein B«, sagte eine nachdenkliche Stimme.

Julian wandte sich um. Gaston de la Marque lehnte lässig auf einer der Marmorbänke im Innern des Belvedere. »Ich hoffe, ich störe Euch nicht?« fragte er in seinem tadellosen Englisch, das bei einem Mann, der so durch und durch französisch war wie er, immer wieder überraschte.

»Ganz im Gegenteil.« Julian ging hinein und ließ sich auf

der Bank gegenüber nieder. »Ich habe auf eine Gelegenheit gewartet, mit Euch zu sprechen.«

»Was für ein glücklicher Zufall. Vielleicht habt Ihr mich auf irgendeine mystische Weise gerufen, und ich habe reagiert.«

»Vielleicht seid Ihr mir aber auch gefolgt, um zu sehen, was ich im Schilde führe.«

»Reichlich banal«, meinte de la Marque achselzuckend, »aber durchaus im Bereich des Möglichen. Worüber wolltet Ihr denn mit mir sprechen?«

»Ich würde gern von Euch wissen, wo Ihr im März 1821 wart.«

De La Marques Augen weiteten sich. Sein Blick wirkte interessiert, neugierig – und eine Spur argwöhnisch. »Ich war damals im Piemont – Turin, um genau zu sein. Ich kann mich recht gut daran erinnern, weil dort zu der Zeit eine höchst langweilige und lästige Revolte stattfand.«

»Wie lange wart Ihr dort?«

»Ich glaube, ich wollte den Karneval dort verbringen, was bedeuten würde, daß ich im Dezember 1820 dort eingetroffen sein muß. Ich blieb bis Ende März oder Anfang April – ganz genau weiß ich es nicht mehr.«

»Darf ich fragen, warum Ihr während der gesamten Dauer der Revolte in Turin geblieben seid, wenn Ihr sie so langweilig und lästig gefunden habt?«

De la Marques Blick verklärte sich. »Ich glaube, es gab einen bestimmten Grund für mein Bleiben, aber ich weiß nicht mehr, wie sie hieß.«

»Könnt Ihr Euch an gar nichts mehr erinnern?«

»Mein Freund, könnt Ihr Euch an jede Frau erinnern, der Ihr vor vier oder fünf Jahren nachgestellt habt?«

»Wenn ich einer Rebellion getrotzt hätte, um ihr nahe zu sein, wahrscheinlich schon.«

»Schon wieder dieses systematische Denken! Ihr beschämt mich!«

»Habt Ihr Marchesa Malvezzi gesehen, während Ihr Euch in Turin aufgehalten habt?«

»War sie auch dort? Dann muß ich sie gesehen haben – La Beatrice übersieht man nicht so leicht –, aber unglücklicherweise hatte ich damals noch nicht die Ehre, näher mit ihr bekannt zu sein.«

Julian bedachte ihn mit einem ironischen Blick. »Würde es etwas nützen, wenn ich Euch fragen würde, welches Spiel Ihr da spielt?«

»Nicht das geringste«, antwortete de la Marque lächelnd. »Ihr habt weder ja noch nein zu meinem Wettvorschlag gesagt.«

»Wenn ich mich richtig erinnere, wollt Ihr dreitausend Francs darauf wetten, daß ich es bedauern werde, wenn ich Orfeo gefunden habe. Das erscheint mir ziemlich vage. Woher wollt Ihr mit Sicherheit wissen, ob ich es bedaure oder nicht?«

»Das laßt ruhig mein Problem sein. Gilt die Wette?«

»Einverstanden.« Da sie ihre Wettbücher nicht bei sich hatten, besiegelten sie die Sache mit einem Handschlag.

Anschließend gingen sie in seltsam einvernehmlichem Schweigen zur Villa zurück. Langsam wurde es Nacht. Die Berge am gegenüberliegenden Ufer hoben sich schwarz vom Himmel ab. Die vor ihnen liegende Terrasse der Villa wirkte wie eine Oase des Lichts, über die Gestalten hinwegglitten wie bei einer *Laterna-magica*-Vorführung.

Als sie die Terrasse erreichten, steuerte de la Marque sofort auf die Marchesa zu. Julian sah sich pflichtbewußt nach MacGregor um, der neben der Balustrade saß und einem Fischer bei seiner nächtlichen Arbeit zusah. Der Fischer lehnte sich über die Seite seines Boots, und immer, wenn ein Fisch, geblendet vom Licht der im Bug hängenden Laterne, an die Oberfläche kam, erlegte er ihn geschickt mit seiner Harpune.

»Wenn Ihr wollt, können wir das auch mal ausprobieren«, meinte Julian. »Hier am See ist das ein richtiger Sport.«

»Ich bleibe lieber beim Angeln«, antwortete MacGregor. »Dieses Zustoßen mit der Harpune scheint mir eine gute Methode zu sein, Hals über Kopf im See zu landen. Aber dieser Mann hat wirklich ein Geschick dazu.«

Durch das offene Fenster des Musikzimmers drang Gesang. Es handelte sich um einen Basso cantante – eine leichte, lyrische Baßstimme – mit Klavierbegleitung. Die Stimme klang jung und noch ein wenig unsicher, aber sehr vielversprechend:

»Che invenzione, che invenzione prelibata!
Bella, bella, bella, bella in verità!«

»Ich kenne dieses Lied!» rief MacGregor. »Es ist aus einer dieser Figaro-Opern.«

»Der Barbier von Sevilla«, bestätigte Julian. »Es handelt sich um die eine Hälfte des Duetts zwischen dem Barbier Figaro und dem Helden Graf Almaviva.«

Donati hatte mitbekommen, worum es bei ihrem Gespräch ging. »Das ist Sebastiano«, erklärte er. »Er benutzt dieses Duett, um seine Stimme zu trainieren.«

»Schade, daß wir keinen Tenor haben«, mischte sich Carlo ein.

»Wer weiß, wer weiß«, murmelte de la Marque.

»Was wollt Ihr damit sagen?« fragte Grimani.

»Mein lieber Commissario«, antwortete de la Marque mit aalglatter Stimme, »nur, daß unser Freund Orfeo überall sein kann.«

»Che invenzione, che invenzione prelibata!« sang Sebastiano.

»Was heißt das?« wandte sich MacGregor im Flüsterton an Julian.

»›Was für eine Idee, was für eine wunderbare Idee.‹«

Die Nachtluft wurde allmählich kühler, und die Gesellschaft bewegte sich langsam ins Haus.

Julian reichte der Marchesa den Arm.

»Ich habe gesehen, daß Ihr mit Monsieur de la Marque spazierengegangen seid«, bemerkte sie.

»Ja, wir haben unsere Bekanntschaft ein wenig vertieft. Sagt, habt Ihr ihn im Winter 1821 in Turin gesehen? In der Zeit vor der Revolte?«

»Er behauptet, damals dort gewesen zu sein?« fragte sie in nachdenklichem Ton. »Nein, ich kann mich nicht daran erinnern, ihn gesehen zu haben. Aber wir kannten uns in jenen Tagen noch nicht besonders gut.«

»Ja, das hat er auch gesagt.«

Sie sah ihn forschend an. »Ihr glaubt ihm nicht?«

»Marchesa«, antwortete er leichthin, »natürlich sehe ich überall Rivalen.«

Lächelnd vertrieb sie mit ihrem Fächer ein paar Mücken. »Wenn Monsieur de la Marque im März 1821 in Turin war, kann er nicht hier gewesen sein und meinen Mann getötet haben.«

»Habt Ihr ihn verdächtigt?«

»Ihr?«

Sie starrten sich wortlos an.

»Selbst wenn er im Piemont war«, brach Julian schließlich das Schweigen, »hätte er leicht über die Grenze in die Lombardei gelangen können, um den Mord zu begehen.«

»Jeder hätte über die Grenze in die Lombardei gelangen können.«

»Ja, Marchesa«, antwortete er ruhig.

»Natürlich wäre das von Belgirate aus leichter als von Turin. Man bräuchte bloß den Lago Maggiore zu überqueren und an einer abgelegenen Stelle zu landen.«

»Aber de la Marque war nicht in Belgirate. Oder?«

Sie blieb auf der Treppe, die zum Eingang der Villa hinaufführte, einen Augenblick stehen und sah ihn mit lachenden Augen an. Im Licht der Lampen leuchtete ihr Haar golden. »Nicht, daß ich wüßte.«

Will sie mich dazu bringen, sie zu verdächtigen? überlegte Julian. Oder will sie nur wissen, ob ich es tue? Oder versucht sie womöglich, den Verdacht von jemand anderem abzulenken?

Er war es leid, mit diesen kleinen spöttischen Pfeilen beschossen zu werden – erst von de la Marque und jetzt von ihr. Sie genossen es beide, den Löwen in den Schwanz zu kneifen, aber wenn die Marchesa es machte, tat es weh.

Über ihrem Kopf flog eine Motte selbstmörderisch in eine der Lampen. Julian nahm sich die Warnung zu Herzen und führte die Marchesa ins Haus.

15

An seinem ersten Morgen in der Villa wurde Julian ein englisches Frühstück serviert, bestehend aus Eiern, Schinken, Würstchen, getoastetem Brot und Polentina, einer Art Porridge aus Maismehl. Er bevorzugte die kontinentale Angewohnheit, morgens nur eine leichte Mahlzeit zu sich zu nehmen, aber der Marchesa bereitete es eine solche Freude, ihm und MacGregor ein englisches Frühstück zu bieten, daß er sich gezwungen fühlte, kräftig zuzulangen. MacGregor erklärte seinerseits, daß es das beste Frühstück sei, das sie seit ihrer Abreise aus England bekommen hätten.

Am Vormittag erhielt die Marchesa offiziellen Besuch von Benedetto Ruga, dem *podestà* (»halb Bürgermeister, halb Richter«, erklärte Julian MacGregor). Er war in den Fünfzigern, hatte mehrere Lagen Kinn und trug eine Weste aus einer beträchtlichen Menge Stoff, über die sich eine goldene Uhrkette spannte. Wie Julian dem Gespräch entnahm, gehörte Ruga eine große Seidenspinnerei und das schönste Haus im Dorf. Seine übertriebenen Willkommensworte an die Marchesa wurden durch die Ankunft des Gemeindepriesters Don Cristoforo unterbrochen, eines großen, hageren Mannes mit silbernem Haar und dem Gang einer würdevollen Krähe. Er erzählte der Marchesa ausführlich von dem Fest von Santa Pelagia, der Schutzpatronin von Solaggio, das in einer Woche stattfinden sollte. Julian bekam von diesem Gespräch nicht viel mit, schloß aber aus Don Cristoforos zunehmend salbungsvoller Art, daß ihm Marchesa Malvezzi eine großzügige Spende in Aussicht gestellt hatte.

Der nächste Besucher war Friedrich von Krauss, der Kommandant der österreichischen Garnison, die in der Nähe von Solaggio stationiert war. Julian fand ihn höflich, weltmännisch und weitaus respektvoller gegenüber der Marchesa und Carlo, als Grimani es war. »Grimani ist Italiener«, erklärte Carlo auf englisch. Sie standen ein Stück von den anderen entfernt. »Diejenigen, deren Macht nicht in Frage steht, können es sich leisten, Zugeständnisse zu machen. Grimani dagegen muß sich deutscher benehmen als die Österreicher, denen er dient.«

Er hielt inne. Grimanis englischsprechender Schatten Zanetti war hinter ihrem Rücken aufgetaucht. Carlo wechselte elegant ins Mailändische über und begann ein Gespräch über Boote.

Nachdem von Krauss die Marchesa und ihre Gäste begrüßt hatte, nahm Grimani ihn und Ruga beiseite, um zu besprechen, wie die ortsansässigen Gendarmen und Soldaten bei der Suche nach Anhaltspunkten und der Befragung der Einheimischen eingesetzt werden sollten. Julian war nicht besonders böse darüber, daß er zu dieser Konferenz nicht eingeladen wurde. Er vertraute darauf, daß Griamani die Suche nach Beweismaterial mit der zähen Beharrlichkeit und Gründlichkeit durchführen würde, für die er bekannt war. Was die Befragung der Einheimischen betraf, würde er ohnehin lieber auf eigene Faust losziehen, weil ihn die Leute dann nicht als Verbündeten der ihnen verhaßten Polizei und Armee betrachten würden.

Sich selbst überlassen, schlug Julian MacGregor einen Spaziergang nach Solaggio vor. »Wie sollen wir den Weg dorthin finden?« gab MacGregor zu bedenken.

»Wenn ich das richtig verstanden habe, brauchen wir nur dem Pfad am See bis zum Ende des Gartens zu folgen und durch das Tor zu treten. Dann müßte Solaggio direkt vor uns liegen.«

Sie gingen zum Ufer hinunter und blieben am Belvedere stehen, damit MacGregor es ebenfalls in Augenschein nehmen konnte. Unterhalb des Belvedere gab es keine Platanen, die ihnen den Blick auf den See versperrt hätten. Sie sahen den Fischern zu, die zu zweit oder zu dritt in einem Boot fuhren und fachmännisch ihre Netze auswarfen oder Angelschnüre schwangen, an denen schwere Haken und Senkgewichte hingen. Es war eine schweißtreibende Arbeit, denn die Sonne schien, auch wenn sich ihre Strahlen erst einen Weg durch einen Dunstschleier bahnen mußten. Rechts vom Weg bot der Garten verlockende Ausblicke auf grüne Anhöhen und schattige Teiche, verschlungene Pfade und geheimnisvolle, grob behauene Steintreppen.

Der Weg endete bei einem eleganten schmiedeeisernen Tor, in dessen Mitte der Buchstabe *M* prangte. Im oberen Bereich war er mit Schwertern verziert, um die sich je eine Schlange wand. Das Tor war in eine etwa vier Meter hohe Steinmauer eingelassen, die entlang der Südspitze des Gartens verlief und sich am Rand der Uferböschung zu einem runden Bollwerk verdickte. Julian und MacGregor traten durch das Tor und gingen am Ufer entlang weiter, bis sie Solaggio erreichten.

Das Dorf hatte einen kleinen Hafen, der fast ganz von Wellenbrechern aus Mauerwerk und Geröll abgeschlossen war. Eine Reihe weiß gestrichener, unterschiedlich hoher Häuser säumte das Ufer. Die größeren Gebäude hatten Balkone mit Blick aufs Wasser und waren mit blühenden Sträuchern geschmückt, die aus hölzernen Balustraden quollen.

Julian und MacGregor spazierten im Hafen herum und zogen dabei die neugierigen Blicke der Bauern, ihrer Kinder und sogar ihrer Hunde auf sich. Auf der anderen Seite des Hafens stand ein großes Gebäude, das aus mehreren, willkürlich zusammengefügten Blöcken von unterschiedlicher Höhe bestand. Kreuz und quer waren Leinen mit flatternder Wäsche gespannt. Jeder Block besaß sein eigenes, rot gedecktes Dach und mehrere Fenster mit grünen Läden. Die Vordertür ging auf eine kleine, mit einem Dach aus Reben bedeckte Terrasse hinaus, die rechtwinklig zum See angelegt war. Auf einem Schild vor der Tür prangte ein mit groben Strichen gemalter Vogel.

Ein Mädchen von etwa achtzehn Jahren kam auf die Terrasse heraus. Als sie die Fremden entdeckte, leuchteten ihre schwarzen Augen auf, und sie schlenderte nach vorn an die

Balustrade. Sie trug eine weiße Bluse, deren Ärmel sie bis zu den Ellbogen hochgekrempelt hatte, einen leuchtend blauen Rock und eine weiße Haube, unter der – gewiß nicht zufällig – ein paar schwarze Locken hervorlugten. Ihr scharlachrotes Mieder war eng geschnürt und betonte ihre höchst appetitlichen Brüste.

Julian zog den Hut und sprach sie im abgehackten Mailändisch der Einheimischen an. »Verzeihung, *popola,* ist das hier die ›Nachtigall‹?«

»Was sollte es denn sonst sein, Signor?« Sie beugte sich über die Balustrade zu ihm hinunter. »Ihr gehört zu den Gästen Ihrer Ladyschaft, nehme ich an?«

»Ich bin Julian Kestrel, und das ist mein Freund, Dr. MacGregor.«

»Rosa!« Eine Frau mittleren Alters stürzte aus dem Gasthaus. Ihre Augen und ihre wohlgeformte Figur erinnerten sehr an das Mädchen, aber ihr Gesicht wirkte kantig und verhärmt, als wäre es von heftigen Gefühlsstürmen verwüstet worden. Ihr stahlgraues Haar war zu einem Knoten hochgesteckt, den eine gefährlich aussehende silberne Haarnadel zierte. »Was fällt dir ein, hier draußen mit fremden Herrn herumzutändeln – ausländischen Herren«, fügte sie nach einem genaueren Blick auf Julian und MacGregor hinzu, »wenn drinnen soviel zu tun ist? Heilige Madonna, du bist wirklich eine unnütze Kuh! Hinein mit dir, aber schnell!«

Rosa warf den Kopf in den Nacken. »Dieser Herr hat mir eine Frage gestellt, Mama. Was hätte ich tun sollen? Ihn wie Luft behandeln?«

»Es ist nicht nötig, einem Herrn so nahe zu kommen, bloß um eine Frage zu beantworten. Ausländische Herren!« rief sie und fuchtelte mit den Händen herum. »Als ob die Soldaten nicht schon schlimm genug wären!«

»Ich bitte um Verzeihung, Signora Frascani«, unterbrach Julian sie in besänftigendem Ton. »Es war nicht meine Absicht, Popola Rosa von der Arbeit abzuhalten. Ich wollte nur wissen, ob dies das Gasthaus ist, von dem ich schon soviel Gutes gehört habe.«

»Das ist die ›Nachtigall‹, Signor«, nickte die Frau, ein wenig besänftigt. »Bei uns steht jederzeit ein Glas Wein für Euch bereit. Aber denkt daran, Wein und Essen ist alles, was hier verkauft wird!« Sie packte Rosa an einer Strähne ihrer schwarzen Locken und zog sie hinein.

Julian sah ihnen mit einem ironischen Lächeln nach. »Kein Mann sollte je um ein Mädchen anhalten, ohne vorher ihre Mutter kennengelernt zu haben. Nachdem Ihr gesehen habt, was in zehn oder zwanzig Jahren aus ihr werden könnte, würdet Ihr Rosa da noch heiraten?«

»Ich würde ein so vorlautes Mädchen sowieso nicht heiraten, egal, wie ihre Mutter ist«, erklärte MacGregor.

Sie wandten sich landeinwärts und stiegen eine steile, krumme Treppe zur Piazza hinauf, dem hiesigen Pendant zu einer englischen Dorfwiese. Sie war mehr oder weniger rechteckig, und in der Mitte thronte ein grober Steinbrunnen, um den sich Frauen mit bunten Schals versammelt hatten und sich angeregt unterhielten, während sie ihre Krüge füllten. Am einen Ende des Platzes stand eine alte, aus graubraunem Stein erbaute Kirche mit spitzem Dach und einem hohen, vierkantigen Glockenturm, dessen Fensterschlitze darauf hindeuteten, daß er früher einmal zur Verteidigung gedient haben mußte. Gegenüber der Kirche stand ein schönes, zweistöckiges Haus, das wahrscheinlich dem *podestà* gehörte.

Julian und MacGregor drehten gerade eine Runde um die Piazza, als ein mächtiges Geräusch die Erde unter ihren Füßen zum Wackeln brachte. Die Glocken im Kirchturm ließen ihre Mittagshymne erschallen. Die Frauen am Brunnen hörten auf, die Fremden anzustarren, bekreuzigten sich und begannen zu beten. MacGregor betrachtete sie mißtrauisch. »Morgen ist Sonntag«, sagte er plötzlich. »Ich vermute, daß keine Aussicht besteht, eine Kirche unseres Glaubens zu finden?«

»Kaum anzunehmen.«

»Das dachte ich mir. Dann muß ich eben zu Hause bleiben und in meiner Bibel lesen. Das ist bestimmt mehr, als diese Papisten dürfen.«

»Würde es Euch sehr stören, wenn ich mit den Malvezzis zur Messe ginge?«

»Wenn Ihr wollt, daß Euch ein Priester auf lateinisch ins Gewissen redet, geht das nur Euch und Euer Gewissen etwas an!«

»Ich will nicht, daß mir jemand ins Gewissen redet, egal, in welcher Sprache. Aber ich würde gern die Musik hören. Hier auf dem Land gibt es oft sehr gute Musiker.«

»Wenn Ihr Euch weniger um die Musik und mehr um Eure unsterbliche Seele kümmern würdet, wäre das bestimmt besser für Euch.«

»Ich bin mir meiner unsterblichen Seele erst dann so richtig bewußt, wenn ich Musik höre.«

Ihre Unterhaltung hatte das Interesse eines gepflegt wirkenden, kleinen Mannes mit großen Brillengläsern und geöltem Haar erregt. Er trat vor, verbeugte sich vor ihnen und sagte auf englisch, wenn auch mit starkem Akzent: »Meine Herren, ich hoffe, Ihr empfindet es nicht als unverschämt, daß ich Euch anspreche. Erlaubt mir, mich vorzustellen. Ich bin Doktor Curioni.«

Julian stellte sich und MacGregor auf mailändisch vor, aber Curioni bat ihn, Englisch zu sprechen. Er sei in London gewesen, informierte er sie stolz, und habe mehrere britische Fachzeitschriften für Ärzte abonniert. Als er hörte, daß MacGregor ebenfalls Arzt war, lud er ihn und Julian sofort hocherfreut ein, bei ihm zu Hause eine Erfrischung einzunehmen. Julian war ebenfalls hocherfreut. Zum erstenmal seit ihrer Abreise aus England kam er durch MacGregor in den Genuß einer Einladung. Sonst war es immer umgekehrt gewesen.

Curioni führte sie in sein schmuckes Haus an der Piazza und bot ihnen Wein und Panettone an, einen lockeren gelben Kuchen mit Sultaninen und kandierten Orangenstückchen. Er und MacGregor steckten bald tief in einem Gespräch über die in Mailand gerade diskutierten medizinischen Theorien. Julian wäre gern auf den Mord zu sprechen gekommen, aber er wollte MacGregor nicht daran erinnern, daß Curioni der Arzt war, der, was die Ursache von Lodovicos Tod betraf, einen Meineid geleistet hatte. MacGregor hätte nicht verstanden, welcher Druck damals auf Curioni ausgeübt worden war, und er hätte auch die allgemeine Verzweiflung nicht nachvollziehen können, die viele Italiener dazu veranlaßte, gelegentlichen unerhörten Forderungen der Regierung nachzugeben, in der Hoffnung, daß man sie die restliche Zeit in Ruhe lassen würde.

Julian verstand so wenig von der Unterhaltung der beiden Ärzte, daß er sich schließlich verabschiedete, sicher, daß MacGregor auch ohne ihn wunderbar zurecht kommen würde. Auf dem Rückweg zur Villa fielen ihm am Seeufer ein paar Boote auf, die sorglos am kiesigen Ufer oder vor den Türen kleiner Häuser zurückgelassen worden waren. Wurden diese Boote nach Einbruch der Dunkelheit angekettet? Er bezweifelte das. Hier am See passierten so wenig Verbrechen. Das hieß, daß sich Lodovicos Mörder leicht ein Boot ausleihen und sich dem Belvedere übers Wasser hätte nähern können.

Julian blieb vor dem Tor zum Garten der Villa stehen. Hier waren am Morgen nach dem Mord Hufabdrücke und Pferdeäpfel gefunden worden. Grimani glaubte, daß Orfeo Lodovico getötet hatte und anschließend mit dem Pferd geflohen war. Aber wo hätte das Pferd herkommen sollen? In der Villa gab es keine Ställe, und in der Gegend war kein Pferd abhanden gekommen. Grimani mochte sich dessen bewußt sein oder nicht, aber seine Theorie setzte voraus, daß Orfeo einen Komplizen gehabt hatte.

Die Sonne schien immer gleißender und verbannte den Dunst auf die Berggipfel. Der Wollstoff von Julians eng anliegender Jacke begann sich unangenehm feucht anzufühlen. Er nahm den Hut ab und ließ die frische Brise vom See durch sein Haar wehen. Die kühlen Gartenanlagen wirkten auf ihn plötzlich sehr einladend. Er beschloß, Carlos Angebot, ihn ein wenig im Garten herumzuführen, anzunehmen. Das würde ihm außerdem Gelegenheit geben, mit Carlo über andere Dinge zu sprechen.

»Natürlich ist er einem englischen Landschaftsgarten nachempfunden«, sagte Carlo.

»Ja, das sieht man gleich.« Julian blickte sich um. Das Villengebäude bot dem Besucher eine Reihe von Ansichten, die ebenso sorgfältig arrangiert waren wie gemalte Landschaften. Jede Wegbiegung bot neue Überraschungen: eine chinesische Fußgängerbrücke über einem Teich voller Goldfische, einen atemberaubenden Ausblick auf den See von der obersten Stufe einer aus einem Felsen gehauenen Treppe, eine abgelegene Lichtung, über die eine löwenköpfige ägyptische Göttin herrschte. Aber verglichen mit den Grundstücken, die normalerweise zu englischen Landhäusern gehörten, war das Gelände rund um die Villa verhältnismäßig klein, was dazu führte, daß die Wege wesentlich verschlungener waren und dem Garten etwas Labyrinthartiges, typisch Italienisches gaben.

Lächelnd bemerkte Carlo: »Wenn wir diesen Spaziergang gemacht hätten, bevor ich die Villa kaufte, wäre er viel gefährlicher gewesen. Früher steckte der Garten voller kleiner Fallen, die sich Achille Delborgo ausgedacht hatte. Ihm gehörte die Villa vor etwa zweihundert Jahren. Es gab mehrere Stellen, an denen, sofern man darauf trat, ein Wasserstrahl hochschoß und die Beine des Betreffenden bespritzte. Und in den Grotten unterhalb der Höhlen am Nordende des Gartens gibt es einen wunderbar beängstigenden *Trompe-l'œil*-Effekt.«

»Das würde ich mir gern ansehen«, sagte Julian.

Carlo verbeugte sich. »Gestattet mir, daß ich Euch hinführe.«

Sie gingen in nördlicher Richtung, soweit die verschlungenen Pfade das überhaupt zuließen. »Euer Diener erscheint mir recht ungewöhnlich«, sagte Julian unvermittelt.

Bildete er es sich ein, oder war Carlo tatsächlich einen Moment erstarrt? »Ja, ich nehme an, das ist er auch. Ich habe mich bloß so an ihn gewöhnt, daß mir das gar nicht mehr auffällt.«

»Wie ist es dazu gekommen, daß Ihr ihn angestellt habt?«

»Das war reiner Zufall. Ich habe Euch ja schon erzählt, wie ich kurz vor Lodovicos Tod nach Mailand reiste, um unbemerkt einige meiner Besitztümer zu verkaufen. Ich brauchte einen Diener, den ich mitnehmen konnte, hatte aber mein Hauspersonal drastisch reduziert und wollte ungern meiner Frau und den Kindern einen der verbleibenden Diener rauben. Um diese Zeit suchte Guido gerade Arbeit, wie wandernde Bauern es oft tun. Er erklärte sich bereit, mich nach Mailand zu begleiten, und verlangte kaum mehr als Kost und Logis dafür. Wir kamen gut miteinander aus, also nahm ich ihn hinterher mit zurück nach Parma.«

»Seine finanzielle Situation scheint sich seitdem erheblich verbessert zu haben«, bemerkte Julian, der an Guidos schöne Kleider und Ohrringe dachte.

»Ebenso wie die meine. Gott und der Madonna sei Dank.«

»Wieso hatte er sich so weit von Neapel entfernt?«

»Das weiß ich nicht. Er hat nie viel von seiner Vergangenheit erzählt, und ich bin kein neugieriger Mensch.«

Im Gegensatz zu manchen anderen von uns, folgerte Julian ironisch. »Ich habe mich gefragt, ob es ihm vielleicht unangenehm gewesen wäre, im März 1821 nach Neapel zurückzukehren.«

»Auch andere haben Vermutungen in diese Richtung geäußert. Aber er hat mir nie Anlaß zu dem Gedanken gegeben, daß er irgend etwas mit der dortigen Revolution zu tun gehabt haben könnte.«

»Ich dachte bloß, da sie etwa um diese Zeit niedergeschlagen wurde –«

»Das ist richtig. Aber wenn ich Guido richtig verstanden habe, lebte er schon jahrelang nicht mehr in Neapel.«

»Hatte er irgendwelche Zeugnisse?«

»Nein. Aber das störte mich nicht, weil ich ja ursprünglich davon ausging, daß wir nur für sehr kurze Zeit miteinander zu tun haben würden. Und als ich dann beschloß, ihn zu behalten, hatte ich selbst schon gute Erfahrungen mit ihm gemacht und hielt es nicht mehr für nötig, ein Zeugnis von ihm zu verlangen.«

»Er wirkt ziemlich aufsässig.«

»Von außen betrachtet sieht das wohl so aus. Aber das ist einfach seine Art.« Carlo starrte mit unbeweglicher Miene geradeaus. »In wichtigen Dingen hat er mich nie im Stich gelassen.«

Julian mußte insgeheim zugeben, daß so manche erfolgreiche Beziehung zwischen Herr und Diener ungewöhnlich begonnen hatte. Er selbst hatte sich als Kammerdiener einen Gassenjungen ausgesucht, den er zunächst vor einen Richter gezerrt hatte, weil er ihm seine Uhr gestohlen hatte. Aber konnte es wirklich bloßer Zufall sein, daß Carlo – ein bekannter Liberaler und Gegner der Österreicher – ausgerechnet dann, als die Revolte in Neapel Aufstände im Piemont und in der Lombardei nach sich zog, einen Neapolitaner eingestellt hatte, damit er ihn nach Mailand begleitete? Hatten Carlo und Guido als Bindeglieder zwischen den neapolitanischen Carbonari und den lombardischen Verschwörern gedient?

Julian und Carlo hatten das Seeufer nördlich der Villa erreicht. Vor ihnen lag der bedrohlich aufragende Felsen, auf dessen Gipfel Castello Malvezzi seine spitzen Zähne bleckte. Nachdem sie ein paar Minuten marschiert waren, standen sie am Fuß des Felsens. Es gab keinen richtigen Pfad zu den Höhlen, aber eine Spur aus niedergetrampeltem Gras und aufgerissener Erde wies ihnen den Weg.

Die Mündung der Höhle war eng und spitz zulaufend, als hätte ein Riese den Fuß des Felsens mit einem Messer aufgeschlitzt. Eine rote Kletterpflanze, die vor dem Eingang wucherte, verstärkte die Ähnlichkeit mit einer offenen Wunde. Carlo führte Julian hinein. »Diese Höhle ist als Salon bekannt, weil es sich dabei um den größten Raum handelt – die anderen sind kaum mehr als Kaninchenlöcher.«

Julian sah sich um. Langsam gewöhnten sich seine Augen an das Dämmerlicht. Der Salon war knapp zehn Meter breit und fast rund. Die Wände bestanden aus pockennarbigem Stein. In der Mitte des festen Erdbodens war als Falltür ein Eisengitter mit einem Vorhängeschloß angebracht. Außerdem gab es einen kleinen Teich. Sein rechteckiges Marmorbecken war ein Stück in den Boden versenkt, seine knapp einen Meter hohe Rückseite in die Höhlenwand eingelassen. Aus dem Maul einer grotesken Fratze ragte eine Düse vor, aus der aber kein Wasser floß. Das Becken enthielt nur Staub und verdörrtes Laub.

»Früher gab es eine Leitung zum See, die diesen Teil speiste«, erklärte Carlo. »Das war in der Zeit von Achille Delborgo, der, wie ich Euch schon erzählt habe, eine Vorliebe für Wasserspiele hatte. Er hat auch die Grotten unter dieser Höhle graben lassen. Vor seiner Zeit war der Wein in der Höhle selbst gelagert worden, wo er für Diebe leicht zugänglich war. In jenen Tagen war der See ein gesetzloser Ort – es wimmelte nur so von Piraten und Söldnern. Sie versteckten ihre Boote auf der anderen Seite des Berges und kletterten über die kleineren Felsen an seinem Fuß bis zur Mündung der Höhle. Deswegen ließ Achille unter der Höhle Grotten graben und nutzte sie als Weinkeller. Sie dienen noch immer diesem Zweck, auch wenn sich heutzutage niemand mehr die Mühe macht, die Falltür abzuschließen, solange der Besitzer sich hier aufhält.«

Mit diesen Worten zog er die Falltür hoch, deren rostige Scharniere ein leises Ächzen von sich gaben. Eine lange Leiter führte nach unten, wo es fast dunkel war. Carlo forderte Julian mit einer Handbewegung auf vorauszugehen.

Was Julian am meisten auffiel, während er rückwärts die Leiter hinunterstieg, war die Stille. Vom Rauschen des Windes, dem Gesang der Vögel oder dem melancholischen Platschen des Sees war nichts mehr zu hören, und auch die Gerüche der lebendigen Welt – von Gras, Blumen, Fisch – waren draußen geblieben. Es erschien ihm, als würde er wie Äneas oder Orpheus ins Reich der Toten hinabsteigen.

Als er festen Boden unter den Füßen spürte, trat er von der Leiter zurück. Er hatte sofort das Gefühl, sich unter Wasser zu befinden. Sogar das schwache Licht im Raum wirkte bläulichgrün. Er stand in einem ovalen, etwa fünf Meter langen Raum, dessen Boden, Wände und niedere, gewölbte

Decke mit Mosaiken von Meeresbewohnern verziert waren. Ihre lebhaften Farbtöne verliehen dem Licht, das aus der Höhle nach unten drang, seine unheimliche Farbe.

Carlo trat neben ihn. »Wie Ihr seht, hat Achille weit mehr als einen Weinkeller gebaut. Es sind aber tatsächlich Weinregale vorhanden – man kann sie entlang der Wand gerade noch erkennen.«

»Ja, ich erinnere mich daran, daß Orfeo und Tonio eine Weinflasche zerbrochen haben, als sie sich hier unten schlugen.«

»Das hatte ich ganz vergessen.« Carlo lächelte nachsichtig. »Ich nehme an, sie sind heruntergekommen, um heimlich ein Fläschchen zu trinken, und sind sich in ihrem Rausch in die Haare geraten. Aber genug davon! Wenn Ihr erlaubt, werde ich jetzt ein wenig den Gastgeber spielen. Um die richtige Wirkung zu erzielen, bräuchten wir eigentlich eine Laterne. Aber das können wir ja ein andermal nachholen.«

Er führte Julian an das andere Ende des Raums, an dem sich die Wand zu einem dunklen, niederen Durchgang öffnete. »Hier geht es in eine zweite Grotte, aber ohne Laterne werdet Ihr kaum etwas davon sehen. Es gibt dort keine Lichtquelle von oben. Aber da sie diesem Raum sehr ähnlich ist, verpaßt Ihr nicht viel. So, und jetzt zeige ich Euch, welchen Streich Achille Delborgo seinen Gästen am liebsten spielte.«

Sie kehrten um und gingen zum anderen Ende der Grotte. Hier befand sich ein weiterer Gang. Er war so niedrig, daß ein Mann darin kaum aufrecht stehen konnte. Carlo winkte Julian hinein.

Julian war erst ein paar Schritte gegangen, als eine dunkle Gestalt vor ihm hochsprang. Er blieb stehen und streckte vorsichtig seinen Gehstock aus. Der Stock traf auf Glas. »Ein Spiegel.«

»Ja«, lachte Carlo. »Achille führte oft Gäste hier herunter, zeigte ihnen die zwei Grotten und schickte sie dann in diesen Gang, von dem er behauptete, er führe in eine weitere

Grotte. In Wirklichkeit aber handelt es sich um eine Sackgasse mit einem Spiegel am Ende, so daß jeder, der eintritt, das Gefühl hat, als würde jemand auf ihn zukommen. Zu einer Zeit, als die Menschen noch gutgläubiger waren, muß das ziemlich beängstigend gewirkt haben, insbesondere, wenn es sich zu nächtlicher Stunde und im Licht einer Fackel abspielte.«

Julian untersuchte den Spiegel. Er war mannshoch und hing an Haken, die in eine Wand aus hartem, abgelagertem Holz getrieben waren.

»Nach Achilles Tod wurden die Grotten nur noch selten zur Unterhaltung von Gästen benutzt«, fuhr Carlo fort. »Man begann sich düstere Geschichten darüber zu erzählen: Angeblich soll irgendeine untreue Delborgo-Frau hier eingesperrt gewesen sein, bis sie verhungerte, und manche Fischer behaupten, nachts, wenn sie um den Berg herumfahren, noch immer ihre Schreie zu hören. Die Bauern der Gegend machen einen weiten Bogen um diesen Ort, und Bedienstete, die hier Wein holen müssen, bekreuzigen sich und sprechen ein Gebet, bevor sie hinuntersteigen.«

Die beiden Männer begaben sich wieder in die Hauptgrotte, von wo aus die Leiter zurück in die Welt der Lebenden führte. Carlo trat zurück, um Julian als ersten emporklettern zu lassen. Aber Julian blickte sich nachdenklich um. »Signore Conte, wärt Ihr so freundlich hinaufzugehen und draußen vor der Höhle auf mich zu warten? Ich werde Eure Geduld nicht länger als ein, zwei Minuten strapazieren.«

»Aber warum?«

»Ich würde gern ein kleines Experiment durchführen.«

»Wie Ihr wollt.«

Carlo stieg die Leiter hinauf und verschwand durch die schmale Öffnung in der Grottendecke. Ein paar Sekunden lang sperrte sein Körper das Licht aus, das sonst durch die Falltür hereinfiel, und tauchte die Grotte in beängstigende Dunkelheit. Dann kehrte das Licht zurück. Julian wartete noch eine halbe Minute, dann rief er, so laut er konnte: »Signor Conte! Signor Conte!«

Sein Ruf hallte gegen die Wände und die niedere, gewölbte Decke, als wäre er ein lebendiges Wesen, das zu entkommen versuchte. Nachdem Julian ein paar Herzschläge lang gewartet hatte, stieg er die Leiter hinauf und trat kurz darauf aus der Höhle. Benommen legte er die Hand über die Augen. Der Sonnenschein erschien ihm unwirklich und machte ihn schwindelig, als hätte er sein ganzes Leben unter der Erde verbracht.

Carlo sah ihn fragend an.

»Habt Ihr mein Rufen gehört?« fragte Julian.

»Nein.«

»Ihr habt gar nichts gehört?«

»Ich hätte nicht einmal gewußt, daß Ihr gerufen habt, wenn Ihr es mir nicht gerade gesagt hättet.« Carlo forschte in seinem Gesicht. »Welchem Zweck diente das eben?«

»Dem Erwerb von musikalischem Wissen«, antwortete Julian leichthin. »Dem Fortschritt der Wissenschaft. Einer möglichen zukünftigen Karriere als Erbauer von Opernhäusern.«

Du läßt dich gehen, tadelte eine Stimme in seinem Kopf. Du wirst dich in Schwierigkeiten bringen, Julian Kestrel.

Als er sich am frühen Abend zum Essen umzog, erzählte Julian Dipper von seinem Besuch in den Grotten und seinem Gespräch mit Carlo. »Das Ganze hat mir Appetit gemacht, mehr über Guido in Erfahrung zu bringen.«

»Ich habe versucht, etwas aus ihm herauszubekommen, Sir. Aber er ist zu alt, um sich mit mir anzufreunden – bestimmt schon an die Sechzig. Und er ist sehr verschlossen, ein richtiger Einsiedler – außer, wenn er würfelt oder Karten spielt.«

»Dann spiel mit ihm. Und laß ihn eine bescheidene Summe gewinnen.Ich werde dein Bankier sein.«

»Ja, Sir.« Dipper ging mit einer Kleiderbürste um seinen Herrn herum und bürstete seine Jacke ab. »Eines wollte ich Euch noch erzählen, Sir: Nina und ich sind im Garten spazierengegangen und hatten einen Plausch über die Reise

Ihrer Ladyschaft nach Belgirate. Das Ganze hat ziemlich lang gedauert –«

»Das kann ich mir vorstellen«, sagte Julian, der ein wenig über Dippers Spaziergänge mit Dienstmädchen Bescheid wußte.

»Wegen der Sprache, Sir«, erklärte Dipper geduldig. »Sie spricht kein Englisch, und ich bin keine solche Leuchte in Mailändisch, daß ich auf Anhieb alles verstehe, was sie sagt. Jedenfalls war sie 21 mit ihrer Ladyschaft in Turin, als die Rebellen ihren Aufstand begannen. Ihre Ladyschaft brach mit Nina und zwei männlichen Dienern nach Mailand auf. Sie reisten nicht standesgemäß, sondern in einer richtigen Klapperkutsche.«

Es ergab durchaus einen Sinn, daß die Marchesa Turin inkognito verlassen hatte, dachte Julian. Ihre übliche Gefolgschaft uniformierter Diener und die Kutsche mit dem Malvezzi-Wappen hätten vielleicht die unerwünschte Aufmerksamkeit der Rebellen auf sie gezogen. Aber gleichzeitig wurde es durch die Art, wie sie reiste, sehr schwer, sie zu finden oder ihre Reiseroute im nachhinein zu rekonstruieren.

»Sie sind in aller Herrgottsfrühe aufgebrochen, Sir«, fuhr Dipper fort, »und haben den Weg nach Novara eingeschlagen. Aber gegen Mittag behauptete Ihre Ladyschaft, sie habe gehört, es seien Rebellen auf der Straße vor ihnen, und sie müßten ihre Route ändern, um ihnen aus dem Weg zu gehen. Nina hatte nichts von irgenwelchen Rebellen gehört, aber sie wollte keine Fragen stellen. Also sind sie wie der Teufel gefahren und noch am selben Abend in Belgirate angekommen.«

»Warum sind sie ausgerechnet nach Belgirate?«

»Das wußte Nina auch nicht, Sir.«

»Wie lange waren sie dort?«

»Einen Tag und eine Nacht, Sir. Dann hat sie ein von Marchese Rinaldo losgeschickter Suchtrupp aufgespürt. Marchese Rinaldo ist noch am selben Abend gekommen, und am nächsten Morgen sind sie alle zurück nach Mailand.«

»Die Nacht, die Rinaldo und die Marchesa in Belgirate verbracht haben – war das die Mordnacht?«

»Nein, Sir, der Mord ist in der Nacht zuvor passiert.«

»Demnach also in der zweiten Nacht, die die Marchesa in Belgirate verbrachte«, rechnete Julian. »Ich nehme an, Nina kann bezeugen, daß sie tatsächlich dort waren.«

»Kann sie eben nicht. Sie wurde am Abend ihres Eintreffens krank, und Ihre Ladyschaft ordnete an, sie zur Ader zu lassen. Sie hat die nächsten vierundzwanzig Stunden fast nur geschlafen. Deswegen hat sie keinen blassen Schimmer, was Ihre Ladyschaft in der Zwischenzeit getan hat.«

»Teufel auch! Das Personal aus der Gaststätte wird sich nach der langen Zeit bestimmt nicht mehr erinnern. Die Marchesa hätte sich unter dem Vorwand, nicht gestört werden zu wollen, in ihr Zimmer zurückziehen können, um dann hierher zu reisen, den Mord zu begehen und nach fünfzehn Stunden wieder in Belgirate zu sein, während die Diener geglaubt hätten, sie würde sich bloß von ihrer langen Reise erholen.«

Dipper hörte auf, den Rücken von Julians Jacke zu bürsten und trat vor ihn, um ihn ermutigend anzusehen. »Das hätte sie alles planen müssen, meint Ihr nicht, Sir?«

»Wahrscheinlich.«

»Aber Sir, sie konnte doch nicht wissen, daß ihre Zofe krank werden und nichts von alldem mitbekommen würde.«

»Nein«, antwortete Julian mit kühler Gelassenheit, »es sei denn, sie war selbst dafür verantwortlich.«

Dipper bekam ganz runde Augen. »Ihr meint, sie könnte Nina vergiftet haben, Sir?«

»Möglich. Falls die Marchesa irgend etwas Teuflisches im Schilde führte, kam ihr Ninas Krankheit auf jeden Fall sehr gelegen.« Er entspannte sich etwas. »Natürlich spricht auch einiges dafür, daß die Marchesa nichts mit der Sache zu tun hat. Zum einen wäre sie ein außergewöhnliches Risiko eingegangen. Sie hatte kein Alibi für die Tatzeit und konnte nicht wissen, daß sich die Behörden bei ihren Ermittlungen selbst Fesseln anlegen würden, um das Ganze geheimzuhalten, oder daß sie sich so schnell auf Orfeo als Mörder festlegen würden. Außerdem ist schwer vorstellbar, daß eine so kultivierte Frau des Nachts allein durch eine Gegend reist, in der es von Schmugglern und Soldaten nur so wimmelt.«

Er stützte sich nachdenklich auf den Kaminsims. »Wenn ich Commissario Grimani wäre, weißt du, was ich dann sagen würde? Ich würde sagen: Es ist höchst unwahrscheinlich, daß die Marchesa ihren Mann selbst getötet hat. Falls sie irgendwie die Finger im Spiel hatte, dann höchstens als Komplizin des eigentlichen Mörders – Orfeo. Als Orfeo nach dem Mord aus der Villa floh, muß es ihm erst einmal darum gegangen sein, aus dem österreichischen Italien herauszukommen. Die Schweizer Grenze in Chiasso ist nicht weit entfernt, aber gut bewacht. Vielleicht ist er quer über den See nach Piemont gefahren, wo die Marchesa mit Pferden, Vorräten und allem, was er sonst noch brauchte, auf ihn wartete.«

Er lächelte zweifelnd. »Keine schlechte Theorie. Die Marchesa würde eine erstklassige Komplizin abgeben: Sie ist klug, sie besitzt einen scharfen Verstand, und sie ist in der Lage, in einer Krise einen kühlen Kopf zu bewahren. Die Frage ist nur – wessen Komplizin könnte sie gewesen sein? Rinaldo ist der einzige, von dem wir mit Sicherheit wissen, daß er bei ihr in Belgirate war. Kann es sein, daß sie sich absichtlich unsichtbar gemacht hat, damit er unter dem Vorwand, sie zu suchen, durch die Gegend reiten konnte? Falls man ihn in der Villa erwischt hätte, hätte er behaupten können, er sei gekommen, um zu berichten, daß die Marchesa vermißt sei. – Wo sind meine Handschuhe?«

Dipper reichte sie ihm. Während Julian sie anzog, spann er diesen Gedanken weiter. »Dann ist da noch de la Marque. Er gibt zu, zur selben Zeit wie die Marchesa in Turin gewesen zu sein, aber nichts weist darauf hin, daß er ihr nach Belgirate gefolgt ist.« Julian, der gerade damit beschäftigt war, an seinem Handschuh einen Knopf zu schließen, blickte auf. »Wie lange war die Marchesa in Turin?«

»Etwa einen Monat«, sagte Nina.
»Warum hat sie sich dort aufgehalten?«
»Das weiß ich nicht, Sir.«
Julian überlegte. Was die ersten drei Monate des Jahres 1821 betraf, waren über Turin drei bedeutsame Dinge zu sagen: Die Marchesa war hingereist, de la Marque war hingereist, und die Rebellion hatte stattgefunden. Je länger er darüber nachdachte, desto sicherer war er, daß zumindest zwei dieser Ereignisse zusammenhingen. Konnten die Marchesa oder de la Marque etwas mit der Revolte zu tun gehabt haben, entweder auf der Seite der Regierung oder der Rebellen? Oder waren sie nur nach Turin gereist, um dem autokratischen und vielleicht auch eifersüchtigen Ehemann der Marchesa aus dem Weg zu gehen? Julian hoffte, daß die Politik und nicht die Liebe sie nach Turin geführt hatte. Trotzdem mußte er die Möglichkeit in Betracht ziehen, daß es, insbesondere in Italien, auch beides gewesen sein könnte.

16

Am nächsten Morgen stieg die Gesellschaft aus der Villa am Pier von Solaggio aus ihren Booten und spazierte zur Kirche hinauf. Die Marchesa ging Arm in Arm mit Carlo. Hinter ihnen folgte Nina mit einem Kissen aus rotem Samt, das ihrer Herrin während der Messe als Unterlage für ihre Knie dienen sollte.

Die Gemeinde, die an der Kirchentür Schlange stand, war sehr groß – vielleicht waren Leute aus den umliegenden Gemeinden hinzugekommen, um die Marchesa und ihre Gäste zu sehen. Alle machten Platz, als die Malvezzi-Gesellschaft die Kirche betrat. De la Marque tauchte die Finger ins Weihwasserbecken und hielt sie der Marchesa hin. Lächelnd sah er ihr in die Augen, während sie ihre Finger auf seine legte, um sie mit dem heiligen Wasser zu benetzen. Diese hübsche Zeremonie ärgerte Julian maßlos. Er war ziemlich sicher, daß de la Marque es mit den Ritualen der katholischen

Kirche sonst nicht so genau nahm. Trotzdem verstand sich Julian nicht gut genug auf die Kunst der Selbsttäuschung, um tatsächlich zu glauben, daß seine Entrüstung religiöser Natur war.

Die Kälte und Düsterheit der Kirche stand in starkem Gegensatz zu dem Sonnenschein und der Fröhlichkeit draußen. Die dünnen Kerzen und schwach brennenden Lampen brachten nur einen Hauch von Licht in die Dunkelheit. Don Cristoforo begab sich an seinen Platz vor dem Hochaltar und sprach, eingehüllt in Weihrauchwolken, mit monotoner Stimme die altehrwürdigen lateinischen Worte. Von Zeit zu Zeit antworteten ihm seine Schäflein mit sanftem Gemurmel. Julian gab den Leuten Anlaß zu abergläubischer Furcht, weil er als einziger nicht zur Kommunion ging. Wie er gehofft hatte, war die Musik sehr gut. Niemand schien sich daran zu stören, daß neben liturgischen Gesängen auch Melodien aus Rossinis Opern zu hören waren.

Nach der Messe begab sich die Gesellschaft aus der Villa zurück zum Hafen. Als sie sich dem Pier näherten, hörte Julian hinter sich einen leisen Schrei. Er drehte sich um. Nina stand wie angewurzelt da und starrte mit schmerzerfüllten Augen zum Pier hinunter. Er folgte ihrem Blick. Dipper saß auf einem der steinernen Wellenbrecher und ließ die Füße über dem Wasser baumeln. Neben ihm saß Rosa, die schwarzäugige Verführerin aus der »Nachtigall« und hielt ihr Gesicht ganz nah vor seines, während sie sich lachend mit ihm unterhielt.

Dipper entdeckte Nina. Sofort eilte er an ihre Seite und erklärte ihr in seinem Kauderwelsch aus gebrochenem Mailändisch und ausdrucksvollen Gesten, daß er gekommen sei, sie von der Kirche abzuholen. Zunächst wich sie vor ihm zurück, aber nachdem er eine Weile auf sie eingeredet hatte, war sie schließlich bereit, seinen Arm zu nehmen. Rosa sah ihnen mit zusammengekniffenen, gefährlich funkelnden Augen nach, die Hände in die Hüften gestemmt. Julian war klar, daß sie ihrer Rivalin den Krieg erklärt hatte.

Das Leben in der Villa verlief bald in geregelten Bahnen. Tagsüber ging man getrennte Wege. Die Marchesa unternahm Bootsfahrten oder Spaziergänge im Garten, besuchte benachbarte Villen oder machte Ausflüge in besonders schöne Gegenden. Oft wurde sie dabei von Carlo begleitet, manchmal auch von Julian oder de la Marque.

Carlo verbrachte einen Großteil seiner Zeit auf dem See. Er war ein erstklassiger Ruderer, der die Launen des Sees ebensogut kannte wie die einheimischen Bauern. Trotzdem fragte sich Julian manchmal, ob er nicht zuletzt deswegen so oft rudern ging, weil er der Villa entkommen wollte. Obwohl er es Beatrice nicht spüren ließ, verband er mit dem Haus zweifellos schmerzhafte Erinnerungen.

Grimani verbrachte seine Zeit damit, die ortsansässigen Gendarmen zu überwachen, die die Villa, den Garten und die umliegende Gegend systematisch nach Hinweisen durchkämmten. Er hielt sich nur selten in der Villa auf, aber das Gefühl von Befangenheit, das die anderen seinetwegen empfanden, war immer ein wenig spürbar, weil er – oder sein Schatten Zanetti – die Angewohnheit hatte, völlig unerwartet aufzutauchen.

Donatis Schüler Sebastiano sprach selten, lief dafür sehr oft mit finsterer Miene herum und absolvierte jeden Tag seine Gesangsübungen. Sein *Che invenzione, che invenzione* gab immer wieder zu Gelächter Anlaß, weil mittlerweile alle nachsichtig, wenn auch leicht verzweifelt, die Augen verdrehten, sooft sie es hörten.

Julian fuhr fort, die Gegend zu erkunden. Er sprach mit einer Reihe von Leuten über den Mord, unter anderem mit Ruga und Curioni. Er bestieg den großen Felsen und umkreiste die grimmigen grauen Mauern von Castello Malvezzi, auch wenn er in Rinaldos Abwesenheit nicht hineingelangen konnte. Manchmal wanderte er zu den Hügeln hinauf und streifte durch die Wälder voller leuchtender Herbstbeeren oder entlang felsiger Schluchten, durch die funkelnde Ströme flossen. Oft stieg er noch höher und beobachtete die am Himmel kreisenden Adler oder genoß den großartigen Blick auf die lombardische Ebene und die schneebedeckten Gipfel der Alpen.

Zunächst hatte er Bedenken, MacGregor zu vernachlässigen, aber wenn er nach ihm Ausschau hielt, um ihn zu den Exkursionen einzuladen, konnte er ihn häufig nicht finden. MacGregor war entweder mit Carlo fischen gegangen oder besuchte mit Curioni einen Patienten oder beobachtete die Fischer und ihre Frauen bei der Arbeit.

»Ihr habt das *dolce far niente* entdeckt«, sagte Julian eines Tages zu ihm, als er ihn mit der unvermeidlichen Tasse schlechten Tees auf der Terrasse der »Nachtigall« traf.

»*Dolce far* – was?«

»Das ist eine italienische Redewendung und bedeutet ›süßes Nichtstun‹.«

»Ich tue nicht nichts!« widersprach MacGregor entrüstet. »Ich lerne gerade, wie die Leute hier ihren Wein machen.« Er deutete auf eine Stelle am Ufer, wo zwei nackte kleine Jungen in einem großen Faß voller Trauben herumsprangen und sich gegenseitig mit dem Saft bespritzten.

»Ich bitte vielmals um Verzeihung«, sagte Julian mit einem Zwinkern. »Dann muß ich mir wohl eingebildet haben, daß Ihr fest geschlafen habt, als ich Euch vorhin hier entdeckt habe.«

»Hmpf! – Nun ja, vielleicht bin ich tatsächlich ein, zwei Minuten eingenickt.« MacGregor hatte sich wieder gefangen. »Was soll ich auch anderes tun – nun, da wir hier im Land der Lotusesser gelandet sind, bloß weil Ihr den waghalsigen Plan gefaßt habt, ein Verbrechen aufzuklären, das Euch überhaupt nichts angeht!«

Julian dämmerte, daß MacGregor sein neues Gefühl von Freiheit der Tatsache zu verdanken hatte, daß sie nun endgültig in Italien festsaßen. Solange es in seiner Macht gestanden hatte, zu seinen Patienten in England zurückzukehren, war er ihretwegen in Sorge gewesen. Aber nun, da er versprochen hatte, bis zur Aufklärung des Mordes in der Villa zu bleiben, war er zum Faulsein gezwungen. Den Rest hatte Italien besorgt.

An Julians viertem Tag am See unternahm er gerade wieder einen seiner Streifzüge und folgte dem gewundenen Weg eines Bergbachs, als er plötzlich das Hinterteil eines Mannes unter einer Stechpalme herausragen sah. Auf englisch fragte er: »Habt Ihr etwas verloren?«

Der Mann kroch unter dem Busch hervor. »Nein, nicht direkt. Ich habe gerade versucht, eine Eidechse zu fangen, aber die Tierchen rennen verflucht schnell.« Er stand auf und klopfte sich energisch die Erde von der Hose. »Woher habt Ihr gewußt, daß ich Engländer bin?«

»Nicht viele Italiener tragen englischen Köper, und diejenigen, die es tun, riskieren nicht, ihn zu ruinieren, indem sie unter Büschen herumkriechen.«

»Verstehe.« Der Mann grinste. »Sehr wissenschaftlich gedacht. Ich bin ganz Eurer Meinung.«

Er war etwa in Julians Alter, wirkte grobknochig und schlaksig und hatte drahtiges braunes Haar und ein Gesicht, das aussah, als wäre es völlig willkürlich aus Teilen anderer Gesichter zusammengesetzt, die deren Besitzer nicht hatten haben wollen. Der Gesamteindruck war überraschend angenehm, was vielleicht auch an den fröhlichen braunen Augen und dem breiten Grinsen des jungen Mannes lag.

Er rettete seinen Hut aus den Tiefen des Busches und setzte ihn auf. »O verdammt!« Er nahm den Hut wieder ab und fuhr sich mit den Fingern durchs Haar. »Ilexdornen!« Er sprach das Wort aus, als handle es sich dabei um einen Fluch. Dann schüttelte er den Hut kräftig aus und setzte ihn ein zweites Mal auf. »So ist es besser! Guten Tag, Sir. Ich bin Hugo Fletcher.«

Er streckte die Hand aus, und Julian schüttelte sie. »Euer ergebener Diener, Mr. Fletcher. Ich bin Julian Kestrel.«

»Nein – wirklich?«

Julian lächelte. »Zumindest steht es so in meinem Paß, und in Italien sollte niemand mit seinen *documenti* auf Kriegsfuß stehen.«

»Wohnt Ihr hier in der Nähe?«

»Ja, in der Villa Malvezzi.«

»Das ist aber ein glücklicher Zufall. Würde es Euch etwas ausmachen, wenn ich Euch als Zeitvertreib mißbrauchen würde?«

»Wie meint Ihr das?«

»Ich bin der Privatlehrer von Beverley St. Carr. Er ist auf Kavalierstour, und seine Eltern haben mich in der irrigen Annahme, ich könnte ihn aus allen Schwierigkeiten heraushalten, als seinen Begleiter mitgeschickt. In Mailand hat es seinetwegen Ärger gegeben, weshalb ich ihn hierhergebracht habe, aber schon jetzt langweilt er sich zu Tode. Aber wenn er hört, daß Ihr hier seid, wird er begeistert sein – er hat nämlich Ambitionen, ein Dandy zu werden. Aber er darf Euch auf keinen Fall jetzt gleich kennenlernen. Wenn er sich um Eure Bekanntschaft bemühen muß, könnte ihn das wochenlang beschäftigt halten.«

»Ihr scheint Eure Arbeit nicht besonders zu lieben«, bemerkte Julian.

»Ich weiß nicht, ob Ihr je für einen reichen jungen Mann mit wenig gesundem Menschenverstand und noch weniger Disziplin verantwortlich wart, und das in einem Land, wo der Wein zu schnell und die Frauen zu langsam laufen. Vielleicht habt Ihr mal versucht, einen Bienenschwarm in Eurer Hosentasche herumzutragen – damit läßt es sich in etwa vergleichen.« Fletcher grinste schuldbewußt. »Ich rede zuviel. Das liegt nur daran, daß ich schon so lange kein kultiviertes Gespräch mehr geführt habe.«

»Arbeitet Ihr hauptberuflich als Privatlehrer?«

»Ich bin eigentlich Naturalist. Eine Zeitlang habe ich in Berlin einem deutschen Naturalisten bei der Arbeit an einem Buch über Arachnoiden geholfen – das sind Spinnen, müßt Ihr wissen. Aber als mein Vater starb, mußte ich nach England zurückkehren. Er war Lord St. Carrs Verwalter, und die St. Carrs haben eine Menge für mich getan – mich an die Universität geschickt und mir geholfen, es in der Welt zu etwas zu bringen. Als sie mich baten, mit ihrem Sohn ins Ausland zu reisen, konnte ich nicht ablehnen.«

»Hugo!« rief eine männliche Stimme. »Hugo, wo bist du?«

»Hier drüben, Beverley«, antwortete Fletcher resigniert.

Beverley St. Carr tauchte hinter der nächsten Biegung des Baches auf, den Hut in der Hand, das hellbraune Haar zerzaust. Er war Anfang Zwanzig und schien nur aus langen Fohlenbeinen und großen blauen Augen zu bestehen. Seine Jacke wirkte mit ihren lächerlich großen Schulterpolstern und überlangen Ärmeln wie eine Parodie der neuesten Mode. Mantel, Hut und Hose waren naß und voller Schlamm.

»Lieber Himmel!« sagte Fletcher. »Was hast du denn nun wieder angestellt?«

»Ich habe gar nichts angestellt! Ich bin am Bach entlanggegangen, und ein paar Mädchen sind mit Körben voller Wäsche auf mich zugekommen. Da bin ich hinter ein paar Büsche getreten – um ihnen den Weg freizumachen, versteht sich –, aber sie haben mich gesehen und ein schreckliches Gezeter veranstaltet.«

»Das ist aber seltsam«, meinte Fletcher.

»So seltsam nun auch wieder nicht«, murmelte Julian. »Hier in der Gegend schieben die Frauen ihre Röcke bis über die Knie hoch, wenn sie Wäsche waschen.«

»O Beverley!« Fletcher schüttelte vorwurfsvoll den Kopf.

»Ich habe sie schließlich nicht gebeten, mir ihre Beine zu zeigen, oder?« gab St. Carr in beleidigtem Ton zurück. »Wenn sie in der Öffentlichkeit so herumlaufen, können sie von einem Mann nicht erwarten, daß er die Augen schließt.«

»Ihnen war nicht klar, daß sie sich in der Öffentlichkeit befanden«, sagte Fletcher. »Kein Wunder, daß sie Krach geschlagen haben, als sie dich dort lauern sahen.«

»Ich habe nicht gelauert! Ich habe bloß – ach, ist ja völlig egal, was ich getan habe. Hugo, sie haben mich mit Steinen beworfen! Sie sind mir nachgerannt und haben mich mit Wasser bespritzt und mich angeschrien. Ich weiß nicht, was sie gerufen haben, aber es klang nach den schlimmsten Schimpfworten. Und dann ist mein Hut auf den Boden gefallen und ich bin draufgestiegen, und sie haben einfach nur die Hände in die Hüften gestützt und mich ausgelacht.« Er starrte Fletcher an. »In England wäre das nie passiert!«

»In England hättest du dich besser benommen.«

»Nein, hätte ich nicht! Ich meine – ich glaube nicht, daß ich mich schlecht benommen habe. Ich wollte doch nur einen Spaziergang machen.« Mit deprimiertem Gesichtsausdruck trat er nach einem Stein. »Was soll man an diesem langweiligen Ort auch anderes tun? Da hätten wir ja gleich nach Hampshire fahren können!«

Julians Blick wanderte zu dem Bach hinüber, der sich zwischen bewaldeten Felsen hindurchschlängelte und schließlich als kristallklare Kaskade in den See stürzte. »Hampshire muß offenbar Vorzüge haben, die mir bisher entgangen sind.«

»Das ist alles schön und gut, wenn man für Landschaften schwärmt«, sagte St. Carr. »Aber als ich auf den Kontinent kam, dachte ich, ich würde etwas *tun*.«

»Was du ja auch ausgiebig getan hast«, antwortete Fletcher. »Genau da liegt das Problem. Soll ich dich jetzt diesem Herrn vorstellen, oder möchtest du weiterhin mit ihm reden, als wäre er ein Lakai?«

Zum erstenmal wirkte St. Carr ein wenig beschämt. »Ich bitte vielmals um Verzeihung, Sir«, sagte er zu Julian. »Ich wollte nicht unhöflich sein. Ich war nur ein bißchen durcheinander, weil man mir so übel mitgespielt hat.«

»Sollen wir ganz von vorn anfangen?« schlug Julian vor. »Euer ergebener Diener, Sir. Julian Kestrel.«

Er streckte die Hand aus, aber St. Carr starrte ihn nur mit offenem Mund an. »Du meine Güte! Wie – wie um alles in der Welt – Hugo, wieso hast du mir nicht gesagt, wer dieser Gentleman ist?«

»Das wollte ich ja«, entgegnete Fletcher, »aber *irgend jemand* hat einfach nicht zu reden aufgehört.«

St. Carr blickte betrübt auf seine ruinierten Sachen. »Ich laufe nicht immer so herum, Mr. Kestrel. Diese Frauen –«

»Das verstehe ich durchaus, Mr. St. Carr. Ein solches Mißgeschick kann jedem Gentleman mal passieren.«

»Das ist sehr freundlich von Euch!« St. Carrs Miene hellte sich auf. »Ihr solltet mich sehen, wenn ich anständig angezogen bin. Dann mache ich durchaus eine gute Figur.«

»Das kann ich mir vorstellen«, antwortete Julian.

St. Carr warf seinem Privatlehrer einen triumphierenden Blick zu. Dann fiel sein Blick auf Fletchers Hose. »Du bist ja selbst völlig verdreckt, Hugo! Wie ist denn das passiert?«

»Ich habe versucht, eine Eidechse zu fangen.«

St. Carr verdrehte die Augen. »Fängst du jetzt wieder damit an? Verflixt noch mal, Hugo, du warst in Oxford! Dank meinem Vater bist du ein Gentleman. Ich finde, du könntest dir eine bessere Beschäftigung suchen als dieses ewige Blättersammeln und Aufschneiden von Eidechsen.« Er wandte sich an Julian. »Ihr habt keine Vorstellung, wie schaurig dieses Sezieren ist, Mr. Kestrel. Zu Hause hat er nach der Jagd oft ein Kaninchen oder einen Vogel mit auf sein Zimmer genommen und das Tier dann aufgeschnitten, um es zu studieren. Ich habe ihn einmal dabei ertappt – über die Leiche seines verstümmelten Opfers gebeugt und bis über die Ellbogen voller Blut!«

»Du hast mal wieder Monk Lewis gelesen«, seufzte Fletcher. »Heute nacht wirst du vor Angst halb sterben, sooft eine Bodendiele knarrt, und jede Stunde aufstehen, um nachzusehen, ob deine Pistolen wirklich geladen sind.«

Julian ging durch den Kopf, daß diese beiden schon viel zuviel Zeit miteinander verbracht hatten. »Hättet Ihr Lust auf ein wenig Gesellschaft? Es wäre mir eine Freude, bei Marchesa Malvezzi eine Einladung für Euch einzuholen.«

St. Carrs Augen leuchteten auf. Er wollte etwas sagen, aber Fletcher kam ihm zuvor. »Das ist sehr freundlich von Euch, aber bei einer privaten Gesellschaft wollen wir nicht stören.«

»Ich zweifle nicht daran, daß die Marchesa sich freuen wird, Euch kennenzulernen.« Mit hochgezogenen Augenbrauen fragte er Fletcher: »Könnt Ihr singen?«

Fletcher sah ihn einen Moment lang verständnislos an. Dann lachte er. »Nicht, ohne öffentliches Ärgernis zu erregen. Warum? Wollt Ihr ein Konzert organisieren?«

»Nein«, antwortete Julian, »um ehrlich zu sein, ermittle ich in einem Mordfall.«

St. Carr starrte ihn mit offenem Mund an. »Einem Mordfall? Aber natürlich, Ihr habt schon mehrere Mordfälle aufgeklärt, nicht wahr? Ich habe in *Bell's Life in London* alles darüber gelesen. Wer ist ermordet worden? Wie ist er umgebracht worden? Wann ist das Verbrechen passiert?«

»Ich nehme an, es handelt sich um den Mord an Marchese Malvezzi«, sagte Fletcher langsam. »Wir haben in Mailand ein wenig darüber gehört. Das Ganze ist schon Jahre her, nicht wahr?«

»Viereinhalb Jahre«, antwortete Julian. »Aber die tatsächliche Todesursache ist erst kürzlich ans Licht gekommen.«

»Viereinhalb Jahre?« fragte St. Carr enttäuscht. »Dann hat sich der Mörder bestimmt schon längst aus dem Staub gemacht.«

»Nicht unbedingt, Mr. St. Carr. Manchmal ist das offensichtlichste das sicherste Versteck.«

»Ihr meint – irgendwo hier in der Nähe?« St. Carr sah sich aufgeregt um. Seinem Blick nach zu urteilen war ihm plötzlich ein wenig mulmig zumute.

»Die Stechpalme hat Mr. Fletcher bereits abgesucht«, meinte Julian.

»Ein Mörder ganz in unserer Nähe!« Fletcher schüttelte mit amüsierter Bestürzung den Kopf. »Dabei habe ich Beverley hierhergebracht, um ihn aus allen Schwierigkeiten herauszuhalten!«

17

Julian berichtete der Marchesa von Fletcher und St. Carr, woraufhin sie die beiden gleich für den nächsten Abend zum Kaffee einlud. Sie bemerkte bei dieser Gelegenheit, wenn es so weitergehe, würden die Engländer in der Villa bald in der Überzahl sein. Aber als sie und Julian später noch einmal auf dieses Thema zu sprechen kamen, wirkte sie nachdenklich. Sie hatten das Musikzimmer für sich allein, weil die milde Abendluft die anderen dazu verführt hatte, sich länger draußen aufzuhalten.

»Findet Ihr es nicht seltsam, daß plötzlich zwei junge Engländer fast auf unserer Türschwelle auftauchen?« fragte sie.

»Nicht unbedingt. Besuchen nicht ziemlich viele Ausländer den Comer See?«

Sie seufzte. »Wahrscheinlich ist es zuviel verlangt, wenn wir erwarten, daß uns Orfeo direkt in die Arme läuft.«

»Ich glaube nicht, daß das jemand erwartet, außer vielleicht de la Marque.«

»Das ist seltsam, nicht wahr?« meinte sie nachdenklich. »Warum, glaubt Ihr, ist er so sicher, daß Orfeo gefunden werden wird?«

Julian zuckte mit den Achseln. »Was Monsieur de la Marque von sich gibt, ist zu drei Teilen Spott und zu einem Teil Geheimniskrämerei. Man kann aus seinen Worten niemals schließen, was er gerade denkt.«

»Ihr mögt ihn nicht«, stellte sie fest.

»Ich würde ihn wahrscheinlich lieber mögen, Marchesa, wenn Ihr ihn weniger mögen würdet.«

Sie lächelte. »Dabei habe ich ihn nur Euch zuliebe eingeladen, weil Ihr gesagt habt, daß Ihr Eure Bekanntschaft mit ihm vertiefen wollt.« Sie berührte ihn leicht am Arm. »Wie ist es, wollt Ihr etwas für mich spielen?«

Sie trat ans Klavier und nahm einen Stapel Noten aus einem Fach. »Hier.« Sie zog Beethovens *Appassionata*-Sonate heraus.

»Lodovico hat dieses Stück bewundert, obwohl er deutsche Musik sonst nicht mochte. Falls Ihr Lust habt, es zu spielen, werde ich die Seiten für Euch umblättern.«

Er nahm am Klavier Platz. Sie stellte sich neben ihn und beugte sich von Zeit zu Zeit vor, um eine Seite umzublättern. Das störte seine Konzentration, verstärkte aber ungemein die Glut seines Spiels. Nachdem er geendet hatte, klatschte die Marchesa in die Hände. *»Bravissimo!«*

Julian verbeugte sich. Sie streckte die Hand aus, um die Sonate vom Notenständer zu nehmen – beugte sich dann aber vor, um sie sich näher anzusehen. »Wie seltsam. Seht Euch das an.«

Sie deutete auf das Ende der Seite, wo die Zeilen ein wenig über die letzten Noten hinausragten. Mit blauer Tinte war dort dreimal dasselbe Paar Achtelnoten hingekritzelt worden: *F* und *H*.

»Das ist Lodovicos Schrift«, sagte sie.

»Seid Ihr sicher?«

»Ja. Ich habe ihn oft Passagen aus neuen Stücken notieren sehen.«

Julian betrachtete die Noten mit gerunzelter Stirn. Schließlich fragte er sie: »Hat Ernesto Euch erzählt, daß er glaubt, Marchese Lodovico sei vor seinem Tod damit beschäftigt gewesen, ein Musikstück zu komponieren?«

»Ja. Ich erinnere mich, daß ich ein wenig überrascht war, weil es nie gefunden wurde. Aber in der ganzen Aufregung über Lodovicos Tod habe ich nicht weiter darüber nachgedacht.«

»Ernesto hat außerdem gesagt, Marchese Lodovico habe die Angewohnheit gehabt, auf jedes Stück Papier, das ihm in die Finger kam, Musiknoten zu kritzeln. Dies könnte eines dieser Papiere sein.« Er warf einen Blick auf das Notenfach unter dem Klavier. »Hat das alles Lodovico gehört?«

»Ja. Meint Ihr, wir werden noch mehr solche Notizen finden?«

»Wir sollten zumindest nachsehen«, antwortete er.

Sie setzten sich nebeneinander auf die Klavierbank und blätterten Stapel von Notenblättern durch. Schließlich sagte Julian: »Ich habe etwas gefunden.«

Als sich die Marchesa zu ihm hinüberbeugte, streifte ihr weiches dunkles Haar seine Wange. »*C – Fis*«, las sie. »Dieselben zwei Noten, an drei – nein, vier Stellen der Seite, sooft in einer Zeile noch Platz war. Das ist eindeutig Lodovicos Handschrift. Was ist das für ein Stück?«

»Ach, das ist eine Arie aus Rossinis *Mohammed II.*« Er blätterte zur Titelseite. »Uraufgeführt im Dezember 1820. Demnach muß Marchese Lodovico diese Noten irgendwann zwischen Dezember 1820 und seinem Tod im März 1821 notiert haben.«

»Genau die Zeit, in der er Orfeo kannte«, bemerkte die Marchesa ruhig.

Sie sahen die restlichen Notenblätter durch, fanden aber keine Notizen mehr. »Was könnte er für einen Grund gehabt haben, auf einer Seite immer wieder dieselben zwei Noten zu schreiben?« überlegte die Marchesa.

»Vielleicht kämpfte er mit einer schwierigen Passage in seiner Komposition, und diese Noten waren ein Teil davon.«

Die Erinnerung ließ sie lächeln. »Er hatte tatsächlich die Angewohnheit, geistesabwesend Dinge niederzuschreiben, die ihn beschäftigten. Ich habe einmal den Namen seiner gerade aktuellen Geliebten herausgefunden, weil er ihn auf ein Stück Packpapier von Ricordi gekritzelt hatte.«

»Habt Ihr mit ihm gestritten?«

»Himmel, nein, ich habe mich wegen seiner Geliebten nie mit Lodovico gestritten. Er war ein sehr vitaler Mann – ich fand es nur natürlich, daß er sich Geliebte nahm. Ich habe ihn deswegen manchmal aufgezogen. Er hat es mit Humor getragen.«

Sie klappte ihren Fächer auseinander und bewegte ihn sanft vor und zurück. »Weil wir gerade über Namen sprechen – der Eure gefällt mir besser, wenn man ihn italienisch ausspricht: Giuliano. Ich würde Euch gern manchmal so nennen, wenn wir allein sind.«

»Bitte tut es nicht allzuoft – nicht öfter als ein- oder zweimal pro Abend.«

»Wieso denn das?«

»Wegen der Wirkung, die es auf mich hat. Die Leute werden glauben, ich sei in den Weinkeller eingebrochen.«

Sie lachte. »Sagt mir eines, Signor Kestrel –«

»Giuliano?« schlug er vor.

»Für einen Mann, der solche Bedenken hat, sich zu berauschen, habt Ihr es aber sehr eilig, die Flasche zu entkorken. Also gut, Giuliano – löst dieses Rätsel für mich. Ihr flirtet wie ein Franzose, argumentiert wie ein Deutscher und kennt Euch mit Musik aus wie ein Italiener. Wie kommt es, daß Ihr trotz alledem so durch und durch englisch seid?«

»Der Nationalcharakter läßt sich schwer ausmerzen. Ich habe ein paar Jahre auf dem Kontinent gelebt und mir dabei eine Politur zugelegt, so wie Eichentische sich als Rosenholz oder Schildpatt verkleiden. Aber das darunterliegende Material bleibt dasselbe.«

»Ihr erinnert mich eher an meinen Mahagoni-Nachttisch. Er hat genau die Farbe Eures Haars. Und er hat schöne Beine.«

Julian errötete wie ein Schuljunge.

Sie fragte: »Wie sagt man Beatrice auf englisch?«

»Es wird genauso geschrieben, aber anders ausgesprochen.« Er sagte es für sie. Verglichen mit der italienischen Aussprache klang es abgehackt und hart.

»Auf italienisch gefällt es mir besser.«

Er sah in ihre großen, dunklen, funkelnden Augen. »Mir auch.«

Ein kurzes, scharfes Klappern ließ sie beide hochfahren. Ihr Armreif war aufgegangen und auf den Boden gefallen. Es war der, den sie immer an ihrem rechten Handgelenk trug, bestehend aus mehreren Strängen Staubperlen und einem großen ovalen Goldverschluß, der mit einem Rubin besetzt war. Julian beugte sich hinunter, um ihn für sie aufzuheben, und sah bei dieser Gelegenheit zum erstenmal, was sich auf der Innenseite des Verschlusses befand. Es handelte sich um ein winziges Porträt eines jungen Mannes mit dunklen Augen und einem schwarzen Schnurrbart. Er trug eine grüne Uniform mit roten Aufschlägen und goldenen Epauletten und dazu einen Messinghelm mit einem Leopardenfellturban und einem schwarzen Federbusch. Julian hatte diese Uniform auf Gemälden von Schlachten gesehen – und, geflickt und schlecht sitzend, an Veteranen, die auf den Straßen von Paris bettelten. Das Porträt, das die Witwe Lodovico Malvezzis an ihrem Handgelenk verborgen hielt, zeigte einen Offizier aus Napoleons Elitetruppe.

Julian blickte auf und stellte fest, daß sie ihn mit einem unergründlichen, leicht lächelnden Blick betrachtete. Sie wirkte kein bißchen verlegen. Er wünschte, er hätte das auch von sich selbst behaupten können. »Wer ist das?«

»Major de Goncourt, mein erster Ehemann.«

»Ich wußte gar nicht, daß ihr vorher schon einmal verheiratet wart.«

»Darüber wird inzwischen auch nicht mehr gesprochen. Er war ein Offizier Napoleons. Er hatte in Mailand einen Auftrag auszuführen und verliebte sich in mich. Mein Vater nutzte die Gelegenheit, sich mit den Franzosen zu verbünden. Napoleon hielt Mailand damals schon so lang, daß sich selbst Patrizier wie mein Vater mit seiner Herrschaft abzufinden begannen. Natürlich war Lodovico, ein enger Freund meines Vaters, mit der Heirat überhaupt nicht einverstanden.«

»Aus politischen oder persönlichen Gründen?«

»Oh, zu der Zeit nur aus politischen Gründen. Er sah in mir noch ein richtiges Kind. Und selbst wenn er in mich verliebt gewesen wäre – Isotta, seine Frau, war damals noch am Leben, und er wäre niemals so unehrenhaft gewesen, mich zu verführen, bevor ich verheiratet war. Nein, es lag einfach nur daran, daß er die Franzosen und alles, wofür sie standen, abgrundtief haßte. Aber mein Vater war fest entschlossen, mich mit diesem Mann zu verheiraten. Also wurde ich an meinem achtzehnten Geburtstag Madame de Goncourt.«

Julian betrachtete erneut das Bild des Majors. Er war ein sehr gutaussehender Mann. Zumindest hatte ihn der Maler dazu gemacht. Er wirkte kaum alt genug, um ein Regiment kommandiert zu haben, aber natürlich hatten in der Grande Armée viele junge Männer schnell Karriere gemacht. »Ihr habt ihn geliebt«, sagte er.

»Wie romantisch Ihr seid. Ich hatte ihn gern. Und er hat

mich geliebt, auch wenn es jemanden gab, den er noch mehr liebte.«

»Wer war das?«

»Sein Kaiser. Philippe gehörte nicht zu den Aristokraten, die Napoleon bloß notgedrungen akzeptierten, während sie ihn heimlich verachteten. Nein, er vergötterte Napoleon. Er verlangte nicht mehr, als für ihn sterben zu dürfen, und dieser Wunsch wurde ihm erfüllt. Er kam bei Waterloo ums Leben.«

»Das tut mir leid.« Nach einem Moment des Schweigens fragte Julian: »Wie kam es, daß ihr später Lodovico geheiratet habt?«

»Nach Philippes Tod kehrte ich nach Mailand zurück und mußte feststellen, daß mein Vater verzweifelt versuchte, sich bei den Österreichern einzuschmeicheln. Meine Ehe mit einem Franzosen war ihm inzwischen schrecklich peinlich. Zuerst versteckte er mich – versuchte mich sogar zu überreden, ins Kloster zu gehen. Dann sah er, wie sehr ich von den österreichischen Offizieren umschwärmt wurde, und drängte mich, mich mehr in der Öffentlichkeit zu zeigen. Ich merkte, daß er beabsichtigte, mir einen österreichischen Ehemann aufzuzwingen, wie er mir einst einen französischen aufgezwungen hatte. Philippe hatte ich gemocht, aber ich war mir nicht sicher, ob ich meinen nächsten ausländischen Gatten auch so gern mögen würde. Deshalb beschloß ich, mir meinen Mann diesmal selbst auszusuchen.

Es fehlte mir nicht an Bewunderern, aber keiner von ihnen sprach von Heirat. Ich war arm, müßt Ihr wissen. Philippe hatte sein ganzes Vermögen in die Sache des Kaisers investiert, und mein Vater weigerte sich, etwas für mich zu tun, solange ich nicht einen Mann seiner Wahl ehelichte. Aber nun, da ich eine verheiratete Frau gewesen war, konnte ich mir einen Geliebten nehmen, wenn ich wollte. Seit meiner Rückkehr aus Frankreich hatte mir Lodovico deutlich zu verstehen gegeben, daß er inzwischen kein Kind mehr in mir sah. Er begehrte mich, und ich hatte ihn gern und brauchte einen Beschützer. Die Sache war ganz einfach. Ein paar Monate später starb Isotta, und er machte mich zu seiner Frau. Das war sehr großzügig von ihm. Er wäre nicht verpflichtet gewesen, mich zu heiraten, nur weil ich seine Geliebte war.«

Julian ging ihre Geschichte sehr nahe – um so mehr, weil sie sie in so sachlichem Ton erzählte. Er spürte in ihr eine tiefe Einsamkeit – die einsame Wachsamkeit einer Zynikerin, die auf ihr verletzliches Herz achtgab, damit niemand es durch einen Überraschungsangriff dazu verleiten konnte, Vertrauen oder Zärtlichkeit zu empfinden. Aber war sie immer so mißtrauisch gewesen? Oder hatten bittere Erfahrungen sie gelehrt, ihr Herz für die Liebe verschlossen zu halten?

Er fragte: »Warum tragt Ihr noch immer de Goncourts Porträt an Eurem Handgelenk?«

»Ist das nicht besser, als wenn ich es an meinem Herzen tragen würde?« Als sie sah, wie ernst es ihm mit seiner Frage war, fuhr sie in sanfterem Ton fort: »Philippe hat mir den Armreif kurz nach unserer Hochzeit geschenkt. Er mußte oft an Feldzügen teilnehmen und wollte, daß ich sein Porträt immer bei mir hatte, damit ich ihn nicht vergaß, wenn er weg war. Ich glaube, er würde wollen, daß ich es auch weiterhin trage – nun, da er soviel länger weg ist.« Sie drehte ihre rechte Handfläche nach oben und streckte Julian den Arm hin. »Helft Ihr mir, den Reif wieder anzulegen?«

Er erfüllte ihr den Wunsch. Während er den Verschluß zumachte, kam MacGregor herein. Er blieb verwirrt im Türrahmen stehen, als er sah, daß Julian die Hand der Marchesa hielt.

Die Marchesa stand auf, ohne sich aus der Ruhe bringen zu lassen. »Vielen Dank, Signor Kestrel. Ich glaube, diesmal wird der Verschluß halten. Guten Abend, Signor Dottor. Ich werde Signor Kestrel jetzt Euch überlassen, ja? Ich habe meine anderen Gäste schon zu lange vernachlässigt.«

Sie verließ den Raum. MacGregor starrte ihr ein wenig ratlos nach. Dann sah er Julian scharf an. »War das eine neue Art der Befragung?«

»Das war nur höfliches Verhalten gegenüber einer Dame, deren Armreif zu Boden gefallen war.« Julian setzte sich ans

Klavier und spielte noch einmal die *Appassionata.* »Als es passierte, war ich gerade dabei, sie zu befragen.«

»So, wart Ihr das?« meinte MacGregor skeptisch. »Was habt Ihr herausgefunden?«

»Ich habe herausgefunden, daß sie bereits einmal verheiratet gewesen war, bevor sie Lodovico Malvezzis Frau wurde. Ihr erster Mann hieß Philippe de Goncourt, und er war ein treuer Offizier Bonapartes. Sie hat sehr emotionslos von ihm gesprochen, aber ich frage mich, ob sie mehr für ihn empfunden hat, als sie zugibt.«

»Ist das für die Ermittlungen wichtig?«

»Nur für den Fall, daß sie Sympathie für die Sache empfindet, für die er gestorben ist. In England gilt Bonaparte als Despot und Eroberer, aber hier ist er ein Symbol für Befreiung und die Vereinigung Italiens. Falls die Marchesa de Goncourt geliebt und Bonapartes Feinde für seinen Tod verantwortlich gemacht hat, wäre sie durchaus in der Lage gewesen, sich den Carbonari anzuschließen.«

»Aber sie hat Lodovico Malvezzi geheiratet, der sowohl die Carbonari als auch die Franzosen haßte.«

»Und sich auf diese Weise in eine Position gebracht, die sie über jeden Verdacht erhaben machte, und sich Zutritt zu den höchsten Regierungskreisen verschafft, wo sie an Informationen herankam, die für die Geheimbünde sehr nützlich gewesen wären.«

»Glaubt Ihr, sie hat mit Orfeo gemeinsame Sache gemacht?« fragte MacGregor erwartungsvoll. »Ihre Reise nach Belgirate – vielleicht hat sie die unternommen, um ihm bei der Flucht zu helfen!«

»Ich glaube, diese Reise hatte eher etwas mit de la Marque zu tun, der sich zu der Zeit ebenfalls im Piemont aufhielt.«

»Ihr glaubt, die beiden steckten unter einer Decke?«

»Meint Ihr damit eine Liebesaffäre, oder sprecht Ihr von dem Mord?«

»Nun ja, das eine könnte zum anderen führen.«

»Nicht in Italien. Warum auch? Von einer *amica* erwartet man, daß sie einen Ehemann hat – das verleiht ihr ein gewisses Ansehen. De la Marque hätte keinen Grund gehabt, Lodovico zu töten, es sei denn, er hätte die Marchesa heiraten wollen.« Julian unterbrach sein Gedankenspiel, um über diese Möglichkeit nachzudenken. »Ein solches Ansinnen würde tatsächlich zu de la Marque passen. Er scheint mir viel von einem Abenteurer zu haben. Die Marchesa ist schön und von vornehmer Herkunft, und Lodovicos Tod hat sie zu einer wohlhabenden Frau gemacht. Das Problem ist nur – er hat sie nicht geheiratet. Ist es möglich, daß er ihr einen Antrag gemacht, sie aber abgelehnt hat?«

Keiner von ihnen kannte die Antwort. Julian wandte sich wieder seinem Klavierspiel zu. »Was ist das für ein Stück?« fragte MacGregor.

»*Plaisirs d'amour.*«

»Die Freuden der Liebe, hm? Hätte ich mir eigentlich denken können, daß es dabei um solchen Firlefanz geht.«

Die Worte hallten durch Julians Kopf. *Die Freuden der Liebe dauern nur einen Moment; die Schmerzen der Liebe das ganze Leben.* Er klappte das Klavier zu und ging zum Fenster hinüber.

MacGregor sah ihm besorgt nach. »Dieser Flirt zwischen Euch und der Marchesa –«

»– ist nichts, weswegen Ihr Euch Sorgen machen müßt. Ich habe meine Gefühle sehr gut unter Kontrolle. Denn wenn dem nicht so wäre, könnte diese Frau mit mir anstellen, was sie wollte.«

18

Julian hatte das Problem, vor das ihn die Tatsache stellte, daß er in der Villa ein großes englisches Frühstück serviert bekam, geschickt gelöst, indem er jeden Tag weniger davon aß, bis ihm die Küche am vierten Morgen ein typisch italienisches Frühstück, bestehend aus Kaffee und Brötchen, schickte. Um acht Uhr brachte es ihm Dipper zusammen mit dem Wasser zum Rasieren aufs Zimmer. Julian, der noch im Bett lag, nahm Dippers breites Grinsen mißbilligend zur Kenntnis. »Du weißt doch, daß ich etwas dagegen habe, wenn jemand um diese Zeit schon guter Laune ist. Wenn du nicht auf der Stelle eine Trauermiene aufsetzt, ziehe ich die Bettvorhänge zu und schlafe bis Mittag weiter.«

»Ja, Sir.« Dipper blickte nun so ernst drein, daß Julian lachen mußte und sich dazu durchrang aufzustehen.

Während ihm Dipper in seinen Morgenmantel half, sagte Julian: »Ich nehme an, diese unziemliche Hochstimmung habe ich Nina zu verdanken.«

»Nein, Sir – Guido.«

Julian zog die Augenbrauen hoch. »Ich wußte ja gar nicht, daß deine Vorlieben so weit reichen.«

»Ich wollte damit nur sagen, daß ich für Euch etwas aus ihm herausgequetscht habe, Sir«, erklärte Dipper geduldig. »Ihr wißt ja, daß ich schon die ganze Zeit versucht habe, ihm etwas aus der Nase zu ziehen, aber er war nicht gerade entgegenkommend.«

Julian nickte. Nicht einmal der Plan, Guido beim Würfeln und Kartenspielen gewinnen zu lassen, hatte seine Zunge gelöst.

»Deswegen habe ich ein bißchen in seinen Sachen gewühlt«, fuhr Dipper fort. »Er besitzt eine goldene Uhr und einen Vorrat an Rum, der fast so gut ist wie das Zeug, das sein Herr trinkt. In der Tasche hat er ein Bündel Banknoten, das so dick ist wie Eure Faust, ein paar Waffeln, einen Federhalter und ein paar Blatt beschriebenes Papier.«

Julian starrte ihn einen Moment lang an und fragte dann mit gefährlich sanfter Stimme: »Woher weißt du, was Guido in der Tasche hat?«

Dippers Blick schweifte ab. »Könnte sein, daß ich ihn ein bißchen erleichtert habe, Sir, bloß um nachzusehen, was drin war. Hinterher habe ich ihn die Sachen wieder finden lassen. Ich habe sie so hingelegt, daß es aussah, als wären sie ihm aus der Tasche gefallen.«

»Zur Hölle mit dir! Habe ich dir nicht geraten, vorsichtig mit Guido umzugehen?«

»Aber, Sir –«

»Ist dir klar, was passiert wäre, wenn er dich erwischt hätte? Ein Neapolitaner, dem ein Dieb zu nahe kommt, belästigt deswegen kein Gericht – er zieht einfach seinen Dolch und sticht zu.«

»Ich hatte nicht vor, mich erwischen zu lassen«, antwortete Dipper ein wenig beleidigt.

»Ich kann es mir nicht leisten, ein solches Risiko einzugehen. Ich habe einfach keine Zeit, mir einen neuen Kammerdiener zu suchen, bloß weil sich der, den ich mitgebracht habe, überraschend hat abstechen lassen. Also sei so gut und lasse derartige Scherze in Zukunft bleiben. Hast du mich verstanden?«

»Ja, Sir.«

Julians Miene entspannte sich. »Aber nachdem du nun schon Leib und Leben riskiert hast, um herauszufinden, was Guido in seiner Tasche mit sich herumträgt, können wir genausogut das Beste daraus machen und deine Informationen nutzen.«

Er trat an den Waschtisch und wusch sich das Gesicht. Anschließend rubbelte er es kräftig mit einem Handtuch ab. Als er wieder zum Vorschein kam, sagte er: »Laß uns mit seinem Vorrat an Banknoten anfangen. Guido könnte das Geld beim Würfeln oder Kartenspielen gewonnen haben, aber bei soviel Glück täten seine Mitspieler gut daran, mal einen Blick in seine Ärmel zu werfen. Andererseits ist natürlich denkbar, daß Carlo ihn ungewöhnlich gut bezahlt. In diesem Fall sollten wir uns aber fragen, welche zusätzlichen Aufgaben er erledigt, um soviel zu verdienen. Eine dritte Möglichkeit ist, daß er heimlich für einen zweiten Auftraggeber arbeitet.«

»Ihr meint, für die Carbonari, Sir?«

»Möglich. Aber ich nehme an, die Regierung oder der eine oder andere italienische Staat würde ihm mehr zahlen. Carlo ist als Liberaler und Bonapartist verschrien. Vielleicht haben die Österreicher ihm Guido untergejubelt, damit er sie über seine Aktivitäten auf dem laufenden hält. Es ist allerdings schwer vorstellbar, daß Carlo auf eine solche List hereinfallen würde. Er ist bestimmt in der Lage, einen Spion ebenso schnell zu erkennen wie du einen Bow Street Runner.«

Er legte sich das Handtuch um den Hals, um seinen flaschengrünen Morgenmantel aus Seide vor Flecken zu schützen. Dann öffnete er das Kästchen mit seinen Rasierutensilien, nahm das Messer mit dem silbernen Griff heraus und faßte leicht an die Klinge, um sicherzugehen, daß sie scharf genug war. Er rasierte sich immer gleich nach dem Aufstehen, weil er das Gefühl hatte, daß die Welt ihm gegenüber im Vorteil war, wenn sie ihn mit einer Schicht Stoppeln im Gesicht erwischte. Er bearbeitete die Seife, bis sie schaumig wurde, und verteilte sie mit dem Rasierpinsel auf seinem Gesicht. Dann kratzte er sich den Schaum vorsichtig mit dem Messer von den Wangen, wobei er achtgab, nur dann zu sprechen, wenn sich die lange, gefährliche Klinge gerade nicht auf seiner Haut befand.

»Guidos Schreibutensilien sind wesentlich interessanter als sein Geld. Nicht viele Italiener seines Standes können schreiben, vor allem nicht in Neapel. Lesen und schreiben zu können wäre für einen Carbonaro ein großer Segen, weil er dann nicht gezwungen wäre, seine Informationen den Dorfschreibern anzuvertrauen, die hier für die Bauern Briefe verfassen. Weißt du, was auf den Papieren stand, die du in seiner Tasche gefunden hast?«

»Ein Teil sah nach Punktelisten von Kartenspielen aus. Der Rest war in einem italienischen Dialekt geschrieben, den ich nicht verstehe – neapolitanisch, nehme ich an. Aber er hat eine schöne Schrift, als würde ihm das Schreiben leichtfallen.«

»Ich wette, daß er früher mal eine höhere Stellung innehatte.« Julian ließ abrupt sein Rasiermesser sinken. »Was bin ich doch für ein Dummkopf! Beinahe hätte ich das Naheliegendste übersehen.« Lächelnd hob er die Klinge wieder ans Gesicht. »Laß Guido auf keinen Fall wissen, daß du dahintergekommen bist, daß er schreiben kann. Sonst vermasselst du mir das kleine Experiment, das ich im Sinn habe.«

Gegen Mittag überbrachte Nina Julian eine Nachricht von ihrer Herrin. Die Marchesa bat ihn, zu ihr ins Musikzimmer zu kommen. Er fand sie auf einem weiß-gold gemusterten, mit vielen Schnörkeln verzierten Sofa vor, in die Lektüre eines Briefes vertieft. Sie trug ein schlichtes weißes Hauskleid und eine Haube, die oben mit einer weichen schwarzen Schleife und an beiden Seiten mit weißen Rüschen besetzt war. Ihr rechtes Handgelenk schmückte wie immer der Armreif von Philippe de Goncourt.

Als Julian eintrat, blickte sie auf. »Ich habe gerade Francescas Antwort auf meine Einladung erhalten. Sie nimmt in ihrem und Valerianos Namen an und rechnet damit, noch diese Woche hier einzutreffen.«

»Es freut mich, das zu hören. Schreibt sie etwas über den Mord oder die Ermittlungen?«

»Sie erwähnt Lodovico.« Die Marchesa las eine Passage aus dem Brief vor: *»Ich weiß, daß ich ihm keine gute und gehorsame Tochter war, aber bitte glaube mir, daß ich von Herzen bedauere, daß er auf diese Weise sterben mußte, allein schon wegen des Schocks, den das für Dich und alle anderen, die ihn geliebt haben, bedeuten muß.«*

»Sie ist sehr offen.«

»Sie kann nicht anders. Sie war immer leicht durchschaubar. Valeriano ist viel verschlossener. Lodovico hat er immer vor ein Rätsel getellt.«

»Inwiefern?«

»Die meisten Sänger bemühten sich um Lodovicos Gunst, weil sie wußten, daß er weder Geld noch Mühe scheuen würde, um denen zu helfen, die er bewunderte. Valeriano aber schien nichts mit ihm zu tun haben zu wollen. Was nicht heißen soll, daß er unhöflich oder hochnäsig war – ganz im Gegenteil, er hat sehr gute Manieren. Er verhielt sich einfach nur zurückhaltend. Lodovico konnte es nicht ertragen, wenn ihm etwas verwehrt wurde, das er begehrte, vor allem, wenn es dabei um eine schöne Stimme ging. Je unnahbarer Valeriano sich gab, desto entschlossener umwarb ihn Lodovico. Er lud ihn in die Casa Malvezzi ein, und auch hierher in die Villa. Er überschüttete ihn mit Aufmerksamkeit. Auf diese Weise lernte Valeriano auch Francesca kennen. Eine Ironie des Schicksals, nicht wahr? Nachdem Valeriano mit ihr durchgebrannt war, haßte Lodovico ihn natürlich mit derselben Heftigkeit, mit der er ihn vorher vergöttert hatte. Francesca aber haßte er noch viel mehr: nicht nur, weil sie den Namen Malvezzi dem Spott preisgegeben, sondern auch, weil sie ihm Valeriano weggenommen hatte.«

»Wie habt Ihr Euch mit Marchesa Francesca verstanden?« fragte Julian neugierig.

»Recht gut«, antwortete sie achselzuckend, »obwohl wir uns nicht sehr nahestanden. Francesca ist eine sehr einfache Seele, und ich –« Sie lächelte rätselhaft. »– ich bin nicht einfach.«

»Nein«, pflichtete er ihr bei und lächelte ebenso rätselhaft wie sie. »Wie war Eure Beziehung zu ihr, nachdem sie Marchese Rinaldo verlassen hatte?«

»Eigentlich hatte ich gar keine Beziehung mehr zu ihr. Ich habe sie nur noch ein einziges Mal gesehen, ehe sie und Valeriano Mailand verließen. Damals versuchte ich sie zu überreden, zu Rinaldo zurückzukehren.«

»Was hat Euch dazu bewogen?«

»Ich dachte, jemand sollte ihr ins Gewissen reden. Lodovicos Drohungen zeigten keine Wirkung, und Rinaldo tat natürlich nichts anderes, als auf seinen Nägeln herumzukauen und sich hinter Lodovicos Rockschößen zu verstecken. Ich habe ihr erklärt, daß ich gar nicht von ihr verlangen würde, Valeriano aufzugeben. Sie könne ihn sehen, sooft sie wolle – alles für ihn sein, was sie sein wolle – oder in Anbetracht seiner Situation sein könne. Warum mußte sie unbedingt mit ihm zusammenleben? Das erregte bloß Lodovicos Zorn und machte eine *cause célèbre* aus einer Sache, die ebensogut eine bezaubernde und für alle Beteiligten erfreuliche Liebesaffäre hätte sein können.«

»Wie hat sie reagiert?«

»Sie hat mir widerspruchslos zugehört und mir für meine

Bemühungen gedankt, war aber um nichts in der Welt bereit nachzugeben. Ab diesem Zeitpunkt habe ich nicht mehr viel Mitgefühl für sie empfunden. Ich weiß, daß es schwer für sie war, ihre Kinder zu verlieren, aber sie hätte sie jederzeit wiederhaben können. Wenn sie nur zu Rinaldo zurückgekehrt wäre. Aber sie konnte keinen Kompromiß eingehen. Sie gefiel sich in ihrer Rolle als Märtyrerin. Ich wünschte ihr viel Freude damit, aber ich hielt sie für eine Närrin.«

»Warum seid Ihr so böse auf sie?«

Die Marchesa stand abrupt auf und ging zum Klavier hinüber. Sie wandte ihm halb den Rücken zu und legte eine Hand auf das Instrument. Ihr Gesicht spiegelte sich dunkel in seiner polierten Oberfläche. »Ich nehme an, Ihr haltet mich für gefühlskalt. Meine Worte lassen sich nicht mit Eurer englischen Empfindsamkeit vereinbaren. Ihr seid ein Romantiker – das habe ich Euch gestern abend schon gesagt. Aber Ihr urteilt ein wenig zu hart über mich.« Als sie sich wieder zu ihm umwandte, waren ihre Augen vor Schmerz geweitet. Trotzdem hielt sie seinem Blick ruhig stand. »Wenn ich wie sie zwei hübsche Kinder besäße, hätte ich sie bestimmt nicht verlassen.«

Er schwieg, weil er spürte, daß jeder Kommentar unpassend gewesen wäre. Schließlich fragte er sanft: »Ihr hattet nie ein Kind?«

»Nein. Nicht einmal die Aussicht auf eines. Nach zwei Ehemännern kann ich daraus nur schließen, daß ich unfruchtbar bin. Ich weiß, das Wort gefällt Euch nicht. Aber es ist keine Beleidigung – nur eine Tatsache. Jene Canova-Skulptur von Amor und Psyche, die Ihr so gern betrachtet, wenn Ihr Euch unbeobachtet glaubt, ist ebenfalls unfruchtbar – was aber nicht heißt, daß sie nicht trotzdem schön ist.«

»Könnt Ihr, mit Eurer Klugheit, Eurem Charme, Eurem Mut und Eurer erlesenen, lebendigen Schönheit – könnt Ihr Euch allen Ernstes mit einem Steinblock vergleichen?«

Wehmütig antwortete sie: »Ich wünschte, ich hätte Euch ein paar Jahre früher kennengelernt. Ich glaube, Ihr wärt gut für mich gewesen.«

»Und jetzt?«

»Jetzt bin ich wahrscheinlich schlecht für Euch.« Sie strich leicht über seine Wange. »Wenn Ihr mich laßt.«

Die bevorstehende Ankunft von Francesca und Valeriano brachte ein Problem mit sich: Alle sieben Schlafzimmer der Villa waren besetzt. Maestro Donati erklärte von sich aus, die Stufen seien für ihn schwierig zu bewältigen, und er werde sein Schlafzimmer gern gegen einen Raum im Erdgeschoß eintauschen. Die Marchesa bot ihm einen kleinen Salon links von der Eingangshalle an. Der Raum wurde Parnassos-Zimmer genannt, weil er mit Fresken verziert war, die darstellten, wie die Musen auf dem Berg Parnassos ihren unterschiedlichen Künsten nachgingen. Auf Donatis Bitte hin sorgte die Marchesa dafür, daß sich Sebastiano, der bis dahin in einem Dienstbotenzimmer geschlafen hatte, den Raum mit Donati teilen konnte.

Auf diese Weise wurde ein Schlafzimmer frei, was an dem ganzen Dilemma aber nicht viel änderte, da die Konventionen es der Marchesa verboten, Francesca und Valeriano ein gemeinsames Zimmer zu geben, egal, wie bekannt und akzeptiert die Beziehung der beiden war. Julian nahm MacGregor beiseite und schlug ihm vor, ihre benachbarten Zimmer mit Blick auf den See abzutreten und sich statt dessen den Raum zu teilen, den Donati räumen wollte. MacGregor war einverstanden, und gemeinsam unterbreiteten sie diesen Vorschlag der Marchesa. »Wie liebenswürdig von Euch beiden«, sagte sie und machte sich auf den Weg, um sich mit den Dienstboten zu beraten.

Die ganze Zeit über hatte de la Marque nicht weit von ihnen an einer Wand gelehnt und mit unverhohlener Neugier ihrem Gespräch gelauscht. Jetzt schlenderte er zu ihnen herüber und sagte zu Julian: »Erlaubt mir, Euch wegen Eurer Raffinesse zu beglückwünschen, *mon vieux*.«

»Wie meint Ihr das?« fragte MacGregor.

»Aber mein lieber Doktor, wie könnt Ihr da noch fragen? Euer Freund hat sehr geschickt zwei Fliegen mit einer

Klappe geschlagen. Er hat es geschafft, La Francesca und Signor Valeriano zu benachbarten Zimmern zu verhelfen, was bei einer Dame, die mit ihrem Liebhaber reist, nur recht und billig ist. Und er hat liebenswürdigerweise dafür gesorgt, daß die Marchesa und ich uns auf der anderen Seite des Gangs nicht so einsam fühlen müssen.«

MacGregor drehte sich zu Julian um. »Ihr habt mir nicht gesagt, daß wir unsere Zimmer nur deswegen aufgeben, damit diese beiden nachts zusammen ins Bett kriechen können!«

»Das war doch *sous-entendu*«, erwiderte Julian.

»Mir war das keineswegs klar! Glaubt Ihr wirklich, ich hätte mir die Mühe gemacht, mit jemandem das Zimmer zu tauschen, nur um dem Laster des Ehebruchs Vorschub zu leisten? Ich dachte, es wäre ein reiner Akt der Höflichkeit, die besten Zimmer an die neu eintreffenden Gäste abzutreten, insbesondere, da es sich bei dem einen Gast um eine Dame handelt.«

»Meine Freunde, ich bedaure zutiefst, zwischen Euch einen Streit ausgelöst zu haben.« De la Marque wirkte höchst zufrieden mit sich selbst. »Laßt Euch deswegen keine grauen Haare wachsen, Doktor. Denkt daran, um welch *theoretische* Form von Ehebruch es sich dabei handeln muß. Inwieweit kann ein Kastrat die Heiligkeit der Ehe antasten? Wahrscheinlich schleicht er bloß in ihr Zimmer, um ihr etwas vorzusingen.«

»Maestro Donati ist blind«, murmelte Julian, »aber er ist trotzdem in der Lage, sich durch einen Raum zu tasten.«

»Was wollt Ihr damit sagen?« fragte MacGregor ungeduldig. »Natürlich übernehmen seine Hände die Funktion seiner Augen – Oh, jetzt weiß ich, was Ihr damit sagen wolltet.« Seine Stimme klang vor lauter Verlegenheit schroff.

»Die Kastraten haben als Liebhaber eine lange Geschichte«, fügte Julian hinzu. »Sie müssen den Frauen durchaus etwas zu bieten haben.«

»Trotzdem ist es wider die Natur.«

»*Que voulez-vous?*« meinte de la Marque achselzuckend.

»Liebe ist sowieso wider die Natur. Wenn wir der Natur gehorchten, würden wir uns völlig wahllos paaren, genau wie die Kaninchen. In diesem Zusammenhang fällt mir gerade ein, mein lieber Doktor, daß Ihr in Eurer Rolle als Hüter der Moral vielleicht den Wunsch hegen könntet, zwischen Mr. Kestrels Handgelenk und Eurem eigenen eine Schnur zu spannen. Der Raum, den Ihr Euch teilen werdet, liegt direkt gegenüber dem Zimmer einer Dame, die in jedem Mann das Kaninchen zum Vorschein bringen würde.«

Lachend verabschiedete er sich. MacGregor starrte Julian an. »Stimmt das? Wolltet Ihr dieses Zimmer nur, um nachts zur Marchesa hinüberschleichen zu können?«

»Wo denkt Ihr hin, mein lieber Freund! Allerdings ist mir durchaus der Gedanke gekommen, daß meine Anwesenheit de la Marque davon abhalten könnte, seinerseits zu ihr hinüberzuschleichen.«

Donatis Habseligkeiten wurden wie besprochen ins Parnassos-Zimmer gebracht, und die Sachen von Julian und MacGregor in das von ihm geräumte Zimmer. Als die ganze Packerei und Rennerei beendet war, ging Julian in sein neues Zimmer, das in der nordwestlichen Ecke des Hauses lag, um einen Blick hineinzuwerfen. Es war groß und schön eingerichtet, aber ihm fehlten das Licht und die Wärme der Südseite, ganz zu schweigen von dem wunderschönen Blick auf den See. Die Seidentapeten waren in einem dunklen Goldton gehalten und mit einem Muster aus Lorbeerkränzen verziert, die Vorhänge am Bett und an den Fenstern dunkelgrün und mit goldenen Fransen besetzt. Die Möbel bestanden aus furnierter, mit bronzenen Nymphen und Faunen geschmückter Eiche. Auch ein paar Schlangen, die sich um Schwerter wanden, durften natürlich nicht fehlen.

Donati stand draußen auf dem Balkon und lehnte mit verträumter Miene an der Balustrade. Der Wind spielte mit seinem weißen Haar. Sebastiano machte einen letzten Rundgang durch das Zimmer und spähte in sämtliche Ecken und

Schubladen. Als Julian den Raum betrat, wandte Donati sich zu ihm um.

»Ich bin es, Maestro«, sagte Julian. »Verzeiht, daß ich Euch störe. Ich dachte, Ihr wärt schon gegangen.«

»Ich fürchte, ich bin derjenige, der hier stört«, antwortete Donati mit der drolligen Höflichkeit, die Julian immer an die gepuderten Perücken und Menuette aus Donatis Jugend erinnerte. »Das ist jetzt Euer Zimmer. Sebastiano wollte bloß einen letzten Blick durch den Raum werfen, um sicherzugehen, daß ich nichts vergessen habe.«

»Bitte laßt Euch Zeit«, sagte Julian zu Sebastiano. »Es hat keine Eile.«

Sebastiano murmelte ein Wort des Dankes und setzte seine Inspektion fort. Julian wollte sich wieder zurückziehen, aber Donati trat auf ihn zu. Mit Hilfe seines leichten Rattanstocks ertastete er sich den Weg durchs Zimmer. »Ihr scheint Eure Erkältung überstanden zu haben, Signor Kestrel.«

»Ja, Maestro, es geht mir längst wieder gut. Möchtet Ihr Euch setzen?«

»Sehr gerne, danke.«

Julian half ihm, in einem Sessel Platz zu nehmen, und schob ihm einen Fußschemel hin. Wieder wollte er sich zurückziehen, aber Donati hob eine fast durchsichtige, von unzähligen Adern durchzogene Hand.

»Habt Ihr einen Moment für mich Zeit, Signor Kestrel? Ich würde Euch gern in einer Sache um Rat fragen.«

»Natürlich, Maestro.« Julian nahm ihm gegenüber Platz.

»Ich habe gehört, daß Ihr in Eurem Heimatland schon öfter in Mordfällen ermittelt habt.«

»Ja.«

»Macht Ihr Euch dabei nie Sorgen wegen der Gefahren?«

»Wie meint Ihr das?«

Donati wirkte sehr ernst. »Ich selbst fange allmählich an, mir Sorgen zu machen. Ihr müßt wissen, daß ich der einzige bin, der Orfeo identifizieren kann, abgesehen von Lucia und Tonio, die nicht auffindbar sind. Allerdings könnte ich nur dann mit Sicherheit sagen, daß es sich um Orfeo handelt, wenn ich ihn singen hören würde – Sprache und Auftreten lassen sich so leicht verändern und können sich im Lauf von fünf Jahren sogar von selbst verwandeln, vor allem bei einem jungen Mann in Orfeos Alter. Trotzdem könnte er in mir eine Bedrohung sehen. Ich weiß, was Ihr sagen werdet: Er ist nicht hier, und warum sollte er ausgerechnet an den Ort kommen, wo er am meisten in Gefahr ist?« Donati lächelte. »Unter uns gesagt – und das ist jetzt nicht für die Ohren von Commissario Grimani bestimmt –, würde es mich gar nicht wundern, wenn Orfeo genau das täte, was man am wenigsten von ihm erwarten würde. Er war ein höchst unberechenbarer junger Mann.«

»Maestro«, fragte Julian direkt, »gibt es jemanden, den Ihr verdächtigt?«

Donati zögerte einen Moment. Dann antwortete er seufzend: »Die Hälfte der Zeit sage ich mir, daß Orfeo in England ist, oder tot, oder sonstwo, bloß nicht hier. Die restliche Zeit bilde ich mir ein, ihn in jeder männlichen Stimme zu erkennen. Jeder Schritt und jede Tür, die ich höre, läßt mich hochfahren. Ihr könnt Euch nicht vorstellen, wie ich im Moment lebe – auf des Messers Schneide, hin- und hergerissen zwischen Freude und Angst, Hoffnung und Verzweiflung.«

»Maestro –«

»Nein, Signor Kestrel«, fiel ihm Donati schnell ins Wort, »Ihr braucht Euch meinetwegen nicht zu beunruhigen. Eigentlich hatte ich gar nicht vor, ein solches Drama aus der Sache zu machen. Ich wollte nur sagen, daß ich mich wegen Orfeo ziemlich verunsichert fühle. Mein Herz sagt mir, daß er Marchese Lodovico nicht getötet hat und mir nie etwas zuleide tun würde. Aber wer weiß, vielleicht habe ich mich von der Reinheit seiner Stimme täuschen lassen. Wenn er ein Mörder ist –« Donati lächelte traurig und schüttelte dann den Kopf. »Ihr könnt Euch ja vorstellen, wie leicht es wäre, mich umzubringen.«

»Wolltet Ihr deshalb, daß Sebastiano sich das Zimmer mit Euch teilt?«

»Ihr begreift sehr schnell. Ja, ich habe ihn gebeten, mich keine Sekunde aus den Augen zu lassen.«

Julian drehte sich zu Sebastiano um, der seinen Rundgang durch das Zimmer inzwischen beendet hatte. Mit verschränkten Armen lehnte er an der Wand und verfolgte ihr Gespräch mit seinem üblichen finsteren Gesichtsausdruck. »Könnt Ihr mit einer Waffe umgehen?«

Sebastiano sah Julian einen Moment lang scharf an und antwortete dann: »Ja.«

»Gut. Ich rate Euch, nachts immer eine geladene Pistole bei Euch zu haben, insbesondere wenn Ihr und Maestro Donati allein unterwegs seid.«

»Glaubt Ihr wirklich, daß ich in solch großer Gefahr schwebe?« fragte Donati bestürzt.

»Meiner Meinung nach droht Euch keinerlei Gefahr, Maestro. Ich wollte nur für zusätzlichen Schutz sorgen, damit Ihr Euch nicht mehr so zu ängstigen braucht.«

»Ah.« Donati ließ sich langsam in seinen Sessel zurücksinken und lächelte. »Ich verstehe. Das war sehr freundlich von Euch, Signor Kestrel. Ich fühle mich tatsächlich schon viel sicherer.«

»Es freut mich, das zu hören. Ihr seid der letzte Mensch, den ich wegen dieses üblen Scharlatans namens Orfeo leiden sehen möchte.«

»Ihr dürft nicht so schlecht über ihn sprechen.«

»Ihr müßt zugeben, daß er uns ein gehöriges Maß an Schwierigkeiten bereitet, ob er nun ein Mörder ist oder nicht.«

»Wenn ich ihm verzeihen kann, Signor Kestrel, dann könnt Ihr es doch sicher auch?«

Julian lächelte schuldbewußt. »Es muß schon irgend etwas Besonderes an ihm sein, Maestro. Wie sonst könnte er solches Glück mit seinen Freunden haben?«

An diesem Abend bekamen die Bewohner der Villa Besuch von Julians neuen Bekannten, Fletcher und St. Carr. Gemeinsam saß man auf der Terrasse und trank Kaffee und Likör. Fletcher war begeistert, wie schön die Villa im Dämmerlicht aussah, wenn die weiße Terrasse und die Balkone von den Lampen in goldenes Licht getaucht wurden. St. Carr schien für die Schönheiten der Landschaft ebenso unempfänglich wie für die der Architektur, aber der leiseste Anflug eines Lächelns auf den Lippen der Marchesa verwandelte ihn in einen sprechunfähigen Idioten.

Die beiden jungen Engländer wurden allen vorgestellt, und die Marchesa gab sich große Mühe, sie aus der Reserve zu locken. Dabei erwies sich als hilfreich, daß Fletcher ein wenig Mailändisch sprach, wenn auch mit einem scheußlichen Akzent. St. Carr verließ sich darauf, daß Fletcher für ihn übersetzte, aber Julian fiel auf, daß er durchaus in der Lage war, einem Gespräch zu folgen, wenn ihn das Thema interessierte. Am meisten interessierte ihn jedoch Julian, den er mit Fragen zum Thema Mode löcherte.

»Die jungen Männer machen sich hier ganz schön zum Narren«, klagte er, »mit ihrem langen Haar und ihren zu Schleifen geschlungenen Krawatten. Ich würde mich schämen, so herumzulaufen.«

»Ein Mann muß schon extrem selbstbewußt sein, um sich so zu kleiden«, bemerkte Julian boshaft.

»Meint Ihr wirklich?« fragte St. Carr bestürzt. »So habe ich das noch nie gesehen.« Argwöhnisch betrachtete er seine eigenen gepolsterten Schultern. »Natürlich möchte man nicht den Eindruck erwecken, als müßte man etwas beweisen –«

Julian wettete mit sich selbst, daß St. Carr bei ihrem nächsten Treffen lockiges Haar haben und Ringe über seinen Handschuhen tragen würde. Er fragte Julian gerade, wie man seine Krawatte im *Sentimentale*-Stil band, als Carlo auf sie zutrat und ihn liebenswürdigerweise von dem jungen Mann erlöste.

Fletcher und MacGregor setzten sich zu Julian. »Es ist nett von Euch, daß Ihr mit Beverley soviel Geduld habt«, sagte Fletcher.

Julian zuckte mit den Achseln. »Wenn man einem Unwetter nicht aus dem Weg gehen kann, ist es besser, das Spektakel zu genießen, als über den Regen zu fluchen.«

»Und es versteht weiß Gott niemand besser, ein Spektakel aus sich zu machen, als Beverley!« In ernsterem Ton fügte Fletcher hinzu: »Es bedeutet eine große Erleichterung für mich, ihn ein Stück außerhalb von Mailand untergebracht zu haben. Wir waren nur zwei Wochen dort, aber während dieser Zeit mußte ich ihn aus einem unredlichen Spielsalon zerren, aus einem Kanal fischen, in den er nach einem Trinkgelage mit ein paar Soldaten gefallen war, und ihn davor bewahren, verhaftet zu werden, nachdem er auf offener Straße eine Wassermelone gegessen hatte.«

»Warum in Gottes Namen sollte jemand deswegen verhaftet werden?« fragte MacGregor.

»Weil diese Frucht rot, weiß und grün ist«, erklärte Julian, »genau wie die Trikolore von Bonapartes Königreich Italien.«

»Also, das ist doch –!« MacGregor schüttelte angewidert den Kopf. »Man möchte meinen, die Polizei hätte Besseres zu tun, als die Leute wegen eines Stücks Melone zu verfolgen!«

»Die Behörden haben Angst«, erklärte Julian. »Sie haben jeden offenen Widerstand erstickt, mit dem Ergebnis, daß sie nun nicht mehr wissen, wo ihre Feinde stecken. Deswegen schlagen sie völlig willkürlich zu und gehen voller Hysterie auf jeden los, der ihnen auch nur im geringsten verdächtig erscheint.«

»Da ist man richtig dankbar, Engländer zu sein«, sagte MacGregor.

»Ich weiß nicht«, meinte Fletcher nachdenklich. »Meine Mutter war Irin, und ich nehme nicht an, daß ihr Volk einen großen Unterschied zwischen den Engländern und den Österreichern gemacht hätte.«

»Sehr scharfsinnig bemerkt, Mr. Fletcher.« Carlo war unbemerkt zu ihnen getreten. »Willkürherrschaften ähneln sich alle irgendwie –«

Er hielt mitten im Satz inne. Grimani war wie aus dem

Nichts aufgetaucht, und mit ihm sein Schatten Zanetti. Carlo wechselte das Thema. »Ich hoffe, Ihr werdet zu unserem Fest kommen. Diesen Samstag wird das Fest von Santa Pelagia gefeiert, der Schutzpatronin von Solaggio.«

»Santa Pelagia?« St. Carr stolperte über den Namen. »Wer war sie?«

»Eine Jungfrau und Christin aus Antiochien«, antwortete Carlo. »Als sie fünfzehn war, kamen Soldaten in ihr Haus, um sie festzunehmen, und sie sprang vom Dach, um einer Vergewaltigung zu entgehen.«

De la Marque lachte laut.

»Wie könnt Ihr es wagen, Monsieur?« fauchte Grimani. »Von diesen englischen Schismatikern hätte ich erwartet, daß sie über die Heiligen lachen, aber Ihr seid schließlich Katholik. Daß Ihr Euch so benehmt, finde ich unerhört.«

»Ich bitte tausendmal um Verzeihung, mein lieber Commissario«, sagte de la Marque mit aalglatter Stimme. »Aber nun mal ehrlich, habt Ihr – hat irgend jemand – je ein Mädchen kennengelernt, das sich lieber das Genick brechen würde, als die Beine zu spreizen?«

»Ich glaube schon«, antwortete MacGregor streng.

»Ah, aber ich meine, außerhalb der Romane Walter Scotts!« gab de la Marque zurück.

»Ich beuge mich Eurer größeren Erfahrung«, meinte Julian. »Ich war noch nie gezwungen, eine Frau vor diese Wahl zu stellen.«

Alles lachte. Das Funkeln in de la Marques Augen sagte Julian, daß er den Treffer registriert hatte und zum Gegenschlag ausholen würde.

»Das ist alles keine Entschuldigung für Eure blasphemische Äußerung über die Heilige«, sagte Grimani zu de la Marque.

»Ich versichere Euch, Signor Commissario, daß es nicht meine Absicht war, respektlos über Santa Pelagia zu sprechen. Ich wollte nur auf ihre Einzigartigkeit hinweisen. Ich gelobe hier und jetzt, am Altar von Santa Pelagia hundert Kerzen anzuzünden, falls ich je eine junge Dame kennenlerne, die bereit wäre, von einem Dach zu springen, um ihre Tugend zu retten. Aber nun müßt Ihr mich entschuldigen, meine Herren. Ich habe versprochen, als Gegenleistung für die Blume im Haar der Marchesa ein paar französische Verse für sie aufzuschreiben, und ich möchte damit fertig sein, ehe die Blüte verwelkt ist.«

De la Marque verbeugte sich und schlenderte davon. Alle starrten Julian an, weil sie sehen wollten, wie er auf diese abschließende Bemerkung reagieren würde. Die Rivalität zwischen ihm und de la Marque hatte sich schon viel zu sehr herumgesprochen. Aber es war ein ungleicher Kampf, dachte Julian, weil de la Marque die Marchesa offen umwerben konnte, während ihm selbst die Hände gebunden waren, weil er zumindest den Anschein von Objektivität wahren mußte, solange sie noch zu den Mordverdächtigen zählte.

Er plauderte auf der Terrasse weiter, bis Fletcher und St. Carr sich verabschiedeten und die anderen sich nach drinnen zurückzuziehen begannen. Er und MacGregor waren die letzten, die die Terrasse verließen. Als sie die majestätische Doppeltreppe zum Eingang der Villa hinaufgingen, tauchte aus einem der Dienstboteneingänge unter ihnen eine schemenhafte Gestalt auf. Julian sah einen goldenen Ohrring blitzen und hielt MacGregor zurück, indem er ihm eine Hand auf den Arm legte.

»Guido!« rief er leise.

Guido fuhr herum und legte die Hand an seine rechte Hosentasche – wo er zweifellos sein Messer aufbewahrte. Er spähte zu Julian und MacGregor hinauf. Sein Gesicht war von einer Lampe am Fuß der Treppe hell erleuchtet. »Sir?«

Sehr deutlich und bedächtig sagte Julian: »*Homicidae linguam Latinam intellegunt?*«

Guido zuckte heftig zusammen und bekreuzigte sich. Der Blick seiner nach oben gewandten, weit aufgerissenen Augen sagte Julian, daß er den Sinn seiner Worte verstanden hatte und darüber sehr bestürzt war. »Si-signor?« wiederholte er.

»Das war nur ein Scherz«, erklärte Julian.

Guido begann langsam zurückzuweichen. Kurz, bevor er von der Dunkelheit verschluckt wurde, deutet er mit dem Zeigefinger und dem kleinen Finger einer Hand auf Julian und machte dabei Bewegungen, als wollte er ihn erstechen.

»Was tut er da?« fragte MacGregor.

»Er macht das Zeichen der Hörner«, antwortete Julian, »um auf diese Weise Unglück über mich zu bringen.«

»Dieser unverschämte Kerl!« meinte MacGregor kopfschüttelnd. »Was ist, erzählt Ihr mir jetzt, worum es bei diesem kleinen Drama überhaupt ging? Warum habt Ihr ihn gefragt, ob Mörder Latein verstehen – und das auch noch auf lateinisch?«

»Der Grund liegt auf der Hand, mein lieber Freund: um herauszufinden, ob er selbst es versteht.«

»Warum wolltet Ihr das wissen?«

»Weil ich in Erfahrung bringen wollte, wie gebildet er wirklich ist. Dipper hat entdeckt, daß er lesen und schreiben kann, was ich bei einem neapolitanischen Diener sehr seltsam finde. Und jetzt sieht es so aus, als könnte er sogar Latein.«

»Könnte es nicht sein, daß er den Sinn Eurer Worte bloß erraten hat? Schließlich bestehen große Ähnlichkeiten zwischen Latein und Italienisch.«

»Das stimmt, aber er brauchte nicht zu raten. Er hat den Sinn meiner Worte verstanden, ohne über die Worte nachzudenken.«

»Und er ist wegen Eurer Frage ziemlich in Rage geraten«, erklärte MacGregor eifrig.

»Ja. Allerdings glaube ich nicht, daß wir daraus viel ableiten können. Meine Frage klang wie eine Anschuldigung, und Anschuldigungen können sogar einem Unschuldigen angst machen. Daß er gebildet ist – und daß es ihm lieber wäre, wenn niemand davon wüßte –, dürfte durch mein Experiment ziemlich deutlich geworden sein. Ob er ein Mörder ist, ist eine andere Frage.«

19

Am Donnerstag regnete es, und der See wirkte unbeschreiblich trist. Auch die Berge zeigten sich grau in grau: dunkle Wälder, kahle Granitflecken, von Nebelschwaden verhangene Gipfel. In der Villa liefen die Bediensteten frierend durchs Haus und murmelten »*Brutt temp!*« vor sich hin, während sich die Fischer schleunigst ans Ufer begaben und den See den kreischenden, im Sturzflug herabstoßenden Möwen überließen.

Seltsamerweise schien Grimani bei einem solchen Wetter erst richtig aufzublühen. Er verbrachte den Großteil des Tages damit, sich die Berichte der Gendarmen und Soldaten anzuhören, die in der umliegenden Gegend Erkundigungen eingezogen und nach Beweismaterial gesucht hatten. Am Spätnachmittag erschien er im Billardzimmer, wo sich Julian und MacGregor ein Match lieferten. »Möchtet Ihr mitspielen?« fragte Julian höflich.

»Ich möchte mit Euch über das sprechen, was Ihr Eure Ermittlungen zu nennen beliebt. Ich fahre morgen mit Comandante von Krauss nach Como, um den Präfekten über den Stand der Dinge zu informieren, und deshalb verlange ich von Euch einen umfassenden Bericht über Eure Fortschritte, natürlich nur für den unwahrscheinlichen Fall, daß Ihr welche gemacht habt.«

»Warum nehmt Ihr an, daß er keine Fortschritte gemacht hat?« wollte MacGregor wissen, nachdem Julian für ihn übersetzt hatte.

»Weil er, soweit ich das gesehen habe, nichts Konkretes unternommen hat. Oh, ich weiß, Ihr habt ein paar Leute befragt, Signor Kestrel. Meine Männer haben mich über Eure Aktivitäten auf dem laufenden gehalten. Aber ich habe die Betreffenden ebenfalls befragt, und sie haben den Aussagen, die sie vor viereinhalb Jahren gemacht haben, nichts hinzuzufügen. Ansonsten habt Ihr nichts anderes getan, als Euren Tagträumen nachzuhängen und durch den Garten zu streifen. Könnt Ihr von Euch behaupten, etwas Brauchbares entdeckt zu haben?«

»Nein, Signor Commissario. Das kann ich nicht behaupten.« Jedenfalls nicht, ohne zu viele meiner Karten aufzudecken, dachte Julian. Und dafür ist es noch zu früh, das Spiel hat ja erst begonnen.

Grimani verzog den Mund, als wollte er sagen: *Das habe ich mir schon gedacht.*

»Ihr könnt von Kestrel doch nicht erwarten, daß er den Mord in einer Woche aufklärt«, protestierte MacGregor, »wenn alle anderen es in viereinhalb Jahren nicht geschafft haben! Nach allem, was man hört, seid Ihr selbst in der Sache ja auch noch nicht weitergekommen.«

Taktvollerweise übersetzte Julian MacGregors Worte in leicht entschärfter Form. Grimani antwortete: »Ich habe immerhin herausgefunden, daß es hier nichts Neues zu entdecken gibt. Jetzt werde ich mich auf die Suche nach Lucia Landi und Tonio Farese konzentrieren.«

»Wißt Ihr bereits Nähereres über ihren Verbleib?« fragte Julian.

Grimanis kalte, farblose Augen musterten ihn abschätzend. Er schien zu dem Schluß zu kommen, daß Julian es gar nicht wert war, daß man ihm solche Informationen vorenthielt. »Was Lucia betrifft, haben wir ein paar Hinweise, denen meine Männer gerade nachgehen. Tonios Spur endet noch immer mit seinem Aufbruch aus der ›Nachtigall‹ am Morgen nach der Ermordung des Marchese. Wir haben bisher niemanden gefunden, der seitdem etwas von ihm gehört oder gesehen hat.«

»Was nahelegt, daß sein Verschwinden Absicht war«, sagte Julian. »Bleibt nur noch zu klären, wessen Absicht – seine eigene oder die einer anderen Person.«

»Er hat die ›Nachtigall‹ aus freien Stücken verlassen«, betonte Grimani. »Die Aussagen von Marianna und Rosa Frascani lassen daran keinen Zweifel.«

»Die beiden haben aber auch ausgesagt, er habe beunruhigt gewirkt und es sehr eilig gehabt zu verschwinden«, erinnerte sich Julian. »Das legt nahe, daß er in Gefahr war und das auch wußte.«

»Vielleicht vermutete er, daß Orfeo ein Carbonaro war«, sagte Grimani, »und machte sich aus dem Staub, weil er Angst hatte, daß Orfeos Kumpane versuchen könnten, ihn für immer zum Schweigen zu bringen. Es ist aber auch möglich, daß er und Orfeo beide Carbonari waren und die Ermordung des Marchese gemeinsam planten.«

»Warum hätten sie sich dann schlagen sollen?« wandte MacGregor ein.

»Tonio brauchte einen Vorwand, um die Villa verlassen zu können. Damit er Orfeo bei der Flucht helfen konnte, nachdem dieser Marchese Lodovico umgebracht hatte«, antwortete Grimani. »Also täuschten er und Orfeo einen Streit vor, um dafür zu sorgen, daß er entlassen wurde, und gleichzeitig ihre Komplizenschaft zu vertuschen, indem sie sich den Anschein gaben, Feinde zu sein. Tonio bereitete Orfeos Flucht vor – indem er beispielsweise das Pferd organisierte, dessen Hufabdrücke vor dem Tor gefunden wurden – und verschaffte sich anschließend ein Alibi für die eigentliche Tatzeit, indem er die ganze Nacht den Betrunkenen spielte.«

»Eine geniale Theorie«, räumte Julian ein. Nicht zum erstenmal ging ihm durch den Kopf, daß es ein großer Fehler wäre, Grimani zu unterschätzen. Andererseits konnte es nur von Vorteil sein, wenn Grimani ihn unterschätzte.

Den Rest des Tages verbrachte Grimani mit seinen Polizeiberichten hinter verschlossenen Türen. Am nächsten Morgen brach er nach Como auf, um sich mit dem Präfekten zu treffen. So kam es, daß er sich nicht in der Villa aufhielt, als Francesca und Valeriano eintrafen.

Gegen Mittag legte ihr Boot am Pier der Villa an. Über ihnen wölbte sich ein blauer, klarer Himmel. Nichts erinnerte mehr an das rauhe, stürmische Wetter vom Vortag. Nachdem sie an Land gegangen warren, führten Diener sie in den Salon, wo die Marchesa, Carlo und Julian sie bereits erwarteten. Die übrigen Gäste hatten das gute Wetter für Ausflüge genutzt. Zanetti stand in einer Ecke und wischte sich wie immer mit seinem Taschentuch den Schweiß aus dem Gesicht. Zweifellos prägte er sich jedes Wort, das gesprochen wurde, genau ein, um seinem Chef nach dessen Rückkehr davon berichten zu können. Die Marchesa hielt es ihrer für unwürdig, ihm genügend Beachtung zu schenken, um ihn aus ihrem Kreis auszuschließen.

Francesca betrat an Valerianos Arm den Raum. Sie war Mitte Zwanzig, von mittlerer Größe und sehr weiblich gerundet, ohne deswegen mollig zu wirken. Sie hatte grüne Augen, ein Gesicht, das eher lieb als hübsch wirkte, und weiches braunes Haar, das sie auf altmodische Weise zu Zöpfen geflochten und um den Kopf gewunden hatte.

Als sie die Marchesa erblickte, blieb sie scheu stehen, aber Beatrice ging auf sie zu, umarmte sie und küßte sie auf beide Wangen. Carlo folgte ihrem Beispiel und stellte dann Julian vor, der sich verbeugte und ihr die Hände küßte. »Es ist mir eine große Freude, Euch kennenzulernen, Marchesa Francesca.«

»Die Freude ist ganz auf meiner Seite, Signor. Aber seid doch bitte so nett und nennt mich bei meinem Familiennamen. Einfach nur Signora Argenti.«

»Wie Ihr wünscht.«

»Ihr müßt wissen«, sagte sie und wurde dabei ein wenig rot, »daß ich nicht mit meinem Mann zusammenlebe. Deswegen wäre es auch nicht richtig, seinen Titel oder seinen Namen zu benutzen.«

In der Zwischenzeit begrüßten sich Valeriano und die Marchesa. Solange man nur seine Sprechstimme hörte, war es schwer, ihn als Kastraten zu identifizieren: Indem er leise sprach und seiner Stimme einen leicht rauchigen Klang verlieh, schaffte er es, eher wie ein heller Tenor zu klingen und nicht wie ein Sopran. Wie viele Kastraten war er langgliedrig und extrem groß. Es war, als hätte sich die körperliche Energie, die eigentlich in Barthaare und die Zeugung von Kindern hätte fließen sollen, in einem sinnlosen, leicht grotesken Größenwachstum erschöpft. Sein braunes Haar war hier und da von der Sonne golden gesträhnt, aber seine Augen waren dunkel. Seine Gesichtszüge wirkten auffallend schön. Auf den ersten Blick sah er ziemlich jung aus, aber als Julian ihn begrüßte, bemerkte er die grauen Haare an seinen Schläfen und die feinen Fältchen in seinen Augenwinkeln. Zweifellos trugen seine glatten Wangen das Ihre zu seinem jugendlichen Aussehen bei, aber da war noch etwas anderes – eine Art kindliche Wehmut, die nichts mit Unschuld zu tun hatte. Warum erwachsen werden, schien sein Gesicht zu fragen, wenn man doch nie ein Mann werden kann?

»Beatrice«, sagte Francesca, »ist – ist – hast du irgend etwas gehört –«

Valeriano sagte es für sie. »Ist Marchese Rinaldo hier?«

»Nein«, beruhigte sie Beatrice. »Wir haben schon seit Wochen nichts mehr von Rinaldo gehört.«

Francesca atmete erleichtert auf und senkte dann den Blick, als schämte sie sich ihrer Erleichterung. Noch nie war Julian einer Frau begegnet, die für die Rolle der berüchtigten Ehebrecherin weniger geeignet gewesen wäre als sie.

»Ich bin Euch sehr dankbar, daß Ihr beide gekommen seid«, sagte er zu ihnen. »Wie Euch vielleicht bekannt ist, hat Marchesa Malvezzi mich gebeten, hinsichtlich der Ermordung ihres Mannes Nachforschungen anzustellen. In diesem Zusammenhang ist es für mich eine große Hilfe, mit Euch sprechen zu können – vor allem über seine letzten Tage.«

Francesca sah Valeriano an, als wollte sie seine Zustimmung einholen. Dann sagte sie: »Wir würden Euch sehr gerne etwas darüber erzählen, Signor Kestrel. Wir möchten Euch helfen, so gut wir können. Aber zu der Zeit, als Marchese Lodovico – als er –«

»Ermordet wurde«, sagte die Marchesa an ihrer Stelle ruhig.

Francesca wurde rot. Sie streckte ihre kleine Hand hilfesuchend nach Valeriano aus, der sie fest in die seine nahm. Dann sprach er so selbstverständlich für sie weiter, als hätte von vornherein er gesprochen und nicht sie. »Zu der Zeit, als

Marchese Lodovico ermordet wurde, hatten wir ihn schon über ein Jahr nicht mehr gesehen. Und den Sänger namens Orfeo haben wir nie zu Gesicht bekommen. Deswegen fürchte ich, daß wir Euch keine goße Hilfe sein werden.«

»In dieser Phase der Ermittlungen«, meinte Julian, »ist schwer zu beurteilen, was hilfreich sein könnte und was nicht. Deswegen sind meine Fragen sehr breit angelegt, wie Ihr feststellen werdet. Ich bitte schon im voraus um Verzeihung, falls ich allzu neugierig wirken sollte.«

»Ich verstehe«, sagte Valeriano. Julian wußte, daß er ihn tatsächlich verstanden hatte. Er hatte zwischen den Zeilen gelesen, daß Julian auf Antworten bestehen würde, egal, wie verletzend ihnen seine Fragen auch erscheinen mochten.

»Wann wollt Ihr uns befragen?« fragte Francesca.

»Da richte ich mich ganz nach Euch. Vielleicht seid Ihr so freundlich und gebt mir Bescheid, sobald man Euch Eure Zimmer gezeigt hat und ihr Euch einigermaßen von den Strapazen der Reise erholt habt.« Um sie ein wenig zur Eile anzutreiben, fügte er hinzu: »Natürlich können wir auch bis heute abend warten. Dann wird Commissario Grimani aus Como zurück sein und könnte bei der Befragung anwesend sein.«

»Oh, ich möchte keinen Polizisten dabeihaben«, antwortete Francesca rasch. »Lieber würde ich mit Euch allein sprechen.«

Julian fühlte sich verpflichtet, sie zu warnen: »Es kann sein, daß Commissario Grimani Euch ebenfalls befragen möchte. Aber ihm geht es vor allem um Orfeo.«

»Wie ich Euch bereits gesagt habe, wissen wir nichts über ihn«, erklärte Valeriano mit seiner ruhigen Stimme. »Darf ich fragen, warum Ihr es für nötig haltet, Eure Suche so breit anzulegen, wenn die Polizei es für ausreichend hält, nach Orfeo zu suchen?«

»Mein lieber Valeriano«, mischte sich die Marchesa ein, »genau aus diesem Grund habe ich Signor Kestrel mit den Ermittlungen betraut. Weil er tun wird, was die Polizei nicht tut.«

Julian betrachtete sie eindringlich. Er kannte diesen Ton: Sie packte ihre Stimme nur dann so in Seide, wenn die Gefahr bestand, daß sie sonst zu scharf klingen würde. Genau so sprach sie auch mit Grimani. Was aber hatte sie gegen Valeriano? Lag es nur daran, daß er sich zwischen Rinaldo und Francesca gedrängt hatte? Oder gab es etwas zwischen ihnen, das mit Francesca überhaupt nichts zu tun hatte?

Eine halbe Stunde nachdem man Francesca und Valeriano auf ihre Zimmer begleitet hatte, überbrachte Valerianos Diener Julian die Nachricht, daß sie bereit seien, von ihm befragt zu werden. Auf Julians Bitte hin erschienen sie im Salon. Zanetti, der erklärt hatte, daß er bei der Befragung anwesend sein müsse, um für Grimani Notizen zu machen, kam hinter ihnen hereingeschlichen und ließ sich in einer Ecke nieder. Er hatte einen stark ramponierten hölzernen Sekretär dabei, der, wie sich zeigte, einen Stapel Papier, ein Tintenfaß und mehrere Federhalter enthielt.

»Wer von Euch möchte den Anfang machen?« fragte Julian.

»Können wir Eure Fragen nicht gemeinsam beantworten?« fragte Francesca in flehendem Ton.

»Ich fürchte nein. Es ist wichtig für mich zu sehen, woran Ihr Euch getrennt voneinander erinnern könnt.«

Francesca senkte leicht den Blick, ohne etwas zu sagen. Trotzdem fragte Valeriano sie sofort: »Möchtest du den Anfang machen, Liebes?«

»Ich – ich muß zugeben, daß ich es gern hinter mir hätte.«

Julian war mehr denn je entschlossen, sie getrennt zu befragen. Zwei Menschen, die sich auf so subtile Weise miteinander verständigen konnten, durfte man auf keinen Fall gemeinsam befragen.

»Dann werde ich mich zurückziehen«, sagte Valeriano. »Ich bin in meinem Zimmer, falls du mich brauchst, Francesca. Signor Kestrel, sobald Ihr bereit seid, mich zu befragen, stehe ich jederzeit zur Verfügung.«

Er verbeugte sich mit der müden, instinktiven Anmut, die

jede seiner Gesten auszeichnete. Nicht umsonst hatte er jahrelang auf der Bühne gestanden. Bestimmt war der Eingriff bei ihm sehr früh vorgenommen worden, bevor sich seine Stimme verändern konnte, und von da an hatte man ihm beigebracht, wie man sich vor einem Publikum am effektvollsten bewegte. Nachdem er seine Männlichkeit verloren hatte, war alles Natürliche an ihm langsam, aber sicher wegkultiviert worden. Trotzdem wurde der Blick seiner Augen weich, als er Francesca einen letzten aufmunternden Blick zuwarf, und hinter der Maske blickte ein Mann hervor. Wie schaffte sie das nur – diese schüchterne, bescheidene Frau, die neben der Marchesa richtig unscheinbar wirkte? Julian konnte ihre Macht nur nach ihrer Wirkung beurteilen.

»Bitte setzt Euch.« Julian deutete auf ein türkis und weiß gestreiftes Sofa, das mit dem Rücken zu Zanettis Ecke stand. Es war schlimm genug, daß sie während ihrer ganzen Unterhaltung das Kratzen seines Federhalters hören würden. Zumindest konnte er Francesca so nicht noch zusätzlich durch seinen Anblick einschüchtern.

Sie ließ sich ganz vorn auf dem Rand des Sofas nieder. Vor lauter Nervosität hatte sie die Finger fest ineinander verschlungen. Julian zog sich ihr gegenüber einen Stuhl heran und begann: »Signor Valeriano hat gesagt, Ihr und er hättet Marchese Lodovico vor seinem Tod schon über ein Jahr nicht mehr gesehen. Entspricht das auch Eurer Erinnerung?«

»Ja«, antwortete sie mit dünner Stimme.

»Wann und wo habt Ihr ihn zum letztenmal gesehen?«

»Das war, als Pietro und ich noch in Mailand lebten. Demnach muß es Anfang 1820 gewesen sein – vielleicht im Januar?« Sie sah Julian an, als wollte sie von ihm eine Bestätigung.

»War es vielleicht im Karneval?« kam er ihr zu Hilfe.

»Ja«, antwortete sie dankbar. »Dann war es tatsächlich im Januar.«

»Pietro ist Signor Valeriano?«

»Ja. Sein richtiger Name ist Pietro Brandolino – Brandolin, wie die Venezianer sagen.«

Julian nickte. Die meisten Kastraten hatten einen Künstlernamen. »Unter welchen Umständen seid Ihr und Marchese Lodovico Euch zum letztenmal begegnet?«

Sie senkte den Blick und zupfte an ihrem Rock herum. »Ich hatte schon seit Wochen versucht, ihn zu sehen. Ihr müßt wissen, daß ich eines Tages, als er nicht da war, in die Casa Malvezzi gegangen bin, um Niccolò und Bianca zu sehen. Als er dahinterkam, war er schrecklich wütend. Er gab Anweisungen, mich nie wieder ins Haus zu lassen. Seinen Dienern drohte er an, daß er jeden, der mir auch nur ein Wort über meine Kinder erzählte, ohne Zeugnis auf die Straße setzen würde. Ich ging hin, um ihn zu bitten, mir den Kontakt mit meinen Kindern nicht zu verbieten, aber er weigerte sich, mich zu empfangen. Ich bin jeden Tag hingegangen, und seine Diener haben mich immer wieder weggeschickt.«

Ihre Lippen zitterten. »Schließlich ließ man mich doch zu ihm. Anfangs war er nicht unfreundlich. Er glaubte, ich sei gekommen, um ihn um Verzeihung zu bitten und zu Rinaldo zurückzukehren. Als er merkte, daß dem nicht so war, wurde er wütend und schrie mich an. Er gab mir jeden schrecklichen Schimpfnamen, den man einer Frau nur geben kann.« Sie legte den Handrücken über die Augen, als versuchte sie, die Erinnerung zu verdrängen.

»Was ist dann passiert?« fragte Julian mit sanfter Stimme.

»Ich habe ihn angefleht, meine Kinder nicht zu bestrafen, indem er ihnen die Mutter nahm. Er antwortete, gar keine Mutter zu haben sei besser, als eine wie mich zu haben. Ich ging, weil er drohte, mich sonst von den Dienern hinauswerfen zu lassen. Bald danach sind Pietro und ich nach Venedig gezogen.«

»Was hat Signor Valeriano zu dem Streit gesagt?« fragte Julian neugierig.

»Er war sehr aufgeregt. Es machte ihm sehr zu schaffen, daß ich seinetwegen auf meine Kinder verzichten mußte. Immer wieder hat er versucht, mich dazu zu bringen, ihn zu verlassen. Aber das konnte ich nicht.« Ihre Augen baten Julian um Verständnis.

Aber er hatte kein Verständnis. Wie Beatrice sehr richtig gesagt hatte, hätte Francesca ohne weiteres bei Rinaldo bleiben und sich Valeriano als Liebhaber nehmen können. »Ihr mochtet Euren Mann nicht?«

»Daran lag es nicht. Rinaldo war zwar nicht sehr nett zu mir, aber das nahm ich ihm nicht übel. Niemand außer seiner Mutter war je nett zu ihm gewesen, und selbst sie wagte es nicht, ihn vor Lodovico in Schutz zu nehmen. Er hätte eine Frau wie Beatrice gebraucht – eine, die ihm mit Rat und Tat zur Seite gestanden und ihm geholfen hätte, es in der Welt zu etwas zu bringen. Ich aber hatte keine Ahnung von Politik oder gesellschaftlichen Konventionen oder Liebesaffären. Ich war zu nichts nütze, außer dazu, ihm Kinder zu gebären. Ich glaube nicht, daß ich ihm fehlte, als ich ihn verließ – das einzige, was ihm zusetzte, war die Demütigung.«

»Warum seid Ihr dann nicht zu ihm zurückgegangen?«

»Weil es mir nicht gereicht hätte, Pietro nur von Zeit zu Zeit zu sehen – mit ihm den Corso entlangzufahren oder neben ihm in der Oper zu sitzen.« Eine tiefe Röte überzog ihr Gesicht. »Oder ihn nachts, wenn Rinaldo nicht da war, in die Casa Malvezzi zu lassen und vor dem Morgengrauen wieder aus meinen Armen zu stoßen, aus Angst, wir könnten zusammen erwischt werden. Eine solche Beziehung hätte er auch mit jeder anderen Frau haben können. Als wir uns verliebten, wußte er noch nicht, was es hieß, ein Zuhause zu haben. Er reiste nur herum, sang heute in der einen und morgen in der anderen Stadt. Er war so berühmt und wurde von allen bewundert, und doch hatte ich in meinem ganzen Leben noch nie einen Menschen kennengelernt, der so allein war. Ich wollte, daß er wußte, daß – egal, wo er hinging – immer jemand auf ihn wartete, der ihn liebte – jemand, der ihm ganz allein gehörte. Versteht Ihr?«

»Ja.« Inzwischen verstand er eine ganze Menge – und würde nie wieder den Fehler machen, diese Frau als schüchtern oder schwach abzutun. »Wie kam es, daß Ihr im März 1821 am Comer See wart?«

Sie senkte den Blick und zupfte wieder an ihrem Rock herum. »Rinaldo war auf Reisen, als Lodovico mir verbot, meine Kinder zu sehen. Etwa ein Jahr später hörten Pietro und ich, daß er nach Mailand zurückgekehrt und Lodovico mit einem jungen Tenor, den er für die Oper ausbildete, an den See gefahren sei. Ich hoffte wider besseres Wissen, daß Rinaldo auf mein Bitten freundlicher als Lodovico reagieren und mir erlauben würde, Niccolò und Bianca zu sehen, oder daß er mich zumindest wissen lassen würde, wie es ihnen ging. Sie waren noch so klein – Niccolò war erst vier, und Bianca noch nicht einmal zwei. Wenn sie krank geworden wären oder mich vermißt oder nach mir gefragt hätten, wäre niemand dagewesen, der es mir gesagt hätte –« Ihre Stimme erstarb.

Julian erhob sich halb von seinem Stuhl. »Möchtet Ihr, daß ich nach einem Glas Wasser läute oder vielleicht etwas Wein –«

»Nein, nein, danke. Es geht schon wieder.« Sie sah ihn entschuldigend an. »Es ist nur ziemlich schwer, sich daran erinnern zu müssen.«

»Es tut mir leid. Wenn es nicht von größter Wichtigkeit wäre, würde ich nicht von Euch verlangen, das alles noch einmal zu durchleben.«

»Das glaube ich Euch, Signor Kestrel.« Sie berührte ihn mit einer beruhigenden Geste am Arm. »Ich weiß, daß es nicht Eure Absicht ist, mir Schmerz zuzufügen.«

Wie zum Teufel war es dazu gekommen, daß diese Frau nun ihn tröstete, weil er gezwungen war, ihr Schmerzen zuzufügen? »Vielen Dank, Signora Argenti. Ich wünschte, ich könnte Euch Eure Aufgabe ebenso leichtmachen, wie Ihr mir die meine leichtgemacht habt. Bitte fahrt fort. Ihr wart gerade dabei, mir von Eurer Hoffnung zu erzählen, Rinaldo könnte Erbarmen mit Euch haben und Euch gestatten, die Kinder zu sehen.«

»Ja. Das war dumm von mir – ich hätte wissen müssen, daß er sich seinem Vater nie widersetzen würde. Aber ich wünschte es mir so sehr, daß ich mir selbst einredete, es sei möglich. Ich erklärte Pietro, daß ich nach Mailand fahren und Rinaldo aufsuchen wolle. Er erklärte sich sofort einverstanden, hielt es aber für besser, wenn wir nicht in Mailand absteigen würden, wo ich so bekannt war und unser Zusammenleben einen solchen Skandal ausgelöst hatte. Er befürchtete, daß man mich mit Mißachtung strafen oder verspotten würde, und ich hatte dieselben Befürchtungen, was ihn betraf, so daß wir am Ende das Angebot eines seiner Freunde annahmen und in dessen Villa am Comer See Wohnung bezogen.«

»Habt Ihr gewußt, daß diese Villa genau gegenüber der Villa Malvezzi lag?«

»Nein. Ich – wir wußten nicht genau, wo sie lag.«

»Hattet Ihr vor, während Eures Aufenthalts am See auch Marchese Lodovico aufzusuchen?«

»Nein, ich wollte ihn nicht sehen. Außerdem wußte ich, daß das ohnehin keinen Sinn gehabt hätte.«

»Und Signor Valeriano – hat er je den Versuch unternommen, ihn aufzusuchen?«

»Nein.«

»Seid Ihr sicher?«

»O ja. Das hätte er mir gesagt. Er hat keine Geheimnisse vor mir. Wir haben keinerlei Geheimnisse –« Sie hielt inne.

»Voreinander?« kam ihr Julian zu Hilfe. Aber Francesca konnte es nicht sagen.

Er fragte: »Was habt Ihr nach Eurer Ankunft am See unternommen?«

»Ich habe Rinaldo einen Brief geschickt, in dem ich ihn bat, mich die Kinder sehen zu lassen, und ihn fragte, ob ich nach Mailand kommen und persönlich mit ihm sprechen dürfe. Ich saß wie auf glühenden Kohlen, während ich auf die Antwort wartete. Schließlich kam sie – nicht von Rinaldo, sondern von Lodovico. Rinaldo hatte meinen Brief an ihn weitergeleitet. Er schrieb, daß ich meine Kinder nie wiedersehen würde, wenn ich nicht zu Rinaldo zurückkehrte. Sie würden für mich so tot sein, als hätte ich sie mit meinen eigenen Händen begraben.«

»Habt Ihr diesen Brief noch?«

»Nein. Pietro hat ihn verbrannt.«

»Warum?«

»Warum?« wiederholte sie mit hoher, angsterfüllter Stimme. »Weil mich der Brief unglücklich machte. Weil er mir keine Ruhe ließ. Warum hätte er ihn nicht verbrennen sollen?«

»Aus keinem bestimmten Grund«, antwortete Julian sanft. »Das war nur so eine Überlegung von mir. Wann habt Ihr diesen Brief bekommen?«

»Einen oder zwei Tage, bevor wir von Lodovicos Tod erfuhren.«

»Auf welche Weise habt Ihr davon erfahren?«

»Das weiß ich nicht mehr. Plötzlich hat jeder davon gesprochen.«

»Habt Ihr und Signor Valeriano daraufhin den See verlassen?«

»Nein, erst nach ein paar Wochen.« Sie senkte den Kopf. »Ich habe versucht, wegen Lodovicos Tod Trauer zu empfinden, aber für mich bedeutete er vor allem eines – daß Rinaldo nun, da sein Vater ihn nicht mehr drängte, mich zu bestrafen, freundlicher zu mir sein würde. Ich schrieb noch einmal an ihn, so inständig, wie ich konnte. Ich bot ihm an, alles zu tun, außer Pietro zu verlassen, wenn er mir nur einen einzigen Blick auf die Kinder gestatten würde, selbst wenn es nur aus der Ferne war –« Sie schüttelte den Kopf. »Es war alles umsonst. Er wies mich genauso zurück, wie Lodovico es getan hatte.«

»Was ist dann passiert?«

»Es gab nichts mehr, was noch hätte passieren können. Pietro und ich kehrten nach Venedig zurück.«

Julian überlegte. »Eines verstehe ich nicht. Ihr habt gesagt, Ihr hättet Lodovicos Brief einen oder zwei Tage vor seinem Tod erhalten. Warum seid Ihr dann nicht gleich nach Venedig zurückgekehrt?«

Francesca wich seinem Blick aus. »Ich wollte noch nicht aufbrechen. Ich hatte die Hoffnung, daß Rinaldo freundlicher wäre als sein Vater oder Lodovicos Wut auf mich nachlassen würde.«

»Das war nicht sehr wahrscheinlich, oder?«

»Ich war verzweifelt. Ich hoffte einfach weiter.«

»Und Signor Valeriano? Wie dachte er darüber?«

»Er hat nicht versucht, es mir auszureden. Er wußte, wieviel es mir in jenen Tagen bedeutet hätte, meine Kinder zu sehen.«

»In jenen Tagen?« fragte Julian. »Jetzt nicht mehr?«

»Mittlerweile ist viel Zeit vergangen«, antwortete sie vorsichtig. »Ich habe inzwischen akzeptiert, daß ich meine Kinder nie wiedersehen werde. Sie gehören zu einem Leben, zu dem ich mittlerweile soviel Abstand habe, daß es mir vorkommt, als hätte es eine andere Frau gelebt.«

»Es muß eine große Erleichterung für Euch bedeuten«, sagte er, »sie nicht mehr zu vermissen.«

Sie warf ihm einen schnellen Blick zu, aus dem so viel Schmerz sprach, daß er sofort ein schlechtes Gewissen bekam. »Es tut mir leid.« Er legte seine Hand auf die ihre. »Ich wollte nur wissen, wie Ihr in Wirklichkeit empfindet. Warum habt Ihr versucht, Eure wahren Gefühle vor mir zu verbergen?«

»Das tue ich inzwischen immer. Es hat nichts mit Euch zu tun. Ich möchte nicht, daß Pietro weiß, wie wichtig mir die Kinder immer noch sind. Ich habe Jahre gebraucht, ihn davon zu überzeugen, daß ich mich von ihrem Verlust erholt habe. Bitte verratet mich nicht. Ich weiß nicht, was er tun würde, wenn er erführe, wie sehr ich noch um meine Lieblinge trauere – wie sehr ich immer um sie trauern werde.«

»Ich werde niemandem ein Wort davon verraten, es sei denn, die Ermittlungen zwingen mich dazu. Aber das kann ich mir im Moment nicht vorstellen.«

»Sind wir fertig?« fragte sie hoffnungsvoll.

»Noch nicht ganz. Ich würde Euch gern über die Nacht vom vierzehnten auf den fünfzehnten März befragen – die Nacht, als Lodovico Malvezzi ermordet wurde. Wo wart Ihr zu diesem Zeitpunkt?«

»Zu Hause – in der Villa, in der Pietro und ich wohnten.«

Mit angehaltenem Atem stählte sie sich für die nächste Frage. Aber Julian zog bloß die Augenbrauen hoch und sah sie erwartungsvoll an. Die Erfahrung hatte ihn gelehrt, daß es oft wirkungsvoller war, einen Redestrom zu provozieren, als konkrete Fragen zu stellen. Tatsächlich redete sie nervös weiter.

»Ich ging zu Bett – ich weiß nicht mehr, wann, aber schätzungsweise vor Mitternacht. Pietro – er war ausgeritten. Er kann manchmal nicht schlafen. Als er noch in der Oper auftrat, war er es gewohnt, fast die ganze Nacht auf den Beinen zu sein – erst auf der Bühne und dann in Cafés oder auf Gesellschaften. An manchen Abenden kann er nicht so früh einschlafen wie ich, und dann geht er spazieren oder reitet aus oder spielt mitten in der Nacht Klavier – ganz leise, damit er mich nicht stört. Die Nacht, in der Lodovico starb, war eine von diesen Nächten.« Ihre Miene hellte sich auf. »Aber ich kann mich daran erinnern, daß er in der Nacht zuvor ebenfalls unterwegs war. Sein Verhalten in der Mordnacht war also keineswegs seltsam oder ungewöhnlich.«

Das war außerordentlich interessant, dachte Julian. Denn es war sehr wahrscheinlich, daß derjenige, der Lodovico ermordet hatte, in der Nacht zuvor Castello Malvezzi aufgesucht hatte, um das Päckchen mit dem Handschuh dort zu hinterlassen und Lodovico mit der beigefügten Nachricht zu dem Rendezvous in das Belvedere einzuladen. Aber wenn Valeriano in beiden Nächten unterwegs gewesen war, machte das noch eine weitere Frage erforderlich.

»Wart Ihr allein, während Pietro ausritt?«

»Natürlich.« Sie reagierte genauso entrüstet wie jede normale Ehefrau, deren Tugend in Frage gestellt wurde. »Wer hätte bei mir im Zimmer sein sollen, wenn Pietro es nicht war?«

»Ich wollte mit dieser Frage nichts Unziemliches andeuten. Ich habe mich nur gefragt, ob vielleicht Euer Mädchen bei Euch war.«

»Nein, sie hat ein Stockwerk über mir geschlafen.«

»Habt Ihr jemals einen langen Damenhandschuh zu Gesicht bekommen, auf den grüne Myrtenblätter und ein von einem Diamantpfeil durchbohrtes Rubinherz aufgenäht waren?«

»Nein.« Sie sah ihn verwirrt an.

»Kennt Ihr jemanden, der je im Besitz eines solchen Handschuhs war?«

»Nein. Wieso fragt Ihr das?«

»In der Nacht vor dem Mord hat jemand ein Päckchen mit einem solchen Handschuh vor Marchese Lodovicos Schloß abgelegt, zusammen mit einer Nachricht, in der die betreffende Person drohte, etwas über die Besitzerin des Handschuhs zu enthüllen, falls der Marchese nicht in der nächsten Nacht in das Belvedere käme.«

»Wie seltsam.«

»Ja. Habt Ihr in der Nacht von Marchese Lodovicos Ermordung zu irgendeinem Zeitpunkt das Haus verlassen?«

Ihr Gesicht wurde flammend rot. »Ich – ja – ich – ich habe es verlassen. Es war schon ziemlich spät – nach Mitternacht – gegen zwei Uhr morgens. Ich wachte auf und stellte fest, daß Pietro noch nicht zurück war. Ich machte mir Sorgen. Ich hüllte mich in meinen Schal und suchte ihn im ganzen Haus. Er war nicht in der Villa. Da zog ich mich an, nahm eine Laterne und ging hinaus, um draußen nach ihm zu suchen. Ich rief immer wieder seinen Namen.«

»Habt Ihr keine von Euren Dienern aufgeweckt, damit sie Euch beim Suchen halfen?«

»Nein. Das war dumm von mir, ich weiß. Aber ich war nicht in der Lage, einen klaren Gedanken zu fassen. Ich hatte bloß Angst um ihn und wollte ihn finden. Die Diener sind von selbst aufgewacht, als sie mich nach ihm rufen hörten, und kamen heraus, um zu sehen, was los war.«

»Warum hattet Ihr solche Angst um ihn? Ihr sagt doch, er sei oft des Nachts unterwegs.«

»Aber er blieb normalerweise nicht so lange weg. Und er kannte sich in der Gegend nicht besonders gut aus. Womöglich hatte ihn sein Pferd abgeworfen, oder – ich weiß auch nicht, was ich dachte.«

»War er je zuvor von seinem Pferd abgeworfen worden?«

»Ich glaube nicht«, flüsterte sie.

»Ist Euch damals in den Sinn gekommen, daß er zu Marchese Lodovico geritten sein könnte – in der Hoffnung, ihn überreden zu können, Euch gegenüber Milde walten zu lassen?«

»Nein! Warum hätte er das tun sollen? Lodovico haßte ihn genauso wie mich. Warum hätte er auf ihn hören sollen?«

»Dann hat Signor Valeriano vielleicht mit ihm gestritten, ihn herausgefordert –«

»Er hat ihn nicht getötet! So etwas würde er nie tun. Er ist ein sanfter, ehrenhafter Mensch. Es muß dieser Sänger gewesen sein.«

»Apropos, habt Ihr eine Idee, wer dieser Orfeo sein könnte?«

»Ich weiß nicht das geringste über ihn. Ich weiß nur, daß Lodovico sich oft mit Sängern angefreundet hat. Auf diese Weise haben Pietro und ich uns kennengelernt.«

»Kommen wir zurück zur Mordnacht. Ist Signor Valeriano irgendwann zurückgekehrt?«

»Ja, bald nachdem ich hinausgegangen war, um nach ihm zu suchen. Er war sehr bestürzt, mich draußen vorzufinden – ich nehme an, er hatte Angst, ich könnte mich erkälten. Es war feucht und windig, mein Nachthemd war durchnäßt, meine Schuhe voller Schlamm.«

»Hat er gesagt, wo er gewesen ist?«

»Ich glaube nicht, daß er ein bestimmtes Ziel gehabt hatte. Er ist einfach nur herumgeritten.«

»Hat er das zu Euch gesagt?«

»Ich weiß nicht mehr, was er zu mir gesagt hat«, antwortete sie kläglich, »oder ob wir überhaupt darüber gesprochen haben.«

»Wir sind fast fertig.« Julian wußte, daß es besser gewesen wäre, sie weiter auf die Folter zu spannen, weil sie dann vor lauter Anspannung und Angst von sich aus weitergeredet hätte, nur, um es endlich hinter sich zu haben – obwohl es in Wirklichkeit so war, daß um so mehr Fragen zu stellen waren, je mehr ein Verdächtiger redete. Aber wie so oft siegte seine Ritterlichkeit über seinen kriminologischen Instinkt. »Wißt Ihr, ob Signor Valeriano eine Pistole mit an den See gebracht hatte?«

»Er reist immer mit Pistolen. Das tut hier jeder.«

Julian mußte sich eingestehen, daß sie recht hatte. Auf den Straßen wimmelte es von Banditen und Schmugglern. »Wußtet Ihr, wo er seine Pistolen aufbewahrte?«

»Ich glaube nicht, daß ich mir je darüber Gedanken gemacht habe. Ich hatte schon seit Jahren keine Pistole mehr abgefeuert.«

Er zog die Brauen hoch. »Wie kommt es, daß Ihr überhaupt schon einmal eine Pistole abgefeuert habt?«

»Ich hatte fünf Brüder.« Sie lächelte versonnen. »Als Kinder waren wir ziemlich wild. Die Jungen brachten mir das Reiten und das Rudern bei. Sie zeigten mir auch, wie man auf Bäume klettert und mit einer Waffe umgeht.« Sie stieß einen kleinen, resignierten Seufzer aus. »Inzwischen spricht natürlich keiner meiner Brüder mehr mit mir.«

Julian sah sie voller Mitgefühl an. Gleichzeitig aber ging ihm durch den Kopf, daß eine Frau, die mit einem Boot umgehen und eine Waffe abfeuern konnte, ohne weiteres in der Lage gewesen wäre, heimlich den See zu überqueren und Lodovico im Belvedere umzubringen. Ihre Diener konnten wahrscheinlich bestätigen, daß sie sie draußen angetroffen hatten, als sie in der Mordnacht nach Valeriano suchte, aber wer konnte schon sagen, wann sie das Haus tatsächlich verlassen hatte oder wie lange sie weg gewesen war? Zugegeben, es war schwer, sie sich als kaltblütige Mörderin vorzustellen. Aber sie war eine Frau, die sich von ihren Gefühlen leiten ließ und von ihren Leidenschaften herumgewirbelt wurde wie ein Blatt im Wind. Wer wußte schon, wozu Lodovico sie getrieben hatte, indem er sie ihrer Kinder beraubte?

Eines war klar, und das erschwerte Julians Nachforschungen beträchtlich. Francesca war vielleicht naiv und ungeschickt, wenn es darum ging, sich selbst zu verteidigen, aber nach Julians Einschätzung würde sie alles tun und alles sagen, um ihren Geliebten zu schützen.

20

Nach ihrer Befragung begleitete Julian Francesca nach oben. Sie schien für diese Aufmerksamkeit sehr dankbar zu sein, was Julian leichte Schuldgefühle verursachte, weil er es in erster Linie tat, um zu verhindern, daß sie sich mit Valeriano besprechen konnte, bevor Julian ihn befragte. Er brachte sie bis zur Tür ihres Zimmers, das vorher sein eigenes gewesen war. Sofort trat Valeriano aus dem angrenzenden Raum. Er sagte nichts zu Francesca – nahm bloß ihre Hand und sah sie eindringlich an. Sie lächelte fröhlicher zu ihm auf, als Julian es nach allem, was sie gerade durchgemacht hatte, für möglich gehalten hätte, aber Valeriano konnte man offenbar nichts vormachen. Er bedachte Julian mit einem kalten Blick. »Wenn Ihr erlaubt, Signor Kestrel, würde ich gern sichergehen, daß es Signora Argenti gutgeht, bevor wir beide uns unterhalten.«

»Es geht mir gut, Pietro«, versicherte ihm Francesca. »Du brauchst dir meinetwegen keine Sorgen zu machen.«

Widerwillig ließ Valeriano sie zurück und begleitete Julian nach unten in den Salon. Zanetti saß wie zuvor in seiner Ecke. Energisch spitzte er seine Schreibfedern. Valeriano zog es unwiderstehlich zu dem kunstvoll gemalten und vergoldeten Familienstammbaum der Malvezzis, der in dem Raum an der Wand hing. Schweigend betrachtete er ihn. Julian fragte sich, was ein solcher Stammbaum wohl für den Sohn einer venezianischen Hure bedeutete, der nicht einmal wußte, wer sein Vater war, und selbst keine Nachkommen zeugen konnte. Als er sich zu Julian umwandte, wirkte der Blick seiner Augen verschleiert. »Signor Kestrel, ich stehe zu Eurer Verfügung.«

»Das ist wahrscheinlich eine seltsame Art, eine Befragung zu beginnen«, sagte Julian, »aber ich habe nie das Privileg genossen, Euch singen zu hören. Man hat mir erzählt, daß Ihr privat noch gelegentlich auftretet, und da habe ich mich gefragt, ob Ihr wohl so liebenswürdig wärt, für uns zu singen, während Ihr hier seid.«

Valeriano verbeugte sich. »Es wäre mir eine Ehre.«

»Vielen Dank. Ich freue mich schon darauf. Bitte nehmt Platz.«

Valeriano ließ sich in einen Sessel sinken und schlug elegant die langen Beine übereinander. Julian nahm ihm gegenüber Platz und sagte: »Ich würde gern etwas über Eure anfängliche Bekanntschaft mit Marchese Lodovico wissen. Nach allem, was ich gehört habe, hat er sich um Euch bemüht, aber Ihr habt zurückhaltend reagiert. Warum?«

»Ich brauchte keinen Förderer. Ich stand schon seit fünfzehn Jahren auf der Bühne.«

»Gewiß wäre die Unterstützung eines Mannes wie Lodovico Malvezzi auch für eine erfolgreiche Karriere wie die Eure nur von Nutzen gewesen.«

Valerianos Blick wurde nachdenklich. »Sänger sind abergläubische Wesen, Signor Kestrel. Das mag in Euren Ohren vielleicht seltsam klingen, aber ich wußte irgendwie, daß er mein ganzes Leben verändern würde. Was er dann ja auch getan hat – erst, indem er mich Francesca vorstellte, dann, indem er mich von der Bühne vertrieb. Man könnte sagen, er habe mir mein Herz zurückgegeben und dafür meine Seele genommen.»

»War es ein lohnender Tausch?«

»O ja. Es ist besser, von einem einzigen Menschen aufrichtig geliebt zu werden, als von zahllosen Fremden gefeiert. Meine Karriere wäre sowieso bald zu Ende gewesen. Ich bin vierzig Jahre alt, und mir ist bewußt, daß ich einen Anachronismus darstelle. Zu der Zeit, als ich mein Debüt gab, war bereits klar, daß Kastraten in eine andere Ära gehörten. Nur die besten von uns fanden auf der Opernbühne noch Arbeit.«

»Aber Ihr wart einer der besten.«

Valeriano bestätigte das mit einem leichten Nicken. »Ich hatte großes Glück. Aber ich darf mich nicht darüber beklagen, daß das Ende ein wenig früher kam als nötig. Signora Argenti hat für mich viel mehr aufgegeben als ich für sie und weit weniger dafür bekommen.«

»Ich glaube nicht, daß sie das auch so sehen würde.«

»Das liegt nur daran, daß sie die großzügigste Seele auf Erden ist«, antwortete Valeriano ruhig, »und keine Ahnung hat, was sie für mich bedeutet.«

Julian konnte nur hoffen, daß keiner dieser beiden Liebenden sein Mörder war. Er mochte gar nicht daran denken, was Schuld und Bestrafung des einen für den anderen bedeuten würde.

Laut sagte er: »Ich habe gehört, Ihr nehmt hin und wieder Schüler an.«

»Ja«, antwortete er. »Auf diese Weise roste ich beruflich nicht ganz ein. Außerdem bereitet mir ihr Erfolg viel Freude.«

»Ist Euch in den letzten, sagen wir mal fünf bis sechs Jahren ein englischer Tenor Anfang Zwanzig untergekommen?«

»Ihr denkt dabei an den jungen Mann, der als Orfeo bekannt ist. Nein. Bei meinen Schülern handelt es sich hauptsächlich um Frauen. Ich bin nicht so gut geeignet, einen Tenor oder Baß auszubilden.«

Julian dachte kurz nach. »Wann habt Ihr Lodovico Malvezzi zum letztenmal gesehen?«

»Ich lief ihm auf einer *conversazione* über den Weg, die von einem seiner Freunde veranstaltet wurde. Es muß im Herbst 1819 gewesen sein, an einem Freitagabend, an dem keine Oper auf dem Programm stand. Ich weiß noch, daß mich das Treffen mit ihm ziemlich verstörte, weil Signora Argenti zu diesem Zeitpunkt bereits beschlossen hatte, seinen Sohn zu verlassen, obwohl ich versucht hatte, es ihr auszureden – wenn auch, wie ich zugeben muß, nur mit halbem Herzen.«

»Habt Ihr mit ihm gesprochen?«

»Wenn überhaupt, dann über nichts von Bedeutung. Er hat mich wahrscheinlich gefragt, ob ich auf der Gesellschaft singen würde, und ich habe wohl mit Ja geantwortet, falls man mich darum bäte. Aber ich bin sofort danach gegangen.«

»Ihr habt ihn nie wieder gesehen oder gesprochen, nachdem sich Signora Argenti Eurem Schutz unterstellt hatte?«

»Ich wäre Euch dankbar, wenn Ihr von Signora Argenti nicht sprechen würdet, als wäre sie eine Kurtisane. Nein, ich habe ihn nie wiedergesehen. Er hat mich bei sämtlichen Impresarios angeschwärzt und seinen ganzen Einfluß geltend gemacht, damit ich keine Engagements mehr bekam. Aber er ließ sich nicht herab, persönlich von mir Notiz zu nehmen.«

»Habt Ihr nie den Versuch unternommen, Euch mit ihm zu treffen?« fragte Julian.

»Nein. Wenn ich der Meinung gewesen wäre, daß es in meiner Macht gestanden hätte, ihn Signora Argenti gegenüber milder zu stimmen, hätte ich bestimmt einen Weg gefunden, bei ihm vorzusprechen. Aber diese Hoffnung hatte ich nicht. Ganz im Gegengteil, ich befürchtete eher, daß mein Anblick seine Wut auf sie nur vergrößern würde.«

»Im März 1821 seid Ihr und Signora Argenti an den Comer See gereist. Habt Ihr gewußt, daß die Villa, in der Ihr wohnen wolltet, direkt gegenüber der Villa der Malvezzis lag?«

»Ja. Aber ich hatte einen Freund, der bereit war, uns die Villa kurzfristig zu überlassen. Das kam uns sehr gelegen.«

Julian lehnte sich zurück und musterte ihn mit hochgezogenen Brauen. »Signora Argenti sagt, Marchese Rinaldos Rückkehr von seiner Reise habe sie dazu veranlaßt, einen weiteren Versuch zu unternehmen, ihre Kinder zu sehen.«

»Ja.«

»Trotzdem habt Ihr und sie in der Villa Wohnung bezogen, Kilometer von Rinaldos Haus in Mailand entfernt, dafür aber nur einen Steinwurf von dem Ort, an dem sich, wie Ihr wußtet, Marchese Lodovico aufhielt. Vergebt mir, Signor Valeriano, aber es sieht ganz danach aus, als wäre zumindest einem von Euch beiden mehr daran gelegen gewesen, Lodovico zu sehen als Rinaldo.«

»Wenn Ihr schon einmal in Mailand wart, Signor Kestrel«, sagte Valeriano müde, »dann müßt Ihr wissen, daß die Aristokratie, zu der Signora Argenti gehört, ein kleiner, untätiger und höchst neugieriger Kreis von Menschen ist, die gnadenlos sein können, wenn es darum geht, jemanden lächerlich zu machen. Wären wir dort abgestiegen, hätte man uns mit Sicherheit erkannt: Signora Argenti hätte verschleiert gehen können, aber ich selbst falle extrem auf. Ich wollte nicht, daß man sie verspottete oder auf andere Weise quälte. Deshalb beschlossen wir, ein Stück außerhalb der Stadt Wohnung zu beziehen.«

»Wart Ihr der Meinung, daß ihr Herantreten an Marchese Rinaldo etwas nützen würde?«

Valeriano legte die Finger aneinander. »Ich war sogar der Meinung, Signor Kestrel, daß sie sich wahrscheinlich versöhnen würden. Ich versuchte, ihretwegen froh darüber zu sein. Ich wußte, daß ihr die Kinder sehr fehlten.«

Julian ging kurz mit ihm durch, wie Francesca an Rinaldo geschrieben und Marchese Lodovico ihr eine schmerzhafte Abfuhr erteilt hatte.

»Warum seid Ihr und Signora Argenti danach noch am See geblieben?«

»Ich fand, wir sollten noch nicht aufgeben. Die Sache war ihr zu wichtig. Also überredete ich sie zu bleiben und ein weiteres Mal zu versuchen, an Rinaldo oder Lodovico heranzutreten.«

»Wie hat sie darauf reagiert?«

»Sie hatte die Hoffnung aufgegeben. Aber sie erklärte sich einverstanden, weil ich es so wollte.«

»Würde es Euch überraschen zu erfahren, daß sie behauptet, sie selbst habe bleiben wollen und nicht Ihr?«

Er wirkte tatsächlich überrascht. Aber er sagte ganz ruhig: »Ihr Gedächtnis spielt ihr einen Streich. Es war meine Idee.«

Die beiden waren schwierige Verdächtige, dachte Julian. Francesca stammelte und errötete so oft, daß alles, was sie sagte, eine Lüge zu sein schien, während Valerianos Ruhe und Gelassenheit all seinen Äußerungen den Anschein von Aufrichtigkeit verlieh. Aber natürlich war er von Berufs wegen Schauspieler. Viele Sänger begnügten sich damit, stocksteif auf der Bühne zu stehen und schöne Musik von sich zu geben, ohne dabei an die Charaktere zu denken, die sie darstellten. Valerianos Auftritte hingegen hatten Opernaufführungen zum Stillstand gebracht, weil das Orchester vor Tränen nicht mehr weiterspielen konnte.

Julian sagte: »Wenn ich Signora Argenti richtig verstanden habe, habt Ihr in der Nacht, als Marchese Lodovico ermordet wurde, einen Ausritt gemacht.«

»Das ist richtig.«

»Wohin seid Ihr geritten?«

»Überall- und nirgendwohin. Ich wollte nur müde werden.«

»Hattet Ihr keine Angst, Euch zu verirren?«

»Man kann in dieser Gegend nicht verlorengehen, solange man in Sichtweite des Sees bleibt.«

»Seid Ihr den See in nördlicher oder südlicher Richtung entlanggeritten?«

Valeriano zögerte, wenn auch nur den Bruchteil einer Sekunde. »Ich glaube, in südlicher Richtung.«

»Dann hättet Ihr früher oder später die Spitze des Sees umrunden und zur Villa Malvezzi gelangen müssen.«

»Vielleicht hätte ich das, Signor Kestrel«, antwortete Valeriano höflich, »aber so weit bin ich nicht geritten.«

»Ihr wart in der Nacht zuvor ebenfalls ausgeritten?«

»Ja. Ich war sehr bekümmert, nachdem der Brief von Marchese Lodovico eingetroffen war. Und es belastete mich sehr, daß ich Kummer und Schmach über den Menschen gebracht hatte, den ich auf der Welt am meisten liebte. Ich wußte, ich würde nicht schlafen können, und wenn ich wach neben ihr läge, würde sie es ebenfalls nicht können. Dabei brauchte sie so dringend Schlaf – sie hatte vor Erschöpfung schon Ringe unter den Augen, wie ein kleines Mädchen. Deswegen bin ich ausgeritten.«

Julian beugte sich zu ihm vor und sagte sanft: »Der Urheber ihres Leidens befand sich auf der anderen Seite des Sees. Wie konntet Ihr der Versuchung widerstehen, ihn aufzusuchen – um ihn zu überreden oder zu zwingen, seine harte Haltung ihr gegenüber aufzugeben?«

Valeriano legte den Kopf ein wenig nach hinten, als wollte er Julians Blick ausweichen, was ihm aber nicht gelang. »Es war tatsächlich eine Versuchung«, flüsterte er. »Ich habe ihr nicht nachgegeben.«

Julian sah ihn erwartungsvoll an, um ihm Gelegenheit zum Weitersprechen zu geben. Aber die Schweigetaktik funktionierte bei ihm nicht. Also fuhr Julian fort: »Wenn ich das richtig verstanden habe, wart Ihr früher schon einmal in der Villa Malvezzi?«

»Ja. Marchese Lodovico hat mich im Sommer 1819 eingeladen, dort zu singen.«

»Wart Ihr auch im maurischen Belvedere?«

»Ich glaube schon. Ich weiß noch, daß ich im Garten herumgeführt wurde.«

»In der Nacht, in der Marchese Lodovico ermordet wurde, habt Ihr da nicht zufällig Euer Pferd draußen vor dem Gartentor angebunden?«

»Wie ich Euch schon gesagt habe, hielt ich mich von der Villa fern – gerade weil ich sonst versucht gewesen wäre, es auf ein Treffen mit ihm ankommen zu lassen.«

»Diese Gefahr hätte doch gar nicht bestanden, oder? Er wohnte im Schloß und kam nur tagsüber in die Villa.«

Valeriano zögerte einen Moment, ehe er vorsichtig sagte: »Das konnte ich nicht wissen. Es war sein Grundstück. Er hätte sich durchaus dort aufhalten können.«

»Habt Ihr je einen langen Damenhandschuh zu Gesicht bekommen, der mit Myrtenblättern aus grüner Seide und einem von einem Diamantschaft durchbohrten Rubinherz verziert war?«

»Nein.« Valeriano zog leicht erstaunt die Augenbrauen hoch. »Wieso fragt Ihr?«

»Das erzähle ich Euch ein andermal. Habt Ihr in der Mordnacht jemanden dabei beobachtet, wie er sich entweder zu Lande oder über das Wasser der Villa Malvezzi näherte?«

»Nein. Aber es war dunkel, und ich habe nicht darauf geachtet.«

»Wie lange wart Ihr unterwegs?«

»Ein paar Stunden, glaube ich.«

»Und wann seid Ihr zurückgekehrt?«

Eine Art übernatürliche Wachsamkeit ergriff von Valeriano Besitz. Er beobachtete Julian wie ein Fechter, der den nächsten Stoß seines Gegners vorherberechnet. »Daran kann ich mich nicht genau erinnern. Ziemlich spät.«

»Was ist dann passiert?«

»Ich bin zu Bett gegangen, Signor Kestrel.«

»War Signora Argenti auch im Bett?«

»Ja«, antwortete Valeriano nach einer kurzen Pause.

»Sie hat die Nacht ganz anders in Erinnerung, Signor Valeriano. Sie sagt, sie sei aufgewacht und habe Eure Abwesenheit bemerkt und sich deswegen solche Sorgen gemacht, daß sie sich angezogen habe und hinausgegangen sei, um Euch zu suchen.«

Valerianos Blick schweifte ab, als würde es ihm gerade wieder einfallen. »Ja. Sie hat recht. Das hatte ich ganz vergessen.« Er zog entschuldigend die Schultern hoch. »Das alles ist schon viereinhalb Jahre her.«

Gut gemacht, dachte Julian, auch wenn ich nicht glaube, daß du viel vergißt, und ganz bestimmt nicht diese Nacht. »Sie sagt, Ihr wärt sehr aufgeregt gewesen, als Ihr nach Hause kamt und sie draußen vorfandet. Warum?«

»Auch daran kann ich mich nicht mehr genau erinnern. Aber ich glaube, sie war ziemlich durchgefroren, und ihr Kleid war naß. Ich hatte Angst, sie könnte krank werden.«

»Euch ist nicht zufällig der Gedanke durch den Kopf gegangen, daß sie über den See gefahren sein könnte? Sie hat mir erzählt, sie sei in der Lage, mit einem Boot umzugehen.«

»Dieser Gedanke ist mir nie gekommen.«

»Wenigstens daran scheint Ihr Euch gut erinnern zu können.«

»Ich vertraue Signora Argenti, Signor Kestrel. Ich glaube an sie ebenso fest, wie ich an Gott glaube.«

»Warum habt Ihr dann Informationen zurückgehalten, um sie zu schützen?«

»Ihr müßt verzeihen, aber das habe ich nicht getan. Doch wenn ich es getan hätte«, fügte er mit leiser, bedächtiger Stimme hinzu, »dann deswegen, weil Unschuld an sich noch kein ausreichender Schutz ist. Wenn dem so wäre, dann gäbe es keine heiliggesprochenen Märtyrer, keine ungerecht behandelten Frauen –« Er hielt inne und fügte dann mit einem leichten, traurigen Lächeln hinzu: »Keine Kastraten. Erzählt mir also nichts von Unschuld. Wenn das unser einziges Gewand wäre, müßten wir frieren.«

»Du wirkst so nachdenklich«, sagte Julian zu Dipper, während sein emsiger kleiner Kammerdiener ihm dabei half, sich fürs Abendessen umzuziehen.

Dipper zögerte einen Moment. Dann kam er näher und fragte in vertraulichem Flüsterton: »Signor V., Sir – was haben sie ihm alles abgeschnitten? Den Lauf und die Beutel mit der Munition?«

»Nur die Beutel mit der Munition. Wahrscheinlich passierte es, als er noch nicht älter als sieben oder acht war, nachdem sie ihn in ein heißes Bad gesetzt und ihm einen Schnaps eingeflößt hatten, damit er die Schmerzen nicht so spürte.«

Dipper schauderte.

Julian ging in den Salon hinunter, wo er feststellen mußte, daß Grimani aus Como zurück war. Der Commissario war wütend darüber, daß Francesca und Valeriano in seiner Abwesenheit befragt worden waren, aber wie Julian vorhergesagt hatte, interessierten sie ihn nicht mehr besonders, nachdem er sich davon überzeugt hatte, daß sie nichts über Orfeo wußten.

Beim Essen redeten alle von dem bevorstehenden Fest. Die Marchesa und ihre Gäste planten, am Morgen nach Solaggio zu fahren, sich die große Prozession durch das Dorf anzusehen und dann am Festival der Körbe teilzunehmen, einer Versteigerung von Körben voller Essen, die von ortsansässigen Frauen und Mädchen zusammengestellt worden waren. Der Erlös ging an die Kirche. Fletcher und St. Carr, die in der Villa zu Abend aßen, berichteten, daß anläßlich des Festes das gesamte Kirchensilber poliert werde und das halbe Dorf auf den Beinen sei, um die Kirche mit purpurroten Wandbehängen, Blumen und Bildern von Wundern zu schmücken. Darüber hinaus hatte der *podestà* zur großen Freude der Dorfbewohner die Genehmigung für ein Feuerwerk eingeholt.

»Was für ein Glück, daß diese Genehmigung rechzeitig erteilt worden ist«, bemerkte de la Marque. »Ich kann mich noch an einen kalten Winter in Mailand erinnern, als der Vizekönig die Arena mit Wasser füllen lassen wollte, um den Kindern das Schlittschuhlaufen zu ermöglichen. Die Genehmigung aus Wien kam – im Juli!«

Grimani musterte ihn kalt. »Euch wäre es zweifellos lieber gewesen, wenn wir unsere Anträge weiterhin nach Paris hätten schicken müssen.«

»Mir bedeutet weder das eine noch das andere etwas«, antwortete de la Marque lächelnd. »Aber ich glaube, die Kuriere hätten ihre Arbeit mehr genossen.«

Nach dem Essen begab sich die Gesellschaft auf die Terrasse. Wenn sie nach Süden blickten, konnten sie den Hafen von Solaggio sehen, der zu Ehren von Santa Pelagia bereits mit bunten Laternen geschmückt war, während entlang der Küste überall winzige Lichter funkelten, bei denen es sich laut Carlo um Schneckenschalen handelte, die die einheimischen Kinder mit Öl gefüllt und anschließend angezündet hatten.

Die Diener der Marchesa servierten Kaffee, Likör, Obst und kleine, mit Zucker bestreute Zylinder aus Mascarponekäse. Nachdem sich alle Gäste nach Lust und Laune daran gütlich getan hatten, bat die Marchesa Valeriano, für sie zu singen. Donati bot an, ihn am Klavier zu begleiten, und die ganze Gesellschaft versammelte sich im Musikzimmer.

Valeriano sang *Parto, parto*, Mozarts Tour de Force für Kastraten, mit der sich der junge römische Held Sextus von seiner geliebten Vitellia verabschiedete:

> *»Parto, parto, ma tu ben mio,*
> *meco ritorna in pace.*
> *Sarò qual più ti piace,*
> *quel che vorrai farò.«*

Als seine Stimme einsetzte, sprangen MacGregor, Fletcher und St. Carr von ihren Stühlen auf. Julian war nicht überrascht. Die meisten Engländer waren an Kastraten nicht gewöhnt, und eine solche Stimme von einem Mann zu hören, der über eins achtzig groß war, mußte sie zwangsläufig überraschen. Zu emotionslos für eine Frauenstimme und zu mächtig für die eines Knaben, klang sie schaurig brillant, fast unmenschlich – abstoßend, aber zugleich erhaben. Valerianos Stimmumfang und technisches Können suchten ihresgleichen. Seine Stimme bewältigte mühelos drei Oktaven. Jede einzelne Note war perfekt gesungen und kristallklar zu hören, obwohl die Töne so schnell aufeinanderfolgten, daß man schon vom Zuhören atemlos wurde. Dann begann Valeriano zu improvisieren, indem er die Melodie zu Tonleitern und Kadenzen erblühen ließ oder ein, zwei Minuten lang trillerte, ohne Luft zu holen, mal schnell, mal langsam, oder seine Stimme zum Anschwellen brachte, bis sie die Zuhörer ganz und gar durchdrang und schließlich wie der Seufzer eines Liebenden erstarb. Francescas Augen strahlten vor innerem Stolz, wenn Valeriano sich bei den zärtlichsten Passagen ihr zuwandte, als würde er nur für sie allein singen.

Nachdem er geendet hatte, wurde er mit Applaus überschüttet. MacGregor aber flüsterte Julian zu: »Mir gefällt es trotzdem nicht. Ich weiß, daß er ein guter Sänger ist – als körperliche Leistung gesehen, kommt seine Darbietung einem Wunder gleich. Aber jede Note erinnert mich daran, wie sein Körper verstümmelt wurde, um diesen Klang hervorzubringen. Wenn ich ihm applaudiere, komme ich mir vor, als würde ich gutheißen, was ich als Mediziner und Christ für ein Sakrileg halte.«

»Wenigstens schreit das Publikum nicht mehr ›*Ein Hurra dem Messer!*‹, wie es noch vor ein paar Generationen üblich war. Das läßt unser Gewissen nicht mehr zu – oder unser Schamgefühl. Das menschliche Gefühl für Ästhetik hat die Kastraten geschaffen. Jetzt werden sie durch das menschliche Gefühl für Moral langsam wieder ausgemerzt. Was aber bleibt diesen Männern in der Zwischenzeit anderes als die Bewunderung, die sie sich durch ihre Disziplin und zahllose Übungsstunden verdient haben? Am besten stellt Ihr Euch vor, daß Ihr der harten Arbeit applaudiert, die aus Valeriano einen Künstler gemacht hat, und nicht dem medizinischen Eingriff, der ihn zu einem Künstler gemacht hat.«

»Ihr habt wahrscheinlich recht.« MacGregor stimmte mit mehr Begeisterung in den Beifall ein. »Er muß Lodovico Malvezzi dafür gehaßt haben, daß er ihm das weggenommen hat.«

»Lodovico hat ihn nicht am Singen gehindert – nur daran, in der Öffentlichkeit aufzutreten.«

»Ist nicht gerade das für einen Sänger sehr wichtig?«

»Wahrscheinlich«, antwortete Julian nachdenklich. »Für mich wäre es, als müßte ich nackt vor eine Schar Fremder treten.«

Als nächstes bat die Marchesa Julian, *Aufforderung zum Tanz* zu spielen. Er erfüllte ihr den Wunsch. Die anderen klatschten herzlich Beifall. Fletcher und St. Carr, die Julian noch nicht spielen gehört hatten, waren beeindruckt.

»Das ist ein ziemlich schwieriges Stück«, sagte St. Carr wissend.

Julian zog die Augenbrauen hoch. »Spielt Ihr auch, Mr. St. Carr?«

»Nein. Warum?« fügte St. Carr ängstlich hinzu. »Glaubt Ihr, ich sollte?«

»*Ich* glaube das nicht«, antwortete Fletcher in bestimmtem Ton, »und zwar in Anbetracht der Tatsache, daß ich derjenige wäre, der Euch beim Üben zuhören müßte.« Julian erklärte er: »Beverley hat gelernt, Noten zu lesen, damit er für Damen in ausgeschnittenen Abendkleidern die Seiten umblättern kann.«

St. Carr sah ihn wütend an. Julian fand, daß es typisch für ihn war, sich aus einem solchen Grund mit Musik zu beschäftigen. Gleichzeitig aber dachte er nicht zum erstenmal, daß St. Carr einen sehr scharfen Verstand besaß. Zumindest zeigte sich das, sooft er geruhte, ihn zu gebrauchen, was selten genug vorkam.

Grimani nutzte die Pause in der musikalischen Unterhaltung, um etwas zu verkünden. »Ich habe beschlossen, übermorgen nach Mailand zurückzukehren. Eigentlich wollte ich schon morgen abreisen, aber es wäre unziemlich, zum Fest von Santa Pelagia nicht zu bleiben. Natürlich kann Signor Kestrel hier weiter seinen Launen nachgehen, solange es Marchesa Malvezzi beliebt, sie zu tolerieren. Ich für meinen Teil betrachte diesen ganzen Aufenthalt in der Villa als reine Zeitverschwendung.«

»Welche Schritte wollt Ihr in Mailand unternehmen, um das Verbrechen aufzuklären?« wollte Carlo wissen.

»Ich bin nicht verpflichtet, Euch meine Pläne in allen Einzelheiten darzulegen, Signor Conte.«

Carlos Augen blitzten wütend auf. »Lodovico war mein Bruder, und in Rinaldos Abwesenheit bin ich das Oberhaupt dieser Familie! Wer im Namen aller Heiligen seid Ihr, daß Ihr es wagt, mir eine lange Nase zu machen!«

»Ich bin der treue Diener Seiner Kaiserlichen Majestät Franz des Ersten von Österreich«, antwortete Grimani gelassen, »und erfülle die Aufgabe, mit der ich vom Vizekönig betraut worden bin. Falls Ihr mir behilflich sein wollt, schlage ich Euch respektvoll vor, für meinen Erfolg zu beten.«

»Das werde ich«, knurrte Carlo, »weil es nämlich so aussieht, als könnte sowieso nur ein Wunder diesen Erfolg herbeiführen.«

»Wenn Ihr Euch unbedingt streiten müßt«, mischte sich

die Marchesa ein, »würdet Ihr dann bitte so gut sein und auf die Terrasse hinausgehen? Sonst werde ich Signor Kestrel und Signor Valeriano bitten müssen, so laut zu spielen und zu singen, daß wir Euch nicht mehr hören müssen.«

»Ich bitte um Verzeihung.« Carlo verbeugte sich vor ihr und schluckte seinen Ärger hinunter. »Ich habe Euch einen Vorschlag zu unterbreiten, Signor Commissario, falls Ihr ihn Euch anhören wollt.«

»Was ist das für ein Vorschlag?« fragte Grimani.

»Derselbe, den ich Euch schon gemacht habe, bevor wir Mailand verließen und bevor Signor Kestrel sich bereit erklärte, uns zu helfen: daß wir auch in England nach Orfeo suchen und daher die Bow Street Runners um Hilfe bitten sollten.«

Grimani runzelte die Stirn. »Diese Bow Street Runners sind keine richtige Polizei. Meines Wissens arbeiten sie auf Auftragsbasis, und ihre Befugnisse sind sehr beschränkt.«

»Wenn Ihr damit meint, daß sie nicht ohne Grund Hausdurchsuchungen durchführen oder Verhaftungen vornehmen dürfen, habt Ihr recht«, sagte Julian.

»Unsere Polizei arbeitet eben effizienter«, gab Grimani zurück. »Sie nimmt eine Hausdurchsuchung oder Verhaftung vor, um auf diese Weise den Grund herauszufinden.«

»Trotzdem«, meinte Carlo, »gelten die Bow Street Runners als ausgezeichnete Ermittler. Was sagst *du* dazu, Beatrice?«

Die schmalen Brauen der Marchesa zogen sich zusammen. »Es täte mir leid, wenn die Ermittlungen so weit von mir entfernt fortgesetzt würden. Andererseits verspreche ich mir auch nichts davon, noch länger hierzubleiben. Ich würde gerne Signor Kestrels Meinung hören.«

Alle sahen zu Julian. Er lehnte sich auf seinem Stuhl zurück und betrachtete die anderen nachdenklich. »Ich glaube, daß hier, wo sich die Ereignisse abgespielt haben, die zu dem Mord führten, wesentlich mehr in Erfahrung zu bringen ist als in England, wo wir das Land nach einem Sänger durchkämmen müßten, von dem wir fast nichts wissen und der sich praktisch überall aufhalten könnte.«

»Es mag Zeitverschwendung sein«, sagte die Marchesa, »aber es hat den großen Vorzug, daß es noch nicht versucht worden ist. Lassen wir Commissario Grimani doch nach England gehen – und Carlo mit ihm, wenn er möchte, weil er doch die Sprache so gut spricht –, und fahren wir anderen mit unserem Leben fort, so gut es geht. Signor Kestrel kann hierbleiben, wenn er will, und die Ermittlungen auf seine Weise weiterführen.« Sie lächelte Julian an. »Vielleicht werde ich Euch sogar gelegentlich besuchen.«

»Ich möchte Euch darauf hinweisen«, sagte Grimani, »daß ich von niemandem hier die Erlaubnis brauche, in England zu ermitteln. Ich werde das mit meinen Vorgesetzten in Mailand klären und Eure Ladyschaft über deren Entscheidung informieren – aus reiner Höflichkeit.«

»Welch ungewohnte Freude das für uns sein wird, Signor Commissario!« antwortete die Marchesa.

»Soweit ich weiß, sind Euch innerhalb von Lombardei-Venetien keinerlei Reisebeschränkungen auferlegt«, erklärte Grimani kühl. »Zumindest *noch* nicht.«

»Können Signora Argenti und ich nach Venedig zurückkehren?« fragte Valeriano.

»Es war ohnehin nicht meine Idee, Euch herkommen zu lassen«, antwortete Grimani.

Man einigte sich darauf, daß die ganze Gesellschaft an den morgigen Festlichkeiten teilnehmen und sich am folgenden Tag auflösen sollte. »Ich muß sagen, daß das ein höchst enttäuschender Aufenthalt war«, seufzte de la Marque. »Was nicht heißen soll, daß Ihr alle keine bezaubernde Gesellschaft wart, aber wenn man mit großer Dramatik und haarsträubenden Enthüllungen rechnet –« Er zuckte deprimiert mit den Achseln.

»Ihr seid sehr ruhig, Signor Kestrel«, bemerkte die Marchesa.

»Mir ist gerade eine Idee gekommen, Marchesa. Signor Commissario, Ihr könnt Euch erst an die Bow Street Runners wenden, wenn Ihr die Zustimmung Eurer Vorgesetzten in Mailand – und vielleicht auch noch eine offizielle Genehmigung aus Wien – eingeholt habt. Es kann Tage oder Wochen dauern, bis es Euch möglich sein wird, nach England aufzubrechen. In der Zwischenzeit könnte ich an Peter Vance schreiben, meinen Freund bei den Bow Street Runners, und ihn bitten, mir einen Gefallen zu tun und inoffiziell schon einmal erste Nachforschungen bezüglich Orfeo anzustellen. Das würde Eure Ermittlungen beschleunigen, wenn Ihr erst einmal dort seid, und Ihr hättet Eure Behörden trotzdem nicht übergangen, weil die Verantwortung für eventuelle Maßnahmen der Bow Street dann bei mir liegen wird, und nicht bei Euch.«

Grimani dachte über Julians Vorschlag nach. »Das ist ein vernünftiger Vorschlag«, räumte er ein. »Also gut, Ihr könnt an diesen Vance schreiben. Aber laßt meinen Namen aus dem Spiel. Und haltet Euer Ansuchen persönlich und inoffiziell.«

Fletcher stieß St. Carr an, der gerade an seinem Halstuch herumzupfte, das er seit Julians Bemerkung über den Mut, den es erforderte, sich unmännlich zu kleiden, in Form einer extravaganten Schleife trug. Er und Fletcher erhoben sich, um sich zu verabschieden. Julian und MacGregor boten an, sie bis zum Ende des Gartens zu begleiten und das Tor hinter ihnen abzuschließen.

»Ich verabschiede mich noch nicht«, sagte Fletcher, als sie das Tor erreichten, »weil ich davon ausgehe, daß wir uns morgen beim Fest noch einmal sehen werden.«

»Werdet Ihr anschließend nach Mailand reisen«, fragte St. Carr, »oder nach England, um den Bow Stret Runners bei der Suche nach Orfeo zu helfen?«

»Falls die Bow Street mehr finden sollte als ein Windei, würde mich das sehr überraschen.«

»Warum habt Ihr dann angeboten, Vance auf Orfeo anzusetzen?« fragte MacGregor verwundert.

»Weil es am besten ist, die Ermittlungen in England möglichst schnell über die Bühne zu bringen, wenn schon unbedingt welche stattfinden müssen.« Julian blickte auf den See hinaus, in dessen gekräuseltem Wasser sich goldene Bootslaternen und silberne Sterne spiegelten. »Verlaßt Euch darauf, wenn die Lösung des Rätsels irgendwo auf der weiten Welt zu finden ist, dann hier.«

21

Am nächsten Morgen brachte eine mit Girlanden und Bändern geschmückte Flotte von Booten die Marchesa und ihre Gäste samt Dienerschaft zum Fest nach Solaggio. Sogar MacGregor hatte seine Aversion gegen katholische Riten soweit überwunden, daß er sich in der Lage fühlte, daran teilzunehmen. Ein herrlicher Tag, der so klar war, daß kaum eine Spur von Dunst an den Berggipfeln hing, hatte nicht nur Besucher aus dem ganzen Gebiet um den See angezogen, sondern sogar aus Orten, die so weit entfernt lagen wie Bergamo, Brescia und Mailand. Der Hafen war so mit Booten überfüllt, daß die Gesellschaft der Marchesa kaum einen Platz zum Anlegen fand, obwohl der *podestà* am Pier herumlief und die Leute mit hektischen Gesten beschwor, für sie Platz zu machen.

Nachdem sie endlich festen Boden unter den Füßen hatten, wurden sie sofort von der Menschenmenge mitgerissen, die auf die Kirche zuwogte. Viele junge Frauen trugen Körbe, die mit Bändern und Seidenblumen geschmückt und mit Fleischpasteten, Raubvögeln, Obst, Kuchen, Wein und sogar lebenden Kaninchen gefüllt waren. Die Körbe würde man erst in der Kirche aufstellen, wo alle sie bewundern und anschließend ersteigern konnten.

»Man wird von Euch erwarten, für einen von ihnen zu bieten«, murmelte die Marchesa, während sie Arm in Arm mit Julian dahinschritt. »Und zwar ziemlich hoch, weil Ihr Engländer hier als reich geltet.«

»Darf ich den Korb hinterher an die Armen verschenken, oder wäre das eine Beleidigung für die junge Dame, die ihn vorbereitet hat?«

»Es wäre eine sehr schöne Geste, und nur dann beleidigend, wenn das Mädchen die Dame Eures Herzens wäre.«

»Ihr steuert keinen Korb bei?« fragte er lächelnd.

»Nein, aber Nina.« Sie blickte sich nach Nina um, die mit glücklicher Miene dahinstolzierte, einen Arm bei Dipper untergehakt, am anderen einen hübschen kleinen Korb, der mit einem himmelblauen Band und silberner Spitze dekoriert war.

»Ich werde dafür sorgen, daß Dipper sich seiner Pflichten bewußt ist«, versprach Julian.

Als sie sich der Kirche näherten, erhaschte Julian einen Blick auf Fletcher, der sich inmitten der Menge den Hals verrenkte und sich mit den Ellbogen mal in die eine, mal in die andere Richtung vorkämpfte. Julian nahm an, daß er St. Carr verloren hatte – wohl nicht zum erstenmal an diesem Tag, und sicher auch nicht zum letztenmal.

Die Gesellschaft der Marchesa betrat die Kirche, die völlig verwandelt aussah. Die nüchternen Säulen waren von oben bis unten in roten Damast gehüllt, ihre Torbogen mit goldenen Girlanden und Bildern aus dem Leben der jungfräulichen Heiligen geschmückt. Inmitten der Blumen, Kerzen und Goldpapierverzierungen konnte man den Schrein von Santa Pelagia kaum sehen. Die Gänge waren von Körben jeder Größe gesäumt. Nina stellte ihren dazu, zupfte liebevoll die blaue Schleife zurecht und arrangierte die Enden des Bandes.

Plötzlich kam Bewegung in die sich hinter der Gesellschaft der Marchesa sammelnden und starrenden Menschen. Rosa, das Mädchen aus der »Nachtigall«, bahnte sich einen Weg durch die Menge. Mit ihrem schwarzen Haar, das sie mit silbernen Nadeln hochgesteckt hatte, und ihrem rot und golden gemusterten Mieder, das ihre wundervollen Brüste zur Geltung brachte, sah sie wirklich zum Anbeißen aus. Mit leicht geöffneten Lippen und verführerisch leuchtenden Augen machte sie vor Dipper halt.

Nina ließ ihren Korb stehen, eilte zu Dipper und schob ihren Arm unter seinen. Rosa starrte sie wütend an. Dann wanderte der Blick ihrer schwarzen Augen zu Ninas Korb. Sie lachte, warf den Kopf in den Nacken und zwängte ihren eigenen Korb daneben. Er war riesengroß und mit scharlachroten Bändern und Seidenrosen bedeckt. Daneben sah der von Nina aus wie ein winziges Puppenkörbchen.

Ninas Lippen zitterten. Dipper, der seinen Arm um ihre Taille gelegt hatte, drückte sie, um sie zu beruhigen. Als Rosa das sah, machte sie wutentbrannt auf dem Absatz kehrt. Ihr Fuß schoß vor und stieß Ninas Korb um. Aprikosentörtchen und Mandelkekse fielen auf den Boden.

Nina ging auf sie los. »Das hast du absichtlich gemacht!«

»Das habe ich nicht!« Rosas spöttischer Blick strafte ihre Worte Lügen. »So ein winziges Etwas von einem Korb ist eben leicht zu übersehen. Kein Wunder, daß du ein so dürres Ding bist! Wenn Signor Dipper mich besonders nett bittet, gebe ich ihm vielleicht etwas aus meinem Korb. Dann kann er dich füttern, damit dir ein bißchen Fleisch auf die Rippen wächst.«

»Um *dich* zu füttern, bräuchte er keinen Korb!« rief Nina mit zitternder Stimme. »Dich könnte er einfach zum Grasen auf die Wiese stellen!«

»Wie kannst du es wagen?« kreischte Rosa. »Du Schlampe!«

»Blöde Kuh!«

»Miststück!«

Sie gingen mit Händen und Füßen aufeinander los. Rosa griff nach Ninas Haar und zog daran, so fest sie konnte. Nina zerrte kreischend an Rosas Halskette, bis die Granatsteine über den ganzen Gang hüpften.

Dipper und Julian bekamen Nina zu fassen, während andere Zuschauer Rosas Hände aus Ninas Haar lösten und sie ein Stück wegzerrten. Don Cristoforo, der in seinem Feiertagsgewand eine prächtige Figur abgab, kam mit donnernder Stimme den Gang entlang. »Eine Schlägerei in der Kirche!« schrie er. »Und das am Tag von Santa Pelagia!« Er blickte gebieterisch von einem Mädchen zum anderen. »Schämt ihr euch nicht?«

Nina senkte zerknirscht den Kopf. Rosa scharrte mürrisch mit den Füßen.

»Ich erwarte, daß ihr beide noch vor dem heutigen Abend hier in der Kirche erscheint, um zu beichten und eure Buße entgegenzunehmen«, erklärte der Priester. »Bis dahin werde ich unser Fest nicht länger besudeln, indem ich euch Beachtung schenke – es sei denn, ihr gebt mir Anlaß dazu!«

Mit diesen Worten stolzierte er zurück zum Altar. Nina brachte ihren Korb wieder in Ordnung, während Rosa die Granatsteine ihrer Halskette aufsammelte und Dipper dabei von Zeit zu Zeit schmelzende Blicke zuwarf.

Julian war so klug, ihn ein Stück aus der Gefahrenzone zu entfernen. »Ist deiner Meinung nach noch nicht genug los hier, so daß du zu dem Schluß gekommen bist, es wäre amüsant, einen zweiten Mord zu provozieren?«

»*Nein*, Sir. Ich bin völlig von den Socken – Ihr dürft mich schlagen, wenn es nicht so ist. Mir ist nie aufgefallen, daß Rosa so hinter mir her ist.«

»Ich frage mich, wie dir das entgehen konnte. Schließlich redest du oft genug mit ihr.«

»Ich bin doch nur höflich, Sir.«

»Einen Teufel bist du! Seit Napoleon hat in Italien keiner mehr so viele Eroberungen gemacht wie du. Aber mir kann das ja egal sein. Glücklicherweise – oder vielleicht unglücklicherweise – bin ich nicht die Person, die du überzeugen mußt.«

»Du liebst sie!« heulte Nina.

»Das tue ich nicht!« widersprach Dipper.

»Du findest sie hübscher als mich.«

»Sie kann dir nicht das Wasser reichen.«

»Du findest auch, daß ich klein und dürr bin, genau, wie sie gesagt hat!«

»Das bedeutet doch nur, daß man so richtig schön den Arm um dich legen kann.« Für den Fall, daß sie seine Mischung aus Englisch und Mailändisch nicht verstand, ließ er seinen Worten Taten folgen.

Sie schluchzte in ihr Taschentuch. Dipper sah, daß ihre Tränen echt waren. Diese italienischen Mädchen nahmen sich solche Dinge ganz schön zu Herzen.

»Jetzt komm schon«, schmeichelte er, »wie heißt es so schön: Ende gut, alles gut! Die Kirche war so schön geschmückt, die Versteigerung ein voller Erfolg, und abends dürfen wir uns noch das Feuerwerk ansehen.« Er griff in ihren Korb, für den er einen enormen Preis bezahlt hatte. »Hier, wie wär's mit einem Keks? Du hast noch keinen Bissen gegessen, seit wir aus der Kirche gekommen sind.«

»Ich habe keinen Hunger. Wie kann ich etwas essen, wenn ich weiß, daß du gerade an sie denkst und dir womöglich wünschst, mit ihr zusammenzusein statt mit mir! Und das, nachdem ich dir gegeben habe, was ich vor dir noch nie einem Mann geschenkt habe!«

Dippers Erfahrungen mit Frauen sagte ihm, daß das nicht stimmte, aber er fand, daß jedes Mädchen das Recht hatte, in diesem Punkt ein bißchen zu schwindeln, und daß jeder Mann zumindest so tun sollte, als würde er ihr glauben. »Wer möchte schon den Arm um ein so großes, üppiges Mädchen legen wie diese Rosa, wenn er auch eine haben kann, die so leicht ist wie eine Feder, Haare hat wie Seide und Augen weich wie Samt?«

Sie schmiegte sich ein wenig enger an ihn und sah ihm ins Gesicht. »Schwöre, daß du mich liebst!«

»Ich liebe dich.« Dipper hatte das schon zu vielen Mädchen gesagt, und oft hatte er es auch so gemeint, wie beispielsweise jetzt.

»Du mußt es bei der Madonna schwören – nein, nein, schwöre es bei deinem Gott, dem Gott der Ketzer.«

»Ich schwöre.«

Er zog sie in seine Arme und küßte sie. Sie schlang die Arme um ihn, schmiegte sich fest an seinen Körper und preßte ihre Lippen ungestüm auf die seinen. »Du mußt dein Versprechen halten!« hauchte sie. »Du mußt! Denn wenn du mir untreu wirst, weiß ich nicht, was ich tue!«

Die Marchesa kehrte nicht nach Solaggio zurück, um an den abendlichen Festivitäten teilzunehmen. Sie zog es vor, das Feuerwerk und die Musik von der Terrasse der Villa Malvezzi aus zu genießen. Alle Dienstboten hatten den Abend frei und verschwanden schnell ins Dorf. Die Marchesa gab ihren Gästen *Carte blanche*, dasselbe zu tun, aber die meisten von ihnen lehnten ab. MacGregor wollte mit einem italienischen Dorfbesäufnis nichts zu tun haben, Donati hätte sich nicht sicher gefühlt, und Grimani interessierte sich nicht für solch närrisches Treiben, es sei denn, es ging darum, die örtlichen Gendarmen zu warnen, die Feierlichkeiten nicht außer Kontrolle geraten zu lassen. Carlo, Francesca und Valeriano entschieden sich ebenfalls dafür, bei Beatrice zu bleiben. Nur de la Marque hatte andere Vorstellungen.

Als die Nacht hereinbrach, hielt er Julian, der gerade unterwegs war, sich dem Rest der Gesellschaft auf der Terrasse anzuschließen, in der Marmorhalle auf. »Auf ein Wort, *mon vieux*. Was würdet Ihr davon halten, mit mir ins Dorf zu gehen, um herauszufinden, welch primitive Vergnügungen dort auf uns warten?«

»Ich fürchte, ich bin gezwungen, diese Einladung auszuschlagen. Ich habe den Brief an meinen Freund in der Bow Street noch immer nicht geschrieben, und ich möchte, daß er rechtzeitig für die nächste Post fertig ist.«

»Schreibt ihn morgen früh.«

»Mir scheint, Ihr habt die Sorte Abend im Sinn, nach der ich bestimmt nicht mehr in der Lage wäre, morgens noch Briefe zu schreiben.«

»Dann zum Teufel damit! Ihr wißt doch sowieso, daß das alles Unsinn ist.«

»Wie meint Ihr das?« fragte Julian neugierig.

»Oh, *mon vieux!*« De la Marque warf ihm einen leicht vorwurfsvollen Blick zu. »In England werden sie Orfeo niemals finden. Sie werden bloß ihre Zeit vergeuden, genauso, wie Ihr diese wundervolle Nacht damit vergeudet, Unsinn aufs Papier zu kritzeln und mit Männern herumzusitzen, die zu alt und blutleer sind, um die schwarzäugigen Göttinnen zu schätzen, die ich heute in der Menge entdeckt habe. Wir beide hingegen sind jung genug, um ihnen mit der Kraft und Gründlichkeit zu huldigen, die sie verdient haben. Ihr habt doch wohl nicht vor, sie schmachten zu lassen, weil nicht genügend Kavaliere zur Hand sind?«

»Ich habe großes Vertrauen in Eure Fähigkeit, sie zu trösten. Warum seid Ihr so sicher, daß man Orfeo in England nicht finden wird?«

»Ehrlich gesagt bin ich der Meinung«, sagte de la Marque knapp, »daß Orfeo allmählich ein wenig langweilig wird. Dann kann ich Euch also nicht zum Mitkommen bewegen?«

»Befürchtet Ihr, daß es mir hier zu langweilig werden könnte, weil mir nichts anderes zu tun bleibt, als mich den ganzen Abend mit der Marchesa zu unterhalten?«

Auf de la Marques Gesicht breitete sich ein Lächeln aus. »Zu den vielen Dingen, die ich an Euch zugleich erfreulich und beunruhigend finde, gehört unter anderem, daß man Euch mit wenigen Worten sehr viel mitteilen kann. Nun gut, ich werde Euch La Beatrice für den Abend überlassen müssen. Ich kann dem Ruf von Bacchus und Venus einfach nicht widerstehen.«

Sie traten auf die Terrasse hinaus.

De la Marque verabschiedete sich von der Marchesa und ging dann den Weg zum See hinunter. Julian und die anderen standen an der Balustrade und blickten erwartungsvoll zum Hafen des Dorfes hinüber, wo das Feuerwerk stattfinden sollte. Es war die perfekte Nacht für ein derartiges Vergnügen: Das weiche Schwarz des Himmels war von Sternen übersät, eine leichte Brise streichelte die Haut, und die Luft war angenehm warm. Rund um den See ertönte Musik, deren verschiedene Klänge sich zu einer wilden, süßen Symphonie verwoben.

Plötzlich segelte eine Rakete in die Luft und ließ einen Funkenregen auf den See niedergehen. Eine zweite und eine dritte folgten. Ein großes Feuerrad, das auf dem Pier errichtet worden war, begann sich zu drehen und Zungen aus Feuer in die Luft zu speien. Die Marchesa klatschte lachend in die Hände. Julian hatte sie noch nie so sorglos und vergnügt erlebt.

Er verließ sie nur ungern, nachdem das Feuerwerk vorüber war. Noch nie hatte er sich so danach gesehnt, mit ihr allein zu sein. Aber die Ermittlungen standen an erster Stelle – die verdammten Ermittlungen, die sich immer zwischen sie beide drängten. Er hatte eine Pflicht zu erfüllen, und es galt, dieser Pflicht nachzukommen.

Er entschuldigte sich und ging hinein. In der Marmorhalle nahm er eine Öllampe aus einem Schrank und zündete sie an einem der Wandleuchter an. Auf dem Weg in die Bibliothek kam er an Amor und Psyche vorbei, die in ihrer atemlosen, ewigen Umarmung gefangen waren. Er wandte den Blick ab.

In der Bibliothek angekommen, ließ er sich an einem Schreibtisch am Fenster nieder. Tagsüber hatte man von dort einen schönen Blick auf die Terrasse und den See. Nun aber fingen die Glasscheiben den Schein seiner Lampe auf und warfen ihn zurück, was zwar die Lichtverhältnisse verbesserte, ihm aber gleichzeitig die Sicht nach draußen nahm. Er fand ein Blatt Briefpapier, spitzte eine Feder und begann zu schreiben:

Mein lieber Vance, *Villa Malvezzi*
8. Oktober 1825

ich hoffe, dieser Brief trifft Euch in so guter Verfassung an, wie Ihr es verdient habt – mit anderen Worten, bei wesentlich besserer Gesundheit, als man es während eines Londoner Herbstes erwarten könnte. Ihr dürft allerdings nicht annehmen, daß ich hier ständig im Sonnenschein bade. Der Dunst, der über diesen Bergen hängt, würde jeden Londoner Nebel beschämen.
Ich schreibe Euch, um Euch um einen Gefallen zu bitten und in diesem Zusammenhang von dem bemerkenswertesten Mordfall zu berichten, der mir je untergekommen ist…

Nach dem Feuerwerk blieb MacGregor noch eine Weile an der Balustrade stehen und sah zu, wie die Feiernden mit Booten auf den See hinausfuhren. Manche glitten verträumt dahin, während andere lachten, sangen, tranken und quer übers Wasser Freunde begrüßten. Gelegentlich brach ein Streit aus, und dann wurden Fäuste geballt und Obszönitäten geschrien, aber keine Schläge ausgeteilt. MacGregor hatte schon lange festgestellt, daß das Bellen der Italiener schlimmer war als ihr Biß, zumindest, wenn es um unwichtige Dinge ging.

Es bereitete ihm Vergnügen, die Dorfbewohner bei ihren Vergnügungen zu beoachten. Natürlich war das eine skandalöse Art, einen kirchlichen Feiertag zu begehen. Ein Hauch von Schwefelgeruch, den der weiche Südwind vom Schauplatz des Feuerwerks herübergetragen hatte, erinnerte ihn an das Schicksal, das papistischen Götzenverehrern vorbehalten war. Daran wollte er jetzt nicht denken. Er mochte diese Leute. Außerdem mußte er sich in Momenten wie diesem eingestehen, daß er ohnehin nicht sicher war, ob er überhaupt an die ewige Verdammnis glaubte. Wenn ihn das zu einem schlechten Christen machte, konnte er es auch nicht ändern.

Er sah sich nach den anderen Gästen um. Kestrel saß drinnen und schrieb seinen Brief. MacGregor konnte ihn im Licht einer Lampe am Fenster der Bibliothek sehen. Francesca und Valeriano machten einen Spaziergang durch den Garten. Die Marchesa und Carlo saßen ein Stück weiter hinten neben dem kleinen rechteckigen Lilienteich in der Mitte der Terrasse. Grimani hatte sich einen Stuhl unter eine der Laternen gezogen und las Berichte. Donati saß nicht weit von MacGregor an der Balustrade und schien sich an den Geräuschen der Feierlichkeiten auf dem See – dem Lachen, der Musik und dem rhythmischen Platschen der Ruder – ebenso zu erfreuen, wie sich MacGregor an ihrem Anblick erfreute.

»Ihr wirkt so zufrieden«, stammelte MacGregor in sehr schlechtem Mailändisch.

»Ich bitte um Verzeihung«, sagte Donati entschuldigend, als läge es mehr an seinen Ohren als an MacGregors Sprache. »Ich habe Euch nicht verstanden.«

Carlo kam zu ihnen herüber. »Erlaubt mir, für Euch zu übersetzen.«

»Vielen Dank«, sagte MacGregor und sprach auf englisch weiter: »Ich habe mich gerade gefragt, wie Ihr es schafft, immer so guter Laune zu sein, während wir anderen keine zwei Minuten am Stück zufrieden sein können.«

»Alt und blind, wie ich bin, meint Ihr?« fragte Donati lächelnd. »Ich nehme an, ich erwarte weniger vom Leben und genieße deshalb die Freuden, die ich vorfinde, um so mehr. Außerdem habe ich das Gefühl, daß ich den Menschen noch immer etwas Wertvolles zu bieten habe: meine Musik, meine Arbeit als Lehrer. Ich werde nie einsam sein, solange mich junge Sänger aufsuchen, um sich von mir leiten und ermutigen zu lassen. Natürlich bin ich nicht in einer so glücklichen Lage wie Ihr. Selbst hier in Italien wird nie soviel Bedarf nach einem Musiklehrer bestehen wie nach einem, der Kranke heilen kann.«

»Aber –« MacGregor blieb vor Verlegenheit das Wort im Hals stecken. Trotzdem, was spielte es eigentlich für eine Rolle, was diese Leute von ihm dachten? Wenn er erst wieder in England war, würde er sie wahrscheinlich nie wiedersehen. »Ich frage mich manchmal, was aus mir werden wird, wenn ich zu alt und schwach zum Arbeiten geworden bin.«

»Bestimmt ist dieser Tag noch in weiter Ferne«, antwortete Donati. »Aber wenn es soweit ist, wird es einfach bedeuten, daß es nicht mehr Gottes Plan für Euch entspricht, die Arbeit der Welt zu tun.«

»Aber warum sollte Gottes Plan für mich vorsehen, daß ich unnütz werde?«

Donati lächelte sanft. »Vielleicht, weil er möchte, daß Ihr ihm näher kommt, und er es nur auf diese Weise schafft, Eure Aufmerksamkeit zu erregen.«

Vom See her trat eine Gestalt auf die Terrasse. MacGregor

konnte nicht sagen, wer es war, bis der Mann in das Licht der Lampen an der Balustrade trat. »Braucht Ihr etwas, Maestro?« fragte er barsch.

»Nein, Sebastiano, mir fehlt nichts. Geht ruhig ins Dorf und amüsiert Euch.«

»Ich würde lieber ein wenig üben.«

»Das könnt Ihr natürlich, wenn Ihr wollt. Aber Ihr habt in den letzten Wochen hart gearbeitet und einen Feiertag verdient.«

»Ich würde lieber üben«, wiederholte Sebastiano mit steinerner Miene.

Donati schüttelte den Kopf. »Macht, was Ihr wollt.«

Sebastiano ging hinein.

»Er ist hier nicht besonders glücklich«, erklärte Donati MacGregor und Carlo. »Er ist an das Stadtleben gewöhnt. Außerdem hat er in Pavia eine Dame seines Herzens zurückgelassen.«

»Das ist sehr schwer für einen Jungen in seinem Alter«, sagte MacGregor.

»Ja«, antwortete Donati. »Und ihr Mann ist so eifersüchtig, daß sie nicht zu schreiben wagt.«

MacGregor schüttelte den Kopf über die eigenartigen Moralvorstellungen dieses Landes. »Warum sucht er sich kein Mädchen, das noch nicht verheiratet ist?«

»Ihr wollt, daß er eine Jungfrau ruiniert?« fragte Donati entsetzt.

»Nein, nein!« protestierte MacGregor. »Ich will, daß er eine heiratet!«

»Er hat nicht genug Geld, um zu heiraten«, erklärte Donati.

»Dann muß er eben keusch bleiben«, brummte MacGregor. »Eure Priester tun das doch auch.«

Carlo lachte laut auf. »Wer hat Euch denn das erzählt?«

Aus dem Inneren der Villa erklang Sebastianos Stimme:

»All'idea di quel metallo
portentoso, onnipossente…«

Es war wieder jenes Duett aus »Der Barbier von Sevilla« – dasselbe, das Sebastiano schon übte, seit sie in die Villa gekommen waren. MacGregor wußte inzwischen genau, worum es dabei ging: Der Barbier Figaro instruiert den Helden, Graf Almaviva, sich als betrunkener Soldat zu verkleiden, um ins Haus seiner geliebten Rosina zu gelangen. Sebastiano sang Figaros Part und spielte den von Almavira auf dem Klavier.

»Meint Ihr, er wird als Sänger Erfolg haben, Maestro?« fragte MacGregor.

»Ich finde ihn sehr vielversprechend«, antwortete Donati. »Seine Stimme ist warm und gewandt, er arbeitet hart, und vom Wesen her ist er auch geeignet.«

»Vom Wesen her?«

»Ihn zeichnen vor allem drei Eigenschaften aus: Durchhaltevermögen, Zielstrebigkeit, Eitelkeit. Außerdem besitzt er den nötigen Mut, sich gegenüber Impresarios und Rivalen zu behaupten, und die nötige Demut, sich den Wünschen seiner Gönner und Zuhörer zu fügen. Orfeo hingegen –« Donatis Stimme klang plötzlich weicher. »Er hatte die bemerkenswertere Stimme, aber von seinem Wesen her war er nicht geeignet. Überhaupt nicht.«

»Che invenzione, che invenzione prelibata!« sang Sebastiano.

»Anfangs hat mir diese Melodie gut gefallen«, sagte MacGregor, »aber nachdem ich sie eine Woche lang jeden Abend gehört habe –«

»Psst!« Donati fuhr hoch. »Hört doch!«

MacGregor lauschte. Zunächst hörte er nur das vermaledeite *»Che invenzione, che invenzione«*. Dann hielt er den Atem an. Über Sebastianos fröhlichem Bariton war eine andere Stimme zu hören, hochfliegend und süß. Irgend jemand sang die Tenorstimme.

Sebastiano hielt inne. Nun war der Tenor allein zu hören, wenn auch nur für einen Augenblick. Dann setzte er mit einer Melodie aus Mozarts *»Così fan tutte«* von neuem ein – glühend, verführerisch, schmelzend:

»Un' aura amorosa
Del nostro tesoro
Un dolce ristoro
Al cor porgerà

MacGregor, Donati, Grimani, Carlo und die Marchesa lauschten gebannt. Sebastiano kam aus dem Haus und stellte sich schützend neben Donati. MacGregor hielt nach Kestrel Ausschau, bis er seine fracktragende Gestalt auf dem Balkon der Bibliothek entdeckte, wo sich seine Silhouette vom Licht der hinter ihm brennenden Lampe abhob. Er blickte an der Fassade der Villa entlang nach rechts, auf die Südterrasse. MacGregor wurde klar, daß die Stimme von dort kam.

»Un' aura amorosa
Del nostro tesoro…«

»Mozart hat er schon immer gern gemocht«, sagte Donati ruhig.

»Wer?« fragte Grimani.

»Orfeo, Signor Commissario. Das ist Orfeo.«

22

Der Bann war gebrochen. Grimani und Carlo rannten über die Terrasse auf die Südseite der Villa zu. Das Singen hörte auf. MacGregor rief: »Kestrel! Maestro Donati sagt, es sei Orfeo!«

Die Gestalt auf dem Balkon verschwand. Eine Minute später stand Kestrel neben MacGregor auf der Terrasse. Er sprang geschmeidig auf die Balustrade, hakte eine Laterne aus ihrer Befestigung an einer Säule und sprang wieder herunter. MacGregor wollte ebenfalls Richtung Südterrasse rennen, als er bemerkte, daß Kestrel in die andere Richtung lief, am Seeufer entlang in Richtung Norden. »Wo wollt Ihr hin?«

Kestrel gab ihm keine Antwort. MacGregor rannte ihm nach. »Auf dieser Seite gibt es kein Tor, durch das er hinaus könnte«, keuchte er.

»Er könnte ein Boot am Ufer zurückgelassen haben«, antwortete Kestrel, »oder sich auf sein Glück verlassen und schwimmen.«

Sie verlangsamten ihre Schritte und warfen einen Blick über den Rand der Uferböschung. Julian hielt die Laterne hoch. Am Ufer war kein Boot zu sehen und keine Spur von einem Schwimmer. Weiter draußen auf dem See tanzten noch immer unzählige Boote, auf denen die Feiernden lachten und sangen. Es wäre ein Kinderspiel für Orfeo gewesen, zwischen ihnen unterzutauchen.

Kestrel und MacGregor hatten fast schon die Höhlen erreicht, die den Garten im Norden begrenzten, als Kestrel vor einem kleinen, verkümmerten Baum am Rand der Uferböschung stehenblieb. Im Licht der Laterne sah MacGregor, daß ein Streifen eines weißen Leinenstoffs um einen seiner Äste geschlungen und zu einer Schleife gebunden war. Kestrel nahm das Ganze kurz in Augenschein. Dann band er den Stoffstreifen los und steckte ihn in seine Fracktasche.

»Hat das etwas zu bedeuten?« fragte MacGregor.

»Möglich. Ich schätze, Commissario Grimani hätte es gerne *in situ* gesehen, aber wir können uns nicht darauf verlassen, daß es bei seinem Eintreffen noch hier sein wird.«

»Warum sollte jemand diesen Stoffstreifen entfernen?«

»Das kommt ganz darauf an, wieso ihn überhaupt jemand hier festgebunden hat.«

»Ihr glaubt, daß Orfeo, obwohl er um sein Leben laufen mußte und gerade im Begriff war, von der Böschung in den See zu springen, hier angehalten hat, um einen Stoffetzen um einen Ast zu schlingen und zu einer sauberen kleinen Schleife zu binden? Warum in aller Welt hätte er das tun sollen?«

»Mein lieber Freund, das weiß ich auch nicht. Vielleicht war es gar nicht Orfeo. Er kann genausogut nach Süden zum Gartentor gerannt sein. Oder er sitzt gerade im Salon der

Villa und trinkt Kaffee. Aber wenn er auf diesem Weg entkommen ist, könnte er die Schleife für jemanden hinterlassen haben – als Zeichen, daß ihm die Flucht geglückt ist.«

MacGregor schüttelte ratlos den Kopf. »Was sollen wir jetzt tun?«

»Bis zu den Höhlen weitergehen und dann kehrtmachen und nachsehen, ob die anderen mehr Glück hatten. Ich glaube nicht, daß es etwas bringt, ziellos im Garten herumzuirren. Möglich, daß Orfeo sich vorübergehend versteckt hat, aber früher oder später – mal vorausgesetzt, er hat nicht vor, sich zu ergeben – wird er die Flucht wagen müssen, entweder zu Wasser oder zu Lande. Deshalb sollten wir vor allem das Ufer und das Gartentor im Auge behalten.«

»Das klingt vernünftig.«

Nach einem kurzen Fußmarsch erreichten sie die Höhlen. »Glaubt Ihr, er könnte sich hier verstecken?« fragte MacGregor.

»Kaum, denn dann säße er in der Falle. Aber wir werden nachsehen.«

Kestrel hob den Vorhang aus roten Blättern und trat mit seiner Laterne in die große, runde, als Salon bezeichnete Höhle. MacGregor hatte die Höhle bereits einmal besichtigt, aber an einem sonnigen Morgen. Jetzt war es völlig dunkel. Nur das Licht der Laterne schnitt eine schmale Bahn durch die Finsternis und erhellte einzelne Stellen der grauen, narbigen Wand. Als das Licht auf ein bleiches Gesicht mit aufgerissenem Mund fiel, fuhr MacGregor erschrocken zusammen. Aber es war nur der kleine, grotesk geschnitzte Kopf, der an der Rückseite des ungenutzten Pools an der Höhlenwand angebracht war. Die Düse, die aus seinem Mund ragte, ließ ihn aussehen, als sei er gerade im Begriff, eine kleine Melodie zu pfeifen.

Kestrel leuchtete mit seiner Laterne die ganze Höhle aus, aber niemand hielt sich dort versteckt. Er trat zu der Falltür, die in der Mitte des Raums in den Boden eingelassen war. »Abgeschlossen. Das dachte ich mir. In einer Nacht wie dieser wäre es eine zu große Versuchung, Wein aus dem Keller zu stehlen.« »Könnte es nicht sein, daß Orfeo einen Schlüssel hatte?«

»Ob er einen hatte oder nicht, ist im Moment völlig einerlei, weil wir sowieso keinen haben. Kommt, laßt uns nachsehen, ob Grimani mehr Glück hatte.«

Auf dem Rückweg zur Villa trafen sie auf Francesca und Valeriano. Die beiden schlenderten Arm in Arm dahin. Francesca schmiegte sich eng an ihn und hielt seinen Arm mit beiden Händen umklammert. Mit seiner freien Hand trug Valeriano eine Laterne. Als sie Julian und MacGregor erblickten, blieben sie abrupt stehen.

»Habt Ihr im Garten irgend jemanden gesehen?« fragte Julian.

»Jemanden gesehen?« wiederholte Valeriano. »Wen hätten wir denn sehen sollen?«

»Einen jungen Mann«, antwortete Julian. »Einen Tenor.«

»Einen Tenor?« Francescas Augen weiteten sich.

»Ja. Orfeo ist wieder aufgetaucht, wenn man das so sagen kann. Er hat uns vor wenigen Minuten ein Ständchen gebracht.«

»Madonna!« rief Valeriano erstaunt aus. »Wo ist er jetzt?«

»Das wissen wir nicht. Wir sind auf dem Weg zurück zur Villa, um festzustellen, ob er gefunden worden ist.«

Valeriano und Francesca schlossen sich ihnen an. Während sie dahinhasteten, fragte Julian erneut: »Habt Ihr im Garten jemanden gesehen oder gehört?«

»Nein«, antworteten sie beide.

»Wart Ihr die ganze Zeit zusammen?«

»Natürlich«, antwortete Valeriano. »Selbst in einem von einer Mauer umgebenen Garten hätte ich Signora Argenti an einem solchen Festabend nicht allein gelassen.«

»Habt Ihr den Garten zu irgendeinem Zeitpunkt verlassen?«

»Nein«, antwortete Valeriano.

Sie erreichten die Terrasse der Villa. Grimani ging nervös auf und ab. Carlo trank gerade einen Likör. Donati saß noch an seinem alten Platz, gut bewacht von Sebastiano. Die Marchesa stand mit dem Rücken zu den anderen an der Balustrade und blickte auf den See hinaus.

»Wo seid Ihr gewesen?« fauchte Grimani.

»Im Norden, bei den Höhlen«, antwortete Julian. »Wir dachten, Orfeo könnte in diese Richtung gelaufen sein, aber wir haben ihn nicht gefunden.«

Grimani begann von neuem, auf und ab zu gehen. »Wir sind bis zum Gartentor gelaufen. Aber er hatte einen zu großen Vorsprung. Dieser Teufel! Ausgerechnet in dieser Nacht! Ich kann von Glück sagen, wenn ich in einem Umkreis von zehn Kilometern überhaupt einen Polizisten finde, der nüchtern genug ist, ihn zu verfolgen. Sogar Zanetti ist auf dem Fest – der Teufel soll ihn holen!«

Er blieb stehen und ballte die Fäuste. Es kostete ihn so viel Anstrengung, seine Wut unter Kontrolle zu halten, daß sein ganzer Körper bebte. »Ich werde von Krauss in der Kaserne aufsuchen und ihn bitten, Soldatentrupps loszuschicken, damit sie nach Orfeo Ausschau halten. Allerdings glaube ich nicht, daß das etwas nützen wird. Inzwischen ist er längst über alle Berge – oder hat wieder seine wahre Identität angenommen.«

Die Marchesa wandte sich zu ihm um. »Seine wahre Identität?« fragte sie mit seltsam heller Stimme. »Wie meint Ihr das?«

»Ich meine damit, daß sich in Solaggio zur Zeit zwei junge Engländer aufhalten. Ich will, daß sie beide hergebracht werden, damit ich sie befragen kann.« Grimanis Augen wurden schmal. »Dasselbe gilt für diesen Franzosen, der soviel über Musik weiß und laut Zanetti Englisch spricht wie ein Engländer. Ich möchte wissen, ob diese drei Männer ein Alibi für die Zeit von Orfeos Auftritt haben.«

»Wann genau hat er denn gesungen?« fragte Carlo. »Ich habe nicht darauf geachtet.«

»Gegen zehn«, antwortete Grimani. »Aber das ist nur eine Schätzung – ich habe auch nicht sofort auf die Uhr gesehen.«

»Eine sehr gute Schätzung«, mischte sich Julian ein. »Auf der Uhr in der Bibliothek war es Punkt zehn.«

Grimanis Augen sprühten Funken. »Ich habe es nicht nötig, meine Beobachtungen von Amateuren bestätigen zu lassen!«

MacGregor stupste Julian an. »Zeigt ihm, was Ihr gefunden habt!«

Julian nahm den weißen Leinenstreifen heraus und erzählte, wie er ihn zu einer Schleife gebunden an einem Ast in der Nähe der Uferböschung entdeckt hatte. Grimani sah sich den Stoffstreifen an und ließ ihn dann in seiner Tasche verschwinden. »Es hat vielleicht gar nichts zu bedeuten. Aber es könnte auch eine Art Carbonari-Signal sein. Auf jeden Fall ist es der einzige Hinweis, den wir haben.« Widerwillig nickte er Julian zu.

»Habt Ihr die Südterrasse abgesucht?« fragte Julian.

»Ich weiß, wie man eine Untersuchung durchführt, Signor Kestrel. Ja. Aber ich werde sie bei Tageslicht noch einmal absuchen lassen. Beim ersten Lichtstrahl werde ich morgen früh den ganzen Garten durchkämmen lassen. Wenn dieser unverschämte Kerl auch nur einen Faden oder einen Knopf zurückgelassen hat, werde ich ihn finden.«

Die Marchesa sagte mit eindringlicher Stimme: »Solltet Ihr nicht besser nach Solaggio aufbrechen, Signor Commissario? Je länger Ihr hier wartet, desto größer ist die Chance, daß er entkommt.«

»Ich bin schon unterwegs, Eure Ladyschaft. Aber wir werden heute nacht nicht mehr viel ausrichten. Orfeo hat sich den besten Zeitpunkt ausgesucht, um uns mit seinem Gesang zu verspotten: Nun, da die Festlichkeiten in vollem Gang sind, kann es noch Stunden dauern, bis wir eine großangelegte Suche nach ihm durchführen können. Ein wirklich kluger Schachzug!«

»Che invenzione prelibata!« murmelte Julian.

Grimani drehte sich zu ihm um. »Findet Ihr das witzig?«

In dem Moment fand Julian es tatsächlich witzig. Plötzlich fehlte ihm de la Marque, der als einziger außer ihm die Komik der Situation zu schätzen gewußt hätte: eine ganze Kaserne auf der Suche nach einem einzelnen Sängerknaben.

»Ihr glaubt, Orfeo hat das getan, um sich über uns lustig zu machen?«

»Er ist offensichtlich von seiner eigenen Bosheit berauscht«, antwortete Grimani, »und verspottet uns, weil wir es noch nicht geschafft haben, sein Verbrechen aufzuklären.«

»Das würde er nie tun«, erklärte Donati ernst. »Ich bin mir sicher, daß es einen guten Grund für sein Verhalten gibt.«

»Falls es einen solchen Grund gibt«, meinte Grimani, »dann werde ich ihn herausfinden. Ich gehe jetzt nach Solaggio. In der Zwischenzeit darf niemand das Villengrundstück verlassen oder betreten – außer Monsieur de la Marque, falls er zurückkehren sollte. Ich werde ein paar Soldaten herüberschicken, die dafür sorgen, daß meinen Anweisungen Folge geleistet wird.«

»Ihr habt kein Recht, dieses Haus in ein bewaffnetes Lager zu verwandeln!« erklärte Carlo.

Grimani antwortete mit eisiger Stimme: »Ich werde alles tun, was getan werden muß, um Orfeo zu fassen, Signor Conte. Und wenn ich deswegen vor jedem Fenster und unter jedem Bett einen Soldaten plazieren muß, dann werde ich das tun.«

Mit diesen Worten brach er nach Solaggio auf. Die Marchesa blickte wieder auf den See hinaus. Carlo bot an, sie nach drinnen zu begleiten, aber sie lehnte ab. Am liebsten hätte Julian ebenfalls sein Glück bei ihr versucht, und wenn es nur gewesen wäre, um herauszufinden, was hinter ihrer Distanziertheit und Selbstgenügsamkeit steckte. Es war, als bewegte sie sich in einem randvoll gefüllten Gefäß und müßte ihre ganze Kraft darauf konzentrieren, daß nichts überlief. Aber eins nach dem anderen.

Er wandte sich an Sebastiano. »Ihr wart im Musikzimmer, als Orfeo zu singen begann.«

»Ja, Signor.« Sebastiano richtete sich auf und sah Julian argwöhnisch an.

»Die Fenster dieses Raumes gehen auf die Südterrasse hinaus. Habt Ihr einen Blick hinausgeworfen?«

»Im Garten war es dunkel, Signor. Außerdem war es nicht meine Aufgabe, nach dem Sänger Ausschau zu halten, sondern Maestro Donati zu beschützen.«

»Habt Ihr gleich daran gedacht, daß der Sänger Orfeo sein könnte?«

Sebastiano zuckte mit den Achseln. »Orfeo war Tenor, Signor. Dieser Mann war ebenfalls Tenor. Maestro Donati war der Meinung, daß Orfeo sich in der Gegend aufhalten und unter Umständen vorhaben könnte, ihm etwas anzutun. Deswegen hat er zu mir gesagt, ich solle ihn nie allein lassen. Meine Aufgabe war also, dafür zu sorgen, daß er nicht allein war, und ihm zur Seite zu stehen. Das ist alles.«

»Vielen Dank, mein Junge«, sagte Donati gerührt.

Sebastiano reagierte mit einer schroffen Geste, wie ein Tier, das nicht gestreichelt werden will. »Dafür werde ich bezahlt, Maestro.«

»Ja«, sagte Donati lächelnd. »Ich verstehe.« Er richtete seine blicklosen Augen auf Julian. »Signor Kestrel, warum glaubt Ihr, hat Orfeo das getan?«

»Ich kann mir mehrere Gründe vorstellen, Maestro. Vielleicht wollte er jemanden in der Villa wissen lassen, daß er in der Nähe ist. Vielleicht hat er versucht, unsere Aufmerksamkeit von jemand oder etwas anderem abzulenken.« Julian hielt einen Moment inne. »Aber die beste Art, sich über den Zweck einer Tat klarzuwerden, besteht darin, sich ihre Folgen anzusehen.«

»Ihre Folgen?« MacGregor begann sie an seinen breiten, flachen Fingern abzuzählen. »Wir wissen jetzt, daß Orfeo hier ist. Wir wissen, was wir schon vorher wußten: daß er ein unverschämter Kerl ist und nicht gerade ein Feigling. Wir wissen, daß Grimani vor Wut schäumt und vorhat, unter jedem Grashalm in der Gegend nach Orfeo zu suchen.« MacGregor schüttelte den Kopf. »Für mich sieht es so aus, als hätte Grimani recht mit seiner Vermutung, daß Orfeo es aus reiner Bosheit getan hat. Was für einen Sinn hätte es, jemandem in der Villa zu verstehen zu geben, daß er hier ist? Wir reisen morgen sowieso alle ab.«

Julian zog vielsagend die Augenbrauen hoch.

»Potz Blitz!« MacGregor schlug sich auf die Stirn. »Wir wollten abreisen, aber jetzt wird Grimani lieber bis zum Jüngsten Gericht hierbleiben, als sich Orfeo noch einmal durch die Lappen gehen zu lassen. Und Ihr werdet bleiben, was bedeutet, daß ich ebenfalls bleiben werde – demnach wollte er nicht, daß wir abreisen?«

»Möglich.«

Julian übersetzte ihren Wortwechsel für Donati und Sebastiano ins Mailändische. »Und nun müßt Ihr mich für eine Weile entschuldigen. Ich möchte mich auf der Südterrasse ein wenig umsehen.«

»Ich komme mit«, erklärte MacGregor.

»Unbedingt.« Julian griff wieder nach der Laterne, und sie begaben sich zur Südseite des Hauses.

MacGregor fragte: »Warum sollte es Orfeo interessieren, ob wir abreisen oder hierbleiben?«

»Weil wir ihn amüsieren? Weil er seinen Landsleuten einen Dienst erweisen will, indem er Grimani aus ihrem Land fernhält?«

»Könnt Ihr nicht einmal ernst sein?«

»Wenn ich ernst wäre, Doktor, dann müßte ich jetzt die reichlich melodramatische Vermutung äußern, daß Orfeo Marchese Lodovico nicht getötet hat und der Meinung ist, daß es einer von uns war.«

»Gütiger Gott! Wenn das der Fall ist, dann könnte Orfeo ohne weiteres Fletcher, St. Carr oder de la Marque sein. Sie haben alle gewußt, daß wir vorhatten, die Villa morgen zu verlassen.« MacGregor blieb unvermittelt stehen und starrte Julian an. »Ist Euch eigentlich klar, was für ein Glück Ihr habt, daß Ihr auf den Balkon herausgekommen seid, während Orfeo sang? Grimani verdächtigt jeden anderen jungen Engländer in der Gegend, Orfeo zu sein – er verdächtigt sogar de la Marque, der nicht einmal aus England kommt. Wenn er Euch nicht mit eigenen Augen auf diesem Balkon gesehen hätte, dann hätte er Euch bestimmt auch verdächtigt!«

»Es wundert mich, daß er sich von einer solchen Lappalie davon abhalten läßt.«

Sie gingen die breite Treppe zur Südterrasse hinauf.

Die Terrasse war etwa sechs auf sechs Meter groß, mit Obstbäumen bepflanzt und wurde von zwei gepflasterten, sich überkreuzenden Pfaden durchschnitten. Hinten wurde sie von einer Ziegelmauer begrenzt, auf deren Oberseite ein Gehweg angelegt war, den man über eine schmale Steintreppe erreichte. In der Mitte der Mauer führte ein Torbogen zur Rückseite der Villa.

Julian trat durch den Torbogen. »Orfeo muß auf diesem Weg entkommen sein. Wenn er über die vordere Treppe geflohen wäre, wäre er Grimani und Carlo direkt in die Arme gelaufen.« Er ließ das Licht seiner Laterne über den Torbogen auf den Boden zu beiden Seiten wandern. »Keine verräterischen Knöpfe oder Stoffetzen. Und bei diesem trockenen Wetter hat er bestimmt auch keine Schmutzspuren oder Grasflecken auf den Pflastersteinen hinterlassen.«

»Es hat keinen Sinn, zu dieser nächtlichen Stunde weiter nach Anhaltspunkten zu suchen«, meinte MacGregor. »Ich bin dafür, ins Bett zu gehen. Kommt Ihr auch?«

Der gesunde Menschenverstand trieb Julian nach drinnen, wo er sich alles in Ruhe hätte überlegen können. Die italienische Nacht aber lockte ihn in die andere Richtung und gewann das Tauziehen. »Noch nicht. Ich glaube, ich werde noch einen Spaziergang machen.«

»Warum?« MacGregor Augen verengten sich. »Was habt Ihr vor?«

»Ich habe gar nichts vor, mein lieber Freund. Ich bin bloß noch nicht müde, und es wird dieses Jahr nicht mehr viele von diesen lauen Nächten geben. Hier.« Er reichte MacGregor die Laterne. »Im Garten brauche ich sie nicht. Ich kenne die Wege gut genug, um mich im Mondschein zurechtzufinden.«

»Meinetwegen, aber bleibt nicht zu lange«, brummte MacGregor.

Sie gingen die Terrassenstufen hinunter. Kurz bevor sich

ihre Wege trennten, sagte MacGregor: »Wißt Ihr, er hat wirklich eine schöne Stimme.«

Julian sah ihn verblüfft an. MacGregor neigte sonst nicht dazu, sich freiwillig über Kunst oder Musik zu äußern – und nun lobte er ausgerechnet Orfeo. »Findet Ihr?«

»Ihr nicht?«

»Ich war nicht in der besten Position, ihn zu hören. Außerdem bevorzuge ich Frauenstimmen.«

»Oh, vielleicht lag es zum Teil auch an der Zeit und dem Ort. Statt in einem heißen, überfüllten Theater zu sitzen und zuzusehen, wie ein paar Leute in kitschigen Kostümen auf der Bühne herumstolzieren, befanden wir uns in einem nächtlichen Garten und lauschten einem Sänger, den wir nicht einmal sehen konnten. Dabei fällt mir gerade auf, daß die Umstände ähnlich wie damals gewesen sein müssen, als Lodovico Orfeo zum erstenmal hörte. Kein Wunder, daß er von seiner Stimme so fasziniert war.«

Julian schwieg einen Moment. »Wie hat eigentlich Marchesa Malvezzi reagiert, als sie Orfeo hörte?«

»Das weiß ich nicht.« MacGregor runzelte die Stirn. »Ich habe nicht darauf geachtet. Warum?«

»Ach, mir kam da nur so ein Gedanke.«

»Von wegen, nur so ein Gedanke! Heraus damit, was vermutet Ihr?«

»Ich habe heute Nacht keine Lust mehr, noch irgend etwas zu vermuten. Ich möchte mal ein paar Stunden lang weder Fragen stellen noch welche beantworten müssen. Seht Euch doch um:

›*Der Mond scheint hell. In einer Nacht wie dieser…*
Mein ich, stieg Troilus auf die Wälle Trojas,
Und seufzte seine Seele zu den Griechenzelten,
Wo Cressida im Schlaf lag.‹«

MacGregor starrte ihn an. »Was ist denn in Euch gefahren?«

»Italien ist in mich gefahren. Wenn es morgen früh noch immer in mir steckt, dürft Ihr es mit einem dieser schaurigen Instrumente herausziehen, die Ihr in Eurer Arzttasche mit Euch herumschleppt. Bis dahin, *buona sera, mio signore!*«

»Jetzt ist er völlig durchgedreht«, sagte MacGregor düster, »oder, noch schlimmer, verliebt.« Er stapfte in Richtung Eingang davon.

Julian ging in den Garten hinaus. Die Nacht war noch immer wundervoll klar, der Wind warm und schmeichelnd, die Luft schwer vom Geruch reifer Früchte. Aus südlicher Richtung schlugen die Glocken von Solaggio: zehn, elf, zwölf. Mitternacht – der Feiertag von Santa Pelagia war vorüber. Aber als Julian in der Nähe des Gartentors das Seeufer erreichte, sah er, daß es auf dem Wasser noch immer von Booten wimmelte, auch wenn die Feiernden inzwischen ruhiger geworden waren. Der Wind trug leises Lachen und kehlige, verliebte Stimmen zu ihm herüber. Viele Boote tanzten ziellos über das Wasser. Niemand kümmerte sich um die Ruder. Irgendwo auf dem See ertönte der Klang einer Gitarre, dazu begannen Männer und Frauen Lieder über Verführung und Begehren zu singen.

Julian wollte ein Teil dieser Nacht, dieses Landes sein. Er hatte vergessen – sich vielleicht selbst dazu gezwungen zu vergessen –, was Italien für ihn bedeutet hatte, als er zum erstenmal dort gewesen war. Seine Sinne, die nach Schönheit gelechzt hatten, waren aufs intensivste und großartigste befriedigt worden, und er hatte große Dankbarkeit empfunden. Plötzlich wußte er nicht mehr, was ihn dazu getrieben hatte, nach England zurückzukehren – diese Luft, diese üppige Vegetation, diese Musik und diese temperamentvollen, unverbildeten Menschen mit Londons feuchtem Nebel und seiner aus affektierten Patriziern und geldgierigen Kaufleuten bestehenden Bevölkerung zu vertauschen. Ehrgeiz – das war es, was ihn zurückgetrieben hatte, das und alte Bindungen, alte Träume, alte Kümmernisse. Sie haben dir dein ganzes Leben lang Fesseln angelegt, sagte eine Stimme in seinem Kopf. Du warst schon mit zehn Jahren alt, mit zwanzig welterfahren. Wann hast du je etwas einzig und allein deswegen getan, weil es dich glücklich machte?

Er ging den Uferweg in südlicher Richtung entlang. Er hatte nicht vor, schon zur Villa zurückzukehren, war aber zu gefangen von der Musik und der Nacht, um einfach nur still dazustehen. Plötzlich sah er vor sich ein Licht aufflackern. Seine Augen versuchten angestrengt, die Dunkelheit zu durchdringen, bis er schließlich vor dem mondhellen Himmel die Silhouette des Belvedere ausmachte. In seinem Innern brannte Licht.

Schlagartig verflüchtigten sich seine Gedanken. Er bewegte sich ganz langsam und leise, froh, daß er ohne Laterne war, die ihn hätte verraten können. Als er das Belvedere schließlich erreichte, achtete er darauf, nicht auf den Kies zu treten, sondern auf dem schmalen Grasstreifen neben der Uferböschung zu bleiben. Durch die Türen des Belvedere drang kein Licht nach draußen. Offenbar hatte jemand die Jalousien heruntergelassen. Auf Zehenspitzen schlich er zu einem der schmalen maurischen Fenster und warf einen Blick hinein.

Auf einer der Marmorbänke saß die Marchesa, neben sich eine Laterne. Ihr hermelingefütterter Mantel schmiegte sich weich um ihre Schultern und umschmeichelte ihre Füße. Sie trug keine Kopfbedeckung, und in ihrem dunklen Haar funkelten Diamanten. Am Abend hatte sie einen kleinen Blumenstrauß an ihre Brust geheftet, aber nun war der tiefe Ausschnitt ihres weißen Seidenkleides ohne Schmuck, und auf dem Boden lag ein Teppich aus Blütenblättern.

Julian trat an die nächstgelegene Tür und klopfte gegen die Jalousie. Er hörte ihre Schritte und das Rascheln ihres Kleides. »Wer ist da?« rief sie ein wenig atemlos.

»Julian Kestrel. Störe ich Euch?«

Eine Moment lang war nichts zu hören. Dann wurde die Jalousie hochgezogen. Er sah ihren Rock, ihre Taille, ihre Brüste, schließlich ihr Gesicht. Er trat ein, und sie ließ die Jalousie wieder herunter.

»Ich habe Euer Licht gesehen«, sagte er. »Warum sitzt Ihr hier so allein?«

»Ich wollte allein sein. Ich dachte, dies wäre der Ort, wo mich die Leute am wenigsten suchen würden.«

»Soll ich wieder gehen?« fragte er.

»Nein. Mein Bedürfnis nach Einsamkeit hat sich schon wieder gelegt.«

»Als Ihr auf mein Klopfen hin gefragt habt, wer draußen sei, kam es mir fast so vor, als würdet Ihr jemand anderen erwarten.«

Sie lächelte. »Fragt Ihr das als eifersüchtiger Liebhaber oder als Ermittler?«

»Beides.«

»Der einzige Mensch, den ich zu sehen erwartete – oder eher fürchtete –, war Lodovico.«

»Seid Ihr abergläubisch?« fragte er überrascht.

»Nicht besonders. Aber falls er jemals auf die Erde zurückkehren sollte, dann heute nacht, um diese Stimme zu hören.«

»Was für ein Unsinn!« entfuhr es ihm.

Sie sah ihn überrascht an und schüttelte dann den Kopf. »Ihr versteht nicht.«

»Wenn ich Marchese Lodovico wäre und eine einzige Nacht auf die Erde zurückkehren könnte, dann nur, um Euch zu sehen.«

»Mein armer Giuliano, Euch hat es ja tatsächlich schwer erwischt.«

Er nahm sich zusammen. Sie war schließlich eine Tatverdächtige. Er würde sie auch als solche behandeln. »Es gibt etwas, das ich Euch gerne fragen würde.«

Sie hatte den veränderten Ton seiner Stimme bemerkt und warf ihm einen schnellen Blick zu. »Und das wäre?«

»In Mailand habe ich gesehen, wie sich Eure Augen mit Tränen füllten, als Maestro Donati von Orfeos Stimme sprach. Nun, nachdem Ihr sie selbst gehört habt, finde ich Euch hier zu nächtlicher Stunde allein vor, und zu Euren Füßen sehe ich einen Teppich aus zerfetzten Blüten. Was bedeutet Euch Orfeo?«

»Er bedeutet mir gar nichts, auch wenn ich zugeben muß, daß seine Stimme mich bewegt hat. Sie war Lodovicos letzte Liebe. Es ist eine schöne Stimme – rein, und doch leidenschaftlich, genau die Art Stimme, für die Lodovico so schwärmte. Die Stimme eines Engels und die Hand eines Mörders – im Gegensatz zu Maestro Donati sehe ich keinen Grund, warum beides nicht in einem einzigen Menschen vereint sein sollte.«

»Aber wir wissen nicht, ob es so ist. Wenn Orfeo Marchese Lodovicos Mörder wäre, warum hätte er dann aus freien Stücken seine Anwesenheit kundtun sollen, wo wir doch sonst nie davon erfahren hätten?«

»Ihr macht Euch gern zu seinem Verteidiger. Und mir ist auch klar, warum. Orfeo als Lodovicos Mörder – das wäre Euch viel zu simpel. Ihr wollt eine spektakuläre, komplizierte Lösung – einen Mörder, den niemand je verdächtigt hätte.« Plötzlich wurde sie wieder ernst. Sie kam näher, legte ihre Hand auf Julians Arm und blickte ihm ins Gesicht. »Ihr seid der Klügste von uns allen. Wenn Ihr Euch nur darauf konzentrieren würdet, Orfeo zu finden, statt Eure Netze in alle möglichen Richtungen auszuwerfen. Ich weiß, daß Ihr dann erfolgreich sein würdet. Findet ihn, Giuliano.« Sie schüttelte seinen Arm. »Findet ihn!«

»Warum? Warum liegt Euch so viel daran, daß er gefunden wird?«

Sie trat einen Schritt zurück und holte tief Luft. »Ich möchte, daß er seine gerechte Strafe erhält. Lodovico war kein guter Mensch, aber er war mein Mann, und er war freundlich zu mir. Er vertraute Orfeo, und Orfeo verriet ihn auf eine Weise, wie es nur ein Sänger konnte, den er liebte.«

»Ich nehme an, Ihr glaubt, was Ihr sagt«, antwortete er langsam, »aber es ist nicht die Wahrheit, oder zumindest nicht die ganze Wahrheit. Ich wollte eine Antwort, und Ihr habt mir ein Schauspiel geliefert.«

Sie stand ganz still und sah ihn an. »Ihr glaubt wohl, mich sehr gut zu kennen?«

»Ich glaube im Moment nur, daß Ihr nicht ganz aufrichtig zu mir seid.«

»Aufrichtig?« Sie zog spöttisch die Augenbrauen hoch. »Aufrichtigkeit – ein Thema, mit dem Ihr Euch bestens auskennt, ich weiß. Signor Kestrel, der nichts von sich preisgibt – der sein Herz hütet wie ein Sänger seine Stimme. Soll ich Euch einen Spiegel vorhalten? Ihr seid einer von den schlauen Feiglingen, die jedem ins Herz blicken, aber niemanden in ihr eigenes schauen lassen. Ihr seid verletzlich, aber niemand wird es je bemerken. Ihr könnt nur innerlich bluten, auch wenn solche Wunden viel langsamer heilen – wenn sie es überhaupt je tun.«

»Als Ihr diesen Spiegel hochgehalten habt«, fragte er ruhig, »wessen Gesicht habt Ihr darin gesehen – meines oder Eures?«

Sie hielt einen Moment die Luft an. »Beide natürlich.« Sie lachte nervös.

»Könnt Ihr Euch vorstellen, was für ein lächerliches Liebespaar wir abgeben würden? Wir würden nur Verstecken miteinander spielen.«

Er antwortete: »Ich würde lieber nach Euch suchen, als eine andere Frau finden.«

»Oh, Giuliano!« flüsterte sie.

Er trat auf sie zu und nahm sie in die Arme.

Einen Moment lang erstarrte sie. Dann spürte er, wie sie nachgab, wie ihr Kopf nach hinten sank und ihre Lippen sich unter seinen öffneten. Sie schlang die Arme um seinen Hals. Er küßte ihre Lippen, ihre Kehle, ihren Nacken. Ihr weiches Haar kitzelte sein Gesicht, ihre Perlen gerieten zwischen seine Zähne, und er wäre im siebten Himmel gewesen, wenn da nicht dieses starke Bedürfnis gewesen wäre, *mehr* von ihr zu bekommen – sie an sich zu pressen, bis man nicht mehr sagen konnte, wo er endete und sie begann –

»Giuliano«, flüsterte sie. »Giuliano, hör auf!«

Er stöhnte und zog sie noch drängender an sich.

»Giuliano!« Sie wand sich in seinem Griff.

Er trat zurück. Im Licht der Lampe sah er ihr gerötetes Gesicht, ihr offenes, über die Schultern herabfallendes Haar, ihr verrutschtes Kleid. »Es tut mir leid«, sagte sie mit weit aufgerissenen Augen. »Ich mußte plötzlich daran denken, wo wir sind. Ich mußte an Lodovico denken, wie er hier mit einer Kugel im Herzen auf dem Boden lag. Da konnte ich es nicht tun.«

»Nein. Nein. Ich verstehe.« In Wirklichkeit war er im Moment kaum in der Lage, irgend etwas zu verstehen. Er hob ihren Mantel auf, der zu Boden gefallen war, und legte ihn ihr um die Schultern.

»Ich habe ein paar von meinen Haarklammern verloren«, sagte sie.

Er griff nach der Laterne, und sie suchten den Boden nach den Nadeln ab, die, weil mit Diamanten besetzt, leicht zu finden waren. Sie drehte ihr Haar am Hinterkopf zusammen und steckte es mit den Nadeln fest. Er zog eine der Jalousien hoch, und sie traten in die Nacht hinaus.

Die Luft war inzwischen kühl geworden. Julian bot Beatrice seine Jacke an, aber sie sagte, ihr Mantel sei warm genug. Im schweigenden Einvernehmen eines Liebespaars mieden sie den Uferweg, der vom See her zu vielen neugierigen Blicken ausgesetzt war, und kehrten durch den Garten zur Villa zurück. Der Weg, den sie wählten, war dunkel und abgeschieden. Julian ging durch den Kopf, daß sie haltmachen und seine Jacke im Gras ausbreiten könnten –

Aber er schlug ihr natürlich nichts Derartiges vor. Im Belvedere war er wie von Sinnen gewesen, aber nun hatte er sich wieder gefangen. Wenn er der Liebhaber der Marchesa wurde, bedeutete das das Ende für seine Ermittlungen. Sein Ehrgefühl, das bisher von ihm verlangt hatte, um jeden Preis die Wahrheit herauszufinden, würde dann noch zwingender von ihm fordern, seine Geliebte zu schützen, egal, was sie getan hatte. Er mußte den Mord aufklären, und wenn es nur dem Zweck diente, die Zweifel und Geheimnisse zwischen ihnen aus dem Weg zu räumen. Dann vielleicht, wenn sie unschuldig war und er Glück hatte –

Sie kamen in Sichtweite der Villa. »Ihr geht besser vor mir

hinein«, sagte er. »Die Bediensteten sind vielleicht schon vom Fest zurück und noch auf den Beinen.«

Sie überlegte einen Moment. »Ich glaube, wir sollten so tun, als wäre das zwischen uns nie passiert. Bis Orfeo gefunden und der Mord aufgeklärt ist, ist alles so unsicher.«

»Da bin ich ganz Eurer Meinung«, sagte er mit einem ironischen Lächeln. »Aber irgendwie wünschte ich, *Ihr* wärt nicht dieser Meinung.«

Sie streckte ihm die Hand entgegen. »Wir haben uns nie im Belvedere getroffen, und Ihr habt mich nie geküßt.«

Sie gaben sich die Hand. Aber als sie ihm die ihre wieder entziehen wollte, hielt er sie fest. »Ihr müßt wissen, daß ich unsterblich in Euch verliebt bin.«

»Dann findet Orfeo.« Sie umklammerte mit beiden Händen die seine. »Er ist es, der zwischen uns steht.«

23

Julian betrat das Zimmer, das er sich mit MacGregor teilte, so leise wie möglich, aber MacGregors Kopf, den eine Nachtmütze zierte, fuhr trotzdem von seinem Kissen hoch. Nachdem der Doktor jahrelang zu jeder Tages- und Nachtzeit gerufen worden war, um Gallensteine zu entfernen und Babys auf die Welt zu helfen, hatte er die Fähigkeit entwickelt, beim leisesten Geräusch aufzuwachen und sofort wieder einzuschlafen, wenn die Störung vorüber war. »Wieviel Uhr ist es?«

»Fast zwei.«

»Was habt Ihr getrieben?«

»Einen Spaziergang im Garten gemacht. Im Belvedere bin ich auf die Marchesa gestoßen. Nachdem Ihr nun ohnehin wach seid, werde ich versuchsweise nach Dipper läuten. Vielleicht ist er ja schon vom Fest zurück.«

Er betätigte den Klingelzug. MacGregor setzte sich im Bett auf und sagte in beißendem Ton: »Gott verhüte, daß ein Mann sich nachts mal eigenhändig auskleiden müßte.«

»Genau«, pflichtete Julian ihm bei.

»Was hat die Marchesa denn im Belvedere gemacht?«

»Nichts Besonderes.«

»Hat es Euch denn nicht interessiert, wieso sie dort war?«

»Ich habe sie gefragt. Sie hat gesagt, das Belvedere sei ihr als der Ort erschienen, an dem die Leute sie am wenigsten vermuten würden. Sie wollte allein sein. Orfeo singen zu hören hatte sie verstört.«

»Ihr meint, weil sie glaubt, daß er ihren Mann getötet hat?«

Nachdem Julian seine Kerze auf den Tisch gestellt hatte, setzte er sich und streckte die Beine aus. »Meiner Meinung nach steckt mehr dahinter. Sie hat mich inständig gebeten, Orfeo zu finden, und ich glaube nicht, daß es ihr nur darum ging, den Mord ihres Mannes zu rächen. Aus ihrer Bitte klang eine Leidenschaft, die mir unerklärlich ist.«

»Klingt, als wüßte sie mehr über Orfeo, als sie sagt.«

»Oder empfindet mehr für ihn. Aber vielleicht sehen wir das Ganze falsch. Vielleicht möchte sie bloß, daß Orfeo gefunden und des Mordes angeklagt wird, um auf diese Weise jemand anderen zu schützen – jemanden aus Marchese Lodovicos Familie, möglicherweise sogar sich selbst.«

»Oder de la Marque?«

»Ja«, antwortete Julian nach kurzem Zögern, »oder de la Marque.«

Dipper kam herein. »Es freut mich zu sehen, daß du die Feierlichkeiten unbeschadet überstanden hast«, sagte Julian.

»Danke, Sir. Aber das Ganze war gar nicht so aufregend. Wenn es ums Amüsieren geht, können es die hiesigen Feste nicht mit Bartholomew Fair oder dem Westminster Dog Pit aufnehmen.«

»Hast du von unserem nächtlichen Besuch gehört?« fragte MacGregor. »Orfeo ist aufgetaucht und hat uns im Garten ein Ständchen gebracht.«

»Ja, Sir. Commissario Grimani war im Dorf und hat alle *sbirri*, die nicht zu besoffen waren, zur Wachsamkeit aufgefordert.«

Julian fand es typisch, daß Dipper wußte, wie die italienische Polizei bei den Einheimischen hieß. »Hast du im Dorf Fletcher oder St. Carr gesehen?«

»Nein, Sir. Aber ich war auch nicht lange dort. Nina und ich wurden getrennt, und sie ist mit einem anderen Diener auf den See hinausgefahren, und da ich sie nicht in dem Glauben lassen wollte, ich würde mich mit Rosa amüsieren, bin ich ihr nachgeschwommen.«

»Bei diesem Wetter?« rief MacGregor aus. »Ich weiß, daß es ein milder Abend war, aber du hättest dir trotzdem den Tod holen können. Warum hast du dir kein Boot genommen?«

»Ich dachte, so würde es ihr besser gefallen. Die italienischen Mädchen mögen es, wenn ein Kerl eine schneidige Figur macht.«

»Sie wird es weniger mögen, wenn du plötzlich zu schniefen und zu niesen anfängst«, warnte ihn MacGregor.

»Sie hat schon dafür gesorgt, daß das nicht passiert, Sir. Sie hat mich hergebracht und mir einen Glühwein gemacht, bei dem mir ganz warm ums Herz geworden ist –«

»Wenn du unseren guten Doktor nicht schockieren willst«, mischte sich Julian ein, »dann ist es vielleicht besser, du behältst für dich, wo dir sonst noch überall warm geworden ist.« Er fragte sich in einem leichten Anfall von Verzweiflung, wieso Dippers Liebesaffären immer so unproblematisch waren, seine eigenen dagegen immer so kompliziert. »Falls du dich trotz dieser zärtlichen Pflege erkältet haben solltest, haben wir immer noch die aus Mailand mitgebrachte Medizin.«

»Nichts als hochprozentiger Alkohol, nehme ich an«, sagte MacGregor.

»Ich hoffe es«, antwortete Julian. »Deswegen habe ich das Zeug ja behalten.«

Im Garten hinter der Villa waren Schritte und gedämpfte Männerstimmen zu hören. Julian sah aus dem Fenster. »Zwei Soldaten haben am Hintereingang Posten bezogen.«

»Was soll das bringen?« fragte MacGregor. »Orfeo ist längst über alle Berge.«

»Es sei denn, er ist de la Marque, was bedeuten würde, daß er jeden Moment zurückkommen könnte. Wenn ich es mir recht überlege, traue ich mich fast wetten, daß er soeben zurückgekommen ist und die Soldaten dort unten dafür sorgen, daß er bleibt.«

Wie aufs Stichwort hörte man im Innern der Villa eine Männerstimme singen: »*Che invenzione, che invenzione prelibata, bella, bella, bella* –«

Julian warf einen Blick auf den Flur hinaus. De la Marque erschien oben an der Haupttreppe, die fast gegenüber Julians Zimmer endete. Als de la Marque ihn entdeckte, hörte er zu singen auf und rief: »Ah, *mon vieux!* Ich habe gerade von Orfeos spontanem Ständchen gehört! Ich bin untröstlich, es verpaßt zu haben. Meint Ihr, er wird zurückkommen und eine Zugabe geben?«

»Keine Ahnung.«

De la Marque strahlte ihn an. »*Mon cher anglais*, habe ich Euch eigentlich jemals gesagt, wie ungemein ich Euch bewundere?« Er schwankte auf Julian zu, umarmte ihn und küßte ihn auf beide Wangen.

Julian befreite sich und nahm ihn am Arm. »Erlaubt mir, Euch in Euer Zimmer zu bringen.«

»Nein, nein.« De la Marque schob Julian weg. »Ich habe schon ziemlichen Seegang. Wer weiß, was für unkluge Dinge ich sagen würde. Geht zu Bett, *mon très cher camarade*. Wir reden morgen früh.«

Während er zu seinem Zimmer hinüberwankte, nahm er mit leiser Stimme seinen Gesang wieder auf: »*Che invenzione prelibata, bella, bella, bella* –«

MacGregor kämpfte sich in seinen alten wollenen Bademantel und kam zu Julian an die Tür. »Er singt dasselbe Lied – dasselbe, das Orfeo gesungen hat!«

»Ja, aber entweder er ist nicht Orfeo, oder er ist nicht so betrunken, wie er aussieht. Weil er es nämlich in der Baritonstimme singt.«

Am nächsten Morgen versammelten sich die Bewohner der Villa auf der Terrasse und tranken Kaffee, bevor sie zur Sonntagsmesse aufbrachen. De la Marque erschien als letzter. Sein dunkles Gesicht hatte einen blassen, kränklichen Olivstich, und das grelle Sonnenlicht blendete ihn. Die Marchesa kümmerte sich rührend um ihn, ließ ihn auf einem Stuhl im Schatten Platz nehmen und schickte ihre Diener aus, Kissen und besonders starken Kaffee für ihn zu bringen. Julian war verzweifelt. Wie konnte sie nach der letzten Nacht soviel Aufhebens um de la Marque machen, noch dazu direkt vor seiner Nase? Oder bereute sie es, ihn ermutigt zu haben? War das ihre Art, seinen Hoffnungen einen Dämpfer zu versetzen?

Grimani trat auf de la Marque zu. »Ich würde gerne wissen, wo Ihr gestern abend um zehn Uhr wart.«

»Ich wünsche Euch ebenfalls einen guten Morgen, Signor Commissario.«

»Ihr weigert Euch, meine Frage zu beantworten?«

»Ich wäre Euch dankbar, wenn Ihr mit Euren Fragen warten könntet, bis ich Euch nicht mehr doppelt sehe.«

»Ich habe nicht genug Zeit, um zu warten, bis es Euch in den Kram paßt. Entweder Ihr beantwortet meine Fragen hier und jetzt, oder ich besorge mir vom *podestà* einen Haftbefehl und lasse Euch ins Dorfgefängnis werfen, bis Ihr fügsamer seid.«

De la Marque lehnte sich langsam zurück, ohne Grimani aus den Augen zu lassen. »Also gut, Signor Commissario. Schießt los.«

Zanetti rückte einen Stuhl für Grimani zurecht, damit er de la Marque direkt gegenübersitzen konnte. Er selbst nahm ein Stück weiter hinten Platz, seinen tragbaren Schreibtisch auf dem Schoß.

»Wo wart Ihr gestern abend um zehn Uhr?« begann Grimani.

»Auf dem Fest.«

»Ich weiß, daß Ihr behauptet, auf dem Fest gewesen zu sein. Aber wo genau wart Ihr um zehn Uhr?«

»Ich habe wirklich keine Ahnung. Wenn ich raten sollte, würde ich sagen, daß ich in einem Boot auf dem See war.«

»Zu welchem Zweck?«

De la Marques Lippen verzogen sich zu einem Lächeln. »Ich bin gestern einer höchst charmanten Dame aus Mailand in die Arme gelaufen, die irgendwie von ihrem Mann getrennt worden war. Da sie sich ziemlich verloren fühlte, bin ich mit ihr auf den See hinausgefahren, um sie zu trösten. Wir haben irgendwo zwischen den Felsen südlich von Solaggio angelegt.«

»Wie lange wart Ihr dort?«

»Vielleicht zwei Stunden.«

»Was habt Ihr gemacht?«

»Oh, uns unterhalten«, antwortete de la Marque spöttisch grinsend.

»Worüber?«

»Über die bemerkenswerte Redlichkeit und Effizienz der Mailänder Polizei.«

Grimani starrte ihn wütend an. »Ihr habt wohl den Eindruck, Monsieur, daß Ihr als Ausländer nicht der Mailänder Justiz unterworfen seid. Es interessiert Euch vielleicht, daß Euer Landsmann, Monsieur Andryane, inzwischen das zweite Jahr seiner lebenslänglichen Freiheitsstrafe im Gefängnis von Spielberg verbüßt, weil er an einer Verschwörung gegen die Regierung von Lombardei-Venetien beteiligt war.«

De la Marque wandte einen Moment den Blick ab. »Darf ich fragen, was ich getan habe, daß Ihr mir mit einer Gefängnisstrafe droht?«

»Ich stelle hier die Fragen. Wo ist die Frau, mit der Ihr gestern abend angeblich zusammen wart?«

»Ich weiß es nicht. Wir haben uns auf dem Pier getrennt. Ich nehme an, daß sie mit ihrem Mann zurückgefahren ist.«

»Wie war ihr Name?«

»Wir hielten es für klüger, keine Namen auszutauschen, Signor Commissario.«

»Ich verstehe. Hat Euch irgend jemand mit ihr auf dem See gesehen?«

»Das glaube ich nicht. Wir haben uns bemüht, nicht gesehen zu werden.«

Julian warf einen Blick zur Marchesa hinüber und fragte sich, was sie wohl über dieses Abenteuer de la Marques dachte. Sie hörte aufmerksam zu, zeigte dabei aber nicht die Spur von Schock oder Eifersucht. Entweder de la Marques Beziehungen zu anderen Frauen waren ihr egal, oder sie glaubte ihm seine Geschichte nicht.

»Euch ist natürlich klar«, sagte Grimani, »daß Ihr damit keinerlei Alibi habt?«

»Kein Alibi?« De la Marque riß die Augen auf. »Was könnt Ihr damit bloß meinen, Signor Commissario? Hat es einen weiteren Mord gegeben, und bin ich der letzte, der davon erfährt?«

»Ihr braucht gar nicht so scheinheilig zu tun, Monsieur. Ich meine damit, daß Ihr nicht beweisen könnt, daß Ihr gestern abend nicht im Garten gesungen habt.«

De la Marques' schwarze Augen blitzten amüsiert. »Demnach glaubt Ihr, *ich* sei Eure flüchtige Nachtigall?«

»Die Beschreibung paßt auf Euch. Zum einen könnte das Alter passen. Wie alt seid Ihr?«

»Achtundzwanzig.«

»Jung genug. Orfeo hat vor viereinhalb Jahren behauptet, einundzwanzig zu sein. Dazu kommt, daß Ihr Noten lesen könnt – ja sogar das absolute Gehör besitzt, und wenn ich das richtig verstanden habe, schreibt Ihr an einem Buch über Gesang.«

»Ich sauge mir von Zeit zu Zeit ein Kapitel aus den Fingern.« De la Marque sagte das leichthin, ließ Grimani aber keine Sekunde aus den Augen.

Grimani fuhr fort: »Zanetti zufolge sprecht Ihr extrem gut Englisch.«

»Das ist nicht weiter überraschend. Ich bin in England aufgewachsen.«

»Aber Ihr seid Franzose, und Maestro Donati hatte damals

den Eindruck, daß Orfeos Akzent eher französisch als englisch klang.«

»Tatsächlich?« antwortete de la Marque fröhlich.

Grimani wandte sich an Donati. »Maestro, erinnert Euch Monsieur de la Marques Stimme an die von Orfeo?«

»Nein, Signor Commissario«, antwortete Donati. »Seine Stimme ist tiefer und hat einen anderen Klang.«

»Könnte ein Tenor wie Orfeo eine dunklere Stimme vortäuschen?« hakte Grimani nach.

Donatis Miene wirkte gequält. »Ich nehme es an.«

Grimani wandte sich wieder an de la Marque. »Wo wart Ihr in den ersten Monaten des Jahres 1821?«

»In Turin.«

»Könnt Ihr das beweisen?«

»Ich glaube nicht.«

Grimani stand auf. »Monsieur de la Marque, ich muß Euch bitten, die Gegend nicht zu verlassen, ehe ich Euch die Erlaubnis dazu erteile. Solltet Ihr es dennoch tun, wird man Euch verfolgen und zurückbringen. Eines noch: Falls Ihr Orfeo und ein Carbonaro seid, tätet Ihr gut daran, es zu gestehen, ehe Ihr entlarvt seid. Ihr habt nur dann Aussichten auf eine milde Strafe, wenn Ihr mit der Polizei kooperiert – insbesondere, indem Ihr uns die Namen aller Eurer Mitverschwörer nennt, die sich noch auf freiem Fuß befinden. Wir wissen, daß sich '21 viele Mitglieder von Geheimbünden, vor allem die sogenannten Angeli, gegen den Staat verschworen hatten und nie gefaßt wurden.«

»Das wird ja immer schlimmer!« lachte de la Marque. »Erst beschuldigt Ihr mich, ein Tenor und Mörder zu sein, und jetzt haltet Ihr mich auch noch für einen Revolutionär! Ich würde gerne sehen, was für ein Gesicht die Mitglieder meiner Familie bei dieser Vorstellung machen würden – vor allem meine Großtante Mathilde, die bei Marie Antoinette Hofdame war, immer noch ihr Haar pudert und ihr kleines Haus im Faubourg St. Germain *le petit Versailles* nennt.«

Plötzlich richteten sich alle Blicke auf den See. Ein Boot mit einem jungen Gendarmen an Bord kam schnell auf die

Villa zu. Das Boot hatte kaum den Pier berührt, als der junge Mann heraussprang, die Treppen zur Terrasse hinauflief und vor Grimani trat: »Signor Commissario, ich bringe Depeschen von meinem Wachtmeister, der Euch bittet, sie sofort zu lesen und mich mit Euren Anweisungen zu ihm zurückzuschicken.«

»Kommt herein.« Grimani wandte sich kurz an die Marchesa. »Ich werde Eurer Ladyschaft zur Messe folgen, sobald es mir möglich ist.«

Er und der Gendarm gingen hinein. Nina brachte der Marchesa Schleier und Sonnenschirm, woraufhin die Marchesa, Carlo, Francesca, Valeriano, Donati und Sebastiano zur Messe aufbrachen. MacGregor ging hinein, um den Sabbat auf seine eigene Weise zu begehen.

»Kommt Ihr auch mit zur Messe?« fragte die Marchesa de la Marque und Julian.

»Ich muß Euch bitten, mich zu entschuldigen«, antwortete de la Marque. »Ich habe mich noch immer nicht ganz von den religiösen Exzessen der letzten Nacht erholt.«

»Ich werde hierbleiben und Euch Gesellschaft leisten«, sagte Julian.

Die Marchesa lächelte, als wäre sie gern Zeugin dieses Tête-à-tête geworden. »Dann wünsche ich Euch einen guten Morgen, meine Herren. Monsieur de la Marque, ich werde für Eure Genesung beten.«

»Dann, Marchesa, betrachte ich mich bereits als geheilt, denn ein Gebet aus Eurem Mund kann unmöglich unerhört bleiben.«

Die Marchesa lächelte leicht ironisch. Sie und ihre Gesellschaft brachen nach Solaggio auf, so daß Julian und de la Marque die Terrasse für sich allein hatten.

De la Marque sah bedauernd in seine leere Tasse. »*Mon vieux*, wärt Ihr so freundlich, noch etwas Kaffee kommen zu lassen?«

»Ich würde eher Sodawasser empfehlen.«

»Wie Ihr meint.« De la Marque lehnte sich zurück und schloß die Augen.

Auf Julians Bitte hin brachte ein Diener eine Flasche Sodawasser und zwei Gläser, die er vor de la Marque auf einen Korbtisch stellte. Julian zog sich einen Stuhl heran. »Mit Verlaub«, sagte er und goß zwei Gläser voll.

De la Marque nippte vorsichtig. »Igitt. Wenn etwas so fad schmeckt, muß es wirklich gesund sein.« Er warf einen Blick in die Richtung, in die Grimani und der Gendarm verschwunden waren. »Habt Ihr eine Ahnung, worum es dabei geht?«

»Der Zustand seiner Stiefel und die Tatsache, daß der junge Gendarm geht, als hätte er noch immer einen Sattel unter sich, lassen darauf schließen, daß er eine weite Strecke zurückgelegt hat und es dabei ziemlich eilig hatte. Warum er aber wie der Teufel geritten ist, um an einem Sonntagmorgen Grimani zu sehen, weiß nur der Teufel.«

»Sollte es der Teufel tatsächlich wissen«, antwortete de la Marque, »wird Grimani sicher einen Weg finden, ihn zum Reden zu bringen.« Er begann zu lachen. »Er hält mich allen Ernstes für Orfeo. Eine unerhört komische Vorstellung.«

»Ihr seid nicht der einzige. Fletcher und St. Carr verdächtigt er auch.«

»Aber nicht Euch, mein rätselhafter Freund?«

»Nein, mich nicht. Ich war da, als Orfeo gesungen hat.«

De la Marque blinzelte ihn an. »*Mon dieu.* Was für ein Glück Ihr doch habt.«

»Nun ja, ich bin recht froh darüber. Ich hätte es lästig gefunden, bei jedem Schritt meiner Ermittlungen von dem Verdacht verfolgt zu werden, Grimanis geheimnisvoller Sänger zu sein.«

»Statt dessen werde ich derjenige sein, der sich von ihm quälen lassen muß. Es würde mir weiß Gott Vergnügen bereiten, ihm mehr über diese bezaubernde kleine Xanthippe zu erzählen, die ich gestern aufgegabelt habe, aber ich glaube nicht, daß ihn solche Details interessieren werden. Er ist bedauerlich unitalienisch.«

»Conte Carlo sagt, Grimani versuche, deutscher zu sein als die Österreicher, denen er dient.«

»Das überrascht mich nicht. Es kommt häufig vor, daß sich ein Gefangener mit denen identifiziert, die ihn gefangenhalten.«

Julian musterte ihn eindringlich. »Ich wußte ja gar nicht, daß Ihr politische Ansichten über die österreichische Herrschaft in Italien habt.«

»Habe ich auch nicht. Aber ich weiß, was das Leben in Gefangenschaft aus einem Menschen machen kann. Ein Cousin von mir kam während der *Terreur* ins Gefängnis und geriet so unter den Einfluß derer, die ihn gefangen hatten, daß er, als er schließlich freigelassen wurde, die Trikolore schwang und zu jedem *»Bürger«* sagte. Er war eine große Peinlichkeit für die Familie.« Er zuckte mit den Achseln. »Die Schwachen ahmen stets die Starken nach. Denkt bloß an die Bediensteten in England, die die Namen ihrer Herren annehmen und deren Vorrechte beanspruchen, sobald sie in den Dienstbotenquartieren unter sich sind. Grimani findet es nachteilig und einschränkend, Italiener zu sein, deswegen wird er so österreichisch, wie es ihm nur möglich ist. Am Ende gelingt es ihm sogar, sich selbst zu überzeugen – bloß die Österreicher wird er nie ganz überzeugen können.«

»Wenn Ihr nicht aufpaßt, Monsieur de la Marque, dann fange ich noch an, Euch für tiefgründig zu halten.«

»*Mon vieux*, ich bin Franzose. Die größte Begabung meiner Nation besteht darin, klüger zu erscheinen, als wir sind.«

Julian lächelte. »Ich wollte Euch schon die ganze Zeit etwas fragen. Kanntet Ihr Philippe de Goncourt?«

»Den ersten Mann von La Beatrice? Nein, ich habe ihn nie kennengelernt. Er war ein Aristokrat, der zu Bonaparte überlief, was ihn in meiner Familie zur *persona non grata* machte. Ich muß sagen, daß ich ihn beneide. Welch herrliche Vorstellung, die göttliche Beatrice als erster in die Kunst der Liebe eingeführt zu haben! Zumindest nehme ich an, daß er der erste war. Trotz all der Freiheiten, die eine verheiratete Frau in diesem Land genießt, werden Jungfrauen streng bewacht.«

»Ihr habt zweifellos Versuche in dieser Richtung unternommen.«

»Zweifellos.«

Grimani und der Gendarm traten wieder auf die Terrasse. »Was gibt es für Neuigkeiten, Signor Commissario?« begrüßte ihn de la Marque.

»Nichts, was ich jetzt mit Euch besprechen könnte!« rief ihm Grimani im Vorbeigehen zu. Er und der Gendarm eilten die Treppe zum Pier hinunter, wahrscheinlich, um einen Teil der Messe noch mitzubekommen.

Julian und de la Marque wechselten bedeutungsvolle Blicke. »Das verheißt nichts Gutes«, sagte de la Marque.

»Ihr habt recht«, antwortete Julian. »Grimani hat gelächelt.«

Bald nachdem die Marchesa und ihre Gesellschaft aus der Messe zurückgekehrt waren, brachten ein halbes Dutzend Soldaten Fletcher und St. Carr zum Verhör in die Villa. Grimani empfing sie im Salon. Zanetti sollte als sein Schreiber und Dolmetscher fungieren. Die Marchesa bat Grimani, Julian und sie ebenfalls zuhören zu lassen. Grimani kam ihrer Bitte überraschend bereitwillig nach. Julian fragte sich mehr denn je, was wohl in den Depeschen gestanden hatte, die der Gendarm gebracht hatte.

Die Soldaten führten die zwei jungen Engländer herein. Sie schienen beide ziemlich aus der Fassung zu sein. Fletcher fing sich als erster.

»Was zum Teufel geht hier vor?« wandte er sich auf englisch an Julian. »Als ich und Beverley heute am frühen Morgen vom Fest zurückkamen, war unser ganzes Gasthaus von Soldaten umstellt. Sie haben uns hinein-, aber nicht mehr herausgelassen. Signora Frascani, unsere Wirtin, hat sich schrecklich aufgeregt und gedroht, uns hinauszuwerfen, weil wir ihr die Soldaten auf den Hals gehetzt hatten. Dann hörten wir, daß dieser Sänger, nach dem alle suchen, gestern abend hier aufgetaucht ist und daß die Polizei einen von uns verdächtigt!«

Zanetti übersetzte seine Worte für Grimani. Er war ein erstklassiger Dolmetscher, schnell und gewandt, und stellte sich selbst dabei so in den Hintergrund, daß er wie ein bloßes Anhängsel wirkte, das Grimani zum Sprechen benutzte, fast wie eine Zunge oder einen Kehlkopf.

Grimani wandte sich an den Feldwebel, der die Soldaten befehligte. »Habt Ihr ihre Pässe sichergestellt?«

»Ja, Signor Commissario.« Der Feldwebel überreichte ihm zwei abgenutzt wirkende Dokumente, die die Stempel verschiedener Visa trugen.

»Das ist noch so ein Punkt«, sagte Fletcher zu Grimani. »Wenn Ihr unsere Pässe beschlagnahmt, wie sollen wir dann weiterreisen können?«

»Ihr sollt im Moment nicht weiterreisen«, antwortete Grimani. »Wenn ich zu dem Schluß gekommen bin, daß keiner von Euch der Engländer ist, den ich suche, werdet Ihr Eure Pässe zurückbekommen.«

»Aber das könnt Ihr doch nicht machen!« protestierte Fletcher. »Wir sind britische Bürger!«

»Mein Vater kennt den britischen Konsul in Mailand!« verkündete St. Carr.

»Dann schlage ich vor, Ihr unterbreitet die Sache dem britischen Konsul«, erwiderte Grimani.

»Das können wir nicht«, sagte Fletcher, der allmählich vor Wut kochte. »Wir haben doch keine Pässe! Wir können nicht einmal eine Station mit der Postkutsche fahren, ohne angehalten zu werden. Aber wir werden an ihn schreiben, keine Angst – oder habt Ihr vor, auch unsere Korrespondenz zu unterbinden?«

»Ihr braucht mich nur von Eurer Unschuld zu überzeugen«, entgegnete Grimani, »dann wird sich die Polizei nicht weiter für Eure Angelegenheiten interessieren.«

»Was ist mit Monsieur de la Marques Paß?« flüsterte die Marchesa Grimani zu. »Wollt Ihr den auch beschlagnahmen?«

»Ja«, antwortete Grimani. »Ich habe beim *podestà* die Genehmigung eingeholt, alle drei Pässe zu beschlagnahmen.«

Julian nahm an, daß das nicht besonders schwierig gewesen war. Der kriecherische Ruga würde sich bestimmt nicht dem Wunsch eines Commissario widersetzen, von dem es hieß, er stehe beim Polizeipräsidenten hoch im Kurs.

Grimani schlug einen der Pässe auf und überflog ihn. »Hugo Patrick Fletcher, geboren am 18. Juli 1799.« Er blickte zu Fletcher auf. »Ihr seid genauso alt, wie Orfeo zu sein behauptete.«

»Ich kann es auch nicht ändern«, sagte Fletcher.

»Wo wart Ihr zwischen Dezember 1820 und März 1821?«

»Lieber Himmel!« Fletcher fuhr sich mit der Hand durch das drahtige braune Haar. »Laßt mich nachdenken. Ich hatte einem Naturwissenschaftler in Berlin bei der Arbeit an einem Buch geholfen. Das Buch war Ende 1820 fertig, und anschließend habe ich mich etwa sechs Monate in Frankreich und den deutschen Staaten herumgetrieben.«

»Ihr seid nie nach Italien gekommen?«

»Damals nicht, nein.«

»Aber Ihr wart schon einmal hier.«

»Ja, aber erst später. Ich lebte in Berlin, wo ich Englisch unterrichtete und die Naturwissenschaften studierte. Während der Ferien habe ich Reisen unternommen, davon eine – nein zwei – nach Italien. Letzten Dezember bin ich nach England zurückgekehrt, weil mein Vater im Sterben lag.«

»Warum haltet Ihr Euch jetzt in Italien auf?«

»Weil Lord und Lady St. Carr, deren Verwalter mein Vater war, mich gebeten haben, ihren Sohn auf den Kontinent zu begleiten.« Mit schneidender Stimme fügte er hinzu: »Sie waren der Meinung, Italien sei ein zivilisiertes Land, das jeder Gentleman einmal gesehen haben sollte.«

»Jeder, der in guter Absicht kommt, wird Italien als höchst zivilisiertes und gastfreundliches Land erleben. Gibt es jemanden, der bezeugen kann, wo Ihr in den ersten Monaten des Jahres 1821 wart?«

»Ich glaube nicht. Ich war meist allein unterwegs. Aber vielleicht fällt mir noch jemand ein, wenn ich länger darüber nachdenke.« Ratlos breitete er die Hände aus. »Es ist schon so lange her.«

»Wenn ich an Eurer Stelle wäre«, sagte Grimani, »dann würde ich versuchen, mich zu erinnern. Wo wart Ihr gestern abend um zehn Uhr?«

»Auf dem Fest.«

»Das ist nicht präzise genug.«

»Genauer kann ich es Euch nicht sagen. Ich bin die ganze Zeit herumgelaufen und habe Ausschau gehalten nach –« Er hielt inne.

»Ja?«

»Nach allem, was es zu sehen gab. Es war überall etwas geboten – Gesang, Tanz und so weiter.«

»Wart Ihr allein?«

»Ja.« Fletcher grinste. »Manchmal muß sogar ein Privatlehrer die Zügel ein wenig lockerlassen.«

»Also, weißt du, Hugo!« protestierte St. Carr. »Erst regst du dich auf, weil ich allein losgezogen bin und du mich die halbe Nacht suchen mußtest, und jetzt sagst du, du wolltest sowieso allein sein!«

»Beverley«, antwortete Fletcher mit angespannter Stimme, »ich glaube, du solltest lieber mich die Fragen beantworten lassen.«

Grimani richtete seinen eisigen Blick auf St. Carr. »Als Ihr gestern abend allein losgezogen seid, wo seid Ihr da hingegangen?«

»Oh, überall und nirgends. Ich habe mich mit allen hervorragend verstanden, vor allem mit den Soldaten.«

»Es ist erstaunlich, was man alles bewirken kann, wenn man ein paar Flaschen Wein ausgibt«, murmelte Fletcher.

Grimanis Augen blieben auf St. Carr gerichtet. »Wo wart Ihr gestern abend um zehn Uhr?«

»Hört mal«, stammelte St. Carr. »Ich glaube nicht –«

»Beantwortet meine Frage. Wo wart Ihr um zehn Uhr?«

»Ich weiß es nicht. Ich achte nie auf die Uhrzeit.«

»Kann jemand bezeugen, wo Ihr Euch um diese Zeit aufgehalten habt?«

»Ich wüßte nicht, wie. Ich bin immer wieder neuen Leuten begegnet, und ich habe keine Ahnung, wer sie waren oder wo sie herkamen. Außerdem muß ich sagen, daß mir das alles überhaupt nicht gefällt!«

»Beverley!« unterbrach ihn Fletcher. »Denk nach, bevor du etwas sagst!«

»Aber Hugo, er versucht, mich als Lügner zu entlarven! Er glaubt, ich sei gestern abend hier herumgeschlichen und hätte den Leuten etwas *vorgesungen*!«

»In Gottes Namen, Beverley!« Fletcher warf die Hände in die Luft. »Er versucht, dich als Mörder zu entlarven! Wenn du dieser Sänger Orfeo bist, dann ist damit schon fast bewiesen, daß du Marchese Malvezzi umgebracht hast!«

St. Carr fiel die Kinnlade herunter. »*Ich* soll ihn getötet haben? Ich habe ihn ja nicht mal gekannt!«

»Es ist lächerlich zu denken, Beverley könnte Orfeo sein«, wandte sich Fletcher an Grimani. »Er ist zu jung.«

Grimani schlug St. Carrs Paß auf. »Beverley Percival Stanhope St. Carr«, las er vor, wobei er ein wenig über die englischen Namen stolperte. »Geboren am 9. April 1803.« Er blickte zu St. Carr auf. »Ihr wärt Anfang 1821 knapp achtzehn gewesen. Das ist alt genug, um den Stimmbruch bereits hinter sich zu haben. Und es wäre nur naheliegend gewesen, Euer Alter mit einundzwanzig anzugeben, um Marchese Malvezzi davon zu überzeugen, daß Ihr nicht mehr minderjährig wart und die Verantwortung für Euch selbst übernehmen konntet.«

»Aber das *habe ich nicht getan*!« rief St. Carr. »Ich war überhaupt nicht hier! Ich bin noch nie zuvor in Italien gewesen! Und ich sage Euch eins: Ich komme auch nicht mehr her! Ich hatte ja keine Ahnung, wie man hier behandelt wird.«

»Ihr könnt Noten lesen«, fuhr Grimani fort, »und wenn ich das richtig verstanden habe, werdet Ihr in Eurem Heimatland als Gentleman angesehen.«

»Angesehen!« zischte St. Carr. »Nein, also wirklich, das ist –«

»Reiß dich zusammen, Beverley!« Fletcher legte ihm beruhigend die Hand auf den Arm.

»Wo wart Ihr zwischen Dezember 1820 und März 1821?« fuhr Grimani fort.

»Muß ich das beantworten?« fragte St. Carr Fletcher.

Fletcher warf Grimani einen nervösen Blick zu.

»Wenn Ihr nicht antwortet«, erwiderte Grimani, »werdet Ihr in Gewahrsam genommen. Das Gefängnis in Solaggio ist ein bißchen primitiv. Das Dach ist undicht, und die Gefangenen schlafen auf Stroh und werden manchmal von Ratten belästigt. Aber wenn Ihr Euch dafür entscheidet, dort hinzugehen, soll das nicht meine Sorge sein.«

»Kann er das?« wandte sich St. Carr mit dünner Stimme an Fletcher.

»Wieso wendet Ihr Euch ständig an ihn?« fauchte Grimani. »Ihr seid auf meinen Befehl hergebracht worden. Ich habe Eure Pässe beschlagnahmt. Wie könnt Ihr noch daran zweifeln, daß diese Soldaten meinen Anweisungen Folge leisten werden? Wenn ich ihnen befehle, Euch wegzubringen und einzusperren – einen Tag, eine Woche, solange es eben dauert, Euch gefügig zu machen –, dann werden sie das tun.«

St. Carr schluckte wortlos.

»Zum letztenmal«, sagte Grimani, »wo wart Ihr in den ersten paar Monaten des Jahres 1821?«

»Ich lebte in Canterbury. Bei einem Pauker.«

Zanetti unterbrach seine Übersetzung. »Was, bitte, versteht Ihr unter einem Pauker?«

»Einen Privatlehrer. Eine alte Kanone, die einem Wissen in den Kopf hämmert, bevor man an die Universität geht, damit man sich nicht zu sehr blamiert, wenn man erst einmal dort ist.«

»Ihr habt im Haus dieses Mannes gelebt?« fragte Grimani.

»Ja. Wir haben zu dritt bei ihm gewohnt und lateinische Vokabeln und solches Zeug gepaukt.«

»Wie lange habt Ihr dort gewohnt?«

»Ganz genau weiß ich es nicht mehr. Vom Herbst 1820 bis zum Sommer 1821, glaube ich.«

»Wie war der Name dieses Paukers?«

»Hawkins. Und die anderen Schüler hießen Whitfield und Noyes.«

»Wie hießen sie mit Vornamen?«

»Das weiß ich nicht mehr. Wir haben uns nie beim Vornamen genannt.«

»Könnt Ihr beweisen, daß Ihr zu der Zeit, als Orfeo sich hier aufhielt, mit Eurem Pauker in diesem Can-ter-bury wart?«

»Nein, natürlich nicht. Die anderen könnten für mich bürgen, aber – sie sind nicht hier.«

»Nein«, antwortete Grimani, »das sind sie nicht.«

»Lieber Himmel!« mischte sich Fletcher ein. »Ihr werdet doch wohl nicht annehmen, daß er seinem Pauker davongelaufen und bis nach Italien gereist ist?«

»Ich weiß nicht einmal, ob er je bei diesem Pauker war. Und Ihr wißt es auch nicht. Ihr habt angegeben, zu dieser Zeit nicht in England gewesen zu sein.«

»Aber ich hätte davon erfahren, wenn er für Monate verschwunden wäre! Seine Eltern hätten es mir geschrieben.«

»Vielleicht war es ihnen peinlich«, gab Grimani zu bedenken. »Oder sie haben es selbst nicht gewußt. Vielleicht hat der Pauker sich nicht getraut, ihnen mitzuteilen, daß ihr Sohn verschwunden sei. Oder vielleicht hat er selbst Signor St. Carr als Carbonaro-Agenten nach Italien geschickt. Die Carbonari haben überall Rekruten, auch in England.«

»Also, das ist doch –!« Fletcher wollte ein paar Schritte gehen, mußte aber feststellen, daß die Soldaten ihn daran hinderten. Er bezwang seine Wut und wandte sich wieder an Grimani. In beschwörendem Ton sagte er: »Signor Commissario, Ihr müßt einsehen, daß Beverley nicht Euer Mann ist. Er ist viel zu jung und zu hohlköpfig, um ein Carbonaro zu sein, geschweige denn ein Mörder. Er kann nicht singen, und das Notenlesen hat er nur gelernt, um den Damen ins Dekolleté blicken zu können – ich bitte um Verzeihung, Marchesa.«

Beatrice neigte mit dem Anflug eines Lächelns den Kopf.

»Gebt ihm seinen Paß zurück«, drängte Fletcher, »und laßt ihn über die Grenze in die Schweiz ausreisen. Ich verbürge mich für ihn.«

Grimani wollte von seinem Vorschlag nichts wissen. »Warum seid Ihr nach Solaggio gekommen?«

»Wir wünschten uns ländlichen Frieden und Ruhe«, antwortete Fletcher ironisch.

Grimani erhob sich. »Ich habe im Moment keine weiteren Fragen an Euch. Sollte ich Euch noch einmal brauchen, werde ich nach Euch schicken lassen.«

»Und Ihr erwartet von uns, daß wir Däumchen drehen, bis Ihr zu dem Schluß gekommen seid, daß keiner von uns beiden Orfeo ist?« fragte Fletcher. »Wie zum Teufel beweist man, daß man nicht singen kann? Jeder kann ein paar falsche Töne krächzen, aber das könnte genausogut Verstellung sein. Tatsache ist, daß wir in einer Sackgasse stecken, und ich weiß nicht, wie wir da je wieder herauskommen sollen.«

»Das kann schneller gehen, als Ihr denkt.« Und zum zweitenmal an diesem Tag lächelte Grimani.

Er gab den Soldaten ein Zeichen, daß sie gehen konnten. Fletcher blieb zurück, weil er offensichtlich mit Julian sprechen wollte. Zanetti schlich heran, um ja jedes Wort mitzubekommen. »Oh, zum Teufel noch mal!« sagte Fletcher und stapfte mit St. Carr hinaus.

Grimani schob die beiden Pässe in eine Innentasche seiner Jacke.

»Ihr wart bemerkenswert ruhig, Signor Kestrel.«

»Ich hätte nicht gedacht, daß Ihr Euch darüber beschweren würdet«, antwortete Julian.

»Das tue ich auch nicht. Ich bin froh darüber. Man hat mir erzählt, daß die Leute in England die Gerichte besuchen und sich die Verhandlungen ansehen, als wären es Theaterstücke. Unter diesen Bedingungen kann ich Eure Anwesenheit durchaus tolerieren.«

Er rauschte hinaus, und Zanetti hastete hinter ihm her. Zum erstenmal seit letzter Nacht waren Julian und die Marchesa wieder allein. Sie hatte den schwarzen Schleier nach dem Kirchgang abgenommen und trug auch sonst keine Kopfbedeckung, so daß Julian ihr weiches Haar bewundern konnte. Nur zwölf Stunden zuvor waren seine Hände voller Leidenschaft durch dieses Haar gefahren –

Ihre Gedanken waren offensichtlich weit vom Belvedere entfernt. »Grimani hat recht, Signor Kestrel. Ihr habt Signor Fletcher und Signor St. Carr überhaupt nicht befragt.«

Julian registrierte, wie förmlich sie mit ihm sprach. Er antwortete genauso kühl und ruhig. »Ich hätte Grimanis Fragen kaum etwas hinzufügen können, dafür aber eine Menge eingebüßt.«

»Ich verstehe nicht.«

»Die meisten Menschen, Marchesa, vertrauen einem Freund eher etwas an als einem Feind. Gegenwärtig sehen mich Fletcher und St. Carr als ihren Verbündeten. Warum sollte ich etwas an dieser Sehweise ändern, indem ich mich auf Grimanis Seite stelle?«

»Ah, ja, ich verstehe.« Ihre Miene hellte sich auf. »Giuliano, ich hätte Euch vertrauen sollen.« Sie streckte ihm die Hand entgegen. »Werdet Ihr mir verzeihen?«

Er ergriff ihre Hand, aber nur, um sich kurz darüber zu verbeugen und sie dann wieder loszulassen. »Mir scheint, Marchesa, daß mein Ansehen bei Euch abwechselnd steigt und sinkt, je nachdem, welchen Nutzen Ihr Euch gerade von mir versprecht.«

»Wir sind übereingekommen, daß erst Lodovicos Ermordung aufgeklärt werden muß, ehe zwischen uns irgend etwas sein kann. Warum sollte ich mich da nicht freuen, wenn Ihr der Lösung des Rätsels näherkommt?«

Er betrachtete sie forschend. Er hätte ihr so gerne geglaubt. »Der Mord könnte schneller aufgeklärt werden, als wir alle denken. Auf jeden Fall steht eine entscheidende Wende in den Ermittlungen bevor. Seit dieser Gendarm eingetroffen ist, lächelt Grimani wie eine Spinne, deren Netz fast vollendet ist. Er hat einen Trumpf in der Hand und wartet nur auf eine Gelegenheit, ihn auszuspielen.«

Grimanis Geheimnis kam erst spät an diesem Tag ans Licht. Die Gesellschaft in der Villa hatte früh zu Abend gegessen. Francesca und Valeriano machten gerade einen Spaziergang durch den Garten, während de la Marque, wahrscheinlich Grimani zum Trotz, einfach davongeschlendert war, ohne zu sagen, wohin. Der Rest der Gesellschaft trank auf der Terrasse Kaffee. Die Sonne, die tief am westlichen Himmel stand, warf golden schimmernde Streifen auf den See und lange Schatten über den weißen Marmorboden und die Balustrade.

Die Dorfbewohner, die sich inzwischen von den Festivitäten der letzten Nacht erholt hatten, waren in großer Zahl draußen auf dem See und genossen, was von diesem schönen, warmen Sonntag noch übrig war. Plötzlich schnitt ein größeres Boot eine Schneise durch ihre träge dahintreibende Flotte. Zielstrebig steuerte es auf die Villa zu. An Bord befand sich eine kleine Gruppe von Gendarmen.

Grimani stand auf und beobachtete, wie das Boot näher kam. Mit zusammengekniffenen Augen versuchte er, Einzelheiten zu erkennen. Schließlich neigte sich einer der Gendarmen ein wenig zur Seite und gab den Blick auf eine Frau frei, die zwischen ihnen saß. Grimani atmete befriedigt aus. »Gleich werdet Ihr sehen, wie schnell diese Untersuchung nun zum Abschluß kommen wird. Meine Männer haben Lucia Landi gefunden.«

24

Beatrice, Carlo, Julian, MacGregor und Grimani traten an die Balustrade, um einen Blick auf das Mädchen zu werfen – wahrscheinlich die einzige Person auf Erden, die Orfeo aufgrund seines Aussehens identifizieren konnte. Sie war um die Zwanzig und trug einen blauen Rock, eine weiße Bluse und ein blaues, rot geschnürtes Mieder. Ihr Haar war dunkel, ihre Haut war braun und seidig. Ihr stolz erhobenes Haupt und ihre Krone aus silbernen Haarnadeln verliehen ihr das Aussehen einer gefangengenommenen Königin.

Ihre Augen glitten über die elegante Gesellschaft an der Balustrade. Am längsten blieb ihr Blick an Julian haften, dann schien sie die anderen im Boot etwas zu fragen. Der Ruderer, ein Veteran des Sees, der schon öfter Gäste zur Villa gebracht oder dort abgeholt hatte, beugte sich hinunter und sprach mit ihr, wobei er mit einem Finger in Julians Richtung deutete. Ihre Augen blickten wieder zu Julian empor, während sich ihre Miene verhärtete.

»Sie ist gestern abend entdeckt worden«, sagte Grimani. »In Brescia, etwa hundert Kilometer von hier. Seit dem Tod ihres Vaters vor drei Jahren hat sie dort als Dienstmädchen gearbeitet.«

»Warum hat es so lange gedauert, sie zu finden?« fragte Julian.

»In der törichten Absicht, sie zu beschützen, haben die Leute, für die sie arbeitet, zunächst nichts über ihren Aufenthaltsort verlauten lassen. Aber am Ende haben sie doch ihre Pflicht getan, und meine Männer sind nach Brescia gereist, um das Mädchen zu holen. Der Gendarm, der heute morgen gekommen ist, hat mir die Nachricht überbracht, daß sie auf dem Weg hierher sei.«

Lucias Boot stieß gegen den Pier. Zwei Gendarmen sprangen heraus und halfen ihr beim Aussteigen. Julian sah, daß ihre Hände im Rücken mit Handschellen gefesselt waren. In scharfem Ton wandte er sich an Grimani. »Ein halbes Dutzend Gendarmen, und da mußte man ihr auch noch Handschellen anlegen?«

»Meine Männer haben sich nur an die Anweisungen gehalten. Das Mädchen ist hier am See aufgewachsen und schwimmt zweifellos wie ein Fisch. Sie konnten nicht riskieren, sie über Bord springen und entkommen zu lassen.«

»Ich hätte es ihr nicht verdenken können, wenn sie das getan hätte!« rief Carlo. »Mein Gott, sie ist doch nur eine halbe Portion, und außerdem eine Zeugin, keine Verbrecherin!«

»Meine Männer hatten durchaus ihre Gründe«, war alles, was Grimani dazu sagte.

Lucia stieg brav die Treppe zur Terrasse hinauf, umgeben von einer Phalanx aus sechs Soldaten. Oben angekommen, überraschte sie ihre Begleiter, indem sie völlig unerwartet losrannte. Sie stürmte auf Julian zu. »Der Ruderer hat mir gesagt, wer Ihr seid! Ihr seid der Engländer, der gekommen ist, um Orfeo zu fangen! Aber es wird Euch nicht gelingen. Glaubt mir, Ihr werdet ihn nicht kriegen!«

Julian war so verblüfft, daß er einen Moment lang nichts sagen konnte.

»Der Ruderer hat gesagt, Ihr wärt extra aus England angereist, um der Polizei zu helfen, Orfeo zu finden«, wütete sie. »Bah! Ihr wißt überhaupt nichts über ihn!« Grimmig blickte sie sich nach den anderen um. »Keiner von Euch weiß etwas! Nur *ich* weiß es.«

»Und du wirst uns erzählen, was du weißt.«

»Signor Commissario –«, begann Julian.

Grimani schnitt ihm das Wort ab. »Lucia Landi, ich bin Commissario Grimani von der Mailänder Polizei. Ich habe von meinem Wachtmeister einen Bericht bekommen. Demnach bist du in die Berge geflohen, als meine Männer dich abholen wollten, so daß sie dich verfolgen und zurückbringen mußten.« Er sah Carlo an. »Das ist der Grund, Signor Conte, warum sie Handschellen trägt. Sie ist nicht bloß eine Zeugin, sondern Orfeos Komplizin.«

»Ihr könnt die Handschellen jetzt abnehmen lassen«, sagte Julian. »Es besteht keine Gefahr mehr, daß sie uns davonschwimmt. Auf jeden Fall –«

Lucia drehte sich zu ihm um. »Haltet Ihr Euch da raus! Ich kann mich selbst verteidigen!«

»Immer mit der Ruhe!« sagte Carlo. »Mein liebes Mädchen, laß dich erst einmal ansehen. Was für eine schöne Frau du geworden bist!«

»Danke, Exzellenz«, sagte sie ein wenig freundlicher und knickste vor ihm. Julian fiel ein, daß sie und Carlo sich aus der Zeit kennen mußten, als die Villa noch ihm gehörte und ihr Vater sein Gärtner war.

Carlo wandte sich an Grimani. »Signor Commissario, es

ist absurd, dieses Mädchen als Orfeos Komplizin zu bezeichnen. Wir wissen, daß sie nichts mit der Ermordung meines Bruders zu tun hatte. Sie war die ganze Nacht über im Schloß und hat sich um ein krankes Dienstmädchen gekümmert.«

»Das schließt nicht aus, daß sie ihm nach der Tat geholfen hat«, erklärte Grimani. »Sie hat sich im Anschluß an den Mord geweigert, Informationen über Orfeo preiszugeben, und gestern abend ist sie lieber davongelaufen, als der Polizei bei seiner Identifizierung zu helfen.« Er musterte Lucia mit einem harten, eindringlichen Blick. »Du steckst in ernsten Schwierigkeiten. Wenn du der Beihilfe angeklagt wirst, kann es sein, daß du deine Jugend, ja vielleicht sogar dein ganzes Leben, hinter Gefängnismauern verbringen mußt. Aber du bist noch jung, und offensichtlich warst du in den Schurken verliebt, den du auf so törichte Weise schützen wolltest. Deswegen gebe ich dir eine Chance, deinen Fehler wiedergutzumachen. Erzähle mir alles über Orfeo, und ich kann dich retten. Verheimliche mir etwas, und du bist verloren.«

»O ja«, antwortete Lucia ruhig, »ich werde Euch alles über Orfeo erzählen. Ich werde Euch erzählen, was Ihr wissen müßt.«

Julian holte tief Luft. Die Marchesa schien überhaupt nicht mehr zu atmen. Grimani lächelte sein angespanntes, kaltes Lächeln und sagte zu dem Wachtmeister: »Nehmt ihr die Handschellen ab.«

Der Wachtmeister gehorchte. Lucia bewegte erleichtert die Handgelenke, ehe sie zu sprechen begann: »Ich habe Orfeo kennengelernt, als Marchese Malvezzi ihn und Maestro Donati in die Villa gebracht hat.« Sie sah zu Donati hinüber, der ein wenig abseits saß. »Es ist schön, Euch wiederzusehen, Maestro.«

»Und deine Stimme zu hören, kleine Lucia«, antwortete Donati.

»Fahrt fort«, befahl Grimani.

»Orfeo saß den ganzen Tag in der Villa fest, wo es außer

mir und Tonio keine jungen Leute gab, mit denen er reden konnte. Tonio war eine Kanaille und ein Rüpel, der für ihn nicht als Freund in Frage kam, also blieb nur ich. Er ging im Garten mit mir spazieren oder half mir, wenn im Haus etwas zu tragen war. Immer wollte er mir bei der Arbeit zur Hand gehen, auch wenn sie gar nicht für einen Gentleman geeignet war. Das lag teilweise daran, daß er ein freundlicher Mann war, teilweise aber auch daran, daß er sich langweilte. Er arbeitete hart an seiner Musik, aber damit konnte er sich nicht jede Minute des Tages beschäftigen.«

»Worüber habt ihr gesprochen?« fragte Grimani.

»Er redete mit mir über Gesang oder fragte mich nach Dingen, über die ich mehr wußte als er, zum Beispiel Gartenarbeit und Fischen. Aber oft haben wir auch gar nicht gesprochen.«

Grimani verzog die Lippen.

Sie reckte das Kinn hoch. »Ich weiß, was Ihr denkt, aber Ihr irrt Euch. Er hat mich nie angerührt. Oh, manchmal hat er mich angesehen und daran gedacht. Ein Mädchen merkt, wenn ein Mann solche Gedanken hat. Aber ich war sehr jung und hatte keine Erfahrung mit Männern, so daß er sehr behutsam mit mir umging. Ihr könnt das bestimmt nicht verstehen. Wir waren Freunde, soweit ein Bauernmädchen mit einem Mann seines Ranges befreundet sein kann. Er hat mich Barbarina genannt.«

»Barbarina?« fragte MacGregor, der ihrem Mailändisch nur unter größten Schwierigkeiten folgen konnte.

»Barbarina ist die Tochter des Gärtners in *Die Hochzeit des Figaro*«, erklärte Julian auf englisch.

Lucia wirbelte zu ihm herum. »Was sagt er? Signor, was habt Ihr eben gesagt?«

Julian wiederholte es auf mailändisch.

»Ich traue Euch nicht«, murmelte sie, während sie ihn zornig anstarrte. »Ihr könntet versuchen, mich hereinzulegen, indem Ihr hinter meinem Rücken in Eurer Sprache redet. Wenn Ihr das noch einmal macht, sage ich kein Wort mehr – zu Euch nicht, und zu niemandem sonst.«

»Ihr werdet sprechen, wenn ich es verlange«, sagte Grimani zu ihr, »und zwar mit mir, nicht mit Signor Kestrel. Hat Orfeo mit Euch jemals über Politik gesprochen?«

»Nein, Signor Commissario.«

»Hat er je irgendwelche Gefühle für Marchese Malvezzi zum Ausdruck gebracht?«

»In Worten nur Dankbarkeit.«

»Wie meint Ihr das, ›in Worten‹?«

»Sein Blick verriet, daß er noch andere Gefühle für ihn empfand. Wer konnte es ihm verdenken? Maestro Donati liebte ihn und nannte ihn ›mein Sohn‹, aber für den Marchese war er nur eine Stimme. Das spürte er. Es war einer der Gründe, warum er finstere Gedanken hatte.«

»Einer der Gründe? Welche anderen Gründe gab es?«

»Ich weiß es nicht, Signor Commissario. Ich weiß nur, daß er finstere Gedanken hatte, die er durch seinen Gesang zu vertreiben versuchte.«

»Das sind doch alles Hirngespinste!« erklärte Grimani. »Erzähl mir von seinem Streit mit Tonio in der Grotte. Du bist dazugekommen, als sie sich schlugen, und hast deinen Vater geholt, damit er dazwischenging.«

»Ich bin nicht dazugekommen. Ich war von Anfang an dabei. Bei dem Streit ging es um mich.«

Die anderen sahen sich erstaunt an. Donati fragte verwundert: »Um dich, Lucia?«

»Ja, Maestro. Tonio hatte mich schon lange begehrt. Er sprach nie darüber, aber ich merkte es an der Art, wie er mich ansah – mich mit seinen Blicken verfolgte. Und Orfeo wußte es auch. Er wollte, daß ich mich von Tonio fernhielt und ihm auf keinen Fall Gelegenheit gab, mit mir allein zu sein. Aber ich habe seine Warnungen nicht ernst genug genommen. Ich habe Tonio so wenig beachtet, daß es mir gar nicht in den Sinn kam, Angst vor ihm zu haben.

An dem Tag, als der Marchese starb, Gott hab' ihn selig, ging ich in die Grotten, um Wein zu holen. Tonio folgte mir. Erst brachte er kein Wort heraus und hatte noch mehr Angst vor mir als ich vor ihm. Als ihm aber klarwurde, daß ich dort unten in der Falle saß, wurde er immer kühner. Er packte mich, und ich konnte nicht davonlaufen.

Da kam Orfeo. Er hatte gewußt, daß ich in die Grotten wollte, und da er Tonio nirgends entdecken konnte, begann er sich Sorgen zu machen. Als er uns fand, zerrte er Tonio von mir weg, und die beiden landeten auf der Erde, wo sie miteinander rangen und sich gegenseitig die Köpfe auf den Boden schlugen. Orfeo war schneller und klüger, aber Tonio war viel kräftiger als er, und außerdem sehr wütend. Ich rannte los, um Hilfe zu holen. Ich dankte der Madonna, als ich ganz in der Nähe meinen Vater fand. Er kam und setzte der Schlägerei ein Ende.«

»Orfeo und Tonio haben Marchese Malvezzi erzählt, sie hätten sich wegen eines Kartenspiels gestritten«, wandte Grimani ein.

»Das hat Orfeo bloß erfunden«, antwortete Lucia. »Er hat meinetwegen gelogen. Er wußte, daß es nicht gut für mich gewesen wäre, wenn die Leute erfahren hätten, daß sich zwei junge Männer meinetwegen in den Grotten geschlagen hatten. Alle hätten gedacht, ich wäre die Geliebte des einen oder des anderen.«

»Aber warum hat Tonio den Mund gehalten und zugelassen, daß Orfeo, was den Grund der Schlägerei betraf, log?« fragte Carlo.

»Was hätte er Eurer Meinung nach sagen sollen, Exzellenz? ›Entschuldigung, aber es ging gar nicht um ein Kartenspiel. Ich habe versucht, diesem Mädchen die Tugend zu rauben, und Orfeo hat mich davon abgehalten.‹? Das hätte ihm nicht geholfen.«

»Ihre Geschichte klingt plausibel«, sagte Carlo zu Grimani.

»Das sieht Orfeo ähnlich«, warf Donati ein.

»Es klingt wie ein Drama aus irgendeiner Oper oder Ballade«, meinte Grimani verächtlich. »Du erwartest doch wohl nicht von mir, daß ich das glaube? Ein paar Stunden, bevor er Marchese Malvezzi kaltblütig ermordete, soll Orfeo durch die Gegend gelaufen sein und in Heldenmanier junge

Mädchen gerettet haben, während das Land kurz vor der politischen Rebellion stand?«

»Ich weiß nur, daß er mich gerettet hat. Ich habe mich in meinem ganzen Leben noch nie so gefürchtet wie dort unten im Dunkeln, als Tonio mich gegen die Wand drückte und mit aller Gewalt seine Hand unter meinen Rock schob. Orfeo kam und rettete mich, und er riskierte dabei sein eigenes Leben – weil Tonio so wütend war, daß er ihn ohne weiteres hätte töten können.« Sie hob den Kopf und sah Grimani direkt in die Augen. »Und aus diesem Grund werde ich Euch nie sagen, wie Orfeo ausgesehen hat. Ihr werdet nichts aus mir herausbekommen, was Euch helfen könnte, ihn zu finden. Ich habe ein Recht, ihn zu schützen, wie er damals mich beschützt hat! Wenn er hier wäre, würde er mich verstehen.«

»Wenn er zulassen würde, daß Euch seinetwegen ein Leid geschieht«, sagte Julian, »wäre er es nicht wert, von Euch geschützt zu werden.«

»Noch ist mir kein Leid geschehen, Signor«, entgegnete sie in bestimmtem Ton. »Wenn ich wirklich in Gefahr wäre, könnte Orfeo immer noch eingreifen. Aber bis es soweit ist, wird er sich hüten, mir das Herz zu brechen, indem er sich grundlos stellt.«

»Er wird sich weder für dich noch für sonst jemanden stellen.« Grimani trat auf sie zu. Seine Worte waren so klar und schneidend wie Glas. »Wie jedes dumme Bauernmädchen, das sich von einem Gentleman hat rumkriegen lassen, klammerst du dich an die hirnrissige Vorstellung, daß dein Liebhaber ein Held ist. In Wirklichkeit aber ist er ein Mörder – und wahrscheinlich auch ein Carbonaro –, der dich benutzt und sofort wieder vergessen hat. Bestimmt würde er sich totlachen, wenn er wüßte, was für ein Opfer du für ihn bringen willst. Ich werde dir einen Vorgeschmack geben, damit du merkst, wie groß dieses Opfer ist. Wachtmeister, legt ihr wieder Handschellen an und bindet ihr ein Seil um, an dem wir sie durchs Dorf führen, damit alle sie sehen können. Hinterher könnt Ihr sie ins Gefängnis werfen.«

»Deswegen werde ich auch nicht reden!« Lucia warf trotzig den Kopf in den Nacken, obwohl ihre Stimme zitterte.

»Du solltest auf meine Worte hören«, sagte Grimani mit gefährlich leiser Stimme, während er sein Gesicht ganz nah vor ihres hielt. »Wenn ich mit dir fertig bin, wirst du dir wünschen, wieder mit Tonio in der Grotte zu sein.«

Julian trat zwischen sie. »Signor Commissario, das geht nun aber zu weit –«

»Wartet.« Marchesa Malvezzi trat zu ihnen. »Ihr geht zu hart mit ihr um, Signor Commissario.« Sie nahm Lucia leicht am Arm und drehte sie zu sich herum. »Du weißt, daß mein Mann ermordet worden ist, nicht wahr, Lucia?«

»Ja, Eure Ladyschaft.«

»Kannst du dir vorstellen, welchen Kummer es mir bereitet, daß er in der Blüte seines Lebens gestorben ist, ohne die Möglichkeit zu haben, vorher noch seine Sünden zu beichten?«

Lucia starrte sie entsetzt an und bekreuzigte sich. »Das tut mir von Herzen leid, Eure Ladyschaft.«

»Das einzige, was wir jetzt noch für ihn tun können, ist, seinen Tod zu rächen. Und du bist vielleicht der einzige Mensch auf der Welt, der uns dabei helfen kann.«

»Aber Eure Ladyschaft, das kann ich eben nicht!« wiedersprach Lucia mit flehender Stimme. »Ich weiß nichts über die Ermordung Seiner Exzellenz, außer, daß Orfeo es nicht war. Er hätte so etwas nie getan. Bitte glaubt mir!«

»Meine Liebe, ich glaube dir, daß du es glaubst.« Die Marchesa wandte sich an Grimani. »Tut mir einen Gefallen, Signor Commissario. Gebt Lucia ein paar Tage Zeit, über ihre Entscheidung nachzudenken. Ihr Gewissen und ihr gesunder Menschenverstand werden sie eher überzeugen als Eure Drohungen und Strafen.«

»Ihr erwartet von mir, daß ich sie einfach gehen lasse?« fragte Grimani. »Sie wird bloß davonlaufen, und meine Männer werden sie wieder einfangen müssen.«

»Ich sage nicht, daß Ihr sie gehen lassen sollt«, entgegnete die Marchesa. »Ich möchte nur, daß Ihr für sie eine angenehmere Unterkunft findet als das Gefängnis. Signor Ruga hat das größte Haus in Solaggio – ich bin sicher, daß er ein Zimmer für sie erübrigen könnte und sie bestimmt gut bewachen würde, und wäre es nur aus Furcht vor Euch. Und Don Cristoforo könnte kommen, um mit ihr zu beten und sie an ihre Pflicht gegenüber Gott und den Menschen zu erinnern.«

Grimanis Blick wanderte von Lucia zur Marchesa und wieder zurück. »Also schön. Ich gebe dir drei Tage, um deinen Starrsinn abzulegen. Aber wenn du dich am Mittwoch bei Sonnenuntergang noch immer weigerst, der Polizei zu helfen, Orfeo zu identifizieren, wird es für dich schlimmer sein, als hätte ich dir diesen Aufschub nicht gewährt. Hast du mich verstanden?«

»Ja, Signor Commissario.« Lucia wandte sich dankbar an die Marchesa und knickste vor ihr. »Ihr seid so gut zu mir, Eure Ladyschaft! Vielen Dank.«

»Du brauchst mir nicht zu danken, Lucia«, sagte die Marchesa freundlich. »Du sollst nur darüber nachdenken, ob es dir nicht doch möglich ist, mir zu helfen.«

»Ich wünschte, ich wüßte etwas, das Eurer Ladyschaft helfen könnte. Wenn ich etwas wüßte, würde ich es sagen. Das schwöre ich bei allen Heiligen!«

Lucia wurde in die Villa geführt, wo sie wartete, während Grimani einen Soldaten nach Solaggio schickte, Ruga zu holen. Julian wandte sich an die Marchesa. »Danke, daß Ihr Euch so für sie eingesetzt habt. Möglicherweise wurde dadurch ein weiterer Mord verhindert.«

»Ein weiterer Mord?« fragte sie erschrocken. »Ihr meint, Orfeo hätte jemanden getötet, um sie zu beschützen?«

»Ich meine damit nur, daß ich kurz davor stand, Grimani zu erwürgen.«

»Oh.« Sie lächelte. »Grimani benutzt die Waffen, die er kennt. Ich habe Euch von Anfang an gesagt, daß es ihm an Phantasie mangelt. So ein Mädchen darf man keinesfalls zur Märtyrerin machen. Sie würde ihre Rolle voll auskosten. Wie habt Ihr noch gesagt? – Viele Menschen vertrauen sich lieber einem Freund an als einem Feind. Deswegen bin ich Lucias Beschützerin geworden. Mal sehen, ob ein sanftes Klopfen ihr Herz nicht eher öffnet als ein Rammbock.«

»Empfindet Ihr denn gar kein Mitleid mit ihr?«

»Ich empfinde durchaus Mitleid mit ihr«, antwortete die Marchesa ernst. »Ich glaube, daß sie Orfeo geliebt hat, daß sie selbst ein Opfer war –« Sie hielt inne. »Und ich empfinde Mitleid mit Euch«, fuhr sie lächelnd fort. »Ich konnte sehen, daß Ihr über Grimanis Methoden bis in die Tiefen Eures ritterlichen englischen Herzens empört wart.« Sie starrte mit ernster Miene auf die Tür, durch die Lucia verschwunden war. »Ich hoffe für sie, daß sie die nächsten drei Tage nutzt, um ihre Loyalität gegenüber Orfeo abzulegen. In unwichtigen Angelegenheiten geht Grimani auf meine Wünsche ein, weil es seinen österreichischen Herren beliebt, hochgestellte Italiener wie mich respektvoll zu behandeln. Das heißt aber nicht, daß ich Macht über ihn habe. Wenn diese drei Tage vorüber sind, wird er sie weder mir noch Euch zuliebe verschonen.«

25

Am nächsten Morgen lief MacGregor auf der Terrasse Carlo über den Weg. »Ah, Doktor«, begrüßte ihn Carlo. »Ich wollte gerade auf den See hinausfahren, um ein wenig zu fischen, bevor das Wetter umschlägt.«

MacGregor schielte zum Himmel hinauf. »Es sieht aber gar nicht nach Regen aus.«

»Ich merke das am Wind. Die Winde an diesem See sind Gewohnheitstiere. Normalerweise bläst bis Mittag der Tivano aus dem Norden, dann die Breva aus dem Süden. Heute morgen sind die Winde unentschlossen. Das ist ein sicheres Zeichen für Regen.«

»Solltet Ihr dann überhaupt hinausfahren?«

»Oh, der Regen kommt später – vielleicht erst heute abend. Ihr könnt mir ruhig vertrauen, ich kenne die Launen dieses Sees ebenso genau wie die Gesichter meiner Kinder. Möchtet Ihr mitkommen?«

MacGregor war versucht, die Einladung anzunehmen. Er ging sehr gern fischen, und er hätte es als Wohltat empfunden, den Spannungen in der Villa für ein paar Stunden zu entkommen. Widerstrebend antwortete er: »Besser nicht. Ich möchte herausfinden, was aus Kestrel geworden ist. Er ist heute schon in aller Herrgottsfrühe ausgegangen, ohne mir zu sagen, wohin.«

»Er macht wahrscheinlich eine seiner berühmten Wanderungen über die Hügel.«

»Kestrel geht sonst nie freiwillig so früh aus dem Haus. Er hat sich nicht einmal die Zeit genommen zu frühstükken – nach ein paar Schlucken Kaffee ist er davongestürzt.« MacGregor schüttelte den Kopf, als hätte er böse Vorahnungen. »Ich glaube, es hat etwas mit diesem Mädchen zu tun.«

»Lucia?« Nun schüttelte Carlo ebenfalls den Kopf. »*Poverina!* In die Hände der Mailänder Polizei zu fallen ist an sich schon ein schlimmes Schicksal, egal, wen es trifft. Aber was für eine Chance hat ein einfaches Bauernmädchen gegen einen Mann wie Grimani?«

»Sie sah aus, als könnte sie recht gut auf sich selbst aufpassen«, meinte MacGregor.

»Sie ist ein mutiges Mädchen. Aber das wird Grimani nur noch entschlossener machen, sie zu brechen. Gegenüber den Ängstlichen und Unterwürfigen läßt unsere Polizei Milde walten – bei den Tapferen muß ein Exempel statuiert werden.«

»Gütiger Gott!« sagte MacGregor. »Dann wäre es ja weit besser für das arme Mädchen zu sagen, was sie über Orfeo weiß, und ihn seinem Schicksal zu überlassen.«

»Ganz meine Meinung!« Grimani trat zu ihnen. »Jeder, der glaubt, sie dahingehend beeinflussen zu können, darf sein Glück gerne versuchen.«

Carlo übersetzte für MacGregor, der daraufhin sagte: »Es ist ja nicht so, daß sie Euch gar nichts gesagt hätte. Ihr wißt jetzt immerhin, weswegen Orfeo und Tonio sich geschlagen haben.«

»Ich kenne nur die Geschichte, die sie mir aufgetischt hat«, antwortete Grimani.

»Es besteht überhaupt kein Zweifel daran, daß es bei dem Streit um Lucia ging, Signor Commissario«, sagte eine kühle, ziemlich gelangweilte Stimme. »Das war schon klar, bevor sie gefunden wurde.«

Alle drehten sich um. Kestrel kam vom See herauf auf sie zu, seinen Gehstock unter dem Arm.

»Wie meint Ihr das?« fragte Grimani scharf.

Kestrel wandte sich an Carlo. »Erinnert Ihr Euch an den Tag, Signor Conte, als Ihr mir die Grotten gezeigt habt und ich Euch bat, vor mir hinaufzugehen und draußen vor dem Höhleneingang auf mich zu warten? Ich habe unten in den Grotten so laut gerufen, wie ich nur konnte, aber Ihr habt mich nicht gehört.«

»Ja«, antwortete Carlo verwirrt. »Was hatte es damit auf sich?«

»Uns wurde doch berichtet, Orfeo und Tonio hätten sich unten in den Grotten geschlagen, und Lucia habe sie gehört und sei losgerannt, um ihren Vater zu holen. Aber so kann es auf keinen Fall gewesen sein. Egal, wieviel Lärm die beiden gemacht hätten, draußen vor der Höhle hätte Lucia nichts davon gehört. Es war viel wahrscheinlicher, daß sie von Anfang an mit den beiden unten in der Grotte war. Und wenn zwei junge Männer sich in Gegenwart einer jungen Frau schlagen, dann ist anzunehmen, daß sie der Grund für ihren Streit ist.«

»Warum habt Ihr mir das nicht gesagt?« fragte Grimani.

»Ich bitte um Verzeihung, Signor Commissario. Ich nahm nicht an, daß meine Meinung Euch interessieren würde.«

»Das hat Euch sonst auch nicht davon abgehalten, sie zum besten zu geben.«

Kestrel betrachtete ihn mit einem leichten, rätselhaften Lächeln. »Ihr müßt es ja wissen, Signor Commissario.«

Grimanis Augen funkelten vor Zorn. »Wenn Ihr mir noch

etwas vorenthaltet, Signor Kestrel, dann wäre es besser, Ihr würdet jetzt damit herausrücken. Ich lasse nicht länger mit mir spaßen!«

»Ich spaße nicht«, erwiderte Kestrel ruhig. »Es war mir noch nie so ernst.«

»Ihr wärt gut beraten, wenn Ihr Euch mich nicht zum Feind machen würdet.«

»Nicht, wenn es sich vermeiden läßt. Aber falls mir die Ehre aufgedrängt wird, werde ich mich nicht davor drükken.«

»Reißt Euch ein bißchen am Riemen, Mann!« MacGregor schob eine Hand unter Kestrels Ellbogen und führte ihn ein Stück weg. Er hatte nicht die ganze Unterhaltung verstanden, aber der Ton hatte ihm zu denken gegeben. Die beiden hatten schon des öfteren Meinungsverschiedenheiten gehabt, aber diesmal war es anders. Kestrel war wirklich wütend, und MacGregor wußte jetzt, warum Dipper vor diesem Phänomen Angst hatte.

Er und Kestrel überquerten die Terrasse und spazierten in den Garten hinaus. Es hatte einmal eine Zeit gegeben, da hätte MacGregor Kestrel in einer solchen Situation mit Fragen bombardiert. Er hätte ihn gefragt, warum er so aufsässig sei und welcher Teufel ihn geritten habe, Grimani derart auf die Palme zu bringen. Aber inzwischen hatte er ein wenig von seinem scharfsinnigen jungen Freund gelernt. Statt seine Zunge zu benutzen, benutzte er seine Augen und seinen Kopf. »Ihr habt mit Lucia gesprochen.«

»Ich habe es versucht, mich durch die vielen Gendarmen rund um Rugas Haus gekämpft und mit seiner Frau gesprochen. Sie hat mir versichert, Lucia habe ein schönes Zimmer, reichlich zu essen und keinen schlimmeren Grund, sich belästigt zu fühlen, als die häufigen Besuche Don Cristoforos, der ihr mit seinen Predigten über ihre religiöse Pflicht auf die Nerven gehe. Ich bat, sie sehen zu dürfen, aber sie ließ mich mit recht deutlichen Worten abweisen. Ich hätte hartnäckiger sein können, aber was hätte das schon gebracht? Kein Mensch – am allerwenigsten ich – wird sie zum

Reden bringen, wenn Loyalität und Gewissen sie zum Schweigen verpflichten.«

»Loyalität und Gewissen?« fragte MacGregor skeptisch. »Nennt es Liebe, und belaßt es dabei.«

Anstelle einer Antwort verpaßte Kestrel dem nächstbesten Busch einen Schlag mit seinem Gehstock.

»Glaubt Ihr, Orfeo hat sie verführt?« fragte MacGregor.

»Nein. Was meiner Meinung nach nicht für ihn spricht, sondern einzig und allein für sie.«

»Ihr haltet große Stücke auf sie.«

Kestrel zuckte mit den Achseln. »Ich bewundere ihren Mut in demselben Maß, wie ich Grimanis grobe Art verabscheue.«

»Sie ist dagegen nicht sehr gut auf Euch zu sprechen.«

»Sie traut mir nicht. Das würde ich an ihrer Stelle auch nicht.« Er machte eine kleine, entschlossene Bewegung, als versuchte er alles abzuschütteln, was ihm zu schaffen machte. »Ihr müßt verzeihen, mein lieber Freund. Ich bin bloß etwas nervös, weil mir klargeworden ist, wie wenig Zeit mir noch bleibt, diesen Mord aufzuklären. In weniger als drei Tagen wird Grimani sich Lucia vorknöpfen. Sie wird nicht klein beigeben, und nur der Teufel weiß, was er dann mit ihr anstellt.«

»Das heißt, wir müssen den Mörder bis Mittwoch abend finden.«

»Den Mörder – oder Orfeo.«

MacGregor runzelte die Stirn. »Ihr haltet Orfeo für unschuldig, nicht wahr?«

»Was den Mord betrifft, ja.«

»Wenn Ihr ihn Grimani ausliefert, ist das wahrscheinlich sein Ende, egal, ob er unschuldig ist oder nicht. Bereitet Euch das keine Sorgen?«

»Doch«, gab Kestrel trocken zu. »Aber Orfeo hat sich mit seinem obskuren Auftauchen und Verschwinden selbst in diese vertrackte Situation gebracht. Wenn ich mich zwischen ihm und Lucia entscheiden muß, werde ich ihn gespickt und garniert Grimani übergeben.«

MacGregor spürte, wie es ihm kalt über den Rücken lief. »Was werden wir jetzt tun?«

»Ich bin die ganze Zeit zu nahe vor diesem Puzzle gestanden und habe auf die einzelnen Teile geachtet, statt auf das Ganze. Nun muß ich eine Bestandsaufnahme machen und genau gegenüberstellen, was wir bisher wissen und was wir noch herausfinden müssen.« Kestrel lächelte. »Kurz und gut, mein lieber Freund – es gibt nichts, was ich jetzt lieber täte, als das Ganze mit Euch durchzusprechen.«

»Ich stehe zu Eurer Verfügung.« MacGregor klopfte ihm auf die Schulter. »Ihr redet, und ich höre zu.«

»Hier können wir nicht so offen reden, wie ich das gern täte. Dieser Garten ist ein Paradies für neugierige Ohren, und es laufen zu viele Leute herum, die Englisch sprechen. Erinnert Ihr Euch daran, daß wir einmal davon gesprochen haben, uns die Villa Pliniana anzusehen?«

»Die mit der Quelle, die nur zeitweise sprudelt? Ja.«

»Ich glaube, jetzt ist es an der Zeit, daß wir diese Quelle besichtigen.«

»Wir können uns nicht den ganzen Nachmittag in unserem Zimmer verstecken«, sagte Fletcher.

»Ich verstecke mich nicht«, erwiderte St. Carr. »Ich mag es bloß nicht, wenn uns die Leute so anstarren.«

»Die Leute haben auch schon gestarrt, bevor wir verdächtigt wurden, Orfeo zu sein.«

»Ja, aber es ist viel schlimmer geworden. Sie deuten auf uns, bekreuzigen sich und murmeln irgendwelche Stoßgebete. Fast könnte man meinen, wir wären Hottentotten.«

»Ich dachte, du wärst froh, ein bißchen rauszukommen«, versuchte ihn Fletcher zu überreden. »Erst gestern hast du dich beklagt, der Kamin rauche, die Fenster würden klappern und die Gänse der Wirtin seien so laut, daß es dir vorkomme, als befände sich ihr Stall direkt unter deinem Bett.«

»Ich will nicht ausgehen. Ich will zurück nach England. Dieser Ort ist verabscheuungswürdig, die Leute schnattern wie die Affen, und die Polizei ist total verrückt. Das ist alles deine Schuld. Als wir Mailand verlassen haben, hast du gesagt –«

An ihrer Tür klopfte es heftig. Als Fletcher öffnete, stand Marianna Frascani vor ihm, die Arme in die Hüften gestemmt, die Augen gefährlich zusammengekniffen, den stahlgrauen Haarknoten von zwei Nadeln durchbohrt, die wie gekreuzte Schwerter aussahen. Sofort begann sie mit einer mailändischen Schimpfkanonade.

»Langsamer!« bat Fletcher. »Ich verstehe kein Wort von dem, was Ihr sagt.«

»Dieser Commissario aus Mailand ist mit einer Truppe Soldaten hier! Er möchte Euch und den jungen Signor sofort sehen.« Sie schüttelte ihre Faust unter Fletchers Nase. »Seit zwei Tagen habe ich Euretwegen nun die Polizei im Haus – ich, die ich noch nie Äger mit ihr hatte!«

Sie stürmte davon. Fletcher und St. Carr blieb nichts anderes übrig, als ihr zu folgen. Sie suchten sich ihren Weg durch das Labyrinth aus Gängen, das ihr Zimmer umgab, und stiegen in den dunklen, kahlen Empfangsraum des Gasthauses hinunter. Dort fanden sie Commissario Grimani, seinen Adjutanten Zanetti und vier Soldaten in der himmelblau-silbernen Uniform Österreichs. Etwas abseits lehnte Gaston de la Marque an der Wand, das Gesicht halb im Schatten, die Lippen von seinem üblichen unbekümmerten Lächeln umspielt.

»Was wollt Ihr denn nun schon wieder, Commissario?« fragte Fletcher.

Nachdem Grimani Zanetti ein Zeichen gegeben hatte, seine Worte zu übersetzen, sagte er: »Ihr habt vielleicht schon gehört, daß Lucia Landi gefunden worden ist. Ich möchte, daß Ihr und Signor St. Carr und Monsieur de la Marque mich zu ihr begleitet.«

»Aber das ist ja wunderbar!« sagte Fletcher. »Beverley, das ist das Mädchen, das Orfeo kannte, als er vor vier oder fünf Jahren in der Villa war. Sie kann der Polizei sagen, daß es keiner von uns ist.«

»Nach allem, was man so hört«, murmelte de la Marque,

»scheint sie allerdings nicht vorzuhaben, der Polizei irgend etwas zu sagen. Deswegen hat der Commissario dieses kleine Drama arrangiert – um festzustellen, ob das Mädchen die Fassung verlieren und sich in die Arme von einem von uns stürzen wird. Da sie ungewöhnlich hübsch sein soll, hoffe ich, daß Ihr mir erlauben werdet, ganz vorne zu stehen.«

»Wollt Ihr damit sagen, daß sie uns bei der Polizei entlasten könnte, es aber nicht tun wird?« rief St. Carr. »Das ist aber unglaublich selbstsüchtig!«

»Wir vergeuden hier nur unsere Zeit«, sagte Grimani. »Wachtmeister, bringt sie hinaus.«

Die Soldaten führten Fletcher, St. Carr und de la Marque hinaus. Grimani und Zanetti folgten ihnen. Sie stiegen eine der steilen, schmalen Treppen zur Piazza hinauf. Die Dorfbewohner nahmen vor den Soldaten Reißaus wie verschreckte Vögel, um sich die Prozession dann aus sicherer Entfernung anzusehen.

»Verflucht noch mal!« rief St. Carr, der vor Wut kochte. »Hugo, es war deine Idee herzukommen – um mich aus allen Schwierigkeiten herauszuhalten, wie du gesagt hast. Kannst du denn gar nichts dagegen tun?«

»Signor Commissario«, sagte Fletcher, »wo ist Signor Kestrel? Ist er über diese Aktion informiert?«

»Meines Wissens«, antwortete Grimani, »hat Signor Kestrel kein Amt bei der Mailänder Polizei inne – ebensowenig wie irgendein anderes offizielles Amt. Das Ganze geht ihn nicht das geringste an.«

Sie traten auf die Piazza und steuerten auf Rugas großes, weiß gestrichenes Haus zu. Die Gendarmen, die vor der Tür Wache standen, teilten sich in der Mitte, um sie durchzulassen. Ruga empfing sie mit übertriebener Freundlichkeit und Beteuerungen seiner Wachsamkeit, die Grimani drastisch abkürzte, indem er verlangte, Lucia zu sehen. Ruga führte sie nach oben.

Lucia hatte ein Mansardenzimmer mit einem einzigen niedrigen Fenster unter der Dachschräge. Die Möbel bestanden aus einer einfachen hölzernen Bettstatt und einer kleinen Kommode, auf der ein Wasserkrug und eine Schüssel standen. Zwei auf den Boden gelegte Kissen, über denen ein Kruzifix hing, bildeten einen einfachen Betschemel. Lucia kniete dort mit dem Rücken zur Tür, als Grimani und seine Begleiter eintraten.

Sie fuhr erschrocken hoch, wandte sich um und starrte auf die Gruppe von Männern, die sich plötzlich in ihrem Zimmer drängte. Auf ein Zeichen Grimanis hin traten die Soldaten zurück und gaben die Sicht auf Fletcher, St. Carr und de la Marque frei. Lucias Blick wanderte langsam von einem zum anderen und verharrte dann bei Grimani.

»Erkennst du einen dieser Männer?« fragte er.

Sie sah die drei noch mal kurz an. »Vielleicht. Vielleicht auch nicht.«

De la Marque lächelte. St. Carr betrachtete Lucia entrüstet. Fletchers Lippen öffneten sich leicht, während er Lucia mit weit aufgerissenen Augen anstarrte.

»Wir veranstalten hier kein Kinderspiel!« sagte Grimani. »Beantworte meine Frage! Ist einer von diesen Männern Orfeo?«

Lucia blickte starr geradeaus, ohne ein Wort zu sagen.

Grimani wandte sich an Zanetti, der auf der Bettkante saß, seinen Schreibtisch auf den Knien. »Übersetzt alles, was zwischen uns gesprochen wird. Ich möchte nicht, daß diese Herren auch nur ein Wort verpassen.«

»Ja, Signor Commissario.«

»Lucia«, sagte Grimani in kaltem, ruhigem Ton, »ich möchte, daß du genau verstehst, welche Gefahr dir droht. Gegenwärtig steht es in deiner Macht, mir zu helfen. Du brauchst mir nur Orfeo auszuliefern, und ich werde dir meine Dankbarkeit zeigen, indem ich dich gehen lasse. Je länger du dich weigerst, desto größer wird das Risiko, daß ich ihn selbst finde. Maestro Donati könnte ihn plötzlich an irgendeiner sprachlichen Besonderheit erkennen. Meine Männer könnten Tonio aufspüren. Wenn das passiert – wenn Orfeo in meine Hände fällt, und du hast mir nicht dabei geholfen, ihn zu finden –, ist dein Schicksal besiegelt. Bilde dir bloß nicht ein, daß Marchesa Malvezzi dich beschützen kann. In weniger als drei Tagen gehörst du mir, und dann wird nichts und niemand mehr zwischen uns treten können.«

Er ging bewußt langsam auf sie zu. »Du wirst mich nach Mailand begleiten und in das Frauengefängnis gesteckt werden. Du wirst dort das einzige Mädchen deiner Art sein. Die anderen Insassinnen sind alle Huren und Diebinnen. Du wirst Tag für Tag, Woche für Woche mit ihnen leben. Wie lange, glaubst du, wird es dauern, bis du wirst wie sie?«

Lucia wich vor ihm zurück, bis sie die Wand im Rücken hatte. Er stand knapp vor ihr und sprach mit derselben sanften Stimme weiter: »Ich bin sechsunddreißig Jahre alt, Lucia. Wenn alles seinen natürlichen Verlauf nimmt, kann ich damit rechnen, doppelt so alt zu werden. Und solange ich lebe, wirst du keinen Schritt aus dem Gefängnis machen. Du wirst nie mehr an einem Fest teilnehmen, niemals heiraten, niemals Mutter werden – es sei denn, man hängt dir im Gefängnis einen Bastard an. Wir versuchen, innerhalb der Gefängnismauern für Keuschheit zu sorgen, aber es gelingt uns nicht immer.«

Lucias Brust hob und senkte sich. Sie drückte sich gegen die Wand, um ihn nicht berühren zu müssen.

Fletcher sprang vor. »Das ist unmenschlich! Ich werde mir das nicht länger ansehen!«

Zwei Soldaten zogen ihn zurück und hielten ihn an den Armen fest. Grimani betrachtete ihn kühl. »Habt Ihr etwas zu gestehen, Signor Fletcher?«

Fletcher sah Lucia hilflos an. Dann wanderte sein Blick zu Grimani. »Ich bin nicht Orfeo. Ich wünschte bei Gott, ich wäre es!«

St. Carr trat einen Schritt vor, machte den Mund auf und schloß ihn wieder. De la Marque stand reglos da und beobachtete Lucia. Inzwischen hatte er zu lächeln aufgehört. Lucia sah kurz zu Fletcher hinüber, ehe sie den Blick von allen drei Männern abwandte.

Grimani drehte sich zu ihr um. »Sag mir, was ich wissen will, und du bist frei. Die Polizei wird dich nie mehr belästigen. Ist einer von diesen Männern Orfeo?«

Sie feuchtete die Lippen an. »Vielleicht. Vielleicht auch nicht.«

Grimanis Augen sprühten zornige Funken, und er ballte die Fäuste. »Bezweifelst du, daß ich all das tun kann, was ich gesagt habe, Lucia?«

»Nein«, flüsterte sie.

»Es kann dir wirklich passieren, Lucia. Es ist schon vielen passiert. Jeder Gefangene, den die Ketten des Spielberg zu Boden drücken, hat sich irgendwann einmal eingebildet, daß er irgendwie entkommen würde. Keiner von ihnen konnte sich vorstellen, daß er für den Rest seines Lebens in dieses Vorzimmer der Hölle eingemauert bleiben würde. Und doch läufst du diesem Schicksal freiwillig entgegen – und das alles wegen eines Feiglings, der danebensteht und dich leiden läßt, obwohl dich ein Wort von ihm retten könnte!«

»Er ist kein Feigling!« Sie warf den Kopf zurück. »Was auch immer er tut, was auch immer er zu sein scheint, es kostet ihn sein Herzblut zuzulassen, daß ich das für ihn tue. Er leidet viel mehr als ich. Aber er versteht, warum ich es tun will – er ehrt mich, indem er mir erlaubt, ihn zu schützen! Ich werde ihn niemals verraten – niemals! Eure Drohungen kümmern mich einen Dreck!«

»Dann möge Gott dir gnädig sein, Lucia«, sagte Grimani, »denn sonst wird es niemand tun.« An Zanetti gewandt, fragte er: »Warum hat sie noch immer diese Nadeln im Haar? Das sind potentielle Waffen. Nehmt sie ihr auf der Stelle weg!«

Zanetti ging auf Lucia zu und zog ihr die silbernen Nadeln aus dem Haar, das ihr draufhin glänzend auf die Schultern fiel.

»Schreibt ihr eine Quittung dafür aus«, sagte Grimani.

Zanetti setzte sich und nahm erneut seinen tragbaren Schreibtisch auf die Knie. Die Soldaten schienen von Lucias offenem Haar sehr angetan. Sie blickte zu einem Haken an der Wand hinüber, an dem ein blaues Tuch hing, aber die Soldaten versperrten ihr den Weg.

Plötzlich setzte sich de la Marque in Bewegung, nahm das Tuch und reichte es ihr mit einer respektvollen Verbeugung, als wäre sie eine Lady. Sie knickste und murmelte ein Wort des Dankes, sah ihm jedoch nicht in die Augen.

Sie band sich das Tuch um den Kopf. Zanetti reichte ihr die Quittung, auf die sie unsicher hinunterstarrte. Es war offensichtlich, daß sie nicht lesen konnte. Grimani verließ den Raum, ohne sich noch einmal umzublicken. Zanetti folgte ihm auf den Fersen. Als die beiden verschwunden waren, hob Lucia plötzlich den Kopf und sah Fletcher, St. Carr und de la Marque direkt an.

Fletcher trat einen Schritt auf sie zu, hielt aber dann inne. St. Carr wurde rot und blickte zu Boden. De la Marque verbeugte sich noch einmal vor Lucia, diesmal mit ernster Miene. Dann führten die Soldaten sie hinaus.

Sie traten auf die Piazza. Die Soldaten folgten Grimani und ließen die drei jungen Männer einfach stehen. Dank der einschüchternden Gegenwart der Gendarmen vor Rugas Haus war die Piazza fast menschenleer. Rund um den Brunnen, wo sich sonst die Frauen des Dorfes versammelten, hüpften Vögel und tauchten ihre Schnäbel ins Wasser.

St. Carr fragte mit dünner Stimme: »Was ist das Spielberg?«

»Eine Festung in Mähren«, antwortete de la Marque, »in die die Regierung von Lombardei-Venetien berühmte Dichter, Philosophen und andere unabhängige Denker schickt, damit sie sich an den Knöcheln anketten lassen, auf dem blanken Boden schlafen und aus schmierigem, übelriechendem Garn Socken stricken.«

St. Carr starrte ihn an. »Warum sollte die Regierung wollen, daß Dichter Socken stricken?«

»Monsieur de la Marque will damit sagen, daß es sich um Carbonari handelt«, mischte sich Fletcher ein. »Das Spielberg ist ein österreichisches Gefängnis.«

»Hugo«, sagte St. Carr, »du siehst aus, als ginge es dir nicht gut.«

»Vielleicht geht Mr. Fletcher gerade durch den Kopf, daß derjenige von uns dreien, der das Glück haben wird, als Orfeo erwählt zu werden, vielleicht den Rest seines Lebens in dieser hübschen Behausung verbringen darf. Aber grämt Euch nicht, Mr. St. Carr – es ist weitaus wahrscheinlicher, daß der siegreiche Kandidat umgehend gehängt werden wird.«

»Hugo«, sagte St. Carr mit zitternder Stimme, »ich möchte zurück ins Gasthaus.«

Fletcher schien ihn nicht zu hören. »Es ist einfach unerhört, wie Grimani dieses Mädchen behandelt!«

De la Marque zuckte mit den Achseln. »Für Grimani steht eine Menge auf dem Spiel. Lucia ist im Besitz der Informationen, die er braucht, um diesen Mord aufzuklären und auf diese Weise das Vertrauen und die Anerkennung zu erlangen, die er von seinen österreichischen Herren braucht. Aber sie hat sich als harte Nuß erwiesen. Wen verwundert es da, daß er zu extremen Maßnahmen greift, um sie zu knacken?«

»Ihr habt Verständnis für ihn?« fragte Fletcher ungläubig.

De la Marque lächelte. »Ich verstehe ihn. Das heißt nicht, daß ich Verständnis für ihn habe.«

»Hugo!« drängte St. Carr. »Ich will zurück ins Gasthaus. Ich brauche dringend einen Schluck Wein.«

»Man wird uns dort noch schlimmer anstarren als vorher«, warnte ihn Fletcher. »Alle haben gesehen, wie wir von den Soldaten abgeführt wurden. Und Signora Frascani wartet wahrscheinlich schon auf eine Gelegenheit, uns einen dreibeinigen Hocker über den Kopf zu ziehen.«

St. Carr bohrte mit der Spitze seines Stiefels im Boden herum. »Wenn dieses Mädchen es ertragen kann, eingesperrt und mit einer Gefängnisstrafe bedroht zu werden, von allem anderen ganz zu schweigen, dann werde ich es wohl ertragen können, ein bißchen angestarrt zu werden.«

Fletcher sah ihn überrascht an. Dann fragte er de la Marque: »Trinkt Ihr eine Flasche mit uns, Monsieur?«

»Ein andermal liebend gern, aber ausgerechnet jetzt habe ich in der Kirche eine Rechnung zu begleichen.«

»Eine Rechnung?« fragte Fletcher.

»Ja.« De la Marque lächelte ironisch. »Ich muß am Altar von Santa Pelagia hundert Kerzen anzünden.«

»Es freut mich, daß Ihr wieder besserer Laune seid«, sagte MacGregor.

Julian beglückwünschte sich, weil es ihm gelungen war, diesen Anschein zu erwecken. In Wirklichkeit war er noch nie zuvor an Ermittlungen beteiligt gewesen, die ihm so hoffnungslos erschienen waren. Er hatte jede Menge Verdächtige, aber nichts, was einen von ihnen mit dem Mord in Verbindung brachte. Er hatte Theorien, aber die waren alle wenig stichhaltig – schnell zusammengesponnen und ebensoschnell wieder auseinandergenommen. Das Mädchen, das er bewunderte, war in Gefahr, und die Frau, die er liebte, womöglich der gesuchte Verbrecher. Es gelang ihm diesmal nicht, seine Aufgabe zu lösen. Noch schlimmer war, daß er inzwischen das Gefühl hatte, verrückt gewesen zu sein, als er sie angenommen hatte. Sein Freund Sir Malcolm Falkland, der Humanist, hätte einen Namen für den Teufel gehabt, der ihn damals geritten hatte: Hybris, der anmaßende Stolz, der einen Mann glauben läßt, er könne gegen die Götter ankämpfen.

Er stand auf und trat an die Loggiabrüstung der Villa Pliniana. Von hier aus konnte er in nördlicher Richtung über das rauchblaue Band aus Wasser bis zu den Schneegipfeln der Alpen blicken. Die Villa selbst war kaum mehr als eine Ruine. Dahinter erhob sich eine Terrassenstufe nach der anderen, bewachsen von dunklen Zypressen, durchbrochen von einem Wasserfall, der vom obersten Felsen in den See stürzte. Es war ein Anblick von großer Schönheit, auch wenn er nicht gerade dazu beitrug, einem das Herz leichter zu machen.

Er kehrte zurück und setzte sich wieder zu MacGregor an die berühmte Quelle, die schon seit römischer Zeit in einem dreistündigen Rhythmus sprudelte und versiegte. Die Quelle trat aus einer Felsspalte an der Rückseite der Loggia aus. Julian und MacGregor sahen zu, wie das Wasser auf den

Onyxring zukroch, den Julian zu diesem Zweck auf den Boden gelegt hatte. Es war ein Spiel, das hier alle Reisenden spielten: zu warten, bis das Wasser einen Gegenstand überspülte und sich dann wieder zurückzog. Im Moment hatten Julian und McGregor den Ort ganz für sich allein. Es war ein ideales Fleckchen für das Tête-à-tête mit MacGregor. Zum Teufel mit dieser ganzen Melancholie, dachte er. Wenn ich schon eine Niederlage erleiden muß, dann wenigstens im Kampf. Eine Kapitulation kommt nicht in Frage.

Er wandte sich an MacGregor: »Könnt Ihr Euch erinnern, wie wir am Abend Eurer Ankunft in Mailand über die Ermittlungen sprachen und ich zu Euch sagte, wenn Lodovico von Carbonari umgebracht worden ist, könne es nicht bloß drum gegangen sein, die Leute aufzuhetzen?«

»Ja. Denn wenn sie versucht hätten, eine Rebellion auszulösen, hätten sie den Mord publik gemacht.«

Julian nickte. »Demnach muß es in Marchese Lodovicos Macht gestanden haben, ihnen besonderen Schaden zuzufügen – höchstwahrscheinlich, indem er ihre Identitäten oder Pläne enthüllt hätte. Die Mailänder Geheimbünde planten einen Aufstand, der zeitlich mit der Revolte in Piemont zusammenfallen sollte. Verrat hätte nicht nur der Rebellion, sondern auch ihrem Leben ein Ende gesetzt. Die Frage ist nun, wie Marchese Lodovico an derartig gefährliche Informationen herangekommen sein könnte.«

MacGregor überlegte. »Vielleicht hat er ein Gespräch mitangehört oder einen Brief in die Finger bekommen, der für jemand anderen bestimmt war, oder einer der Rebellen ist an ihn herangetreten und hat ihm angeboten, gegen Bezahlung Informationen über seine Freunde herauszurücken.«

»Falls ein völlig Fremder an ihn herangetreten ist, dürfte es verdammt schwierig werden, etwas darüber herauszufinden. Aber wenn er zufällig auf Informationen gestoßen ist, indem er ein Gespräch belauschte oder einen Brief abfing, dann bedeutet das, daß jemand in seinem Kreis Zugang zu Carbonaro-Geheimnissen hatte und deshalb mit ziemlicher Sicherheit selbst ein Carbonaro war.«

»Wer könnte das gewesen sein?«

Julian stand auf und drehte eine Runde durch die Loggia. »Aufgrund der Fragen, die Grimani de la Marque gestellt hat, wissen wir, daß er den Verdacht hat, Orfeo könnte zu einer Mailänder Carbonaro-Sekte gehört haben, deren Mitglieder sich Angeli nannten. Raversi hat mir von ihnen erzählt. Er sagte, die Polizei nenne sie *Diavoli*, Teufel, unter anderem, weil sie 21, als so viele andere Mailänder Carbonari aufflogen, der Entdeckung entgingen. Wagen wir mal den Sprung ins Ungewisse und nehmen wir an, daß jemand aus Marchese Lodovicos näherem Umfeld zu den Angeli gehörte und daß diese Person ihm die Informationen über sie verschafft hat, egal, ob freiwillig, unfreiwillig oder aus Versehen.«

»Warum ist Marchese Lodovico damit nicht schnurstracks zur Polizei gegangen?«

»Vielleicht hoffte er, aus derselben Quelle noch mehr Informationen zu bekommen. Oder die Informationen, die er hatte, waren nicht vollständig oder klar genug, um davon Gebrauch zu machen.«

»Trotzdem waren sie vollständig genug, um die Angeli zu veranlassen, ihn zu töten, aus Angst, er könnte etwas davon ausplaudern?«

»Ausgehend von unserer Hypothese, ja. Sie spielten um sehr hohe Einsätze. Sie wären bestimmt nicht gern das Risiko eingegangen, durch diese Informationen belastet zu werden.«

»Das alles erinnert mich ein bißchen an Schlagsahne – viel Schaum und wenig Substanz. Aber gut, nehmen wir an, Marchese Lodovico verfügte über Informationen über die Angeli und behielt sie aus irgendeinem Grund für sich. Wer könnte ihm diese Informationen verschafft haben?«

Julian lehnte sich gegen die Mauer und blickte nachdenklich zu den weißen und grauen Wolken hinauf, die langsam den Himmel überzogen. »Wenn unser Carbonaro auch unser Mörder ist, sollten wir unter Marchese Lodovicos Verwandten und langjährigen Freunden nach ihm Ausschau halten.«

»Wie kommt Ihr darauf?«

»Es ist fast sicher, daß er von jemandem aus seinem näheren Umkreis getötet worden ist. Denkt an den Handschuh. Derjenige, der ihn benutzte, um den Marchese in das Belvedere zu zitieren, kannte ein Geheimnis über ihn, das angeblich nicht einmal seine Frau und sein Bruder kennen, das aber trotzdem solche Macht über ihn ausübte, daß er zu dem Rendezvous erschien – er, dem Gehorsam und Unterwerfung ebenso fremd waren wie das Muselmanentum. Dieser Handschuh ist von größter Bedeutung. Er könnte der Faden sein, der uns aus diesem Labyrinth führen würde – wenn wir bloß etwas damit anzufangen wüßten.«

Julian fuhr fort: »Wir wissen auch, daß sich der Mörder mit den Örtlichkeiten auskannte. Er hat mitten in der Nacht den Weg zum Castello Malvezzi gefunden, um die Nachricht samt Handschuh dort abzulegen, und er wählte das Belvedere als Treffpunkt.«

»Demnach haben wir also einen Mörder, der zu den Angeli gehörte und zugleich Marchese Lodovico nahestand. Was könnt Ihr Eurem Porträt dieser Person sonst noch hinzufügen?«

»Solange wir mit groben Strichen malen, wollen wir die Bediensteten von Marchese Lodovico mal beiseite lassen. Norditalienische Carbonari sind in der Regel gebildet, international ausgerichtet und stehen in enger Verbindung mit den Franzosen. Wir kennen zwei Menschen aus dem näheren Umkreis von Marchese Lodovico, auf die diese Beschreibung paßt: sein Bruder, der im französischen Königreich Italien ein hohes Amt innehatte, und seine Frau, deren erster Mann einer von Bonapartes Offizieren war. Über eventuelle Kontakte Carlos mit den Geheimbünden ist nichts bekannt, und man würde annehmen, daß er, wenn er ein Carbonaro wäre, nicht so offen für republikanische Ideale eintreten würde. Andererseits könnte ein gemäßigter Liberalismus in seinem Fall eine bessere Tarnung sein als eine scheinheilige Hinwendung zur Orthodoxie. Außerdem scheint es sehr bezeichnend, daß er sich zwei Wochen vor der Ermordung seines Bruders plötzlich einen neapolitanischen Diener zulegte, und das zu einer Zeit, als Neapel mitten in einer Carbonaro-Revolte steckte.

Die Marchesa legt eine gewisse Verachtung für die Polizei an den Tag, äußert ansonsten aber keinerlei politische Ansichten, und sie tut so, als hätte sie nicht besonders an Philippe de Goncourt gehangen. Trotzdem trägt sie sein Porträt treu an ihrem Handgelenk. War es Zufall, daß sie sich gerade in Turin aufhielt, als dort im März 1821 die Rebellion ausbrach? Oder übermittelte sie Botschaften zwischen den Angeli und den Rebellen im Piemont? Und was hat es zu bedeuten, daß de la Marque behauptet, ebenfalls in Turin gewesen zu sein?

Über Rinaldos politische Einstellung wissen wir nicht viel, aber wir wissen, daß Marchese Lodovico ihn kleingehalten und tyrannisiert hat. Seinem Vater offen zu trotzen, wagte er nicht. Vielleicht hat er sich gerächt, indem er sich mit Lodovicos politischen Feinden zusammentat?«

»Und vielleicht bin ich Holländer«, antwortete MacGregor. »Wir können das eine genausowenig beweisen wie das andere.«

Julian lächelte. »Mein lieber Freund, es hat durchaus etwas für sich, trotz fehlender Beweise Theorien zu entwickeln. Wenn wir keine Muster im Kopf haben, kann es uns passieren, daß wir die Beweise nicht erkennen, wenn wir darauf stoßen. Wir haben sehr wohl einen konkreten Grund, Rinaldo zu verdächtigen: Er ist nicht hier. Es wäre doch zu erwarten gewesen, daß er nach Mailand zurückkehren oder zumindest schreiben würde, nachdem bekanntgeworden war, daß sein Vater keines natürlichen Todes gestorben ist.«

»Das stimmt«, räumte MacGregor ein. »Die Marchesa und Carlo haben noch immer nichts von ihm gehört?«

»Angeblich nicht. Aber die Post auf dem Kontinent ist höllisch langsam. Wenn sich Rinaldo in einem weit entfernten Land aufhält – in Rußland zum Beispiel –, dann kann es sein, daß ihn die Nachricht von der Ermordung seines Vaters noch gar nicht erreicht hat oder er gerade auf dem Weg nach Hause ist.

Kommen wir zu Signora Argenti und Valeriano. Sie scheinen sich nicht für Politik zu interessieren, aber wenn sie auf irgendeine Weise an Carbonaro-Geheimnisse herangekommen wären, hätten sie sie vielleicht als Köder benutzt, um Marchese Lodovico dazu zu bewegen, Signora Argenti zu gestatten, ihre Kinder zu sehen.«

»Selbst wenn sie das getan hätten«, wandte MacGregor ein, »warum hätten sie ihn töten sollen?«

»Vielleicht haben sie sich an ihren Teil der Abmachung gehalten, er sich aber nicht an seinen. Ja, ich weiß, mein lieber Freund – schon wieder reine Spekulation. Versuchen wir uns dem Rätsel mal von einer anderen Seite zu nähern. Wenn eine dieser Personen – Carlo, die Marchesa, Rinaldo, Signora Argenti oder Valeriano – Marchese Lodovico Informationen über die Angeli verschafft hat, wann und wie ging das vonstatten? Die Marchesa hatte am ehesten Gelegenheit, weil sie mit ihm lebte. Carlo ist eine weitere Möglichkeit: Er wohnte zwar in Parma, kam aber nach eigenen Aussagen hin und wieder auf Besuch nach Mailand und wohnte bei diesen Gelegenheiten in der Casa Malvezzi. Rinaldo scheint aus dem Rennen zu sein: Bevor sein Vater starb, war er monatelang auf Reisen gewesen, und als er nach Mailand zurückkehrte, war Lodovico bereits mit seinem Tenor an den See gefahren. Signora Argenti und Valeriano lebten in Venedig, kamen aber an den Comer See, während Marchese Lodovico sich dort aufhielt, und hätten ihm die Informationen dort anbieten können.«

Julian seufzte. »Natürlich ist es auch möglich, daß der Mord nicht das geringste mit den Carbonari zu tun hatte. Vielleicht hat Rinaldo seinen Vater getötet, um an seinen Besitz zu gelangen und seiner Herrschaft zu entkommen. Carlo könnte ihn in einem Anfall von Frustration getötet haben, nachdem er selbst seine Machtposition verloren und Lodovico ihm die Villa entrissen hatte. Die Marchesa könnte ihn getötet haben, um endlich unabhängig zu sein und sich zugleich eine schöne Villa zu sichern, in der sie ihre Unabhängigkeit genießen konnte. Signora Argenti und Valeriano könnten ihn in der Hoffnung getötet haben, daß Rinaldo seine harte Haltung aufgeben und Signora Argenti erlauben würde, ihre Kinder zu sehen, sobald Lodovico aus dem Weg war.«

MacGregor sprang auf und begann, nervös auf und ab zu gehen. »Wir haben noch immer keinen richtigen Tatverdächtigen!«

»Wir haben jede Menge davon«, berichtigte ihn Julian wehmütig. »Was leider auf dasselbe hinausläuft.«

MacGregor blieb stehen. »Was ist mit Orfeo? Wenn er etwas weiß, könnt Ihr es Euch nicht leisten, nicht herauszufinden, wer er ist. Wen haltet Ihr für den plausibelsten Kandidaten: Fletcher, St. Carr oder de la Marque?«

Julian überlegte. »De la Marque besitzt das nötige musikalische Wissen. Und die Tatsache, daß seine Muttersprache Französisch ist, würde erklären, warum Orfeos Italienisch sich für Maestro Donati französisch anhörte.«

»Lucias Beschreibung von Orfeo paßt aber überhaupt nicht auf ihn«, erklärte MacGregor. »Sie sagt, Orfeo sei so ritterlich gewesen, sie vor Tonio zu retten, ohne sie seinerseits anzurühren. De la Marque dagegen ist ein ausgesprochener Schwerenöter.«

»Zumindest versucht er diesen Eindruck zu erwecken.« Julian überlegte. »Wißt Ihr, wieso ich mir de la Marque als Orfeo nicht so richtig vorstellen kann? Musikalisch gesehen paßt seine Persönlichkeit überhaupt nicht ins Bild. De la Marque spielt ein halbes Dutzend Musikinstrumente sehr gut, aber ohne jeden Ausdruck. Maestro Donati sagt, Orfeo sei ein nachdenklicher, sensibler Künstler gewesen. Es ist ziemlich schwierig für einen guten Musiker, so zu tun, als wäre er ein schlechter. Da wäre es besser, gleich so zu tun, als verstünde man gar nichts von Musik.«

»Wie Fletcher«, sagte MacGregor eifrig.

»Ja, wie Fletcher, der genau das richtige Alter hat, zur selben Zeit auf dem Kontinent war wie Orfeo und außerdem die Art von Charakter besitzt, die Lucia und Donati Orfeo zuschreiben. St. Carr ist von den dreien der am wenigsten vielversprechende Kandidat: Er ist zu jung, und meiner Meinung nach ist seine dümmliche Art nicht gespielt. Wobei ich ihn durchaus nicht für unintelligent halte. Seine geistigen Fähigkeiten sind nur etwas verkümmert, weil er so selten davon Gebrauch macht. Ich nehme an, er ist ein verzogenes Einzelkind, das immer behandelt worden ist, als könnte es nicht auf sich selbst aufpassen. Seine Eltern haben damit angefangen, und Fletcher setzt es fort.«

MacGregor wollte gerade antworten, als etwas anderes seine Aufmerksamkeit erregte. »Seht«, sagte er, »jetzt ist Euer Ring ganz unter Wasser.«

»Stimmt.« Julian nahm den Ring, schüttelte das Wasser ab und steckte ihn sich wieder an den kleinen Finger. Das Gespräch hatte ihm gutgetan. Trotzdem konnte er nicht umhin, sich zu fragen, wie oft diese Quelle wohl noch sprudeln und wieder versiegen würde, bis Orfeo in Gewahrsam, die Untersuchung abgeschlossen und der wahre Mörder auf freiem Fuß sein würde. Wie viele Tage, wie viele Stunden –

Entschlossen verbannte er diese Gedanken aus seinem Kopf. Mit einem Blick auf seine Uhr sagte er: »Es ist halb vier. Wir gehen besser zur Villa zurück und kleiden uns zum Abendessen um.«

»Ihr werdet alle sehr traurig darüber sein«, verkündete die Marchesa ihren Gästen, als sie sich vor dem Essen im Salon trafen, »aber Commissario Grimani hat uns wissen lassen, daß er uns heute nicht Gesellschaft leisten kann. Er ißt mit Comandante von Krauss zu Abend.«

Die Gesellschaft war hocherfreut. Im nächsten Augenblick hörten sie jemanden an die Vordertür klopfen. »Demnach bleibt uns Grimani doch nicht erspart«, meinte Carlo. »So klopft nur die Polizei.«

»Die Tür ist nicht abgeschlossen«, sagte die Marchesa. »Ich habe dem Personal gesagt, sie sollten sie offenlassen, weil Monsieur de la Marque noch nicht zurückgekehrt ist.«

Das Klopfen hörte auf. Offenbar war ein Diener an die Tür gegangen. Im nächsten Augenblick hallten laute Schritte durch die Marmorhalle, und eine junge Männerstimme rief auf mailändisch: »Wo ist die Marchesa? Ich verlange sie sofort zu sehen!«

»Du lieber Himmel!« Die Marchesa erhob sich ohne große Eile. »Rinaldo.«

26

Francesca stieß einen kleinen Schrei aus und rannte zu Valeriano, der schützend den Arm um sie legte. Im nächsten Moment stürmte ein Mann in den Raum. Er war um die Dreißig, von mittlerer Größe und schmächtiger Statur. Der Braunton seiner runden Augen wirkte blaß und wäßrig. Er hatte eine niedere Stirn und fast kein Kinn, so daß sein Gesicht wie das eines Affen nur aus Augen, Nase und Mund zu bestehen schien. Seine Kleider waren aus feinem Material und extravagant geschnitten, aber von der Reise zerknittert und fleckig. Sein braunes Haar wirkte zerzaust.

»Mein lieber Rinaldo!« Carlo sprang auf, umarmte ihn herzlich und küßte ihn auf beide Wangen. »Gott und der Madonna sei Dank, daß du wohlbehalten zurück bist. Ich war deinetwegen schon richtig besorgt.«

»So besorgt wohl auch wieder nicht!« gab Rinaldo zurück. »Solange ich weg war, konntest du das Familienoberhaupt spielen. Du konntest die Leitung einer Untersuchung übernehmen, bei der es um die Ermordung meines Vaters geht – ohne auch nur meine Erlaubnis einzuholen! Bin ich Marchese Malvezzi, oder bist du es?«

»Du natürlich, Rinaldo. Aber du warst nicht da – niemand wußte etwas über deinen Verbleib. Es galt, sofort zu handeln.«

»Was hast du damit zu schaffen? Mein Vater hatte nie Verwendung für dich!« Einen Moment lang erstarrte Carlo. Dann sah er seinen Neffen ruhig an, ohne etwas zu sagen. Julian fiel es nicht schwer, seine Gedanken zu lesen. *Für dich hatte er noch weniger Verwendung, mein Junge, und alle haben das gewußt.*

»Wo ist die Polizei?« fragte Rinaldo. »Ich möchte wissen, warum sie fast fünf Jahre gebraucht hat, um mir zu sagen, daß mein Vater ermordet worden ist. Das ist einfach unerhört!«

»Ja, Rinaldo«, sagte Beatrice, »wir sind deswegen alle sehr wütend. Aber ich fürchte, du kannst im Moment nicht mit Commissario Grimani sprechen. Er hatte eine Einladung zum Abendessen.«

Sie trat vor und streckte ihm die Hände entgegen, damit er sie zur Begrüßung küssen konnte. Er sah aus, als hätte er sie lieber weggeschlagen. »Wie kannst du es wagen, all diese Leute herzubitten, um die Ermordung meines Vaters ohne mich aufklären zu lassen? Du hast nie etwas von mir gehalten! Immer hast du mich behandelt, als wäre ich nicht gut genug, um in die Fußstapfen meines Vaters zu treten!«

»Sei nicht albern, Rinaldo.« Sie betrachtete ihn mit einem leicht spöttischen Lächeln. »Weil wir gerade von Fußstapfen sprechen – wärst du so freundlich, noch einmal nach draußen zu gehen und deine Schuhe abzukratzen? Du hinterläßt Schmutzspuren auf dem Teppich.«

Rinaldo wurde rot. »Du behandelst mich wie ein Kind. Du nutzt jede Gelegenheit, mich zu beleidigen. Aber noch schlimmer ist – und das werde ich dir nie verzeihen –, daß du *diese Hure* eingeladen hast, in deinem Haus zu wohnen!« Er drehte sich um und deutete mit einem zitternden Finger auf Francesca.

»In Gottes Namen, Rinaldo!« sagte Carlo. »Sie ist immer noch deine Frau!«

»Ja, sie ist meine Frau, und Gott beschere ihr ewige Verdammnis!« Rinaldo stürzte sich auf Francesca. »Wie kannst du es wagen, dich hier im Kreis meiner Verwandten und Freunde blicken zu lassen? Sieh mich an, du feige Schlampe! Du bringst es fertig, sechs Jahre lang einen Narren aus mir zu machen, aber in die Augen sehen kannst du mir nicht –«

Valeriano trat zwischen sie. »Signor Marchese, wenn Ihr Euch streiten müßt, dann bitte ich Euch, es mit mir zu tun.«

»*Ihr* sprecht für sie, Signor Gelding?« keuchte Rinaldo. »Ihr wagt es, für sie zu sprechen – mit *mir?*«

»Rinaldo, dies ist weder der richtige Zeitpunkt noch der richtige Ort.« Carlo legte seinem Neffen eine Hand auf die Schulter. »Vergiß nicht, daß wir Gäste haben. Ich hatte noch gar keine Gelegenheit, sie dir vorzustellen. Komm!«

Rinaldo ließ sich von ihm wegführen, obwohl sein böser Blick auf Francesca und Valeriano gerichtet blieb. Carlo sagte: »Ich glaube, du kennst Maestro Donati.«

»Ja«, sagte Rinaldo. »Euer ergebener Diener, Maestro.«

Donati verbeugte sich formell. »Es ist mir eine große Freude, Signor Marchese.«

Carlo führte Rinaldo zu Julian und MacGregor hinüber. »Ich habe die Ehre, dir Signor Kestrel, den berühmten englischen Dandy, und seinen Freund Dr. MacGregor, einen hervorragenden Mann der Wissenschaft, vorzustellen.«

Julian verbeugte sich. »Euer ergebener Diener, Signor Marchese.«

»Guten Tag«, sagte MacGregor mit einem kurzen Nicken.

Rinaldo wandte sich wieder an Beatrice. »Das ist auch so eine Sache! In Mailand hat man mir erzählt, daß du dir diesen Engländer angelacht hast, damit er für dich private Ermittlungen anstellt. Ich will, daß das sofort ein Ende hat! Du hast kein Recht, dich da einzumischen. Überlaß die Ermittlungen der Polizei!«

»Bei allem Respekt«, antwortete Beatrice mit feiner Ironie, »aber ich weiß wirklich nicht, wieso du dir anmaßt, mir zu sagen, wen ich in mein Haus einladen oder was ich hier tun darf.«

»Dein Haus!« Ein bitteres Lächeln breitete sich auf Rinaldos Gesicht aus. »Vielleicht wird es das nicht mehr lange sein! Du weißt, daß mein Vater immer der Meinung war, daß diese Villa von Rechts wegen zum Lehnsgut der Malvezzis gehörte und nicht zu dem der Delborgos. Er hat deswegen jahrelang Prozesse geführt und die Sache nur aufgegeben, weil die Delborgos die Villa an Onkel Carlo verkauften, der sie schließlich an ihn weiterveräußerte.

Als ich gestern nach der langen Heimreise aus Prag in Mailand eintraf und hörte, daß du mit meinem Onkel, meiner Frau und einer Handvoll Fremder in die Villa gefahren seist, um die Ermordung meines Vaters aufzuklären, habe ich geschworen, mich an dir zu rächen. Bevor ich heute morgen aus Mailand abreiste, habe ich alle Unterlagen, die den Malvezzi-Anspruch auf die Villa betreffen, an Palmieri übergeben. Er ist schon seit Jahren der Anwalt unserer Familie und weiß alles über den Fall. Er ist der Meinung, daß er ein für allemal beweisen kann, daß es sich hierbei um Malvezzi-Land handelt. Das bedeutet, daß die Villa zum unveräußerlichen Erbgut gehört und mein Vater nicht das Recht hatte, sie dir zu hinterlassen. Sie gehört mir.«

»Rinaldo«, protestierte Carlo. »Lodovico hat Beatrice die Villa doch nur auf Lebenszeit hinterlassen. Am Ende wird sie sowieso an dich zurückfallen – oder wenn schon nicht an dich, dann wenigstens an deinen Sohn Niccolò. Du wirst doch nicht so kleinlich sein, die Witwe deines Vaters ihres Heims zu berauben –«

»Mein Lieber.« Beatrice legte ihre Finger leicht auf Carlos Arm. »Es ist sehr freundlich von dir, meine Partei zu ergreifen, aber Rinaldo hat sich offensichtlich schon entschieden. Es wäre außerdem nicht nett, ihn einer solchen Waffe zu berauben, wo er doch nur so wenige hat.«

»Das wird dir noch leid tun!« rief Rinaldo mit zitternder Stimme. »Du bildest dir soviel darauf ein, daß mein Vater dir diese Villa und die Opernloge hinterlassen hat und alles andere, was nicht unter das unveräußerliche Erbgut fiel! Aber die Villa gehört von Rechts wegen mir! Sie hätte Teil des Malvezzi-Landes sein müssen – statt einer Frau hinterlassen zu werden, die nicht einmal in der Lage war, meinem Vater ein Kind zu schenken!«

Beatrices Kopf flog nach hinten, als hätte Rinaldo ihr eine Ohrfeige verpaßt. Nur mit größter Anstrengung schaffte sie es, sich wieder zu fangen, indem sie tief und bewußt durchatmete, während sie zu Rinaldo hinüberstarrte.

»Du gehst jetzt wohl besser, Rinaldo«, sagte Carlo.

»Nein.« Beatrice glitt auf Rinaldo zu und lächelte ihn heiter an. »Du bist von der Reise erschöpft und wahrscheinlich hungrig wie ein Wolf. Hast du vor, noch heute abend nach Mailand zurückzureisen, oder willst du weiter ins Castello Malvezzi?«

»Ins Schloß«, antwortete Rinaldo mürrisch.

»Hier ist mein Vorschlag. Bleib erst mal hier – ruh dich aus, zieh dich um, iß zu Abend. Inzwischen kann das Schloß für deine Ankunft vorbereitet werden. Du weißt, wie zugig und schrecklich es ist, wenn dort lange niemand gewohnt hat.«

»Warum sollte dir daran liegen, mich hier zu haben?« fragte Rinaldo mißtrauisch.

»Mir liegt tatsächlich nicht besonders viel daran«, gab sie zu, »so, wie du dich benommen hast. Aber es wäre mir lieber, ich müßte mich nicht in aller Öffentlichkeit mit dir streiten. Du bist schließlich mein Stiefsohn.«

»Du willst mich bloß umstimmen«, erklärte Rinaldo. »Du glaubst, du kannst mich um den Finger wickeln, mir ein schlechtes Gewissen machen, so daß ich dich die Villa behalten lasse. Aber das wird nicht funktionieren! Nicht mit mir!«

»Warum bist du dann so fest entschlossen, vor mir wegzulaufen?« fragte sie lächelnd. »Du wolltest doch mit Commissario Grimani reden. Er wird nach dem Essen wieder hier sein, dann kannst du ihn nach Herzenslust ins Gebet nehmen.«

Rinaldo antwortete: »Wenn du glaubst, ich setze mich an einen Tisch mit dieser Hure und ihrem zahmen Eunuchen –«

»Niemand verlangt das von Euch«, unterbrach ihn Valeriano ruhig. »Mit Marchesa Malvezzis Erlaubnis werden Signora Argenti und ich in unseren Zimmern zu Abend essen.«

»*Signora Argenti!*« fauchte Rinaldo. »Was für eine Farce!«

»Ich – ich dachte, es wäre dir lieber, wenn ich nicht deinen Namen benutze«, sagte Francesca mit schwacher Stimme.

»Mir wäre es lieber, du hättest meinen Namen nie *angenommen,* du verfluchte Schlampe!«

»Wir ziehen uns jetzt wohl besser zurück«, sagte Valeriano und zog Francescas Arm unter seinen.

»Monster!« wütete Rinaldo. »Kreischender, tänzelnder Kapaun!«

Valeriano wirkte leicht gelangweilt. Ein Kastrat in seinem Alter war es bestimmt gewöhnt, auf diese Weise verhöhnt zu werden. Rinaldos Anstrengungen machten auf ihn offenbar keinerlei Eindruck.

Francesca dagegen wirkte bleich und erschöpft, als sie, schwer auf seinen Arm gestützt, den Raum verließ. Rinaldo biß auf seinen Fingernägeln herum und ging nervös im Kreis.

»Jetzt gibt es keinen Grund mehr, nicht zum Abendessen zu bleiben«, sagte Beatrice. »Soll ich einen Raum vorbereiten lassen, in dem du dich waschen und umziehen kannst?«

»Er kann mein Zimmer benutzen«, bot Carlo an.

»Also gut«, sagte Rinaldo. »Ich bleibe, aber nur, um Commissario Grimani zu sehen.«

»Vielleicht möchtest du dich in der Zwischenzeit ein wenig mit Signor Kestrel unterhalten«, schlug Beatrice vor, »wenn wir dir im Moment schon keinen echten Polizisten bieten können.«

»Oh, ich glaube nicht, daß es nötig ist, den Marchese mit Fragen zu dem Mord zu belästigen«, erklärte Julian. »Ich kann mir nicht vorstellen, daß er dem, was ich ohnehin schon weiß, noch etwas hinzufügen könnte.«

»Was zum Teufel wollt Ihr damit sagen?« schnaubte Rinaldo. »Wollt Ihr mich beleidigen, Signor?«

»Auf keinen Fall, Signor Marchese. Ich wollte damit nur sagen, daß Marchesa Malvezzi, Conte Carlo, Signora Argenti und Signor Valeriano bereits so freundlich waren, mich mit Informationen zu versorgen. Daher ist es nicht nötig, Euch mit Fragen zu belästigen, von denen ich mir vorstellen kann, daß Ihr sie lieber nicht beantworten würdet.«

»Wieso sollte ich sie nicht beantworten wollen?« rief

Rinaldo. »Ich habe nichts zu verbergen! Und es würde mich sehr überraschen, wenn die anderen Euch die Wahrheit gesagt hätten – vor allem meine Frau und ihre Mißgeburt von einem Liebhaber!«

Julian runzelte die Stirn. »Ich glaube nicht, daß ich in irgendeinem Punkt getäuscht worden bin.«

»Das werden wir sehen!« sagte Rinaldo. »Wir können uns unterhalten, während Onkel Carlos Zimmer für mich vorbereitet wird. Ich wette, ich habe Euch ein paar Dinge zu erzählen, die Euch überraschen werden!«

»Wie Ihr wünscht. Sollen wir vielleicht in die Bibliothek gehen?«

Rinaldo ging voraus. Die Marchesa hielt Julian einen Moment zurück. »Das habt Ihr sehr gut gemacht!« sagte sie leise.

Lächelnd verbeugte er sich vor ihr, ehe er Rinaldo folgte.

In der Marmorhalle trafen sie auf zwei große, stramme Lakaien, deren feuerrote Livree von Reisestaub überzogen war. Als sie Rinaldo sahen, nahmen sie Haltung an – ohne großen Eifer, wie Julian bemerkte. »Ich bleibe zum Abendessen«, erklärte Rinaldo brüsk. »Holt mein Gepäck aus dem Boot. Die Diener hier werden euch sagen, was ihr damit tun sollt.«

»Ja, Exzellenz«, murmelten sie.

Die Haustür öffnete sich. De la Marque trat herein. »Ah, *mon vieux*«, sagte er zu Julian, »ich fürchte, ich komme viel zu spät zum Essen, aber –«

Er hielt inne und starrte Rinaldo an. Einen Moment lang sprach aus seinem Blick so etwas wie Bestürzung. Rinaldo erwiderte seinen Blick ohne ein Zeichen des Erkennens oder Interesses.

Langsam wanderte de la Marques Blick zu den Lakaien hinüber. Sie rissen die Augen auf und stießen sich an. Einer von ihnen trat spontan einen Schritt nach vorn, aber der andere, der ein paar Jahre älter zu sein schien, packte ihn an seinem Gehrock und zog ihn zurück.

De la Marque wandte den Blick von ihnen ab und verbeugte sich vor Rinaldo. »Ich bitte vielmals um Verzeihung. Ich hätte mich Euch sofort vorstellen sollen. Ich weiß, daß ich die Ehre habe, Marchese Malvezzi gegenüberzustehen, aber Ihr werdet mich vielleicht nicht auf Anhieb erkennen. Ich bin Gaston de la Marque.«

»Jetzt erkenne ich Euch, Monsieur«, sagte Rinaldo. »Ihr seid sehr oft in Mailand.«

»Oft genug, wie mir scheint«, bemerkte Julian, »um Marchese Rinaldos Lakaien wiederzuerkennen.«

»Da sie die Malvezzi-Livree tragen, kann ich mich deswegen wohl kaum besonderen Scharfblicks rühmen«, antwortete de la Marque leichthin. »Aber Ihr habt recht, ich erinnere mich an sie, weil sie früher die Lakaien von Marchese Lodovico waren. Ich sah sie immer hinten auf seiner Kutsche, wenn er nachmittags den Corso entlangfuhr, und abends als Wachen vor der Tür seiner Opernloge. Sie gehörten zu den Attraktionen Mailands: die typischen pittoresken *buli,* die noch vor wenigen Generationen den großen Männern dienten, indem sie ihre Feinde zu Tode prügelten oder mit einem Messerstich aus dem Weg schafften –«

Ein wenig atemlos hielt er inne. Die Lakaien sahen sich aufgeregt an. Julian hätte zu gern gewußt, worum es dabei ging. Aber wenn er der Sache sofort auf den Grund ging, würde ihm vielleicht Rinaldo vom Haken springen. Er beschloß, de la Marque später zur Rede zu stellen und in der Zwischenzeit Dipper auf die Lakaien anzusetzen.

»Ich fürchte, wir halten Euch vom Umkleiden ab«, sagte er zu de la Marque. »Signor Marchese, sollen wir in die Bibliothek gehen?«

»Ich habe mir schon gedacht, daß man Euch nicht die ganze Geschichte erzählt hat«, sagte Rinaldo triumphierend. »Ihr wißt, daß meine Stiefmutter Turin im März '21 verlassen hat – angeblich, um vor den Rebellen zu fliehen. Und Ihr wißt auch, daß sie zwei Tage lang verschollen war, bis ich sie schließlich in Belgirate fand. Aber Ihr wißt bestimmt nicht, daß sie es damals bewußt darauf angelegt hatte, ihr

Reiseziel und ihre Pläne vor meinem Vater und mir geheimzuhalten. Sie ging verloren, weil sie es so wollte.«

»Warum sollte sie das wollen?« fragte Julian.

»Ich nehme an, sie ist nach Belgirate gereist, um sich mit einem Liebhaber zu treffen. So sind die Frauen nun mal.«

»Ihr wollt damit also nicht andeuten, daß sie heimlich hergekommen ist und Euren Vater umgebracht hat?«

Rinaldo blinzelte ihn erstaunt an. »Warum sollte ich auf eine solche Idee kommen? Dieser Sänger hat ihn umgebracht. Das weiß doch jeder.«

Julian dachte kurz nach. »Wieso seid Ihr der Meinung, daß es ihre Absicht war verlorenzugehen?«

»Das zeigt sich in allem, was sie tat. Zum einen reiste sie inkognito, mit einer einfachen Kutsche und Dienern, die keine Livree trugen.«

»Das erscheint mir eine sinnvolle Vorsichtsmaßnahme zu sein. Das Land steckte mitten in einer Revolte. Sie hätte von den Rebellen als Geisel genommen oder von Räubern belästigt werden können. Es gab damals viele, die versuchten, aus dem allgemeinen Durcheinander Nutzen zu ziehen.«

»War es dann auch eine sinnvolle Vorsichtsmaßnahme, von Turin aus einen Kurier vorauszuschicken, damit er für ihre Übernachtung in Novara Vorkehrungen traf – und dann von der Straße nach Novara abzubiegen, ohne ihn zu benachrichtigen? Sie hatte ihm nicht einmal gesagt, daß sie inkognito reisen wollte, so daß er, als sie nicht in Novara ankam und er sie auf der Straße suchte, alle nach der Kutsche und Livree der Malvezzis fragte, die natürlich keiner gesehen hatte. Nicht einmal nach ihrem Eintreffen in Belgirate hat sie den Versuch unternommen, mir oder dem Kurier in Novara eine Nachricht zu schicken. Sie hat sich einfach häuslich niedergelassen und in dem Gasthaus zwei Tage vertrödelt, während ich und der Kurier und eine Schar von Dienern das halbe Land nach ihr durchkämmten!«

Julian mußte zugeben, daß diese Neuigkeiten nichts Gutes verhießen. Offenbar hatte die Marchesa tatsächlich vorgehabt, eventuelle Verfolger in die Irre zu führen, als sie nach Belgirate reiste. Die einzige andere Erklärung war, daß sie durch den Ausbruch der Revolution in Panik geraten war und spontanen, irrationalen Einfällen gefolgt war. Aber dafür kannte Julian sie zu gut.

Er fragte: »Wann habt Ihr erfahren, daß sie verschollen war?«

»Am darauffolgenden Tag. Eine Nachricht traf ein, in der mich der Kurier über ihr Verschwinden informierte. Ich war entsetzt. Sofort versammelte ich ein halbes Dutzend Diener und brach nach Novara auf.«

»Verzeiht mir meine Offenheit«, sagte Julian vorsichtig, »aber Ihr und Marchesa Beatrice scheint Euch nicht sehr zu schätzen. Warum wart Ihr so besorgt um sie?«

»Das war ich nicht.« Rinaldo verdrehte die Augen. »Wenn es nach mir gegangen wäre, hätte man ihr gern den letzten Soldo rauben und sie im Unterrock auf die Straße setzen können. Aber –« Seine Stimme klang plötzlich hohl. »Mein Vater liebte sie. Er hätte völlig den Kopf verloren, wenn ihr etwas zugestoßen wäre. Und er hätte mich dafür verantwortlich gemacht. Egal, wie es dazu gekommen wäre, er hätte einen Weg gefunden, es mir in die Schuhe zu schieben. Ich mußte sie aufspüren, und zwar bevor er überhaupt erfuhr, daß sie verschollen war. Sonst würde er einen Grund finden, mir vorzuwerfen, ich sei nicht schnell oder tapfer oder klug genug gewesen. Aber wenn das Ganze ein gutes Ende nahm, würde er keine große Sache daraus machen.«

Julian begann allmählich ein wenig Mitleid zu empfinden – wenn schon nicht für den erwachsenen Rinaldo, dann doch für den verängstigten, gedemütigten kleinen Jungen, der er einmal gewesen war. Dann wurde Julian klar, daß Rinaldo noch immer dieser Junge war. Unter seinem herausfordernden Benehmen und seinem ungebändigten Stolz würde er immer ein kleiner Junge bleiben.

»Ihr seid also mit einem halben Dutzend Diener nach Novara aufgebrochen«, sagte Julian. »Was ist dann passiert?«

»Der Kurier wartete in Novara auf mich. Er hatte bereits die Polizei von Piemont und die regierungstreue Garnison in

Novara von Beatrices Verschwinden in Kenntnis gesetzt, aber wir wußten, daß wir von ihnen nicht viel Hilfe zu erwarten hatten. Sie hatten mit der Revolte alle Hände voll zu tun. Wir trommelten möglichst viele Helfer zusammen und suchten die Straße zwischen Turin und Novara ab. Am Ende dieses Tages hatten wir immerhin die Stelle gefunden, an der sie nach Norden abgebogen war. Wir teilten uns in Zweier- und Dreiergruppen auf und trennten uns. Jeder Suchtrupp bekam einen anderen Teil des nördlichen Piemont zugeteilt. Ich brach mit zwei Dienern in Richtung Nordosten auf.«

»Wie lange habt Ihr die Suche fortgesetzt?«

»Die ganze Nacht und den ganzen nächsten Tag. Wir hatten vereinbart, uns am Abend in Oleggio zu treffen, etwa auf halber Strecke zwischen Novara und dem Lago Maggiore. Bald nachdem ich dort angekommen war, traf die Nachricht ein, daß einer der Suchtrupps meine Stiefmutter in Belgirate gefunden habe. Ich bin sofort wieder aufgebrochen, um sie nach Hause zu bringen. Völlig erschöpft traf ich bei ihr ein, nachdem ich den ganzen Tag und die Nacht zuvor im Sattel gesessen hatte. Aber tat ihr das Ganze auch nur ein bißchen leid? Ihr doch nicht! Oh, sie hat sich sehr nett entschuldigt. Aber in Wirklichkeit war es ihr völlig egal.«

»Hat sie Euch erklärt, warum sie Euch so an der Nase herumgeführt hat?«

»Oh, sie hatte nie das Gefühl, mir irgendwelche Erklärungen schuldig zu sein. Sie besaß sogar die Dreistigkeit, mich zu fragen, ob mein Vater sich Sorgen um sie gemacht habe – dabei war ich derjenige, der fast zwei Tage nach ihr gesucht hatte! Ich erklärte ihr, daß er nicht einmal von ihrem Verschwinden wisse – ich hatte in Mailand Anweisungen hinterlassen, daß ihn die Diener erst informieren dürften, wenn sie meine Erlaubnis dazu hätten.«

Julian wollte Genaueres über Rinaldos Verbleib in der Mordnacht wissen. »Wie seid Ihr bei Eurer nächtlichen Suche nach Marchesa Beatrice vorgegangen? Ihr müßt in den Dörfern eine Menge Leute erschreckt haben, wenn Ihr mitten in der Nacht geklopft und nach der Marchesa gefragt habt.«

»Wir haben hauptsächlich an den Zollstationen und in Gasthäusern gefragt, wo sie unter Umständen die Pferde gewechselt hatte. Ich habe die zwei Diener, die ich mitgenommen hatte, losgeschickt, den Ticino – den Fluß an der Ostgrenze von Piemont – abzusuchen und herauszufinden, ob sie dort die Grenze zur Lombardei überschritten hatte, während ich die weiter westlich gelegenen Dörfer abklapperte.«

»Allein?«

»Ja. Die Diener hatten mich fast zur Verzweiflung gebracht, weil sie ständig wissen wollten, was als nächstes zu tun sei, und mich dabei ansahen, als würden sie von mir erwarten, daß ich Beatrice aus meiner Satteltasche hervorzauberte. Dauernd flüsterten sie miteinander, und ich wußte genau, was sie sagten: daß sie wünschten, an meiner Stelle wäre mein Vater bei ihnen. Natürlich regten sie sich auf, weil ich allein losziehen wollte, aber ich erklärte ihnen, daß ich mit einem Paar Pistolen bewaffnet sei und sehr gut auf mich selbst aufpassen könne.«

Julian fragte sich, ob Rinaldo überhaupt begriff, was er da sagte. Er gab zu, in der Mordnacht allein unterwegs gewesen zu sein, bewaffnet mit Pistolen, noch dazu in einem Teil von Piemont, der wenige Reitstunden vom Comer See entfernt war. Hätte er ihm das alles freiwillig erzählt, wenn er schuldig wäre? Vielleicht, wenn er der Meinung war, daß Julian es sonst auf andere Weise herausfinden würde. Auf jeden Fall hätte er großen Nutzen daraus gezogen, wenn er seinen Vater ermordet hätte. Auf einen Streich hätte er sich von Lodovicos Herrschaft befreit und sich zu einem der reichsten Landbesitzer in der Lombardei gemacht.

Aber wenn Rinaldo Lodovico getötet hatte, bedeutete das dann, daß er auch die Nachricht und den Handschuh vor dem Schloß abgelegt und Lodovico auf diese Weise in das Belvedere gelockt hatte? Falls dem so war, hatte er nicht nur seinen Vater getötet, sondern den Mord im voraus geplant.

Woher aber hätte er wissen sollen, daß seine Stiefmutter ihm den Gefallen tun würde, genau im richtigen Moment verlorenzugehen, so daß er einen Vorwand dafür hatte, allein durch die Gegend zu reiten? Konnte es sein, daß er und Beatrice unter einer Decke steckten? War ihre Feindseligkeit nur gespielt?

Julian fragte: »Wo wart Ihr in der Nacht, bevor Ihr vom Verschwinden der Marchesa erfahren habt?«

»Was spielt das für eine Rolle?«

»Der Rest der Familie hatte nichts dagegen, diese Frage zu beantworten.«

»Ich verstehe nicht, wie sich der Rest der Familie noch daran erinnern kann. Das alles ist schon Jahre her. Ich nehme an, ich war zu Hause.« Sein Blick wurde bitter. »Ich bin damals nicht viel ausgegangen.«

»Habt Ihr je einen Damenhandschuh zu Gesicht bekommen, der mit grünen Myrtenblättern aus Seide und einem von einem Diamantschaft durchbohrten Herz verziert war?«

»Was hat das mit der Ermordung meines Vaters zu tun?«

»Habt Ihr je einen solchen Handschuh zu Gesicht bekommen?« wiederholte Julian.

»Nein! Und wenn, wäre er mir nicht aufgefallen. Was interessieren mich Damenhandschuhe?«

»Der, um den es hier geht, hat unter Umständen einer Frau gehört, die Euer Vater vor Jahren kannte.«

»Eine aus seinem Harem von Geliebten?« Rinaldo lachte freudlos. »Denen hat er doch immer solches Zeug geschenkt.«

»Kennt Ihr die Namen irgendwelcher Geliebter, die er hatte, als Ihr noch sehr jung wart – vielleicht sogar, als Ihr noch gar nicht auf der Welt wart?«

»Nein. Ich wollte nie etwas über sie wissen. Warum?«

Julian erzählte ihm von dem Handschuh, der in der Nacht vor dem Mord vor dem Castello Malvezzi abgelegt worden war. Rinaldo sagte: »Ich nehme an, der Sänger hat ihn gebracht.«

»Wißt Ihr etwas über ihn?« fragte Julian.

»Nur, daß er Engländer war und eine Tenorstimme hatte. Ich war nicht da, als mein Vater sich mit ihm angefreundet hat.«

»Hat Euch Marchese Lodovico je von ihm geschrieben?«

»Er hat mit mir nie über Musik geredet und dieses Thema auch in seinen Briefen nie angesprochen«, murmelte Rinaldo. »Ich habe kein Ohr dafür.«

»Ihr habt erwähnt, daß Ihr nicht in Mailand wart, als Marchese Lodovico Orfeo kennengelernt hat. Wann seid Ihr zurückgekommen?«

»Ein paar Wochen, bevor mein Vater gestorben ist.«

»Habt Ihr Euren Vater in dieser Zeit gesehen?«

»Nein. Er war mit seinem Tenor am See und hat mich nicht eingeladen, sie zu besuchen, also bin ich in Mailand geblieben.«

»Signora Argenti hat Euch vom See aus geschrieben, wo sie mit Signor Valeriano abgestiegen war. Aber wenn ich das richtig verstanden habe, war es Marchese Lodovico, der den Brief beantwortete, und nicht Ihr.«

»Ich hatte ihn an meinen Vater weitergeleitet.«

»Warum?«

»Weil ich sie am Boden sehen wollte!« Rinaldo begann, nervös auf und ab zu gehen. »Weil ich wollte, daß sie jemand in den Boden stampft, und weil ich dachte, daß er das besser konnte als ich. Seit meiner Ankunft in Mailand machten sich alle über mich lustig. Ich war der Mann, dessen Frau lieber mit einem Eunuchen ins Bett ging als mit ihm. Stegreifdichter ließen sich Gedichte und Lieder über mich einfallen. Ich konnte mich nirgendwo mehr blicken lassen.«

»Ist Euch je der Gedanke durch den Kopf gegangen, an den See zu kommen und Eure Frau und Signor Valeriano zur Rede zu stellen?«

»Das war genau das, was sie wollte – mir von Angesicht zu Angesicht gegenüberstehen, damit sie mich beschwatzen konnte, sie Niccolò und Bianca sehen zu lassen. Ich wollte ihr diese Chance nicht geben.«

Es hatte nichts mit den Ermittlungen zu tun, aber Julian konnte sich die Frage nicht verkneifen: »Werdet Ihr ihr jemals gestatten, sie zu sehen?«

»Lieber sollen sie verdammt sein, und ich damit! Habt Ihr eine Vorstellung von dem, was sie mir angetan hat? Wißt Ihr, was es heißt, eine Frau zu haben und zu wissen, daß sie Euch jeden Tag, jede Stunde vor den Augen der ganzen Welt betrügt?«

»Ihr habt die Möglichkeit, Genugtuung zu fordern«, sagte Julian.

»Oh, hört bloß damit auf!« Rinaldos Stimme klang plötzlich müde und noch deprimierter als zuvor. »Bestimmt hat Valeriano auch von dem Duell erzählt.«

Julian spitzte die Ohren. Valeriano hatte nichts von einem Duell erwähnt. Julian tastete sich vorsichtig vor. »Ich bin gerne bereit, mir Eure Version anzuhören.«

»Nachdem meine Frau mich verlassen hatte, war ich gezwungen, Genugtuung von ihm zu fordern. Selbst wenn meine Ehre es nicht von mir verlangt hätte, hätte mein Vater mir keine Ruhe gelassen. Ich schickte ihm eine Herausforderung, die mir mein Vater diktiert hatte. Valeriano nahm an. Wir trafen uns zur verabredeten Zeit am verabredeten Ort. Unsere Sekundanten legten den Abstand fest und inspizierten unsere Pistolen.«

Er trat ans Fenster und blieb mit dem Rücken zu Julian stehen, die Hände gegen die Scheibe gestützt. »Valeriano war so – so *groß*. Er war ruhig und würdevoll. Er hatte keine Angst – auf jeden Fall zeigte er sie nicht. Ich aber war zehn Jahre jünger und hatte mich noch nie zuvor duelliert.«

Julian konnte sich die Szene sehr gut vorstellen. Er kannte das seltsam leichte Gefühl im Kopf, das man hatte, wenn man sich zum Ort der Begegnung aufmachte, ohne zu wissen, ob man ihn lebend oder tot wieder verlassen würde. Man wußte nur, daß man so tun mußte, als wäre es einem egal. Denn sobald einer der beiden Gegner seine Angst zeigte, hatte er schon verloren – zumindest die Schlacht der Nerven, die auf ihre Weise genauso wichtig war wie das

Duell selbst. Es war nur zu klar, wer in Rinaldos Fall die Schlacht der Nerven verloren hatte.

»Erzählt mir, was passiert ist«, forderte Julian ihn auf.

»Wir nahmen unsere Plätze ein, das Zeichen wurde gegeben, und wir schossen. Valeriano schoß in die Luft. Ich schoß und verfehlte ihn.« Mit rotem Gesicht wirbelte er zu Julian herum. »Ich war so nervös! Ich hatte noch nie auf einen lebenden Menschen geschossen, und auf mich war auch noch nie geschossen worden. Ich war einfach nicht in der Lage, die Waffe ruhig zu halten. Als ich feststellte, daß er mich nicht getroffen hatte – es gar nicht erst versucht hatte –, war ich so schockiert, daß mir schwindlig wurde. Ich konnte kaum noch stehen. Mein Sekundant sah mich an. Ich wußte, daß er von mir erwartete, daß ich einen zweiten Schuß verlangte. Ich tat es. Valeriano erklärte sich einverstanden. Erneut luden wir unsere Pistolen.«

Rinaldo drehte sich zur Seite. Sein Körper wirkte angespannt, seine Augen starrten ins Leere, als stünde er wieder auf dem Feld der Ehre. »Der Blick seiner Augen und die Ruhe, mit der er wieder Stellung bezog, sagten mir, daß er wieder genau dasselbe tun würde – in die Luft feuern. Ich war noch nervöser als beim erstenmal. Ich konnte kaum etwas sehen, weil mir der Schweiß in Strömen übers Gesicht lief. Ich hatte keine Entschuldigung, ihn ein zweitesmal zu verfehlen, wenn er nicht einmal den Versuch unternahm, mich zu treffen.«

Rinaldo hob die Hand. Sein Zeigefinger war ausgestreckt, als hielte er eine Waffe. »Das Zeichen ertönte. Er feuerte in die Luft. Ich – ich –« Langsam ließ er den Arm sinken. »Ich schoß erneut daneben. Es war so demütigend. Mein Sekundant sah mich voller Abscheu an. Er riet mir, es dabei zu belassen, was ich dann auch tat. Valeriano verbeugte sich und ging. Ich wäre ihm am liebsten nachgelaufen, um zu ihm zu sagen, er solle mich in Gottes Namen erschießen, denn alles wäre besser, als nach Hause geschickt zu werden zu –«

Er beendete den Satz mit einem Seufzer, der fast schon ein

Schluchzen war. Julian fragte mit sanfter Stimme: »Was hat Euer Vater getan, als er davon erfuhr?«

»Ich möchte mich nicht daran erinnern.« Rinaldo strich sich mit der Hand übers Gesicht. »Das waren die schlimmsten Stunden meines Lebens. Am Ende bat ich ihn um die Erlaubnis, Mailand verlassen zu dürfen. Ich brauchte sein Einverständnis – eigenes Geld hatte ich nicht. Er warf es mir praktisch vor die Füße. Er sagte, ich hätte es verdient, wie ein geprügelter Hund davonzuschleichen, mit eingezogenem Schwanz. Ich ging – nach Florenz, Neapel, Spanien. Es spielte keine Rolle. Wo ich auch hinging, sah ich dasselbe: Valeriano, groß wie ein Turm, wie er seine Waffe gen Himmel richtete und schoß – und ich, wie ich versuchte, ihn zu treffen, und versagte, immer versagte.«

»Habt Ihr eine Ahnung, warum er nicht auf Euch geschossen hat?« Für Julian war das der seltsamste Teil der Geschichte.

»Ich weiß es nicht. Wahrscheinlich, um mich zu demütigen.«

»Er konnte doch nicht wissen, daß Ihr ihn verfehlen würdet. Er hätte sehr leicht getötet werden können.«

»Woher soll ich wissen, was in seinem Kopf vorging? Ich bin doch kein verdammter Eunuch! Ich weiß nicht, wie die denken! Wahrscheinlich haßt er alle Männer, die nicht so verstümmelt sind wie er. Er hat in die Luft gefeuert, um zu demonstrieren, wie tapfer er war, und mir zu zeigen, daß *ich* nur ein Bruchteil von einem Mann war, nicht er. Aber ich werde ihn dafür bezahlen lassen – irgendwie, eines Tages!«

»Er hat Euch Satisfaktion gegeben«, rief ihm Julian ins Gedächtnis. »Er ist Euch nichts mehr schuldig.«

»Glaubt Ihr, Ehre ist eine Sache, die man wie in einer Bilanz abrechnen kann?« Rinaldos Affengesicht verzerrte sich. »Zum Teufel mit Eurer Satisfaktion! Solange er lebt und sie bei ihm ist, bin ich nicht gerächt!«

27

Nachdem seine Befragung beendet war, ging Rinaldo hinauf in Carlos Zimmer, wo er ein heißes Bad und einen Stapel weißer, nach Orangenblütenwasser duftender Handtücher vorfand. Das Rasiermesser mit dem silbernen Griff lag blitzblank auf dem Waschgestell. Ernesto stand bereit, um seinem Herrn bei Bedarf zur Hand zu gehen. Rinaldo wies ihn an, weitere Handtücher zu holen. Es war ihr üblicher Kampf, den sie jedesmal von neuem ausfochten, wenn Rinaldo von seinen Reisen zurückkehrte: Rinaldo tat alles, um den Diener seines Vaters loszuwerden, während Ernesto beharrlich daran festhielt, dem jungen Marchese zu dienen, wie er schon dem alten gedient hatte.

Mit Ernestos Hilfe nahm Rinaldo ein Bad und kleidete sich für den Abend an. Die Kirchturmuhren der Umgebung schlugen halb sechs, als er Ernesto entließ und einen letzten Blick in den Spiegel warf. Plötzlich ging die Tür hinter ihm noch einmal auf. »Ich brauche dich nicht mehr –«, begann Rinaldo gereizt. Dann sah er im Spiegel, daß es nicht Ernesto war.

Er wandte sich um. Francesca hatte die Tür hinter sich zugezogen und glitt an der Wand entlang. Sie zitterte, und ihre Augen waren starr auf Rinaldos Gesicht gerichtet.

»Was willst du?« fragte er.

Francesca sank auf die Knie. »Bitte. Erzähl mir etwas! Erzähl mir irgend etwas – wie groß sie sind, was sie gerne essen, ob Biancas Augen immer noch grün sind, ob Niccolò immer noch so ein Pferdenarr ist. O Gott, Rinaldo, hab Mitleid mit mir! Sechs Jahre lang habe ich nichts gehört! Ich denke die ganze Zeit an sie – ihre kleinen Gesichter und Hände, die Art, wie sie gelächelt haben. Inzwischen haben sie sich bestimmt sehr verändert, und ich bekomme nichts davon mit –«

»Und wer ist daran schuld?« gab Rinaldo zurück. »Niemand hat sie dir weggenommen. Du hast sie verlassen.«

»Nur ein Wort, Rinaldo! Dich würde es so wenig kosten, und mir würde es so viel bedeuten! Ich werde alles tun –«

»Alles?« Schnell trat er auf sie zu. »Deinen Eunuchen verlassen? Bei Gott und der Madonna schwören, daß du ihn nie wiedersehen wirst?«

»Das kann ich nicht«, flüsterte sie.

»Was soll dann dein ganzes Heulen und Betteln?« Er zog sie hoch und zwang sie, ihn anzusehen, während er sie mit seinem Körper gegen die Wand drückte. »Du Schlampe! Du vermißt deine Kinder – aber nicht genug, um deinen Liebhaber aufzugeben. Und von mir erwartest du, daß ich Mitleid mit dir habe? Soll ich zulassen, daß du sie mit deiner Verkommenheit ansteckst – daß du Bianca beibringst, wie man es mit Eunuchen treibt? Lieber bringe ich sie in ein Bordell, als daß ich sie in deine Nähe lasse – obwohl das auf dasselbe hinauslaufen würde! Aber keine Angst, sie werden dich nicht vergessen! Jeden Tag übe ich mit ihnen den Satz ›*Meine Mutter ist eine Hure*‹ –«

Francesca wand sich in seinen Armen. »Ich möchte gehen –«

»Oh, du möchtest gehen! Gott verhüte, daß du mit deinem Ehemann in einem Schlafzimmer eingesperrt wirst! Du dreckige Hure! Du solltest Gott auf Knien danken, daß ich immer noch bereit bin, dich zurückzunehmen. Aber ich schätze, du betest nur mit den Knien in der Luft!«

Schluchzend versuchte Francesca, sich aus seinem Griff zu befreien. Hinter ihr raschelte es.

»Was ist das?« fragte Rinaldo in scharfem Ton. »Was versteckst du da hinter deinem Rücken?«

Er ließ ihre Arme los. Mit zitternden Händen hielt sie ihm ein Päckchen in rosafarbenem Seidenpapier hin. »Das ist – das ist für die Kinder. Du bräuchtest ihnen ja gar nicht zu sagen, von wem es ist. Du könntest sagen, es sei von dir.«

Er nahm es und packte es aus. Zum Vorschein kamen eine Porzellanpuppe, die für einen Ball gekleidet war, und eine täuschend echt aussehende kleine Kutsche, die von vier grauen Pferden gezogen wurde. Rinaldo packte die Puppe bei den Füßen und schleuderte sie gegen die Wand. Ihr Kopf zerschmetterte, und perlenbesetzte Haarnadeln flogen durch die Luft. Dann warf er die Kutsche auf den Boden und trampelte darauf herum. Francesca schwankte und schlug die Hände vor den Mund. »Madonna, hilf mir –«

»Hinaus!«

Sie stolperte unsicher zur Tür. Dann blieb sie stehen, um sich die Augen zu trocknen und das Haar glattzustreichen.

Rinaldo riß die Tür auf. »Hinaus, habe ich gesagt!«

»Oh, bitte, nicht so laut!« Francesca sah ängstlich zu einem Zimmer auf der gegenüberliegenden Seite hinüber.

»Wessen Zimmer ist das? Das des Eunuchen? Warum darf er nicht wissen, daß du bei mir warst? Ist er so eifersüchtig–«

»Nein.« Ihre Augen weiteten sich. »Nein – er – «

Rinaldo machte einen Schritt auf sie zu und packte sie am Handgelenk. »Komm, wir wollen ihn suchen und es ihm erzählen!«

»*Nein!*« rief sie. »Laß ihn in Ruhe, Rinaldo, bitte! Ich flehe dich an –«

Ungerührt von ihren Bitten, schob er sie den Gang entlang und dann die Treppe zur Marmorhalle hinunter. Sie stolperte neben ihm her. Aus dem Salon drangen Stimmen. Nachdem er Francesca halb zur Tür gezerrt, halb getragen hatte, schob er sie hinein. Schwankend landete sie fast unter Valerianos Nase.

Valeriano stützte sie und sah Rinaldo erstaunt und dann zunehmend wütend an. Julian, MacGregor, Carlo und die Marchesa eilten herbei, um Francesca zu beschützen, falls es nötig werden sollte. Rinaldo blickte über sie hinweg seinen Rivalen an und lachte triumphierend: »Wißt Ihr, wo sie war, Signor Gelding? Sie ist zu mir ins Zimmer gekommen und hat schniefend um Neuigkeiten von den Kindern gebettelt! So glücklich habt *Ihr* sie gemacht!«

Valeriano hielt Francesca mit beiden Händen fest und sah ihr ins Gesicht. Er selbst wirkte sehr bleich. »Francesca, stimmt das?«

»Nein, – nein, Pietro – ich meine – ich habe ihn nach den Kindern gefragt – bloß, weil er eben da war, und weil ich vielleicht keine andere Gelegenheit gehabt hätte –«

»Mich gefragt!« johlte Rinaldo höhnisch. »Sie ist auf den Knien vor mir herumgerutscht. ›Nur ein Wort, Rinaldo! Hab Mitleid mit mir, Rinaldo!‹ Ihr hättet sehen sollen, was sie für ein Theater veranstaltet hat. Seht sie Euch jetzt an – seht Euch bloß ihr Gesicht an – ganz fleckig und tränenverschmiert.«

»Francesca«, flüsterte Valeriano, »wie konntest du mir das verschweigen? Ich dachte, du wärst über den schlimmsten Kummer wegen deiner Kinder hinweg. Ich dachte – o Gott, was die Liebe doch für Narren aus uns macht –, daß du glücklich wärst!«

»Ich war es! Bin es!« Sie zerrte an seiner Jacke. »Ich vermisse meine Kinder und denke an sie, aber das spielt keine Rolle. Ich habe mich dafür entschieden, bei dir zu bleiben. Ich liebe dich.«

»Ich verstehe jetzt, wieso du in der Lage warst, mich zu täuschen: Ich weiß nicht, wie es ist, Kinder zu haben. Ich habe nicht einmal Neffen oder Nichten, die mir eigene Kinder hätten ersetzen können. Ich werde deine Gefühle nie wirklich verstehen können. Darauf hast du gezählt.«

»Nein, so war es nicht. Ich wollte dir nur unnötigen Schmerz ersparen. Ich wußte, daß dich Kummer und Schuldgefühle quälen würden, wenn du wüßtest, wie sehr ich –«

Sie hielt inne.

»Leide?« führte er ihren Satz zu Ende. »Ja, du hast recht. Ich fühle mich schuldig. Gott sei Dank ist es noch nicht zu spät, daran etwas zu ändern.« Er holte tief Luft. »Dein Mann irrt sich, Francesca. Ich bin kein Monster. Signor Marchese, werdet Ihr Eure Frau wieder aufnehmen und ihr die Kinder zurückgeben, wenn sie mit mir bricht?«

Rinaldos Augen funkelten. »Ich habe ihr schon gesagt, daß ich das tun würde.«

»Nein!« rief Francesca. »Nein, Pietro! Was sagst du da? Ich werde dich nicht verlassen!«

»Das mußt du auch nicht, meine Liebste. Weil nämlich ich dich verlasse.«

»Nein!« Sie schlang ihre Arme um ihn. »Nein, das lasse ich nicht zu! Du bist verrückt!«

»Ich bin nicht verrückt, Francesca, und ich bin fest entschlossen. Ich liebe dich zu sehr, um dich von dem fernzuhalten, was du noch mehr liebst als mich. Verstehst du denn nicht? Solange du bei mir lebst, wirst du immer zerrissen sein.«

»Glaubst du, ich werde nicht zerrissen sein, wenn du mich verläßt?«

»Ich glaube, deine Kinder können dich über meinen Verlust besser hinwegtrösten, als ich dich über ihren. Und –«, fast versagte ihm die Stimme, »– und du kannst weitere Kinder bekommen. Sie werden die Leere füllen, die ich hinterlasse.« Er hielt ihr Gesicht so, daß sie ihn ansehen mußte. »Das würdest du doch gern, nicht wahr?«

Sie wurde rot und versuchte, seinem Blick auszuweichen.

»Ja«, sagte Valeriano traurig. »Das habe ich mir gedacht.«

Er versuchte sich von ihr zu lösen. Sie klammerte sich an ihn. Er war so viel größer als sie, daß es ein leichtes für ihn war, sich aus ihren Armen zu befreien. »Warum?« brach es aus ihr heraus. »Warum sollte ich Kinder bekommen, wenn du es nicht kannst?«

»Warum sollte ein Mann alles haben, wofür ein anderer Leib und Seele opfern würde? Das weiß vielleicht ein Priester, aber nicht ich. Es heißt ja, daß wir im Himmel alle gleich sein werden.« Valeriano verlor kurz die Kontrolle über seine Stimme. »Vielleicht wird dort sogar die Unterscheidung zwischen männlich und weiblich aufgehoben sein. Ist dir je aufgefallen, daß die Engel auf den Gemälden nie Bärte oder Brüste haben? Als Junge, nachdem sie den Eingriff vorgenommen hatten, fragte ich mich oft, ob sie vielleicht alle Kastraten sind –«

Er schloß für einen Moment die Augen. Als er sie wieder aufschlug, hatte er sich einigermaßen gefangen. Er ging zu Beatrice hinüber und küßte ihr die Hände. »Marchesa, ich danke Euch für Eure Gastfreundschaft und für Eure Güte Francesca gegenüber. Ich bitte Euch, ihre Freundin zu bleiben – sie wird Freunde wie Euch brauchen. Ich bleibe nicht zum Essen – ich breche auf, sobald meine Sachen gepackt sind.«

»Wohin wirst du gehen, Pietro?« fragte Francesca mit hohler Stimme.

»Zurück nach Venedig.« Er trat auf sie zu, nahm ihre Hand und hob sie an die Lippen. Einen langen Augenblick sah er ihr in die Augen. »Lebwohl«, sagte er leise. »Möge Gott dich beschützen, mein Engel – meine wahre und einzige Liebe.«

Er riß sich von ihr los und ging schnell zur Tür. Rinaldos Hand schoß vor und hielt ihn fest. »Ich werde dafür sorgen, daß sie in einem Monat wieder schwanger ist«, versprach er.

Valeriano gestattete sich einen einzigen haßerfüllten Blick, dann war er verschwunden.

Francesca schwankte plötzlich. Eine Sekunde später war Beatrice an ihrer Seite und half ihr in einen Sessel. Julian schenkte aus einem Krug Rotwein in ein Glas und brachte es Beatrice, die Francesca sanft drängte, etwas davon zu trinken. Rinaldo betrachtete sie voller Verachtung.

»Mein lieber Rinaldo, nach soviel Aufregung kannst du uns unmöglich nach dem Essen verlassen. Ich würde mich sehr freuen, wenn du und Francesca die Nacht hier verbringen würdet. Nun, da Signor Valeriano uns verläßt, kannst du sein Zimmer haben.«

»Ich will sein Zimmer nicht!« erwiderte Rinaldo scharf. »Wenn ich bleibe, kannst du mich bei meiner Frau unterbringen. Dort gehöre ich hin.«

Francesca rang nach Luft und schlug die Hände vors Gesicht.

Beatrice bedachte ihn mit einem ironischen Blick. »Natürlich, Rinaldo, ganz, wie du wünschst. Du wirst also bleiben?«

»Ja«, antwortete Rinaldo zufrieden. »Ich werde bleiben.«

»Warum ruhst du dich hier nicht eine Weile aus?« schlug

Beatrice Francesca vor. »Ich werde das Abendessen noch mal um eine halbe Stunde verschieben. Nach dieser Aufregung hat es wahrscheinlich keiner besonders eilig mit dem Essen.«

Julian war klar, daß sie Francesca im Salon festhalten wollte, bis Valeriano weg war. Francesca war zu erschöpft, um ihre Absicht zu durchschauen. Sie ließ sich in ihren Sessel zurücksinken und schloß die Augen. Im nächsten Moment riß sie die Augen wieder auf und starrte voller Angst zu Rinaldo hinüber.

Schnell sagte Carlo zu ihr: »Ich werde dir Gesellschaft leisten.«

»Ich kann ihr doch Gesellschaft leisten«, widersprach Rinaldo.

»Mein Junge, es ist mir eine große Freude, euch beiden Gesellschaft zu leisten«, antwortete Carlo. »Es ist schon so lange her, daß ich euch das letzte Mal gesehen habe.«

Rinaldo ließ sich in einen Sessel fallen. Francesca schloß erneut die Augen. Eine unerfreulichere Familienvereinigung hatte Julian noch nie erlebt.

Die Marchesa ordnete an, daß man das Abendessen eine weitere halbe Stunde warm halten solle. Dann traten sie und Julian auf die Terrasse hinaus. Das schöne Wetter, das während des Festes geherrscht hatte, war vorbei. Jetzt war die Luft feucht. Der See sah grau aus, und in den Bergsenken kauerte der Nebel. Julian und Beatrice blickten über die Balustrade zu einem Schwan hinaus, der einsam auf dem bleiernen Wasser dahinglitt.

»Rinaldo ist seinem Vater nicht sehr ähnlich«, bemerkte Julian.

»Ich bin froh, daß Ihr das sagt. Lodovico war kein bösartiger Mensch. Er mußte immer seinen Kopf durchsetzen, aber wenn er erst einmal triumphiert hatte, konnte er vergeben und vergessen. Rinaldo ist wie seine Mutter, sowohl vom Aussehen als auch vom Temperament her. Sie hatten beide einen schwachen Willen und schreckliche Angst vor Lodovico. Gegenüber anderen waren sie grausam und nachtragend, um sich selbst auf diese Weise weniger klein und verachtenswert zu fühlen. Ich beneide Francesca nicht. Rinaldo wird sie für alle Demütigungen bezahlen lassen – nicht nur in seinem, sondern auch in Lodovicos Namen. Und diese Rechnung wird sie nie begleichen können, selbst wenn sie hundert Jahre alt wird.«

»Könnt Ihr irgend etwas für sie tun?«

Sie überlegte. »Ich werde versuchen, ihm klarzumachen, daß er den Skandal ihrer Untreue nur um so lebendiger hält, wenn er sie schlecht behandelt, und daß es viel eher in seinem Interesse ist, die Sache zu begraben. Das könnte eine gewisse Wirkung haben. Aber erst einmal bin ich froh, daß ich ihn überzeugen konnte, hier zu übernachten. Ich hatte wirklich Angst vor dem, was Francesca tun könnte, wenn er sie sofort aufs Schloß schleppen würde und sie dort ganz allein mit ihm und seinen Dienern wäre.«

Daß sie Rinaldos Diener erwähnte, erinnerte Julian an die Lakaien. Er hatte Dipper damit beauftragt, soviel wie möglich darüber herauszufinden, warum de la Marques Anblick sie so in Aufregung versetzt hatte. Das Ganze sah nach einem höchst vielversprechenden Indiz aus, und es hätte zu keinem besseren Zeitpunkt kommen können. Inzwischen war Montag abend. Lucia blieben nur noch zwei Tage.

Aus dem Augenwinkel sah er Fletcher und St. Carr den Weg vom See heraufkommen. Sie traten auf die Terrasse, verbeugten sich mit typischer englischer Steifheit über der Hand der Marchesa und begrüßten Julian. Dann berichteten sie ausführlich von ihrem nachmittäglichen Besuch bei Lucia. Julian, der davon noch nichts wußte, verfluchte sich, weil er den Ausflug zur Villa Pliniana gemacht und Lucia Grimanis Willkür überlassen hatte. Er hätte wissen müssen, daß Grimani einen Weg finden würde, sie zu schikanieren.

»Der Mann ist ein Teufel!« sagte Fletcher. »Sie ist wie ein offenes Buch für ihn, und er droht ihr mit den Dingen, vor denen sie am meisten Angst hat. Und trotzdem war sie so tapfer, so –« Er hielt inne und wandte verlegen den Kopf ab.

»Glaubt Ihr, er wird Orfeo finden?« wandte sich St. Carr an Julian.

»Irgend jemand wird ihn wohl finden«, antwortete Julian.

»Meint Ihr damit Euch selbst?« fragte Fletcher beunruhigt. »Denn wenn Ihr ihn findet und an Grimani ausliefert, wird Grimani es Lucia heimzahlen, daß sie ihm nicht geholfen hat.«

»Überlaßt Grimani mir«, sagte Julian. »Wenn ich Orfeo habe, kann ich mit ihm handeln – ihn zwingen, Lucia freizulassen, wenn ich ihm als Gegenleistung Orfeo ausliefere. Da ihm Orfeo so wichtig ist, wird er auf meine Bedingungen eingehen.«

»Ich verstehe!« Fletchers Miene hellte sich auf. »Besteht die Möglichkeit, daß Ihr ihn bald findet – bevor Lucias drei Tage um sind?«

Julian hatte ihr Gespräch für die Marchesa übersetzt. Als er bei dieser Frage anlangte, sah sie ihn erwartungsvoll an.

»Das kann ich Euch nicht sagen«, antwortete er.

»Wir hatten seinetwegen große Schwierigkeiten«, erklärte St. Carr. »Erst hat uns Grimani unsere Pässe genommen, dann schleppte er uns zu diesem Mädchen, und jetzt will uns Signora Frascani aus dem Gasthaus werfen.«

»Warum denn das?« fragte Julian.

»Sie mag es nicht, wenn sich die Polizei so für ihre Gäste interessiert«, antwortete Fletcher mit einem ironischen Grinsen.

»Es gibt im Dorf kein anderes Gasthaus«, klagte St. Carr, »und in der näheren Umgebung auch nicht. Wir dürfen die Gegend nicht verlassen, haben aber keine Bleibe mehr. Erwartet Grimani von uns, daß wir auf der Piazza schlafen?«

»Dieses Problem läßt sich leicht lösen«, sagte die Marchesa. »Mein Stiefsohn ist unerwartet eingetroffen, und Signor Valeriano verläßt uns, was bedeutet, daß hier im Haus ein Zimmer frei wird. Ich würde mich freuen, Euch als Gäste hier zu haben, bis Euch Eure Pässe wieder ausgehändigt werden.«

»Das kommt überhaupt nicht in Frage! Wir wollen Euch nicht zur Last fallen.«

»Ihr würdet mir nicht zur Last fallen«, versicherte ihm die Marchesa. »Ihr seid gegen Euren Willen in diese Geschichte hineingezogen worden, und das mindeste, was ich tun kann, ist, Euch ein Dach über dem Kopf zu geben, bis dieses Durcheinander geklärt ist. Bitte, Signor Fletcher – wollt Ihr mir diesen Wunsch nicht erfüllen?«

Ihr Lächeln war einfach bezaubernd. Auch Fletcher war dagegen nicht immun. Er sah zu St. Carr hinüber, der ihn voll ängstlicher Erwartung anblickte. Daraufhin verbeugte er sich und sagte in holprigem Mailändisch: »Vielen Dank, Marchesa. Ihr seid sehr freundlich, und wir sind Euch sehr dankbar.«

»Ich hoffe, es macht Euch nichts aus, daß Ihr Euch ein Zimmer teilen müßt«, sagte sie. »Ich habe leider nur das eine.«

»Das macht überhaupt nichts«, antwortete Fletcher.

»Ich werde einen Diener ins Gasthaus schicken, damit er Eure Sachen abholt«, sagte sie. »Habt Ihr schon zu Abend gegessen? Wir sind heute sehr spät dran.«

»Wir haben schon gegessen«, antwortete Fletcher, »und uns war nicht bewußt, daß wir Euch vom Essen abhalten. Wir gehen sofort wieder und kommen später zurück.«

»Ich freue mich darauf, Euch als meine Gäste begrüßen zu dürfen.« Sie streckte ihnen nacheinander die Hand hin, und St. Carr, der feuerrot anlief, wagte es diesmal sogar, sie an die Lippen zu führen.

In der Villa speiste man an diesem Abend den Seefisch *missoltitt*. Dazu gab es Trüffel aus den Bergen und kleine Zwiebeln, die entlang der Küste wuchsen. Francesca aß fast nichts und wirkte völlig benommen, als könnte sie es noch immer nicht fassen, wieder bei Rinaldo zu sein. Valeriano war in aller Stille mit dem Boot abgereist, ohne sie noch einmal zu sehen.

Rinaldo war bester Laune und ließ sich so oft Wein nachschenken, daß Julian hoffte, er würde am Ende des Abends nicht mehr in der Verfassung sein, seine Frau zu belästigen. Carlo und Beatrice betrachteten ihn mit zunehmendem Abscheu. Julian war schon oft aufgefallen, daß es die Italiener trotz des vielen Weins, der bei ihnen getrunken wurde, überhaupt nicht schätzten, wenn sich jemand betrank.

Da es nach Regen aussah, blieb die Gesellschaft nach dem Essen im Haus. Donati spielte Klavier, und Carlo improvisierte witzige Gedichte, obwohl niemandem so richtig nach Lachen zumute war. Grimanis Rückkehr trug auch nicht dazu bei, die Stimmung zu heben. Er reagierte verärgert, als er erfuhr, daß Rinaldo eingetroffen und in seiner Abwesenheit befragt worden war; aber da es nicht so aussah, als könnte Rinaldo zur Identifizierung Orfeos etwas Brauchbares beitragen, hatte Grimani es nicht besonders eilig, mit ihm zu reden. Das war auch ganz gut so, weil Rinaldo inzwischen ziemlich betrunken war. Seine Ausgelassenheit bildete einen grotesken Kontrast zur Niedergeschlagenheit der anderen.

Immerhin sorgte das Eintreffen von Fletcher und St. Carr für ein wenig Ablenkung. Die Marchesa ließ ihren ganzen Charme spielen, damit sich die beiden wohl fühlten. Es faszinierte Julian, sie dabei zu beobachten. Langsam, aber sicher lockte sie St. Carr aus der Reserve, indem sie seiner jugendlichen Selbstverliebtheit schmeichelte, bis aus seinem schüchternen Staunen unverhohlene Verzückung geworden war. Was Fletcher betraf, kannte sie ihn gut genug, um zu wissen, daß er nicht mit Koketterie zu bezaubern war. Ihm gegenüber schlug sie einen freundlichen Ton an, ohne mit ihm zu flirten, und hörte seinen Ausführungen über Botanik mit ernsthaftem Interesse zu. Trotzdem vernachlässigte sie de la Marque nicht, sondern führte ihr übliches Liebesgeplänkel mit ihm fort, was Julian ungemein ärgerte, auch wenn er sich einzureden versuchte, daß ihr Interesse an allen drei Männern nur von ihrem leidenschaftlichen Wunsch herrührte, Orfeo zu finden.

Julian saß gerade am Klavier, um seinerseits ein wenig zu

spielen, als er Dipper an der Tür des Musikzimmers stehen und hereinspähen sah. Er spielte das Stück zu Ende, um keine unnötige Aufmerksamkeit zu erregen, indem er es einfach abbrach, und spazierte dann in Begleitung MacGregors zu Dipper in die Marmorhalle hinaus. Zanetti schlich durchs Musikzimmer, um in der Nähe der Tür einen günstigen Lauschposten zu beziehen.

Dipper machte ihm einen Strich durch die Rechnung. Er beherrschte die eigentümliche Sprache der britischen Verbrecherwelt so gut, daß weder MacGregor noch Zanetti ein Wort verstanden, als er Julian seine Nachricht übermittelte. Julian dachte einen Augenblick nach und antwortetete ihm auf dieselbe unverständliche Weise.

Dipper zog wieder ab.

»Was in aller Welt –«, begann MacGregor.

»Mein lieber Freund«, sagte Julian, während er ihn am Arm nahm und zurück ins Musikzimmer dirigierte, »habe ich Euch je von Rossinis letztjährigem Besuch in London erzählt, wo ich ihn Duette mit dem König singen hörte?«

Er führte MacGregor an Zanetti vorbei, der ihn mit hängender Kinnlade und derart bekümmerter Miene anstarrte, daß Julian sich das Lachen verkneifen mußte. Als er bald darauf sah, daß Zanetti mit gespitzten Ohren einem Gespräch zwischen Fletcher und St. Carr lauschte, entwischte er mit MacGregor nach oben.

»Erzählt Ihr mir jetzt endlich, worüber Ihr mit Dipper gesprochen habt?« fragte MacGregor.

»Er hat mir erzählt, daß die Lakaien von Marchese Rinaldo mit mir sprechen wollen und ihm einen Scudo gegeben haben, damit er das arrangiert. Ich habe ihn gefragt, was sie mir sagen wollten, und er hat geantwortet, sie seien sehr mißtrauisch und wollten nur mit mir sprechen. Daraufhin habe ich ihn gebeten, sie in mein Zimmer hinaufzuführen, wohin ich ihm umgehend folgen würde.«

»Ich habe gar nicht gewußt, daß Ihr Dippers Slang so gut beherrscht.«

»Manchmal ist das recht nützlich«, antwortete Julian

lächelnd. »Wahrscheinlich wird Zanetti die halbe Nacht damit zubringen, in seinem Englischwörterbuch Vokabeln nachzuschlagen – und sie nicht finden.«

Inzwischen hatten sie ihr Zimmer erreicht. Dipper wartete dort mit den beiden Lakaien. Sie hatten den Staub von der Reise von ihren feuerroten Jacken gebürstet und sich mit makellosen weißen Seidenstrümpfen und üppig gepuderten Perücken fein gemacht. Sie waren beide groß und kräftig und hatten die breiten Schultern und muskulösen Waden, die man bei Lakaien so schätzte. Der eine war Anfang Zwanzig, hatte ein rötliches Gesicht und runde, glänzende Augen. Der andere mochte vielleicht fünf Jahre älter sein, hatte bleiche Haut und ein ausgeprägtes Kinn. Der Blick seiner zusammengekniffenen Augen wirkte prüfend. Beide verbeugten sich respektvoll vor Julian. Der Jüngere wollte etwas sagen, wurde aber vom Älteren durch ein Kopfschütteln daran gehindert.

»Ihr wolltet mich sehen?« fragte Julian.

Der ältere Lakai trat vor. »Milord, ich bin Tommaso Agosti, und das ist Bruno Monti. Wir stehen im Dienst Seiner Exzellenz Marchese Rinaldo, und vor ihm dienten wir Marchese Lodovico, Gott hab' ihn selig.« Er bekreuzigte sich, und Bruno folgte seinem Beispiel.

Amüsiert stellte Julian fest, daß sie ihn in den Adelsstand erhoben hatten. Er beschloß, sie in diesem Glauben zu lassen. Niemand hatte mehr Respekt vor einem Titel als die Diener eines großen Mannes. »Fahre fort.«

Tommaso warf einen Seitenblick auf MacGregor und Dipper. »Mit Verlaub, Milord, wir wollten mit Euch allein sprechen.«

»Dr. MacGregor und Dipper genießen mein uneingeschränktes Vertrauen«, antwortete Julian, »und ich garantiere für ihre Diskretion.« Er wandte sich an Dipper. »Am besten stellst du dich neben die Tür, damit du hörst, wenn Zanetti auftaucht.«

»Überlaßt ihn ruhig mir, Sir«, versprach Dipper.

Vorsichtig sagte Tommaso: »Milord, wir haben gehört,

daß Ihr der Polizei helft, den Mörder von Marchese Lodovico zu finden.«

»Ja«, antwortete Julian.

»Wir haben unseren früheren Herrn sehr gemocht, Milord«, fuhr Tommaso fort. »Er war gut zu uns – auf seine Weise hielt er zu uns, wie wir auf die unsere zu ihm hielten. Damals wurden wir von allen respektiert. Kein anderer Diener wagte es, uns zu verärgern. Die Bauern nahmen den Hut ab, wenn sie uns kommen sahen. Sämtliche Ladenbesitzer bemühten sich um unsere Gunst –«

»Und ihre Töchter auch!« Die Erinnerung ließ Brunos Augen aufblitzen.

Tommaso bedachte ihn mit einem strafenden Blick. »Jedenfalls möchten wir etwas für unseren früheren Herrn tun und mithelfen, den Hurensohn zu finden, der ihn getötet hat –«

»Und ihn mit unseren eigenen Händen aufknüpfen!« rief Bruno aus.

»Halt den Mund!« sagte Tommaso. »Wie ich schon gesagt habe, Milord, wir wollen dasselbe wir Ihr: Marchese Lodovicos Mörder seiner gerechten Strafe zuführen. Nun ja, wir wissen etwas, das Euch vielleicht helfen könnte. Als unser alter Herr gestorben ist, konnten wir noch nicht ahnen, daß es wichtig ist, weil wir ja nicht wußten, daß er ermordet worden war. Versteht Ihr? Als wir dann davon erfuhren, hatten wir das alles schon fast vergessen, es war so lange her. Aber dann sind wir hier angekommen und haben –« Er hielt inne.

»Monsieur de la Marque gesehen?« sprach Julian den Satz für ihn zu Ende.

»Was hab' ich dir gesagt?« Bruno zog das Unterlid seines linken Auges herunter, was wohl heißen sollte: *Paß auf, er ist schlau!*

»Stimmt, Milord«, sagte Tommaso widerwillig. »Dieser schleimige Franzose! Daß er es wagt, sich hier blicken zu lassen! Auf jeden Fall dachten wir, daß wir es jemandem erzählen sollten.«

»Aber wir wollten es nicht der Polizei sagen«, fügte Bruno hinzu, »weil die sonst vielleicht –«

»Weil wir die *sbirri* nicht mögen«, sagte Tommaso knapp.

Lächelnd nahm Julian in einem Sessel Platz und lehnte sich mit ausgestreckten Beinen zurück. »Gehe ich recht in der Annahme, daß es sich hierbei um Informationen handelt, die euch in Schwierigkeiten bringen könnten?«

Bruno lachte. »Dem kannst du nichts vormachen, Tommaso! Er ist kein Österreicher-Kopf! Milord, Ihr habt recht. Tommaso und ich haben etwas getan, was den *sbirri* gar nicht gefallen würde. Damals hatten wir keine Angt vor ihnen, weil wir wußten, daß wir bei einer möglichen Verhaftung bloß alles abzustreiten brauchten und Marchese Lodovico uns schon aus dem Schlamassel heraushelfen und dafür sorgen würde, daß keine Anklage erhoben würde. Wie Tommaso schon sagte, er hat auf uns aufgepaßt. Aber bei Marchese Rinaldo ist das etwas anderes. Er ist ganz anders als sein Vater! Gegen diesen Giftzwerg Grimani würde er uns wahrscheinlich nicht beistehen. Und Conte Carlo ist ein Liberaler« – Bruno sagte das so höhnisch, wie man es von einem getreuen Lakaien Lodovicos erwarten konnte –, »und unser alter Herr hat ihm nicht getraut. Und Marchesa Beatrice ist die schönste Dame, die je gelebt hat, aber sie ist nur eine Frau. Dann haben wir von Euch gehört, Milord – daß Ihr ein berühmter englischer Dandy seid, der nur zum Spaß Verbrechen aufklärt, daß Ihr weder vor Grimani noch vor irgendwelchen anderen *sbirri* Angst habt. Deswegen haben wir gedacht, wir kommen zu Euch.«

»Aber wir haben uns noch nicht entschieden«, warnte Tommaso, während er Julian mit einem abschätzenden Blick musterte. »Milord, wenn wir Euch berichten, was wir wissen, gebt Ihr uns dann Euer Wort, daß Ihr es Commissario Grimani nicht sagen werdet?«

»Das kann ich euch nicht versprechen«, antwortete Julian. »Aber ich schwöre euch bei meiner Ehre, daß ich Grimani nur dann etwas sagen werde, wenn es die Ermittlungen unbedingt erforderlich machen. Und wenn ich es ihm sagen muß, werde ich alles in meiner Macht Stehende tun, um dafür zu sorgen, daß ihr als meine Informanten mit besonderer Milde behandelt werdet.« Er lächelte. »Mach dir nichts vor, Tommaso, du weißt, daß Bruno es mir früher oder später sowieso erzählen wird.«

»Da habt Ihr recht«, gab Tommaso zu. »Also gut, Milord, Die Sache war so. Eines Abends schenkten wir unserem früheren Herrn und seinen Freunden in der Opernloge Wein aus, als er plötzlich diesen Franzosen allein in einer Loge des vierten Ranges sitzen und etwas schreiben sah. Lachend sagte mein Herr: ›Na so was, ist er gekommen, um in der Oper seine Briefe zu schreiben?‹ Einer von seinen Freunden sagte: ›Nein, er schreibt die Fiorituren der Sänger auf.‹«

»Das sind ihre Verzierungen«, warf Bruno ein. »Die Teile der Lieder, die nicht in der Partitur stehen, weil die Sänger sie von sich aus hinzufügen, um mit ihren Stimmen anzugeben.«

»Milord weiß das«, sagte Tommaso. »Er ist schließlich kein ungehobelter Bauer. Jedenfalls, als mein Herr das hörte, riß er die Augen weit auf und sagte: ›Was denn, während sie singen?‹ ›Gewiß‹, antwortete sein Freund. ›Er kann Musik mitschreiben, als würde man ihm Worte diktieren.‹ Daraufhin sagte mein Herr: ›Den muß ich kennenlernen.‹«

Eifrig erzählte Bruno die Geschichte weiter. »Deswegen sagte er zu mir: ›Bruno, geh und bitte ihn, mich hier zu besuchen.‹ Also ging ich in die Loge des Franzosen. Er kritzelte immer noch vor sich hin, aber als er mich sah, hörte er auf und schloß das Notizbuch, in das er geschrieben hatte.«

»Dieses Notizbuch«, sagte Julian. »Wie hat es ausgesehen?«

Bruno zog die Nase kraus, während er sich zu erinnern versuchte. »Es war ungefähr so groß.« Er zeichnete einen etwa zwanzig auf fünfundzwanzig Zentimeter großen Gegenstand in die Luft. »Und es hatte einen rostbraunen Ledereinband.«

Julians Herz schlug schneller. Er wußte, daß er im Begriff stand, etwas von größter Wichtigkeit zu entdecken.

»Entschuldige, daß ich dich unterbrochen habe. Erzähl weiter.«

»Ich habe zu Monsieur de la Marque gesagt, daß mein Herr, Seine Exzellenz Marchese Malvezzi, ihn in seiner Loge zu sehen wünsche. Der Franzose wußte die Ehre, die ihm zuteil wurde, nicht zu schätzen. Ich glaube, er hat mich gefragt, was mein Herr von ihm wolle. ›Er will Euch sehen‹, antwortete ich. ›Er erwartet, daß Ihr bei ihm erscheint, bevor die Oper zu Ende ist.‹ Den letzten Teil habe ich selbst hinzugefügt«, gestand Bruno. »Ich wollte, daß er wußte, daß mit meinem Herrn nicht zu spaßen war.«

»Was ist dann passiert?« fragte Julian.

»Er ist gekommen«, antwortete Bruno. »Etwas anderes hätte er nicht gewagt. In der Pause zwischen dem Ende der Oper und dem Schlußballett kam er in die Loge meines Herrn geschlendert. Mein Herr machte viel Aufhebens um ihn – forderte ihn auf, sich zu setzen, und stellte ihn allen seinen Freunden vor. Er – mein Herr, meine ich –, sagte, daß er noch nie jemandem begegnet sei, der Fiorituren niederschreiben könne, während sie gesungen würden. Er sagte: ›Ihr müßt in diesem Notizbuch allerlei wundervolle Darbietungen festgehalten haben – Darbietungen, an die sich womöglich nicht einmal mehr die Sänger selbst erinnern können.‹ De la Marque zuckte mit den Achseln, schüttelte den Kopf und tat für einen Franzosen viel zu bescheiden. Da sagte mein Herr: ›Ich wäre Euch sehr dankbar, wenn Ihr mir das Notizbuch für ein, zwei Wochen leihen könntet. Es würde mir große Freude bereiten, es zu studieren.‹ Und was, glaubt Ihr, hat dieser Franzose geantwortet?« Bruno war anzusehen, wie sehr er sich noch jetzt darüber aufregte.

»Er hat sich geweigert«, sagte Tommaso. »Er hat meinem Herrn vor all seinen Freunden eine Abfuhr erteilt. Oh, er hat versucht, es irgendwie hinzubiegen, indem er behauptete, er schreibe gerade an einem Buch über Gesang und wolle seine Notizen nicht aus der Hand geben, bevor das Buch fertig sei.« Auch Tommasos Miene wirkte jetzt verbissen. »Das war keine Art, mit meinem Herrn zu reden. Es war eine Beleidigung. Marchese Lodovico hat es als solche empfunden. Und wir haben es auch so empfunden – Bruno und ich.«

Tommaso machte eine Pause und scharrte mit den Füßen. Offensichtlich kam er nun zu dem Teil der Geschichte, der ihm Sorgen bereitete. Der redselige Bruno sprang für ihn in die Bresche. »Der Marchese war sehr schlechter Laune, nachdem de la Marque seine Loge verlassen hatte, und sagte zu Tommaso und mir, wir sollten uns verziehen. Was wir auch taten. Dann fingen wir an, über die Sache zu reden. Wir sagten zueinander: ›Sollen wir zulassen, daß dieser schändliche Franzose unseren Herrn zum Gespött der Leute macht? Wir werden es ihm heimzahlen oder nie wieder die Livree der Malvezzis tragen!‹

Gesagt, getan, Milord! Wir konnten den Franzosen in keiner der Logen entdecken, deswegen dachten wir, er hätte die Oper bereits verlassen. Schnell rannten wir die Treppe ins Vestibül hinunter und kamen gerade noch rechtzeitig, um zu sehen, wie er auf die Straße hinaus trat. Wir folgten ihm in einiger Entfernung. Um diese Uhrzeit war es in der Gegend sehr ruhig. Die Straßen und Cafés füllten sich erst, wenn das Ballett vorüber war.

Wir kamen dem Franzosen immer näher. Schließlich sagte Tommaso: ›Jetzt!‹, und wir packten ihn und zogen ihn in eine kleine dunkle Nebenstraße der Corsia del Giardino.« Bruno sprang vor und griff nach einem imaginären de la Marque. »Wir drückten ihn an eine Wand, ich auf der einen Seite, Tommaso auf der anderen. Wir sagten: ›Ihr habt etwas, das unser Herr will. Gebt es heraus!‹ Er antwortete auf seine spöttische Art: ›Weiß er, daß ihr es auf euch genommen habt, mich zu überreden, darauf zu verzichten?‹ Tommaso sagte ›Nein, aber er wird sich trotzdem freuen, es zu bekommen. Wenn Ihr ein braver Junge seid, gibt er es vielleicht sogar zurück, wenn er damit fertig ist.‹

Der Franzose riß den Mund auf, und ich wußte, daß er um Hilfe schreien wollte. Ich verpaßte ihm einen Schlag in den Magen. Das hat ihm den Atem geraubt, das kann ich Euch sagen! Wir haben ihm noch ein paar verpaßt. Wir *mußten* es tun«, erklärte Bruno in verletztem Ton. »Er wollte nicht nachgeben.

Nachdem wir ihn bewußtlos geschlagen hatten, fanden wir das Notizbuch in einer Tasche seines Mantels und nahmen es an uns. Wir ließen ihn auf der Straße zurück. Er atmete regelmäßig, so daß wir wußten, daß er bald wieder zu sich kommen würde. Als es Zeit war, unseren Herrn nach Hause zu begleiten, waren wir längst wieder in der Scala.«

»Hat jemand diese Begegnung zwischen euch und Monsieur de la Marque beobachtet?« fragte Julian.

»Falls ja, dann sind die Betreffenden in sicherer Entfernung geblieben.«

Das glaubte Julian ohne weiteres. Keiner, der zufällig vorbeikam, legte sich gern mit zwei kräftigen jungen Grobianen an, die die Livree eines großen Mannes trugen. »Was habt ihr mit dem Notizbuch gemacht?«

»Wir haben es durchgeblättert«, antwortete Bruno. »Es war voller Musiknoten – eine Seite nach der anderen. Für uns hatte es keinen Wert. Als wir an dem Abend nach Hause kamen, gingen wir zu Marchese Lodovico und erklärten ihm, der Franzose habe das Notizbuch auf der Straße verloren, und wir hätten es gefunden.«

Julian zog eine Augenbraue hoch. »Hat er euch das geglaubt?«

»Ich nehme an, er wußte Bescheid«, antwortete Tommaso.

»Schließlich hatte sich der Franzose hartnäckig geweigert, das Notizbuch herzugeben, so daß es nicht sehr wahrscheinlich war, daß er es hinterher auf der Straße verlor, versteht Ihr? Aber wir haben ihm keine Einzelheiten erzählt, und er hat uns auch nicht danach gefragt. Statt dessen dankte er uns und sagte, er werde sich um das Notizbuch kümmern. Also gaben wir es ihm.«

»Was ist weiter mit dem Notizbuch passiert?«

Tommaso zuckte mit den Achseln. »Wir haben es nie wieder zu Gesicht bekommen, und den Franzosen auch nicht – bis heute. Natürlich haben wir nicht viel Zeit in Mailand verbracht. Wir sind mit Marchese Lodovico an den See gefahren, nachdem er sich mit dem Sänger Orfeo angefreundet hatte, und nach seinem Tod waren wir ständig mit Marchese Rinaldo auf Reisen.«

»Demnach ist diese Sache nicht lange vor Marchese Lodovicos Tod passiert«, bemerkte Julian nachdenklich.

»Gegen Ende der Herbstsaison von La Scala«, sagte Bruno.

Also einen Monat, bevor der Karneval begann und Orfeo in Lodovicos Leben trat, dachte Julian. »Habt ihr Monsieur de la Marque darauf angesprochen?«

»Das wollten wir, Milord!« erklärte Bruno »Am liebsten hätten wir ihn am Kragen gepackt und ihn gefragt, wie er dazu komme, sich hier in der Villa der Marchesa blicken zu lassen, obwohl es zwischen ihm und ihrem Mann böses Blut gegeben habe. Aber da die *sbirri* in der Nähe sind, wollten wir keine Unruhe stiften.«

»Das war sehr klug von euch«, sagte Julian. »Könntet ihr Monsieur de la Marque erst einmal mir überlassen?«

Bruno und Tommaso sahen sich an. Schließlich nickte Tommaso. »Also gut, Milord. Wir werden dem Franzosen aus dem Weg gehen – vorerst.«

»Heute abend dürfte das nicht allzuschwer zu sein«, sagte Bruno. »Marchese Rinaldo hat uns freigegeben – was er nicht sehr oft tut! Wir gehen ins Dorf.« Breit grinsend, zwinkerte er Julian zu. »Wir werden beide unser Glück bei dieser Rosa versuchen. Auf daß der beste Mann gewinnen möge!«

Julian sah, wie Dipper lächelte, und fragte sich, ob der beste Mann womöglich schon gewonnen hatte. Aber vielleicht dachte er bloß daran, wie Rosas Mutter auf den Plan der Lakaien reagieren würde.

Nachdem die Lakaien ihre goldbesetzten Dreispitze aufgesetzt und sich mit einer Verbeugung verabschiedet hatten, sagte MacGregor: »Worum ging es eigentlich? Ich konnte Eurem Gespräch überhaupt nicht folgen.«

»Das tut mir leid, mein lieber Freund«, sagte Julian. »Aber die Lakaien hätten vielleicht nicht so frisch von der Leber weg erzählt, wenn ich ihre Worte ständig übersetzt hätte. Ich werde Euch gleich alles darüber berichten. Aber erst –« Julian lehnte sich in seinem Sessel zurück. Ein Lächeln umspielte seine Lippen. »Dipper, wärst du so nett, Monsieur de la Marque zu fragen, ob er die Güte besitzen würde, sich uns anzuschließen?«

28

De la Marque schlenderte in Julians und MacGregors Zimmer, als drehe er gerade eine Runde durch die vornehmen Logen der Scala. »Guten Abend, *mon vieux* – mein lieber Doktor. Was für eine wunderbare Idee von Euch, mich zu einem gemütlichen Abend einzuladen.« Er zog seine schwarzen Brauen hoch und blickte sich um. »Ich sehe keine Karten, nicht einmal eine Flasche Wein. Wenn jemand hereinkommt, wird er uns für Methodisten halten.«

»Ich bin mir sicher, daß Ihr das sehr schnell richtigstellen werdet«, antwortete Julian. »Wollt Ihr Euch nicht setzen?«

De la Marque ließ sich in einem Sessel gegenüber Julian und MacGregor nieder. Sein Blick wanderte zu Dipper hinüber, der erneut Posten neben der Tür bezogen hatte. »Sagt mal«, antwortete er beiläufig, »wieso habt Ihr eigentlich Euren Diener dort postiert? Damit ich drinnen bleibe oder damit Grimani draußen bleibt?«

»Damit Grimani draußen bleibt, natürlich«, sagte Julian. »Ich habe nicht den Eindruck, daß man Euch einsperren muß, um Euch zum Reden zu bringen.«

»*Touché!*« De la Marque lehnte sich in seinem Sessel zurück und lächelte. »Aber warum solltet Ihr den Wunsch haben, unseren Freund, den Commissario, von dieser wichtigen Befragung auszuschließen?«

»Weil ich den Lakaien mein Wort gegeben habe, Grimani nach Möglichkeit aus der Sache rauszuhalten.«

»Wie praktisch!« De la Marque lächelte noch breiter.

»Was wollt Ihr damit sagen?« fragte MacGregor.

De la Marque musterte ihn einen Moment lang eindringlich. »Nur, daß mir gewisse Spannungen zwischen Mr. Kestrel und dem übereifrigen Commissario aufgefallen sind«, antwortete er sanft.

»Wenn Ihr darauf besteht, Grimani dabeizuhaben«, sagte Julian, »dann kann ich ihn natürlich holen –«

»Ihr blufft, *mon vieux*«, lachte de la Marque. »Aber Ihr macht das so gut, daß ich mich gerne Euren Wünschen füge. Ihr wollt mich befragen. Also los!«

Julian erwiderte kühl seinen Blick. »Wie Ihr sicher schon erraten habt, haben uns die Lakaien erzählt, wie sie Euch bewußtlos geschlagen, Euch Euer Notizbuch abgenommen und Euch anschließend auf der Straße liegengelassen haben.«

De la Marque lächelte nicht mehr. Julian sah, wie sich die Muskeln in seinem Gesicht und an seinen Armen anspannten. Er hatte sich manchmal gefragt, ob de la Marque tatsächlich mit der Adelsfamilie verwandt war, aus der er zu stammen behauptete. Seit der Revolution wimmelte es in Europa nur so von falschen französischen Aristokraten. Was das betraf, hatte er nun keine Zweifel mehr: De la Marque war deutlich anzusehen, welche Gefühle ihn bewegten, wenn er an den Angriff der Lakaien dachte: Demütigung, verletztes Ehrgefühl, kalte Wut.

Vorsichtig sagte de la Marque: »Ich wußte natürlich, daß die Lakaien reden würden. Mir scheint, sie haben Euch so ziemlich alles darüber erzählt. Was wollt Ihr von mir noch wissen?«

»Warum habt Ihr die Polizei nicht von dem Raub verständigt?«

»Hättet Ihr das getan?« fragte de la Marque mit seinem typisch französischen Achselzucken. »Ich hatte keine Zeugen, und ich wußte, daß Marchese Malvezzi seine Bediensteten decken würde. Ich wußte außerdem, daß er das Notizbuch so lange behalten würde, wie es ihm gefiel. Er war sehr begierig darauf, es zu sehen. Ich hoffte, daß er es mir irgendwann zurückgeben würde.«

»Dazu hatte er kaum Gelegenheit«, entgegnete Julian,

»weil Ihr kurz darauf nach Turin aufgebrochen und die nächsten drei Monate dort geblieben seid.«

»Das ist richtig.« De la Marques Blick wirkte hart. »Man konnte kaum von mir erwarten, daß ich in Mailand blieb und geduldig darauf wartete, bis er mir mein Eigentum zurückgab.«

»Habt Ihr ihn wegen des Notizbuchs je zur Rede gestellt?«

»Das hätte ihn bloß erzürnt. Indem ich meinen Mund hielt, hoffte ich ihn dazu zu bringen, es mir unauffällig zurückzuschicken, wenn er damit fertig war.«

»Ihr habt die Beleidigung also hingenommen«, sagte Julian.

»Bereitwilliger, als ich eine aus Eurem Mund hinnehmen werde«, antwortete de la Marque leise, »falls Ihr damit andeuten wollt, daß Ihr mich für einen Feigling haltet, *mon vieux.*«

MacGregor setzte sich ruckartig auf. Julian legte ihm beschwichtigend eine Hand auf den Arm, ließ de la Marque dabei aber nicht aus den Augen. »Das war nicht meine Absicht«, erklärte er ruhig. »Habt Ihr je einem Menschen von diesem Raub erzählt?«

»Wohl kaum. Wie Ihr bereits so genüßlich betont habt, habe ich mich durch diese Geschichte nicht gerade mit Ruhm bekleckert.«

»Sie hätte für die Polizei von Interesse sein können, nachdem die Ermordung des Marchese bekanntgeworden war.«

»Die Polizei hätte dem ganzen eine viel zu große Bedeutung beigemessen. Ein Mann bringt doch nicht wegen ein paar Notizen zum Thema Gesang einen einflußreichen Adligen um.«

»Selbst dann nicht, wenn ihm die Diener des Adligen diese Notizen gestohlen und ihn bei der Gelegenheit bewußtlos gechlagen haben?«

De la Marque ließ sich noch tiefer in seinen Sessel sinken. Nachdenklich starrte er an die Decke und strich sich dabei über seinen Schnurrbart. »Verzeiht, wenn ich das sage, *mon vieux*, aber Ihr seid heute abend nicht besonders amüsant.«

»Ich bin untröstlich.« Julian imitierte de la Marques übliche spöttische Art, indem er die Augen weit aufriß.

»Mir scheint«, mischte sich MacGregor ein, »ein Mann, der an einem Buch über Gesang arbeitet und dem die Notizen gestohlen worden sind, die er sich dazu monatelang oder sogar jahrelang gemacht hat, könnte durchaus zu gewaltsamen Maßnahmen greifen. Das, was Ihr Euch in der Oper notiert habt, waren den Lakaien zufolge die Fior-, Fior-, nun ja, eben die Musik, die sich die Sänger ausdenken, während sie singen. Das hättet Ihr nie alles aus dem Gedächtnis neu aufschreiben können. Durch den Diebstahl war eine Menge Arbeit zum Teufel.«

»Ganz im Gegenteil«, widersprach de la Marque. »Ich bin den Lakaien sogar dankbar. Sie haben mit dazu beigetragen, daß mein vielgepriesenes Buch nie fertig werden wird. Sich Notizen zu machen und sie sich anschließend stehlen zu lassen erinnert ein bißchen an Penelope, die tagsüber webte und ihre Arbeit nachts wieder auftrennte: Auf diese Weise wird mich die Sache jahrelang beschäftigen.«

»Unsinn!« meinte MacGregor. »Früher oder später wollt Ihr das Buch in Händen halten und sagen können: ›Hier ist etwas, das ich zu Ende gebracht habe.‹«

»Das klingt unsäglich traurig«, sagte de la Marque, »fast, wie wenn jemand stirbt. Ich genieße die Aktivität selbst, nicht das Fertigwerden. Der Prozeß fasziniert mich.« In freundlichem Ton sagte er zu Julian: » A propos Prozeß, was habt Ihr jetzt vor?«

»Ich nehme an, Ihr streitet ab, Lodovico Malvezzi getötet zu haben?«

»Allerdings.«

»Und Ihr habt keine Ahnung, wer ihn getötet haben könnte?«

De la Marque ließ nachdenklich den Blick abschweifen. »Ich möchte nicht behaupten, daß ich *gar keine* Ahnung habe. Mir ist da kürzlich eine Idee gekommen, und nun scheint eine gute Gelegenheit zu sein, sie Euch mitzueilen.«

»Bitte«, bestärkte ihn Julian.

De la Marque sah Julian in die Augen und fragte mit dem Anflug eines Lächelns: »Habt Ihr je vom Comte d'Aubret gehört?«

»Er war ein französischer Adliger«, antwortete Julian langsam, »ein Liberaler, der als ziemlich exzentrisch galt. Er ist vor ein paar Jahren an einer schweren Krankheit gestorben.«

»Genau«, pflichtete de la Marque ihm bei. »Ich habe ihn ein bißchen gekannt. Wir waren beide als Emigranten in England. Er war fünfzehn oder zwanzig Jahre älter als ich und für sein exzentrisches Verhalten nicht nur berühmt, sondern auch berüchtigt. Als die Exilanten nach der Restauration nach Frankreich zurückkehrten, freuten sich die meisten von uns, ihr altes Leben wieder aufnehmen zu können, und versuchten, möglichst in den Genuß der damit verbundenen Privilegien zu kommen. Nicht so d'Aubret. Er war ein Philosoph: nachdenklich, skeptisch und – zum Entsetzen Frankreichs unter den wieder eingesetzten Bourbonen-Monarchen – unreligiös. Er bewunderte die britische Verfassung und hatte sogar über Bonaparte ein, zwei positive Dinge zu sagen. Der König mißtraute ihm, andere Adlige intrigierten gegen ihn, Priester verabscheuten ihn, und seine eigenen Bauern wußten nicht, was sie von ihm halten sollten. Die Polizei hätte ihn zweifellos gern bei einem Komplott gegen die Regierung ertappt, aber meines Wissens ist ihnen das nie gelungen. Er mischte sich nicht in die Politik ein. Wenn ich ihn knapp charakterisieren sollte, würde ich sagen, daß es niemanden gab, der in öffentlichen Dingen zynischer und im Privatleben gütiger war als er.«

»Nach allem, was ich über ihn gehört habe«, sagte Julian, »habt Ihr ihn sehr gut beschrieben.«

De la Marque lächelte breit. »Aus Eurem Munde ist das ein großes Kompliment – nachdem Ihr selbst eine so gute Menschenkenntnis besitzt.«

»Was hat dieser Comte d'Aubret mit Lodovico Malvezzis Ermordung zu tun?« fragte MacGregor.

»Ihr müßt wissen, mein lieber Doktor«, erklärte de la Marque, »daß der Comte d'Aubret einen englischen Protegé hatte: einen jungen Mann, der meines Wissens in Orfeos Alter war. D'Aubret hat diesen jungen Mann ein oder zwei Jahre vor dem Mord nach Italien geschickt, damit er dort den letzten Schliff bekam. Und wenn ich mich nicht täusche, hat man sich damals erzählt, er könne singen.«

Julian sah de la Marque eindringlich an. »Wie war der Name dieses jungen Mannes?«

»Das ist das Verteufelte daran, Mr. Kestrel. Ich kann mich einfach nicht daran erinnern. Wir sind uns nie begegnet, müßt Ihr wissen.« De la Marque lächelte katzenhaft. »Natürlich kann es sein, daß er mir noch einfällt.«

»Das könnt Ihr Eurer Großmutter erzählen!« rief MacGregor. »Glaubt Ihr wirklich, Ihr könnt uns mit vagen Geschichten über französische Grafen und englische Protegés zum Narren halten? Ihr behauptet zu wissen, wie alt dieser junge Mann war und wann er nach Italien kam, aber an seinen Namen könnt Ihr Euch nicht mehr erinnern?«

»Leider, *mon très cher médecin*, ist genau das der Fall. Ihr müßt das verstehen. Dieser junge Engländer erregte bei d'Aubrets Bekannten großes Interesse. Kaum jemand bekam ihn zu Gesicht – d'Aubret hielt ihn die meiste Zeit in seinem Schloß unter Verschluß –, aber es waren alle möglichen Gerüchte über ihn im Umlauf. Manche Leute behaupteten, er sei d'Aubrets leiblicher Sohn, den er in jungen Jahren in England gezeugt habe. Andere waren davon überzeugt, daß d'Aubret ihn bei den Engländern als Spion oder Vermittler einsetzte. Es gab sogar eine romantische Geschichte, der zufolge der junge Mann mittellos durch die Straßen von Paris gewandert und vor Tortoni in d'Aubrets Armen zusammengebrochen war. Wie auch immer, auf jeden Fall hatte d'Aubret ihn sehr ins Herz geschlossen. Ich spreche nicht von *l'amour à la Grecque* – ich glaube nicht, daß d'Aubrets Neigungen in diese Richtung gingen. Vielleicht war er dabei, wie Rousseau ein Erziehungssystem zu entwickeln. Vielleicht war es ihm auch nur langweilig.«

»An uneigennützige Güte scheint Ihr nicht zu glauben«, bemerkte Julian.

»Ich glaube an keinerlei uneigennütziges Verhalten. Wenn jemand behauptet, ohne Rücksicht auf die Folgen zu handeln, die sein Tun für ihn selbst hat, dann ist er entweder wahnsinnig oder ein Lügner.« De la Marque lehnte sich lächelnd zurück. »Aber Ihr habt meine Frage noch nicht beantwortet, *mon vieux*. Was werdet Ihr nun tun?«

»Ich kann nur eines tun.« Julian erhob sich und wandte sich an Dipper. »Holst du bitte Commissario Grimani?«

»Ja, Sir.« Dipper verließ den Raum.

De la Marque sprang auf. »Was – was habt Ihr vor?«

»Ich werde Commissario Grimani berichten, was Ihr mir erzählt habt. Ich kann ihm derart wichtige Informationen nicht vorenthalten.«

»Aber – aber –« De la Marque wirkte ratlos. »Ich dachte, Ihr hättet den Lakaien versprochen, sie aus der Sache herauszuhalten.«

»Ich habe ihnen versprochen, es zu versuchen. Aber es ist nicht möglich. Grimani muß über den Diebstahl Eures Notizbuches und Eure Geschichte von Comte d'Aubrets Protegé informiert werden.«

»Ihr müßt völlig verrückt sein! Wißt Ihr denn nicht, daß Grimani –«

Julian zog die Augenbrauen hoch. »Weiß ich denn nicht, daß Grimani – was?«

»Nichts!« De la Marque ließ sich wieder in seinen Sessel fallen. »Macht doch, was Ihr wollt! Laßt das ganze gottverlassene Haus über unserem Kopf einstürzen, wenn es Euch Spaß macht. Aber der Teufel und alle seine Legionen sollen mich holen, wenn ich weiß, was Ihr vorhabt! Ich kenne mich in dem Labyrinth in Eurem Kopf einfach nicht mehr aus!«

MacGregor schnaubte. »Das geht mir ständig so, wenn ich mit Kestrel zusammen bin.«

Julian berichtete Grimani vom Diebstahl des Notizbuches durch die Lakaien und von de la Marques Spekulationen über den Schützling des Comte d'Aubret. Natürlich wollte Grimani die Lakaien befragen, aber Julian sagte ihm, daß sie losgezogen seien, den Abend im Dorf zu verbringen. Wie versprochen bat er Grimani, sie als seine Informanten mit Milde zu behandeln. Er hätte sich deswegen keine Sorgen zu machen brauchen: Die Lakaien interessierten Grimani nicht. Er war viel mehr daran interessiert, dem Opfer ihres Verbrechens etwas nachzuweisen.

»Was genau stand in Ihrem Notizbuch?« fragte er de la Marque.

De la Marque lehnte sich zurück, warf ein Bein lässig über die Lehne seines Sessels und seufzte – ein Märtyrer der Langeweile. »Alle möglichen musikalischen Notizen. Fiorituren, die ich in der Oper gehört hatte. Musikalische Übungen, von denen ich gelesen oder die ich mir selbst ausgedacht hatte. Tonale und rhythmische Sequenzen, mit denen Sänger Probleme gehabt hatten. Ich versuchte herauszufinden, welche Tonkombinationen an einen Sänger die größte Herausforderung stellen, und warum.«

»Enthielt Ihr Notizbuch auch Ratschläge zum Thema Komponieren?« fragte Julian, »oder vielleicht irgendwelche Eigenkompositionen von Euch?«

»Ich habe nicht den Ehrgeiz, der nächste Rossini zu werden«, antwortete de la Marque leichthin.

»Das war nur so ein Gedanke von mir«, sagte Julian, »weil doch Ernesto der Meinung war, Marchese Lodovico hätte vor seinem Tod ein Musikstück komponiert. Deswegen habe ich mich gefragt, ob er vielleicht Euer Notizbuch als Hilfsmittel benutzt haben könnte.«

De la Marque sah ihn fragend an. »Jetzt habt Ihr mich neugierig gemacht.«

»Conte Carlo hat mir erzählt, Marchese Lodovico sei bei früheren Versuchen, etwas zu komponieren, nicht sehr erfolgreich gewesen«, fuhr Julian fort. »Wenn er vorgehabt hätte, Eurer Notizbuch zu benutzen, um etwas zu schreiben – sagen wir mal, eine Oper oder bloß ein einzelnes Lied –, hätte er dann das dafür nötige Material vorgefunden?«

De la Marque wandte langsam den Blick ab. »Ich habe

mich tatsächlich im Komponieren versucht. Ich hatte das Fundament gelegt – jeder, der ein bißchen von Musik verstand, hätte das Gebäude errichten können.«

»Soll das heißen, Ihr wollt Marchese Lodovico des Plagiats bezichtigen?« fragte Grimani.

»Wo denkt Ihr hin! Das wäre mir viel zu anstrengend«, antwortete de la Marque und gähnte. »Mr. Kestrel hat mich danach gefragt, und ich war gezwungen zuzugeben, daß es möglich sei.«

»Was ist aus diesem Notizbuch geworden?« fragte Grimani.

»Ich weiß es nicht, Signor Commissario. Jedenfalls habe ich es nie zurückbekommen.«

»Es wurde nicht bei Marchese Lodovicos Sachen gefunden«, sagte Grimani.

»Ich kann mir das nicht erklären«, meinte de la Marque achselzuckend. »Vielleicht hat es Orfeo.«

»Und vielleicht«, sagte Grimani, »seid Ihr selbst Orfeo und habt Euch bei Marchese Lodovico eingeschmeichelt, um Euer Notizbuch zurückzuholen und Euch dafür zu rächen, daß seine Lakaien Euch verprügelt hatten.«

»Ist der Diebstahl von Monsieur de la Marques Notizbuch nicht eher ein Indiz dafür, daß er *nicht* Orfeo ist?« gab Julian zu bedenken. »Nachdem es zwischen ihm und Marchese Lodovico so böses Blut gegeben hatte, ist es ziemlich unwahrscheinlich, daß der Marchese ihn zu einem musikalischen Idyll am See eingeladen hat.«

»Es sei denn, er konnte seiner Stimme nicht widerstehen«, warf MacGregor ein. »Alle sagen, eine schöne Stimme habe den Marchese alles andere vergessen lassen.«

»Das ist alles höchst schmeichelhaft für mich«, sagte de la Marque. »Innerhalb der letzten Viertelstunde bin ich als vielversprechender Komponist und erhabener Tenor gepriesen worden – obwohl ich Euch leider daran erinnern muß, daß ich ein Bariton bin. Außerdem traut Ihr mir zu, der raffinierteste und teuflischste Verbrecher zu sein, den man sich nur vorstellen kann. Aber nachdem wir die Frage nach meinen legalen und illegalen Leistungen damit ziemlich erschöpfend beantwortet haben, möchte ich von Euch wissen, Signor Commissario, ob Ihr nicht meint, daß wir dem Protegé des Comte d'Aubret auch einen Moment Aufmerksamkeit widmen sollten?«

»Keine Angst, ich habe ihn nicht vergessen«, sagte Grimani. »Dieser d'Aubret war ein berüchtigter Liberaler. Unsere Regierung wußte alles über ihn, ebenso, wie die französischen Behörden über potentiell gefährliche Radikale bei uns hier Bescheid wußten. Falls er wirklich einen englischen Schützling hatte, der singen konnte, lohnt es sich, der Sache nachzugehen. Laut Maestro Donati hat Orfeo behauptet, erst Französisch und dann Italienisch gelernt zu haben. Aber Eure Geschichte kommt Euch allzu gelegen, Monsieur. Es könnte sich um eine reine Erfindung handeln, mit der Ihr den Verdacht von Euch selbst ablenken wollt. Ich werde Nachforschungen anstellen, um den Namen herauszufinden, an den Ihr Euch nicht erinnern könnt. Aber solange mir keine eindeutigen Beweise dafür vorliegen, daß Orfeo ein anderer ist, kann ich Euch nicht von dem Verdacht freisprechen.«

Mit diesen Worten ging Grimani. De la Marque nahm sein Bein von der Stuhllehne, erhob sich und sagte mit einer Verbeugung: »Vielen Dank, Gentlemen, für einen höchst unterhaltsamen Abend.« Er fing MacGregors Blick auf und fügte sanft hinzu: »Ich lasse Euch jetzt mit Mr. Kestrel allein. Vielleicht wollt Ihr Euch von ihm verabschieden – solange Ihr noch Gelegenheit dazu habt.«

De la Marque ging. »Was hat er damit gemeint? Er hat Euch bedroht!« ereiferte sich MacGregor.

»Ich weiß nicht, ob das eine richtige Drohung war«, meinte Julian. »Aber ich nehme an, wenn ich plötzlich von der Schwindsucht hinweggerafft würde, würde er nicht besonders um mich trauern.«

Er blickte de la Marque mit einer Spur von Bedauern nach. Obwohl er dem Franzosen nicht traute, empfand er doch so etwas wie Sympathie für ihn. Das war um so seltsamer, als de la Marque es eindeutig auf die Marchesa abgesehen hatte – ein Mordmotiv, das Grimani bisher übersehen zu haben schien.

Vom Balkon drang ein platschendes Geräusch herein. Der Regen, mit dem sie schon den ganzen Abend gerechnet hatten, hatte eingesetzt. Dipper schloß die Balkontür, und sofort beschlug die Außenseite des Glases. Julian bat Dipper, aus dem Wäscheschrank weitere Decken zu holen. Sogar die Marchesa legte gelegentlich Ansätze von Mailänder Geiz an den Tag und ließ nur ungern die Kamine einheizen.

Während sich Julian und MacGregor fürs Bett fertig machten, hörten sie, wie sich die restlichen Bewohner in ihre Zimmer zu beiden Seiten des Ganges begaben. Julian hört Carlos freundliches »*Buona notte*«, St. Carrs Gejammere über den Regen und Fletchers leidgeprüfte Antwort. Als nächstes wechselte sich die melodische Stimme der Marchesa mit Ninas kindlichem Trillern ab. Dann herrschte Stille.

Plötzlich war ein lautes, betrunkenes Lachen zu hören. »Jetzt komm schon! Man könnte ja meinen, du wärst auf dem Weg zu deiner Hinrichtung!«

Julian öffnete die Tür einen Spalt weit. Rinaldo zerrte Francesca gerade in ihr gemeinsames Zimmer am anderen Ende des Gangs. Im Licht der Öllampe, die Rinaldo trug, sah Julian, wie sie an der Türschwelle mit flehend erhobenen Armen stehenblieb. Rinaldo schob sie hinein und schloß die Tür hinter ihnen.

Julian schloß ebenfalls die Tür, wobei er den Türknauf fest umklammerte – seinen Ärger dagegen hatte er weniger fest im Griff. »Wenn sie nicht seine Frau wäre, gäbe es einen Namen für das, was er mit ihr vorhat.«

»Aber sie *ist* nun mal seine Frau. Das ist der große Unterschied. *Was Gott verbunden hat,* Kestrel. Ihr dürft Euch da nicht einmischen.«

In diesem Augenblick empfand Julian wenig Respekt für das Sakrament der Ehe. Aber er wußte, daß er nichts für

Francesca tun konnte. Wenn er sie vor Rinaldo rettete, würde sie ihre Kinder nie zurückbekommen. Dann wäre ihr Bruch mit Valeriano völlig umsonst gewesen.

Es war eine Sache, zu dem Schluß zu kommen, daß er ihr nicht helfen konnte – und eine andere, die Gedanken an sie aus seinem Kopf zu verbannen. Er schickte Dipper ins Bett, hatte selbst aber noch keine Lust zu schlafen. In Hose, Hemd und Morgenmantel stand er vor der Balkontür und sah zu, wie sich der Regen draußen zu Pfützen sammelte und den Balkon hinunterlief.

MacGregor versuchte ihn abzulenken. »Je länger ich darüber nachdenke, desto plausibler erscheint mir de la Marques Geschichte. Vielleicht handelt es sich bei Orfeo tatsächlich um den Protegé des Comte d'Aubret. Wir wissen, daß Orfeo es verstand, sich bei wichtigen Leuten einzuschmeicheln. Er hat Lodovico Malvezzi für sich gewonnen – warum hätte ihm dasselbe nicht auch bei d'Aubret gelingen sollen?« Da Julian ihm keine Antwort gab, hakte er noch einmal nach: »Was denkt Ihr darüber?«

»Ich glaube, daß wir es ruhig Grimani überlassen können herauszufinden, ob d'Aubret einen Schützling hatte, und wenn ja, wer er war. Ich persönlich interessiere mich mehr für das Notizbuch.«

MacGregor runzelte die Stirn. »Seltsam, daß es so spurlos verschwunden ist. Glaubt Ihr, daß Lodovico es dabeihatte, als er mit Orfeo an den See kam?«

»Wie auch immer, es hätte nach seinem Tod bei seinen Papieren gefunden werden müssen.«

»Hat überhaupt jemand sämtliche Papiere durchgesehen?«

»Das ist eine gute Frage«, antwortete Julian nachdenklich. »Conte Carlo hat mir erzählt, nach Lodovicos Tod habe er dessen private Papiere an Rinaldo übergeben. Wir sollten Rinaldo morgen einmal fragen, was aus ihnen geworden ist.«

MacGregor gähnte. »Jetzt bin ich jedenfalls für Bedfordshire. Nach allem, was passiert ist, werden uns ein paar Stunden Schlaf guttun.«

»Ich glaube, ich bleibe noch ein bißchen auf, wenn es Euch nichts ausmacht. Ich werde hinuntergehen, damit ich Euch nicht störe.«

»Warum?« fragte MacGregor.

»Weil ich noch nicht müde bin. Vielleicht spiele ich ganz leise ein bißchen Klavier, bis ich schläfrig werde.«

»Das könnt Ihr Eurer Großmutter erzählen! Ihr führt doch schon wieder irgend etwas im Schilde. Ich finde, ausgerechnet heute nacht solltet Ihr nicht im Dunkeln durchs Haus wandern, während de la Marque darauf brennt, Euch etwas anzutun –« MacGregor fuhr herum. »Das ist es, nicht wahr? Ihr glaubt, er könnte gefährlich werden, und wollt ihm allein gegenübertreten! Nun, das könnt Ihr Euch gleich wieder aus dem Kopf schlagen! Ihr bleibt hier!«

Julian sah, daß es keinen Sinn hatte, ihm zu widersprechen. »Also gut.« Er überlegte einen Moment. »Ich glaube nicht, daß de la Marques Drohung ernst gemeint war. Aber vielleicht sollten wir ihm den Gefallen tun, so damit umzugehen, als wäre sie es.«

Er nahm seine Pistolen heraus. Obwohl sie bereits geladen waren, überprüfte er noch einmal, ob sie tatsächlich schußbereit waren. Dann sperrte er die Tür ab und sicherte sie zusätzlich mit einem Stuhl, dessen Rücken er unter den Türknauf schob. Auf dieselbe Weise sicherte er die Balkontür.

MacGregor sah ihm fasziniert zu. »Man könnte glauben, Ihr hättet Euer Leben lang nichts anderes getan, als Morddrohungen abzuwehren.«

»Ich glaube nicht, daß diese Vorkehrungen tatsächlich nötig sind. Aber für den Fall, daß de la Marque es ernst meint, würde es mir nicht gefallen, wenn mein letzter Gedanke auf Erden wäre: ›Warum zum Teufel habe ich meine Pistolen nicht geladen?‹«

»Eigentlich müßte ich jetzt große Angst haben.« MacGregor schüttelte verwundert den Kopf. »Aber aus irgendeinem Grund kann ich bloß daran denken, daß ich jetzt zum erstenmal wirklich das Gefühl habe, im Land der Borgias zu sein.«

Dipper wurde von der Sonne geweckt, die durch das Fenster seines winzigen Mansardenzimmers schien. Der Regen hatte aufgehört, der Nebel war fast verschwunden. Nur rund um die höchsten Berggipfel hingen noch ein paar Spinnfäden. Die beiden Diener, mit denen er sich das Zimmer teilte, rannten zum Fenster und begrüßten die Sonne, als hätten sie sie schon Wochen nicht mehr gesehen.

Dipper wusch und rasierte sich. Dann zog er sich an und rannte die Dienstbotentreppe ins Untergeschoß hinunter. Dort begrüßte er das Küchenpersonal und nahm ein Tablett mit Mr. Kestrels Morgenkaffee und Doktor MacGregors Tee in Empfang. Als er wieder nach oben ging, mußte er einer Gruppe Bediensteter ausweichen, die von oben herunterkamen. Sie fuchtelten aufgeregt mit den Händen durch die Luft, warfen sich Flüche an den Kopf und hielten sich gegenseitig die Fäuste unter die Nase. Dipper hätte wahrscheinlich angenommen, daß es gleich zu einer Schlägerei kommen würde, wenn er nicht schon öfter Zeuge solch leidenschaftlicher Auseinandersetzungen gewesen wäre, die sich aber schnell wie ein Unwetter wieder legten.

Nachdem sie an ihm vorbeigegangen waren, inspizierte er das Tablett, um sicherzugehen, daß er nichts verschüttet hatte. In dem Moment hörte er langsame, gemessene Schritte die Treppe heraufkommen. Ernesto erschien mit einem Wasserkrug und einem Armvoll frischer Handtücher. Sie gingen zusammen weiter.

»Worum drehte es sich bei dem Streit eben, Signor Ernesto?« fragte Dipper.

»Sie diskutieren, wer gestern abend vergessen hat, die Haustür zu verriegeln.«

Dipper runzelte die Stirn. »Aber sie war verriegelt. Giacomo hat es gemacht, bevor er zu Bett gegangen ist. Ich habe es gesehen.«

»Jetzt ist sie es jedenfalls nicht mehr«, antwortete Ernesto. »Ich will herausfinden, wer sie entriegelt hat, und wenn es einer von den Dienern war, werde ich dafür sorgen, daß er bestraft wird. Solange die Lage so unsicher und die Ermordung meines Hern noch nicht aufgeklärt ist, können wir die Villa nachts nicht einfach offenlassen. Jeder, der will, könnte hereinkommen.«

Am Treppenabsatz trennten sie sich, und Ernesto steuerte auf Marchese Rinaldos Zimmer am anderen Ende des Flurs zu. Dipper sah ihm einen Moment lang neugierig nach. Er fragte sich, wie das wiedervereinte Paar wohl zurechtkam. Dann wandte er sich um und ging auf Mr. Kestrels Tür zu.

Am anderen Ende des Flurs waren ein Knall und ein wilder Schrei zu hören. Eilig stellte Dipper das Tablett auf einem Tisch ab und rannte den Gang bis zu Marchese Rinaldos Zimmer hinunter. Die Tür stand offen. Ernesto kniete in einer Pfütze verschütteten Wassers auf dem Boden, umgeben von Handtüchern und zerbrochenem Porzellan. Er stammelte ein wirres Gebet, bekreuzigte sich immer wieder und starrte auf das Bett. Dipper folgte seinem Blick.

Zuerst sah er nur Blut. Bettdecke, Laken und Kopfkissen waren von Blut durchtränkt. Die Bettvorhänge und Wände waren blutbespritzt. Auch die Klinge des silbernen Rasiermessers, das am Fuß des Bettes lag, war voller Blut. Rinaldo lag auf dem Rücken. Sein Nachthemd stand am Hals offen, die Bettdecke war unterhalb seiner Brust zurückgeschlagen. Seine Augen waren geschlossen, in seiner Kehle klaffte eine Wunde. Francesca war nirgendwo zu sehen.

VIERTER TEIL
Oktober 1825

Es werden nach dem Rendezvous gebrochen
Die Herzen, Ehen, Eide, selbst die Knochen.

George Noel Gordon, Lord Byron
Beppo

29

Grimani stürmte aus seinem Zimmer auf den Gang hinaus. Carlo, dessen Gesicht halb rasiert, halb mit Seifenschaum bedeckt war, folgte knapp hinter ihm. Fletcher trug bereits Hemd und Hose, als er aus seinem Zimmer gerannt kam, das gleich neben dem von Rinaldo lag. Sein feuchtes, gerade erst frottiertes Haar stand ihm wild vom Kopf ab. St. Carr folgte ihm. Er trug noch seine Schlafkleidung, und seine Nachtmütze saß schief. De la Marque näherte sich langsameren Schrittes. Er trug einen Morgenmantel aus violetter Seide, und sowohl sein Haar als auch sein Schnurrbart wirkten ausgiebig gekämmt. Julian und MacGregor rasten an ihm vorbei. Beide waren im Morgenmantel, und MacGregor hielt seine abgenützte lederne Arzttasche an die Brust gedrückt.

Bei Rinaldos Anblick erstarrten sie alle. Carlo keuchte: »O Gott!« und bekreuzigte sich. De la Marque blinzelte mit leicht beleidigter Miene, als sei er der Meinung, daß ein solcher Anblick nicht das Recht habe, ihn zu so früher Stunde zu stören. Fletcher wirkte schockiert, brachte es aber fertig, ohne mit der Wimper zu zucken, zum Bett hinüberzusehen. Julian fiel wieder ein, daß er es gewöhnt war, Tiere zu sezieren.

MacGregor schob sich an den anderen vorbei. Grimani schien ihn aufhalten zu wollen, überlegte es sich dann aber anders und folgte ihm ans Bett. Mit angespannter Miene sah er zu, wie der Arzt Rinaldos Puls fühlte und ihn nach Zeichen von Leben abhorchte.

»Tot«, sagte MacGregor auf englisch. »Schon eine ganze Weile.« Julian, der zu ihnen getreten war, übersetzte seine Worte. Grimanis Blick wanderte zu den Leuten an der Tür. »Du!« sagte er zu Dipper. »Hol mir Zanetti!«

Nachdem Julian ihm zugenickt hatte, rannte Dipper los.

Grimanis Augen suchten den Raum ab. Er ging zu dem Rosenholzschrank hinüber, öffnete die Türen und schob die darin hängenden Kleider auseinander. Niemand. Er steuerte auf den Balkon zu, der in Richtung See hinausging. Die Balkontür war geschlossen, aber nicht abgesperrt. Grimani riß sie weit auf und ließ eine Flut Sonnenschein herein, der den schrecklichen Anblick im Bett noch realer erscheinen ließ.

Auf dem Balkon versteckte sich niemand. Dasselbe galt für den, der auf die Südterrasse hinausging. Plötzlich kam Julian ein schrecklicher Gedanke – einer, der auch Grimani durch den Kopf geschossen sein mußte. Sie gingen zuerst auf den einen und dann auf den anderen Balkon hinaus und blickten über das Marmorgeländer. Unten lag kein zerschmetterter Körper. Francesca war einfach verschwunden.

»Hat irgend jemand Marchesa Francesca gesehen?« fragte Grimani die Gruppe an der Tür.

Kopfschütteln, bestürzte Blicke, gestammeltes »Nein«.

Im Gang versammelten sich die Diener, bekreuzigten sich und verrenkten sich die Hälse, um einen Blick auf Rinaldos Leiche zu werfen. Unter ihnen entdeckte Julian Guidos ergrauendes Haupt, das durch die schweren Goldohrringe noch auffälliger wirkte. Er hatte die Augen zusammengekniffen, und seine Lippen formten mechanisch ein Gebet.

Die Marchesa erschien. Carlo sagte schnell: »Beatrice, bleib zurück, sieh nicht hin!«

Sie ließ sich nicht aufhalten. Die anderen traten beiseite, um sie durchzulassen. Sie trug einen locker fallenden weißen Seidenmorgenmantel über einem weißen Nachthemd. Ihr dunkles, vom Kämmen elektrisiertes Haar fiel ihr offen über die Schultern. Sie sah aus wie ein Engel, der gekommen war, um die Seele des Toten zu holen. Gefaßt betrachtete sie Rinaldo, bekreuzigte sich mit ernster Miene und beugte sich dann hinunter, um Ernesto aufzuhelfen, der noch immer in dem verschütteten Rasierwasser kniete und bruchstückhafte Gebete vor sich hin murmelte.

»Hugo«, sagte St. Carr mit schwacher Stimme, »ich werde gleich ohnmächtig!«

Fletcher reichte ihm den Arm, damit er sich auf ihn stützen konnte. »Wir gehen auf unser Zimmer.«

Grimani wandte sich an die Marchesa. »Ich möchte, daß Ihr und die Gäste Euch ankleidet und im Salon auf mich wartet. Die Dienerschaft soll sich im Untergeschoß versammeln. Niemand verläßt das Haus! Doktor, Ihr bleibt hier. Ich möchte wissen, wie lang er schon tot ist und ob er es selbst getan haben könnte.« Er wandte sich an Julian. »Sagt es ihm.«

Julian wiederholte seine Worte auf englisch. MacGregor brummte: »Ich werde tun, was ich kann.«

»Ihr bleibt ebenfalls hier, Signor Kestrel«, fügte Grimani widerwillig hinzu. »Ich brauche Euch.«

Julian kannte Grimani gut genug, um zu wissen, daß er ihn nicht wegen seiner detektivischen Fähigkeiten brauchte. Jemand mußte Grimani und MacGregor dolmetschen, und Carlo, dem Onkel des Opfers, konnte man diese Aufgabe nicht zumuten. Wie auch immer, es war vielleicht Julians einzige Chance, den Tatort unter die Lupe zu nehmen. Er würde das Beste daraus machen.

Die Gruppe an der Tür zerstreute sich. Die Marchesa reichte ihren Arm Ernesto, der sich darauf stützte wie ein alter Mann. Grimani schloß die Tür hinter ihnen. Dann fiel sein Blick auf das Schloß. Auch Julian starrte auf das Türschloß. Der Schlüssel steckte, und sowohl das Schloß als auch der Schlüssel waren voller Blut.

»Der Knauf ist sauber«, bemerkte Julian.

Grimani blickte auf die Hand, mit der er die Tür geschlossen hatte. Tatsächlich hatte der Knauf kein Blut darauf hinterlassen. Gefolgt von Julian, ging er zum Waschgestell hinüber. Das Wasser im Becken war so rot, daß die chinesische Landschaft auf dem Grund kaum mehr zu sehen war. Das weiße Leinenhandtuch war mit rotbraunen Flekken übersät.

Julian trat einen Schritt zurück und ließ den Blick durch den rechteckigen Raum schweifen. Die Tür befand sich am Ende einer langen Wand. Das Bett ragte auf halber Höhe dieser Wand in den Raum hinein und teilte ihn in zwei annähernd gleich große Hälften. Auf der rechten Seite des Bettes, also auf der Seite der Tür, stand ein kleiner Nachttisch mit einer Öllampe. Die gegenüberliegende Wand verlief parallel zum See. In der Mitte befand sich der Balkon, links davon der Rosenholzschrank und das Waschgestell, rechts davon ein runder Tisch mit einer Marmorplatte. Der Kamin war in die kurze Wand neben der Tür eingelassen. Gegenüber lag der Balkon, der auf die Südterrasse hinausging.

Julian und Grimani traten ans Bett. Seine blauen Damastvorhänge waren am Fußende und an der linken Seite zugezogen. An der rechten, zur Tür gewandten Seite waren sie offen, aber nicht zurückgebunden. MacGregor war mit Rinaldos Leiche beschäftigt: Nachdem er in seine Augen gesehen und seine Haare und Fingernägel inspiziert hatte, untersuchte er furchtlos die klaffende rote Wunde an seinem Hals. Julian und Grimani wandten ihre Aufmerksamkeit dem Rasiermesser zu, das am Fußende des Bettes lag. Sein silberner Griff war aufwendig mit Weinlaub und Trauben verziert. Das Blut auf der Klinge hatte einen tiefroten Fleck auf der blauen Bettdecke hinterlassen.

»Nichts berühren!« warnte Grimani.

»Natürlich nicht«, antwortete Julian höflich.

Als nächstes wandten sie sich dem Tisch mit der Marmorplatte zu. Eine Toilettentasche aus violettem Marokko-Leder lag offen auf dem Tisch. Wie zu erwarten war, enthielt sie verschiedene Utensilien zur Körperpflege: Zahnbürsten mit Elfenbeingriff, Schildpattkämme, Nagelscheren. Neben der Toilettentasche lag ein leeres Lederetui, das genau die richtige Größe hatte, um das blutverschmierte Rasiermesser aufzunehmen.

Auf der anderen Seite des Tisches standen zwei silberne Kandelaber. Die Kerzen waren groß und neu, die Dochte noch nicht angebrannt. Julian ging zum Nachttisch hinüber und spähte in die Lampe. »Es ist noch eine Menge Öl übrig«, bemerkte er. »Sie kann nicht lange gebrannt haben.«

»Wir wissen doch gar nicht, ob sie gestern abend überhaupt gebrannt hat«, antwortete Grimani.

»Ich habe gesehen, daß sie brannte«, erklärte Julian. »Marchese Rinaldo brachte sie mit in sein Zimmer, als er zu Bett ging.«

»Um welche Zeit war das?« fragte Grimani schnell.

»Kurz nach Mitternacht, würde ich sagen – vielleicht zehn Minuten nach zwölf. Ich habe ihn von der Tür meines Zimmers aus gesehen.«

»War Marchesa Francesca bei ihm?«

»Ja.«

»Habt Ihr gehört, ob sie etwas gesagt haben?«

»Ja«, gab Julian widerwillig zu. »Rinaldo drängte sie hineinzugehen – er schimpfte mit ihr, weil sie ein Stück zurückgeblieben war.« Julian kam zu dem Schluß, daß es wohl am besten war, alles zu sagen, was er wußte, auch wenn es nichts Gutes verhieß. »Er lachte laut und wirkte betrunken. Sie machte einen sehr verängstigten Eindruck. Er schob sie in den Raum und schloß die Tür hinter ihnen.«

»Hmm«, sagte Grimani.

Es klopfte an der Tür. Grimani rief brüsk: »Herein!«

Zanetti erschien mit seinem tragbaren Schreibtisch. Ihm war anzusehen, in welcher Eile er sich angezogen hatte.

»Das hat aber lange gedauert!« schnauzte ihn Grimani an. »Spart Euch Eure Erklärungen – ich habe keine Zeit, sie mir anzuhören! Ich möchte, daß Ihr sicherstellt, daß niemand die Villa verläßt. Schließt alle Außentüren ab und sammelt die Schlüssel ein. Seht nach, ob irgendwelche Fenster oder Türen gewaltsam aufgebrochen worden sind – Was ist? Was gibt es?«

»Die Vordertür wurde heute morgen unverriegelt vorgefunden, Signor Commissario, obwohl die Diener schwören, sie gestern abend vor dem Zubettgehen verriegelt zu haben.«

Grimani nickte kurz, als hätte er schon mit so etwas gerechnet. »Laßt mir Euren Schreibtisch da. Und bringt mir einen Diener, der für die ganze Nacht ein Alibi hat. Ich brauche jemanden, der für mich ein paar Nachrichten nach Solaggio bringt.«

»Ja, Signor Commissario.« Zanetti eilte hinaus.

MacGregor wischte sich seine blutverschmierten Finger an einem Taschentuch ab und drehte sich zu Julian und Grimani um. »Ich bin soweit. Ohne gründlichere Untersuchung kann ich nur folgendes sagen: Die Leiche war bereits kalt. Die Leichenstarre hat erst teilweise eingesetzt. Das Blut ist nicht mehr koagulierfähig – das heißt, es gerinnt nicht mehr. Ich schließe aus alledem, daß er wahrscheinlich vor vier bis sieben Stunden getötet worden ist.«

Julian übersetzte seine Worte, so genau er konnte. Das italienische Wort für *koagulierfähig* hatte er nie gelernt. Er warf einen Blick auf die Uhr über dem Kaminsims und stellte fest, daß es fast halb neun war. »Dann ist er also irgendwann zwischen ein Uhr und fünf Uhr morgens getötet worden.«

MacGregor nickte. »Die Wunde ist tief«, fuhr er fort. »Sowohl Halsschlagader als auch die äußere und innere Jugularvene sind durchtrennt. Wahrscheinlich ist der Tod innerhalb kürzester Zeit eingetreten. Tiefe und Form der Wunde weisen darauf hin, daß es sich bei dem Rasiermesser tatsächlich um die Tatwaffe handelt.«

»Könnte es sein, daß er es selbst getan hat?« fragte Grimani.

»Das halte ich für sehr unwahrscheinlich. In meinem Dorf habe ich einmal einen Mann gesehen, der sich so umgebracht hat. Der Schnitt war dort am tiefsten, wo er die Klinge angesetzt hatte, und wurde von links nach rechts immer flacher. Außerdem wiesen ein paar kleinere Schnitte darauf hin, daß er es zuvor schon einige Male vergeblich versucht hatte. Diese Wunde hier verläuft in gerader Linie durch die Kehle und ist auf beiden Seiten gleich tief. Nichts deutet auf vorherige Versuche hin.«

»Wieviel Kraft war nötig, um diesen Mord zu begehen?«

»Nicht viel«, antwortete MacGregor. »Starke Nerven und eine ruhige Hand sind in einem solchen Fall wichtiger.«

Ihre Blicke trafen sich. Julian wußte, daß sie den gleichen Gedanken hatten. Diese ganze Diskussion klang beängstigend vertraut und rief Erinnerungen an ihre erste Begegnung wach, die ebenfalls in einem Landhaus und über einer Leiche stattgefunden hatte. MacGregor hatte damals alles andere als einen positiven Eindruck von Julian gehabt – er hatte ihn bestenfalls für einen eitlen Gockel, schlimmstenfalls für einen Mörder gehalten. Die Erinnerung ließ Julian lächeln, woraufhin ihn MacGregor entsetzt ansah. Schon damals hatte er Julian seine Leichtfertigkeit vorgeworfen.

»Hat er schon so dagelegen, als er getötet wurde?« fragte Grimani MacGregor.

»Nach dem Blutstrom aus der Wunde zu urteilen, würde ich sagen, ja.«

Julian ließ den Blick über Rinaldos Leiche gleiten. »Nach dem vielen Wein, den er getrunken hatte, hat er vielleicht schon sehr tief geschlafen. So, wie er daliegt, auf dem Rücken, mit entblößter Kehle, war er das ideale Ziel für jeden, der ihm etwas antun wollte.«

Er wußte, daß es höchste Zeit war, sich die Leiche genauer anzusehen. Bei dem Gedanken breitete sich in seiner Brust ein Gefühl der Beklemmung aus. Trotz seiner Erfahrung im Aufklären von Mordfällen war er noch nie mit einer so übel zugerichteten Leiche konfrontiert worden. Er stählte sich, trat ans Bett und starrte auf das hinunter, was einmal Rinaldo Malvezzi gewesen war. Zu seiner Überraschung sah er mehr als nur Blut, zerfetztes Fleisch und Tod. In dieser häßlich aufklaffenden Wunde zeigten sich die zerstörten Grundlagen eines wundervollen Mechanismus: das Netzwerk aus Venen und Arterien, das normalerweise Leben in Augen, Ohren, Lippen und Gehirn pumpte. Julian war auf einen tragischen Anblick vorbereitet gewesen, nicht aber auf diese Entweihung, diese Verschwendung.

Er sah genauer hin. Auf Rinaldos blutüberströmter Brust klebte ein kleines goldenes Kruzifix. Es hing an einer etwa sechzig Zentimeter langen Goldkette, deren Enden offen auf Rinaldos Schultern lagen.

»Habt Ihr diese Kette aufgemacht?« fragte Julian MacGregor.

»Nein, ich habe sie nicht angerührt.«

Julian beugte sich weiter hinunter. »Der Verschluß sieht sehr sicher aus. Ich glaube nicht, daß er von selbst aufgegangen ist, während Rinaldo schlief.«

Grimani hatte mit verschränkten Armen dagestanden und nachgedacht. »Es ist klar, was passiert ist. Marchesa Francesca wollte nicht mit ihrem Mann ins Bett. Er hat die Tür abgesperrt, damit sie nicht hinauskonnte, und den Schlüssel sicherheitshalber an die Kette gehängt, die er um den Hals trug. Der Schlüssel hing noch dort, als sie ihm die Kehle durchschnitt. Das erklärt, warum er so voller Blut ist.«

»Sie hat ihn benutzt, um die Tür aufzusperren«, fuhr Julian fort. »Deswegen ist auch das Schloß voller Blut –«

»Dann ist sie hinuntergegangen und hat das Haus durch die Vordertür verlassen. Deshalb war die Tür heute morgen nicht verriegelt«, schloß Grimani. »Das ist der einfachste Fall, der mir je untergekommen ist.«

»Wartet, bis Kestrel die Sache in die Hand nimmt«, murmelte MacGregor.

Julian verzichtete darauf, den letzten Satz zu übersetzen. Mit einem entschuldigenden Blick auf MacGregor sagte er: »Findet Ihr es nicht seltsam, daß soviel Blut auf dem Schlüssel und dem Schloß ist, nicht aber auf dem Knauf? Das würde bedeuten, daß Marchesa Francesca, nachdem sie ihren Mann umgebracht hatte, den Schlüssel nahm, die Tür aufsperrte – und erst dann, bevor sie das Zimmer verließ, beschloß, das Blut von ihren Händen zu waschen.«

»Das ist überhaupt nicht seltsam«, widersprach Grimani. »Sie hat den Mord im Affekt begangen. Aber nachdem sie die Tür aufgesperrt hatte, war sie wieder soweit zu sich gekommen, daß ihr klar wurde, daß sie den Raum nicht mit blutigen Händen verlassen konnte. Also wusch sie sich.«

»Wenn sie soviel Geistesgegenwart besaß, warum hat sie dann nicht auch den Schlüssel und das Schloß gereinigt? Ihr muß klar gewesen sein, daß der blutverschmierte Schlüssel und die offene Türkette sie schwer belasten würden.«

»Sie befand sich in einem Zustand der Hysterie«, antwortete Grimani. »Man kann nicht von ihr erwarten, daß sie logisch dachte und danach handelte.«

»Gefühle haben ihre eigene Art von Logik, Signor Commissario. Ein Mensch ist nicht in einem Punkt berechnend und in allen anderen völlig gedankenlos.«

»Kein Mailänder Richter würde das als Beweis gelten lassen«, erklärte Grimani kalt. »Meine Erklärung dagegen paßt auf alle objektiven Fakten.«

In seiner Stimme klang eine Spur von Bedauern mit. Julian glaubte zu wissen, warum. Wenn Francesca Rinaldo getötet hatte, dann hatte sie mit ziemlicher Sicherheit auch Lodovico umgebracht. Und das bedeutete, daß Orfeo nicht schuldig war – zumindest nicht eines Mordes.

Es erschien Julian sinnlos, weiter mit Grimani zu diskutieren. Er wandte sich wieder Rinaldos Leiche zu. Grimani setzte sich mit Zanettis Schreibsachen an den Tisch, schärfte eine Feder und schrieb eilig mehrere Nachrichten, die er anschließend zusammenfaltete und mit Adressen versah. MacGregor ging mit gesenktem Kopf im Raum auf und ab, die Hände hinter dem Rücken verschränkt.

Plötzlich sagte Julian: »Signor Commissario!«

»Was ist?« antwortete Grimani, ohne aufzublicken.

»Ich habe etwas gefunden.«

Grimani kam herüber und trat neben ihn ans Bett. Julian deutete auf einen weißen Fleck auf dem blutdurchtränkten Laken, den er ein paar Zentimeter rechts von Rinaldos Hals entdeckt hatte. Grimani kniff die Augen zusammen und berührte die Stelle vorsichtig mit dem Finger. »Kerzenwachs.« Er blickt zu Julian. »Und?«

»Das Wachs befindet sich über dem Blut, Signor Commissario. Das bedeutet, daß sich jemand mit einer Kerze über Marchese Rinaldo gebeugt hat, nachdem er bereits tot war.« Julian ging schnell zu den Kandelabern auf dem Tisch hinüber. »Das hier sind die einzigen Kerzen im Raum – und keine von ihnen ist angezündet worden.«

Grimani sah Julian an – aufgebracht, aber plötzlich unsicher.

Zanetti kam mit den Lakaien Bruno und Tommaso herein. Sie machten einen etwas ungepflegten Eindruck: Ihre feuerroten Fracks waren verknittert, ihre Hemden alles andere als blütenweiß. Mit aufgerissenem Mund starrten sie auf die Leiche ihres Herrn, bekreuzigten sich und murmelten das *De profundis*.

»Diese beiden Diener haben die Nacht im Dorf verbracht, Signor Commissario«, verkündete Zanetti. »Sie sind aufgebrochen, bevor Marchese Rinaldo zu Bett ging, und haben sich die ganze Nacht nicht getrennt. Sie sind gerade erst zurückgekommen. Ich habe mir gedacht, einer von beiden wäre als Bote geeignet.«

Grimani musterte die beiden. »Ihr seid Marchese Rinaldos Lakaien, nicht wahr? Diejenigen, die Monsieur de la Marque ein Notizbuch gestohlen haben?«

Die Lakaien sahen sich bestürzt an. »Ja, Signor Commissario.«

»Ich werde mich später mit euch unterhalten«, sagte Grimani in einem Ton, der nichts Gutes verhieß. Dann wandte er sich wieder an Zanetti. »Was habt Ihr sonst noch herausgefunden?«

»Es sind keine Türen oder Fenster aufgebrochen worden«, berichtete Zanetti, »und niemand hat Marchesa Francesca seit gestern abend gesehen. Marchesa Beatrice und ihre Gäste sind im Salon versammelt. Sie hat angeordnet, dort Kaffee servieren zu lassen.« Er klang ein wenig wehmütig, als hätte er selbst gern eine Tasse gehabt.

Julian fragte die Lakaien: »Wißt ihr, wo diese neuen Kerzen herkommen?«

»Ich habe sie gebracht, Milord«, antwortete Tommaso.

»Wann war das?«

»Gestern abend, bevor Bruno und ich ins Dorf aufgebrochen sind. Ernesto hat mir befohlen, die niedergebrannten Stumpen durch neue Kerzen zu ersetzen.«

»Sie dienten sowieso nur zur Zierde«, warf Bruno ein.

»Wie meinst du das?« fragte Grimani.

»Der Marchese mochte keine offenen Flammen um sich

haben, vor allem nicht nachts. Er hatte Angst vor dem Feuer. Das gab er zwar nicht zu, aber wir wußten es alle.« Bruno verzog verächtlich den Mund.

»Hast du eine der alten Kerzen dagelassen, als du die neuen gebracht hast?« fragte Julian Tommaso.

»Nein, Milord.«

»Waren sonst noch irgendwelche Kerzen im Zimmer?«

»Ich habe keine gesehen, Milord.«

Grimani reichte Zanetti die Nachrichten, die er geschrieben hatte. »Versiegelt sie mit dem Polizeisiegel und gebt sie –. Wie heißt du?« wandte er sich an Bruno.

»Bruno Monti, Signor Commissario. Zu Euren Diensten.«

»Kannst du lesen?«

»Ein wenig, Signor Commissario. Mein Vater –«

»Stellt sicher, daß er weiß, welche Nachricht für wen bestimmt ist.« Wieder an Bruno gewandt, fragte er: »Weißt du, wo Comandante von Krauss, der *podestà* Signor Ruga, der Priester Don Cristoforo und Dr. Curioni zu finden sind?«

»Ja, Signor Commissario.«

»Dann bringe ihnen diese Nachricht so schnell wie möglich. Mach unterwegs nirgendwo halt und sprich mit niemandem – mit *niemandem*, hast du mich verstanden? – über dieses Verbrechen.«

»Ja, Signor Commissario.«

Julian wußte, daß das bei einer Plaudertasche wie Bruno zuviel verlangt war, behielt dieses Wissen aber für sich. Grimani hatte keinen Zweifel daran gelassen, daß er an Julian Kestrels Einschätzung menschlicher Charaktere nicht interessiert war.

»Habt Dank für Eure Hilfe, Signori«, sagte Grimani zu Julian und MacGregor. »Und nun seid bitte so gut und geht zu den anderen in den Salon.«

»Wird denn niemand nach Marchesa Francesca suchen?« fragte MacGregor.

»Ich habe Comandante von Krauss und Signor Ruga brieflich gebeten, die Suche nach ihr einzuleiten«, antwortete

Grimani. »Falls sich dabei etwas ergeben sollte, das für Euch von Interesse ist, werde ich es Euch wissen lassen.«

Julian und MacGregor blieb nichts anderes übrig, als sich zurückzuziehen. »Wie findet Ihr das?« fragte MacGregor wütend. »Nach allem, was wir gerade für ihn getan haben, redet er mit uns, als ginge uns der Mord überhaupt nichts an!«

»Ihr wißt doch, daß er von Amateuren nicht allzuviel hält«, antwortete Julian geistesabwesend.

MacGregor sah ihn mit schief gelegtem Kopf an. »Glaubt Ihr, daß er recht hat? Daß Marchesa Francesca ihren Mann getötet hat?«

»Das kann ich mir kaum vorstellen. Andererseits hatte Rinaldo sie beleidigt, war ziemlich grob mit ihr umgesprungen und hatte sie ihrem Liebsten entrissen. Wer weiß, wozu er sie getrieben haben mag, nachdem sie ihm allein ausgeliefert war?«

»Die arme Frau!« MacGregor schüttelte düster den Kopf.

»Wir wissen doch noch gar nicht, ob sie überhaupt schuldig ist«, rief ihm Julian ins Gedächtnis. »Aber wenn sie es nicht ist – wo ist sie dann?«

30

Nach etwa zwanzig Minuten gingen Julian und MacGregor frisch gewaschen, gekleidet und in Julians Fall auch rasiert in den Salon hinunter. Zum erstenmal beneidete Julian MacGregor um seinen dichten, graumelierten Bart. An diesem Morgen hätte er gerne darauf verzichtet, ein Rasiermesser in die Hand zu nehmen.

Die Gesellschaft hatte sich im Salon verteilt. Die Stimmung war angespannt. Fletcher starrte beharrlich auf den reichverzierten Familienstammbaum, als hätte er sich selbst die Aufgabe gestellt, ihn auswendig zu lernen. St. Carr lehnte nicht weit von ihm entfernt an der Wand und trat nervös gegen die Bodenleiste. Carlo stand am Kamin, den Ellbogen auf den Sims gestützt, das Gesicht in der Hand vergraben. Donati saß in einer Ecke des Raums in einem Sessel. Sebastiano hielt neben ihm Wache. De la Marque hatte sich dicht neben Beatrice auf dem türkis-weiß gestreiften Sofa niedergelassen und unterhielt sich leise mit ihr.

Der Anblick der beiden versetzte Julian einen Stich. Während er über Blutflecken und Kerzenwachs gebrütet hatte, war de la Marque hier damit beschäftigt gewesen, Beatrice zu trösten und aufzuheitern – mit einigem Erfolg, wenn er ihr leichtes Lächeln und de la Marques triumphierendes Strahlen richtig beurteilte. Was kümmerte es de la Marque, wie es ihr ging? Er nutzte ihren Schock und ihre Verletzlichkeit doch nur für seine eigenen, sehr offensichtlichen Zwecke aus. – Aber was kümmert es dich selbst, fragte sich Julian selbstkritisch, wenn du ihr die tröstenden Worte nicht gönnst, bloß weil sie nicht von dir kommen?

Als die Marchesa Julian erblickte, stand sie auf und kam auf ihn zu. Sie trug ihren Morgenrock aus weißem Barchentköper und hatte dazu den schwarzen Schleier, den sie normalerweise zum Kirchgang trug, locker um Kopf und Schultern gelegt. Voll gespannter Ungeduld legte sie ihm die Fingerspitzen auf den Arm. »Signor Kestrel, was bringt Ihr für Neuigkeiten?«

»Grimani hat Bruno mit Nachrichten zu von Krauss, Ruga, Curioni und Don Cristoforo geschickt.«

»Aber was habt Ihr bisher herausgefunden?« drang sie weiter in ihn.

Julian beschränkte sich auf offensichtliche und grundlegende Fakten. Trotz der vielen belastenden Beweise gegen Francesca war ihre Schuld noch keineswegs erwiesen. Bis der Mord – mit Gottes Hilfe – aufgeklärt war, mußte er die ganze Familie, einschließlich dieser Frau, als Verdächtige betrachten. »Marchese Rinaldo ist eindeutig durch die Hand eines Mörders gestorben. Als Mordwaffe diente das Rasiermesser aus seiner Toilettentasche –«

»Ist das Signor Kestrel?« Donati erhob sich halb aus seinem Sessel in der Ecke und streckte mit fragender Miene die Hände aus.

»Ja, Maestro.« Julian ging rasch zu ihm hinüber. Voller Sorge sah er, wie dieser zweite Mord den alten Mann mitgenommen hatte. Seine blicklosen Augen waren rot vom Weinen, und er wirkte so zerbrechlich, als könnte ihn schon der kleinste Windhauch umwerfen.

»Signor Kestrel.« Donati hob mit einer fast schon flehenden Geste die Hände. »Wie konnte das passieren? Warum ist es passiert?«

»Ich weiß es nicht, Maestro. Aber ich schwöre Euch bei meiner Ehre, daß ich es herausfinden werde.«

Ernesto kam herein. »Comandante von Krauss und Signor Ruga sind hier, Eure Ladyschaft. Commissario Grimani hat mir befohlen, sie sofort zu ihm hinaufzuführen. Sie haben ein paar Soldaten auf der Terrasse postiert.«

»Bietet den Soldaten eine Erfrischung an«, sagte Beatrice. »Und falls sie länger hier herumlaufen, dann bittet sie, ihre Säbel abzunehmen. Sie stoßen damit immer gegen die Tongefäße und Lampenpfosten.«

»Ja, Eure Ladyschaft.« Ernesto zog sich mit einer Verbeugung zurück.

Julian ging wieder zur Marchesa hinüber. »Es gibt da etwas, das ich Euch gerne fragen würde.«

»Natürlich gibt es das«, antwortete sie mit einem ironischen Lächeln. »Ich habe nie daran gezweifelt, daß Ihr mehr Fragen stellen als beantworten würdet.«

»Gestern abend habt Ihr zu mir gesagt, Ihr hättet Marchese Rinaldo gebeten, die Nacht hier zu verbringen, weil Ihr Angst vor dem hättet, was Francesca tun könnte, wenn sie allein mit ihm auf Castello Malvezzi wäre. Was habt Ihr damit gemeint?«

Sie zog die schmalen Brauen zusammen. »Bestimmt nicht, daß ich erwartete, sie werde auf ihn losgehen oder ihm sonst irgendwie Schaden zufügen. Sie ist ein so sanfter Mensch, daß ich mir das noch immer nicht vorstellen kann. Ich glaube, ich habe eher befürchtet, daß sie sich selbst etwas antun könnte. Aber wenn ich ehrlich sein soll, habe ich gar nicht weiter darüber nachgedacht.«

Sie wurden durch die Ankunft von Don Cristoforo unterbrochen, der die Treppe hinaufeilte, um Rinaldo die Sterbesakramente zu erteilen. Julian wußte, daß man Rinaldo erst dann offiziell für tot erklären würde, wenn das geschehen war. Anschließend würden aus Pietätsgründen alle so tun, als hätte er die Sakramente tatsächlich noch vor seinem Tod erhalten.

Die Marchesa bestellte frischen Kaffee, und die anderen versanken wieder in ihrer nervösen Untätigkeit. Schließlich beschloß Julian, entgegen Grimanis Anweisungen ein wenig nach draußen zu gehen und sich umzusehen.

Als er die Treppe zur Terrasse hinunterging, traten ihm ein halbes Dutzend blonder Soldaten entgegen, die ihn auf italienisch, wenn auch mit starkem deutschen Akzent, aufforderten, ins Haus zurückzukehren. Ihm blieb nichts anderes übrig, als gute Miene zum bösen Spiel zu machen und sich zu fügen. Aber als er gerade wieder hinaufgehen wollte, ließ ihn ein Geräusch aufhorchen. Ein Hauptmann und zwei Soldaten kamen aus Richtung See zur Terrasse herauf. Zwischen ihnen ging mit hängenden Schultern und gesenktem Kopf – Francesca.

Einer der Soldaten, die auf der Terrasse warteten, raste an Julian vorbei die Treppe hinauf – zweifellos, um Grimani zu verständigen. Julian blieb neben der Balustrade stehen. Francescas Wachen führten sie zum Fuß der Treppe. Ihre Frisur hatte sich halb aufgelöst, ihr blaßgelbes Kleid war verknittert und schmutzig. Am Saum hatte es mehrere Grasflecken. Durch einen langen Riß im Rock war ihr weißer Unterrock zu sehen. Obwohl es ein kalter Morgen war, trug sie keinen Schal, und ihre Wangen waren von der Kälte ganz rot. Sie hatte die Hände vor der Brust verschränkt und rieb sich die Oberarme.

Als sie Julian sah, entspannte sich ihre Miene ein wenig. Sie war offenbar erleichtert, einen Mann zu sehen, der keine Uniform trug. Er wollte zu ihr hinuntergehen, aber am Ende der Treppe versperrten ihm zwei Soldaten den Weg, indem sie ihre Bajonette überkreuzten. »Wir dürfen nicht zulassen, daß Ihr mit der Gefangenen sprecht, Signor«, sagte einer von ihnen.

»Mit der Gefangenen?« fragte Francesca stockend.

»Dann erlaubt wenigstens, daß ich ihr meinen Mantel gebe«, sagte Julian.

»Das können wir auch nicht zulassen, Signor«, antwortete der Soldat bedauernd, aber bestimmt. »Wir wissen nicht, was Ihr in Euren Taschen habt.«

Julian wurde allmählich wütend, beherrschte sich aber. »Dann seid doch bitte so gut und durchsucht mich.«

»Das wird nicht nötig sein«, sagte Grimani.

Julian wandte sich um. Oben an der Treppe stand Grimani und starrte mit einem Blick kalter Genugtuung zu ihm herunter. Rechts und links von ihm standen von Krauss, der in seiner weißen Jacke mit den goldenen Epauletten wie aus dem Ei gepellt aussah, und Ruga, dessen rundes Gesicht blaß und ängstlich wirkte.

Mit einem fragenden Blick wandte sich Grimani an von Krauss, der ihm mit einem Kopfnicken erlaubte, das Wort zu führen. »Feldwebel«, sagte Grimani, »Euren Bericht!«

Der Feldwebel trat rasch vor, grüßte und sagte dann: »Wir haben Marchesa Francesca in der Kapelle der Villa gefunden, Signor Commissario, in der südwestlichsten Ecke des Gartens. Sie kniete vor der Statue der Madonna. Als wir hereinkamen, sprang sie schnell auf. Sie wirkte sehr verängstigt.«

»Hat sie etwas gesagt?« fragte Grimani.

»Ja, Signor Commissario.« Die strenge Soldatenmiene des Feldwebels hellte sich ein wenig auf. Plötzlich sah er aus wie ein gutherziger Bauer aus irgendeinem Alpendorf, der mit dem Undenkbaren konfrontiert worden war. »Sie hat gesagt, sie habe die Madonna um Vergebung und Hilfe gebeten. Dann sagte sie: ›Vielleicht hätte ich das nicht tun sollen, aber ich wollte einfach nur weg.‹«

Alle starrten Francesca entsetzt an.

Erschrocken über diese Reaktion, wollte sie sich abwenden, aber die Soldaten hielten sie fest, so daß sie weiterhin die Blicke von Grimani, von Krauss und Ruga ertragen mußte, die vom Treppenabsatz zu ihr herunterstarrten wie Richter von der Richterbank. Mit dünner Stimme fragte sie: »Will – will Rinaldo mich wirklich eines Verbrechens anklagen – nur, weil ich ihm davongelaufen bin?«

»Das ist einfach lächerlich, Marchesa Francesca«, sagte Grimani. »Ihr könnt doch nicht annehmen, daß Euer Mann einen solchen Angriff überlebt hat?«

»Angriff?« Sie wurde blaß. Mit einer Stimme, die so hoch klang wie die eines kleinen Mädchens, fragte sie: »Was – was meint Ihr damit?«

»Ich meine damit, daß Euer Mann ermordet in seinem Bett liegt, Marchesa Francesca. Wie Ihr sehr genau wißt.«

Francesca brach zusammen.

Francesca wurde wiederbelebt und ins Haus gebracht, damit sie sich ein wenig erholen konnte, ehe sie verhört wurde. Grimani, von Krauss und Ruga blieben auf der Terrasse, um einen kurzen Kriegsrat abzuhalten, dem auch Julian beiwohnen durfte. Ruga sollte ins Dorf gehen, um dort die aufgeregten Leute zu beruhigen, während von Krauss in seine Kaserne zurückkehren würde, wo andere dringende Geschäfte auf ihn warteten. Grimani sollten weitere Soldaten und Gendarmen zur Verfügung gestellt werden. Er würde die Ermittlungen im Zusammenhang mit Rinaldos Ermordung von der Villa aus leiten. Wenn er zu dem Schluß kommen sollte, daß ausreichende Gründe für eine Verhaftung vorlagen, würde Ruga ihm einen Haftbefehl besorgen.

Julian erfuhr außerdem, daß Dr. Curioni in einen abgelegenen Weiler gerufen worden war und so schnell nicht zurückkehren würde. Das kam Julian sehr gelegen, weil Grimani bei Francescas Verhör einen Arzt dabeihaben wollte, der beurteilen sollte, ob ihre Aussagen mit der medizinischen Beweislage vereinbar waren, und sich im Fall eines weiteren Zusammenbruchs um sie kümmern konnte. Ihm blieb nichts anders übrig, als auf MacGregor zurückzugreifen, und da Zanetti mit der Befragung der Dienstboten beschäftigt war, sah er sich ein weiteres Mal gezwungen, Julian zu bitten, als sein Dolmetscher zu fungieren.

Bevor sie zu Francesca hineingingen, fragte Julian, ob er dem Feldwebel ein paar Fragen stellen dürfe. Widerwillig rief Grimani den Feldwebel herbei. Julian fragte: »Als Ihr Marchesa Francesca in der Kapelle gefunden und hergebracht habt, hat sie da irgend etwas gesagt, das darauf schließen ließ, daß sie vom Tod ihres Mannes wußte?«

»Nein, Signor. Nachdem sie gesagt hatte, was ich gerade eben berichtet habe, erklärte ich ihr, sie solle ihr Geständnis vor der Polizei ablegen, nicht vor mir. Von da an hat sie nur noch ein einziges Mal etwas gesagt.«

»Was denn?«

Der Feldwebel dachte einen Augenblick nach und wiederholte dann zögernd: »›Heilige Mutter Gottes, vergib mir, ich weiß, es ist eine Sünde, aber ich wünschte, ich wäre gestorben, als ich vom Balkon geklettert bin.‹«

»Vom Balkon geklettert!« rief Grimani aus. »Seid Ihr sicher, daß Ihr sie richtig verstanden habt?«

»Ja, Signor Commissario. Genau das waren ihre Worte.«

Grimani sah zum Balkon von Rinaldos Zimmer hinauf, der sich im zweiten Stock befand und von keinem Baum oder Spalier aus erreichbar war. »Das ist doch lächerlich! Sie muß uns für komplette Narren halten.«

»Vielleicht meint sie gar nicht diesen Balkon«, sagte Julian langsam. »Das Zimmer hat noch einen zweiten Balkon, der auf die Südterrasse hinausgeht.«

»Von dem könnte auch niemand hinunterklettern«, entgegnete Grimani, »und schon gar nicht eine Frau. Entweder sie lügt, oder sie ist verrückt.«

»Hat sie Widerstand geleistet, als Ihr sie mitnehmen wolltet?« fragte Julian den Feldwebel.

»Nein, Signor. Sie ist ganz brav mitgekommen.«

»Tatsächlich?« fragte Julian nachdenklich.

»Das ist doch reine Zeitverschwendung«, erklärte Grimani. »Kommt, Signor Kestrel. Ich werde der Sache auf den Grund gehen.«

Francesca behauptete tatsächlich, vom Balkon auf die Südterrasse hinuntergeklettert zu sein. Grimani, der ihr nicht glaubte, ging mit ihr hinaus, um sich zeigen zu lassen, wie sie es gemacht hatte. Julian und MacGregor begleiteten die beiden. Julian reichte Francesca den Arm. Sie wirkte bleich und ging ein wenig steif. Julian nahm an, daß sie noch unter Schock stand.

Sie gingen um das Haus herum zur Südterrasse und blieben unter dem Balkon von Rinaldos Zimmer stehen. Es gab weder eine Kletterpflanze noch ein Spalier, woran man hätte herunterklettern können, und die Obstbäume waren durch einen Kiesweg vom Haus getrennt.

»Mit einem Seil hätte sie es schaffen können«, meinte MacGregor nachdenklich, »oder mit ein paar zusammengeknoteten Laken.«

Julian übersetzte seine Worte für Francesca. Sie schüttelte schüchtern den Kopf. »Ich hatte kein Seil, und in unserem Zimmer gab es keine zusätzlichen Laken.«

»Wie habt Ihr es dann gemacht?« fragte Grimani herausfordernd.

Francesca schluckte. Julian sagte mit sanfter Stimme: »Vielleicht wäre es einfacher für Euch, wenn Ihr ganz von vorne anfangen würdet. Wie seid Ihr überhaupt auf die Idee gekommen, vom Balkon herunterzuklettern?«

Sie wandte den Blick ab. Auf ihren Wangen glühten zwei rote Flecken. »Es war spät. Es war dunkel. Im Haus war es still. Rinaldo schlief. Er hatte den Arm über mich gelegt, quer über meine Brust. Ich wollte aufstehen, aber ich hatte solche Angst, ihn zu wecken –« Sie holte tief und stockend Luft. »Ihr würdet es nicht verstehen.«

»Habt Geduld mit uns«, sagte Julian. »Wir versuchen unser Bestes.«

Ihr Blick wurde weicher. »Ich habe gewußt, daß Ihr ein gütiger Mann seid, Signor Kestrel.«

»Fahrt fort, Marchesa!« sagte Grimani ungeduldig.

Sie wandte wieder das Gesicht ab. »Ich lag im Bett. Es kam mir vor, als würde ich ertrinken, sterben. Ich dachte an Pietro, daran, wie einsam er sein mußte und daß ich ihn nie wiedersehen würde. ›Nie‹, ist so lang, daß man es gar nicht auf einmal erfassen kann, aber ich wußte, daß Tage und Wochen und Monate vergehen würden und ich nicht wissen würde, ob es ihm gut oder schlecht ging. Ich würde seine Stimme nicht hören und ihn nicht in meinen Armen halten. Bestimmt würde er nicht genug essen. Womöglich würde er vor Verzweiflung sterben. Und dann dachte ich an Rinaldo – daran, wie mein Leben mit ihm aussehen würde. Ich konnte den Gedanken einfach nicht ertragen. Ich mußte weg. Ich betete zur Madonna, mir zu helfen. Und plötzlich –« Sie blickte mit großen, verwunderten Augen auf. »Plötzlich drehte sich Rinaldo auf den Rücken und nahm seinen Arm weg. Es war wie ein Zeichen, daß die Madonna mein Gebet erhört hatte.«

»Der Teufel hat Euer Gebet erhört, nicht die Madonna«, entgegnete Grimani. »Glaubt Ihr wirklich, die Madonna würde einer Frau helfen, ihren Ehemann zu verlassen?«

»N-nein, ich weiß, daß sie das nicht tun würde«, antwortete sie verwirrt. »Trotzdem habe ich es so empfunden. Ich stieg ganz vorsichtig aus dem Bett, um ihn ja nicht aufzuwecken, und schlich auf Zehenspitzen zum nächsten Fenster – das da.« Sie deutete zum Balkon hinauf. »Ich öffnete die Balkontür – ganz langsam, weil ich kein Geräusch machen wollte! Nach allem, was Rinaldo getrunken hatte, schlief er sehr fest, aber ich konnte mich trotzdem nicht darauf verlassen, daß er nicht aufwachen würde, und – und wollen würde, daß ich wieder zu ihm ins Bett kam.« Ihre Stimme erstarb.

»Möchtet Ihr Euch setzen, Marchesa Francesca?« fragte Julian.

»Nein, Signor Kestrel. Ihr seid sehr freundlich. Vielen Dank.« Sie sprach weiter. »Ich ging auf den Balkon hinaus. In dem Moment dachte ich noch nicht daran hinunterzuklettern. Ich wollte nur an die frische Luft. Ich wußte nicht, was ich tun sollte – wie ich wegkommen sollte. Rinaldo hatte die Tür unseres Zimmers abgesperrt, müßt Ihr wissen, und den Schlüssel an die Kette mit dem Kruzifix gehängt, die er um den Hals trug, und ich wagte nicht, die Kette aufzumachen, während er schlief.

Es regnete, aber ich trat an den Rand der Balustrade und sah hinunter. Der Nebel war vom Mondlicht erhellt, und ich konnte die Seite des Hauses sehr gut sehen. Ich blickte zu dem anderen Balkon hinüber.« Sie deutete auf den Balkon, der sich links von dem ihren befand und der Rückseite des Hauses am nächsten war.

»Ich – ich glaube, es ist der Eure, Signor Commissario.«

»Ja«, antwortete Grimani. »Was ist damit?«

»Nun ja, wißt Ihr, er überragt diese Mauer dort.« Sie deutete auf die Ziegelmauer, die die hintere Begrenzung der Südterrasse bildete. »Ich dachte, wenn es mir gelänge, Euren Balkon zu erreichen, könnte ich mich von der Balustrade auf den Fußweg hinunterlassen, der auf dieser Mauer verläuft. Und dann – dann hätte ich es geschafft.« Ihr Blick wanderte die schmale Treppe hinunter, die von dem Fußweg auf die Südterrasse führte.

»Und wie wolltet Ihr auf meinen Balkon gelangen?« fragte Grimani ungläubig. Aus seiner Stimme klang Spott.

»Zwischen Eurem und meinem Fenster verläuft ein kleiner Mauervorsprung.« Sie deutete zögernd nach oben.

Direkt unter den Fenstern des zweiten Stocks verlief tatsächlich ein grau gestrichener Mauervorsprung entlang der weißen Wand. Julian versuchte sich vorzustellen, wie dieser Vorsprung aussah, wenn man aus dem Fenster von Francescas Zimmer blickte, das ja vorher sein Zimmer gewesen war.

»Dieser Vorsprung kann nicht breiter als acht Zentimeter sein. Wollt Ihr damit sagen, daß Ihr in einer regnerischen Nacht fast zehn Meter weit darauf balanciert seid, ohne Euch irgendwo festhalten zu können?«

»Es gab keine andere Möglichkeit«, antwortete sie nur.

»Das ist völlig absurd!« sagte Grimani. »Eine Frau hätte das niemals geschafft. Selbst ein Mann wäre verrückt, wenn er es versuchen würde.«

»Aber ich kann gut klettern, Signor Commissario. Als ich

ein Kind war, bin ich immer mit meinen Brüdern über Zäune und auf Bäume geklettert.«

»Ja, das habt Ihr mir erzählt«, erinnerte sich Julian.

Sie fuhr mit ihrer Geschichte fort. »Ich zog mich an, so leise ich konnte. Aber zuerst blies ich die Öllampe aus, die Rinaldo neben dem Bett hatte brennen lassen. Ich wollte nicht, daß er mich beim Anziehen erwischte, falls er aufwachte.«

Julian spitzte die Ohren. »Hattet Ihr irgendein anderes Licht im Raum?«

»Nur das bißchen Mondlicht, das durch das Fenster hereinfiel. Aber ich wußte, wo meine Sachen waren.«

»Habt Ihr zu irgendeinem Zeitpunkt eine Kerze angezündet?«

»Nein. Rinaldo mochte nachts keine Kerzen im Zimmer. Er wäre sehr wütend geworden, wenn er aufgewacht wäre und eine gesehen hätte.

Ich ging auf den Balkon hinaus und kletterte über die Balustrade auf den Mauervorspurng. Zentimeter für Zentimeter kämpfte ich mich vor, während ich meine Wange und meine Hände flach gegen die Wand preßte. Es schien Stunden zu dauern. Als ich das Flurfenster zwischen den beiden Balkonen erreichte, versuchte ich es zu öffnen, aber es war verriegelt. Also mußte ich weiter.

Schließlich erreichte ich den Balkon von Commissario Grimani und kletterte hinein. Den Rücken gegen das Geländer gelehnt, blieb ich dort einfach eine Weile sitzen. Mein Herz schlug so wild, und die ganze Angst, die ich auf dem Mauervorsprung unterdrückt hatte, schien jetzt auf mich einzustürzen, so daß ich gar nicht aufhören konnte zu zittern. Aber schließlich zwang ich mich aufzustehen und über die Balustrade zu klettern. Ich ließ mich langsam hinunter, bis ich die Mauer unter meinen Füßen spürte. Dann ließ ich die Balustrade los. Und war frei.

Ich stieg die Treppe von der Mauer herunter und ging zur vorderen Terrasse, weil ich dachte, ich könnte mir am Pier ein Boot nehmen und nach Como rudern. Ich wollte Pietro zurück nach Venedig folgen. Aber als ich zum Pier kam, war ich plötzlich ganz durcheinander. Ich hatte kein Geld. Ich wußte nicht, wie ich mir in Como eine Kutsche mieten sollte. Aber was noch schlimmer war, ich wußte nicht einmal, ob ich überhaupt gehen sollte. Die Aussicht, meine Kinder zu sehen, hatte mich tatsächlich glücklich gemacht – es war das einzige, was mich auf den Beinen hielt, nachdem Pietro mich verlassen hatte. Womöglich würde er sich nun, da er wußte, daß mein Herz hin- und hergerissen war, sogar weigern, mich wieder aufzunehmen. Ich fragte mich, ob ich das Leben mit Rinaldo um Niccolòs und Biancas willen doch aushalten könnte. Oder – den Gedanken konnte ich kaum ertragen – würde ich sie irgendwann für das hassen, was ich ihretwegen auf mich genommen hatte?

Ich wanderte bei strömendem Regen im Garten herum. Schließlich ging ich in die Kapelle und fragte die Madonna, was ich tun solle. Aber sie wandte den Kopf ab, und ich hatte keine Antworten – nur dieselben Fragen, die mir schon die ganze Zeit durch den Kopf gingen. Ich konnte es nicht ertragen zu gehen – ich konnte es nicht ertragen zu bleiben. Schließlich war ich so müde, daß ich vor der Statue der Madonna eingeschlafen bin. Als ich aufwachte, habe ich wieder gebetet. Dann fanden mich die Soldaten.«

»Hat irgend jemand gesehen, wie Ihr den Balkon hinuntergeklettert seid?« fragte Grimani.

»Das glaube ich nicht. Ich nehme an, jeder, der mich gesehen hätte, hätte versucht, mich davon abzuhalten.«

»Hat Euch jemand im Garten oder in der Kapelle gesehen?«

»Nicht, bis die Soldaten kamen.«

»Dann habt Ihr also keine Zeugen«, sagte Grimani. »Und keinerlei Beweise, außer daß Euer Kleid zerrissen und schmutzig ist, aber dafür habt Ihr vielleicht selbst gesorgt, um Eure Geschichte glaubwürdiger klingen zu lassen.« Grimanis Augen wurden schmal. »Habt Ihr ein Nachthemd getragen, als Ihr ins Bett gegangen seid?«

Ihre Wangen wurden rot. »Ja.«

»In Eurem Zimmer wurde es aber nicht gefunden. Was ist daraus geworden?«

»Ich – ich habe es nicht mehr.«

»Was soll das heißen, Ihr habt es nicht mehr? Wo ist es?«

Sie antwortete so leise, daß die anderen sich anstrengen mußten, sie zu verstehen: »Ich habe es in den See geworfen!«

»Ah!« Grimanis Augen leuchteten auf. »Weil es voller Blutflecken war!«

»Ja«, flüsterte sie und wandte das Gesicht ab.

»Da habt Ihr es, meine Herren«, sagte Grimani. »Marchesa, Ihr habt bei Eurer romantischen Geschichte offenbar zu erzählen vergessen, daß Ihr Euren Mann umgebracht habt, bevor Ihr geflohen seid.«

»Das habe ich nicht!« widersprach sie kläglich. »Er hat geschlafen. Ich hörte ihn schnarchen, als ich ging.«

»Wie kamen dann die Blutflecken auf Euer Nachthemd?«

Ihre Augen schlossen sich, und Tränen quollen hervor. »Das möchte ich Euch nicht erzählen. Bitte, ich werde es einer Frau erzählen. Ich erzähle es Beatrice.«

Julian war übel. Mit dem größten Feingefühl sagte er: »Laßt mich Euch helfen, Marchesa Francesca. War das Blut auf Eurem Nachthemd Euer eigenes?«

Sie nickte mit geschlossenen Augen. »Er – Rinaldo – er war grob – und ich war es nicht gewohnt – ich merkte erst, daß ich blutete, als ich die Lampe ausmachen wollte. Da blickte ich an mir hinunter und sah das Blut auf meinem Nachthemd, und ich – ich wollte es nicht dalassen, wo es jeder sehen konnte –« Sie begann zu schluchzen.

Nun war Julian nur zu klar, warum sie so steif und vorsichtig gegangen war. Er war wütend auf sich selbst, weil er ihr am Vorabend nicht zu Hilfe gekommen war – und auf MacGregor, weil er von der Heiligkeit der Ehe gepredigt hatte. »Marchesa Francesca, Euer Mann hätte sich schämen müssen, nicht Ihr.«

»Ich hatte ihn verlassen«, antwortete sie hilflos. »Ich hatte ihn jahrelang gedemütigt. Ich nehme an, es war sein gutes Recht. Aber ich wollte trotzdem nicht, daß jemand mein Nachthemd fand, nachdem ich weg war. Ich nahm es mit, und als ich den Pier erreichte, wickelte ich es um einen Stein und warf es in den See.« Sie sah Grimani schüchtern an. »Bitte, Signor Commissario, darf ich mich waschen und umziehen?«

»Meinetwegen. Aber Ihr müßt mir alles, was Ihr jetzt tragt, als Beweismittel überlassen.«

Sie kehrten ins Haus zurück. In der Marmorhalle kam ihnen Beatrice entgegen und informierte sie darüber, daß Dr. Curioni eingetroffen sei und in Rinaldos Zimmer den Totenschein ausstelle. Als sie hörte, daß Francesca sich waschen und umziehen wollte, bot sie ihr ihr eigenes Zimmer an. Grimani gab Anweisungen, daß zwei Soldaten vor der Tür Wache stehen und jedes Kleidungsstück entgegennehmen sollten, das sie getragen hatte. Sie sollten dort bleiben, bis sie wieder herauskam, und sie anschließend nicht aus den Augen lassen.

»Wann darf ich meine Kinder sehen?« fragte sie Grimani.

»Das ist unmöglich. Sie sind in Mailand, und Ihr müßt hierbleiben, bis ich entschieden habe, wie weiter vorzugehen ist.«

»Aber ihr Vater ist ermordet worden! Sie werden davon erfahren und sich fürchten!«

»Daran hättet Ihr eher denken sollen, Marchesa Francesca«, antwortete er kalt.

»Ich verstehe nicht«, sagte sie stockend.

»Das soll nur heißen, daß Ihr wahrscheinlich in Kürze als Mörderin Eures Mannes verhaftet werdet. Ich überlasse es Euch zu beurteilen, ob es angemessen wäre, Eure Kinder zu sehen, solange Euch eine solche Anklage droht.«

»O nein!« Sie schlug die Hände vors Gesicht. Als sie sie wieder sinken ließ, waren ihre Augen glasig. »Wird man mich meine Kinder sehen lassen, bevor ich sterbe?«

»Ich habe keine Ahnung«, antwortete Grimani. Er wandte sich an die Soldaten. »Bringt sie weg.«

»Ich komme mit dir«, sagte Beatrice zu Francesca.

»Wenn Ihr bei ihr im Zimmer bleibt, während sie sich umzieht«, warnte Grimani, »werden wir Euch möglicherweise durchsuchen müssen, wenn Ihr wieder herauskommt.«

»Wenn einer Eurer Soldaten mich anrührt«, antwortete Beatrice ruhig, »erwarte ich von meinem Schwager, daß er ihn umbringt. Ich glaube, er wird mir diesen Wunsch erfüllen. Er empfindet keine große Sympathie für die österreichische Armee.«

Sie hakte sich bei Francesca unter und ging mit ihr nach oben. Die beiden Soldaten folgten mit beunruhigter Miene. Grimani blickte ihnen säuerlich nach und wandte sich dann an Julian und MacGregor. »Ich danke Euch für Eure Hilfe. Nun, da Dr. Curioni eingetroffen ist, brauche ich Euch nicht länger zu belästigen. Ihr seid von jeder weiteren Teilnahme an diesen Ermittlungen befreit.«

Julian war fest entschlossen loszuwerden, was er auf dem Herzen hatte, bevor er sein *congé* bekam. »Habt Ihr allen Ernstes vor, Marchesa Francesca verhaften zu lassen?«

»Wenn es so wäre«, antwortete Grimani, »ginge es Euch nichts an. Aber da Ihr so freundlich wart, mir zu helfen, möchte ich Euch nicht vorenthalten, daß ich noch keine endgültige Entscheidung getroffen habe. Ich möchte erst noch die Leute im Haus befragen und die Berichte der Soldaten abwarten, die in der Umgebung Erkundigungen einziehen. Dann werden wir sehen, ob es jemanden gibt, der das Märchen, das sie uns erzählt hat, untermauern kann.«

»Es könnte sich tatsächlich so zugetragen haben«, meinte Julian. »Ihre Geschichte enthält nichts, was unmöglich wäre, und ist mit allen Fakten vereinbar.«

»Das wage ich zu bezweifeln«, widersprach Grimani. »Bis jetzt kann ich dazu nur sagen, daß es für ihre Aussage weder Beweise noch Gegenbeweise gibt. Es ist kaum wahrscheinlich, daß jemand zu so später Stunde die betreffende Seite der Villa beobachtet hat. Und falls Marchesa Francesca irgendwelche Schmutz- oder Fußspuren auf den Balkonen oder Wänden hinterlassen haben sollte, hätte sie der Regen längst weggewaschen. Außerdem läßt ihre Geschichte einige wichtige Fragen offen. Wenn sie entkommen ist, wie sie behauptet, warum war dann Marchese Rinaldos Halskette offen, der blutige Schlüssel im Schloß und die Haustür unverriegelt?«

»Oh, das ist doch ganz klar«, antwortete Julian sanft. »Wenn Marchesa Francesca unschuldig ist, dann hat eine andere Person es bewußt darauf angelegt, ihr den Mord in die Schuhe zu schieben.«

»Das ist doch reine Mutmaßung«, meinte Grimani verächtlich.

»Ihr müßt zugeben, Signor Commissario, daß niemand außer Francesca, die mit Marchese Rinaldo eingesperrt war, einen Grund hatte, seinen Schlüssel zu nehmen, nachdem er tot war, und damit die Tür aufzusperren. Falls jemand die Absicht hatte, ihr die Sache anzuhängen, dann paßt die Tatsache, daß er mit seinem eigenen Rasiermesser ermordet worden ist, ebenfalls gut ins Bild. Dasselbe gilt für die unverriegelte Haustür, die den Eindruck erwecken sollte, daß Marchesa Francesca die Villa auf diesem Weg verlassen hatte.«

»Warum sollten wir eine so verwickelte Theorie verfolgen, wenn wir aus dem gesamten Beweismaterial schließen können, daß sie schuldig ist?«

»Aber das können wir nicht«, widersprach Julian. »Denkt beispielsweise an das Nachthemd. Ihr scheint der Meinung zu sein, daß sie sich seiner entledigt hat, weil es voller Blut war, nachdem sie Rinaldo getötet hatte. Aber wenn ihr tatsächlich soviel daran gelegen war, ihre Spuren zu verwischen, warum zum Teufel hat sie dann Rinaldos Kette offengelassen und den blutverschmierten Schlüssel im Schloß?«

»Ich weiß, daß Euch solche Ungereimtheiten zu schaffen machen. Ich für meinen Teil kann durchaus akzeptieren, daß eine Frau, die gerade auf so grauenhafte Weise ihren Mann umgebracht hat, nicht gerade rational handelt. Gestern war sie von Sinnen, aber heute ist sie wieder Herr ihrer selbst und hat sich eine kluge Geschichte ausgedacht, die erklärt, wieso sie sich ihres Nachthemds entledigt hat, und gleichzeitig dafür sorgt, daß wir Mitleid mit ihr empfinden und ihr Opfer verdammen.«

»Eine medizinische Untersuchung würde klären, ob sie gestern abend grob behandelt worden ist«, warf MacGregor ein.

»Die kann sie haben, wenn sie will«, antwortete Grimani, »aber es spielt keine Rolle. Wenn das der einzige Beweis ist, mit dem sie aufwarten kann, wird sie mit Sicherheit verurteilt werden.«

Julian meinte nachdenklich: »Mal angenommen, sie hat ihren Mann tatsächlich umgebracht. Gibt es Euch da nicht zu denken, daß sie nicht versucht hat, aus der Gegend zu verschwinden? Sie hätte stundenlang Zeit gehabt zu fliehen. Sie hätte eines der Boote nehmen oder sich in den Bergen verstecken können.«

»Wir hätten sie gefunden«, antwortete Grimani unbeirrbar. »Das hat sie wahrscheinlich gewußt.«

»Als die Soldaten sie in der Kapelle fanden, ist sie bereitwillig mitgegangen, obwohl ich nicht glaube, daß sie sie vom Altar weggezerrt hätten, wenn sie sich geweigert hätte.«

»Sie hatte zu diesem Zeitpunkt bereits beschlossen, so zu tun, als wüßte sie nichts vom Tod ihres Mannes«, sagte Grimani. »Deshalb mußte sie natürlich mit den Soldaten zurückkehren, als wäre nichts passiert.«

Julian spielte seinen Trumpf aus. »Was ist mit dem Wachstropfen über dem Blut auf Rinaldos Laken? Die einzigen Kerzen im Raum sind nie angezündet worden.«

Grimani runzelte die Stirn. »Vielleicht hatte sie irgendwo im Raum eine Kerze versteckt, die sie benutzte, während sie den Mord beging, und hinterher mit dem Nachthemd in den See warf.«

»Warum hätte sie eine Kerze benutzen sollen, wo doch das Licht der Öllampe völlig ausgereicht hätte?«

»Vielleicht ist ihr die Lampe ausgegangen«, warf MacGregor ein.

»Dann hätte sie keine Möglichkeit mehr gehabt, eine

Kerze anzuzünden, es sei denn mit Hilfe eines Zündholzes, was aber lange dauert und einen höllischen Lärm macht. Außerdem hat Tommaso gesagt, er habe alle alten Kerzen aus dem Zimmer entfernt. Das bedeutet, Francesca hätte vor dem Zubettgehen eine Kerze ins Zimmer schmuggeln müssen. Warum aber hätte sie das tun sollen?«

Grimani warf ihm einen wütenden Blick zu und begann dann ungeduldig im Raum auf und ab zu gehen. »Ein Tropfen Wachs ist nichts, verglichen mit allen anderen Indizien, die gegen sie sprechen.«

»Wie kann er nichts sein«, konterte Julian, »wenn er sich nicht erklären läßt?«

Grimani begann erneut, im Raum auf und ab zu gehen. Er besaß durchaus eine gewisse Integrität, dachte Julian. Dieser Wachstropfen war eine Tatsache, über die er nicht einfach hinwegsehen konnte. Sie würde ihn vielleicht nicht davon abhalten, Francesca verhaften zu lassen, aber er wollte trotzdem eine Erklärung dafür finden.

»Was für eine Erklärung schlagt Ihr vor?« fragte er schließlich. »Daß jemand in den Raum gekommen ist und Marchese Rinaldo umgebracht hat, nachdem Marchesa Francesca das Zimmer über den Balkon verlassen hatte? Wie sie selbst sagt, war die Tür abgeschlossen, und der Schlüssel hing an Marchese Rinaldos Halskette. Weder an der Tür noch am Schloß lassen sich Spuren von Gewaltanwendung feststellen. Wie hätte die betreffende Person also hereinkommen sollen?«

»Wenn Francesca über den Balkon, den Mauervorsprung und die Mauer an der Südterrasse entkommen konnte, war es wahrscheinlich auch möglich, auf demselben Weg hineinzugelangen. Aber ich nehme an, es gab einen leichteren Weg. Wenn Ihr erlaubt, Signor Commissario, würde ich gerne ein Experiment machen – ohne am Tatort auch nur das geringste zu verändern.«

»Meinetwegen.« Grimani klang skeptisch, aber auch ein wenig neugierig.

Julian führte sie zu Rinaldos Zimmer hinauf, wo Curioni

gerade damit beschäftigt war, den Totenschein auszustellen. Nachdem sich alle begrüßt hatten, verließen Julian und Grimani den Raum, und auf Julians Wunsch hin sperrte MacGregor den Raum von innen ab.

»Und jetzt, Signor Commissario«, sagte Julian, »brauche ich einen Schlüssel aus einem der Nachbarräume. Am besten nehmen wir gleich den Euren.«

Grimani betrachtete ihn skeptisch, holte aber seinen Schlüssel. Julian steckte ihn in Rinaldos Schloß und drehte ihn um. Die Tür ging auf.

Grimani starrte ihn an. Seine Augen blitzten wütend. »Was genau glaubt Ihr damit bewiesen zu haben?«

»Nicht, daß Ihr den Mord begangen habt, Signor Commissario«, antwortete Julian mit dem Anflug eines Lächelns. »Obwohl es so aussieht, als hättet Ihr es theoretisch tun können. Euer Schlüssel paßt in dieses Schloß, und es würde mich nicht wundern, wenn die Schlüssel einiger anderer Gäste ebenfalls passen würden. In Häusern wie diesem ist das nicht ungewöhnlich. Es erleichtert diskrete Besuche –«

»Ich verstehe, Signor Kestrel.« Grimani zog Bilanz. »Ihr glaubt also, Marchesa Francesca ist entkommen, wie sie gesagt hat, und hinterher hat eine andere Person den Raum betreten, Marchese Rinaldo umgebracht und versucht, ihr den Mord anzuhängen. Das klingt ziemlich weit hergeholt. Woher hätte dieser Eindringling beispielsweise wissen sollen, daß er den Marchese allein vorfinden würde?«

»Weil er gesehen hat, wie Marchesa Francesca floh. Er hätte beispielsweise aus diesem Fenster sehen können« – Julian ging zu dem Fenster am Ende des Flurs, das zwischen den Zimmern von Rinaldo und Grimani lag – »oder aus einem der nach Süden hinausgehenden Fenster ein Stockwerk tiefer. Es ist außerdem möglich – wenn auch wegen des Regens nicht sehr wahrscheinlich –, daß er gerade einen Spaziergang im Garten gemacht hat.«

Julian ging durch den Kopf, daß die Person, die Francescas Flucht am ehesten hätte beobachten können, Grimani selbst war, dessen Fenster auf die Südterrasse hinausging und auf dessen Balkon Francesca tatsächlich gewesen war. Aber er behielt diesen Gedanken taktvoll für sich.

Curioni und MacGregor kamen aus Rinaldos Zimmer. Curioni bestätigte MacGregors Vermutungen, was die Zeit und die Ursache von Rinaldos Tod betraf. Man kam überein, daß die Leiche mit Erlaubnis von Conte Carlo, Rinaldos nächstem männlichen Verwandten, gewaschen, bekleidet und dann in der Kirche von Solaggio aufgebahrt werden sollte.

»Ich überlasse es Euch, das zu arrangieren«, sagte Grimani zu Curioni. Aus dem eisigen Blick, den er Julian zuwarf, sprach eine Spur von Anerkennung. »Ich werde die Marchesa fragen, wie viele andere Schlüssel für diese Tür passen.«

31

Als Grimani, Julian und MacGregor nach unten kamen, fanden sie einen Trupp von Rugas Gendarmen vor, die in der Marmorhalle warteten, um Grimani Bericht zu erstatten. Was sie herausgefunden hatten, war nicht sehr aufschlußreich. Niemand in Solaggio hatte Francesca am Vorabend gesehen oder in der Gegend irgendwelche verdächtigen Fremden bemerkt. Eine überraschende Tatsache war allerdings zu verzeichnen: Valeriano, von dem alle angenommen hatten, daß er längst nach Venedig unterwegs sei, hatte die Nacht in der »Nachtigall« verbracht und hielt sich noch immer in Solaggio auf.

»Habt Ihr im Gasthaus nachgefragt, ob jemand gestern abend Marchesa Francesca dort gesehen hat?« fragte Grimani. »Vielleicht hat sie gewußt, daß Signor Valeriano noch dort war, und hat ihn nach dem Mord aufgesucht.«

Der Gendarm, der als Sprecher fungierte, schüttelte den Kopf. »Signora Frascani sagt, sie achte immer darauf, nachts alle Türen und Fenster abzuschließen, Signor Commissario, und niemand konnte ohne ihr Wissen hinein oder hinaus.«

Das glaubte Julian gern, auch wenn nicht schwer zu erraten war, daß die Vorkehrungen der Wirtin eher darauf abzielten, ihre Tochter einzusperren, als Diebe auszusperren. »Ihr sagt, Marchesa Francesca hat das Gasthaus nicht betreten. Hat Signor Valeriano es verlassen?«

»Ja, Signor«, antwortete der Gendarm. »Er ist vor Mitternacht aus dem Haus gegangen und erst um zwei oder drei Uhr morgens wieder zurückgekehrt.«

»Er hat sich irgendwo mit ihr getroffen und ihr geholfen, die Geschichte von ihrer abenteuerlichen Flucht zusammenzuspinnen«, sagte Grimani. »Das erklärt den Widerspruch zwischen ihrem gestrigen Leichtsinn und der Raffinesse, die sie heute an den Tag gelegt hat.«

»Mir erschien sie gar nicht raffiniert«, erklärte MacGregor.

»Wenn Ihr ein bißchen Erfahrung auf dem Gebiet der Polizeiarbeit hättet, Signor Dottor«, sagte Grimani, »dann wüßtet Ihr, daß Verdächtige, die um ihr Leben kämpfen, außergewöhnliche schauspielerische Fähigkeiten entwickeln. Ich weiß, was Ihr sagen wollt, Signor Kestrel: Wir haben noch immer keine Erklärung für den Wachsfleck auf Marchese Rinaldos Laken. Ich habe darüber nachgedacht. Alle Indizien weisen darauf hin, daß Marchesa Francesca ihren Mann getötet hat. Anschließend schloß sie die Tür ihres Zimmers auf, ging hinunter und verließ das Haus durch die Vordertür. Vielleicht hat jemand einen Blick aus einem der Schlafzimmer entlang des Ganges geworfen, sie weggehen sehen und ihre Abwesenheit genutzt, um mit Marchese Rinaldo zu sprechen. Der Betreffende fand ihn tot vor, und während er auf seine Leiche hinunterstarrte, tropfte etwas Wachs von einer Kerze, die er mit ins Zimmer gebracht hatte.«

Julian nickte resigniert. Grimani war kein Dummkopf: Es war klar gewesen, daß er früher oder später auf diese Lösung kommen würde.

»Warum hat der Betreffende nicht Alarm geschlagen?« wollte MacGregor wissen.

»Er hatte vielleicht Angst, des Mordes verdächtigt zu werden«, sagte Julian. »Oder er fürchtete, Marchesa Francesca zu belasten. Es könnte natürlich auch sein, daß er die Gelegenheit genutzt hat, etwas Verbotenes zu tun – vielleicht hat er sich im Zimmer umgesehen und etwas mitgenommen.«

»Ich werde alle Zimmer in diesem Gang durchsuchen lassen«, verkündete Grimani.

»Und ihr«, wandte er sich an die Gendarmen, »bringt auf der Stelle Signor Valeriano her.«

Die Gendarmen brachen auf. Grimani, Julian und MacGregor gingen in den Salon, wo die übrigen Gäste zu ihrem eigenen Leidwesen noch immer versammelt waren. Don Cristoforo war bei ihnen und sprach mit Carlo über die bevorstehende Beerdigung. Grimani fragte nach der Marchesa und erfuhr, daß sie noch oben bei Francesca sei. Daraufhin beauftragte er einen Diener damit, sie zu bitten, nach unten zu kommen. Außerdem schickte er nach Zanetti, der für ihn dolmetschen und Notizen machen sollte.

Zanetti hastete mit seinem tragbaren Schreibtisch herein. Er hatte die Befragung der Bediensteten abgeschlossen und berichtete, daß sie jeweils zu zweit oder zu dritt in einen Raum schliefen und deshalb in der Lage gewesen seien, einander ein Alibi zu geben. Es sei natürlich trotzdem denkbar, daß einer von ihnen hinausgeschlichen sei, ohne seine Zimmergenossen aufzuwecken, aber er, Zanetti, sei auf nichts gestoßen, was Anlaß dazu gegeben hätte, einen von ihnen zu verdächtigen. Außerdem seien alle ihre Zimmer – wie im übrigen auch die ihrer Herrschaft – mit Nachttöpfen ausgestattet, so daß der naheliegendste Grund, warum jemand nachts durch die Gänge schleichen sollte, von vornherein wegfalle.

»Teilen sich auch höherstehende Bedienstete wie Ernesto und Guido ein Zimmer?« fragte Julian.

Carlo bedachte ihn mit einem ziemlich scharfen Blick.

»Ernesto und Guido sind zusammen untergebracht, Signor«, erklärte Zanetti. »Sie haben sich gegenseitig entlastet.«

Julian gab nichts auf Guidos Wort, aber er vertraute Ernesto. Was bedeutete, daß er Guido von seiner Liste der Verdächtigen streichen mußte.

Die Marchesa kam herein. Carlo ging ihr sofort entgegen und fragte: »Wie geht es Francesca?«

»Sie hat sich etwas beruhigt. Ich habe sie überredet, sich ein wenig hinzulegen.«

Grimani trat brüsk auf sie zu. »Wie viele andere Zimmer in der Villa haben Schlüssel, die in Marchese Rinaldos Schloß passen?«

»Drei«, antwortete sie. »Die beiden, die gegenüber Rinaldos Zimmer liegen – also Euer eigenes und das von Carlo – und das Zimmer neben seinem, das sich Signor St. Carr und Signor Fletcher teilen.«

Grimani wandte sich an Carlo. »Habt Ihr gewußt, daß diese Zimmer das gleiche Schloß haben?«

»Ich habe dafür gesorgt, daß das so ist«, antwortete Carlo ruhig. »Vergeßt nicht, daß die Villa einmal mir gehört hat. Einige meiner Gäste fanden das – praktisch.«

»Was ist mit den Zimmern am anderen Ende des Ganges?« fragte Grimani. »Lassen sie sich auch alle mit demselben Schlüssel aufsperren?«

»Nein«, antwortete die Marchesa. »Das Zimmer von Monsieur de la Marque, mein eigenes und das Zimmer, das meinem gegenüberliegt und von Signor Kestrel und Dr. MacGregor bewohnt wird, haben alle Schlüssel, die nur in ihr eigenes Schloß passen.«

»Gibt es noch Ersatzschlüssel für Marchese Rinaldos Zimmer?« hakte Grimaldi nach.

»Ich besitze mehrere davon«, antwortete sie kühl.

»Wo werden sie aufbewahrt?«

»In einer Schachtel in meinem Zimmer.«

»Fehlt einer davon?«

»Ich habe keine Ahnung.«

»Wenn diese Befragung vorüber ist, werde ich das sofort überprüfen. Aber erst möchte ich von Euch allen wissen, wo Ihr Euch heute nacht zwischen ein Uhr und fünf Uhr morgens aufgehalten habt.«

Beatrice, Carlo, Fletcher, St. Carr und de la Marque behaupteten alle, in ihren Zimmern geschlafen zu haben. Dasselbe galt für Donati und Sebastiano, die ohnehin ein Stockwerk tiefer schliefen und keinen Schlüssel hatten, der in Rinaldos Schloß paßte. Donati erklärte außerdem, daß er einen sehr leichten Schlaf habe und bestimmt gehört hätte, wenn Sebastiano nachts ihr Zimmer verlassen hätte.

»Und Ihr, Signor Kestrel?« fuhr Grimani fort.

»Dr. MacGregor und ich waren ebenfalls in unserem Zimmer.«

»Und keiner von uns hätte den Raum verlassen können, ohne den anderen aufzuwecken«, fügte MacGregor hinzu, »weil Kestrel einen Stuhl unter den Türknauf geschoben hatte.«

»Warum das denn?« fragte Grimani Julian.

Julian wünschte, MacGregor hätte dieses Thema nicht zur Sprache gebracht. Nun, da klar war, daß die Gefahr nicht ihnen gegolten hatte, erschienen seine Vorkehrungen mehr als lächerlich. Aber MacGregor antwortete eifrig: »Weil Monsieur de la Marque Kestrel bedroht hatte, bevor er gestern abend unser Zimmer verließ!«

Die schwarzen Brauen des Franzosen wanderten nach oben, so weit sie konnten. »Ihn bedroht? Wie kommt Ihr denn darauf, mein lieber Doktor?«

»Das wißt Ihr sehr gut!« gab MacGregor zurück. »Ihr habt gesagt, ich solle mich von ihm verabschieden, solange ich noch Gelegenheit dazu hätte.«

»O ja«, murmelte de la Marque. »Das habe ich tatsächlich gesagt. Ich nehme an, ich war ein wenig verstimmt. Ich bitte vielmals um Entschuldigung, Mr. Kestrel.«

»Es sei Euch verziehen, Monsieur de la Marque.«

Sie verbeugten sich formell voreinander.

»Keiner von Euch hat ein ausreichendes Alibi«, stellte Grimani fest.

»Wir haben *Euer* Alibi noch nicht gehört, Commissario«, mischte sich Beatrice ein.

»Ich brauche kein Alibi, Marchesa.«

»Ich wüßte nicht, warum Ihr keines brauchen solltet«, widersprach ihm Carlo. »Daß Ihr Polizeibeamter seid, stellt Euch nicht über das Gesetz. Euer Zimmer liegt dem meines Neffen genau gegenüber, und Euer Schlüssel paßt in sein Schloß. Wir haben ein Recht zu wissen, wo Ihr heute nacht zwischen ein Uhr und fünf Uhr morgens wart.«

»Wie üblich, Signor Conte, verwechselt Ihr liberalen Schwulst mit dem Gesetz. Dies sind meine Ermittlungen, und ich muß lediglich dem Polizeipräsidenten Rechenschaft über meine Vorgehensweise ablegen.«

»Es geht hier nicht um Eure Vorgehensweise bei den Ermittlungen«, gab Carlo zurück, »sondern darum, daß Ihr ebenso zum Kreis der Verdächtigen gehört wie wir anderen auch und deshalb dieselben Fragen beantworten solltet.«

»Ich erlaube mir, anderer Meinung zu sein, Signor Conte. Ich bin kein Verdächtiger wie ›Ihr anderen auch‹. Ich hatte keine Ahnung, daß sich Marchese Rinaldos Tür mit meinem Schlüssel öffnen läßt. Aber was noch wichtiger ist, ich hatte kein Motiv, ihn oder Marchese Lodovico zu töten. Ihr dagegen habt über die Schlüssel Bescheid gewußt. Hinzu kommt, daß in den letzten fünf Jahren zwei der drei Menschen, die zwischen Euch und dem Titel und Besitz der Malvezzis standen, auf brutale Weise ermordet wurden, so daß nun nur noch der Junge Niccolò übrig ist.«

»Wie könnt Ihr es wagen?« Carlo zitterte vor Wut. »Wie *könnt* Ihr es wagen? Das ist einfach unerhört! Ist Euch überhaupt klar, mit wem Ihr sprecht? Ist Euch klar, daß meine Vorfahren schon zur Zeit der Visconti höchstes Ansehen genossen, während die Euren noch als Bauern in ihren Weinbergen arbeiteten oder an ihrer Tür bettelten?«

Julian musterte Carlo eindringlich. Unter seiner liberalistischen Schale war er im Grunde genau wie sein Bruder: ein stolzer, herrischer Patrizier.

»Ich habe durchaus Respekt vor Eurer gesellschaftlichen Stellung«, erwiderte Grimani mit unerschütterlicher Ruhe. »Aber es ist meine Pflicht gegenüber dem Vizekönig von Lombardei-Venetien, diese Mordfälle zu untersuchen und aufzuklären. Und in seinem Namen möchte ich wissen, wo sich der Schlüssel zu Euren Zimmer gestern abend zwischen ein Uhr und fünf Uhr morgens befand.«

»Ihr oder Euer Vizekönig seid mir völlig egal«, antwortete Carlo. »Aber im Namen der Wahrheit sage ich Euch, daß ich glaube, daß mein Schlüssel an der Innenseite meiner Zimmertür im Schloß steckte. Dort lasse ich ihn normalerweise. Aber mit Sicherheit kann ich es Euch nicht sagen. Ich habe nicht damit gerechnet, daß sich jemand damit aus dem Staub machen würde.«

»Signor Fletcher und Signor St. Carr.« Grimani wandte sich an die beiden Engländer. »Wo war Euer Schlüssel?«

St. Carr öffnete den Mund, um etwas zu sagen, aber Fletcher kam ihm zuvor. »Ich habe die Tür abgesperrt und den Schlüssel in die Tasche meines Morgenmantels gesteckt. Dort war er auch heute morgen noch.«

»Bewahrt Ihr gewöhnlich Euren Schlafzimmerschlüssel in der Tasche Eures Morgenmantels auf?«

»Eigentlich nicht«, antwortete Fletcher.

»Warum habt Ihr die Tür überhaupt abgeschlossen? War Euer Leben ebenfalls von jemandem bedroht worden?«

»In der Regel beschränke ich mich mit meinen Morddrohungen auf eine Person pro Abend«, warf de la Marque ein.

»Hört zu, Mr. Commissario –«, begann St. Carr.

»Halte dich zurück, Beverley!« fiel ihm Fletcher ins Wort.

»Aber, Hugo, er wollte mit dieser Bemerkung doch andeuten, daß du ihm nicht die Wahrheit gesagt hast. Aber ich kann deine Aussage bestätigen. Alles, was Mr. Fletcher gesagt hat, stimmt, Commissario. Als ich heute morgen aufstand, fand ich die Tür verschlossen vor, und als ich Hugo fragte, wo der Schlüssel sei, fischte er ihn aus der Tasche seines Morgenmantels.«

»Ihr habt nicht gewußt, daß er Euch beide eingesperrt hatte?« fragte Grimani rasch.

»Nein, er muß es getan haben, als –« St. Carr hielt inne.

»Als Ihr schon geschlafen habt?« kam ihm Grimani zu Hilfe.

St. Carr schwieg.

Grimani richtete seine eiswasserfarbenen Augen auf Fletcher. »Warum habt Ihr die Tür abgesperrt, ohne ihm etwas davon zu sagen? Habt Ihr befürchtet, er könnte während der Nacht das Zimmer verlassen?«

»Es war nur eine Vorsichtsmaßnahme. Ich habe erst daran gedacht, als er schon eingeschlafen war.«

»Dann habt Ihr also gewußt, wo der Schlüssel war, er aber nicht. Habt *Ihr* während der Nacht das Zimmer verlassen?«

Fletcher sah zu de la Marque hinüber, der ihn mit einem amüsierten, erwartungsvollen Blick betrachtete. »Ja«, gab er widerwillig zu. »Ich bin kurz hinuntergegangen.«

»Wann war das?« fragte Grimani.

»Ich habe nicht auf die Uhr gesehen. Es war lange nachdem alle anderen im Bett waren.«

»Es war gegen Viertel vor drei«, sagte de la Marque.

»Woher wißt Ihr das?« fragte Grimani.

»Weil ich Mr. Fletcher die Treppe heraufkommen hörte, die sich gleich neben meinem Zimmer befindet, und herausgekommen bin, um zu sehen, wer um diese Zeit noch herumwanderte.«

»Wieso wart Ihr noch auf?« fragte Grimani.

»Ich war nicht auf«, antwortete de la Marque. »Ich schlief den seligen Schlaf des Gerechten. Erst Mr. Fletchers Schritte haben mich geweckt.«

»Was ist dann passiert?«

»Wir haben ein paar Worte gewechselt. Ich glaube, ich habe ihn gefragt, ob die Dienstmädchen genauso entgegenkommend wie hübsch seien. Er schien das nicht besonders witzig zu finden. Er entschuldigte sich, weil er mich aufgeweckt hatte, und ich ging wieder zu Bett. *Voilà tout.*«

Grimani wandte sich wieder an Fletcher. »Warum seid Ihr hinuntergegangen?«

»Ich hörte einen Fensterladen schlagen und ging hinunter, um ihn zu schließen.«

St. Carr zog scharf die Luft ein.

»Wo befand sich dieser Fensterladen?« fragte Grimani.

»Gleich unter unserem Zimmer«, antwortete Fletcher. »Im Musikzimmer.«

»War es ein Fensterladen auf der Südseite?«

»Das – das weiß ich wirklich nicht mehr.«

»Nein?« Grimanis Blick durchbohrte ihn. »Falls es ein Fensterladen auf der Südseite war, habt Ihr vielleicht gesehen, wie Marchesa Francesca vom Balkon kletterte, und somit gewußt, daß Ihr Marchese Rinaldo allein vorfinden würdet.«

»Warum sollte es mich interessieren, ob er allein war oder nicht? Ich kannte ihn doch kaum. Ich wüßte nicht, was ich ihm zu sagen gehabt hätte.«

»Habt Ihr eine Kerze mitgenommen, als Ihr Euer Zimmer verlassen habt?«

»Ja.«

»Ihr hattet also einen Schlüssel, mit dem sich Marchese Rinaldos Tür öffnen ließ –«

»Das wußte ich aber nicht!« unterbrach ihn Fletcher.

»– und Ihr hättet die Gelegenheit gehabt, Wachs auf sein Laken tropfen zu lassen. Als Monsieur de la Marque Euch sah, kamt Ihr da gerade zurück, nachdem Ihr den Fensterladen geschlossen hattet – oder nachdem Ihr die Vordertür entriegelt hattet, um den Anschein zu erwecken, daß Marchesa Francesca den Mord begangen hatte?«

»Das war alles ganz anders!« mischte sich St. Carr mit zittriger Stimme ein. »Ich bin derjenige, der unten war, um den Fensterladen zu schließen. Falls Hugo aufgestanden ist, dann nur, um mich zu suchen.«

»Sei nicht albern!« sagte Fletcher.

»Aber es stimmt doch! Hör endlich auf, den Helden zu spielen! Meine Eltern haben dich gebeten, auf mich aufzupassen, aber nicht, einen verdammten Märtyrer aus dir zu machen! Mr. Commissario, ich konnte nicht schlafen, und dieser Fensterladen trieb mich fast zum Wahnsinn, also sagte ich zu Hugo, daß ich hinuntergehen und ihn schließen würde. Hugo ist gar nicht richtig wach geworden und hat bloß irgend etwas gemurmelt. Ich habe an der Lampe, die nachts auf dem Gang brennt, eine Kerze angezündet, bin hinuntergegangen, habe den Fensterladen geschlossen und bin sofort wieder zurückgekommen.«

»War Mr. Fletcher da, als Ihr zurückgekommen seid?« fragte Grimani.

»Ich weiß es nicht. Ich habe nicht nachgesehen. Ich habe bloß die Kerze ausgemacht und mich wieder schlafen gelegt.«

»Was habt Ihr dazu zu sagen, Signor Fletcher?« fragte Grimani.

Fletcher biß sich auf die Lippe. »Also gut. Ich gebe es zu – ich bin erst richtig aufgewacht, nachdem er weg war, und da mir der Gedanke, daß er um diese Uhrzeit allein durchs Haus lief, nicht gefiel, bin ich hinuntergegangen, um ihn zu suchen. Wir müssen uns irgendwie verfehlt haben, denn als ich zurückkehrte, um nachzusehen, ob er vielleicht schon wieder da war, schlief er bereits.« Fletcher schüttelte leicht verzweifelt den Kopf. »Ich sperrte die Tür ab, damit er nicht wieder ausbüchsen konnte, und versteckte den Schlüssel in der Tasche meines Morgenmantels. Keiner von uns beiden kann länger als fünf Minuten weg gewesen sein.«

»Woher wollt Ihr wissen, wie lange er weg war?« fragte ihn Grimani herausfordernd. »Könnt Ihr mit Sicherheit sagen, wie lange er schon weg war, als Ihr aufgewacht und hinuntergegangen seid, um ihn zu suchen?«

»Ich glaube, es war nur eine Minute.«

»Aber Ihr wißt es nicht genau?«

»Nein.«

Grimanis kalter Blick wanderte von Fletcher zu St. Carr und de la Marque. »Demnach hat keiner von Euch ein vollständiges Alibi, und Ihr habt alle drei gestern nacht Eure Zimmer verlassen.«

»Ich möchte darauf hinweisen«, sagte de la Marque, »daß ich nur an die Tür gekommen bin, um mit Mr. Fletcher zu sprechen. Außerdem besitze ich keinen Schlüssel, der in Marchese Rinaldos Schloß paßt. Wie soll ich da Eurer Meinung nach in sein Zimmer gelangt sein?«

»Falls Marchesa Francesca ihn getötet und das Zimmer

durch die Tür verlassen hat, hättet Ihr es unverschlossen vorgefunden.«

De la Marque riß die Augen auf. »Aber was, mein lieber Commissario, hätte ich in diesem Fall dort tun sollen? Glaubt Ihr, ich bin hineingegangen, habe festgestellt, daß er auf grausame Weise ermordet worden ist, und anschließend beschlossen, daß es eine Schande wäre, alle um ihren wohlverdienten Schlaf zu bringen?«

»Ich bin mir noch nicht sicher, was Ihr dort getan haben könntet. Auf jeden Fall hattet Ihr einen guten Grund, mit ihm sprechen zu wollen. Ihr habt gestern abend gesagt, Ihr hättet Euer Notizbuch nach Marchese Lodovicos Tod nie zurückbekommen. Es ist durchaus denkbar, daß Marchese Rinaldo es hatte oder zumindest über seinen Verbleib Bescheid wußte.«

»Welches Notizbuch?« fragte die Marchesa schnell.

»Ein musikalisches Notizbuch, das Monsieur de la Marque gehörte und das sich Marchese Lodovico ohne seine Erlaubnis ausgeliehen hatte.«

De la Marque kommentierte diese harmlose Version der Ereignisse mit einem verächtlichen Schnauben, sagte aber nichts.

»Wollt Ihr es abstreiten?« fragte Grimani unbeirrt weiter. »Streitet Ihr ab, daß Ihr in Marchese Rinaldos Zimmer gegangen seid, um ihn nach dem Notizbuch zu fragen?«

»Ob ich es abstreite? Nur die allergrößte Selbstbeherrschung hält mich davon ab, in lautes Gelächter auszubrechen.«

Grimani bedachte ihn mit einem vernichtenden Blick. »Da fällt mir gerade etwas ein: Weiß irgend jemand von Euch von einer Verbindung zwischen Orfeo und dem Comte d'Aubret? Monsieur de la Marque behauptet, der Comte habe einen englischen Protegé gehabt, der singen konnte und sich zur Zeit von Marchese Lodovicos Ermordung in Italien aufhielt.«

Alle schüttelten den Kopf. Die Marchesa betrachtete de la Marque nachdenklich.

»Ich bin vorerst mit Euch fertig«, verkündete Grimani. »Trotzdem muß ich Euch auffordern, die Villa nicht zu verlassen und nicht in Eure Zimmer zurückzukehren, ehe ich Euch die Erlaubnis dazu erteile. Ich habe vor, Eure Zimmer durchsuchen zu lassen.«

»Das ist eine völlig unnötige Maßnahme!« erklärte Carlo.

»Das müßt Ihr schon mir überlassen, Signor Conte.« Grimani wandte sich an Beatrice. »Marchesa, ich muß Euch bitten, mich auf Euer Zimmer zu begleiten und mir zu sagen, ob einer der Ersatzschlüssel fehlt.«

Die Marchesa neigte den Kopf und verließ, gefolgt von Grimani und Zanetti, den Raum.

»In Teufels Namen!« explodierte Carlo. »Die Unverschämheit dieses Menschen! Glaubt er, wir haben in unseren Zimmern blutverschmierte Kleidung herumliegen?«

»Es würde mich sehr überraschen«, antwortete Julian nachdenklich, »wenn er auch nur einen einzigen Blutfleck finden würde.«

»Wie meint Ihr das?« fragte Fletcher.

»Wenn ich diesen Mord begehen würde, wüßte ich, wie ich es anstellen müßte. Ich würde in Nachthemd und Morgenmantel in Marchese Rinaldos Zimmer gehen, die Tür von innen abschließen, um zu verhindern, daß jemand hereinkommt und mich auf frischer Tat ertappt. Dann würde ich mich splitterfasernackt ausziehen. Nachdem ich dem Marchese die Kehle durchschnitten hätte, würde ich zum Waschgestell gehen und mich überall dort waschen, wo das Blut auf meinen Körper gespritzt wäre. Danach könnte ich mein Nachthemd und meinen Bademantel bedenkenlos wieder anziehen und aus dem Zimmer schleichen. Angenommen, ich wäre bösartig genug zu versuchen, Marchesa Francesca mein Verbrechen anzuhängen. In diesem Fall hätte ich noch folgendes getan, bevor ich mich gewaschen hätte: Ich hätte den blutigen Schlüssel von Marchese Rinaldos Halskette genommen und damit die Tür aufgesperrt.«

»Eine großartige Nach-Schöpfung!« rief de la Marque aus. »Darf ich sagen, *mon vieux*, daß Ihr, falls Ihr den Mord nicht ohnehin begangen habt, auf einzigartige Weise dafür prädestiniert gewesen wärt?«

»Sehr freundlich von Euch.«

Carlo war bleich geworden. »Aus Eurem Munde hört sich das alles so real an.«

»Mein Sohn«, sagte Don Cristoforo und legte Carlo die Hand auf den Arm, »wir sollten uns jetzt um die Leiche kümmern.«

»Ja, natürlich.« Carlo schüttelte sich leicht und forderte Don Cristoforo dann mit einer Handbewegung auf vorauszugehen. Der Priester verabschiedete sich mit einem Segen und dem Rascheln seiner schwarzen Soutane. Carlo folgte ihm.

Fletcher trat auf Julian und MacGregor zu. »Was wird nun aus Lucia Landi? Keiner scheint mehr einen Gedanken an sie zu verschwenden.«

»Ich habe sie nicht vergessen, Mr. Fletcher«, antwortete Julian. »Aber falls Grimani nicht mehr an sie denkt, kann das nur von Vorteil sein.«

»Er wird sich bald genug wieder an sie erinnern«, warnte Fletcher.

»Aber vielleicht spielt ihre Aussage dann gar keine Rolle mehr. Grimani hält es für sehr wahrscheinlich, daß Francesca Rinaldo getötet hat. Falls dem so ist, dann hat sie mit ziemlicher Sicherheit auch Lodovico getötet. Falls Francesca verhaftet wird, kann Lucia Orfeos Identität enthüllen, ohne fürchten zu müssen, daß er des Mordes angeklagt wird.«

»Für mich hat es nicht danach ausgesehen, als hätte Grimani sich bereits entschieden, Marchesa Francesca verhaften zu lassen«, entgegnete Fletcher. »Er ist ganz schön über Beverley und mich hergefallen, als er herausfand, daß wir gestern nacht nicht in unserem Zimmer waren.«

»Er wollte nur gründlich vorgehen. Außerdem hätte es ihm große Freude bereitet, Euch oder de la Marque als Täter zu entlarven, weil er glaubt, daß einer von Euch Orfeo ist, den er sich nur ungern durch die Lappen gehen lassen würde. Aber die Beweise gegen Francesca sind überwältigend.«

»Ich verstehe. Vielen Dank, Mr. Kestrel! Fletcher vergrub die Hände in die Hosentaschen und zog einigermaßen beruhigt ab.

»Er scheint sich sehr für diese junge Dame zu interessieren«, bemerkte MacGregor.

»Lucia?« Julian lächelte. »Sie scheint tatsächlich großen Eindruck auf ihn gemacht zu haben.«

»Fragt sich nur, ob sie diesen Eindruck erst in den letzten paar Tagen oder schon vor viereinhalb Jahren gemacht hat.«

»Ich komme immer mehr zu dem Schluß, mein lieber Freund, daß das gar keine Rolle spielt.«

»Was spielt denn dann Eurer Meinung nach eine Rolle? Wer, glaubt Ihr, hat Rinaldo und seinen Vater umgebracht?«

Julian überlegte. »Ich neige noch immer dazu, Francesca von jedem Verdacht freizusprechen, auch wenn Grimani vielleicht recht hat, wenn er mir vorwirft, daß ich dem Charakter mehr Bedeutung beimesse als den Fakten. Ich kann sie mir als Mörderin einfach nicht vorstellen.« Nach einer kurzen Pause fuhr er mit ruhiger Stimme fort: »Wenn Rinaldo von einer Frau umgebracht worden ist, dann eher von Marchesa Beatrice. Er hat sie beleidigt, ihr die Kinderlosigkeit vorgeworfen und gedroht, ihr die Villa wegzunehmen. Auf ihren Wunsch hin hat er die Nacht hier verbracht, statt zum Schloß weiterzureisen. Sie hat zu mir gesagt, sie befürchte, Francesca könnte eine Verzweiflungstat begehen, wenn sie mit ihm allein wäre, aber das kann durchaus zu ihrem Plan gehört haben, Francesca den Mord anzuhängen.«

MacGregor starrte ihn an. »Ihr bringt es fertig, sie des Mordes zu bezichtigen – diese Frau, die Euch so am Herzen zu liegen scheint?«

»Sie liegt mir tatsächlich am Herzen. Genau aus diesem Grund gebe ich mir solche Mühe, sie zu verdächtigen. Anders wäre ich dazu überhaupt nicht in der Lage.«

MacGregor schüttelte ernst den Kopf. »Trotzdem liegen letzendlich keine Beweise gegen sie vor. Und Carlo hatte ein mindestens ebenso gutes Motiv wie sie selbst. Wie Grimani sehr richtig bemerkt hat, standen Lodovico und Rinaldo zwischen Carlo und dem Titel und Reichtum der Malvezzis. Wobei man natürlich Rinaldos Sohn nicht außer acht lassen darf.«

»Niccolò ist noch ein Kind, und Carlo wird automatisch sein Vormund werden. Und jeden Tag sterben unzählige Kinder, aus den verschiedensten Gründen. Es wäre für Carlo ein leichtes, sich seiner zu entledigen.«

»Wollt Ihr damit etwa sagen, daß er einen kleinen Jungen umbringen würde?«

»Falls er in der Lage war, seinen Bruder zu erschießen und seinem eigenen Neffen die Kehle durchzuschneiden, dann dürfen wir wohl kaum hoffen, daß er irgendwelche Skrupel hätte, ein Kind umzubringen. Aber ehrlich gesagt glaube ich nicht, daß er eines dieser Verbrechen begangen hat – auf jeden Fall nicht, weil er sich einen materiellen Vorteil davon versprach. Das ergibt keinen Sinn. Zu der Zeit, als Lodovico getötet wurde, war Carlo tief verschuldet. Vielleicht hätte ihn das tatsächlich dazu getrieben, seinen Bruder zu ermorden, wenn er davon einen unmittelbaren Nutzen gehabt hätte. Ich kann mir aber nicht vorstellen, daß er sich auf einen gewagten Mordplan eingelassen hat, der ihm erst Jahre später etwas einbringen würde – wenn überhaupt. Außerdem konnte er sich nicht darauf verlassen, daß er eine Gelegenheit haben würde, Rinaldo zu töten. Und falls doch, hätte diese Gelegenheit jahrelang auf sich warten lassen können, und in der Zwischenzeit hätte Francesca zu Rinaldo zurückkehren oder sterben können – so oder so hätte Rinaldo weitere Söhne zeugen können. Die Malvezzis sind eine ungeduldige Familie. Auch wenn Carlo der maßvollste und umsichtigste von ihnen allen zu sein scheint, glaube ich trotzdem nicht, daß er für ein so weit entferntes, unsicheres Ziel soviel riskieren würde.«

MacGregor warf ratlos die Hände in die Luft. »Jemand muß ihn doch umgebracht haben.«

Ja, dachte Julian, und je schneller wir herausfinden, wer es war, desto besser für uns. Dieser Mord in einem Haus voller Menschen und praktisch unter Grimanis Nase war außerordentlich gewagt. Unser Mörder wird kühner – oder verzweifelter. Und nur der Teufel weiß, was er oder sie als nächstes tun wird.

Rinaldos Leiche wurde in einem schwarz beflaggten Boot nach Solaggio gebracht. Am Heck des Bootes stand Don Cristoforo, am Bug Dr. Curioni. Die Gesellschaft aus der Villa, die sich auf der Terrasse versammelt hatte, um es ablegen zu sehen, kehrte niedergeschlagen ins Haus zurück fast wie Gefangene, die nach einem Rundgang im Gefängnishof wieder ihre Zellen aufsuchen. In diesem Augenblick traf Valeriano ein.

Flankiert von vier Gendarmen, betrat er genau in dem Moment die Marmorhalle, als Francesca mit den zwei sie bewachenden Soldaten die Treppe herunterkam. Sie rang nach Luft: »Pietro!« und hätte sich sofort in seine Arme gestürzt, wenn ihr die beiden Soldaten nicht auf ein Zeichen Grimanis hin den Weg versperrt hätten. Voll ängstlicher Erwartung blickte sie ihm über ihre Bajonette hinweg entgegen. »Oh, mein Liebling, was tust du hier? Ich dachte, du wärst längst abgereist! Und warum wirst du bewacht?«

Valerianos Blick schweifte ausdruckslos über sie und ihre Begleiter hinweg, wanderte weiter zu der Villa-Gesellschaft, die dastand wie ein griechischer Chor, und blieb schließlich an Grimani hängen. »Ihr habt nach mir schicken lassen, Signor Commissario?«

»Warum seid Ihr noch in Solaggio?« fuhr ihn Grimani an. »Ich dachte, Ihr wolltet zurück nach Venedig.«

»Ich hatte hier noch eine offene Rechnung zu begleichen, Signor Commissario.«

»Was meint Ihr damit?«

»Marchese Rinaldo war noch am Leben, Signor Commissario.«

Alle schwiegen schockiert.

»Was sagt Ihr da?« fragte Grimani in scharfem Ton. »Wollt Ihr damit andeuten, daß Ihr etwas mit seiner Ermordung zu tun habt?«

»Ich will damit sagen, daß ich ihn getötet habe, Signor Commissario. Ich dachte, Ihr wüßtet das. Habt Ihr Eure Männer nicht geschickt, um mich zu verhaften?«

»Das ist nicht wahr!« rief Francesca. »Er sagt das nur meinetwegen, um mich zu schützen!«

Valeriano wandte sich ihr mit kühlem Blick zu. »Das hat mit dir überhaupt nichts zu tun.«

»Wie meinst du das?« fragte sie stockend. »Warum siehst du mich so an?«

»Es tut mir leid«, antwortete er ruhig. »Es gibt vieles, was ich dir hätte sagen sollen.«

Sie hob eine zitternde Hand an die Stirn. »Das hier passiert gar nicht wirklich. Alle, alle sind plötzlich verrückt geworden –«

»Euer Geständnis kommt mir sehr gelegen, Signor Valeriano«, mischte sich Grimani ein, »aber Ihr habt tatsächlich ein Motiv zu lügen. Ich will keinen Schuldigen, dem ich die Tat nicht nachweisen kann.«

»Ihr glaubt mir nicht?« Valeriano griff in eine Innentasche seiner Jacke. Die Gendarmen rechts und links von ihm traten näher an ihn heran. Valeriano lächelte matt. »Es handelt sich nicht um eine Waffe. Ich werde es ganz langsam hervorholen.«

Vorsichtig zog er einen Gegenstand heraus und hielt ihn hoch, so daß alle ihn sehen konnten. Es war ein langer Handschuh aus cremefarbenem Leder, verziert mit grünen Myrtenblättern aus Seide und einem von einem Diamantschaft durchbohrten Herz.

»Wie seid Ihr an diesen Handschuh gekommen?« rief Grimani aus.

»Er gehört mir. Es handelt sich um das Gegenstück zu dem, den ich Marchese Lodovico in der Nacht vor seinem Tod zukommen ließ.«

»Wollt Ihr damit sagen, daß Ihr ihn ebenfalls umgebracht habt?«

»Ja, Signor Commissario.«

»Nein, Pietro!« Francescas Finger griffen nach den überkreuzten Bajonetten, die sie voneinander trennten. »Du darfst das nicht –«

»Francesca«, sagte er, »laß die Bajonette los.«

Sie gehorchte. Ein wenig Blut tropfte von ihren Händen auf den Marmorboden. MacGregor eilte zu ihr. Herausfordernd sah er die Soldaten an, aber sie hielten ihn nicht auf. Er nahm Francescas Hände, untersuchte die Schnitte und stillte die Blutung mit seinem Taschentuch.

Francesca beachtete ihn nicht. »Ich lasse nicht zu, daß du das tust! Ich lasse nicht zu, daß du dich für mich opferst!«

»Ich habe dir schon gesagt«, antwortete er müde, »daß das nichts mit dir zu tun hat. Ich habe schon lange bevor wir uns kennenlernten den Entschluß gefaßt, Lodovico Malvezzi zu töten.«

»Warum?« fragte Grimani. »Was hattet Ihr mit Lodovico Malvezzi zu schaffen?«

»Er war mein größter Feind«, antwortete Valeriano ruhig. »Und er war mein Vater.«

32

»Euer Vater!« Carlo löste sich aus der kleinen Gruppe von Zuschauern und trat Valeriano voller Erstaunen gegenüber. »Das kann nicht sein!«

Die anderen starrten die beiden an. Zumindest Julian hatte das Gefühl, sie mit neuen Augen zu sehen. Er war nie auf die Idee gekommen, nach einer Ähnlichkeit zu suchen, und doch war sie vorhanden – in Valerianos gutem Aussehen, aber vor allem in seiner Größe. Natürlich waren die meisten Kastraten sehr groß. Aber mit seiner eleganten Gestalt, seiner lässigen Anmut und der stolzen Haltung seines Kopfes war Valeriano ein Spiegelbild Carlos – der seinerseits seinem toten Bruder so ähnlich sah.

Grimani fragte Carlo und Beatrice: »Hat Marchese Lodovico jemals auch nur angedeutet, daß dieser Mann sein Sohn sei?«

»Nein, niemals«, antwortete Carlo.

Beatrice schüttelte langsam den Kopf, ohne etwas zu sagen.

»Er hat es nicht gewußt«, erklärte Valeriano ruhig.

Francesca stammelte: »Aber – aber das würde ja bedeuten, der Mann mit dem ich weggelaufen bin, ist – ist meines Mannes –«

»Bruder«, sagte Valeriano statt ihrer. »Sein Halbbruder. Richtig.«

Sie zitterte so heftig, daß MacGregor ihr einen Arm um die Schulter legte, um sie zu stützen. »Die Frau muß sich hinlegen«, sagte er zu Grimani, »und die Schnitte in ihren Händen müssen verbunden werden.«

»Wir gehen in den Salon«, antwortete Grimani. »Ihr könnt Euch dort um sie kümmern. Ich will, daß sie anwesend ist, wenn ich Signor Valeriano befrage, weil ich hören möchte, was sie von seiner Geschichte hält.«

Innerhalb weniger Minuten hatten sich alle im Salon versammelt. Francesca lag auf einem Sofa. MacGregor flößte ihr ein wenig Wein ein, aber es kehrte keine Farbe in ihr Gesicht zurück. Als sich der Doktor einen Stuhl heranzog und eine ihrer Hände nahm, um Pflaster auf die Schnitte zu kleben, ließ sie es mit sich geschehen wie eine Puppe.

Valeriano stand mit dem Rücken zum Kamin. Noch immer wurde er von den vier Gendarmen flankiert. Grimani stand vor ihm und betrachtete ihn mit einem kalten, abschätzigen Blick. Zanetti saß auf einer Polstertruhe, seinen tragbaren Schreibtisch auf den Knien. Beatrice hatte sich in einem Sessel niedergelassen und die Hände in den Schoß gelegt. Sie wirkte ruhig und beherrscht, als warte sie darauf, daß sich in La Scala der Vorhang heben würde. Carlo, Julian, de la Marque, Fletcher und St. Carr hatten sich im Raum verteilt. Donati war wie immer in Begleitung von Sebastiano. Die beiden hatten sich in ihre übliche Ecke zurückgezogen.

Valeriano betrachtete sie alle mit unerschütterlicher Ruhe. Nach so vielen Jahren auf der Bühne war er kein Mann, der sich von einem Publikum einschüchtern ließ.

»Ihr werdet Euch wahrscheinlich fragen, wer meine Mutter war. Sie hieß Giulietta Petroni – ein Name, der vielleicht Euch etwas sagt, Maestro, wenn schon sonst niemandem hier.«

Carlo schnappte hörbar nach Luft.

Donati runzelte die Stirn. »Sie war eine Sängerin, nicht wahr? Ein schönes Mädchen – eine Venezianerin. Ich glaube nicht, daß ich sie je singen gehört habe, aber soviel ich weiß, hatte sie eine wundervolle Stimme, nur ein bißchen zu zart, um Bestand zu haben. Sie sang an der San-Carlo-Oper in Neapel, aber bloß für eine oder zwei Saisonen. Und dann –« Donati schüttelte den Kopf. »Ich weiß nicht, was aus ihr geworden ist.«

Julian sah zu Carlo hinüber. »Signor Conte, Ihr habt gerade sehr schockiert gewirkt, als Signor Valeriano den Namen seiner Mutter erwähnte.«

»Allerdings!« antwortete Carlo leidenschaftlich. »Ich habe ihren Namen ebenfalls wiedererkannt. Ich weiß, daß sie vor Jahren in Neapel sang. Und ich kann mich daran erinnern, daß Lodovico mit achtzehn nach Neapel geschickt wurde, um dort seine Ausbildung zu vollenden. Diese verrückte Geschichte könnte also wahr sein – Valeriano könnte tatsächlich mein Neffe sein.«

»Ich bin Euer Neffe«, sagte Valeriano.

»Könnt Ihr das beweisen?« fragte Grimani.

»Ich habe jede Menge Beweise – Briefe, Schmuckstücke, alles mögliche. Wenn Euch meine Geschichte nicht überzeugt, könnt Ihr die Sachen gerne aus Venedig kommen lassen.

Meine Mutter war Venezianerin, wie Maestro Donati ganz richtig gesagt hat, aber sie studierte Musik in Neapel, wo ein Großteil der besten Sänger und Sängerinnen damals ausgebildet wurde. Sie gab dort ihr Debüt, und laut ihrem Dienstmädchen – meiner lieben Elena, die mich aufgezogen hat – verliebte sich die ganze Stadt in sie. Die Leute hatten auch allen Grund dazu. Sie war jung und leidenschaftlich, ihre Stimme war süß, und selbst zu der Zeit, als ich sie kannte, war sie noch atemberaubend schön – auch wenn sie damals schon von Kummer und Krankheit gezeichnet war.«

Beatrice schloß für einen Moment die Augen. Die anderen vergaßen vor Spannung fast zu atmen.

»Lodovico Malvezzi verliebte sich in sie«, fuhr Valeriano fort. »Natürlich hätte er sie nicht heiraten können. Wenn ein Mann aus einem alten Geschlecht wie dem seinen eine Verbindung mit der Tochter eines Gondoliere eingegangen wäre, hätte er sie lediglich verführt. Ich hätte ihm das verzeihen können, und sie wahrscheinlich auch. Aber was er tat, war sehr viel schlimmer. Er bezahlte einen halbwegs gebildeten Schurken dafür, daß er sich als Priester verkleidete und sie heimlich traute. In ihrer Einfachheit fiel meine Mutter auf das Theater herein. Sie glaubte, seine Frau zu sein, und in diesem Glauben ließ sie zu, daß er sie zu seiner Hure machte.

Sie gab ihre Karriere auf und zog in ein kleines Haus außerhalb der Stadt, wo er sie heimlich besuchen konnte. Er hatte ihr erzählt, daß er es nicht wage, seiner Familie von der Heirat zu erzählen, solange er noch nicht volljährig sei. Es dauerte nicht lange, bis er ihrer müde wurde. Schließlich brachte er den falschen Priester zu ihr und deckte den Betrug auf. Er gab ihr Geld – als könnte er damit wiedergutmachen, daß er ihre Karriere zerstört, ihr die Tugend geraubt und das Herz gebrochen hatte. Meine Mutter hatte sich immer vorbehaltlos jeder Leidenschaft überlassen, die sie beherrschte. Im Frühling ihres Lebens war es die Musik, im Sommer Lodovico Malvezzi. Im Herbst und Winter wollte sie nur noch sterben.

Sie floh nach Venedig, versuchte aber gar nicht erst, mit ihrer Familie Kontakt aufzunehmen. Den Rest ihres Lebens – es war ihr bestimmt, sich weitere acht Jahre dahinzuschleppen – lebte sie völlig zurückgezogen. Anfangs war ihre größte Angst, daß Lodovico von ihrer Schwangerschaft erfahren könnte. Sie konnte den Gedanken nicht ertragen, ihm auch noch diesen letzten Triumph zu gönnen. Noch schlimmer aber war ihre Angst, er könnte ihr das Baby wegnehmen. Sie reiste in die tiefste Provinz, um mich auf die Welt zu bringen, und ließ mich in der Obhut der treuen Elena dort zurück. Sie selbst ging wieder nach Venedig und kam uns nur hin und wieder besuchen. Dabei bemühte sie sich um allergrößte Geheimhaltung. Sie war immer der Meinung, daß Lodovico sie beschatten ließ. Ein- oder zweimal erschien sie nicht zum vereinbarten Zeitpunkt, weil sie das Gefühl hatte, verfolgt zu werden.

Elena gab mich als ihr Enkelkind aus, so daß ich ihren Namen bekam, Brandolin. Ich wußte, daß Giulietta meine Mutter war, aber Elena sagte, sie sei zu krank, um bei uns zu leben. Sie erzählte mir auch, daß mein Vater vor meiner Geburt gestorben und meine Mutter deswegen immer so traurig sei.

Die einzige Freude meiner Mutter bestand darin, mir Gesangsunterricht zu geben. Ihre eigene Stimme war durch Kummer und Krankheit ruiniert, aber die meine hegte und pflegte sie sorgsam. Ich entwickelte schnell eine Liebe zur Musik, aber selbst wenn es nicht so gewesen wäre, hätte ich alles gelernt oder getan, um ihr eine Freude zu bereiten. Deswegen machte ich schon von frühester Kindheit an große Fortschritte.«

Valeriano holte tief Luft. »Als ich acht war, wurde meine Mutter so schwer krank, daß man Elena an ihr Sterbebett rufen mußte. Meine Mutter hatte im Hinblick auf mich zwei Entscheidungen getroffen. Erstens, daß ich den Namen meines Vaters erfahren sollte, sobald ich alt genug war – aber nur, wenn ich versprach, ihm niemals zu sagen, daß ich sein Sohn sei. Zweitens –«, Valeriano machte eine kurze Pause und fuhr dann ruhig fort, »– meine Mutter konnte mir nicht viel Geld hinterlassen, und ich wußte, daß ich es in der Welt selbst zu etwas bringen mußte. Meine offensichtliche Berufung war die Musik. Mit acht war meine Stimme schön und süß. Der Stimmbruch würde sie womöglich ruinieren. Deshalb beschloß meine Mutter, daß es dazu nicht kommen sollte.

Elena und ich hatten es nie fertiggebracht, ihr einen Wunsch abzuschlagen. Elena versprach, alles zu tun, worum sie sie gebeten hatte, und meine Mutter starb in ihren Armen. Eine Woche später ließ Elena bei mir den Eingriff vornehmen.« Valeriano lächelte traurig. »Drei Jahre später marschierten die Franzosen in Italien ein und verbannten die Kastraten von der Opernbühne. Das Verbot wurde später wieder aufgehoben, aber die Zahl der Kastraten war im Schwinden. Meine Mutter hatte lange Zeit so abgeschieden gelebt, daß ihr das wohl nicht bewußt war. Sie wollte nur das Beste für mich. Ich bin ihr wegen ihrer Entscheidung nicht böse.« Das kurze Zittern in seiner Stimme verriet, wie groß die Versuchung gewesen sein mußte, ihr die Schuld an allem zu geben. »Ich mache Lodovico Malvezzi dafür verantwortlich. Er allein trägt die Schuld an ihrem einsamen Tod – und meinem unnatürlichen Leben.«

Valeriano hielt inne. Im Raum war nur das Ticken der Uhr und das entfernte Murmeln des Sees zu hören. Francesca hatte sich aufgesetzt und starrte Valeriano an. Ihre Miene wirkte vor Mitleid ganz gequält. Beatrices Gesichtsausdruck blieb undurchdringlich. Carlo schauderte und wischte sich mit der Hand über die Augen.

»Mit dem bißchen Geld, das meine Mutter gespart hatte, schickte mich Elena auf eine Musikschule in Venedig. Dort lebte ich ein paar Jahre und arbeitete hingebungsvoll an meiner Musik. Als ich zwölf war, stattete ich Elena auf dem Land einen Besuch ab. Dort fielen ein paar Jungen über mich her, die mich als Eunuchen und Sohn einer venezianischen Hure verspotteten. Die erste Beleidigung war mir egal, aber die zweite konnte ich nicht ertragen. Ich weinte vor Wut und versuchte, es ihnen heimzuzahlen. Sie verprügelten mich brutal, bevor Elena mich retten konnte. Ich drängte sie, mir die Wahrheit über meine Mutter zu sagen. Ich erinnerte mich an ihre seltenen Besuche und das Geheimnis, das sie umgeben hatte. Obwohl ich damals noch ein Kind war, lebte ich unter Erwachsenen und sah das Leben mit ihren Augen. Ich litt nicht deswegen, weil ich glaubte, die Jungen hätten unrecht, sondern weil ich Angst hatte, sie könnten recht haben.

Schließlich sagte mir Elena die Wahrheit. Sie erzählte mir dieselbe Geschichte, die ich Euch eben erzählt habe. Das einzige, was sie mir vorenthielt, war der Name meines Vaters. Ich flehte sie an, ihn mir zu verraten. Ich wollte Rache üben. Der Gedanke, daß meine Mutter mich unehelich zur Welt gebracht hatte, nur weil ihr der Schurke, der mein Vater war, vorgegaukelt hatte, daß sie eine ehrbare Ehefrau sei, trieb mich fast in den Wahnsinn. Elena hielt sich an das Versprechen, das sie meiner Mutter gegeben hatte. Sie wollte mir den Namen erst verraten, wenn ich schwor, meinem Vater nie ein Sterbenswörtchen darüber zu sagen. Ich leistete den Eid, den sie verlangte. Ich mußte die Wahrheit wissen. Und ich erfuhr, daß mein Vater Lodovico Malvezzi hieß – und daß meine Mutter, wenn er sie nicht so heimtückisch hinters Licht geführt hätte, eine hochstehende Dame gewesen wäre und ich ein reicher Erbe. Seltsam, nicht wahr, Francesca? Dann wäre ich, und nicht Rinaldo, derjenige gewesen, der dich geheiratet hätte. Deine Kinder wären auch meine gewesen. Statt dessen bin ich ein Bastard und der Mörder meines Vaters, und du bist die Frau meines Bruders –«

»Oh, bitte!« Sie riß die Hände hoch. »Ich kann es nicht ertragen!«

Er wandte den Blick von ihr ab und fuhr mir ruhiger Stimme fort: »Ich hielt mich an das Versprechen, das ich Elena gegeben hatte. Ich erzählte Lodovico nie, daß wir Vater und Sohn waren. Ich ließ die Leute lieber in dem Glauben, daß meine Mutter eine Prostituierte gewesen sei, als irgend etwas zu enthüllen, das es meinem Vater ermöglicht hätte, die Wahrheit herauszufinden. Aber ich hatte nie versprochen, mich nicht für das mir und meiner Mutter angetane Unrecht zu rächen.«

»Ihr habt damit sehr lange gewartet«, bemerkte Julian.

»Die Rache war mein oberstes Ziel, Signor Kestrel, aber nicht mein einziges. Um Sänger zu werden, hatte ich ein großes Opfer gebracht. Ich wollte nicht, daß dieses Opfer umsonst war. Deshalb beschloß ich, mir erst einen Namen in der Musikwelt zu machen, bevor ich ein Verbrechen beging, für das ich vielleicht mit meinem Leben bezahlen mußte. Und dann–« Valeriano wandte einen Moment den Blick ab, sprach dann aber mit derselben ruhigen, unerbittlichen Stimme weiter: »Dann entdeckte ich, daß Blutvergießen nicht die einzige Form der Rache war, die mir offenstand. Im Fall einer stolzen Familie wie den Malvezzis war es nicht einmal die beste.«

Francesca hob langsam den Kopf. »O nein!« flüsterte sie.

»Ich habe diese Familie auseinandergerissen«, erklärte Valeriano mit ruhigem Stolz. »Ich habe nicht nur meinen Vater gedemütigt, sondern auch meinen Bruder, der den Platz einnahm, der eigentlich mir zugestanden hätte.«

»Und ich, Pietro?« unterbrach ihn Francesca. »Was war ich für dich?«

Er sah sie an. Sein Blick war nicht ohne Mitleid. »Du warst nützlich.«

»Nützlich!« Ihre Hände klammerten sich krampfhaft um die Sofakissen. Sie zitterte. »Willst du damit sagen, daß ich meinen Mann verlassen und sechs lange Jahre auf meine Kinder verzichtet habe – nur um dir *nützlich* zu sein?«

»Es tut mir leid«, sagte er.

Ihre Stimme kam von tief unten, wie das Heulen eines Tiers. »Rinaldo hatte recht. Du bist ein Monster. O Gott! – Wenn ich an deine Güte, deine Zärtlichkeit in all den Jahren denke! Alles nur gespielt? Alles Fassade? Natürlich, warum nicht? Du hast schließlich jahrelang auf der Bühne gestanden! Trotzdem, es kann nicht leicht gewesen sein, mich bei Laune zu halten – zu verhindern, daß ich zu meinen Kindern und meinem Zuhause zurückkehrte. Für eine Kreatur wie dich – ohne Herz, ohne menschliches Gefühl in der Brust –, wirklich, Signor Valeriano, das war die Rolle Eures Lebens!«

Sie brach in wildes, hilfloses Lachen aus. MacGregor nahm sie bei den Schultern und schüttelte sie kurz, aber fest. Beatrice hielt ihr ein Riechfläschchen unter die Nase und strich ihr leicht über die Hände. Langsam wurde sie ruhiger. Valeriano stand währenddessen reglos da, ohne ein Wort zu sagen.

Grimanis Stimme erhob sich über die allgemeine Verwirrung. »Dies ist eine polizeiliche Ermittlung, kein Opernauftritt, Signor Valeriano! Ich will nichts mehr von Euren Klagen über die Malvezzis hören. Eure Motive für den Mord an Marchese Lodovico sind klar genug. Was ich jetzt von Euch erwarte, ist ein sachlicher Bericht über den Tathergang.«

»Den sollt Ihr haben«, antwortete Valeriano. »Nachdem Marchesa Francesca bei mir lebte, war ich ein, zwei Jahre lang zufrieden. Ich hatte über Lodovico triumphiert. Ich hatte Rinaldo einen Geschmack von der Scham und Ohnmacht gegeben, die ich selbst immer empfunden hatte. Aber Lodovico holte zum Gegenschlag aus, indem er meinen Namen in Verruf brachte und meine Karriere zerstörte. Ohne meinen Lebensinhalt, die Musik, begann ich mich ruhelos zu fühlen. Mein Sieg über Lodovico war noch nicht vollkommen. Als Francesca vorschlug, in die Lombardei zurückzukehren und Rinaldo zu bitten, sie ihre Kinder sehen zu lassen, erklärte ich mich einverstanden, auch wenn ich dabei ein völlig ein anderes Ziel im Auge hatte als sie. Um dieses Ziel besser erreichen zu können, bat ich einen Freund, uns in seiner Villa am Comer See wohnen zu lassen, die direkt gegenüber der Villa von Marchese Lodovico lag. Ich wußte – die ganze Musikwelt wußte –, daß er mit einem geheimnisvollen englischen Tenor, den er auf die Bühne vorbereitete, an den See gefahren war.

Am See angekommen, erfuhr ich, daß Lodovico auf Castello Malvezzi wohnte, während Orfeo und Maestro Donati in der Villa untergebracht waren. Ich mußte ihn aus dem Schloß locken, weil er dort unverwundbar war. Ihm an der Straße zwischen dem Schloß und der Villa aufzulauern, war mir zu unsicher. Ich beschloß, ihn nach Einbruch der Dunkelheit in irgendeinen abgelegenen Ort zu locken. Ich wollte die Handschuhe meiner Mutter – ein Geschenk von ihm – als Köder benutzen. Ich war sicher, daß er sich daran erinnern würde. Und ich war fast genauso sicher, daß er niemandem von unserem Rendezvous erzählen würde. Er hatte seine schändliche Liaison mit meiner Mutter immer geheimgehalten. Vielleicht empfand er ihretwegen sogar eine Spur von Scham.

Ich wählte das Belvedere als Ort unseres Treffens. Ich war mit der Villa und dem Garten vertraut. Lodovico hatte mich einmal eingeladen, dort anläßlich einer *fête champêtre* zu singen. Wie Signor Kestrel sehr schnell herausgefunden hat« – Valeriano verbeugte sich in Julians Richtung –, »war ich sowohl in der Nacht vor dem Mord als auch in der Mordnacht zu Pferde unterwegs. Das erste Mal ritt ich zum Schloß, um das Päckchen mit der Nachricht und dem Handschuh dort abzulegen. Das zweite Mal war mein Ziel das Belvedere.«

Valeriano schwieg einen Moment. Sein Blick schweifte in die Ferne ab, als sähe er alles noch einmal vor seinem geistigen Auge vorüberziehen. »Ich traf gegen Mitternacht ein und band mein Pferd vor dem Gartentor an. Das Tor war offen, und ich ging am See entlang zum Belvedere. Es waren ein oder zwei Boote auf dem See, aber am Ufer brannte kein Licht, das mich den Blicken ihrer Insassen ausgesetzt hätte. Ich hatte eine Laterne mitgebracht, verhüllte sie aber und suchte mir meinen Weg im Dunkeln. Als ich das Belvedere erreichte«, er hielt kurz inne, holte tief Luft und sprach dann weiter, »–wartete mein Vater bereits auf mich. Ich ließ ihm keine Gelegenheit, Fragen zu stellen oder mich dazu zu bringen, meinen Schwur zu brechen und ihm die Wahrheit ins Gesicht zu schleudern. Vielleicht erriet er im letzten Augenblick, wer ich war und warum er sterben mußte. Aber ich hielt mich an mein Versprechen.

Er lag ausgestreckt zu meinen Füßen. Sein Kopf lag in Richtung des Balkons, der auf den See hinausging, seine Arme waren hochgerissen. Ich hatte ihn aus so kurzer Entfernung erschossen, daß die Kugel ein großes, von Schießpulver geschwärztes Loch in seine Brust gerissen hatte.«

Julian fragte: »Was habt Ihr als Ladepfropf benutzt?«

Valeriano schreckte aus seiner Trance auf. »Ich kann mich nicht daran erinnnern. Was spielt das für eine Rolle?«

»Der Pfropf wurde in der Wunde gefunden, Signor Valeriano.«

Valeriano wirkte erschüttert. »Ich weiß nicht mehr, was es war. Wenn man eine Waffe lädt, benutzt man jeden Fetzen Stoff oder Papier, der gerade zur Hand ist.«

»Es war ein Stück Papier mit Notenzeilen darauf«, erklärte Grimani knapp. »Das ist nicht weiter verwunderlich. Ihr seid schließlich Sänger – Ihr müßt jede Menge solches Papier zur Hand gehabt haben.«

»Ja«, antwortete Valeriano. »Natürlich.«

»Erzählt weiter«, sagte Grimani.

»Mir blieb noch eins zu tun«, fuhr Valeriano fort. »Ich durchsuchte Lodovicos Taschen in der Hoffnung, daß er meine Nachricht und den Handschuh meiner Mutter zu dem Rendezvous mitgebracht hatte. Ich hielt es für unwahrscheinlich, daß mich je jemand damit in Verbindung bringen würde, aber es wäre mir trotzdem lieber gewesen, beides wieder an mich nehmen zu können. Ich fand seine Uhr, seine Geldtasche und eine geladene Pistole, nicht aber die Nachricht und den Handschuh. Das Risiko, in der Villa danach zu suchen, konnte ich nicht eingehen. Also ritt ich nach Hause. Marchesa Francesca hatte sich bereits Sorgen um mich gemacht und unbesonnenerweise angefangen, in der Dunkelheit nach mir zu suchen. Ansonsten ging alles glatt, und ich bewahrte mein Geheimnis bis zum heutigen Tag.«

Carlo bekreuzigte sich. Er machte einen schockierten, fassungslosen Eindruck. Beatrice starrte Valeriano voller Abscheu an. Francesca schaukelte auf ihrem Sofa vor und zurück und stöhnte leise vor sich hin. De la Marque lehnte auffallend lässig an der Wand. Sein Blick wirkte interessiert, aber kühl. In einer Ecke des Raums war Fletcher, der Valerianos venezianisch eingefärbtes Mailändisch nur mit Mühe verstanden hatte, damit beschäftigt, einem bestürzten St. Carr zu erklären, worum es überhaupt ging.

Julian wandte den Blick lange genug von Valeriano ab, um alle ihre Reaktionen zu registrieren, und richtete seine Augen dann erneut auf den geständigen Vatermörder.

»Gut«, sagte Grimani. »Und nun erzählt uns von Marchese Rinaldo.« Valeriano neigte den Kopf. »Lange Zeit genügte es mir, Rinaldo zu demütigen. Ich hätte ihn bestimmt nicht getötet, wenn er mir nicht vor Euer aller Augen derartige Beleidigungen an den Kopf geworfen hätte.«

»Einmal war es sogar so«, warf Julian ein, »daß Ihr lieber Euer eigenes Leben aufs Spiel gesetzt habt, als ihm etwas anzutun.«

»Ah.« Valeriano schwieg einen Moment. »Ihr sprecht von dem Duell.«

»Ja. Das Duell, bei dem Ihr ihn zweimal auf Euch habt schießen lassen, während Ihr selbst nur in die Luft gefeuert habt.«

»Das war keine besondere Heldentat, Signor Kestrel. Rinaldo hatte schreckliche Angst – er zitterte wie Espenlaub. Es war so gut wie sicher, daß er mich verfehlen würde. Und ich wußte, daß ich ihn durch keine Schußwunde so verletzen konnte wie durch die Schmach, von einem Eunuchen besiegt worden zu sein, der sein Feuer nicht einmal erwidert hatte.

Damit waren wir quitt: Ich hatte seine Frau und war auf seiner Ehre herumgetrampelt. Er hatte meinen rechtmäßigen Namen und das Glück der Vaterschaft. Er war derjenige, der das Gleichgewicht von neuem störte. Er holte sich Marchesa Francesca zurück und beleidigte mich bei dieser Gelegenheit auf eine Weise, die kein Ehrenmann ertragen hätte und sogar in einem Kastraten Rachegelüste wecken mußte.«

»Ihr habt Euch freiwillig dazu entschlossen, auf Marchesa Francesca zu verzichten«, rief ihm Julian ins Gedächtnis.

»Ja«, antwortete Valeriano, »weil mir klargeworden war, daß sie mich sowieso irgendwann wegen der Kinder verlassen würde. Ich dachte: Wenn wir uns schon trennen müssen, dann soll es *meine* Entscheidung sein. Rinaldo soll nie sagen können, daß er es war, der mir den entscheidenden Schlag versetzt hat.«

»Habt Ihr nur geschauspielert, als Ihr Euch von ihr losgerissen und sie Eure wahre und einzige Liebe genannt habt?«

Valeriano blickte leicht entnervt hoch. »Ich bin Sänger,

Signor Kestrel. Der Liebhaber, der sich von seiner Geliebten losreißt, ist ein Grundbestandteil des Repertoires – fast das erste, was man lernt.«

Julian mußte an das erste Mal denken, als Valeriano für die Villa-Gesellschaft gesungen hatte. *Parto, parto, ma tu ben mio, meco ritorna in pace…*

»Nachdem ich mich von Marchesa Francesca getrennt hatte«, fuhr Valeriano fort, »blieb ich in der Nähe, weil ich hoffte, daß sich eine Gelegenheit ergeben würde, einen Schlag gegen Rinaldo zu führen. Gestern nacht kam ich mit diesem Vorsatz zur Villa.«

»Wie seid Ihr durch das Tor gelangt?« fragte Julian.

»Gar nicht. Ich bin den Kiesstrand unterhalb der Uferböschung entlanggegangen und von dort aus in den Garten hinaufgeklettert. Ich stand unter Rinaldos Fenster und fragte mich, ob es wohl eine Möglichkeit gab hineinzugelangen. Plötzlich – ich traute meinen Augen kaum – sah ich jemanden über das Balkongeländer klettern, dann entlang des Mauervorsprungs zum anderen Balkon hinüberbalancieren und auf die Mauer der Südterrasse absteigen. Mittlerweile war mir klargeworden, daß es sich bei der Gestalt um eine Frau handelte. Bei genauerem Hinsehen erkannte ich Francesca.

Ich versteckte mich zwischen den Bäumen, bis sie von der Mauer heruntergestiegen und im Garten verschwunden war. Die ganze Zeit dachte ich: Wenn sie es auf diese Weise nach unten geschafft hat, dann kann ich es auf demselben Weg auch nach oben schaffen. Ich stieg die Treppe zur Mauer hinauf und zog mich auf den Balkon – es dürfte sich um den Euren handeln, Signor Commissario. Dann drückte ich mich den Mauervorsprung entlang, wie ich es bei Francesca gesehen hatte, und kletterte auf Rinaldos Balkon.«

»Um welche Zeit war das?« fragte Julian.

»Ich habe nicht auf die Uhr gesehen. Irgendwann zwischen Mitternacht und dem Morgengrauen – genauer kann ich es Euch nicht sagen. Nachdem ich auf dem Balkon angelangt war, spähte ich durch die Tür hinein und sah Rinaldo mit dem Gesicht nach oben auf dem Bett liegen.«

»Es war also Licht im Raum«, stellte Julian interessiert fest.

»Es war kein Licht im Raum. Ich hatte eine kleine, dunkle Laterne mitgebracht.«

»Ihr seid mit einer Laterne die Mauer hinaufgeklettert?«

»Ich habe sie mir über den Arm gehängt. Kann ich jetzt fortfahren?«

Julian verbeugte sich.

»Ich zog meine Stiefel aus«, sagte Valeriano, »um mich geräuschlos im Raum bewegen zu können und keine schmutzigen Fußabdrücke auf dem Boden zu hinterlassen. Ich ließ die Schuhe auf dem Balkon stehen und trat durch die Balkontür ein. Mit der Laterne in der Hand ging ich auf Rinaldo zu, aber sie machte ein klapperndes Geräusch, und ich hatte Angst, ihn aufzuwecken. Deshalb nahm ich die Kerze heraus und trat damit an das Bett.«

Julian und Grimani sahen sich an. Grimani verzog die Lippen zu einem grimmigen Lächeln. Endlich hatten sie die Erklärung für den Wachsfleck auf Rinaldos Laken.

»Rinaldos Toilettentasche stand auf dem Tisch«, fuhr Valeriano fort. »Ich fand sein Rasiermesser und benutzte es, um ihm die Kehle durchzuschneiden.«

Neugierig fragte Julian: »Wie hättet Ihr ihn umgebracht, wenn kein Rasiermesser zur Hand gewesen wäre?«

»Ich hatte ein Messer dabei.«

»Warum habt Ihr dann Euren ursprünglichen Plan geändert und sein Rasiermesser benutzt?« fragte Grimani.

»Das läßt sich leicht erklären, Signor Commissario. Ich habe mein ganzes Leben lang auf eine Gelegenheit gewartet, ein Rasiermesser zu benutzen.«

Sogar Grimani wirkte leicht verblüfft. »Fahrt fort«, sagte er schließlich.

»Es gibt nicht mehr viel zu erzählen. Nachdem Rinaldo tot war, entdeckte ich den Schlüssel an seiner Halskette. Mir war sofort klar, was das bedeutete: Er hatte sich und Francesca eingeschlossen, weshalb Francesca gezwungen gewesen war, über den Balkon zu fliehen. Ich nahm den Schlüssel, schloß damit die Zimmertür auf und verließ die Villa durch die Haustür, weil ich den gefährlichen Weg über den Balkon kein zweitesmal wagen wollte. Ich zog es vor, wohlbehalten in der Villa erwischt zu werden, als mit gebrochenen Knochen im Garten zu liegen.«

»Ist Euch nie in den Sinn gekommen, daß Marchesa Francesca Eures Verbrechens bezichtigt werden könnte?« fragte Julian.

»Daran habe ich tatsächlich nicht gedacht. Aber falls ich sie dadurch einem falschen Verdacht ausgesetzt habe, würde dies nun durch mein Geständnis wiedergutgemacht.«

»Du kannst nie wiedergutmachen, was du mir angetan hast!« Francesca stand zitternd auf. »Ich bin gestern nacht vom Balkon geklettert, weil Rinaldo schlimmer mit mir umgegangen war als mit einer Sklavin oder einer Frau von der Straße. Er hatte mich verspottet und erniedrigt und vergewaltigt. Trotzdem wären mir hundert solcher Nächte lieber als dieses schreckliche Wissen, daß ich dir nichts bedeutet habe! Was für ein Mensch bist du, daß du mir das antun konntest? Was *bist* du?«

Mit leiser Stimme antwortete er: »Ich bin das, was Gott und Lodovico Malvezzi aus mir gemacht haben.«

Grimani wandte sich an Zanetti. »Fertigt eine schriftliche Erklärung an und legt sie ihm zur Unterschrift vor. Bringt sie anschließend nach Solaggio und laßt Ruga einen Haftbefehl ausstellen.«

»Ja, Signor Commissario. Was soll in der Zwischenzeit mit ihm geschehen?«

»Sperrt ihn in eines der Zimmer«, antwortete Grimani, »und laßt die Gendarmen vor der Tür Wache halten.«

»Ihr könntet das Billardzimmer benutzen«, schlug Carlo düster vor. »Es befindet sich im hinteren Teil des Hauses, wo niemand hinkommt.«

»Gut.« Grimani wandte sich an die Gendarmen zu beiden Seiten Valerianos. »Sorgt dafür, daß er dort bleibt. Und entfernt alles, was er benutzen könnte, um sich etwas anzutun.« Grimani lächelte voller Genugtuung. »Ich werde nicht zulassen, daß der Galgen seiner Beute beraubt wird.«

33

Nachdem die Gendarmen Valeriano weggebracht hatten, überließ sich Francesca ihrem Schmerz. MacGregor benetzte ihre Schläfen mit Essigwasser und ließ einen beruhigenden Kräutertee für sie zubereiten. Beatrice beauftragte einen Diener, Don Cristoforo zu holen, damit er mit ihr betete. Julian ließ sich zu seiner eigenen Überraschung neben ihr nieder und nahm sie in den Arm. Sie klammerte sich an ihn, und schon bald war seine Schulter tränennaß. Ihm ging durch den Kopf, daß sie in ihrem Kummer wahrscheinlich gar nicht wußte, wer er war.

Als sie vor lauter Erschöpfung ein wenig ruhiger geworden war, brachte MacGregor sie auf ihr Zimmer. Beatrice versprach, gleich nachzukommen und sich zu ihr zu setzen, bis sie eingeschlafen war. Nachdem die beiden den Raum verlassen hatten, wandte sie sich mit zornfunkelnden Augen an Grimani. »Herzlichen Glückwunsch, Signor Commissario! Nun habt Ihr Euren Mörder gefunden – ohne auch nur einen Finger zu rühren.«

»Es ist eine zufriedenstellende Lösung«, antwortete Grimani knapp. »Signor Valerianos Behauptung, daß Marchese Lodovico sein Vater gewesen sei, ist erst noch zu überprüfen. Der Rest seines Geständnisses aber bedarf keiner Bestätigung. Er kennt Details über Marchese Lodovicos Ermordung, die nie veröffentlicht worden sind – die Lage seines Körpers nach seinem Tod, die durchsuchten Taschen, die geladene Pistole in einer dieser Taschen.«

Grimani hatte allen Grund, mit sich zufrieden zu sein, dachte Julian. Es war ihm gelungen, die Ermordung Rinaldos noch am Tag der Tat aufzuklären. Noch wichtiger aber war, daß seine Vorgesetzten den Täter höchst akzeptabel finden würden. Es hätte die aristokratischen Prinzipien des österreichischen Mailand verletzt, ein Mitglied der Familie Malvezzi zu verhaften. Bei Valeriano, dem Bastard einer venezianischen Sängerin, brauchte man keine solchen Skrupel zu haben. Trotzdem bemerkte Julian, daß Grimani nicht ganz zufrieden war. Wie sollte er auch? Die Ermittlungen waren abgeschlossen, und Orfeo war noch immer nicht identifiziert und auf freiem Fuß.

»Was haltet Ihr von seinem Geständnis, Signor Kestrel?« fragte Beatrice.

»Wenn alles stimmt, was er gesagt hat, dann glaube ich gern, daß er Marchese Lodovico genug gehaßt hat, um ihn zu töten. Dagegen erscheint mir Marchese Lodovicos Rolle bei dem Ganzen nicht ganz stimmig.« Julian wandte sich an Carlo. »Würdet Ihr sagen, daß es typisch für Euren Bruder war, einer Frau eine Scheinehe vorzugaukeln?«

»Nein«, antwortete Carlo langsam, »das würde ich nicht. Er erreichte seine Ziele nicht durch List – und ganz bestimmt nicht durch Betrug. Er betrachtete es als sein Privileg als Marchese Malvezzi, zu sagen, was er dachte, und die Meinung der anderen zu beeinflussen. Er war ehrlich – nicht aufgrund von religiösen oder moralischen Prinzipien, sondern weil er das Gefühl hatte, es sich selbst schuldig zu sein.«

»Was Orfeos Identität betraf, war er nicht sehr offen«, gab de la Marque zu bedenken.

»Das war etwas anderes«, antwortete Beatrice. »Es machte ihm Spaß, mehr zu wissen als andere Leute. Das bedeutete für ihn eine Form von Macht, und ihm war daran gelegen, in vielerlei Hinsicht Macht zu haben. Aber ein Geheimnis ist nicht dasselbe wie eine Lüge.«

»Trotzdem«, meinte Carlo, »kann ich nicht mit Sicherheit sagen, was er getan oder nicht getan haben mag, während er in Neapel studierte. Ich habe ihn damals zwei oder drei Jahre nicht gesehen.«

»Wer hat ihn gesehen?« fragte Julian.

»Wenn ich Ihr wäre«, antwortete Carlo, »würde ich mit Ernesto sprechen.«

Julian fand Ernesto in Rinaldos Zimmer, wo er damit beschäftigt war, dessen Habseligkeiten zu ordnen und eine Schar von Dienern zu beaufsichtigen, die gerade das Bett frisch bezogen und das Blut aufwischten. Anfangs widerstrebte es ihm, den Raum zu verlassen. »Der Himmel weiß, was sie anstellen, wenn ich sie nicht im Auge behalte, Signor Kestrel. Die eine Hälfte von ihnen sieht Marchese Rinaldos Geist aus jeder Ecke springen, die andere versucht die Blutflecken zu zählen, damit sie bei der Lotterie auf die entsprechende Zahl setzen können.«

»Es tut mir leid, wenn ich dich störe, aber ich brauche Informationen, die nur du mir geben kannst.«

»Aber ich dachte, die Morde wären aufgeklärt, Signor.«

Julian lächelte. »Ich bin sehr schwer zufriedenzustellen.«

Ernesto starrte ihn an, sagte dann aber nur: »Ich komme mit Euch, Signor.«

Sie gingen in Julians Zimmer am anderen Ende des Flurs. Ernesto ließ sich mit einem unfreiwilligen Seufzer der Erleichterung in einen Sessel sinken. Da wurde Julian klar, daß dieser zweite Mord an einem Marchese Malvezzi ihn stärker mitgenommen hatte, als er sich selbst eingestand. Er wirkte abgespannt, und seine graue Haut hing schlaff an ihm.

Julian begann: »Du weißt in groben Zügen über Valerianos Geständnis Bescheid – insbesondere, daß er behauptet, Marchese Lodovico sei sein Vater gewesen?«

»Ja, Signor.«

»Conte Carlo sagt, du warst mit Marchese Lodovico in Neapel?«

»Ja«, antwortete Ernesto. »Ich wurde sein Diener, kurz bevor er dorthin geschickt wurde. Mein Vater stand im Dienst seines Vaters, des alten Marchese. Das war – heilige Jungfrau, es muß vor vierzig Jahren gewesen sein.«

»Hast du je etwas von einer Scheinehe zwischen Marchese Lodovico und Giulietta Petroni gehört?«

»Nein, Signor. Und es fällt mir schwer, die Geschichte zu glauben.«

»Aber du hältst es nicht für unmöglich?«

»Nein.« Ernesto schüttelte ernst den Kopf. »Für unmöglich halte ich es nicht. Mein Herr war in jenen Tagen ein wenig verrückt.«

»Wie meinst du das?«

»Er schmeckte zum erstenmal die Freiheit, Signor. Er war noch nie zuvor so weit vom Familiennest weggeflogen. Sein ganzes Leben lang hatte der alte Marchese mit Adleraugen über ihn gewacht und ihn in allem beherrscht. Er war der einzige Mensch, vor dem mein Herr je Respekt gehabt hatte. Nein, Respekt ist nicht das richtige Wort, er hatte eine Heidenangst vor ihm.

Nun war er plötzlich auf sich gestellt, und das in einer Stadt, die die besten Sänger der Welt hervorbrachte. Er hatte die Musik schon immer geliebt, aber in Neapel wurde er richtig süchtig danach. Ständig verlor er sein Herz an die eine oder andere Stimme – und wenn es die Stimme einer Frau war, konnte man sicher sein, daß er irgendwie den Weg in ihr Bett finden würde.«

»Marchesa Malvezzi hat mir erzählt, er habe sich nie eine Sängerin als Geliebte genommen.«

»Nach Neapel«, antwortete Ernesto langsam, »hat er das auch nie wieder getan.«

»Kannst du dich an irgend etwas erinnern, was seine Beziehung zu Giulietta Petroni betrifft? Hat er je ihren Namen erwähnt? Hast du die beiden zusammen gesehen?«

Ernesto dachte nach. »Ich glaube, daß er sich damals in eine *prima donna* verliebte, die dann plötzlich von der Bühne verschwand. Ich war der Meinung, daß er sie heimlich irgendwo untergebracht hatte. Er war ziemlich viel unterwegs und verbrauchte Geld wie Heu. Aber das ist bei einem jungen Adligen, der zum erstenmal auf die Welt losgelassen wird, durchaus normal.«

»Das alles beweist keineswegs, daß er sie durch eine Täuschung zu der Annahme veranlaßt hat, sie sei seine Ehefrau«, sagte Julian nachdenklich. »Hätte er ein so zeitaufwendiges und kompliziertes Täuschungsmanöver überhaupt ohne dein Wissen durchführen können?«

»O ja«, antwortete Ernesto traurig. »Er hätte das Ganze bestimmt vor mir verheimlicht. In jenen Tagen traute er mir noch nicht. Da mein Vater im Dienst des alten Marchese stand, dachte er, ich sei mitgeschickt worden, um ihn auszuspionieren. Damit tat er mir unrecht: Ich war sein Mann, nicht der seines Vaters. Aber es dauerte ein paar Jahre, bis ihm das klar wurde.«

»Wäre sein Vater wirklich so wütend gewesen, wenn er eine Sängerin verführt hätte?«

»Nein, Signor, nicht, wenn er sie nur verführt hätte. Nicht einmal, wenn er sie geschwängert hätte. Aber ihr eine Hochzeit vorzuspielen – etwas so Erbärmliches und Heimtückisches hätte ihm der alte Marchese sehr übel genommen.«

Julian überlegte. »Glaubst du, Lodovico hat gewußt oder vermutet, daß Valeriano sein Sohn war?«

»Ich bin mir sicher, daß er keine Ahnung hatte, daß ein Kind existierte, Signor. Egal, welche Schwierigkeiten er mit der Mutter hatte, er hätte nie geruht, bis er den Jungen in die Finger bekommen hätte.«

»Valeriano sagt, seine Mutter habe etwas Derartiges befürchtet«, erinnerte sich Julian. »Sie glaubte, Marchese Lodovico habe Spione auf sie angesetzt.«

»Davon weiß ich nichts, Signor.«

»Könnte es sein, daß Marchese Lodovico später, als Valeriano bereits erwachsen und als Sänger erfolgreich war, herausgefunden hatte, daß sie Vater und Sohn waren? Das würde erklären, warum er sich so um ihn bemüht hat.«

Ernesto schüttelte den Kopf. »In dem Fall wäre er direkter gewesen, Signor.«

»Vielleicht widerstrebte es ihm, einen Kastraten als Sohn anzuerkennen.«

»Falls dem so war«, antwortete Ernesto ruhig, »dann hat er sich getäuscht. Signor Valeriano ist bei weitem männlicher und meinem Herrn ähnlicher, als sein toter Bruder es je war. Seine Verbrechen sind schrecklich, aber das Unrecht, das ihm und seiner Mutter angetan wurde, war ebenfalls schrecklich. Er hat sich wie ein Mann dafür gerächt, und mein Herr hätte ihn deswegen respektiert. Außerdem, Signor, erscheint es mir passend –«

»Was erscheint dir passend?«

»Daß ein Mann von seinem eigenen Fleisch und Blut nötig war, um meinen Herrn zu vernichten.«

Nach dem Gespräch mit Ernesto beschloß Julian, daß ihm ein wenig frische Luft guttun würde. Er verließ das Haus durch die Vordertür, blieb oben am Treppenabsatz stehen und blickte auf die Terrasse hinunter.

Die Marchesa saß in einem Korbstuhl am Lilienteich und beugte sich gerade vor, um die Finger ins Wasser zu tauchen. Ihr schwarzer Schleier war ihr vom Kopf auf die Schultern gerutscht. Die schrägen Strahlen der Nachmittagssonne drangen durch den Stoff ihres langärmeligen Kleides und enthüllten die Konturen ihres anmutigen Arms und ihrer zarten Fußgelenke. Ihre Schönheit raubte ihm den Atem, als sehe er sie zum erstenmal. Ein Verbrechen wie Mord durfte es in einer Welt, in der sie lebte, nicht geben. Dort durfte es nichts geben, was ihr Kummer bereitete.

Er ging rasch die Treppe hinunter und trat zu ihr an den Lilienteich. Sie blickte zu ihm auf. »Giuliano.«

»Störe ich Euch?«

»Nein.« Erneut tauchte sie die Finger ins Wasser. In alle Richtungen schnellten Goldfische davon.

Er zog einen Stuhl neben den ihren. »Kann ich Euch helfen?«

»Helfen? Wobei?«

»Bei dem, was Euch beunruhigt.«

»Ich bin nicht beunruhigt, Giuliano. Ich habe nur nachgedacht.«

Er sah zu, wie sie die Goldfische aufschreckte. Warum konnte er keine Frau wie Francesca lieben? überlegte er. Eine Frau, die sich einem wie ein Kind anvertraute, wenn es ihr schlechtging – die nur die einfachen Dinge wollte: lieben und geliebt, beschützen und beschützt werden.

»Worüber habt Ihr nachgedacht?« fragte er.

»Über Orfeo. Glaubt Ihr, er wird nun, da er nicht mehr in Gefahr ist, wegen Lodovicos Ermordung verhaftet zu werden, seine Identität enthüllen?«

»Vielleicht hat er andere Gründe, sie geheimzuhalten.«

»Ich nehme an, es spielt sowieso keine Rolle mehr. Nun, da wir wissen, daß er Lodovico nicht getötet hat, ist er unwichtig geworden. Er war immer schon unwichtig – nichts als eine falsche Fährte. Ihr habt das schon lange gespürt, und ich hätte Euch glauben sollen.«

»Warum seid Ihr so voller Bitterkeit?«

Sie gab ihm keine Antwort. Nach einer kurzen Pause fragte sie: »Was werdet Ihr nun tun?«

»In der nächsten halben Stunde, oder ganz allgemein?«

»Nachdem Ihr die Villa verlassen habt.«

»Ich werde MacGregor anbieten, ihm alles zu zeigen, was er in Italien noch sehen möchte. Aber wahrscheinlich hat er die Nase voll vom Reisen. Ich nehme an, er wünscht sich bloß noch einen Kurier, der ihn nach England zurückbringt.«

»Und Ihr? Wo werdet Ihr hingehen?«

Er überlegte. »Ich bin noch nie in Peru gewesen. Wenn ich ehrlich sein soll, weiß ich nur sehr wenig über das Land, aber der Name gefällt mir recht gut.«

Sie beugte sich wieder zum Teich hinunter. Ihre Finger ließen kleine Wellen über das Wasser tanzen. »Ihr macht Euch über mich lustig.«

»Eine solche Frage verdient eine solche Antwort. Ihr müßt doch wissen, daß ich dort sein werde, wo auch Ihr seid.«

Sie setzte sich langsam auf, ohne ihn anzusehen. »Ich kann mir nicht vorstellen, daß Euch das Leben in Mailand gefallen würde.«

»Risotto, sechs Opernabende die Woche und Eure Gegenwart? Ich glaube, damit könnte ich durchaus leben.«

Sie drehte sich zu ihm um und lächelte ihn auf eine Weise an, daß er das Gefühl hatte, gleich vom Stuhl zu fallen. Er nahm ihre Hand. »Ich spreche Englisch, Französisch und Italienisch, aber es gibt keine Worte, um Euch zu sagen, wie sehr ich Euch liebe.«

Er hob ihre Hand an die Lippen. Sie streichelte ihm leicht über die Wange. Er dachte an die Nacht im Belvedere, daran, wie sie sich voller Verlangen an ihn drückte. Am liebsten hätte er sie an sich gerisssen. Aber sie waren in Sichtweite der Ruderer auf dem See, und wer wußte schon, wie viele Diener gerade aus dem Fenster sahen. Widerwillig ließ er ihre Hand los.

»Was werdet Ihr in der nächsten halben Stunde tun?« fragte sie lächelnd.

»Ich würde gern ein Experiment durchführen – eines, das unserem wissenschaftlichen Freund Mr. Fletcher bestimmt gefallen wird.«

»Was für ein Experiment?«

»Ich möchte von der Südterrasse zu Marchese Rinaldos Balkon hinaufklettern.«

»Warum?« fragte sie erstaunt.

Er zuckte mit den Achseln. »Ich glaube, das würde das Verbrechen für mich erhellen.«

»Aber Ihr könntet Euch den Hals brechen. Es ist ein Wunder, daß Valeriano nicht –« Sie hielt inne. Ihre Augen weiteten sich. »Ihr wollt herausfinden, ob er es tatsächlich getan haben könnte.«

Julian lächelte zurückhaltend. »Ich glaube, irgend jemand sollte es herausfinden, meint Ihr nicht?«

Julians Experiment entwickelte sich zwangsläufig zu einem öffentlichen Spektakel. Sämtliche Diener liefen ins Freie, um zuzusehen und ihm aufmunternde Worte und Warnungen zuzurufen oder ihn durch Beten und Kreischen in seiner Konzentration zu stören.

Ein paar von ihnen kamen mit einem alten Sonnensegel angerannt, aber Julian bezweifelte, daß es im Ernstfall seinen Sturz aufhalten könnte. Dipper und MacGregor sahen ebenfalls von unten zu. MacGregor hatte seine Arzttasche bei sich, und seine grimmige Miene verriet, was er von Julians Unterfangen hielt. Beatrice wartete auf Rinaldos Balkon, als wäre sie der Preis, der am Ende seiner Kletterpartie auf ihn wartete.

Er zog seine Jacke aus und reichte sie de la Marque, dem es Vergnügen bereitete, den Adjutanten zu spielen. Dann ging er die Treppe zu der Mauer hinauf, die die hintere Begrenzung der Südterrasse bildete. Dort angekommen, mußte er sich auf die Zehenspitzen stellen, um Grimanis Balkon zu erreichen. Er hievte sich hinauf. Nun begann der schwierige Teil.

Er schwang ein Bein über die Balustrade und setzte seinen Fuß vorsichtig auf den Ziervorsprung zwischen Grimanis und Rinaldos Fenster. Der Vorsprung war kaum breiter als sein halber Fuß. Julian kämpfte gegen den Drang an, auf den Kiesweg und die aufgeregten Zuschauer hinunterzublicken. Er schwang das zweite Bein über die Balustrade und setzte den Fuß auf den Sims.

Von unten gesehen wirkte der Mauervorsprung nicht sehr lang, aber nun erschien er ihm endlos. Julian mußte sich wie eine Krabbe seitlich vorwärts bewegen. Den Körper fest gegen die Wand gepreßt, streckte er die Arme nach beiden Seiten aus, um das Gleichgewicht besser halten zu können. Er fragte sich, wie Francesca und Valeriano das mitten in der Nacht und bei strömendem Regen geschafft hatten. Instinktiv tasteten seine Hände die Wand nach irgendeinem Halt ab. Ein Stück weiter oben befand sich ein Gesims – eine tiefe Rille mit einem vorstehenden Rand –, aber Julian fehlten ein paar Zentimeter, um sich daran festhalten zu können.

Sein rechter Fuß glitt ab. Unten stieß jemand einen ängstlichen Schrei aus. Julian verlagerte sein ganzes Gewicht auf den linken Fuß, preßte seinen Körper so flach wie möglich an die Wand und richtete sich wieder auf. Die Zuschauer stöhnten erleichtert auf. Julian war der Schweiß ausgebrochen, und sein Herz schlug schnell und heftig. Er holte ein paarmal tief und gleichmäßig Luft, ehe er sich wieder in Bewegung setzte.

Endlich lag Rinaldos Balkon vor ihm. Noch ein Meter, ein halber Meter – nahe genug, um das Bein über die Balustrade zu schwingen.

Beatrice griff nach seiner Hand und half ihm auf den Balkon. »Giuliano!« hauchte sie.

Aus ihren Augen sprach die ganze Heldenverehrung, mit

der italienische Frauen auf mutige körperliche Leistungen reagierten. Angesichts der Naivität, mit der sie ihn anstrahlte – ein Phänomen, das bei ihr ebenso selten wie bezaubernd war –, konnte Julian nur wünschen, er wäre schon eher auf die Idee gekommen, an der Außenseite eines Gebäudes hinaufzuklettern.

MacGregor ließ ihn nicht so glimpflich davonkommen. »Und?« rief er mit einer Stimme, die vor aufgestauter Sorge bissig klang. »Was glaubt Ihr mit dieser Eskapade bewiesen zu haben?«

Etwas von allergrößter Bedeutung, wenn Julian sich nicht täuschte. Aber er hatte nicht vor, es vom Balkon herunterzuposaunen. Sie würden es alle noch früh genug erfahren.

Während der nächsten Dreiviertelstunde war Julian sehr beschäftigt. Er mußte überprüfen und jemanden befragen. Gerade war er mit diesen Aufgaben fertig, als auch schon die Glocke zum Abendessen läutete. Für Villa-Verhältnisse waren sie mit dem Essen spät dran – es war schon fast halb sechs. Die Marchesa hatte verkündet, daß sich nach dem anstrengenden Tag niemand die Mühe machen sollte, sich zu diesem Anlaß umzuziehen.

Die Gesellschaft begann sich im Salon zu versammeln – alle außer Francesca, die nicht zum Essen erwartet wurde. Grimani stand mit geradem Rücken und verschränkten Armen an einem der vorderen Fenster. Julian vermutete, daß er nach Zanetti Ausschau hielt, der mit dem Haftbefehl für Valeriano aus Solaggio zurückerwartet wurde. Fletcher und St. Carr standen an einem anderen Fenster und sprachen mit bemühter Sorglosigkeit über Kricket. Carlo hatte einen Arm auf den Kaminsims aufgestützt und brütete vor sich hin. MacGregor ging vor dem Kamin auf und ab. Beatrice und de la Marque saßen in einer Ecke und unterhielten sich leise. Aus dem Musikzimmer hörte man Donati eine Scarlatti-Sonate spielen.

Julian ging zum aufwendig gearbeiteten Stammbaum der Malvezzis hinüber, dessen goldene Äpfel die Namen der früheren und gegenwärtigen Familienmitglieder trugen. Er suchte nach Lodovico: geboren 1765, ab 1790 mit Isotta Marini verheiratet. Ein Kind, Rinaldo, geboren 1795. Erneute Eheschließung 1817, mit Beatrice de Goncourt, keine Kinder –

»Signor Commissario!« Zanetti eilte herein und überreichte Grimani ein offiziell aussehendes Papier.

Grimani warf einen Blick darauf und sagte: »Gut. Holt Valeriano!«

Zanetti verließ den Raum. Eine Minute später kehrte er mit Valeriano und den vier Gendarmen zurück, die ihn bewacht hatten.

Valeriano wirkte bleich und teilnahmslos. Als Grimani ihm eröffnete, daß er verhaftet sei und vorerst im Dorf unter Arrest bliebe, ehe man ihn in das Santa-Margherita-Gefängnis nach Mailand überführen würde, schien er ihm kaum zuzuhören.

Plötzlich trat Julian vor. »Signor Commissario, ich würde Euch gern im Namen des Gefangenen um einen Gefallen bitten.«

»Ich brauche niemanden, der in meinem Namen um einen Gefallen bittet, Signor Kestrel«, sagte Valeriano, bemüht, höflich zu bleiben.

Julian achtete nicht auf seinen Einwand. »Ich möchte Euch bitten, ihn ein letztes Mal für uns singen zu lassen, bevor er ins Gefängnis muß.«

»Das ist doch lächerlich!« antwortete Grimani.

»Es ist nicht lächerlich.« Auf Sebastianos Arm gestützt, trat Donati aus dem Musikzimmer. »Es wäre ein großes Geschenk für einen Sänger – vielleicht das größte Geschenk, das Ihr ihm machen könnt.«

»Ich will kein solches Geschenk«, entgegnete Valeriano. »Ich möchte nicht singen.«

»Denkt daran«, sagte Julian, »daß dies vielleicht Eure letzte Gelegenheit ist, nicht nur vor einem Publikum zu singen.« Er wandte sich an Grimani. »Ich nehme nicht an, daß Singen im Santa Margherita erlaubt ist?«

»Natürlich nicht«, antwortete Grimani. »Die Gefangenen würden die ganze Zeit singen und ihre Lieder dazu benutzen, einander Nachrichten zu übermitteln.«

Valeriano wirkte bestürzt. Er war auf Schande, Gefängnis und Tod vorbereitet gewesen, dachte Julian, nicht aber darauf, daß man ihm die größte Gabe und den größten Trost seines Lebens rauben könnte. Schließlich sagte er leise: »Wenn Ihr nichts dagegen habt, Signor Commissario, würde ich gern ein letztes Mal singen.«

Grimani verdrehte verärgert die Augen. »Also gut. Aber nur ein einziges Lied.«

Julian führte Donati ins Musikzimmer. »Maestro«, flüsterte er ihm zu, als er ihm half, am Klavier Platz zu nehmen, »spielt *Che farò*.«

Donati stellte keine Fragen. Er spielte die Einleitung zu der berühmten Kastraten-Melodie: Orpheus' Klage über der Leiche seiner geliebten Eurydike. Die anderen folgten ihm ins Musikzimmer. Valeriano wurde noch immer von seinen Wachen flankiert. Er begann:

»Che farò senza Euridice…

Voller Zärtlichkeit und Angst entfaltete sich die Melodie, mit der Orpheus Erde und Himmel beschwor, das Unbeantwortbare zu beantworten.

Die Tür, die in die Marmorhalle führte, öffnete sich. Francesca trat herein und starrte den singenden Valeriano an.

Sie trug ein schlecht sitzendes Kleid, daß Julian als eines von Beatrice erkannte. Ihr Gesicht wirkte weiß und ausgezehrt. Ihre Augen sagten mehr über ihre Gefühle aus, als Worte es vermocht hätten. *Wie kannst du es wagen, diese Zeilen auszusprechen? Wie kannst du es wagen, von Liebe zu singen?* Francesca starrte ihn noch immer an. Valerianos Stimme begann zu stocken.

»Che farò senza Euridice…

Er schlug die Hände vors Gesicht und weinte.

Julian ging zu ihm und legte ihm eine Hand auf die Schulter. »Die Maskerade ist vorbei, Signor Valeriano. Ihr wißt genausogut wie ich, daß Ihr Marchese Lodovico und Marchese Rinaldo nicht getötet habt.«

»Doch, ich habe sie getötet. Das ist nur ein Moment der Schwäche. Es hat nichts zu bedeuten.«

»Ich vermute nicht nur, daß Ihr unschuldig seid«, sagte Julian geduldig, »ich *weiß* es. Und ich werde Euch sagen, wieso.

Es gab in Eurem Geständnis mehrere Punkte, die mir zweifelhaft erschienen, aber meinen ersten konkreten Beweis bekam ich, als ich zu Marchese Rinaldos Balkon hinaufkletterte, wie Ihr es angeblich auch getan habt. Über dem Mauervorsprung zwischen den beiden Balkonen befindet sich ein Gesims. Ich habe versucht, danach zu greifen, aber für mich war es ein paar Zentimeter zu hoch. Für Marchesa Francesca muß es ebenfalls außer Reichweite gewesen sein. Ihr aber habt den Vorteil, größer zu sein als wir, Signor Valeriano. Ihr hättet Euch an diesem Gesims festhalten können, und Ihr hättet es mit Sicherheit auch getan. Jeder, der versucht hätte, sich an diesem schmalen Vorsprung entlangzuhangeln, hätte nach jedem Halt gegriffen, der sich ihm geboten hätte.

Hinterher bin ich ins Dachgeschoß hinaufgegangen und habe mich aus einem der Fenster gebeugt, um mir das Gesims näher anzusehen. Entlang der ganzen Mauer verläuft eine tiefe Rille, in die der Regen der letzten Nacht nicht gelangt ist. Sie weist ein kunstvolles Arrangement von Blättern und Spinnweben auf – das von niemandem durcheinandergebracht worden ist. Ihr wart nie auf diesem Mauervorsprung, Signor Valeriano. Euer Geständnis war ein geniales Netz aus Lügen.

Oder vielleicht sollte ich lieber sagen, aus einer genialen Mischung aus Wahrheit und Lüge. Ich glaube, daß Lodovico tatsächlich Euer Vater war und daß Ihr ihn wirklich mit Hilfe des Handschuhs, den er Eurer Mutter geschenkt hatte, in das Belvedere gelockt habt. Aber Ihr hattet nicht die Absicht, ihn zu töten. Ihr wolltet sein Verhalten Eurer Mutter gegenüber nutzen, um ihn zu erpressen, Marchesa Francesca ihre Kinder sehen zu lassen. In Eurer Nachricht habt Ihr ihn aufgefordert, ›nach elf‹ in das Belvedere zu kommen, aber wie Ihr uns heute selbst gesagt habt, seid Ihr erst gegen Mitternacht dort eingetroffen. Und als Ihr das Belvedere betreten habt, war er bereits tot.

Deswegen wußtet Ihr auch soviel über den Zustand seiner Leiche. Ihr wußtet sogar von der geladenen Pistole, die er bei sich hatte: Ihr habt sie gefunden, als Ihr seine Taschen nach Eurer Nachricht und dem Handschuh Eurer Mutter durchsucht habt. Aber ich habe Euch aus dem Konzept gebracht, als ich Euch nach dem Pfropf zum Laden der Tatwaffe fragte. Das war etwas, das Ihr nicht wissen konntet.«

»Aber – aber der Mord an Rinaldo?« mischte sich Carlo ein. »Wie hätte er darüber in so kurzer Zeit soviel erfahren können? Er war nicht einmal im Haus, als die Tat entdeckt wurde.«

»Nein«, antwortete Julian. »Aber er war in Solaggio. Commissario Grimani hat Bruno heute morgen nach Solaggio geschickt, um Comandante von Krauss und ein paar anderen Leuten Nachrichten zu überbringen. Er befahl Bruno, unterwegs mit niemandem zu sprechen, aber da ich Bruno ein wenig kenne, habe ich gleich vermutet, daß er nicht in der Lage sein würde, diesem Befehl zu gehorchen. Er hatte kurz zuvor Marchese Rinaldo gesehen und ausreichend Gelegenheit gehabt, sich in seinem Zimmer umzusehen. Er würde der Versuchung nicht widerstehen können, den Dorfbewohnern brühwarm von dem Mord zu berichten. Ich habe ihn vor wenigen Minuten zur Rede gestellt und dazu gebracht, es zuzugeben. Er hat auf der Piazza eine Schar von Leuten um sich versammelt und ihnen jede Einzelheit erzählt, an die er sich erinnern konnte: das blutbefleckte Rasiermesser auf dem Bett, die offene Kette um Marchese Rinaldos Hals und alles andere. Und er kann sich genau daran erinnern, daß Signor Valeriano ebenfalls anwesend war.«

Grimanis Augen funkelten wütend.

»Natürlich wußte Bruno nichts davon, daß Marchesa Francesca von ihrem Balkon geklettert war«, fuhr Julian fort. »Aber diese Geschichte muß sich sehr schnell herumgesprochen haben: Die Soldaten, die sie in der Kapelle gefunden hatten, wußten es, und ihnen war nicht untersagt worden, darüber zu sprechen.«

»Woher hat Signor Valeriano etwas von dem Wachsfleck auf dem Laken gewußt?« wandte Grimani ein. »Den können weder Bruno noch die Soldaten gesehen haben.«

»Das habe ich mich auch gefragt«, antwortete Julian. »Dann ist mir eingefallen, daß wir beide in Gegenwart der Gendarmen gesprochen haben, die Ihr anschließend losgeschickt habt, Valeriano aus der ›Nachtigall‹ zu holen. Ich wette, sie haben darüber gesprochen, während sie ihn herbrachten. Auf jeden Fall hat er aus verschiedenen Quellen sämtliche Informationen gesammelt, die er brauchte, um den Mord an Marchese Rinaldo zu gestehen. Er mußte in kurzer Zeit sehr viel auswendig lernen. Aber er war es gewohnt, sich innerhalb weniger Tage ganze Opernhauptrollen einzuprägen.«

Julian wandte sich wieder Valeriano zu. »Zugegeben, Ihr hattet zwingende Gründe, Marchese Rinaldo den Tod zu wünschen. Aber als sich die Gelegenheit bot, ihn im Duell zu töten, habt Ihr lieber riskiert, Eurerseits von ihm getötet zu werden. Eure Erklärung dafür war klug, aber unglaubwürdig. Daß Ihr in die Luft gefeuert habt, hatte den einfachen Grund, daß Ihr Euren Bruder nicht töten wolltet.

Ich weiß nicht, warum Ihr es für nötig gehalten habt, Marchesa Francesca davon zu überzeugen, daß Ihr sie nie geliebt habt, aber ich nehme an, Ihr wolltet auf diese Weise von der Tatsache ablenken, daß Ihr das alles nur ihretwillen getan habt. Ihr habt gewußt, daß sie Gefahr lief, beider Verbrechen bezichtigt zu werden, und die einzige Möglichkeit, die Euch einfiel, um sie zu retten, war, Euch selbst anzuzeigen. Vielleicht habt Ihr es auch deswegen bewußt darauf angelegt, Abscheu in ihr zu erregen, weil Ihr gehofft habt, sie auf diese

Weise von dem Versuch abhalten zu können, Eure Unschuld zu beweisen und sich damit selbst wieder in Gefahr zu bringen. Sie hat gesagt, Eure gespielte Liebe sei die Darbietung Eures Lebens gewesen. In Wirklichkeit aber war es die Darbietung Eures Lebens, als Ihr Francesca just in dem Augenblick, in dem Ihr im Begriff wart, Euer Leben für sie zu geben, eingeredet habt, nie etwas für sie empfunden zu haben.«

»Stimmt das?« wandte sich Francesca atemlos an Valeriano.

»Es tut mir leid«, flüsterte er. »Ich habe versucht, dich zu retten. Es ist mir nicht gelungen –«

Er kam nicht weiter. Francesca stürzte sich auf ihn, trommelte mit den Fäusten auf ihn ein, trat nach ihm und zerrte an seinen Kleidern. »Wie konntest du nur? Wie konntest du mir das Herz brechen und auch noch glauben, es sei gut für mich?«

»Ich habe versucht, dich zu beschützen!« beteuerte er. »Ich war vor lauter Angst um dich ganz von Sinnen! Und ich dachte, wenn du erst einmal frei von mir wärst, könntest du wieder heiraten und Kinder bekommen –«

»Oh!« Sie stieß ihn voller Abscheu von sich weg. »Wie kannst du nur so dumm und selbstsüchtig sein?«

»Selbstsüchtig?« wiederholte er erstaunt.

»Ja!« Sie blickte sich zu den anderen um. »Ich nehme an, Ihr haltet ihn alle für mutig. Aber er ist nicht mutig! Er wirft sein Leben weg, weil er es für wertlos hält! Wage zu leben, Pietro! Wage daran zu glauben, daß du es verdient hast zu leben! Das und nichts anderes wird dich wirklich zu einem Mann machen!«

»Du verachtest mich«, sagte er niedergeschlagen.

Ihr Gesicht wurde weich. »Nein, ich liebe dich. Warum würde ich mir sonst so viele Gedanken um dich machen?«

Erschöpft fielen sie sich in die Arme.

Grimani fragte abrupt: »Warum wart Ihr heute morgen noch in Solaggio, Signor Valeriano? Ihr habt doch gestern behauptet, nach Venedig zurückkehren zu wollen.«

Mit vor Glück geröteten Wangen wandte sich Valeriano

zu ihm um, ohne Francesca loszulassen. »Das hatte ich auch vor. Aber es war schwer genug, Francesca aufzugeben – sie ganz zu verlassen, ging über meine Kräfte. Außerdem machte ich mir Sorgen um sie. Ich wußte selbst kaum, was ich befürchtete, aber beim Gedanken an Rinaldos Grausamkeit und ihre Verzweiflung konnte ich sie nicht im Stich lassen. Deshalb stieg ich in der Nachtigall ab. Ich wollte ein paar Tage warten und mich vergewissern, daß es ihr gutging – erst dann wollte ich gehen.«

»Ihr wollt Euer Mordgeständnis also widerrufen?« fragte Grimani.

»Mir bleibt nichts anderes übrig.« Valeriano senkte den Blick. »Alles, was Signor Kestrel gesagt hat, stimmt.«

»Ich hätte an dich glauben sollen«, sagte Francesca reumütig. »Ich hätte wissen müssen, daß du niemals einen Menschen töten würdest.«

Valeriano nahm sie sanft, aber bestimmt an den Schultern und sah ihr in die Augen. »Du mußt das verstehen, mein Liebling – mein Geständnis war genau deshalb so überzeugend, weil es soviel Wahrheit enthielt. Ich habe auf meine schändlichsten und wildesten Gefühle zurückgegriffen. Ich habe meinen Vater tatsächlich gehaßt. Als ich damals erfuhr, was er meiner Mutter angetan hatte, wollte ich ihn tatsächlich töten. Aber Elena rief mir ins Gedächtnis, daß das eine Todsünde wäre. Ich wurde zum Sänger ausgebildet – die antiken Mythen waren mir von Kind an vertraut. Ich dachte an Orest und Ödipus. Wenn ich das Blut meines Vaters vergoß, würde ich befleckt und verdammt sein. Das hätte meine Mutter bestimmt nicht gewollt. Ihr Wunsch war gewesen, daß ich Sänger wurde. Also versuchte ich, Lodovico aus dem Weg zu gehen. Aber das ließ er nicht zu. Er verfolgte mich, bemühte sich unablässig um meine Gunst. Auf diese Weise habe ich dich kennengelernt, Francesca.

Ich wollte dich nicht lieben. Ich hätte nie zu träumen gewagt, jemals einen Menschen zu lieben. Als mir klarwurde, was ich für dich empfand, wurde ich von panischem Schrekken ergriffen. Ich versuchte dich davon abzuhalten, zu mir zu kommen. Ich konnte den Gedanken nicht ertragen, daß es – sogar für mich selbst – so aussah, als würde ich dich als Instrument meiner Rache benutzen. Ich hatte Angst, daß du mich – oder noch schlimmer, dich selbst – verabscheuen würdest, falls du je herausfändest, daß ich der Bruder deines Mannes war. Aber letztendlich –« Er hob hilflos die Hände. »Ich liebte dich zu sehr.«

Erneut störte Grimani das wiedervereinte Paar. »Entsprach es der Wahrheit, als Ihr uns erzählt habt, Ihr wärt in der Mordnacht gegen Mitternacht im Belvedere eingetroffen?«

»Ja. Und wie Signor Kestrel richtig erraten hat, fand ich meinen Vater tot vor.« Valeriano wandte sich wieder an Francesca. »Das Seltsame ist, daß es mir leid um ihn tat. Gegen meinen Willen und wider jede Vernunft muß ihn irgend etwas in mir als mein Fleisch und Blut anerkannt haben.«

»War seine Leiche bereits kalt?« fragte Grimani.

»Ja.«

»Dann war er wahrscheinlich schon mindestens eine halbe Stunde tot. Das würde heißen, daß er zwischen halb elf und halb zwölf getötet worden ist.«

Julian hielt das für sekundär. Weitaus wichtiger war Valerianos Enthüllung, daß der Mörder und derjenige, der Lodovico in das Belvedere gelockt hatte, nicht ein und dieselbe Person waren. Woher hatte der Mörder dann gewußt, daß er Lodovico dort finden würde? Lodovico hatte eine Laterne bei sich gehabt – vielleicht hatte der Mörder das Licht vom See aus gesehen und war gekommen, um herauszufinden, was es damit auf sich hatte. Aber es wäre ein zu großer Zufall gewesen, wenn sich jemand, der sowohl ein Motiv hatte, Lodovico zu töten, als auch mit einer Waffe ausgerüstet war, in jener Nacht in der Nähe der Villa aufgehalten hätte. Julian wäre jede Wette eingegangen, daß der Mörder gewußt hatte, daß Lodovico allein dort war. Aber wie hatte die betreffende Person das herausgefunden?

Lodovico war am Morgen in der Villa eingetroffen und hatte verkündet, daß er dort über Nacht bleiben und keine

Diener mitbringen würde. Das hieß, daß Donati, Orfeo, Tonio, Lucia und Matteo von seinen Plänen wußten. Konnte es sein, daß einer von ihnen diese Information an den Mörder weitergegeben hatte? Vielleicht hatten Lucia oder Matteo beiläufig mit einem Fremden darüber gesprochen – oder, noch wahrscheinlicher, mit einem Bekannten, zu dem sie Vertrauen hatten. Und Tonio – Tonio war an diesem Tag entlassen worden. Konnte es nicht sein, daß er ein paar Klatschgeschichten erzählt hatte, bevor er in seinem Vollrausch versank? Das würde erklären, warum er am nächsten Morgen das Weite suchte: aus Angst, daß man ihm Lodovicos Ermordung in die Schuhe schieben könnte –

Nein, diese Theorie hatte auch einen Haken. Es war nicht publik gemacht worden, daß Lodovico eines gewaltsamen Todes starb. Um acht Uhr morgens, als Tonio aus der »Nachtigall« floh, war Lodovicos Tod noch nicht einmal entdeckt worden. Julian war nicht sicher, was er von all dem halten sollte, aber ihn beschlich wegen Tonios Verschwinden allmählich ein sehr ungutes Gefühl.

»Wie geht es jetzt weiter?« fragte Carlo Grimani.

»Der Mord ist nach wie vor nicht aufgeklärt«, antwortete Grimani. »Deshalb werde ich die Ermittlungen fortsetzen. Ihr werdet vorerst alle hierbleiben.«

»Ich hatte gehofft, ich könnte nach Mailand zurückkehren, um meine Kinder zu sehen«, sagte Francesca zögernd.

»Das kommt überhaupt nicht in Frage!« antwortete Grimani. »Was den Mord an Eurem Mann betrifft, seid Ihr erneut die Hauptverdächtige.«

»Es gibt nichts, was sie mit der Ermordung Lodovicos in Verbindung bringt«, wandte Carlo ein.

»Sie hielt sich am See auf, als es passierte«, antwortete Grimani. »Aber ich bin tatsächlich nicht der Meinung, daß sie Marchese Lodovico selbst umgebracht hat. Dieser Mord erforderte ein gewisses Maß an Berechnung und Kühnheit. Eine Frau wäre dazu gar nicht in der Lage gewesen. Sie muß einen Komplizen gehabt haben.«

»Nicht Pietro!« sagte Francesca schnell.

»Nein«, antwortete Grimani. »Orfeo.«

Julian seufzte. Er hätte wissen müssen, daß Grimani es schaffen würde, Orfeo von neuem in die Ermittlungen mit einzubeziehen. Die Idee, Francesca könnte Orfeo für den Mord an Lodovico bezahlt haben, widersprach allerdings der Theorie, daß er ein Carbonaro-Agent war. Grimani traute ihm wahrscheinlich beides zu.

Francesca verschwendete keinen Gedanken an Orfeo oder die Gefahr, in der sie sich selbst befand. »Könnte ich meine Kinder nicht herholen lassen?«

»Das ist für mich nicht von Belang«, antwortete Grimani.

»Darf ich, Beatrice?« fragte sie eifrig.

»Ja, natürlich«, antwortete Beatrice. »Wenn du willst, kann ich Ernesto damit beauftragen, sie zu holen.«

»Marchesa Francesca«, mischte sich Julian ein. »Ich muß Euch von diesem Schritt dringend abraten. Wartet, bis sich die Dinge wieder beruhigt haben.«

»Ihr versteht das nicht, Signor Kestrel«, antwortete Francesca. »Es geht nicht nur darum, daß ich sie sehen will. Bestimmt haben sie inzwischen von der Ermordung ihres Vaters erfahren. Sie werden sich einsam fühlen und Angst haben. Wenn ich nicht zu ihnen kann, müssen sie zu mir kommen.«

»Vergebt mir meine Offenheit, Marchesa Francesca«, sagte Julian sanft. »Die beiden letzten Männer, die den Titel Marchese Malvezzi trugen, sind ermordet worden. Nun trägt Euer Sohn diesen Titel. Wollt Ihr ihn wirklich in dieses Haus holen?«

Sie starrte ihn an. »Aber – er ist doch nur ein kleiner Junge!«

»Und höchstwahrscheinlich nicht in Gefahr. Aber solange nur die entfernteste Möglichkeit besteht –«

»Ja«, sagte sie. »Er muß bleiben, wo er ist.« Sie warf einen Blick in die Runde. »Würde jemand von Euch zu meinen Kindern fahren, um sie von mir zu grüßen und sicherzustellen, daß ihnen nichts fehlt?«

»Ich würde es gern tun«, antwortete Valeriano, »aber ich kann dich nicht verlassen.«

»O nein!« Sie klammerte sich an ihn. »Ich kann mich jetzt auch nicht von dir trennen. Aber vielleicht Carlo oder Beatrice –«

»Sie gehören zum Kreis der Verdächtigen«, fiel ihr Grimani ins Wort. »Ich kann nicht erlauben, daß sie das Haus verlassen.«

»Ich nehme an, daß Ihr *mich* nicht ernsthaft verdächtigt, Signor Commissario?« fragte Julian.

»Euch?« Grimanis Augen wurden schmal. »Ihr wollt nach Mailand?«

»Nur für einen Tag«, antwortete Julian. »Ich könnte morgen früh wieder aufbrechen und bis zum Abend zurück sein – falls Marchesa Francesca mich überhaupt mit diesem Auftrag betrauen möchte.«

Francesca zögerte. »Die Kinder kennen Euch nicht –«

»Ich gebe Euch mein Wort, daß ich so nett zu ihnen sein werde, wie ich nur kann.«

Ihr Gesicht wurde weich. Sie trat auf ihn zu und legte ihm leicht die Hand auf die Brust. »Ihr habt an Pietro geglaubt, als niemand sonst es tat – als sogar ich das Vertrauen zu ihm verloren hatte. Ihr habt uns einander wiedergegeben. Ich würde Euch meine Kinder jederzeit anvertrauen. Ich würde Euch sogar mein Leben anvertrauen.«

»Ich fühle mich sehr geehrt, Marchesa Francesca. Ich werde Euch keinen Anlaß geben, diese Worte zu bereuen.« Er wandte sich an Grimani. »Habe ich Eure Erlaubnis, nach Mailand zu fahren, Signor Commissario?«

»Unbedingt.« Grimani verzog verächtlich die Lippen. Julian fiel es nicht schwer, seine Gedanken zu lesen: *Wenn Ihr nach Mailand wollt, um für zwei Gören das Kindermädchen zu spielen, habt Ihr meinen Segen. Ich wollte Euch sowieso nie hier haben.* Er gönnte Grimani seinen Triumph. Das war immer noch besser, als wenn er gewußt hätte, warum Julian in Wirklichkeit nach Mailand wollte.

34

Das Abendessen in der Villa verlief schweigend. Alle waren von den Ereignissen und der ständigen Spannung ziemlich mitgenommen. Das Wissen, daß die Morde nach wie vor ungeklärt waren und der Mörder womöglich unter ihnen weilte, lastete schwer auf ihnen. Falls jemand überhaupt in der Lage gewesen wäre, es zu vergessen, hätten ihn die Soldaten, die in den Gängen Wache standen und über das Grundstück patrouillierten, ständig daran erinnert.

Francesca und Valeriano ließen einander nicht aus den Augen und schienen trotz der Gefahr, die Francesca drohte, in Gegenwart des anderen ein gewisses Maß an Frieden zu finden. Carlo sah Valeriano von Zeit zu Zeit nachdenklich an, als könnte er kaum glauben, daß er in einem Zeitraum von vierundzwanzig Stunden einen Neffen verloren und einen anderen dazugewonnen hatte. Nur de la Marque schien guter Dinge zu sein. Julian beschloß herauszufinden, was er im Schilde führte.

Die Gesellschaft begab sich früh zu Bett. Grimani hatte vor sämtlichen Zimmern Soldaten postiert, aber die Marchesa erhob Einspruch gegen diese Maßnahme. »Wenn Ihr Angst habt, daß wir fliehen könnten, braucht Ihr nur Wachen an den Außentüren und unter den Fenstern aufzustellen. Oder wolltet Ihr damit zum Ausdruck bringen, daß Eure Männer an unseren Schlüssellöchern lauschen sollen?«

Grimani schickte die Soldaten widerwillig nach unten, und die Gäste zogen sich in ihre Zimmer zurück. Julian aber behielt seine Kleider an. »Geht Ihr nicht ins Bett?« fragte MacGregor.

»Noch nicht. Ich möchte erst noch mit Dipper über meine morgige Reise nach Mailand sprechen. Es gibt ein paar Dinge, um die er sich in meiner Abwesenheit kümmern soll.«

»Ihr nehmt ihn nicht mit?«

»Ich werde nur einen Tag unterwegs sein, und ich glaube, so lange kann ich durchaus allein für mich sorgen.«

»Warum läutet Ihr nicht einfach nach ihm? Sonst geht Ihr auch nicht zu Bett, ohne daß er vorher um Euch herumscharwenzelt.«

»Die Dienstbotenquartiere sind für ein vertrauliches Gespräch besser geeignet. Wir können dort Englisch sprechen, ohne fürchten zu müssen, daß uns jemand versteht. Ich werde gleich wieder zurück sein, aber Ihr braucht deswegen nicht auf mich zu warten. Gute Nacht, mein lieber Freund.«

Er trat auf den breiten, stillen Flur hinaus, der zu beiden Seiten nur von je einer Lampe erhellt wurde. Er empfand eine Spur von schlechtem Gewissen, weil er MacGregor nicht die ganze Wahrheit gesagt hatte: Er wollte tatsächlich mit Dipper sprechen, aber das würde wahrscheinlich bis morgen früh warten müssen. An diesem Abend hatte er Wichtigeres zu tun.

Neben seinem und MacGregors Zimmer befand sich eine Tür, die zur Dienstbotentreppe führte. Er schlüpfte leise durch diese Tür und ließ sie nur einen Spalt weit auf, um hinausspähen zu können. Von hier aus hatte er einen guten Blick auf die gegenüberliegende Haupttreppe und die Zimmer zu beiden Seiten der Treppe: das von Beatrice und das von de la Marque. Nun konnte er nichts anderes mehr tun, als de la Marques Tür im Auge zu behalten und zu warten.

Die Minuten verstrichen. Die Kirchenglocken schlugen elf, dann halb zwölf. Julian wurde langsam müde. Vielleicht hatte er sich nur eingebildet, daß de la Marque irgendeine Teufelei im Schilde führte, aber er konnte seinen Posten noch nicht verlassen – nicht vor Mitternacht, der altehrwürdigen Stunde der Stelldicheins und Verschwörungen. Er lehnte sich in eine Ecke des kleinen Treppenhauses und machte es sich so bequem wie möglich, ohne den Türspalt aus den Augen zu lassen.

Die Kirchenglocken schlugen zwölf. Nichts geschah. Julian richtete sich auf und wollte gerade die Tür öffnen, als gegenüber plötzlich etwas zu hören war.

Die Tür von de la Marques Zimmer ging ein kleines Stück weit auf. De la Marque streckte den Kopf heraus. Nachdem er rasch den Flur entlanggeblickt hatte, trat er aus der Tür und zog sie geräuschlos hinter sich zu. Auf Zehenspitzen schlich er auf die Haupttreppe zu. Julian hielt den Atem an. De la Marque schlich an der Treppe vorbei und auf Beatrices Tür zu.

Leise klopfte er dreimal. Die Tür ging sofort auf. Einen Moment lang erhellte die Lampe am Ende des Flurs Beatrices Gesicht. Dann trat sie beiseite, um de la Marque hineinzulassen, und die Tür schloß sich hinter ihnen.

Julian hatte das Gefühl, als würde ihm jemand einen heftigen Tritt in die Magengegend versetzen. Wie oft, fragte er sich – wie viele Nächte waren die beiden zusammengewesen, während er in nächster Nähe in seinem Bett schlief? Natürlich hatte sie ihm nichts versprochen und auch nie gesagt, daß sie seine Liebe erwidere. Trotzdem hatte sie ihm Hoffnungen gemacht. Warum? Um ihn dazu zu bringen, die Mordfälle aufzuklären? Oder um ihn abzulenken und bei seinen Ermittlungen zu behindern?

Und was zum Teufel sollte er jetzt tun? Am liebsten hätte er entweder eine Schlägerei mit de la Marque angefangen oder sich in ein Loch verkrochen – beides ließ sich nur schlecht realisieren. Der Gedanke, das Paar ungestört zu lassen, war unterträglich. Aber wie konnte er sie stören? Was wäre sinnloser und lächerlicher, als hineinzustürmen und zu rufen: *Aha!*

Plötzlich erwachte der Kriminalist in ihm. Mal angenommen, es handelte sich gar nicht um ein Rendezvous – oder nicht *nur* um ein solches? Er hatte einmal spekuliert, daß Beatrice und de la Marque zur Zeit der Revolte in Piemont ein Liebespaar oder politische Verbündete gewesen waren. Er hatte sie sogar verdächtigt, Lodovico gemeinsam getötet zu haben. Das, worüber sie sich gerade unterhielten, konnte von entscheidender Bedeutung für die Ermittlungen sein. Würde er sich dazu überwinden können, sie zu belauschen?

Als Gentleman stieß ihn der Gedanke ab. Als liebender Mann schreckte er davor zurück. Als Kriminalist blieb ihm keine andere Wahl. Er durchquerte den Gang – dankbar, daß der Teppich seine Schritte dämpfte – und legte das Ohr an Beatrices Tür.

Sie und de la Marque unterhielten sich auf französisch und sprachen so leise, daß Julian sie nicht verstanden hätte, wenn es im Haus nicht so mucksmäuschenstill gewesen wäre. »Aber mein lieber Gaston«, sagte Beatrice gerade, »ich richte mich damit doch nur nach Euren Wünschen. Ein Mann deutet nicht ständig etwas an, wenn er nicht danach gefragt werden will.«

»Ah, aber gefragt werden wollen ist nicht dasselbe wie antworten wollen.«

»Ihr wißt es also?«

»Ich bin untröstlich, mein Engel, aber leider nein.«

»Dann habt Ihr mich getäuscht.«

»Da bin ich anderer Meinung. Ich habe nie behauptet zu wissen, wer Orfeo ist.«

»Aber Ihr habt es angedeutet. Und Ihr habt genau gewußt, daß ich Euch nur zu mir ins Zimmer gebeten habe, um über dieses Thema zu sprechen.«

»Das tun wir doch auch.«

»Aber es kommt nichts dabei heraus.« Ihre Stimme veränderte sich – sie klang plötzlich warm und verführerisch. »Nun kommt schon, mein Lieber, es besteht kein Grund, Orfeos Namen geheimzuhalten. Es sei denn, Grimani hat recht, wenn er Euch verdächtigt, selbst Orfeo zu sein?«

»Vergebt mir, meine Liebe, aber wenn ich es tatsächlich wäre, würde ich es kaum zugeben.«

»Ihr habt doch wohl keine Angst vor mir?«

»Welcher Mann hat keine Angst vor einer schönen Frau?«

»Ich meine, Ihr habt keine Angst, Euch mir anzuvertrauen? Ihr glaubt doch wohl nicht, daß ich mit dieser Information zu Grimani rennen würde?«

»Was würdet Ihr dann damit tun?«

»Sie für mich behalten. Sie in meinem Herzen verschließen. Das Vergnügen genießen, mehr zu wissen als Grimani.«

»Und welches Vergnügen würde *ich* genießen?«

Nach einem kurzen Moment des Schweigens antwortete Beatrice: »Das liegt ganz bei Euch.«

»So sehr ist Euch daran gelegen, seinen Namen zu erfahren?« fragte er interessiert.

»Ihr schmeichelt Euch nicht gerade selbst.«

»In Anbetracht der Tatsache, daß Ihr mir bisher keine solche Gunst gewährt habt, kann ich mich kaum der Illusion hingeben, es allein durch meinen Charme geschafft zu haben.«

»Ihr habt es noch überhaupt nicht geschafft«, rief sie ihm ins Gedächtnis.

»Wollt Ihr mir nicht einen kleinen Beweis liefern? Vielleicht einen Kuß, um mir zu zeigen, daß Ihr es ernst meint?«

»Ihr seht doch, daß ich es ernst meine. Wenn dem nicht so wäre, wärt Ihr nicht hier. Und ich schwöre Euch bei meiner Ehre, daß ich es Euch in der von Euch gewünschten Weise entgelten werde. Wer ist Orfeo?«

»Leider weiß ich es nicht.«

»Dann gute Nacht, Monsieur de la Marque.«

»Meine liebste –«

»Gute Nacht. Falls Ihr Schwierigkeiten habt, die Tür zu finden, werde ich nach einem Lakaien läuten, der sie Euch zeigen wird.«

»Wäre das nicht ein wenig peinlich für Euch?«

»Ich verspreche Euch, Monsieur – ich werde dafür sorgen, daß es für Euch noch peinlicher ist.«

»Ich glaube Euch!« De la Marque lachte leise. »Also gut, meine liebe Marchesa, ich verlasse Euch – mit dem größten Bedauern! Gute Nacht.«

Die Tür öffnete sich. De la Marque und Julian standen sich gegenüber.

Beatrice erschien hinter de la Marque. Ihr Gesicht wurde von der Lampe in ihrer Hand sanft erleuchtet. Julian blieb stehen und versperrte de la Marque den Weg, so daß ihm und Beatrice nichts anderes übrigblieb, als zurückzutreten und ihn eintreten zu lassen.

Als sie die Tür hinter sich geschlossen hatten, entfernte

sich Beatrice. Die Lampe ließ sie neben der Tür stehen. Sie trug noch immer den weißen Baumwollmorgenrock, den sie schon den ganzen Tag angehabt hatte. Sie stand halb abgewandt am Fuß des Bettes, eine Hand um einen der Pfosten gelegt.

Julian und de la Marque standen im Schein des Lichts an der Tür. De la Marque sah zu Beatrice hinüber. »Wie es scheint, Marchesa, waren Eure Bedenken berechtigt. Ihr habt bloß fälschlicherweise angenommen, daß nur die Polizei an Schlüssellöchern lauscht.«

»Ich bitte um Verzeihung«, antwortete Julian. »Trotzdem muß ich sagen, daß ich von uns dreien am wenigsten Grund habe, mich zu schämen.«

»Ihr beleidigt mich«, bemerkte de la Marque.

»Ich gebe Euch jederzeit Satisfaktion, wenn Ihr das wünscht.«

»Nein, *mon vieux.*« De la Marque brach in Lachen aus. »Ich möchte Euch nicht umbringen – jedenfalls noch nicht.« Er betrachtete Julians Gesicht. »Ich fürchte, das beruht nicht auf Gegenseitigkeit. Wie schade! Ihr solltet mir eigentlich dankbar sein.«

»Sollte ich das?«

»Aber natürlich! Zum einen, weil Ihr nun aus meinem eigenen Mund erfahren habt, daß ich die Gunst dieser Dame nie genossen habe, und zum anderen, weil ich ihr Orfeos Namen nicht verraten habe.« De la Marque lächelte. »Ihr würdet doch bestimmt nicht wollen, daß ich Informationen an sie weitergebe, die ich Euch bisher vorenthalten habe?«

»Ihr habt behauptet, nicht zu wissen, wer Orfeo ist.« Die Stimme der Marchesa klang gedämpft.

»Und das stimmt natürlich auch«, antwortete de la Marque sanft. »Aber wenn ich es wüßte – verzeiht mir, meine liebe Marchesa, hätte ich ihn nicht verraten.«

»Vielen Dank, Monsieur«, sagte sie ganz leise. »Mehr wollte ich gar nicht wissen.«

»Nun tue ich Euch beiden einen weiteren Gefallen«, erklärte de la Marque. »Ich ziehe mich zurück und gebe Euch die Möglichkeit, Eure Meinungsverschiedenheiten mit einem Tritt oder einem Kuß aus der Welt zu schaffen.« Er verbeugte sich und ging zur Tür. »Wie schade, daß zwischen diesem Raum und dem meinen die Treppe liegt. Ich versichere Euch, daß ich sonst mein Ohr an die Wand gelegt hätte!«

Er ging hinaus. Die Stille, die er hinterließ, war so tief, daß Julian fast das Gefühl hatte, sein eigenes Herz schlagen zu hören. Er blickte sich um und stellte fest, daß dieser Raum Beatrice sehr ähnelte. Ihre Lieblingsfarbe Weiß war allgegenwärtig: in den anmutigen Bettvorhängen, den Marmortischplatten, den Deckenverzierungen aus Schnörkeln und Rosetten. Die Wände und Stühle waren mit himmelblauer Seide überzogen. Über dem Kaminsims hing ein großer Spiegel mit Goldrahmen. Wie passend, dachte Julian. Welches Kunstwerk konnte sich mit Beatrices eigenem Bild messen?

Laut sagte er: »Ihr habt mich herkommen lassen, damit ich die Ermordung Eures Mannes aufkläre. Inzwischen ist ziemlich klar, daß Ihr nie mehr von mir wolltet. Im Rahmen meiner Ermittlungen muß ich Euch fragen, warum Ihr Euch als Gegenleistung für Orfeos Namen an de la Marque verkaufen wolltet.«

»Verkaufen!« Sie war bleich geworden. »Wie könnt Ihr es wagen?«

»Darf ich nicht wagen, beim Namen zu nennen, was Ihr zu tun gewagt habt?«

Sie wandte wieder den Blick ab. »Na gut. Ja. Es stimmt, was Ihr sagt.«

»Ich war viel zu nachsichtig mit Euch. Den Grund dafür kennt Ihr nur zu gut. Jetzt verlange ich eine Antwort. Warum wart Ihr bereit, so weit zu gehen, um Orfeos Namen zu erfahren?«

»Ich habe Gaston den Köder angeboten, von dem ich glaubte, daß er ihn am ehesten schlucken würde.«

»Das ist keine Antwort auf meine Frage. Warum wart Ihr so fest entschlossen, Orfeo zu finden, daß Ihr sogar bereit wart, Euch einem Mann hinzugeben, den Ihr nicht liebt –

einem Mann, der Euch nur als flüchtige Eroberung betrachten würde?«

Sie zog ihre schmalen Brauen hoch. »Ist das für einen Ermittler nicht eine ziemlich persönliche Frage?«

Er trat plötzlich auf sie zu und blickte ihr ins Gesicht. Sie konnte ihm nicht in die Augen sehen. Mit leiser, drängender Stimme sagte er: »Ich glaube, Ihr schuldet mir eine Erklärung. Nach allem, was zwischen uns passiert oder fast passiert ist, habe ich ein Recht darauf zu erfahren, warum Ihr bereit wart, Euch so weit zu erniedrigen und mir solche Qualen zuzufügen, nur, um etwas über einen Sänger herauszufinden, von dem Ihr kaum etwas wißt.«

Sie hob das Kinn und sah ihn an, ohne mit der Wimper zu zucken. »Ich möchte Orfeo finden, damit ich ihn zerstören kann.«

»Ihn zerstören?«

»Ja.«

»Weil –« Er war so verblüfft, daß er einen Moment innehalten mußte. »Weil Ihr glaubt, daß er Euren Mann getötet hat?«

»Er hat ihn tatsächlich getötet. Es spielt keine Rolle, ob er den Schuß wirklich abgefeuert hat oder nicht. Seinetwegen war Lodovico am See. Wenn er nicht hiergewesen wäre, hätte ihn der Mörder niemals allein antreffen und töten können.«

»Aber Euch muß doch klar sein –«

»Was? Daß ich mich wie eine dumme, hysterische Frau benehme? Daß ich ungerecht bin?« Sie schüttelte den Kopf. »Ihr versteht das nicht. Ihr könnt meine Gefühle nicht nachvollziehen.«

»Dann helft mir, Euch zu verstehen.«

»Wenn es sein muß.« Sie holte tief Luft. »Eines müßt Ihr wissen, um alles andere verstehen zu können: Ich habe in meinem ganzen Leben nur einen einzigen Mann geliebt, und das war Lodovico Malvezzi. Es ist nicht modern, den eigenen Ehemann zu lieben – es ist sogar höchst ungehörig. Aber ich liebte ihn schon lange vor unserer Heirat – lange bevor ich Philippe heiratete. Als ich ein kleines Mädchen war, war er für mich ein Gott – der schönste, stärkste und männlichste Mann, den ich kannte. Als ich älter wurde, entdeckte ich natürlich Fehler an ihm. Er war dünkelhaft, selbstsüchtig und rücksichtslos gegenüber jedem, der ihm in die Quere kam. Aber zu diesem Zeitpunkt war meine Liebe bereits so tief verwurzelt, daß ich sie nicht mehr aus meinem Herzen reißen konnte.

Ich akzeptierte, daß ich Philippe heiraten mußte. Lodovico war bereits verheiratet und sah in mir sowieso nur ein Kind. Aber ich habe ihn nie vergessen. Selbst als ich in Paris lebte, habe ich versucht, all die Dinge zu lernen, die ihm Freude bereiteten. Ich nahm sogar Gesangsstunden, mußte die Singerei aber wieder aufgeben, weil ich überhaupt keine Begabung dafür besaß.

Ich habe Euch schon erzählt, daß ich nach Philippes Tod nach Mailand zurückkehrte, wo Lodovico sich endlich in mich verliebte und mich nach dem Tod seiner Frau Isotta heiratete. Ich war in meinem ganzen Leben noch nie so glücklich gewesen. Aber ich posaunte meine Gefühle nicht hinaus. Ich behielt sie für mich – verbarg sie sogar vor Lodovico. Manche Herzen öffnen sich wie Blumen, andere müssen wie Nüsse geknackt werden. Das meine hat nie zu den Blumen gehört, Giuliano.

Ich habe nicht gelogen, als ich Euch sagte, Lodovicos Geliebte hätten mich nicht gestört. Ich wußte, daß sie ihm nichts bedeuteten. Am Ende kam er immer wieder zu mir zurück. Aber es gab zwei Dinge, die an mir nagten und die ich mit jedem Jahr als bitterer empfand.

Lodovico wollte unbedingt weitere Kinder. Rinaldo war ein Fehler, eine Mißgeburt, eine erbärmliche Kreatur. Er sprach begeistert von den Kindern, die er und ich haben würden – wie gesund und schön und mutig sie sein würden. Ich war ebenso enthusiastisch. Von Philippe war ich nie schwanger geworden, aber das hatte ich darauf geschoben, daß er so oft weg war. Ich mußte jedoch feststellen, daß ich auch Lodovico keine Kinder schenken konnte. Jeden Monat hoffte und betete ich, und jeden Monat wurde ich enttäuscht. Ich verbrachte ganze Nächte vor der Madonna auf den Knien. Sie ließ sich nicht erweichen. Sie wußte, was ich war: eine stolze, weltoffene Frau, die Voltaire las und über den Papst lachte und sich dann plötzlich der Religion zuwandte, als handle es sich dabei um eine Mode, nur um Gott ein Kind abzuschmeicheln.

Wenn ich Lodovico ein Kind geboren hätte, wäre ich für ihn etwas Besonderes gewesen – anders als alle anderen Frauen. So aber war ich kaum mehr als die Lieblingskonkubine seines Harems. Seine ganze Hingabe, seine ganze Zuneigung galt seinen Sängern.«

Sie unterdrückte ein Schluchzen. »Nachts verließ er mein Bett und trat ans Fenster, nur um der süßen Stimme irgendeines Zigeuners zu lauschen, der gerade unten auf der Straße vorbeiging.

Aber er hat nie einen Sänger so geliebt wie Orfeo. Wißt Ihr, was der wahre Grund dafür war, daß er ihn am Comer See versteckt hielt? Es ging ihm nicht nur darum, ein Geheimnis aus ihm zu machen, viel wichtiger war, daß Orfeo als Sänger noch jungfräulich war. In ganz Mailand – nein, in ganz Italien – war Lodovico der einzige, der ihn je singen gehört hatte. Er wollte ihn für sich allein haben, bevor die Welt an die Reihe kam. Wißt Ihr, was man unter *droit de seigneur* versteht?«

Julians Kehle war so trocken, daß er einen Moment lang keinen Ton herausbrachte. »Ja.«

»Die erste Nacht«, sagte sie mit einem Kopfnicken. »Das war es, was Lodovico wollte. Und vielleicht hätte er es selbst dann noch gewollt, wenn er gewußt hätte, daß es ihn das Leben kosten würde. Wundert es Euch da –«, sie hielt inne und starrte Julian an, »– wundert es Euch da, daß ich Orfeo gehaßt habe? Am liebsten hätte ich die Hände um seinen Hals gelegt und zugedrückt, bis von seiner Stimme nichts mehr übrig gewesen wäre! Ich glaube, ich hätte es tatsächlich getan, wenn ich nur an ihn herangekommen wäre. Aber Lodovico wollte ihn mit niemandem teilen, nicht einmal mit mir.

Ich fuhr nach Turin, um den ganzen Gerüchten über Lodovico und seinen Tenor zu entkommen, die in Mailand die Runde machten. Ich hatte gehört, daß sich in Piemont politische Unruhen anbahnten, aber das war mir zu diesem Zeitpunkt völlig egal. Mir ging sogar der dumme, kindische Gedanke durch den Kopf, daß Lodovico sein Verhalten leid tun würde, falls mir etwas zustoßen sollte.

Die Wochen vergingen. Lodovico schrieb mir begeisterte Briefe über Orfeos Fortschritte. Ich lag nachts wach und mußte daran denken, daß Lodovico ohne mich glücklich und zufrieden war – und dafür haßte ich ihn und Orfeo. Dann brach in Turin die Revolte aus, und in meiner Verzweiflung versuchte ich, Nutzen daraus zu ziehen. Könnt Ihr Euch denken, wie?«

»Ihr habt bewußt dafür gesorgt, daß sich Eure Spur irgendwo zwischen Turin und Novara verlor, um Lodovico dazu zu bringen, Orfeo zu verlassen und nach Euch zu suchen.«

Sie neigte den Kopf. »Es war im Grund ganz einfach. Ich reiste in einer einfachen Mietskutsche und nahm nur ein paar Diener mit, die ich bewußt keine Livree tragen ließ. Ich verzichtete darauf, in den Gasthäusern, wo wir die Pferde wechselten, meinen Namen zu nennen, und untersagte meinen Dienern, mich mit meinem Titel anzureden. Dem Kurier, den ich vorausschickte, verschwieg ich, daß ich inkognito reiste, so daß er und alle anderen, die nach mir suchten, viel Zeit verschwendeten, indem sie nach Marchesa Malvezzi fragten, von der natürlich niemand etwas gehört hatte. Auf dem Land herrschte ohnehin große Verwirrung. Der König von Piemont hatte abgedankt, und die Leute standen im Kreuzfeuer zwischen den Rebellen in Turin und den regierungstreuen Truppen in Novara. Ich konnte mich darauf verlassen, daß ich in dem ganzen Durcheinander niemandem auffallen würde.

Natürlich liefen meine Pläne schrecklich schief, wie es solche närrischen Pläne auch verdient haben. Rinaldo hatte zu große Angst vor seinem Vater, um ihn über mein Verschwinden zu unterrichten. Er spürte mich in Belgirate auf und lieferte mich wie ein verlorengegangenes Gepäckstück zu Hause ab. Nach meiner Ankunft mußte ich erfahren, daß Lodovico tot war. Alles, was mir auf der Welt etwas bedeutet hatte, war mit ihm gestorben. Ich wußte noch nicht, daß er ermordet worden war, aber schon damals machte ich Orfeo für seinen Tod verantwortlich. Und egal, was bei den Ermittlungen herauskommen wird, ich werde ihn immer dafür verantwortlich machen.«

Julian hatte das Gefühl, als würde eine kalte Hand nach seinem Herzen greifen. Ihm war klar, daß sie nicht wußte, was sie da enthüllt hatte. Und er konnte es ihr nicht sagen, weil sie ihn sonst davon abhalten würde, morgen nach Mailand zu fahren und die Wahrheit über die Morde ans Licht zu zerren. Ihm war gar nicht mehr danach zumute, aber er mußte seine Aufgabe zu Ende führen.

Er fragte: »Warum wart Ihr so überzeugt davon, daß de la Marque Euch zu Orfeo führen könnte?«

»Zum einen, weil die Wahrscheinlichkeit, daß er selbst Orfeo ist, größer ist als im Fall von Signor Fletcher oder Signor St. Carr. An dem Abend, als wir beide uns in der Scala kennenlernten, habt Ihr zu mir gesagt, sein Englisch sei so gut, daß er fast als Engländer durchgehe. Bald danach erwähnte Maestro Donati, daß Orfeos Akzent eher französisch als englisch geklungen habe. Gaston hatte das passende Alter und wußte eine Menge über Gesang, auch wenn er immer so tat, als würde er das Singen eher als Wissenschaft betrachten und nicht so sehr als Kunst. Hinzu kam, daß er sich sehr für Euch und Eure Ermittlungen interessierte. An dem Abend, bevor wir Mailand verließen, kam er in meine Loge in der Scala und stellte mir alle möglichen Fragen über Euch. Daß er selbst Orfeo sein könnte – hier, wo er uns ausgeliefert wäre –, erschien mir zu schön, um wahr zu sein. Trotzdem lud ich ihn ein, uns zu begleiten, um es herauszufinden.

Von Anfang an narrte er uns mit Andeutungen, daß er mehr über Orfeo wisse, als er sage. Ich war absolut sicher, daß er entweder selbst Orfeo war oder zumindest über seine

Identität Bescheid wußte. Aber es gelang mir nicht, hinter sein Geheimnis zu kommen. Ich beobachtete ihn, flirtete mit ihm – flirtete mit Euch, um ihn eifersüchtig zu machen. Nichts führte zum Ziel.«

Julian wandte den Blick ab. Nach einem Moment des Schweigens trat sie auf ihn zu und legte ihm zögernd die Hand auf den Arm. »Giuliano, zwischen uns beiden war mehr als nur das. In jener Nacht im Belvedere – da war Gaston nicht bei uns. Da habe ich nur an Euch und mich gedacht.«

»Und an Orfeo. Sogar in jener Nacht habt Ihr mich gebeten, ihn zu finden.«

»Um endlich frei von ihm zu sein! Um Euch ein Herz schenken zu können, das nicht von Haß zerfressen war! Ich wollte Euch lieben. Ich – ich könnte Euch lieben – auch wenn es mir angst macht, das zu sagen.« Leise fügte sie hinzu: »Aber ich nehme an, nach heute nacht könnt Ihr mich nicht mehr lieben.«

»Ich liebe Euch. Das ist ja mein Unglück. Bitte erzählt Eure Geschichte zu Ende. Was hat Euch dazu veranlaßt, so verzweifelte Maßnahmen zu ergreifen, um de la Marque zum Sprechen zu bringen?«

»Nachdem Valeriano die Morde gestanden hatte, war ich am Boden zerstört, weil ich wußte, daß Orfeo niemals gefaßt werden würde, da sich die Behörden nicht mehr die Mühe machen würden, ihn weiter zu verfolgen. Mir lag nichts an Valeriano – er war ebenfalls einer von Lodovicos Sängern, und wie sich nun herausgestellt hat, ist er Lodovicos Sohn von einer anderen Frau. Aber ich wollte, daß Orfeo als Mörder gefaßt oder zumindest enttarnt würde, aber es sah ganz danach aus, als würde es nie dazu kommen. Dann habt Ihr mir von Eurem Plan erzählt, zum Balkon hinaufzuklettern, und mir wurde klar, daß zumindest Ihr Zweifel an Valerianos Schuld hattet. Ich habe großen Respekt vor Eurem scharfen Verstand, Giuliano. Ich war sicher, daß Ihr am Ende recht behalten würdet. Aber ich hoffte, Gaston in der Zwischenzeit dazu bewegen zu können, Orfeo in dem Glauben zu verraten, daß ihm nun, da die Morde als aufgeklärt galten, nichts mehr passieren konnte.

Ich sprach Gaston darauf an. Ihr könnt Euch das Gespräch sicher vorstellen. Ich erklärte, das Ergebnis der Ermittlungen sei für mich nicht zufriedenstellend – in meinen Augen sei der Fall erst halb abgeschlossen, weil Orfeos Identität weiterhin ungeklärt sei. Er antwortete, er sei untröstlich darüber, daß es etwas gebe, das nicht meinen Wünschen entspreche. Und so weiter. Am Ende kamen wir überein, daß er heute nacht in mein Zimmer kommen sollte, wo wir weiter über die Sache sprechen wollten. Dann habt Ihr Valerianos Geständnis als falsch entlarvt und Orfeo auf diese Weise von neuem in Gefahr gebracht. Aber ich war zu weit gegangen, um noch einen Rückzieher machen zu können. Ich empfing Gaston und bot ihm das, wovon ich wußte, daß er es wollte, als Gegenleistung für das, was er meiner Meinung nach hatte. Ohne Erfolg. Nun kennt Ihr meine ganze Geschichte. Ich habe einmal zu Euch gesagt, daß wir immer nur Verstecken miteinander spielen würden. Nun seht Ihr, daß ich recht hatte.«

»Ja, Marchesa.«

»Marchesa«, wiederholte sie. »Nicht einmal mehr Beatrice.«

»Ich habe Euch lange genug aufgehalten«, sagte er. »Bestimmt wollt Ihr ins Bett, und ich breche morgen sehr füh nach Mailand auf. Gute Nacht.«

Er ging zur Tür. Sie folgte ihm. Als er nach dem Türknauf griff, legte sie ihre Hand auf seine und sah ihm ins Gesicht. »Bleib bei mir.«

Sein Herz schlug höher. Eine Nacht, dachte er – was spielt das schon für eine Rolle? Eine Nacht – und hinterher soll meinetwegen das Haus über uns einstürzen! Sein Herz pochte wie wild –

»Ich kann nicht«, sagte er traurig.

Langsam nahm sie ihre Hand von seiner. Ihre weit aufgerissenen Augen forschten in seinem Gesicht. »Bestimmt liegt es daran, daß Ihr mich der Morde verdächtigt. Ihr glaubt, daß ich aus Haß auf Orfeo heimlich aus Belgirate hergekommen bin und Lodovico getötet habe.«

Er gab ihr keine Antwort.

»Ich verstehe.« Sie trat ein paar Schritte zurück. »Dann gute Nacht, Signor Kestrel. Findet Ihr es nicht ziemlich komisch, daß eine so berühmte Schönheit in einer einzigen Nacht gleich von zwei Herren zurückgewiesen worden ist?«

»De la Marque war nicht bereit, Euren Preis zu zahlen.«

»Und Ihr?«

»Ich bezweifle sehr, Marchesa«, antwortete er ruhig, »daß Ihr bereit wärt, meinen Preis zu zahlen.«

Er ging hinaus, durchquerte den Gang und betrat sein eigenes Zimmer. MacGregor schlief schon, hatte aber auf einem Tisch neben der Tür eine Lampe brennen lassen. Als Julian hereinkam, fuhr er hoch. »Alles in Ordnung?«

»Ja«, antwortete Julian knapp und unaufrichtig.

MacGregor nickte und schlief sofort wieder ein.

Julian verzichtete darauf, nach Dipper zu läuten. Er zog sich aus, wusch sich, putzte sich die Zähne und löschte das Licht. Dann legte er sich neben MacGregor ins Bett und starrte lange Zeit in die Dunkelheit. Er wartete auf ein Morgengrauen, das ihm nur Kummer und Sorgen bringen konnte.

35

Julian erwachte am Morgen mit dem festen Entschluß, die Reise nach Mailand samt ihren Auswirkungen geschäftsmäßig hinter sich zu bringen. Er versuchte, sich selbst als Schauspieler in einem Theaterstück zu sehen – der Text war geschrieben, das Ende stand fest, und seine eigene Aufgabe bestand nur darin, seine Rolle so gut wie möglich zu spielen und dafür zu sorgen, daß niemand zur falschen Zeit auf der Bühne erschien oder von ihr abging. Kurz vor seiner Abreise suchte Julian Dipper in seinem Zimmer unter dem Dach auf, um das bereits für den Vorabend geplante vertrauliche Gespräch zu führen.

Die anderen Diener hatten längst ihre Zimmer verlassen, um sich ihrer Arbeit zu widmen, aber Dipper warf trotzdem einen Blick nach links und rechts und in die beiden Nachbarräume, ehe er und Julian sich in sein Zimmer zurückzogen. Es war einfach, aber gemütlich eingerichtet. Neben einem kastenförmigen Eichenschrank gab es ein kleines Waschgestell, zwei Rohrstühle und ein Bett, in dem ein halbes Dutzend Leute Platz gefunden hätten, auch wenn nur Dipper und zwei andere Diener dort schliefen. An der Wand hing ein düsteres Gemälde von der Madonna und dem Kind. Der Boden davor war von den Knien der Diener abgewetzt.

Julian sagte: »Du weißt, daß diese Reise nach Mailand entscheidend sein kann. Falls Palmieri meine Theorie bestätigt, werden wir in Kürze in der Lage sein, diese Morde aufzuklären. Ich möchte, daß du die Augen offenhältst, während ich weg bin. Ich glaube nicht, daß sich unser Fuchs aus seinem Versteck hervorwagen wird, aber wenn er es tut, möchte ich wissen, in welche Richtung er gelaufen ist. Aber laß dir ja nicht einfallen, ihn zu verfolgen: Dieser Fuchs kann gefährlich werden, auch ohne daß man ihn in die Enge treibt.«

»Ja, Sir.«

Stirnrunzelnd drehte Julian eine Runde durch den Raum. »Es könnte sein, daß ich es nicht schaffe, mich rechtzeitig mit Palmieri zu treffen. Immerhin wissen wir, daß er noch vor ein paar Tagen in Mailand war, weil Rinaldo gesagt hat, er habe ihn wegen seines Vorhabens konsultiert, der Marchesa die Villa streitig zu machen. Eigentlich ist es ein Glück, daß er ihr damit gedroht hat – sonst hätten wir gar nicht erfahren, wer der Anwalt der Familie ist. Aber ich weiß nicht mit Sicherheit, ob ich ihn heute antreffen werde. Über Nacht kann ich nicht bleiben, weil die drei Tage Aufschub, die Grimani Lucia gewährt hat, heute abend vorüber sind und nur der Teufel weiß, was er mit ihr vorhat.« Julian blieb abrupt stehen und sah Dipper an. »Wenn ich aus irgendeinem Grund nicht rechtzeitig zurückkomme, mußt du sie beschützen.«

Dipper erwiderte seinen Blick mit weit aufgerissenen Augen. »Was soll ich tun, Sir?«

»Was immer du tun mußt.« Julian nahm seinen Hut, seine Handschuhe und seinen Gehstock, und sie verließen schweigend den Raum.

Langsam ging die Schranktür auf. Nina streckte den Kopf heraus, überzeugte sich davon, daß die Luft rein war, und sprang heraus. Vor der Madonna blieb sie stehen, bekreuzigte sich und flüsterte ein schnelles Gebet. Dann verließ auch sie das Zimmer.

Julian brach auf, ohne Beatrice noch einmal zu Gesicht zu bekommen. Er hörte, sie habe Kopfschmerzen und verbringe den Vormittag in ihrem Zimmer. Er sagte sich, daß es gut sei, daß sie einander nicht mehr gesehen hätten, empfand aber trotzdem ein schmerzhaftes Bedauern.

Einer der Diener ruderte ihn vom Pier der Villa nach Como. Dort mietete er eine Postkutsche, die ihn nach Mailand bringen sollte. Wider Erwarten kam er nicht so schnell voran, wie er gehofft hatte. Die Straßen waren von Wagen verstopft, die Fässer voller Trauben zur Weinpresse transportierten. Jeder Wagen wurde von sechs oder acht blumengeschmückten Ochsen gezogen. Die Traubenfässer waren mit einer solchen Masse von Eisenringen und Ketten gesichert, daß die Ochsen nur im Schneckentempo vorankamen. Julians Kutscher fluchten wild und überholten die Wagen, sooft sie konnten.

Gegen ein Uhr trafen sie in Mailand ein. Julian begab sich zur Casa Malvezzi. Obwohl er am liebsten gleich zu Palmieri gegangen wäre, fühlte er sich Francesca gegenüber verpflichtet, zuerst ihre Kinder aufzusuchen. Sie und Carlo, der mutmaßliche Vormund von Niccolò und Bianca, hatten ihm Briefe mitgegeben, in denen sie dem Privatlehrer der Kinder, Abbé Morosi, die Erlaubnis erteilten, Julian vorzulassen.

Morosi entpuppte sich als ernsthafter junger Geistlicher

mit Brille. Er erklärte Julian, er habe Niccolò und Bianca bereits über Rinaldos Tod informiert. »Natürlich sind sie sehr unglücklich«, sagte er mit ernsthafter Stimme. »Die beiden haben ihren Vater vergöttert.«

Julian konnte sich das schwer vorstellen. Aber vielleicht hatten seine Kinder Rinaldo mit anderen Augen gesehen. »Darf ich zu ihnen?«

Morosi führte ihn ins Kinderzimmer und stellte ihn dem neunjährigen Marchese und seiner Schwester vor. Bianca war ein sehr zierliches Kind. Sie hatte das weiche braune Haar ihrer Mutter und Augen, die für ihr Gesicht viel zu groß waren. Niccolò sah weder seinem Vater noch seiner Mutter ähnlich. Er war groß für sein Alter und hatte schwarzes Haar, bernsteinfarbene Augen und eine leichte Hakennase – das jugendliche Ebenbild Lodovicos.

Beide Kinder machten einen gesunden Eindruck, auch wenn sie blaß und übermüdet wirkten. Bianca versuchte erst gar nicht, ihre Angst und ihren Kummer zu verbergen, aber Niccolò straffte die Schultern und bemühte sich, wie ein Mann zu sprechen. »Hat die Polizei schon herausgefunden, wer Papa getötet hat, Signor Kestrel?«

»Nein, Signor Marchese. Aber ich glaube, sie stehen kurz davor.« Julian setzte sich auf einen Stuhl, damit er mit den Kindern auf Augenhöhe war. »Ich habe für Euch eine Nachricht von Eurer Mutter.«

»Von Mama?« Bianca faltete die Hände. »Geht es ihr besser?«

Julian wußte nicht recht, was er darauf antworten sollte.

Rasch mischte sich Morosi ein. »Die Kinder sind sehr traurig darüber, daß ihre Mutter zu krank ist, um bei ihnen zu leben.«

»Sie lebt bei den Nonnen«, erklärte Bianca scheu. »Sie ist schon seit Jahren bei ihnen. Aber Papa hat immer gesagt, daß sie nach Hause kommen wird, wenn es ihr wieder besser geht.«

»Wird sie nach Hause kommen?« fragte Niccolò.

»Es geht ihr schon viel besser«, antwortete Julian. »Sie

hofft, sehr bald nach Hause kommen zu können. Bis es so weit ist, soll ich Euch lieb von ihr grüßen und Euch sagen, daß sie nie aufhört, an Euch zu denken, und die Sekunden zählt, bis sie Euch wiedersehen wird.«

»Bitte richtet Ihr auch unsere lieben Grüße aus«, sagte Niccolò ruhig. Bianca konnte nur nicken. Ihre Augen schwammen in Tränen.

Julian verabschiedete sich von ihnen und ging mit Morosi hinaus. »Marchesa Francesca hatte den Eindruck, sie wüßten, warum sie sie verlassen hat.«

»O nein!« Morosi wirkte schockiert. »Marchese Rinaldo hat alles getan, um die Wahrheit von ihnen fernzuhalten. Ich fürchte, der Junge errät allmählich, wie es wirklich war – er ist jetzt alt genug, um das Gerede der Dienstboten zu verstehen. Aber Marchese Rinaldo hat immer versucht, sie von allem abzuschirmen, damit sie sich ihrer Mutter nicht zu schämen brauchten.«

Julian war froh, Francesca wenigstens von dieser Bürde befreien zu können. Was seine eigenen Gefühle betraf, wußte er nicht so recht, ob er nun mehr von Rinaldo halten sollte, weil er seine Kinder verschont, oder noch weniger, weil er seine Frau so gemein belogen hatte.

Im Gehen fragte er Morosi beiläufig nach Palmieris Adresse. Er hoffte, Morosi würde annehmen, daß er den Anwalt im Namen der Malvezzis aufsuchen wollte. Tatsächlich erklärte ihm Morosi nicht nur, wo Palmieri wohnte, sondern ließ darüber hinaus eine *sediola* kommen, die ihn hinbringen sollte.

Das Haus lag in einer kleinen Straße in der Nähe der Piazza Fontana, von wo aus der Gerichtspalast schnell zu erreichen war. Die Straße war so schmal, daß die Balkone mit den schmiedeeisernen Geländern fast in der Mitte zusammenstießen. Julian läutete an der Tür eines großen Hauses mit abbröckelnden Stuckverzierungen und grünen Fensterläden. Ein verschrumpelter Angestellter streckte den Kopf zur Tür heraus. Sein Blick glitt über Julians Kleidung und blieb anerkennend an seinen Stiefeln hängen, deren staubfreier Zustand bewies, daß er in einer Kutsche gekommen war.

»Was kann ich für Euch tun, Signor?«

Julian reichte ihm seine Karte. »Ich möchte unverzüglich Signor Palmieri sprechen.«

»Habt Ihr einen Termin, Signor?«

»Nein. Aber ich habe Briefe von Ihren Exzellenzen Marchesa Francesca und Conte Carlo Malvezzi.« Julian zog die Briefe nur so weit heraus, daß man das Siegel der Malvezzis sehen konnte.

Zum Glück bestand der Angestellte nicht darauf, die Briefe zu lesen. Statt dessen verbeugte er sich unterwürfig und führte Julian in einen kleinen Salon im hinteren Teil des Hauses, der aussah, als wäre er mit Möbeln eingerichtet, die man in anderen Häusern nicht hatte brauchen können. Julian vermutete, daß Palmieri zu Hause kaum Klienten empfing. Familien wie die Malvezzis erwarteten von ihrem Anwalt, daß er zu ihnen kam.

Der Angestellte ließ Julian ein paar Minuten allein, kehrte dann zurück und bat ihn, ihm nach oben zu folgen. Er winkte Julian in einen schmalen, aber hohen Raum im vorderen Teil des Hauses, dessen Wände und Decke mit *Trompe-l'œil*-Reliefen bemalt waren, die alles andere als täuschend echt wirkten. Die Fensterläden waren fast geschlossen, so daß der Raum in trübem Halbdunkel lag. Ein schmaler, dunkelhäutiger älterer Mann erhob sich von seinem Platz hinter einem Schreibtisch. »Signor Kestrel? Ich bin Camillo Palmieri. Bitte setzt Euch.«

Nachdem sie einander die Hand gegeben hatten, nahm Julian ihm gegenüber Platz. Palmieri gab seinem Angestellten ein Zeichen, sich zu entfernen. Dann nahm er seinerseits Platz und klemmte sich ein goldumrandetes Glas vor ein Auge. »Nun denn. Wie ich höre, bringt Ihr mir Briefe von meinen unglücklichen Klienten.«

Er streckte die Hand aus. Julian lächelte. »Eigentlich, Signor Palmieri, bin ich nur gekommen, um Euch eine Frage zu stellen.«

»Ah.« Palmieri lächelte leicht und legte die Hände vor sich auf den Schreibtisch. »Ihr werdet sicher verstehen, daß ich die Angelegenheiten meiner Klienten nicht mit Fremden besprechen kann.«

»Das verstehe ich durchaus«, antwortete Julian. »Ich möchte von Euch nur eine einfache Auskunft. Ich weiß, daß Lodovico Malvezzi 1790 Isotta Marini geheiratet hat. Hat er sie je ein zweites Mal geheiratet?«

Palmieris Augenglas fiel klirrend auf die Tischplatte.

»Ich kann Euch sogar das Jahr nennen«, fügte Julian hilfsbereit hinzu. »1793. Die Eheschließung fand in aller Heimlichkeit statt, aber Marchese Lodovico war gezwungen, sich seinem Familienanwalt anzuvertrauen, falls es einmal nötig werden sollte, Beweise dafür zu erbringen.«

»Aber – woher wißt Ihr –?«

»Woher ich das weiß?« Julian erhob sich lächelnd. »Ihr werdet sicher verstehen, daß ich die Angelegenheit meiner Freunde nicht mit einem Fremden besprechen kann. Vielen Dank, daß Ihr mich empfangen habt, Signor Palmieri. Einen schönen Nachmittag.«

Nachdem er Palmieris Wohnung verlassen hatte, ging Julian durch den Kopf, daß er schon seit acht Stunden nichts mehr gegessen hatte. Am liebsten wäre er sofort an den See zurückgekehrt, aber er wußte, daß er nicht riskieren durfte, daß seine Kräfte nachließen. Er begab sich unter die blaue Markise eines kleinen Cafés in der geschäftigen Corsia dei Servi. Bei Hirsebrot und einem starken Kaffee wurde ihm bewußt, daß sein nächster Schritt nicht so einfach war, wie er angenommen hatte.

Wenn er Grimani seine Beweise vorlegte, würde der Commissario dann entsprechend handeln? Oder würden ihn sein Mißtrauen und seine Abneigung gegenüber Julian davon abhalten, von ihm eine Erklärung für die Morde zu akzeptieren? Es würde katastrophale Folgen haben, wenn der Mörder von der ihm drohenden Gefahr Wind bekäme, zugleich aber auf freiem Fuß bliebe. Hinzu kam, daß nicht auszuschließen war, daß Julian unterwegs etwas zustieß. Es war nicht gut, wenn er als einziger über alle Informationen verfügte, die nötig waren, um den Mörder zu überführen.

Er brauchte einen Verbündeten, und es gab nur eine einzige Person in Mailand, an die er sich wenden konnte. Er nahm einen letzten Schluck Kaffee und machte sich auf den Weg zum Palast Conte Raversis.

Raversi empfing ihn, als hätte er die zwei Wochen seit Julians letztem Besuch in einem Zustand ängstlicher Erwartung verbracht. »Signor Kestrel, ich finde keine Worte, um zum Ausdruck zu bringen, wie schockiert und beunruhigt ich war, als ich hörte, daß der Sohn meines armen Freundes auf ebenso brutale Weise sterben mußte wie sein Vater. Was in Gottes Namen können die Carbonari gegen Rinaldo gehabt haben? Oder reichte es ihnen schon, daß er Lodovicos Sohn war?«

»Signor Conte, ich glaube zu wissen, warum die beiden Morde begangen wurden, und von wem.«

Er begann mit seiner Geschichte. Raversi hörte ihm mit wachsender Verwunderung zu. Als Julian am Ende angelangt war, bekreuzigte sich Raversi und preßte seine knochige weiße Hand gegen die Brust. »Daß ein Mensch so böse sein kann! Es ist kaum zu glauben!«

»Aber Ihr glaubt es trotzdem, Signor Conte?«

»Nach allem, was Ihr mir erzählt habt, Signor Kestrel, bleibt mir nichts anderes übrig. Aber warum seid Ihr mit Eurer Geschichte zu mir gekommen und damit nicht zur Polizei gegangen?«

»Ich kenne hier in Mailand keinen hochgestellten Polizeibeamten. Außerdem dachte ich mir, daß Euch besonders viel daran liegen würde, diesen Mörder vor Gericht zu bringen.«

»Was meint Ihr damit?« Raversi sah ihn forschend an.

»Nur, daß Marchese Lodovico Euer Freund war, Signor Conte.«

Raversi ging einen Moment lang nachdenklich auf und ab. »Was soll ich Eurer Meinung nach tun?«

»Ich wäre Euch sehr dankbar, wenn Ihr den Fall dem Polizeipräsidenten unterbreiten würdet. Da ich weiß, daß Ihr bei der Regierung hohes Ansehen genießt, bin ich sicher, daß Ihr das viel wirkungsvoller könnt als ich.«

»Ich verstehe. Also gut, ich werde mit Euch zur Polizei gehen.«

»Wenn es Euch nichts ausmacht, Signor Conte, würde ich lieber umgehend an den See zurückkehren. Ich fürchte, Grimani wird Lucia in meiner Anwesenheit schikanieren.« Julian überlegte einen Augenblick. »Ich wäre Euch sehr dankbar, wenn Ihr mir einen letzten Gefallen tun könntet.«

»Und der wäre?«

»Würdet Ihr mir einen Brief an Grimani mitgeben, in dem Ihr ihn bittet, unseren Verdächtigen festzunehmen, bis offizielle Anweisungen aus Mailand eintreffen? Ohne die Unterstützung eines Mannes von Eurem Rang und Ansehen kann ich nicht dafür garantieren, daß er mit mir zusammenarbeiten wird. Aber es ist entscheidend, daß wir schnell handeln, wenn wir unsere Beute überraschen wollen.«

»Wie Ihr wünscht, Signor Kestrel.«

Raversi ließ sich an seinem abgenutzten Schreibtisch nieder und verfaßte einen Brief, in dem er Julians Beweise kurz darlegte und Grimani bat, den Verdächtigen zu verhaften. Er gab ihn Julian zum Lesen, faltete ihn dann ganz klein zusammen, adressierte ihn an Grimani und versiegelte ihn mit seinem Familienwappen, einer Meerjungfrau, die in ein Horn stieß.

»Soll ich Euch eine Postkutsche kommen lassen?« fragte Raversi.

»Ihr seid sehr freundlich. Vielen Dank.«

Die beiden Männer reichten sich die Hand. Als Raversi die seine zurückziehen wollte, hielt Julian sie einen Moment länger fest. »Ich möchte, daß Ihr wißt, daß ich Euch sehr dankbar bin.«

Wieder forschten Raversis Augen in Julians Gesicht. Aber Julian lächelte nur, verbeugte sich und wartete, bis Raversi die Postkutsche bestellt hatte.

Zu Julians Leidwesen waren die Straßen zum See noch immer von Wagen voller Traubenfässer blockiert. Er erreichte Como erst gegen acht Uhr abends. Wenigstens hatte er keine Schwierigkeiten, ein Boot zu finden, das ihn zur Villa bringen würde; denn der Hafen war voller Schiffe. Er winkte einem der Ruderer, der mit seinem Kahn so am Pier anlegte, daß sein Passagier bequem an Bord gehen konnte.

Julian stieg ein. »Warum sind heute so viele Boote im Hafen?«

»Es hat ein schreckliches Unwetter gegeben, Signor. Erst schien freundlich die Nachmittagssonne auf uns herunter, und im nächsten Augenblick setzte der Sturm ein, Blitze erhellten den Himmel, es donnerte wie aus tausend Kanonen, und der See schlug Wellen, die unsere Boote wie Nußschalen zu zerschmettern drohten. Jetzt ist es vorbei, Santa Pelagia sei Dank, aber diejenigen von uns, die während des Unwetters auf dem See waren, haben es nicht besonders eilig, wieder hinauszufahren!«

Während er erzählte, nahm der Fährmann seinen Platz im Bug ein und stieß das Boot mit seinem langen Ruder vom Pier ab. Das Schiff glitt auf den offenen See hinaus. Die im Bug befestigte Laterne schnitt eine goldene Schneise durchs Wasser. Die Nachtluft war mild, der Himmel klar und von Sternen übersät. Man konnte sich nicht vorstellen, daß noch vor kurzem ein Sturm gewütet hatte. Aber das Wetter am See war für seine Unberechenbarkeit bekannt.

Selbst jetzt befanden sich nur wenige Boote auf dem Wasser. Aber gerade als Julian in der Ferne die Lichter der Villa ausmachen konnte, glitt ein Boot aus dem Schatten des Uferbereichs und hielt auf sie zu. Im Licht einer Laterne sah man eine große, muskulöse Gestalt mit dem Ruder hantieren.

Das Boot schob sich vor das von Julian, so daß es seine Fahrt unterbrechen mußte. Der Mann im Bug beugte sich vor und spähte durch die Finsternis. Das Licht der Laterne ließ einen goldenen Ohrring aufblitzen. »Signor Kestrel?«

»Guten Abend, Guido«, sagte Julian.

»Guten Abend, Signor.« Guido klang besorgt. »Habt Ihr meinen Herrn gesehen?«

»Nein. Ich bin gerade aus Mailand zurückgekommen.«

»Er ist vor dem Unwetter hinausgerudert und seitdem nicht wieder aufgetaucht.«

Guido wandte sich an den Ruderer. »Hast du ihn gesehen?«

»Nein«, antwortete der Mann. »Ich hoffe, er ist nicht ertrunken. Der arme Herr, er konnte mit einem Boot besser umgehen als jede andere Exzellenz.«

Guido schüttelte düster den Kopf. »Wenn du ihn siehst, wirst du ihm dann sagen, daß ich ihn suche und die Leute in der Villa sich allmählich Sorgen um ihn machen?«

»Das werde ich«, versprach der Fährmann.

»Ach, das habe ich fast vergessen, Signor Kestrel.« Guido griff in seine Tasche. »Ich habe einen Brief für Euch. Vielleicht solltet Ihr ihn sofort lesen. Mir wurde gesagt, es sei dringend.«

Er reichte Julian ein Stück Papier. Der Ruderer nahm die Laterne aus ihrer Halterung und stellte sie vor Julian, damit er etwas sehen konnte. Julian faltete das Papier auseinander. Eine braune Haarlocke fiel heraus.

Julians Herz tat einen Satz. Als er den Brief ins Licht hielt, erkannte er Carlos flüssige, energische Handschrift. Der Brief war auf englisch geschrieben:

Ich bedauere, zu so drastischen Maßnahmen greifen zu müssen, aber Ihr würdet sonst meine Pläne durchkreuzen. Als ich erfuhr, daß Ihr vorhattet, in Mailand Palmieri aufzusuchen, konnte ich kein weiteres Risiko mehr eingehen.

Ich habe Euren Diener und das Mädchen Nina in meiner Gewalt. Ihr werdet an der Haarlocke Eures Dieners erkennen, daß ich die Wahrheit sage. Wir erwarten Euch in den Höhlen. In diesem Moment gibt Guido mir ein Zeichen, daß Ihr dabei seid, diesen Brief zu lesen.

Julian blickte auf. Guido hatte die Bootslaterne ausgehakt und zeichnete damit ein riesiges Kreuz nach, indem er sie von oben nach unten und von links nach rechts schwenkte. Wenn Carlo vom Fuß des Felsens auf den See hinaussah, würde ihm dieses Signal in der Dunkelheit bestimmt nicht entgehen.

Wenn Ihr den Brief gelesen habt, werdet Ihr ihn Guido zurückgeben, in sein Boot umsteigen und Euch von ihm zu mir bringen lassen. Wenn Ihr nicht innerhalb von fünfzehn Minuten, nachdem ich sein Zeichen gesehen habe, an den Höhlen seid, könnt Ihr kommen, wann Ihr wollt, und begraben, was von Eurem Diener und dem Mädchen noch übrig ist.

Julian holte tief Luft, um seinen Ärger zu unterdrücken – aber auch die Panik, die ihn überkam. Was hatte er Dipper angetan – Dipper, der ihn gebeten hatte, die Finger von diesen Ermittlungen zu lassen? Natürlich konnte es sein, daß Carlo bluffte – vielleicht hatte er Dipper gar nicht in seiner Gewalt –, aber Julian konnte nicht mit Dippers Leben spielen. Er machte sich keine Illusionen über das, was vor ihm lag. Wenn er Carlos Anweisungen Folge leistete, würde das nicht zur Freilassung von Dipper und Nina führen. Carlo konnte es sich nicht leisten, sie am Leben zu lassen. Trotzdem mußte Julian tun, was er verlangte, und zwar schnell. Fünfzehn Minuten waren knapp bemessen, um die Höhlen zu erreichen.

Julians Ruderer hatte neugierig Guidos Manöver mit der Laterne beobachtet. »Was tut Ihr da?«

»Das ist in Neapel so Brauch«, antwortete Guido. »Nach einem Unwetter bringt das Glück.« Er beugte sich zu Julian hinüber. »Ich fahre zurück zur Villa, Signor. Ich würde mich freuen, Euch den Rest des Weges mitnehmen zu können.«

»Danke.« Julian reichte ihm den Brief.

»Im Namen der Madonna, das ist ungerecht!« rief der Ruderer. »Ich habe den Herrn fast die ganze Strecke gefahren, und Ihr wollt mich um meinen Lohn bringen –«

»Ihr werdet Euer Geld bekommen«, sagte Julian. »Hier.« Er griff in seine Hosentasche. Seine Hand berührte Raversis Brief. Er nahm ihn zusammen mit allen Münzen, die er finden konnte, in die Hand und gab alles im Schutz der Dunkelheit dem Ruderer. Dieser starrte ihn an. »Signor –«

»Ist es nicht genug?« fragte Julian.

»D-doch, Signor. Aber –«

»Dann gute Nacht.« Julian stieg in Guidos Boot, und der ruderte schnell davon.

Der Fährmann starrte ihnen fassungslos nach. Julian hoffte, daß er lesen konnte, oder, falls nicht, genügend gesunden Menschenverstand besaß, um den Brief zur Villa zu bringen. Raversis Brief würde der Gesellschaft in der Villa keinen Aufschluß über Julians Aufenthaltsort geben, aber er würde zumindest Carlos Schuld aufdecken und nahelegen, daß Julians Verschwinden nichts Gutes verhieß. Vielleicht würde man Suchtrupps nach ihm ausschicken. Aber konnten sie es noch rechtzeitig schaffen?

Julian machte sich diesbezüglich kaum Hoffnungen. Er mußte die Augen offenhalten, scharf nachdenken und das Beste aus der Situation machen. Er mußte jetzt jede Chance nutzen.

Nachdem Guido weit genug von dem anderen Boot entfernt war, zog er sein Ruder ein und ging in die Mitte des Bootes auf Julian zu. Nachdem er sich ihm gegenüber niedergelassen hatte, zog er eine Pistole heraus und zielte damit auf Julians Herz. Mit der freien Hand durchsuchte er Julians Taschen. Als er auf Julians Pistole stieß, warf er sie über Bord.

»War das wirklich nötig?« fragte Julian. »Jetzt habe ich nur noch eine.«

»Die werdet Ihr auch nicht mehr brauchen.« Er warf Julians Kugeln und den Behälter mit dem Schießpulver hinterher. Dann drückte er ihm das Ruder in die Hand. »Los! Ihr rudert. Und denkt daran, ich lasse Euch nicht aus den

Augen, und wenn Ihr irgendeine hektische Bewegung macht, erschieße ich Euch.«

Julian stand auf und begann mit kräftigen, aber bedächtigen Schlägen zu rudern. Guido warf Carlos Brief in die Bootslaterne, wo er sofort in Flammen aufging. Dann zog er eine zweite Pistole heraus – er würde kein Risiko eingehen, falls der erste Schuß danebenging – und hielt beide Läufe auf Julian gerichtet.

»Ich muß schon sagen«, bemerkte Julian, »daß Euer Herr das mit seiner üblichen Diskretion geregelt hat. Euch hat der Fährmann zwar gesehen, aber Conte Carlo ist es gelungen, gar nicht in Erscheinung zu treten.«

»Das spielt keine Rolle. Ich werde sagen, die Nachricht, die ich Euch überbracht habe, sei von Eurem Diener gewesen, und Ihr hättet mich gebeten, Euch am Ufer abzusetzen, weil Ihr nach ihm suchen wolltet, und das sei das letzte, was ich von Euch gesehen hätte.«

»Wenn erst einmal herauskommt, daß Ihr der letzte wart, der mich lebend gesehen hat, wird das niemanden überzeugen.«

»Das spielt keine große Rolle, weil Euch niemals jemand tot sehen wird. Es ist schwer, jemandem einen Mord nachzuweisen, wenn es keine Leiche gibt, Signor – sehr schwer.«

»Du meinst, ihr wollt mich in den See werfen? Den kann man absuchen lassen.«

»Nein, nicht in den See. Wir haben etwas anderes mit Euch vor. Ihr werdet einfach verschwinden, Signor. Genau wie Tonio.«

36

Als sich das Boot mit Julian und Guido dem Felsen näherte, nahm Guido die Laterne aus dem Bug und verdunkelte sie, so daß sie für die Fischer, die sich möglicherweise noch in der Gegend aufhielten, unsichtbar waren. Dann befahl er Julian, auf die Seite des Felsens zu rudern, die von der Villa aus nicht einsehbar war. Julian mußte sich anstrengen, um im schwachen Mondlicht überhaupt etwas zu erkennen. Schließlich legten sie in einer kleinen Felsenbucht an und gingen an Land. Guido hielt Julian noch immer mit beiden Pistolen in Schach.

An Guidos Laterne war oben ein Eisenring angebracht, den er sich nun übers Handgelenk hängte. Dann öffnete er die Klappe an der Laterne weit genug, um einen Streifen gelben Lichts herauszulassen. Er und Julian begannen über die Felsen auf die Mündung der Höhle zuzuklettern. Julian mußte daran denken, wie Carlo ihm erzählt hatte, daß früher Piraten ihre Boote hinter dem Felsen versteckt hätten und dann zu den Höhlen hinübergeklettert seien, um dort Wein zu stehlen. *In jenen Tagen war der See ein gesetzloser Ort,* hatte Carlo gesagt. In Julians Augen hatte sich daran nicht viel geändert.

Sie kamen quälend langsam voran. Wie viele von den wertvollen fünfzehn Minuten vergeudeten sie, indem sie über diese großen, schroffen Felsen kletterten – und dabei mit den Füßen in Spalten steckenblieben, auf glitschigen Stellen ausrutschten und sich ihre Hosen und ihre Haut an messerscharfen Felskanten aufrissen? Jedesmal, wenn Guido stolperte, fluchte er wortreich auf neapolitanisch, und Julian wußte, daß das eine Chance war, in den See zu springen und zu entkommen – und natürlich Dipper und Nina ihrem Schicksal zu überlassen. Er kletterte weiter, wobei er wie ein Affe Hände und Füße einsetzte, um voranzukommen.

Schließlich erreichten sie ebenen Boden. Es waren nur noch ein paar Schritte bis zum Eingang der Höhle. Carlo spähte durch den Vorhang aus blutroten Blättern zu ihnen hinaus. In jeder Hand hielt er eine Pistole mit doppeltem Lauf. »Kommt herein, kommt herein!« sagte er in leisem, freundlichem Ton. Julian trat in die große, runde Höhle, die als Salon bekannt war. Guido folgte ihm dicht auf den Fersen. »Ich bin erfreut, Euch zu sehen, Mr. Kestrel«, fuhr Carlo fort. »Und auch ein wenig erleichtert, wie ich zugeben muß.

Ich war mir nicht sicher, ob meine Strategie funktionieren würde. Selbst im Fall eines Engländers konnte ich mir kaum vorstellen, daß jemand für seinen Diener sein Leben opfern würde.«

»Ich bin sicher, daß diese Gefahr bei Euch nicht besteht«, sagte Julian. Diese Bemerkung war für Guido bestimmt. Dann fragte er: »Wo ist mein Diener?«

»Ich werde Euch zu ihm bringen.« Mit einer Bewegung seiner Waffen gab Carlo Julian zu verstehen, daß er zu der Falltür in der Mitte der Höhle gehen sollte.

Die Falltür war offen, und daneben stand eine Laterne. Guido stieg als erster die Treppe hinunter, dann folgte Julian. Carlo wartete oben, hielt seine Laterne über die Falltür und richtete eine seiner Pistolen auf Julian, so daß dieser sowohl von oben als auch von unten gut zu sehen war und in Schach gehalten werden konnte. Er stieg in die Geräuschlosigkeit dieser dunklen, abgeschlossenen Welt hinab. Julian hörte Guidos schweren Atem. Der Klang seiner Schritte markierte seinen Abstieg wie der Takt der Trommeln vor einer Hinrichtung.

Als er unten ankam, hatte er wieder das faszinierende Gefühl, unter Wasser zu sein. Das Licht der Laterne vermischte sich mit den Blau- und Grüntönen der Mosaiken an den Wänden und der Decke. Von allen Seiten starrten ihn exotische Fische an. Die Pflanzen schienen lebende Fangarme nach Beute auszustrecken. Ich werde in einer Unterwasserphantasie sterben, dachte Julian. Sein Detektivgehirn, das sich aus seinem Körper gelöst zu haben schien, versuchte sich mit dieser Vorstellung anzufreunden. *Wieso* werde ich hier sterben? Was werden sie mit meiner Leiche anstellen? Sie müssen sie doch sowieso wieder nach oben schleppen –

Plötzlich hörte er hinter sich ein seltsames Murmeln. Er drehte sich um. Dipper und Nina standen dicht nebeneinander mit dem Rücken zur Wand. Julian bemerkte, daß ihre Handgelenke im Rücken aneinandergefesselt und an einem Eisenring festgebunden waren. Man hatte sie mit Leinenstreifen geknebelt. Beim Anblick seines Herrn nahm Dippers Gesicht einen Ausdruck angstvoller Reue an. Julian hatte plötzlich einen Kloß im Hals. Keine Spur von Vorwurf, dachte er, obwohl dieser Schrecken allein meine Schuld ist –

Er kämpfte seine Schuldgefühle nieder. Sie waren ein Luxus, den er sich nicht leisten konnte. Er wandte sich wieder der Leiter zu, die Carlo gerade hinunterstieg. Als er unten ankam, stellte er seine Laterne auf den Boden und richtete seine beiden Pistolen auf Julian. Guido übernahm Dipper und Nina.

»Ihr habt vier Waffen«, sagte Julian. »Da könnt Ihr die zwei doch ohne Bedenken losbinden oder ihnen zumindest die Knebel abnehmen.«

»Das könnt Ihr gleich selbst besorgen«, antwortete Carlo. »Ihr werdet dazu noch genug Zeit haben, bevor Ihr sterbt.«

Er genießt das Ganze, dachte Julian. Um so besser. Vielleicht bringt ihn das dazu, es hinauszuzögern. Ich muß ihn am Reden halten. Jeder Augenblick, den es länger dauert, ist wertvoll. »Warum ist Nina hier?«

»Sie war der Köder, mit dem wir Euren Diener gefangen haben«, antwortete Carlo.

»Sie steckte mit Euch unter einer Decke?«

»Nein, nein!« lachte Carlo. »Sie war das Opfer ihrer eigenen Eifersucht. Guido hat ihr erzählt, er sei in Solaggio gewesen und habe Rosa damit prahlen hören, daß Dipper sie am Abend besuchen komme. Die arme kleine Nina war völlig verzweifelt. Guido riet ihr: ›Du mußt Dipper bitten, abends mit dir spazierzugehen – weg vom Dorf, in Richtung der Höhlen.‹ Nina tat, wie ihr geheißen. Sie und Dipper sind nach dem Sturm hierherspaziert, und Guido und ich haben schon auf sie gewartet.«

»Wir verschwenden unsere Zeit«, murmelte Guido.

»Bah!« entgegnete Carlo. »Es hat keine Eile. Niemand wird uns hier stören. Die Leute erzählen sich, daß es in diesen Grotten spukt, und kein Diener wagt sich nach Einbruch der Dunkelheit hier herunter. Außerdem glauben die anderen mehr oder weniger zu wissen, wo wir sind. Sie meinen, ich sei vom Sturm überrascht worden, und du seist unterwegs, um mich zu suchen. Diese beiden hier sind ein Liebespaar« – er warf einen Blick zu Dipper und Nina hinüber –, »so daß ihr Verschwinden niemanden beunruhigen wird. Und was Mr. Kestrel angeht, werden alle denken, daß er sich einfach verspätet hat.«

»Im Garten wimmelt es nur so von Soldaten«, rief ihm Guido ins Gedächtnis.

»Das ist richtig, mein hasenherziger Freund, aber als typische Deutsche folgen sie in allem einem genauen, methodischen Schema. Ich habe sie bei ihren Runden beobachtet. Sie kommen niemals auch nur in die Nähe der Höhlen. Warum sollten sie auch? Sie haben keinen Grund zu der Annahme, daß hier irgend etwas Unheilvolles geschehen wird.«

»Aber wir brauchen trotzdem kein Risiko einzugehen«, sagte Guido beharrlich. »Wir sollten sie töten, und dann schleunigst von hier verschwinden!«

Nina wimmerte durch ihren Knebel hindurch. Dipper sah sie mitfühlend an. Julian sagte zu Guido: »Keine sehr passende Gefühlsregung für einen Priester.«

Guidos Augen verengten sich, und sein Daumen trommelte nervös gegen den Lauf seiner Pistole.

»Wir wußten, daß Ihr das erraten hattet«, bemerkte Carlo. »Ihr müßt es schon sehr früh vermutet haben. Warum hättet Ihr sonst herauszufinden versucht, ob Guido Latein kann?«

Julian zuckte mit den Achseln. »Ich bin zufällig dahintergekommen, daß er lesen und schreiben kann, was ich bei einem Neapolitaner seines Standes erstaunlich fand. Abgesehen davon, daß er wenig Gelegenheit zum Lernen gehabt haben dürfte, hätte er wohl auch kaum eine Notwendigkeit dafür gesehen. Aber es gibt in Neapel eine einzige große Gruppe von Männern, für die Belesenheit von größter Bedeutung ist. Nachdem ich entdeckt hatte, daß Guido Latein konnte, war ich sicher, daß er zu ihnen gehört hatte beziehungsweise noch immer gehört – ich glaube, ein katholischer Priester bleibt bis an sein Lebensende ordiniert, und egal, wie weit er herabsinkt, die Sakramente, die er spendet, bleiben gültig.«

Carlos Gesicht verhärtete sich. »Das ist richtig. Ich nehme an, Euch ist inzwischen klargeworden, daß Ihr klüger seid, als Euch guttut?«

»Im Moment wäre es mir tatsächlich lieber, ich wäre ein wenig begriffsstutziger gewesen.«

Plötzlich lächelte Carlo und gewährte Julian einen Blick auf den Menschen, den er im täglichen Leben spielte – den höflichen Patrizier, den charmanten Höfling, den warmherzigen Liberalen. Der Mann wirkte so *sympathisch*. Kein Wunder, daß er so weit gekommen war.

Im nächsten Augenblick verschwand sein Lächeln. »Ich habe zugesehen, wie Ihr nach und nach alle Fäden miteinander verknüpft habt. Ihr habt gesagt, Ihr könntet Euch nicht vorstellen, daß mein Bruder eine Scheinehe eingegangen sei. Ihr habt unseren Familienstammbaum studiert. Ihr habt Francesca davon abgeraten, Niccolò herbringen zu lassen. Aber ich tröstete mich damit, daß Ihr keine Beweise vorweisen konntet. Dann fand ich heraus, daß Ihr vorhattet, Palmieri aufzusuchen.«

»Wie habt Ihr davon erfahren?« fragte Julian.

»Auch das habe ich Nina zu verdanken. Nachdem wir am See eingetroffen waren, kam ich bald zu dem Schluß, daß es besser wäre, immer über Euer Tun auf dem laufenden zu sein. Guido berichtete mir, daß Euer Diener sowohl treu als auch gescheit sei, was bedeutete, daß wir ihn nicht bestechen oder überlisten konnten, uns Eure Pläne zu verraten. Deswegen setzten wir Nina als Spionin auf ihn an. Das war ganz einfach. Guido freundete sich mit ihr an – ein Priester weiß, wie man Frauen zum Reden bringt –, und schon nach kürzester Zeit eröffnete sie ihm, daß sie befürchte, Dipper betrüge sie mit Rosa. Guido erklärte ihr, sie solle nach Beweisen suchen – ihn keine Sekunde aus den Augen lassen, seine Gespräche belauschen, seine Briefe stehlen. Genau das tat sie – und natürlich brachte sie jede Kleinigkeit, die sie entdeckte, zu Guido, um mit ihm darüber zu sprechen.

Heute morgen war sie in Dippers Zimmer, um nach Liebespfanden von Rosa zu suchen, als sie plötzlich Euch und Dipper kommen hörte und sich im Schrank versteckte. Sie hörte Euer ganzes Gespräch mit an. Natürlich hat sie nicht viel davon verstanden, weil ihr Englisch geredet habt, aber sie hörte Euch zweimal Palmieris Namen erwähnen. Das hat sie Guido erzählt. Ich nehme an, Palmieri hat Euch die Information gegeben, die Ihr wolltet?«

Julian sah keinen Sinn darin, das abzustreiten. »Ja. Ich weiß, daß Marchese Lodovico seine Frau Isotta 1793 heimlich ein zweites Mal geheiratet hat. Und ich weiß auch, warum.«

»Das Seltsame an der Sache ist«, sagte Carlo nachdenklich, »daß ich nie auf die Idee gekommen bin, daß er zu einem so simplen Mittel gegriffen haben könnte. Als Guido mich aufsuchte und mir erzählte, wie er meinen Bruder vor all den Jahren mit Giulietta Petroni verheiratet habe, zählte für mich nur, daß Giulietta noch am Leben war, als Lodovico Rinaldos Mutter zur Frau nahm. Das machte Lodovico zu einem Bigamisten, Rinaldo zu einem Bastard und mich zu Lodovicos unmittelbarem Erben.« Seine Lippen zuckten. »Ich bin nie auf die Idee gekommen nachzufragen, ob Giulietta noch lebte, als Rinaldo auf die Welt kam.«

Julian verzichtete darauf zu erklären, durch welche Schlußfolgerungen er das Rätsel gelöst hatte. Er wollte Carlo zum Weiterreden bringen, nicht seinen eigenen Scharfsinn loben. »Ihr hattet nichts von Lodovicos Ehe mit Giulietta gewußt, bis Guido Euch davon erzählte?«

»Nein, nichts. Aber Guidos Geschichte erklärte viele Dinge, die ich vorher nicht verstanden hatte. Mein armer Bruder!« Carlo lachte voll bitterer Genugtuung. »Er muß fast durchgedreht sein, als ihm klar wurde, was für eine Dummheit er begangen hatte, indem er eine Sängerin heiratete. Er konnte die Ehe nicht annullieren lassen, ohne daß die Öffentlichkeit davon erfuhr, und er hätte sich lieber selbst die Kehle durchgeschnitten – Ihr verzeiht die Anspielung –, als dem Zorn unseres Vaters zu trotzen. Am Ende entledigte er sich Giuliettas, indem er sie mit Guidos Hilfe davon überzeugte, daß Guido gar kein Priester und die Ehe daher ungültig sei. Aber als er aus Neapel nach Mailand zurückkehrte, drängte ihn unser Vater, sich eine Frau zu nehmen. Er war der älteste Sohn. Es war seine Pflicht, für einen Erben zu sorgen. Er weigerte sich lange Zeit – mir war nicht klar, warum. Aber letztendlich hatte er mehr Angst vor unserem Vater als davor, Bigamie zu begehen. Aber warum erzähle ich Euch das eigentlich? Ihr habt die Wahrheit offensichtlich erraten.«

Er richtete sich auf und wirkte plötzlich sehr geschäftsmäßig. Guido nahm ebenfalls Haltung an. Julian verspürte einen Anflug von Panik. Schnell sagte er: »Alles habe ich nicht erraten. Ich verstehe zum Beispiel nicht, warum Guido mehr als dreißig Jahre gewartet hat, bis er Euch von Giulietta erzählte.«

»Lodovico bezahlte ihn und bestand darauf, daß er Italien verließ«, antwortete Carlo. »Er ging nach Spanien, wo er ein höchst ungeistliches Leben führte und irgendwann im Gefängnis landete. Als er wieder herauskam, besaß er keinen Penny. Er suchte mich auf und bot mir an, gegen Bezahlung alles herauszurücken, was er über Lodovicos Eheschließung mit Giulietta wußte. Ich überredete ihn, mir seine Informationen auf Kredit zu überlassen, und versprach, ihn reich zu entlohnen – sobald ich mich Marchese Malvezzi nennen durfte.«

»Was Ihr anschließend in Angriff genommen habt«, meinte Julian. »Wer von Euch beiden hat Lodovico eigentlich getötet?«

»Ich«, antwortete Carlo. »Und nun, Mr. Kestrel –«

»Ich muß sagen, daß Euch das hervorragend gelungen ist«, sagte Julian. »Ihr habt nicht die kleinste Spur hinterlassen, die Euch verraten hätte, und sogar daran gedacht, als Ladepfropf ein Stück Papier mit Notenzeilen zu verwenden. Ich nehme an, Ihr habt gehofft, das Verbrechen Orfeo in die Schuhe schieben zu können?«

»Der Gedanke ist mir durchaus gekommen«, gab Carlo

zu. »Natürlich wußte ich nicht, daß er mir den Gefallen tun würde, durch sein Verschwinden selbst den Verdacht auf sich zu lenken – oder daß Conte Raversi so dumm sein würde, den Mord geheimzuhalten und auf diese Weise die Ermittlungen zu behindern.«

Die Erinnerung ließ Carlo lächeln. »Das Glück war mir von Anfang an hold. Ich reiste mit Guido von Parma nach Mailand. Von dort aus schickte ich Guido als Kundschafter an den See. Ein paar Tage später berichtete er mir, daß mein Bruder vorhabe, die Nacht in der Villa zu verbringen. Bei Einbruch der Dunkelheit war ich am See und ruderte mit einem Boot, das Guido für mich gestohlen hatte, in Richtung Villa. Als ich vom Wasser aus das Licht im Belvedere sah, beschloß ich anzulegen, weil ich hoffte, Lodovico dort vorzufinden. Wie Ihr wißt, wurden meine Hoffnungen nicht enttäuscht.«

»Ich nehme an, Ihr seid über die Uferböschung in den Garten geklettert.«

»Ja.« Carlo nickte Julian anerkennend zu. »Gerade fällt mir auf, daß Ihr gar nicht gefragt habt, wie Guido herausgefunden hat, daß Lodovico in jener Nacht in der Villa sein würde.«

»Stimmt«, sagte Julian interessiert. »Wie hat er davon erfahren?«

Guido lächelte verschlagen. »Ihr braucht gar nicht so tun, als hättet Ihr es nicht herausgefunden. Guido wußte es von Tonio, den er im Dorf getroffen hatte, nachdem Tonio entlassen worden war. Daß Tonios Fortleben für uns nicht wünschenswert war, könnt Ihr Euch sicher vorstellen. Deshalb ging Guido am Morgen zu Tonio und erzählte ihm, daß Lodovico ermordet worden sei. Er warnte Tonio, daß man ihn der Tat verdächtigen werde – schließlich habe Lodovico ihn erst am Vortag entlassen. Der Junge geriet so in Panik, daß er gar nicht daran dachte, daß er ja ein Alibi hatte. Guido überredete ihn, sich bis zum Einbruch der Dunkelheit hier in den Grotten zu verstecken. Er ward nie wieder gesehen – genauso, wie man Euch und Euren Diener samt seiner Liebsten nie wieder zu Gesicht bekommen wird.«

Julian zermartete sich das Gehirn, was er Carlo noch fragen könnte. »Woher habt Ihr gewußt, daß ich heute allein aus Mailand zurückkommen würde? Ich hätte genausogut eine Truppe Polizisten mitbringen können.«

»Das wußte ich nicht«, antwortete Carlo. »Aber extreme Notlagen verlangen nach extremen Maßnahmen. Ich hatte zwei Möglichkeiten: Flucht oder Angriff. Die Flucht hätte mich zuviel gekostet. Und wenn ich angriff und verlor, würde ich wenigstens die Genugtuung haben, Euch mit mir ins Verderben zu reißen.«

Er kam näher und trat dabei aus dem Lichtschein der Laterne zu seinen Füßen, so daß Julian nur noch seine Silhouette sah und die Verbitterung in seiner Stimme hörte.

»Ich habe eine Enttäuschung nach der anderen erlebt. Der Fall Napoleons ruinierte mein Leben. Lodovico hatte alles, ich hatte nichts. In Parma war ich bloß ein Höfling – ein Schoßhündchen der Erzherzogin – ich, der ich im Königreich Italien ein hohes Regierungsamt innehatte! Sechs Jahre lang mühte ich mich ab, mir wieder etwas aufzubauen und meine Kinder zu unterstützen, aber ich versank nur immer tiefer in Schulden. Und dann kam Guido und bot mir Lodovicos Ansehen und Reichtum an. Alles, was mein Bruder besaß, würde mir gehören, wenn es mir nur gelang, dieses eine Leben auszulöschen, das mir im Weg stand.

Ich hatte vor, als Lodovicos Testamentsvollstrecker auf wundersame Weise seine Eheschließung mit Guilietta zu ›entdecken‹. Aber als ich mich mit Palmieri traf, um mit ihm über Lodovicos Besitz zu sprechen, informierte er mich, daß er Lodovico geholfen habe, eine heimliche zweite Heirat mit Isotta zu arrangieren.« Carlo lachte rauh. »Lodovico hatte ihm erzählt, er befürchte, bei der ersten Eheschließung habe es eine kleine Unregelmäßigkeit gegeben! Palmieri, die Diskretion in Person, hat ihn nie gefragt, welcher Art diese Unregelmäßigkeit gewesen sei. Aber er war der Meinung, daß ich als Lodovicos Testamentsvollstrecker wissen solle, daß die Sache vor Rinaldos Geburt in Ordnung gebracht worden sei.

Ich war am Boden zerstört. Ich hatte meinen Bruder völlig umsonst getötet. Sowohl Rinaldo als auch Niccolò standen zwischen mir und dem Titel. Ich konnte nicht alle drei umbringen und hoffen, ungeschoren davonzukommen. Wer außer mir hätte ein Motiv gehabt?

Mein Leben wurde schlimmer denn je. Ich mußte Rinaldo gegenüber den lieben Onkel spielen, obwohl er all das hatte, was ich wollte. Und ich mußte diesen Kerl behalten.« Er deutete auf Guido. »Er wußte, was ich getan hatte. Ich mußte nicht nur seine ständigen Geldforderungen ertragen, sondern auch den unverschämten Ton, den er sich mir gegenüber anmaßte, nachdem ich mich auf sein Niveau herabgelassen hatte und wie er ein Krimineller geworden war. Das ging jahrelang so! Und dann –«

Carlo atmete schwer. »Dann kam erneut meine Chance. Ich hatte die perfekte Gelegenheit, Rinaldo zu töten und die Tat Francesca in die Schuhe zu schieben. Wenn sie beide aus dem Weg waren, würde ich Niccolòs Vormund werden und konnte nach Lust und Laune mit ihm verfahren. Aber ich muß unter einem Unglücksstern geboren sein – dazu bestimmt, Schlacht um Schlacht zu gewinnen, nur, um mir am Ende den Preis vor der Nase wegschnappen zu lassen. Valeriano gab sich als Sohn von Lodovico und Giulietta zu erkennen und lieferte Euch die Informationen, die Euch noch gefehlt hatten, um Euch zusammenzureimen, was ich getan hatte und warum. Wißt Ihr, was es heißt, zwei Morde zu begehen und hinterher festzustellen, daß es völlig umsonst war? Beim erstenmal hatte ich niemanden, den ich hätte bestrafen können. Aber diesmal, das schwöre ich bei der Madonna, werdet Ihr dafür bezahlen!«

»Es gibt etwas, das Ihr noch nicht wißt«, sagte Julian. »Vor meiner Abreise aus Mailand habe ich Conte Raversi meine Beweise gegen Euch anvertraut, und er hat versprochen, sie dem Polizeipräsidenten zu unterbreiten. Ihr gewinnt also nichts, indem Ihr uns umbringt. Ihr erhöht nur die Zahl der Morde, für die man Euch zur Rechenschaft ziehen wird.«

Carlos Körper versteifte sich. »Ich weiß nicht, ob ich Euch

das glauben soll. Aber wenn Ihr mich tatsächlich angezeigt habt, habe ich kaum noch etwas zu verlieren. Man wird mich für sechs Morde nicht schlimmer bestrafen als für drei. Außerdem können Guido und ich noch immer entwischen, ehe die Polizei hier auf die Idee kommt, uns zu verdächtigen.«

»Nicht, wenn wir noch lange hier herumtrödeln«, warf Guido mit rauher Stimme ein. »Bringen wir es hinter uns, Herr!«

»Also gut«, sagte Carlo. »Bringen wir diese Komödie zu Ende.«

Julian wagte nicht zu erwähnen, daß er dem Ruderer seines Bootes Raversis Brief in die Hand gedrückt hatte. Wenn Carlo erfuhr, daß er in unmittelbarer Gefahr schwebte, verhaftet zu werden, würde er sie womöglich auf der Stelle erschießen. »Laßt die beiden laufen!« drängte Julian mit einem Blick auf Dipper und Nina. »Ich bin der einzige, der bei Palmieri war. Die beiden haben doch gar nicht verstanden, was wir eben gesprochen haben, und die Behörden würden ihr Wort sowieso nicht über das Eure stellen.«

»Sehr heldenhaft!« höhnte Carlo. »Aber ich zweifle keine Sekunde daran, daß Ihr Euren Diener ins Vertrauen gezogen habt. Und die kleine Nina würde bestimmt nicht ohne ihren Liebsten leben wollen.«

Die gefesselte Nina wand sich schluchzend. Julian wußte, daß er etwas tun mußte – aber es gab nichts mehr, was er noch tun konnte. Ein Zustand lähmender Erschöpfung bemächtigte sich seiner. Seine Lungen lechzten nach frischer Luft. Er spürte die Kälte dieses Orts in sämtlichen Knochen. Jeder Kratzer und jeder Bluterguß, den er sich bei der Kletterpartie über die Felsen zugezogen hatte, schmerzte. Er verspürte keine Hoffnung mehr, nur noch ein wenig Neugier, was die Art seines Sterbens betraf –

Er durfte nicht aufgeben. Bald würde er eine ganze Ewigkeit Zeit haben, sich auszuruhen. *Konzentriere dich.* Es gibt immer etwas, das man noch tun kann. Eine der Laternen umstoßen? Nein, die andere würde den beiden Schurken genug Licht spenden, um Dipper und Nina zu erschießen. Sich mit ihnen anlegen? Nicht, solange sie selbst solch hilflose Zielscheiben abgaben.

»Laß uns hinaufgehen«, sagte Carlo gerade zu Guido. »Mr. Kestrel, Ihr könnt mitkommen. Das wird Euch interessieren.«

»Er wird versuchen, sich aus dem Staub zu machen«, warnte Guido.

»Du kennst die Engländer nicht«, antwortete Carlo. »Mr. Kestrel wird nie das Schiff verlassen, solange seine Crew in Gefahr ist. Außerdem ist es nur recht und billig, daß ich ihm jetzt die Sehenswürdigkeiten zeige, die ich ihm bei unserer letzten Führung durch die Höhlen vorenthalten habe. Geh du voraus, Guido. Ich mache die Nachhut.«

Leise fluchend stieg Guido die Leiter hoch. Carlo hängte sich den Ring seiner Laterne übers rechte Handgelenk, so daß er beide Hände frei hatte, um seine Pistolen auf Julian zu richten.

Gefolgt von Carlo, stieg Julian die Treppe hinauf. Oben angekommen, wurde ihm bewußt, wie köstlich frisch die Luft selbst im Innern der Höhle war. Julian atmete ein paarmal tief durch und spürte, wie sich sein Kopf klärte und seine Sinne schärften.

Er blickte sich im Salon um. Im Licht der Laterne wirkten die Wände weiß und kahl. Jeder Riß und jede Vertiefung war deutlich zu sehen. Im ganzen Salon gab es keine Stelle, die ein Geheimnis bergen konnte. Außer –

Tatsächlich, Carlo und Guido führten ihn an den kleinen Marmorteich, dessen rechteckiges Becken in den Boden versenkt und dessen knapp einen Meter hohe Rückwand in die Höhlenmauer eingelassen war. Von der Mitte der Rückwand starrte ihnen das kleine groteske Gesicht entgegen, aus dessen erstaunt aufgerissenem Mund das Wasserrohr herausragte. Während Carlo Julian in Schach hielt, stellte Guido seine Laterne ab, steckte seine Waffen in seine Taschen und griff mit beiden Händen nach dem Wasserrohr. Er zog es mit einem heftigen Ruck nach rechts und drehte es dann herum.

Mit einem langen, tiefen Ächzen schwang die Marmorrückseite des Teichs nach außen. Als Guido seine Laterne wieder vom Boden aufnahm, sah man, daß sich dahinter eine Nische befand. Sie war so klein, daß ein Mann darin kaum aufrecht stehen oder ausgestreckt liegen konnte. Der Raum schien nichts zu enthalten als eine große, horizontal angebrachte Trommel mit einer Kurbel an der Seite. Auf die Trommel war ein Stück einer Kette aufgerollt, deren anderes Ende durch eine Öffnung im Boden verschwand.

Carlos Augen leuchteten. »Ihr erinnert Euch sicher noch daran, daß ich Euch von Achille Delborgo erzählt habe, Mr. Kestrel – dem Mann, der die Grotten vor zweihundert Jahren hat bauen lassen? Ich habe Euch seinen kleinen Trick gezeigt, am Ende eines Grottengangs einen Spiegel aufzuhängen, um seine Gäste zu erschrecken. Aber das war nur eine Lappalie. Jetzt werde ich Euch sein wirkliches Meisterstück zeigen.«

Mit der Laterne in der Hand kroch Guido in die Nische und kauerte sich vor die Kurbel. Sein Anblick erinnerte Julian absurderweise an einem bärbeißigen Hund im Zwinger. »Jetzt, Herr?« grunzte er.

»Jetzt«, antwortete Carlo.

Guido packte die Kurbel mit beiden Händen und lehnte sich mit aller Kraft dagegen. Sie gab nach. Vor Anstrengung keuchend, drehte Guido sie mehrmals herum. Die Kette rasselte heftig, während sich immer mehr davon um die Trommel wickelte. Von unten aus der Grotte drang ein Grollen herauf, als wäre irgendein Gott der Unterwelt in seiner Ruhe gestört worden.

»Das reicht«, sagte Carlo.

Guido hielt inne. Plötzlich war es so still, daß in der Höhle nur noch sein schweres Atmen zu hören war. Er hielt die Kurbel noch immer umklammert – nein, er lag halb darauf, um sie mit seinem Körpergewicht an Ort und Stelle zu halten. Julian wurde klar, daß sich die Trommel, sobald er losließ, unaufhaltbar drehen würde. Die Kette würde sich abwickeln, und – was würde dann passieren?

»Kommt, Mr. Kestrel«, sagte Carlo. »Ihr seid bestimmt schon gespannt, wozu der Mechanismus dient.« Er warf Guido einen raschen Blick zu. »Was immer du tust, laß diese Kurbel auf keinen Fall los, bevor ich dir das Signal dazu gebe.«

Guido nickte, ohne seine Kraft mit Sprechen zu verschwenden. Carlo schob Julian vor sich her zur Leiter und forderte ihn auf, hinunterzusteigen. Julian hörte, daß Carlo ihm folgte, und überlegte, ob er ihn am Bein packen sollte. Aber Carlo blieb außer Reichweite, während er gleichzeitig darauf bedacht war, daß Julian in Reichweite seiner Pistolen blieb.

Unten angekommen, ging Carlo zu Nina und hielt ihr eine Pistole an die Schläfe, während er mit der anderen Hand ein Messer herauszog und das Seil durchschnitt, mit dem ihre und Dippers Handgelenke an den Eisenring gebunden waren. Ihre Handgelenke waren nach wie vor aneinandergefesselt, und auch ihre Knebel blieben, wo sie waren. »Und jetzt«, sagte Carlo, »geht ihr alle vor mir her – diese Richtung!«

Er scheuchte die drei zu der Sackgasse mit dem Spiegel am Ende. Dipper und Nina, die wegen ihrer Fesseln Schwierigkeiten beim Gehen hatten, stolperten vor sich hin. Zu viert betraten sie den Gang. Das Licht von Carlos Laterne tanzte im Spiegel – aber der Spiegel befand sich nicht an der richtigen Stelle. Er lehnte an der Seite, und die schmale Wand am Ende des Ganges, an der der Spiegel gehangen hatte, war verschwunden. Carlo hielt seine Laterne hoch, und Julian sah, daß die Wand über seitlich angebrachte Schienen nach oben gezogen worden war und sich an ihrer Stelle nun ein Durchgang befand.

»Deswegen also die Kette«, sagte er.

»Ja«, antwortete Carlo. »Ich nenne diese Wand das Schloßtor. Wie Ihr seht, verschwindet es fast ganz in dem Raum zwischen der Decke des Ganges und dem Boden der darüberliegenden Höhle. Leider kann man es nur oben halten, indem man den Griff der Kurbel festhält. Und da ich

Guidos Kraft nicht zu lange beanspruchen will, möchte ich Euch bitten, unter dem Tor hindurchzugehen.«

Julian, Dipper und Nina traten in einen völlig dunklen Raum. Carlo folgte ihnen. Der Schein seiner Laterne warf ein wenig Licht in die Dunkelheit. Nina sank mit einem Schrei auf die Knie, wobei sie Dipper mit sich zu Boden riß. Julian sah sich um. Irgendwie überraschte es ihn überhaupt nicht, daß Carlo sie in die Hölle geführt hatte.

Es handelte sich um einen weiteren Grottenraum, der etwa so groß war wie der, den sie gerade verlassen hatten. Aber statt schrulliger Tiefseemotive waren die Wände hier mit Szenen bemalt, die die Bestrafung von Sündern darstellten. Nackte Körper stürzten ins Feuer, wanden sich an Haken oder mußten erdulden, daß ihnen Dämonen den Leib aufrissen und ihre Eingeweide herauszerrten. Von oben blickten Engel auf sie herab und rangen die Hände. Vergoldete Stellen und Spiegelfacetten schienen im Licht der Laterne kleine Blitze auszusenden, was der ganzen Szene eine schreckliche Lebendigkeit verlieh.

»Willkommen in der Grotte des Jüngsten Gerichts!« sagte Carlo. »Dies war der beste von Achilles Einfällen. Er ließ den Spiegel abnehmen und das Schloßtor hochziehen, so daß seine Gäste hereinspazierten, ohne sich etwas dabei zu denken, weil sie den Raum einfach für eine weitere Grotte hielten. Während sie die wohligen Schauer genossen, die sie beim Anblick dieser Bilder empfanden, ließ Achille das Schloßtor herunter, so daß sie hier drinnen gefangen waren. Das alles war natürlich nur als harmloser Spaß gedacht, aber ich nehme an, daß dabei einmal jemand zu Tode gekommen ist, wenn auch nur durch ein Unglück. Das würde die düsteren Legenden rund um die Grotten erklären. Es würde außerdem erklären, warum die Existenz des Schloßtors vertuscht wurde. Ich habe davon nur durch alte Dokumente erfahren, die in meine Hände gelangten, als ich die Villa kaufte. Ich habe mit dem Mechanismus experimentiert und herausgefunden, daß er noch funktioniert. Aber ich habe das Geheimnis für mich behalten – selbst dann, als ich die Villa an Lodovico verkaufte.«

Julian hörte ihm nur mit einem Ohr zu. Sein Blick war auf den Boden gerichtet, wo gleich neben dem Eingang ein großer dunkler Fleck zu sehen war. Als Carlo seine Laterne in diese Richtung hielt, entpuppte sich der Fleck als menschliche Gestalt, die mit dem Gesicht nach unten auf dem Boden lag. Ihr skelettartiger Körper steckte in einer Lederhose und einer braunen Jacke. Eine mit verschrumpelter schwarzer Haut bedeckte Hand war in Richtung des Schloßtors ausgestreckt. Julians Herz zog sich zusammen. *Tonio.*

»Ihr hättet ihn wenigstens vorher umbringen können«, sagte er.

»Er hat nicht lange gelitten«, antwortete Carlo achselzuckend. »Sobald das Schloßtor heruntergelassen ist, kann keine Luft mehr herein. Ich nehme an, deswegen ist er sogar nach viereinhalb Jahren noch so wenig verwest. Nun denn – seid so freundlich und tretet zurück.«

Carlo trat mit seinen beiden Pistolen auf sie zu und zwang sie, sich ein Stück vom Eingang zu entfernen. Julian überlegte, ob er sich einfach auf ihn stürzen sollte. Aber das wäre Selbstmord gewesen. Carlos Pistolen hatten beide einen doppelten Lauf: Selbst wenn er einmal danebenschoß, hatte er immer noch drei Kugeln zur Verfügung, ehe er nachladen mußte.

Nachdem er sie weit genug vom Eingang weggetrieben hatte, bewegte sich Carlo rückwärts auf diesen zu. In wenigen Sekunden würde er die Grotte verlassen haben und Guido das Signal zum Schließen des Tors geben –

»Ich lasse Euch das Licht an, damit Ihr Euch besser voneinander verabschieden könnt.« Carlo stellte die Laterne in die Mitte des Raums. »Lebt wohl, und Gott sei Eurer Seele gnädig.«

Das Signal, überlegte Julian fieberhaft. Was ist das Signal? Es mußte ein Geräusch sein – eines, das so hoch und durchdringend war, daß man es oben in den Höhlen noch hören konnte. Ihm fiel nur ein einziges solches Geräusch ein. Er nahm die Finger an die Lippen und stieß einen schrillen Pfeifton aus.

Von oben war Kettengerassel zu hören. Das Schloßtor krachte donnernd herunter. Carlo wirbelte herum. In dem Moment stürzte sich Julian von hinten auf ihn und schleuderte ihn gegen die Wand.

Carlo hatte vor Schreck eine seiner Pistolen fallen lassen. Wie durch ein Wunder ging sie nicht los. Julian packte die andere Pistole am Lauf und umklammerte mit der freien Hand Carlos Handgelenk, bis er die Waffe losließ. Carlo befreite sich aus seinem Griff. Die zweite Pistole lag fast zu seinen Füßen.

Dipper sprang vor, riß dabei Nina hinter sich her, und versetzte der Pistole einen Tritt, so daß sie quer durch den Raum flog. Carlo und Julian stürzten sich beide darauf. Julian erreichte sie als erster. Er packte sie und zielte mit beiden Pistolen auf Carlos Herz. Carlo erstarrte. Dann ließ er sich langsam zurück auf den Boden sinken.

Julian erhob sich. »Steht auf«, sagte er sanft.

Carlo stand auf.

»Nehmt Euer Messer heraus.« Julian sprach noch immer in ruhigem, bedächtigem Ton. »Legt es auf den Boden und tretet dann ein paar Schritte zurück.«

Mit zusammengebissenen Zähnen gehorchte Carlo. Julian verstaute eine der Pistolen in seiner Hosentasche, bis er das Messer aufgehoben und Dippers und Ninas Fesseln durchtrennt hatte. Erleichtert bewegten sie ihre Handgelenke. Nachdem sie sich von ihren Knebeln befreit hatten, holten sie tief Luft. Nina preßte ihr Gesicht gegen Dippers Schulter, und er legte ihr den Arm um die Taille.

Julian reichte Dipper eine der Pistolen. »Jetzt –«

»*Herr!*«

Die Stimme füllte den Raum, als käme sie von überall gleichzeitig. Dipper und Nina blickten sich bestürzt um. Julian sah Carlo an, der zu einem Punkt an der gewölbten Decke emporblickte. Julian nahm die Laterne und hielt sie so hoch, wie er konnte.

Die Decke war mit Szenen aus der Offenbarung bemalt. Die vier Reiter der Apokalypse schienen direkt in den Raum herunterzugaloppieren. Die Söhne Gottes und die Töchter der Menschen schlangen ihre Gliedmaßen in wilden Umarmungen ineinander. Oberhalb des Schloßtors thronte Leviathan, den riesigen Schlund aufgerissen. Carlo sah ihm direkt ins Maul.

»Herr!« wiederholte die Stimme.

»Guido!« rief Carlo. »Zieh das Schloßtor hoch!«

Es mußte sich um eine Art Röhre handeln, dachte Julian, die aus der Nische mit dem Kurbelmechanismus bis zu Leviathans Maul führte.

»Herr, was tut Ihr dort drinnen?«

»Das war ein Versehen! Laß mich hinaus!«

»Warum habt Ihr das Signal gegeben, obwohl Ihr noch in der Grotte des Jüngsten Gerichts wart?«

»Ich habe das Signal nicht gegeben. Das war Signor Kestrel.«

»Die Sache gefällt mir überhaupt nicht. Tötet sie, Herr!«

Carlo starrte hilflos auf seine früheren Gefangenen, die mit seinen Pistolen auf ihn zielten. »Verdammt noch mal, Guido, zieh endlich das Schloßtor hoch!«

»Irgendwas ist schiefgelaufen«, sagte Guido.

»Ihr müßt jetzt ruhig bleiben«, warnte Julian mit leiser Stimme. »Sagt ihm, daß alles in Ordnung ist.«

»Guido.« Carlo bemühte sich krampfhaft, ruhig zu sprechen. »Es ist alles in Ordnung. Die Engländer sind tot.«

»Nein.« Guidos körperlose Stimme wurde leiser, als spräche er mit sich selbst. »Ich habe keine Schüsse gehört. Selbst wenn ich mein Ohr nicht an die Röhre gelegt hätte, hätte ich die Schüsse hören müssen.«

»Guido, in Gottes Namen –«, begann Carlo.

Plötzlich drang ein leiser Singsang aus Leviathans Maul.

»Mein Gott!« flüsterte Carlo. »Das Totengebet.«

Nina kreischte.

»Guido, du Bastard!« Carlo schüttelte seine Faust zur Decke hinauf. »Dafür wirst du bezahlen! Meine Söhne werden dich aufspüren! Ich schwöre dir, irgendwie komme ich hier heraus und bringe dich eigenhändig um!«

Das alles ergab einen schrecklichen Sinn, dachte Julian. Bestimmt erschien es Gudio inzwischen zu gefährlich, an Carlo gebunden zu sein, der in letzter Zeit so leichtsinnig geworden war und Guido zweifellos mit sich ins Verderben reißen würde, wenn man ihn erwischte. Falls Carlo hier zurückblieb, würden alle annehmen, daß er bei dem Unwetter ums Leben gekommen war. Selbst wenn die anderen einen Verdacht hatten, würden sie Guido nichts nachweisen können. Wie Guido richtig gesagt hatte: *Es ist schwer, einen Mord zu beweisen, wenn es keine Leiche gibt.*

Guidos Stimme verstummte. Man hörte ein leichtes Ächzen, gefolgt von einem dumpfen Schlag. Dann kehrte Stille ein.

»Er hat die Hinterwand des Brunnens zurückgeschoben«, sagte Carlo. »Nun sind wir völlig eingeschlossen – lebendig begraben.«

»Nein!« Nina sank auf die Knie. »Heilige Madonna, hab Erbarmen mit uns!«

»Wenn Ihr einen Weg aus dieser Grotte wißt«, wandte sich Julian an Carlo, »dann wäre jetzt ein günstiger Zeitpunkt, es zu sagen.«

»Wir kommen hier nicht raus«, antwortete Carlo mit hohler Stimme.

Julian ging zum Schloßtor hinüber und hielt die Laterne hoch. die dunkle, glänzende Oberfläche wirkte fast wie Metall. Er klopfte dagegen. »Ist das Holz?«

»Abgelagertes Holz«, sagte Carlo. »Fünfzehn Zentimeter dick. Nicht einmal ein Dutzend Männer könnte diese Tür aufbrechen.«

»Heilige Madonna«, betete Nina verzweifelt, »wenn du uns hier wieder rausläßt, verspreche ich, ein ganzes Jahr lang Blau zu tragen – nein, den Rest meines Lebens – und jeden Tag zur Beichte zu gehen und mein ganzes Geld der Kirche zu geben –«

Julian umrundete mit seiner Laterne den Raum. Er war mit Marmor ausgelegt, oval, gut vier Meter lang und etwa drei Meter breit. Er ließ die Finger über die bemalten Wände gleiten und klopfte immer wieder dagegen, stieß aber nirgendwo auf ein hohles Geräusch.

Ninas Gebete waren von hemmungslosem Schluchzen abgelöst worden. Dipper half ihr auf die Beine. »Reg dich nicht auf! Glaub mir, Mr. Kestrel und ich waren schon in schlimmeren Situationen als dieser und haben es immer irgendwie geschafft.«

Julian konnte sich an keine Situation erinnern, die derart aussichtslos gewesen war, aber das behielt er ebenso für sich wie die Tatsache, daß in der Laterne nur noch ein kleines Stück Kerze brannte. Er wollte gar nicht daran denken, wie es an diesem Ort sein würde, wenn das Licht ausging.

Er erzählte Dipper und Nina, wie er dem Bootsführer Raversis Brief in die Hand gedrückt hatte. »Wenn er ihn in der Villa abgibt, werden sie erraten, daß Carlo hinter unserem Verschwinden steckt, und Suchtrupps ausschicken.«

»Sie werden uns nicht finden.« Carlo schien aus der Hoffnungslosigkeit ihrer Lage eine perverse Befriedigung zu ziehen. »Außer Guido und uns weiß kein Mensch von dem Schloßtor und diesem Raum.«

»Ihr habt gesagt, Ihr hättet nach dem Kauf der Villa mit dem Schloßtor experimentiert«, wandte Julian ein. »Dabei muß Euch doch jemand geholfen haben. Jemand muß die Kurbel gehalten haben, während Ihr hier unten wart. Und ich gehe jede Wette ein, daß Ihr diesen Raum irgendwie genutzt habt, bevor Lodovico die Villa kaufte. Habt Ihr mir nicht erzählt, man habe Euch verdächtigt, während der letzten Tage des Königreichs von Italien Waffen vor den Österreichern versteckt zu haben?«

Carlo lächelte dünn. »Ihr habt ein gutes Gedächtnis, Mr. Kestrel. Ich habe mein Geheimnis damals nur einem einzigen Menschen anvertraut: meinem alten Gärtner, Matteo Landi. Aber wie Ihr wißt, ist er tot.«

»Vielleicht hat er es vor seinem Tod jemandem erzählt.«

»Er hat einen heiligen Eid geschworen, niemandem ein Wort darüber zu verraten, und er war ein abergläubischer Mann. Aber das spielt jetzt sowieso keine Rolle mehr. Angenommen, es fände sich jemand, der das Geheimnis des Schloßtors kennt. Und angenommen, der Ruderer Eures Bootes gibt Raversis Brief tatsächlich ab, statt ihn in den See zu werfen, was sehr viel wahrscheinlicher ist. Das wird für uns nicht mehr von Bedeutung sein. Denn bis sie kommen, um uns herauszulassen, ist uns längst die Luft ausgegangen.«

37

»Es ist schon Viertel vor zehn!« Fletcher ging beunruhigt auf der Terrasse auf und ab. »Grimani ist nun seit mehr als zwei Stunden mit Lucia oben im Billardraum. Was macht er bloß mit ihr?«

»Wenn du mich fragst«, sagte St. Carr, »ist dieser Orfeo kein Gentleman, wer auch immer er sein mag. Das tut man einfach nicht – zulassen, daß eine Frau für einen den Kopf hinhält, und sich selbst aus allem raushalten.«

»Und wenn meine Tante ein Mann gewesen wäre, dann wäre sie mein Onkel gewesen!« erwiderte Fletcher scharf. »Das wissen wir doch alles, Beverley! Die Frage ist nur, was sollen wir dagegen unternehmen?«

De la Marque zuckte mit den Achseln. »Was können wir tun? Mr. Kestrel ist in diesem Haus der Vollbringer der Wunder, und er ist nicht hier.«

Alle drei blickten zur Balustrade, wo MacGregor nervös auf und ab ging und nach Kestrels Boot Ausschau hielt. Die übrige Gesellschaft hatte sich auf der Terrasse verteilt und achtete nicht auf das Gespräch der drei Männer.

Fletcher, dessen Mailändisch noch immer recht unbeholfen klang, wandte sich an die Marchesa: »Eure Ladyschaft, könnt Ihr nicht etwas unternehmen, um Lucia zu helfen? Vielleicht läßt sich Grimani wenigstens dazu bewegen, ihr eine Ruhepause zu gönnen. Kein Mensch sollte stundenlang ohne Unterbrechung verhört werden.«

Die Marchesa schien ihn nicht zu hören. Von ihrem Platz

am Lilienteich beobachtete sie den See genauso angespannt wie MacGregor. Einen Moment später aber wandte sie sich um und sagte: »Ich glaube nicht, daß Commissario Grimani zum Thema Lucia von mir noch etwas hören will. Alles, was ich für sie tun konnte, war, ihn zu überreden, sie herzubringen und noch einmal zu befragen, statt sie sofort ins Gefängnis werfen zu lassen.«

»Ich weiß«, antwortete Fletcher, »und dafür bin ich Euch auch dankbar. Aber –«

Die Tür zur Villa schwang auf. Grimani trat heraus und kam schnell die Treppe herunter, wobei er abwechselnd von der Dunkelheit verschluckt wurde und im Licht der Lampen wieder auftauchte. Zanetti folgte in sicherem Abstand. Grimani überquerte die Terrasse, um zu den anderen zu treten. Seine Schultern wirkten verkrampft, und seine zusammengekniffenen Augen funkelten gefährlich. »Zanetti!« stieß er hervor.

Zanetti näherte sich ihm ängstlich. »Signor Commissario?«

»Versammelt einen Trupp Soldaten und bringt Lucia ins Dorfgefängnis. Man soll ihr nur ein Kruzifix und eine Decke geben – sonst nichts. Und keiner darf sie besuchen, nicht einmal Don Cristoforo.«

»Ihr wollt ihr religiösen Trost verweigern?« fragte Donati bekümmert.

»Das geht Euch überhaupt nichts an, Maestro!« schnauzte Grimani ihn an. »Ihr solltet Euch um Euer eigenes Metier kümmern und mir das meine überlassen!«

»Hört zu, Signor Commissario –«, begann Fletcher.

»Ein Boot!« rief MacGregor.

»Ein Boot!« Die Marchesa lief zu ihm an die Balustrade. Tatsächlich näherte sich ein Boot dem Villa-Pier. Die Marchesa und MacGregor versuchten den Passagier zu erkennen. Aber da war kein Passagier – nur der Bootsführer im Bug. Die Marchesa wandte sich von der Balustrade ab.

»Ich weiß«, sagte MacGregor stockend auf mailändisch. »Ich habe auch gehofft, es wäre Kestrel.«

»Er muß in das Unwetter geraten sein«, antwortete sie mit leiser Stimme. »Er war fest entschlossen, heute abend zurückzukommen. Wenn er gekonnt hätte, wäre er hier.«

Das Boot legte an, und der Ruderer sprang heraus. Bruno, der auf der Terrasse Dienst tat, ging ihm entgegen. »Was hast du hier zu suchen?« fragte er hochnäsig.

Der Ruderer war ein rüstiger älterer Mann mit faltiger brauner Haut und Fingern, die vom jahrelangen Rudern schon ganz krumm waren. »Ich möchte den Engländer sprechen.«

»Welchen?« Bruno streckte stolz die Brust heraus. »Wir haben nämlich eine ganze Ladung voll, mußt du wissen.«

»Den, der immer so elegant angezogen ist«, antwortete der Ruderer.

»Dann meinst du sicher Milord Kestrel. Aber den kannst du nicht sprechen – selbst für den Fall, daß er mit deinesgleichen überhaupt sprechen würde –, weil er noch nicht aus Mailand zurück ist.«

»Doch, das ist er«, widersprach der Ruderer. »Ich habe ihn nach dem Unwetter selbst aus Como herübergefahren.«

»Du bist doch bekloppt, alter Mann.«

»Ich werde dir gleich zeigen, wie bekloppt ich bin! Er hat mir das hier gegeben.« Der Ruderer zog einen Brief aus seiner Jackentasche und hielt ihn Bruno hin. »Aber ich kann nicht lesen, und ich weiß nicht, was ich damit machen soll, deswegen hielt ich es für das beste, ihm den Brief zurückzubringen.«

Bruno starrte auf das Siegel. Angestrengt versuchte er, die Adresse zu entziffern. *»Com-mis-sario Al-fon-so Gri-* Er ist für den Commissario! Am besten, du kommst gleich mit!« Er rannte die Stufen hoch. »Signor Commissario!«

Alle eilten herbei, um zu sehen, was der Grund für die Aufregung war. Bruno verbeugte sich vor Grimani und hielt ihm den Brief hin. »Den hat der Ruderer gebracht. Er ist von Conte Raversi. Ich habe sein Siegel sofort erkannt, weil er und mein Herr –«

»Halt den Mund!« Grimani riß den Brief auf und las ihn

unter einer der Lampen. Als er fertig war, blickte er verblüfft hoch.

»Was steht in dem Brief?« drängte die Marchesa.

»Signor Kestrel hat Conte Raversi Beweismaterial vorgelegt, dem zufolge Conte Carlo unter Mithilfe seines Dieners Guido die Morde begangen hat.«

»Carlo?« flüsterte sie. »Das ist unmöglich!«

»Er kann es nicht gewesen sein!« stimmte Francesca ein. »Warum hätte er seinen eigenen Bruder und seinen Neffen umbringen sollen?«

»Darauf geht der Brief nicht ein.« Grimani wandte sich an den Ruderer, der hinter Bruno stand. »Wie bist du an diesen Brief gekommen?«

»S-Signor Kestrel hat ihn mir gegeben, Signor Commissario. Ich habe ihn aus Como herübergerudert, aber Conte Carlos Diener, der Neapolitaner, kam mit seinem Boot vorbei und sagte, er werde ihn den Rest des Weges mitnehmen. Deswegen ist Signor Kestrel in sein Boot gestiegen.«

»O nein –« Die Marchesa streckte die Arme aus, als wollte sie einen Schlag abwehren. »Das kann doch nicht sein! Warum hätte er das tun sollen, nach allem, was er wußte?«

»Das weiß ich nicht, Eure Ladyschaft. Aber er hat es getan, und die beiden sind davongefahren – hierher, wie ich dachte. Aber vorher hat Signor Kestrel mir das Dreifache meines Lohnes gegeben, und dazu den Brief.«

»Wie lange ist das her?« fragte Grimani.

»Ich weiß es nicht, Signor Commissario. Vielleicht eine Stunde. Ich war mir nicht sicher, was ich tun sollte – ich wollte nicht stören –«

»Dipper ist ebenfalls verschollen«, fiel ihm MacGregor ins Wort. »Ich habe ihn schon seit Stunden nicht mehr gesehen.«

»Nina ist auch weg«, erklärte die Marchesa.

»In welche Richtung ist Guido mit Signor Kestrel davongefahren?« fragte Grimani den Ruderer.

»Er – er hat gesagt, er werde ihn zur Villa bringen – deswegen –«

»Deswegen hast du nicht darauf geachtet.« Grimani schüttelte den Kopf. »Inzwischen ist er bestimmt schon tot.«

Die Marchesa wurde blaß. »Das könnt Ihr doch gar nicht wissen!«

»Was werdet Ihr nun unternehmen?« wollte MacGregor von Grimani wissen.

Der Commissario wandte sich an Zanetti. »Ruft alle Soldaten zusammen, die in der Villa und um sie herum postiert sind. Teilt sie in Gruppen auf und laßt sie das Ufer nördlich von der Villa und die Gegend weiter landeinwärts absuchen. Und schickt jemanden los, der alle Bootsleute befragen soll, die noch auf dem See sind. Ich werde dafür sorgen, daß Signor Ruga und Comandante von Krauss die Gegend in südlicher Richtung absuchen lassen.«

»Ja, Signor Commissario. Was ist mit den beiden Soldaten, die Lucia bewachen?«

»Die sollen auf ihrem Posten vor dem Billardzimmer bleiben. Ich will nicht, daß jemand die Krise nutzt, um Lucia herauszulassen.«

Zanetti nickte und stürmte davon.

»Ich schreibe sofort an Ruga und von Krauss«, verkündete Grimani. »Ich bin in der Bibliothek.«

Er ging ins Haus. In der Marmorhalle herrschte hektische Aufregung. Von allen Seiten strömten Soldaten herein, und die Neuigkeit von Carlos Schuld und dem Verschwinden des Engländers verbreitete sich wie ein Lauffeuer unter ihnen. Grimani überließ die Soldaten Zanetti. Mit einer Kerze bewaffnet trat er in die Bibliothek und schrieb seine Nachrichten.

Er war gerade dabei, sie zu versiegeln, als Zanetti hereinkam. Grimani überreichte ihm die Briefe. »Laßt diese Nachrichten sofort überbringen.«

»Ja, Signor Commissario. Aber Signor Commissario, ich bin eigentlich gekommen, um Euch zu sagen, daß Lucia nach Euch fragt. Sie hat an die Tür des Billardzimmers geklopft und ihren Wachen gesagt, daß sie Euch sofort sehen müsse.«

»Ist sie bereit zu reden?«

Zanetti zögerte. »Auf jeden Fall hat sie Euch etwas zu sagen, Signor Commissario. Aber was, weiß ich nicht.«

Grimani ging zum Billardzimmer, das im hinteren Teil des Gebäudes lag. Die beiden Soldaten, die vor dem Zimmer Wache standen, nahmen Haltung an. Grimani schloß die Tür auf und ging hinein.

Lucia rannte auf ihn zu. »Signor Commissario, der heiligen Jungfrau sei Dank, daß Ihr gekommen seid! Ich habe Euch etwas zu sagen!«

Grimani stellte seine Kerze auf einen Tisch, schloß die Tür hinter sich ab und steckte den Schlüssel in seine Jackentasche. »Nun?«

»Ich habe den Lärm im Haus gehört. Da ich wissen wollte, worum es dabei ging, habe ich aufgepaßt, was die beiden Soldaten vor der Tür redeten. Sie haben gesagt, daß Guido mit Signor Kestrel in einem Boot weggefahren ist und daß er und Conte Carlo ihn töten wollen, weil er herausgefunden hat, daß sie den Marchese und seinen Sohn ermordet haben. Signor Commissario, ich glaube, ich weiß, wo sie sind!«

»Woher solltest du das wissen?«

»Es gibt einen geheimen Ort, von dem Conte Carlo weiß. Er versteckte dort Waffen, als die Österreicher zurückkamen, nachdem die Franzosen geschlagen waren. Mein Vater hat ihm geholfen. Ihm blieb keine andere Wahl – Conte Carlo war damals sein Herr. Ich bin ihnen eines Nachts gefolgt. Da wußte ich noch nicht, was sie taten, aber ich machte mir wegen Papa Sorgen – er schien große Angst zu haben.«

»Wo ist dieses Versteck?«

»Ich habe es nie mit eigenen Augen gesehen. Es ist unten in den Grotten. Ich konnte es mir nicht ansehen, weil Papa oder Conte Carlo mich sonst erwischt hätten. Aber ich habe gesehen, wie Conte Carlo mit ein paar Waffen die Treppe hinunterstieg, und als er zurückkam, hatte er sie nicht mehr.«

»Wahrscheinlich hat er sie in den Grotten versteckt.«

»Nein, Signor Commissario, denn als ich am nächsten Tag hinuntergegangen bin, waren sie nicht da. Es gibt ein geheimes Versteck, an das man nur herankommt, indem man an einer großer Kurbel dreht, die hinter dem Brunnen im Salon versteckt ist.«

»Das ist doch Unsinn«, sagte Grimani.

»Es ist die Wahrheit! Ich habe meinem Vater dabei zugesehen. Er hat das Wasserrohr des Brunnens gedreht, ungefähr so, und plötzlich löste sich die Rückseite des Brunnens aus der Höhlenwand. Dahinter war eine Nische mit einer großen Kurbel darin, und mein Vater hat sie gedreht und festgehalten, während Conte Carlo die Waffen die Leiter hinuntertrug.«

»Falls es dort tatsächlich eine solche Vorrichtung gibt und sie benutzt worden ist, um Waffen vor den Österreichern zu verstecken, hättest du das längst melden müssen.«

»Was spielt das noch für eine Rolle?« rief sie ungeduldig. »Wichtig ist doch jetzt nur, einen weiteren Mord zu verhindern! Wenn Conte Carlo und Guido vorhaben, Signor Kestrel heimlich irgendwo umzubringen, dann haben sie ihn bestimmt dorthin gebracht! Ihr müßt ihnen folgen und sie aufhalten!«

Grimani betrachtete sie mit einem ruhigen, abschätzenden Blick. Schließlich sagte er: »Woher soll ich wissen, ob dieses Versteck tatsächlich existiert? Ich habe nur dein Wort, und du hast dich bisher als sehr unzuverlässige Zeugin erwiesen. Ich kann deiner Geschichte keinen Glauben schenken.«

Sie starrte ihn an. »Ihr glaubt mir nicht? Warum sollte ich lügen?«

»Warum sollte ich dir vertrauen?« konterte er.

»Aber ich sage die Wahrheit! Das schwöre ich bei Gott und der Madonna und allen Heiligen! Was kann ich tun, damit Ihr mir glaubt?«

»Gib mir Orfeo.«

Sie schnappte nach Luft. »Aber – aber Ihr wißt doch jetzt, daß er Marchese Lodovico und Marchese Rinaldo nicht umgebracht hat.«

»Ich will ihn trotzdem haben«, antwortete Grimani.

»Aber warum?«

»Er hat dem Gesetz getrotzt. Er ist hier herumgeschlichen und hat uns seine Anwesenheit spüren lassen, sich aber nicht zu erkennen gegeben. Er hat sich über meine Autorität lustig gemacht, die mir vom Vizekönig übertragen worden ist. Außerdem bin ich noch nicht davon überzeugt, daß er nicht der Mörder ist. Ich habe keine Beweise für Conte Carlos Schuld, abgesehen von einem Brief von Conte Raversi, der sich einzig und allein auf Signor Kestrels Beweise gründet. Und Signor Kestrel ist nicht hier, um uns diese Beweise zu liefern.«

»Aber ich sage Euch doch gerade, wie Ihr ihn finden könnt!« sagte sie mit drängender Stimme. »Wenn Ihr mir bloß zuhören würdet!«

»Ich habe dir zugehört. Und ich wiederhole, daß ich dir nicht glaube.«

Er wandte sich zum Gehen. Lucia lief ihm nach und erwischte ihn am Rockschoß. »Laßt mich die Marchesa sehen!«

Grimani drehte sich zu ihr um. »Du wirst niemanden sehen. Und niemand wird wissen, was zwischen uns gesprochen worden ist. Wenn Signor Kestrel in den Höhlen stirbt, ist es deine Schuld. Ich weiß, daß du ihn nicht magst, aber willst du wirklich sein Scharfrichter sein? Und nicht nur seiner – es sind noch zwei weitere Personen verschollen: sein Diener und das Dienstmädchen der Marchesa.«

Lucia rang die Hände. »Heilige Madonna, hilf mir! Sag mir, was ich tun –«

»Die Minuten vergehen, Lucia. Die drei sterben vielleicht gerade. Würde Orfeo das wollen? Und wenn ja, ist er es dann wert, daß du all das für ihn tust? Wenn du glaubst, daß er nichts Unrechtes getan hat, dann brauchst du keine Angst um ihn zu haben –«

»Ihr werdet schon etwas finden, das Ihr gegen ihn verwenden könnt! Ihr haßt ihn so sehr, daß Ihr vielleicht sogar –« Sie hielt inne.

»Daß ich vielleicht sogar was?«

Sie schüttelte wortlos den Kopf.

»Es hat keinen Sinn, so weiterzumachen«, sagte Grimani. »Gute Nacht, Lucia.«

»Nein!« Sie packte ihn am Arm und sah ihn beschwörend an. »Ihr wollt wirklich drei Menschen sterben lassen?«

»Du bist diejenige, die sie sterben läßt. Ich tue nur meine Pflicht als Polizist.«

Sie ließ seinen Arm los und trat schwer atmend zurück. Er wartete. Schließlich sagte sie: »Sind diese drei Männer hier – die, die Ihr zu mir gebracht habt, als ich im Haus von Signor Ruga war?«

»Ja«, antwortete Grimani schnell. »Ist Orfeo einer von ihnen?«

»Ja.« Sie ließ den Kopf hängen. »Wenn Ihr mich zu ihnen bringt, werde ich ihn Euch zeigen.«

»Ich lasse mich von dir nicht zum Narren halten! Sag mir einfach, welcher von ihnen Orfeo ist.«

»Wie kann ich das? Ich kenne nicht einmal die Namen dieser Männer.« Sie streckte das Kinn hoch. »Wenn ich Orfeo schon verraten muß, will ich ihm dabei wenigstens in die Augen sehen und ihm sagen, warum ich es tun muß. Nicht einmal Judas hat unseren Herrn hinter seinem Rücken verraten.«

»Das ist Blasphemie! Außerdem ist es ganz offensichtlich nur eine List, um den Mann zu warnen und ihm eine Chance zur Flucht zu geben.«

»Das ist es nicht! Ich verspreche, daß ich direkt auf ihn zugehen und ihn Euch ausliefern werde.«

»Schwörst du das bei Gott, der Madonna und deiner Hoffnung auf ewiges Leben?«

»Ich schwöre es«, flüsterte sie.

Etwa zur gleichen Zeit, als der Ruderer Raversis Brief in die Villa brachte, hielt Julian seine Laterne an das Schloßtor, um es zu untersuchen. Es war so dick und hart, daß Carlos kleines, scharfes Messer nicht das geringste dagegen ausrichten konnte. Die Oberfläche wies keinerlei Unebenheiten auf, an denen man hätte ansetzen können, und sie hatten auch kein Werkzeug, um das Tor hochzustemmen. Es bestand aus Holz, was bedeutete, daß es brennen würde – aber nur ganz langsam, und in der Zwischenzeit würden sie im Rauch ersticken.

»Wir könnten unsere Pistolen darauf abfeuern.« Dipper fuchtelte hoffnungsvoll mit seiner Waffe herum.

Julian schüttelte den Kopf. »Das würde nichts bringen. Die Kugeln würden im Holz steckenbleiben – oder, noch schlimmer, daran abprallen und womöglich einen von uns treffen.«

Nachdenklich fügte er hinzu: »Aber du hast mich auf eine Idee gebracht. Signor Conte, habt Ihr einen Schießpulvervorrat dabei?«

Carlos Hand fuhr automatisch an seine Hosentasche. Warum?«

»Wärt Ihr so freundlich, ihn auf den Boden zu legen und ein paar Schritte zurückzutreten?«

»Was habt Ihr vor?« fragte Carlo.

»Wenn Dipper und Nina nichts dagegen haben, werde ich versuchen, das Tor zu sprengen.«

»Ihr seid verrückt!« rief Carlo aus. »Es ist zu dick. Ihr werdet uns mit der Explosion nur umbringen – oder der Gang stürzt ein und versperrt uns den Weg nach draußen!«

»Da uns der Weg nach draußen sowieso versperrt ist, sehe ich nicht ein, warum wir es nicht wenigstens versuchen sollen. Außerdem habe ich nicht vor, das ganze Schloßtor herauszusprengen – nur ein kleines Stück, damit wir den Rest eintreten können.« Er wandte sich an Dipper und Nina. »Was sagt ihr dazu? Ich glaube, wir haben eine Chance, auf diese Weise zu entkommen, aber Conte Carlo könnte durchaus recht haben – vielleicht besiegeln wir damit nur unser Schicksal.«

»Ich bin dafür, es zu versuchen«, antwortete Dipper.

»Ja, bitte!« rief Nina. »Mir ist alles recht, wenn wir nur hier rauskommen!«

»Also gut«, sagte Julian. »Euer Schießpulver, Signor Conte!«

Carlo rührte sich nicht von der Stelle.

»Euch ist hoffentlich klar«, sagte Julian, »daß es mir ziemlich egal ist, ob Ihr es mir freiwillig gebt oder ob ich Euch töten und es mir selbst holen muß.«

Carlo zog den Behälter aus seiner Tasche und warf ihn auf den Boden. Nina sprang erschrocken zurück.

»Solange man es nicht anzündet, ist es harmlos«, beruhigte sie Julian.

Er trat vor und hob den Behälter auf. Er war birnenförmig, aus Kupfer und auf beiden Seiten mit dem Wappen der Malvezzis verziert. Julian schüttelte ihn und stellte fest, daß er genug Pulver enthielt. Er schraubte den Deckel ab und trat auf das Schloßtor zu. Als er noch etwa zehn Schritte davon entfernt war, begann er vorsichtig, eine dünne Spur Schießpulver herauszuschütten.

»Was macht er da?« fragte Nina.

»Er legt eine Art Zündschnur«, antwortete Carlo.

Julian plazierte den offenen Behälter am Fuß des Schloßtors, wobei er darauf achtete, daß die Öffnung das Ende der Schießpulverspur berührte. »Wenn ich das andere Ende anzünde«, erklärte er Nina, »wird die Flamme an der Pulverspur entlangbrennen, bis sie den Behälter erreicht.«

»Wird die Pulverspur nicht sofort explodieren, wenn Ihr sie anzündet?« fragte Nina.

»Loses Pulver explodiert nicht«, antwortete Julian. »Es brennt bloß. Schießpulver explodiert nur, wenn es fest zusammengepreßt ist – was bedeutet, daß das Pulver im Behälter für eine ausreichende Explosion sorgen müßte.«

Er ging an die Stelle, wo er die Stricke liegenlassen hatte, mit denen Dippers und Ninas Handgelenke gefesselt waren. »Hier«, sagte er und reichte sie Dipper. »Binde Conte Carlo die Hände im Rücken zusammen.«

»Ist das wirklich nötig?« fragte Carlo hochmütig.

Julian lächelte ironisch. »Oh, ich glaube, in Eurem Fall kann man nicht vorsichtig genug sein, Signor Conte.«

Dipper fesselte Carlos Hände. Julian blickte sich mit gerunzelter Stirn im Raum um. »Wir stellen uns am besten so weit wie möglich auf die Seite. Die Druckwelle der Explosion wird nach hinten losgehen.«

Dipper, Nina und Carlo zogen sich auf eine Seite der Grotte zurück und preßten sich gegen die Wand. Julian nahm die Kerze aus der Laterne und hielt sie an die Pulverspur. Dann lief er schnell zu den anderen, und sie sahen alle gebannt zu, wie die kleine, zischende, funkensprühende Flamme langsam auf den Pulverbehälter zukroch.

Die Nachtluft war so kühl, daß MacGregor die Marchesa drängte, sich von der Terrasse in den Salon zurückzuziehen. Dort begann sie von neuem nervös auf und ab zu gehen, wie schon zuvor auf der Terrasse. MacGregor schloß sich ihr an. Francesca und Valeriano saßen auf dem Sofa und beobachteten sie voller Mitgefühl. Donati hielt sich an seinem Lieblingsplatz in der Ecke auf, Sebastiano stand wie immer neben ihm. St. Carr und Fletcher hatten sich auf einem der Fensterbretter niedergelassen, während de la Marque nicht weit von ihnen entfernt an der Wand lehnte.

Die beiden Soldaten, die Lucia bewacht hatten, führten sie herein. Grimani und Zanetti folgten. »Nun?« wandte sich Grimani an Lucia.

Sie sah zu de la Marque, St. Carr und Fletcher hinüber. De la Marque richtete sich auf, St. Carr und Fletcher glitten vom Fensterbrett. Lucia holte tief Luft und trat langsam auf sie zu. Sie ging erst an de la Marque vorbei, dann an St. Carr. Vor Fletcher blieb sie stehen und sah ihn flehend an. »Vergebt mir! Wenn ich Euch nicht verrate, sterben wahrscheinlich drei Menschen. Ihr seid Orfeo.«

Er starrte sie an, öffnete den Mund, um etwas zu sagen, hielt dann aber inne. Seine Augen forschten in ihrem Gesicht. Dann lächelte er. »Ich vergebe dir.«

Sie schloß die Augen und seufzte erleichtert.

»Sie ist verrückt!« erklärte St. Carr. »Hugo ist ebensowenig Orfeo, wie ich es bin. Sag es ihnen, Hugo!«

»Es tut mir leid, Beverley.« Fletchers Blick war noch immer auf Lucia gerichtet. »Ich konnte es dir nicht eher sagen.«

St. Carr starrte ihn sprachlos an.

»Aber das ist ja wunderbar!« rief de la Marque. »Von allen möglichen Lösungen des Rätsels um Orfeo ist das bei weitem die köstlichste! Ihr müßt uns sofort etwas vorsingen!«

Fletcher sah ihn entnervt an. »Das ist wohl kaum die richtige Zeit dafür!«

Grimani lächelte triumphierend. »Signor Fletcher, ich verhafte Euch im Namen des Vizekönigs von Lombardei-Venetien.« Er wandte sich an die Soldaten. »Ergreift ihn!«

Die Soldaten traten vor und packten ihn an beiden Armen.

»Das ist nicht nötig!« protestierte Lucia. »Er hat doch gar nicht versucht wegzulaufen!«

»Mach dir keine Sorgen, Lucia«, sagte Fletcher.

Ihr Gesicht wurde weich. »Nennt mich Barbarina, wie Ihr es früher immer getan habt.«

»Dann also Barbarina«, sagte er lächelnd.

Sie drehte sich mit zorniger Miene zu Grimani um. »Ich habe Euch Orfeo gegeben. Jetzt müßt Ihr die drei anderen retten, bevor es zu spät ist!«

»Es ist wahrscheinlich schon zu spät«, antwortete Grimani. »Trotzdem werde ich alles in meiner Macht Stehende tun.«

Von der Tür her sagte eine Stimme: »Ich käme nicht im Traum auf die Idee, Euch so viele Umstände zu machen, Signor Commissario.«

Alle fuhren herum. Vor ihnen stand Kestrel mit Dipper, Nina und Carlo. Ihre Kleider waren zerrissen und schmutzig, ihre Gesichter und Hände von Schießpulver geschwärzt, und sie rochen streng nach Schwefel.

»Gott sei Dank!« brach es aus MacGregor hervor.

Lucias Augen leuchteten auf – und waren dann plötzlich voller Reue und Kummer, als ihr Blick wieder auf Fletcher fiel.

Die Marchesa stieß einen Schrei aus und stürzte sich in Kestrels Arme.

Julian drückte sie an sich. Lächelnd flüsterte er: »Ihr werdet nach Schwefel riechen!«

»Das ist mir egal!« murmelte sie an seiner Schulter. »Wenn Ihr wüßtet, was ich durchgemacht habe, seit ich fürchten mußte, Euch zu verlieren – keine Gelegenheit mehr zu haben, die Dinge zwischen uns zu klären –« Mit einem leisen Seufzer löste sie sich von ihm. »Ich kann Euch das jetzt nicht alles sagen, aber ich werde es tun – später, wenn wir allein sind.«

MacGregor, der schon hinter ihr gewartet hatte, trat vor und drückte Julians Hand. »Ihr habt uns einen Schrecken eingejagt, den ich so schnell nicht wieder vergessen werde! Ich habe Euch gewarnt, als Ihr damals den Plan gefaßt habt, Euch in diese Ermittlungen einzumischen –«

»Ja, mein lieber Freund«, antwortete Julian voller Wärme. »Ihr hattet völlig recht mit Euren Bedenken, und ich war tollkühn und unbesonnen.«

»Nun ja, ganz so weit würde ich nicht gehen«, sagte MacGregor barsch. »Immerhin habt Ihr die Morde gelöst und seid mit heiler Haut davongekommen – wenn auch nur ganz knapp!«

Grimani trat Julian ohne eine Spur von einem Lächeln gegenüber. »Seid Ihr bereit, gegen Conte Carlo auszusagen?«

»Selbstverstädlich«, antwortete Julian.

Er berichtete kurz von Carlos und Guidos Plan, sie in der Grotte des Jüngsten Gerichts lebendig zu begraben. Er erzählte, wie es gekommen war, daß Carlo plötzlich mit ihnen in der Falle saß, und wie sie das Tor mit dem Schießpulver aufgesprengt hatten. Die anderen hörten ihm verwundert zu. Alle wollten wissen, was es mit der Grotte des Jüngsten Gerichts auf sich hatte, und dic Marchesa, der ein Stein vom Herzen gefallen war, versprach, daß sie am nächsten Tag alle hingehen und sich die Sache ansehen würden.

»Davon muß ich leider abraten«, sagte Julian. »Der Gang, der in die Grotte führt, ist voller Felsbrocken und könnte als Folge der Explosion einstürzen.«

»Ich werde ein paar Leute hinschicken und feststellen lassen, ob es sicher ist«, antwortete sie. »Ich muß die Grotte einfach sehen – den Schauplatz Eures Triumphes, Giuliano!«

»Außerdem sollte jemand die Leiche des armen Tonio bergen und dafür sorgen, daß er ein anständiges Begräbnis erhält«, sagte Donati.

Francescas Blick war voller Bestürzung auf Carlo gerichtet, der ein wenig abseits stand, die Hände im Rücken gefesselt, ein spöttisches Patrizierlächeln auf den Lippen. »Warum hat er das bloß getan?« wandte sie sich an Julian. »Wie konnte er seinen eigenen Bruder und seinen Neffen töten?«

»Das würden wir alle gern wissen«, mischte sich Beatrice ein. »Aber wir dürfen Signor Kestrel erst mit unseren Fragen belästigen, wenn er sich ausgeruht, umgezogen und eine Erfrischung zu sich genommen hat. Nina und Dipper müssen ebenfalls versorgt werden. Wärst du so nett, nach einem Diener zu läuten, Sebastiano? Wir brauchen Kerzen, heiße Bäder, Kaffee – eine Menge Kaffee! Ich bin sicher, niemand von uns wird zu Bett gehen wollen, bevor Signor Kestrel uns seine Geschichte erzählt hat!«

Grimani sagte zu Zanetti: »Laß Conte Carlo von einem Trupp Soldaten in die Kaserne nach Solaggio bringen. Ich nehme an, Comandante von Krauss wird einen Platz für ihn finden, der seinem Rang angemessener ist als das Dorfgefängnis. Und laß die Suchtrupps, die nach Signor Kestrel Ausschau halten sollte, statt dessen nach Guido fahnden.«

Er wandte sich an Fletcher. »Wie es scheint, muß ich Eure Befragung noch ein wenig verschieben, Signor. Aber es wird nicht lange dauern, das verspreche ich Euch.« Zu den Soldaten gewandt, sagte er: »Sperrt ihn ins Billardzimmer und bewacht ihn gut. Zanetti, Ihr habt ein Auge auf Signor St. Carr. Er weiß vielleicht mehr über Signor Fletchers Aktivitäten, als er zugibt.«

»Er weiß gar nichts«, sagte Fletcher schnell.

»Dafür hast du schon gesorgt, nicht wahr?« stieß St. Carr hervor. »Ich nehme an, das war nicht schwer. Dem naiven

Beverley kann man ja alles erzählen, und er ist dumm genug, es auch noch zu glauben!« Seine Lippen zitterten. »Ich habe dir vertraut! Ich habe dir vertraut, und du hast mich belogen!«

»Es tut mir leid«, antwortete Fletcher hilflos.

»Bringt ihn weg!« befahl Grimani gelangweilt.

»Laßt mich mit ihm gehen!« bat Lucia.

»Das kommt überhaupt nicht in Frage!« antwortete Grimani.

Die Soldaten setzten sich mit Fletcher in der Mitte in Bewegung. Lucia rief ihm zu: »Es tut mir so leid!«

»Es gibt nichts, was dir leid tun müßte«, beruhigte er sie.

»Ich wußte, daß Ihr es verstehen würdet. Ich *fühlte* es.« Sie preßte die Hände auf die Brust. »Ich werde zu Euch stehen, egal, was passiert. Ich werde Euch nicht im Stich lassen, solange Ihr in Gefahr seid.«

Fletcher lächelte. »Dann habe ich alles, was ich mir wünsche.«

Die Soldaten führten ihn hinaus.

MacGregor nahm Julian am Arm. »Kommt. Gehen wir nach oben. Ein heißes Bad wird Euch jetzt guttun. Ihr müßt ja völlig durchgefroren sein.«

Julian leistete keinen Widerstand. Sobald sie außer Hörweite waren, fragte er MacGregor: »Wieso ist Fletcher verhaftet worden?«

»Er hat gestanden, Orfeo zu sein.«

Julian blieb wie angewurzelt stehen. »Was?«

»Das überrascht Euch, nicht wahr?« lachte MacGregor. »Ihr könnt ja schließlich nicht alles wissen.«

»Ich bin völlig platt! Was um alles in der Welt hat ihn dazu bewogen?«

»Lucia hat ihn verraten. Ich bin nicht sicher, warum, aber es hatte offenbar damit zu tun, daß sie Euch retten wollte.«

»Gütiger Gott! Was für ein höllisches Durcheinander!«

»Könnt Ihr etwas tun, um ihm zu helfen?« fragte MacGregor.

»Ja. Ich habe noch eine Karte in der Hand. Und wie es aussieht, werde ich sie ausspielen müssen.«

38

Eine Viertelstunde später erschien Dipper so sauber und adrett in Julians Zimmer, als hätte er an diesem Abend keinen Fuß vor die Villa gesetzt. Er begann, die Abendkleidung seines Herrn bereitzulegen, wobei er Julians Vorschlag, den Rest des Abends freizunehmen, völlig ignorierte. »Hast du wenigstens eine kleine Stärkung zu dir genommen?« fragte Julian. »Ich möchte nicht, daß du vor Erschöpfung umkippst.«

»Ein bißchen Wein und einen Keks, Sir.«

»Sehr nahrhaft, wenn man eine Maus ist.«

»Sir.« Dipper legte seine Kleiderbürste weg und sah Julian strafend an. »Ich muß doch dafür sorgen, daß Ihr ausseht wie aus dem Ei gepellt! Wie stehe ich denn sonst da? Schließlich wissen alle, daß ich für Eure Kleidung zuständig bin.«

»Ja, ich verstehe. Ich möchte auf keinen Fall deinen Ruf gefährden.«

Er fand eine Kompromißlösung, indem er Dipper etwas von dem kalten Braten, dem Käse und den anderen Delikatessen anbot, die ihm kurze Zeit später auf einem Tablett gebracht wurden. Nachdem sie gegessen hatten, zog sich Julian fertig an und betrachtete sich anschließend im Spiegel. Es erschien ihm seltsam, daß er genauso aussah wie an jedem anderen Abend: Seine weiße Krawatte war mit bestechender Schlichtheit gebunden, seine schwarze Jacke und die dazu passende Hose schmiegten sich faltenlos an seinen Körper, auf seiner weißen Kaschmirweste schimmerte eine dezente Seidenstickerei, und seine schwarzen Schuhe funkelten blitzblank. Weiße Wildlederhandschuhe verbargen die Kratzer an seinen Händen. Er warf einen Blick auf die Kleider, die er vorher getragen hatte und die jetzt in einer Ecke lagen wie die abgestreifte Haut einer Schlange. Er hoffte, daß wenigstens die Stiefel noch zu retten waren. Er würde kein gleichwertiges Paar mehr finden, bevor er nach England zurückkehrte.

Ihm war bewußt, daß er es nun nicht länger hinausschieben konnte. Er mußte hinuntergehen. Er schuldete den anderen eine ganze Reihe von Erklärungen.

Er war kaum über die Türschwelle getreten, als Beatrice den Kopf aus ihrem Zimmer auf der anderen Seite des Flurs streckte. »Ich horche schon die ganze Zeit, wann Ihr endlich fertig seid«, flüsterte sie. »Kommt einen Moment herein!«

Er folgte ihrer Aufforderung. Sie schloß die Tür hinter ihnen, lehnte sich mit dem Rücken dagegen und blickte ihn aus reuevollen, lachenden Augen an. »Ich wollte unbedingt allein mit Euch sprechen. Ich habe auf Euch gewartet wie ein Bauernmädchen auf ihren Liebsten.«

»Das steht Euch gut«, antwortete er lächelnd.

»Ich benehme mich schrecklich, ich weiß. Ich habe jeden Grund, böse auf Euch zu sein. Gestern abend habt Ihr mich verschmäht – es sah sogar so aus, als würdet Ihr mich der Morde verdächtigen. Eigentlich sollte der Ärger darüber mein Herz verhärten, und mein Stolz sollte mir verbieten, erneut an Euch heranzutreten. Aber als Ihr in Gefahr wart, vergaß ich meine Wut, und nun, da Ihr zurück seid, habe ich auch meinen Stolz verloren. Ich scheue mich nicht, den ersten Schritt zu tun. Verzeiht mir, Giuliano, verzeiht mir alles.«

Sie streckte ihm die Hand entgegen. Er nahm sie, beugte sich darüber und küßte sie. Als er sich wieder aufrichtete, sah sie ihn aus strahlenden Augen an. »Kommt heute nacht zu mir, Giuliano«, hauchte sie. »Erzählt Eurem Doktor irgendeine Geschichte, egal was, aber kommt zu mir.«

Er zog sie in seine Arme. Sie erwiderte seinen Kuß voller Leidenschaft.

Als sie sich schließlich wieder aus seinen Armen löste, fragte er: »Was ist mit Orfeo? Habt Ihr Eure Wut auf ihn auch vergessen?«

Sie wurde ernst. »Wir wissen jetzt, wer er ist. Ich kann ihn

Grimani überlassen. Ich glaube, Grimani hat genausowenig für ihn übrig wie ich.« Ihr Gesichtsausdruck entspannte sich. »Seht Ihr, nun bin ich frei von ihm. Wir brauchen nie wieder an ihn zu denken.«

Er zog sie ein weiteres Mal an seine Brust und küßte sie, wobei er sich ganz dem Augenblick hingab – er wollte weder an die Vergangenheit noch an die Zukunft denken.

Schließlich löste sie sich von ihm. »Wir müssen hinuntergehen. Alles wartet auf uns.« Sie lachte leise. »Wir sollten besser nicht riskieren, daß sie uns hier oben suchen.«

Um Mitternacht war es im Salon taghell. Offenbar hatte Beatrice alle vorrätigen Kerzen anzünden lassen. Sie standen auf den Tischen, auf dem Kaminsims und in den Fenstern. Der Raum wirkte wie ein Votivkapelle am Festtag eines Schutzheiligen.

Carlo war in die Kaserne von Solaggio gebracht worden und Fletcher noch immer im Billardzimmer eingesperrt. Der Rest der Gesellschaft war anwesend: Beatrice, Francesca, Valeriano, de la Marque, St. Carr, MacGregor, Grimani, Donati und Sebastiano. Ernesto, Dipper und Nina waren eingeladen worden, sich an diesem Festabend zu ihrer Herrschaft zu gesellen, hielten sich aber respektvoll im Hintergrund. Ernesto stand in einer Ecke, Dipper und Nina saßen Hand in Hand auf dem Teppich. Lucia war ebenfalls anwesend. Sie saß auf einer Polstertruhe in der Mitte des Raums, wo Grimani ein Auge auf sie haben konnte. Zanetti hatte seinen tragbaren Schreibtisch auf dem Schoß und machte sich Notizen.

Julian stand vor dem Kaminsims und begann zu erzählen, wie er Carlo als Täter entlarvt hatte. »Es war zum Teil ein Ausschlußverfahren. Signor Valerianos Geständnis war falsch. Der tief empfundene Schmerz, mit dem Marchesa Francesca auf seine Geschichte reagierte, überzeugte mich, daß sie ihm glaubte – und deshalb unmöglich selbst die Mörderin sein konnte. Trotzdem spürte ich, daß Signor Valerianos Verwandtschaft mit den Malvezzis für beide Morde von grundlegender Bedeutung war – nur wußte ich leider nicht, inwiefern.

Je länger ich darüber nachdachte, desto unwahrscheinlicher erschien mir, daß Marchese Lodovico eine Scheinehe eingegangen sein sollte. Angenommen, er hatte es doch getan, warum hatte er dann ein solches Geheimnis daraus gemacht, und warum hatte er von da an auf Liebesaffären mit Sängerinnen verzichtet? Verzeiht mir, Signor Valeriano, aber die Freunde eines Adligen haben kaum eine schlechtere Meinung von ihm, wenn er einer Frau von Giulietta Petronis Abstammung einen derartigen Streich spielt. Deshalb begann ich mich zu fragen, ob es möglich war, daß es sich doch nicht um eine Scheinehe gehandelt hatte.«

Valeriano starrte ihn an.

»Ich fragte mich, wer aus erster Hand von der Ehe wissen konnte. Giulietta, ihr Dienstmädchen Elena und Lodovico waren tot. Damit blieb nur der Priester. Ich stellte mir einen Neapolitaner von etwa sechzig Jahren vor, der gebildet genug war, um ein Priester zu sein oder als solcher durchzugehen. Er mußte außerdem ziemlich skrupellos sein, um ein Paar nur zum Schein zu trauen – oder eine gültige Eheschließung als Scheinehe hinzustellen.«

»Und da ist Euch Guido eingefallen«, sagte Beatrice.

»Ja, Guido, der, wie ich entdeckt hatte, Latein konnte und nicht lange vor Lodovicos Ermordung plötzlich in Carlos Leben aufgetaucht war. Aber für Carlo wäre die Sache nicht von Bedeutung gewesen, wenn es sich nicht um eine gültige Ehe gehandelt hätte. Dem Familienstammbaum entnahm ich« – er trat vor den Stammbaum –, »daß Lodovico Rinaldos Mutter, Isotta, 1790 geheiratet hatte. Giulietta war erst 1793 gestorben. Ich wußte das, weil Valeriano erwähnt hatte, daß drei Jahre nach dem Tod seiner Mutter die Franzosen in Italien einmarschiert seien.

Ich fragte mich, ob es sein konnte, daß Lodovico unbesonnen genug gewesen war, Isotta zu heiraten, obwohl er bereits eine rechtmäßige Ehefrau hatte. Mir fiel ein, daß Ernesto mir erzählt hatte, der einzige Mensch, den Lodovico je gefürchtet habe, sei sein Vater gewesen, der alte Marchese. Da Lodovico der älteste Sohn war, hatte ihn sein Vater wahrscheinlich gedrängt zu heiraten. Und womöglich war Lodovico lieber zum Bigamisten geworden, als seinem Vater die Wahrheit zu sagen.

Falls Guido Carlo eröffnet hatte, daß Lodovicos Ehe mit Isotta ungültig sei, hatte das Carlo einen guten Grund gegeben, seinen Bruder zu töten. Nach dem Mord hätte er so tun können, als hätte er gerade erst entdeckt, daß Rinaldo unehelich auf die Welt gekommen war. Damit wäre er selbst Lodovicos unmittelbarer Erbe gewesen.«

»Etwas anderes ist von einem Liberalen auch nicht zu erwarten«, sagte Grimani. »Die Liberalen haben keine Religion und keinen Respekt vor Autorität. Wie sollen sie da zwischen Recht und Unrecht unterscheiden können?«

»Bei allem Respekt, Signor Commissario«, entgegnete Julian, »aber ich glaube, Carlos vielgepriesener Liberalismus war die Folge seiner Skrupellosigkeit, nicht der Grund dafür. Er schlug sich auf die Seite der Franzosen, weil er darin die beste Möglichkeit sah voranzukommen. Nachdem die Franzosen aus dem Land vertrieben worden waren, hätte es ihm nichts gebracht, wenn er dem Liberalismus abgeschworen hätte. Er war in den Augen der Österreicher so schwer kompromittiert, daß sie ihm auf keinen Fall wieder ein Regierungsamt übertragen hätten. Da konnte er genausogut den Anschein aufrechterhalten, als wäre er ein Mann von Prinzipien. Aber es ärgerte ihn maßlos, daß sein Bruder nun Reichtum und Macht erreicht hatte, während sein eigener Stern gesunken war, so daß ihm nur noch Schulden und Erinnerungen blieben. Er hat mir gegenüber einmal vom Rad der Fortuna gesprochen. Als Guido ihm die Geschichte von Lodovicos erster Ehe erzählte, muß es ihm so vorgekommen sein, als erlaube ihm das Schicksal, dem Rad eine halbe Drehung zu verpassen, um sich selbst wieder nach oben zu bringen und seinen Bruder nach unten.

Aber meine Theorie hatte einen entscheidenden Haken: Nach viereinhalb Jahren hatte Carlo noch immer nicht verraten, daß Lodovicos Ehe mit Isotta ungültig war. Vielleicht hatte er zu spät festgestellt, daß er die Sache nicht beweisen konnte, aber das konnte ich mir kaum vorstellen. Er wäre nie das Risiko eingegangen, seinen Bruder zu töten, wenn er nicht sicher gewesen wäre, dadurch etwas zu gewinnen. Demnach muß er er nach Lodovicos Tod etwas erfahren haben, das seine Pläne durchkreuzt hatte.

Ich sah mir den Familienstammbaum noch einmal an. Ich entnahm daraus, daß Rinaldo 1795 auf die Welt gekommen war, also zwei Jahre nach Giuliettas Tod. Mir fiel Valerianos Äußerung ein, seine Mutter habe geglaubt, Lodovico hätte Spione auf sie angesetzt. Vielleicht hatte sie sich das nicht nur eingebildet: Möglicherweise hatte Lodovico gehofft, von ihrem Tod zu erfahren, so daß er seine Verbindung mit Isotta legalisieren konnte, indem er sie einfach ein zweites Mal heiratete.

In diesem Fall wäre ihm daran gelegen gewesen, die zweite Eheschließung geheimzuhalten. Trotzdem hätte er mit Sicherheit irgendeinen Beweis dafür hinterlassen – für den Fall, daß Rinaldos Status jemals in Frage gestellt werden sollte. Als Hüter eines solchen Geheimnisses kam meiner Meinung nach am ehesten Palmieri in Frage, der Anwalt der Familie. Falls Palmieri von der zweiten Heirat mit Isotta wußte, konnte es sein, daß er Carlo darüber informiert hatte. Carlo war Lodovicos Testamentsvollstrecker. Mit wem außer ihm hätte Palmieri nach Lodovicos Tod über eine so vertrauliche Familienangelegenheit sprechen sollen?

In diesem Fall hätte Carlo keine andere Wahl gehabt, als seine Niederlage hinzunehmen und Lodovicos erste Ehe mit Giulietta weiter geheimzuhalten. Sein Plan, an den Familienbesitz zu gelangen, wurde erst wieder aktuell, als ihm der Zufall eine einmalige Chance bot, Rinaldo zu töten. Das erklärt den langen Zeitraum zwischen den beiden Morden, der mich anfangs zu der Annahme veranlaßte, daß Carlo als Täter nicht in Frage kam, zumindest, wenn man von einem finanziellen Tatmotiv ausging.

Wir werden vielleicht nie genau erfahren, wie es zu dem

Mord an Rinaldo gekommen ist. Ich nehme aber an, daß es sich etwa folgendermaßen abgespielt hat: Carlo konnte in jener Nacht nicht schlafen und verließ sein Zimmer. Er blickte zufällig aus einem Südfenster – wahrscheinlich dem am Ende des Flurs – und sah Francesca vom Balkon klettern. Er erriet, daß Rinaldo sie und sich selbst eingesperrt hatte. Außerdem mußte Rinaldo tief schlafen, weil Francesca sonst nicht hätte fliehen können. Also tötete er Rinaldo kaltblütig und tat alles, um das Verbrechen Francesca in die Schuhe zu schieben, weil er wußte, daß ihr Sohn, Niccolò – der einzige Mensch, der nun noch zwischen ihm und dem Titel stand –, automatisch in seine Hände fallen würde, sobald man Francesca des Mordes für schuldig befunden hatte.«

»Gott sei Dank habt Ihr davon abgeraten, meine Kinder herbringen zu lassen!« rief Francesca aus.

»Ich konnte mir zwar kaum vorstellen, daß Carlo so unbesonnen sein würde, Niccolò so bald nach Rinaldos Tod etwas anzutun«, erklärte Julian, »aber ich konnte das Risiko auf keinen Fall eingehen. Wie sich herausstellte, verschaffte mir Euer Auftrag, die Kinder zu besuchen, die perfekte Gelegenheit, mit Palmieri zu sprechen. Unglücklicherweise erfuhr Carlo von meinem Vorhaben.« Julian sah keine Notwendigkeit zu enthüllen, wie es dazu gekommen war, wofür ihm Nina einen dankbaren Blick zuwarf. »Eines muß man Carlo lassen: Er versteht es vorzüglich, binnen kürzester Zeit teuflische Pläne auszuhecken. Bis ich mit der entscheidenden Information zurückkam, hatte er mir bereits eine Falle gestellt, die mich fast das Leben gekostet hätte.«

MacGregor runzelte die Stirn. »Hatte er denn keine Angst, daß Palmieri ausplaudern könnte, daß Ihr ihm einen Besuch abgestattet und Fragen über Lodovicos Eheschließung mit Rinaldos Mutter gestellt hattet? In diesem Fall hätte jemand dieselben Schlußfolgerungen ziehen können wie Ihr.«

»Ihr kennt Signor Palmieri nicht«, mischte sich Beatrice ein. »Freiwillig hätte er den Behörden bestimmt nichts verraten. Der Erfolg eines Anwalts beruht darauf, daß er die Geheimnisse seiner Klienten für sich behält.«

Valeriano konnte sich nicht länger beherrschen. »Wenn das alles stimmt, dann war Lodovico Malvezzi ein noch größerer Schurke, als selbst ich je geglaubt hätte!« Er sprang auf und ging mit erhobenen Händen auf und ab, als wollte er einen unsichtbaren Feind erwürgen. »Der Gedanke, daß er meine Mutter verführt hatte, indem er sie zum Schein heiratete, war schon schlimm genug. Aber daß er sie zu seiner rechtmäßigen Ehefrau gemacht hatte und ihr anschließend einredete, sie sei seine Hure und ihr Kind ein Bastard – bei Gott, wenn er noch am Leben wäre, könnte ich ihn wirklich umbringen!«

»Pietro!« Francesca eilte an seine Seite und nahm ihn liebevoll in den Arm. »Mein Lieber, denk nicht mehr an die Vergangenheit. Jetzt ist es zu spät, noch etwas daran zu ändern. Denk an die Zukunft, die wir zusammen haben werden – du und ich, und auch meine Kinder – deine Nichte und dein Neffe!« Sie wandte sich an Grimani. »Signor Commissario, dürfen wir nun zu ihnen?«

»Ihr werdet hierbleiben müssen, bis die Ermittlungen offiziell abgeschlossen sind«, antwortete Grimani.

»Wir könnten die Kinder kommen lassen«, schlug Valeriano vor. »Marchesa Beatrice, wärt Ihr so freundlich, uns dabei zu helfen?«

»Ich glaube nicht, daß Ihr dazu meine Hilfe braucht«, antwortete Beatrice lächelnd.

Valeriano sah sie verwirrt an. Nach einer kurzen Pause wandte er sich zögernd an Ernesto: »Könntest du dafür sorgen, daß ein Diener dem Privatlehrer der Kinder eine Nachricht übermittelt?«

Ernesto verbeugte sich. »Euer Wunsch ist mir Befehl, Exzellenz.»

»Siehst du«, sagte Valeriano zu Francesca, »es –« Er erstarrte. Langsam drehte er sich zu Ernesto um. »Wie hast du mich eben genannt?«

»Wenn ich Signor Kestrel richtig verstanden habe, seid Ihr

der älteste eheliche Sohn meines Herrn. Das bedeutet, Ihr seid Marchese Malvezzi.«

»Aber – aber das ist unmöglich! Ich kann kein Marchese sein! Ihr wißt doch, was ich bin!«

»Das hindert dich nicht daran, einen Titel zu erben«, sagte Beatrice.

»Aber ich kann doch nicht einmal einen Erben zeugen –«

»Das brauchst du auch nicht!« Francesca umklammerte seinen Arm. »Wenn Rinaldo ebenfalls ehelich geboren wurde, dann ist Niccolò erbberechtigt. Mein Sohn wird dein Erbe sein. Oh, Pietro, das wäre ja fast, als –«

Sie sahen einander in die Augen. Noch konnte sie es nicht fassen, daß das Glücksrad sich in diese Richtung gedreht hatte. Die anderen murmelten Glückwünsche und verteilten sich dann taktvoll in kleinen Grüppchen über den Raum – alle außer St. Carr, der in seinem Sessel halb zu schlafen schien.

In dem Augenblick traf ein Soldat ein und berichtete Grimani, daß Guido ein paar Kilometer weiter nördlich in einer Taverne aufgegriffen worden sei. Man hatte ihn nach Solaggio in die Kaserne gebracht. Grimani sagte, er werde sowohl ihn als auch Carlo gleich am nächsten Morgen befragen.

»Was wird mit ihnen geschehen – Carlo und Guido?« fragte MacGregor Julian.

»Guido würde wahrscheinlich am Galgen sterben, wenn er nicht Carlos Komplize wäre. Aber bei Männern von Carlos Stand verhängen die Behörden nur ungern die Todesstrafe, und es würde keinen guten Eindruck machen, wenn sie den einen hängen und den anderen nicht. Andererseits hat Carlo seinen eigenen Bruder und seinen Neffen umgebracht, die beide Marchesi waren. Deshalb muß er vielleicht doch mit der Höchststrafe rechnen. Ich glaube, daß er als Adliger das alte Recht hat, darauf zu bestehen, durch das Fallbeil und nicht durch den Galgen zu sterben.«

Ein weiterer Bote traf ein. Diesmal handelte es sich um einen von Rugas Gendarmen, der einen Haftbefehl für Fletcher brachte. Grimani befahl Zanetti, Fletcher zu holen.

»Was legt Ihr ihm zur Last?« fragte Julian.

»Es ist möglich, daß er mit Carlo unter einer Decke steckte«, antwortete Grimani. »Zumindest habe ich vor, endgültig herauszufinden, warum er damals in der Mordnacht aus der Villa geflohen ist und warum er uns am Abend des Festes über seine Anwesenheit in Kenntnis gesetzt, aus seiner Identität aber weiterhin ein Geheimnis gemacht hat. Das alles riecht nach Carbonari-Verschwörung.«

Die beiden Soldaten, die Fletcher bewacht hatten, brachten ihn herein. Grimani trat auf ihn zu. »Signor Fletcher –«

St. Carr, der inzwischen aufgewacht war, schreckte hoch. »Hört zu, Commissario, das könnt Ihr doch nicht machen!«

»Ich *kann nicht?*« Grimanis Kopf fuhr herum. »Ich rate Euch, Euch aus der Sache herauszuhalten, Signor St. Carr.«

»Ich kann mich da nicht heraushalten, und ich werde es auch nicht tun! Ihr täuscht Euch, wenn Ihr glaubt, daß Hugo etwas mit diesen Morden zu tun hat. Möglich, daß er einen albernen griechischen Namen angenommen und nachts unter den Fenstern der Leute gesungen hat. Etwas so Verrücktes ist ihm durchaus zuzutrauen. Aber er würde nie einen Mord begehen – und schon gar nicht einen schäbigen, feigen Mord an einem wehrlosen Opfer. Er ist ein Ehrenmann.«

»Er ist ein Lügner und Betrüger«, widersprach Grimani. »Er hat uns alle getäuscht, Euch ebenso wie alle anderen.«

»Falls er das wirklich getan hat«, sagte St. Carr bedächtig, »dann muß er einen guten Grund dafür gehabt haben. Er muß damit ein Ziel verfolgt haben, das wichtiger war, als die Wahrheit zu enthüllen.«

»Er wird jede Menge Zeit haben, darüber nachzudenken«, antwortete Grimani. »Er kommt erst wieder aus dem Gefängnis, wenn er alle seine Geheimnisse losgeworden ist.«

»Ich glaube nicht, daß er irgendwelche Geheimnisse hat«, entgegnete St. Carr. »Und wenn doch, dann gehen sie Euch nichts an.«

»Beverley«, begann Fletcher besorgt.

»Oh, sei kein Esel, Hugo!« rief St. Carr aus. »Versuch nicht wieder, mich aus allem rauszuhalten. Wer zum Teufel wird *dich* aus allem raushalten? Signor Commissario, mein Vater kennt den britischen Konsul in Mailand und den britischen Botschafter in Wien, und ich werde dafür sorgen, daß sie Euch die Hölle heiß machen, wenn Ihr Mr. Fletcher auch nur ein Haar krümmt!«

»Nehmt Euch in acht, Signor St. Carr«, warnte Grimani. »Ich kann Euch ohne weiteres als seinen Komplizen verhaften lassen.«

»Sir«, antwortete Carr vor Entrüstung bebend, »ich würde Euch nicht raten, das zu versuchen!«

»Signor Commissario.« Donatis sanfte Stimme brachte die beiden Streithähne zum Schweigen. »Ich möchte Euch um einen Gefallen bitten. Ehe Ihr meinen Schüler ins Gefängnis werfen laßt, würde ich ihn gerne singen hören.«

»Das ist doch lächerlich!« antwortete Grimani.

»Das ist vielleicht meine letzte Chance«, bat Donati. »Ich habe diese Stimme ausgebildet. Es würde mir sehr viel bedeuten, sie ein letztes Mal zu hören.«

Fletcher schüttelte heftig den Kopf. »Nein. Nein. Ich kann nicht.«

»Ihr werdet es tun, wenn ich es Euch befehle!« antwortete Grimani.

»Aber ich kann nicht – ich bin nicht –«

»Wir wissen, daß Ihr keine Möglichkeit zum Üben hattet«, beruhigte ihn Donati. »Wir werden Verständnis dafür haben, wenn Ihr nicht bei Stimme seid.«

»Ich gebe Euch die Erlaubnis«, erklärte Grimani. »Aber ich rate Euch, keine Tricks zu versuchen, Signor Fletcher. Ich weiß, wie Gefangene durch die Auswahl ihrer Lieder oder durch selbsterfundene Texte Nachrichten übermitteln.«

»Wenn Ihr erlaubt, werde ich das Lied auswählen«, sagte Donati. »Oder noch besser, Signor Kestrel soll es auswählen. Nach allem, was er getan hat, verdient er diese Ehre.«

»Vielen Dank, Maestro.« Julian überlegte einen Moment. *»Dalla sua pace.«*

»Mozart!« freute sich Donati. »Orfeos Lieblingskomponist!«

»Ich fühle mich nicht wohl«, stammelte Fletcher, der tatsächlich ein wenig fahl aussah. »Ich würde es nur vermasseln. Vielleicht morgen –«

»Keine Angst.« Lucia schob ihre Hand in seine. »Alles wird gutgehen.«

»Führe mich ins Musikzimmer, Sebastiano«, sagte Donati. »Ich möchte ihn begleiten, so wie damals.«

Sebastiano führte Donati ins Musikzimmer und ließ ihn am Piano Platz nehmen. Die anderen versammelten sich um sie. Lucia hielt noch immer Fletchers Hand. Donati spielte die einleitenden Akkorde. Orfeo holte tief Luft und ließ seine Stimme erklingen:

»Dalla sua pace la mia dipende,
quel che a lei piace vita mi rende…«

»Bravo!« Donati hörte zu spielen auf und klatschte in die Hände. »Das ist mein Schüler! Das ist seine Stimme!«

Niemand sagte ein Wort. Alle starrten verblüfft den Sänger an – nicht Fletcher, sondern Julian Kestrel.

»Ihr!« platzte MacGregor heraus. *»Ihr* seid Orfeo!«

»Ich bin Orfeo.« Julians Herz klopfte. Er konnte die Marchesa nicht ansehen – noch nicht.

»Aber das ist doch –! Gütiger Gott!« stammelte MacGregor. »Wollt Ihr damit sagen, daß Ihr extra nach Italien gereist seid, um *Euch selbst* zu jagen?«

»Nicht mich selbst. Den Mörder des Marchese – und ich war der einzige, der sicher wußte, daß beide nicht ein und dieselbe Person waren. Deswegen war ich in einer einzigartigen Position, den Mord aufzuklären – falls ich nicht vorher selbst als Täter verhaftet würde.«

»Augenblick mal!« MacGregor runzelte die Stirn. »Am Abend des Festes habe ich Euch auf dem Balkon der Bibliothek gesehen, während Orfeo auf der Südterrasse sang. Wie habt Ihr es geschafft, an zwei Orten gleichzeitig zu sein?«

»In der altehrwürdigen Tradition der komischen Oper habe ich mit meinem Diener die Kleider getauscht. Dipper trat mit meiner Jacke und meinem Hut auf den Balkon hinaus. Dazu trug er Stelzenschuhe, um ein wenig größer zu wirken. Er hatte das Licht im Rücken, so daß Ihr ihn nur als Silhouette wahrgenommen habt. Er kann meinen Gang und meine Haltung gut genug nachahmen, um aus der Ferne mit mir verwechselt zu werden. Hinterher, als alle anderen zur Südterrasse stürmten, um nach Orfeo Ausschau zu halten, lief er den Uferweg in nördlicher Richtung hinauf und sprang in den See. Vorher band er einen weißen Stoffetzen um den Ast eines Baums, um mich wissen zu lassen, daß er heil davongekommen war.«

Julian wandte sich an Lucia, die ihn mit strahlenden Augen anlächelte. Nun brauchte sie nicht länger zu verbergen, daß sie ihn kannte. Er trat auf sie zu und nahm ihre Hand. »Meine liebe Barbarina, wie kann ich dir für alles danken, was du für mich getan hast? Nur deinem Mut, deiner Loyalität und deinem Vertrauen habe ich es zu verdanken, daß ich nicht im Gefängnis sitze. Ohne dich wären die Morde noch immer ungeklärt, mein Leben in Gefahr und Carlo frei, nach Lust und Laune Unheil anzurichten. Alles, was wir hier erreicht haben, ist dein Verdienst.«

»Es tut mir leid, daß ich so grob zu Euch war«, sagte sie. »Ich wollte Euch davon abhalten, Eure Identität zu enthüllen. Je länger ich Euch davon abhalten konnte, desto länger würdet Ihr Zeit haben, das Verbrechen aufzuklären.«

Grimani war vor Wut ganz blaß. »Signor Kestrel, ich verhafte Euch im Namen des Kaisers von Österreich und des Vizekönigs von Lombardei-Venetien.« Er wandte sich scharf zu den Soldaten um. »Legt ihm Handschellen an und bringt ihn ins Gefängnis!«

»Wir haben keinen Haftbefehl«, stammelte Zanetti.

»Die Verantwortung dafür trage ich!« knurrte Grimani.

»Was legt Ihr mir zur Last?« fragte Julian.

»Ihr habt die Ermittlungen behindert.«

»Tatsächlich?« De la Marque zog amüsiert die Brauen hoch. »Ich dachte eigentlich, die Tatsache, daß Mr. Kestrel die Morde aufgeklärt hat, hätte Eure Ermittlungen zumindest ein klein wenig vorangetrieben.«

»Eigentlich«, sagte MacGregor in mitfühlendem Ton zu Grimani, »kann ich gut verstehen, daß Ihr Kestrel am liebsten in der Luft zerreißen würdet. Mir selbst ist auch danach zumute. Er hat uns auf einzigartige Weise an der Nase herumgeführt. Aber er ist kein Verbrecher. Außerdem hat er mächtige Freunde – den neuen Marchese Malvezzi beispielsweise.«

Als erfahrener Schauspieler hatte Valeriano keine Schwierigkeiten, in die ungewohnte Rolle zu schlüpfen. »Natürlich sähe ich mich in diesem Fall gezwungen, mit dem Vizekönig über die Sache zu sprechen.«

»Und ich werde den britischen Konsul informieren«, warf St. Carr ein, »und den Botschafter –«

»Ich kenne die Liste Eurer offiziellen Bekannten bereits!« gab Grimani wütend zurück. »Zum Teufel mit ihnen allen!« Er deutete auf Julian. »Bringt ihn ins Gefängnis!«

»Signor Commissario«, murmelte Julian, »wäre es nicht ein wenig peinlich, wenn Ihr dem Polizeipräsidenten erklären müßtet, daß Ihr Euch bei Euren Ermittlungen mit Eurem Hauptverdächtigen verbündet habt?«

»Ihr wart nie mein Verbündeter! Ich habe Euch toleriert, weiter nichts!«

»Das muß der Polizeipräsident ja nicht unbedingt erfahren. Ihr könntet beispielsweise sagen, Ihr hättet die ganze Zeit gewußt, daß ich Orfeo bin, hättet Euch aber von meiner Unschuld überzeugt und mich daraufhin als Zeugen dabehalten, weil ich aus erster Hand über Marchese Lodovicos letzte Tage berichten konnte.«

Grimani atmete laut hörbar ein. Julian wartete. Die ganze Zeit über war ihm bewußt, daß die Marchesa hinter ihm in einer Ecke des Raums stand. Auf das Schlimmste gefaßt, drehte er sich langsam um. Aber Grimanis Stimme holte ihn zurück.

»Bevor ich eine Entscheidung fälle, müßt Ihr mir noch ein paar Fragen beantworten. Warum seid Ihr in der Nacht, als Marchese Lodovico ermordet wurde, aus der Villa verschwunden?«

»Ich wußte nichts von dem Mord. Erst mehrere Tage, nachdem ich die Villa verlassen hatte, erfuhr ich, daß er gestorben sei. Er und ich hatten uns in der Zeit davor mehrmals gestritten, und ich war der Meinung, daß wir von unserem Wesen her zu unterschiedlich waren, um irgendwann besser miteinander auszukommen.«

»Habt Ihr Eure Ausbildung fortgesetzt?«

»Nein.«

»Warum nicht? Ihr hattet doch eine so vielversprechende Stimme.«

»Es wäre schwer gewesen, einen Lehrer zu finden, der Maestro Donati ebenbürtig gewesen wäre.« Ruhiger fügte Julian hinzu: »Außerdem hatte mir die Vorstellung, auf der Bühne Karriere zu machen, nie ganz behagt. Ich hatte mich nur vom Enthusiasmus des Marchese, Maestro Donatis Genialität und meiner eigenen Liebe zur Musik mitreißen lassen.«

»Wenn Ihr so große Achtung vor Maestro Donati hattet«, höhnte Grimani, »warum habt Ihr Euch dann nicht angemessen von ihm verabschiedet, sondern seid einfach mitten in der Nacht verschwunden?«

»Ihr habt recht«, antwortete Julian ernst. »Das war schrecklich unhöflich von mir. Ich bitte Euch um Verzeihung, Maestro.«

»Es sei Euch verziehen, mein Sohn.« Donatis Stimme klang eine Spur amüsiert. Julian wurde ganz warm ums Herz. Mein lieber Maestro, dachte er, Ihr habt immer gewußt, wenn ich mit etwas hinterm Berg hielt.

»Trotzdem«, fügte Donati bedauernd hinzu, »tut es mir leid, daß meine Ausbildung ganz umsonst war.«

»Aber das war sie nicht, Maestro! Ihr habt mir nicht nur das Singen, sondern auch das *Zuhören* beigebracht. Durch Euch habe ich gelernt, die Musik auf eine völlig neue Weise zu verstehen. Ihr habt mich gelehrt, was es heißt, ein Künstler zu sein. Ich werde es nie vergessen und Euch immer dankbar dafür sein.«

»Es freut mich zu hören, wieviel Technik Ihr noch immer beherrscht. Eure Stimme ist besser in Form, als ich erwartet hätte.«

»Ich muß zugeben«, sagte Julian, »daß ich ein wenig geübt habe.«

»Das habe ich mir schon gedacht«, antwortete Donati lächelnd. »Aber wo?«

»In den Grotten. Bevor Rinaldos Ermordung uns alle zwang, im Haus zu bleiben, haben mich meine Wanderungen des öfteren dorthin geführt.«

MacGregor rief aus: »Deshalb habt Ihr damals dieses Experiment gemacht, um herauszufinden, ob Geräusche aus den Grotten nach draußen klangen! Aber habt Ihr zu dem Zeitpunkt schon geplant, uns im Garten ein Ständchen zu bringen?«

»Nein. Auf die Idee bin ich erst gekommen, als Commissario Grimani erklärte, die Ermittlungen würden hier keine Fortschritte machen, und Conte Carlo vorschlug, die Bow Street Runners zu beauftragen, in England nach Orfeo zu suchen. Inzwischen liegen Carlos Motive klar auf der Hand. Trotzdem war sein Vorschlag an sich vernünftig – es sei denn, man wußte wie ich, daß Orfeo unschuldig war. Ich wollte nicht, daß sich unsere Gesellschaft auflöste, und ich wollte ganz bestimmt nicht, daß man in England Zeit und Energie darauf verschwendete, nach Orfeo zu suchen. Deswegen hielt ich es für das beste, Euch alle wissen zu lassen, daß Orfeo hier war.«

»Warum habt Ihr dann einen Brief an jenen Bow Street Runner geschrieben und um seine Hilfe bei der Suche nach Orfeo gebeten?« fragte MacGregor.

»Ich brauchte einen Vorwand, um in die Bibliothek gehen zu können, während der Rest von Euch auf der Terrasse blieb. Außerdem fand ich, daß ich es Vance schuldig war, ihn zu warnen, daß er nach einem Windei suchen würde, falls es in England tatsächlich zu einer solchen Suchaktion kommen sollte.«

»Aber mein Sohn«, wandte Donati ein, »wenn Ihr Euer Ständchen nicht im voraus geplant habt, warum habt Ihr dann in den Grotten Eure Stimme geübt?«

»Maestro«, antwortete Julian schlicht, »wie hätte ich an diesen Ort zurückkommen können, ohne den Wunsch zu verspüren zu singen?«

Donati lächelte.

»Mich würde noch interessieren«, sagte Grimani, »wie Ihr, Maestro, die letzten zehn Tage mit Signor Kestrel unter einem Dach verbringen konntet, ohne ihn als Orfeo zu erkennen.«

»Das ist nicht weiter erstaunlich«, antwortete Julian schnell. »Maestro Donati kannte mich als mittellosen Gesangsschüler – er konnte unmöglich vorhersehen, daß ich als Dandy wiederauferstehen würde. Und als ich ihm zum erstenmal als Julian Kestrel begegnete, hatte ich einen Katarrh, so daß er meine Stimme nicht erkennen konnte.«

»Wie praktisch«, bemerkte Grimani bissig.

Julian lächelte reuevoll. »Ein wenig Schnupftabak in meinem Taschentuch hat mir dabei große Dienste geleistet. Auch wegen dieses Täuschungsmanövers möchte ich Euch um Verzeihung bitten, Maestro. Ich konnte Euch nicht anvertrauen, was ich vorhatte, und falls man mich als Orfeo entlarven sollte, wollte ich, daß Ihr mit gutem Gewissen sagen konntet, nichts davon gewußt zu haben. Natürlich war ich beunruhigt, als ich erfuhr, daß Ihr uns hierher begleiten würdet. Ich konnte schließlich nicht ewig den Erkälteten spielen. Ich konnte Euch nur soweit wie möglich aus dem Weg gehen und das Beste hoffen.«

Natürlich war ihm Donati bald genug auf die Schliche gekommen. Das war Julian klargeworden, als Donati ihm gegenüber ausdrücklich betonte, daß er Sebastiano befohlen habe, ihn nicht aus den Augen zu lassen. Donati hatte genug Vertrauen zu Julian gehabt, um ihn nicht zu verraten, aber er hatte auch Vorsorge für den Fall getroffen, daß sein Vertrauen nicht gerechtfertigt war, und Julian wissen lassen, daß er auf der Hut war. Im Gegenzug hatte Julian Sebastiano geraten, immer eine geladene Waffe zur Hand zu haben. Wie es schien, hatte Donati diese Geste so verstanden, wie sie gedacht war: als Bitte um Vertrauen.

Grimani unterbrach Julians Gedanken. »Wo seid Ihr hin, nachdem Ihr in der Mordnacht die Villa verlassen hattet?«

»Ich bin etwa eine Woche lang durch die Berge gestreift und habe dann bei Lugano die Grenze zur Schweiz überschritten.«

»Und woher kam diese plötzliche Lust auf Bergsteigen?«

Julian lächelte. »Ich dachte, es würde meiner Gesundheit guttun.«

»Eure ganze Vorgehensweise riecht nach Geheimniskrämerei und Intrige.« Grimani ging ein paarmal auf und ab, ehe er wieder vor Julian stehenblieb. »Dieser Protegé des Comte d'Aubret, von dem uns Monsieur de la Marque erzählt hat. Wart das Ihr?«

Julian schwieg einen Moment. »Der Comte d'Aubret war mein Gönner, ja.«

»Er war ein berüchtigter Liberaler«, sagte Grimani.

»Er besaß viel zuviel Geschmack, um für irgend etwas berüchtigt zu sein.«

»Wie auch immer, er war ein Liberaler. Er hat Euch nach Italien geschickt, um für ihn zu spionieren – vielleicht sogar, um den Carbonari zu helfen.«

»Der Comte d'Aubret war kein Aufrührer. Er war ein weltoffener, kritischer Kopf, was ihm unter den Ultras des Faubourg St. Germain den Ruf eintrug, ein Liberaler zu sein. Aber egal, wie seine politische Einstellung war, er ließ mich dabei aus dem Spiel. Er riet mir sogar dringend, mich aus den politischen Auseinandersetzungen in Italien herauszuhalten.«

Grimani wandte sich an de la Marque. »Habt Ihr gewußt, daß Signor Kestrel jener Schützling des Comte d'Aubret war, an dessen Namen Ihr Euch angeblich nicht mehr erinnern konntet?«

»Ich hatte nicht die leiseste Ahnung.« De la Marque lachte. »Ich frage mich, wie Mr. Kestrel es geschafft hat, die Fassung zu bewahren, als ich ihm die Geschichte vom Comte und seinem Protegé erzählte! Ihr müßt das äußerst amüsant gefunden haben, *mon vieux*. Vielleicht aber auch nicht: Ich wage zu behaupten, daß Ihr ein, zwei schlimme Augenblicke durchgemacht habt. Schließlich mußtet Ihr damit rechnen, daß ich mich an den Namen des Protegé erinnern und Euch entlarven würde. Und natürlich wart Ihr gezwungen, meine Informationen an Commissario Grimani weiterzugeben, selbst auf die Gefahr hin, daß er die Identität des Schützlings herausfinden könnte. Hättet Ihr einen so wichtigen Hinweis für Euch behalten und es wäre herausgekommen, dann hätten sich die Leute bestimmt gefragt, warum.«

Grimani hatte die Augen zu schmalen Schlitzen zusammengekniffen und überlegte. Schließlich sagte er zu Julian: »Ich bin mir absolut sicher, daß Ihr mir nicht die ganze Geschichte erzählt habt. Aber nach so langer Zeit wäre es sinnlos, die Sache noch einmal aufzurollen. Wir könnten Euch sowieso nichts beweisen. Deshalb habe ich folgende Entscheidung getroffen: Ihr werdet die Lombardei morgen früh verlassen. Der offizielle Grund wird sein, daß Ihr Euch im Verlauf der Ermittlungen Feinde gemacht habt und ich der Regierung gegenüber nicht mehr für Eure Sicherheit garantieren kann. Eine Eskorte von Gendarmen wird Euch an die Schweizer Grenze begleiten und dafür sorgen, daß Ihr sie überquert.«

Julian verbeugte sich. »Ihr seid sehr freundlich, Signor Commissario.«

»Eins noch, Signor Kestrel!« Grimanis eiswasserblaue Augen fixierten Julian. »Für die Zukunft muß ich Euch *Eurer Gesundheit zuliebe* raten: Laßt Euch im österreichischen Italien nicht mehr blicken!« Er machte auf dem Absatz kehrt und verließ den Raum.

Die anderen begannen sich zurückzuziehen. Valeriano und Francesca dankten Julian herzlich für alles, was er für ihre neue gemeinsame Zukunft getan hatte. Sie waren kaum gegangen, als MacGregor mit Fletcher, Lucia und St. Carr auf ihn zutrat.

Julian sagte zu Fletcher: »Ich schulde Euch großen Dank dafür, daß Ihr für eine Weile in die Rolle des Orfeo geschlüpft seid. Aber mir ist nicht ganz klar, warum Ihr es getan habt.«

»Lucia hat mich darum gebeten«, antwortete Fletcher.

»Ich habe Commissario Grimani von dem Versteck in den Grotten erzählt«, erklärte Lucia. »Aber er gab mir zur Antwort, er werde mir erst glauben, wenn ich ihm sagte, wer Orfeo sei. Ich wagte nicht, ihm Euren Namen zu nennen. Er haßte Orfeo so sehr, daß ich befürchtete, er würde Euch vielleicht nicht retten – oder Euch etwas antun und es dann auf Conte Carlo schieben. Deswegen beschloß ich, so zu tun, als wäre einer von den drei anderen Männern Orfeo. Ich wußte, daß Ihr die Dinge schon richtigstellen würdet, wenn Ihr erst einmal in Sicherheit wärt. Und wenn das Schlimmste passieren und Ihr das Ganze nicht überleben würdet, konnte ich Commissario Grimani immer noch die Wahrheit sagen.«

»Warum hast du mich ausgewählt?« fragte Fletcher scheu.

Lucia lächelte. »Da war irgend etwas in Eurem Gesicht.« Sie wandte sich an Julian. »Gute Nacht, Signor Orfeo. Ihr habt doch nichts dagegen, wenn ich Euch weiterhin so nenne, oder?«

»Nein, Barbarina. Aber wo wirst du heute nacht schlafen?«

»Ich gehe zurück zu Signora Ruga«, antwortete sie. »Sie war sehr freundlich zu mir. Ich bin sicher, sie wird mich noch eine Nacht bleiben lassen, auch wenn ich jetzt keine Gefangene mehr bin.«

»Darf ich dich hinbringen?« fragte Fletcher. Er wurde ein wenig rot und fügte, an Julian gewandt, hastig hinzu: »Es sei denn, Ihr wollt sie lieber selbst begleiten?«

»Das würde ich sehr gerne«, antwortete Julian. »Aber im Gegensatz zu Euch habe ich mir dieses Recht nicht verdient.«

»Ich gehe mit Euch, Signor Fletcher«, sagte Lucia.

»Ich kann auch mitkommen«, bot St. Carr an.

Julian sah ihn prüfend an. »Ihr wirkt ziemlich müde. Vielleicht wäre es besser, Ihr würdet ein paar Stunden schlafen. Verhärmte Gesichtszüge sind zur Zeit gar nicht modern, müßt Ihr wissen.«

»Nein?« fragte St. Carr. »Ich bin tatsächlich ziemlich müde. Glaubst du, du kommst ohne mich zurecht, Hugo?«

»Ich denke schon«, antwortete Fletcher grinsend. Er warf Julian einen dankbaren Blick zu. »Gute Nacht, Beverley, Mr. Kestrel.«

»Sehe ich Euch noch, bevor Ihr morgen aufbrecht?« fragte Lucia Julian.

»Ich werde darauf bestehen«, versprach er.

»Dann gute Nacht«, sagte sie, »und Gott beschütze Euch.«

»Gott beschütze dich, Lucia«, antwortete Orfeo.

Fletcher und Lucia verließen den Raum. St. Carr verabschiedete sich und folgte ihnen. Schließlich wandte sich Julian zur Marchesa um. Sie stand wie ein Statue in der Ecke. Ihre undurchdringliche Miene verriet nicht, was sie dachte.

MacGregor blickte von einem zum anderen. »Ähm – ich gehe schon mal voraus und warte auf Euch, ja?«

»Danke, mein lieber Freund«, antwortete Julian.

MacGregor schlurfte hinaus.

Julian und Beatrice waren allein. Sie kam aus der Ecke auf ihn zu und blieb vor ihm stehen. Sie starrten einander schweigend an. Dann hob sie die Hand und schlug ihm ins Gesicht. »Verschwindet aus meinem Haus!«

Er hatte gewußt, daß es so kommen würde. In den vergangenen vierundzwanzig Stunden hatte er versucht, sich auf diesen Augenblick vorzubereiten. Warum war es dann jetzt so schwer, damit fertig zu werden?

»Es tut mir leid«, sagte er. »Bis gestern abend hatte ich keine Ahnung von Euren Gefühlen für Orfeo. Ich glaubte, wenn der Mord erst einmal aufgeklärt wäre, könnte ich Euch die Wahrheit sagen und Ihr würdet die Beweggründe für mein Täuschungsmanöver verstehen und mir verzeihen.«

»Ich verstehe sie ja«, antwortete sie stockend. Ihr schossen die Tränen in die Augen. »Aber warum, warum nur mußtet Ihr mir, nachdem Ihr mich schon getäuscht hattet, auch noch die Wahrheit sagen? Wir hätten so glücklich sein können, wenn ich bloß nie davon erfahren hätte!«

»Ich konnte Fletcher nicht in Grimanis Händen lassen!«

»Wie edelmütig Ihr seid!« schleuderte sie ihm entgegen. »Wie ehrenhaft – in allem außer der Liebe!«

»Hätte ich Euch wirklich weiterhin etwas vormachen sollen? Hätte ich zulassen sollen, daß Ihr Euch einem Mann hingebt, den Ihr haßt?«

»Ja! Weil wir dann wenigstens Freude aneinander gehabt hätten, auch wenn sie auf einer Lüge beruht hätte. Jetzt haben wir gar nichts!« Sie unterdrückte ein Schluchzen. »Ihr könnt den Rest der Nacht hierbleiben. Aber Ihr werdet mich nicht wiedersehen. Und jetzt geht!«

Er ging. An der Tür drehte er sich um, um sie ein letztes Mal zu betrachten. Sie bewegte sich schweigend durch den Raum und blies die Kerzen aus. Julian trat hinaus.

Draußen stand wie erwartet Gaston de la Marque. »Wohin können wir gehen?« fragte de la Marque leise.

Julian überlegte kurz. »Zum See.«

39

Julian und de la Marque zogen ihre Ruder ein und ließen ihr Boot auf dem schwarzen, sternenübersäten Spiegel des Sees dahintreiben. Obwohl es schon zwei oder drei Uhr morgens war, sprachen sie leise und sicherheitshalber Englisch.

De la Marque musterte Julian anerkennend. »Ihr müßt völlig verrückt sein, *mon vieux.* Dieser Meinung war ich von Anfang an. Ist Euch eigentlich klar, daß Ihr es nur dem Zufall verdankt, daß Ihr nicht schon längst im Santa-Margherita-Gefängnis sitzt und Däumchen dreht?«

»Wenigstens hätte ich dort den Trost Eurer Gesellschaft.«

»Ich weiß.« De la Marque ließ seine strahlend weißen Zähne blitzen. »Warum glaubt Ihr, daß ich mich so erstaunlich gut benommen habe?«

»Mir ist nicht aufgefallen, daß Ihr Euch in dieser Hinsicht irgendeinen Zwang auferlegt habt.«

»Oh, ich hätte viel schlimmer sein können. Als Ihr Grimani von meinem Notizbuch erzählt habt, war ich nahe dran, Euch zu erwürgen.«

Julian lächelte. »MacGregor dachte wirklich, Ihr wolltet mir an den Kragen.«

»Wie konnte er mich nur so falsch einschätzen? So etwas wäre mir nicht im Traum eingefallen, höchstens vielleicht als allerletzter Ausweg.«

»Sehr freundlich von Euch.«

»*Mon vieux*, ob Ihr es glaubt oder nicht, aber ich bin hierhergekommen, um Euch beizustehen – gegen Grimani und gegen Euch selbst. Ich bewundere Euch ungemein. Vom ersten Moment an war ich von Euch fasziniert. Wenn einer von uns eine Frau wäre, hätte ich mich in Euch verliebt. Ein größeres Kompliment kann ich Euch kaum machen, oder?«

»Es ist auf jeden Fall eines der eigenartigeren Komplimente, die ich im Lauf meines Lebens bekommen habe.«

»Ihr glaubt nicht, daß ich es ernst meine.« De la Marque lehnte sich auf einen Ellbogen zurück und musterte Julian zweifelnd. »Ich frage mich, ob Ihr eine Vorstellung davon habt, was der Verlust jenes Notizbuchs für mich bedeutete. Wart Ihr je, ohne es zu wollen, für eine Katastrophe verantwortlich? Ich lag nächtelang wach und stellte jeden meiner Schritte in Frage – und verfluchte mich selbst, weil ich ein so neunmalkluger Idiot gewesen war.« Plötzlich setzte er sich auf. »Der Fluch aller revolutionären Aktivitäten besteht darin, daß man Dinge aufschreiben muß: Namen, Orte, Geld- und Waffenquellen. Aber wenn diese Aufzeichnungen in die Hände der Polizei fallen, kann das für Hunderte von Menschen das Ende bedeuten – eine ganze politische Bewegung kann zusammenbrechen. Maroncelli ist es so ergangen, und Andryane auch. Das geschriebene Wort kann vernichtend sein.«

»Und Ihr dachtet, Musiknoten wären weniger gefährlich.«

De la Marque seufzte. »Es schien damals eine so gute Idee zu sein. Wer gab einen besseren Spion ab als ein Sänger? Sänger ziehen ständig von Stadt zu Stadt und kommen mit allen möglichen Leuten zusammen: Adligen, Armeeoffizieren, einfachen Arbeitern. Und wenn sie jeden Abend auftreten, können sie ihren Liedern nach Lust und Laune Variationen hinzufügen. *Voilà:* Schon habt Ihr einen Spion, der Informationen entgegennehmen und dann vor Hunderten von Leuten in der Öffentlichkeit weitergeben kann.«

»Während Ihr sie still und leise in Euer Notizbuch schreibt und später in Ruhe übersetzt.«

»Es war ein exzellenter Code. Ich hatte ihn selbst entwickelt. Nichts so Banales wie ein bloßes Ersetzen von Buchstaben durch Musiknoten – die sich daraus ergebenden Notensequenzen wären unmöglich zu singen gewesen. Nein: Bestimmte Notenkombinationen hatten bestimmte Bedeutungen, je nach ihren Intervallen, ihren Notenwerten und so weiter. Es klingt kompliziert, war aber ganz einfach anzuwenden, wenn man es einmal begriffen hatte. Ich nehme an, Aeneas hat Euch damals nicht erzählt, wie es funktionierte?«

»Er hat mir nur gesagt, es sei rund um den *tritonus* aufgebaut: ein Intervall aus drei Ganztönen, das als *diabolus in musica* bekannt ist, weil es so schwierig zu singen ist.«

»Ja. Natürlich war es ein Wortspiel mit dem Namen unseres Geheimbundes. Wir nannten uns *Angeli,* aber die Polizei hatte uns den Spitznamen *Diavoli* gegeben. Deswegen erschien uns ›der Teufel in der Musik‹ ein passender Schlüssel für den Code zu sein.«

»Marchese Lodovico hatte erraten, daß das Ganze auf *tritoni* basierte«, sagte Julian. »Er fing an, sie überall hinzukritzeln. Marchesa Malvezzi und ich fanden zwei, die er auf irgendwelche alte Notenblätter geschrieben hatte, und ich sah ihn weitere notieren, wenn er zu meinen Unterrichtsstunden in die Villa kam. Ernesto ist es auch aufgefallen, und er hat daraus gefolgert, daß der Marchese dabei war, ein Stück zu komponieren.«

De la Marque nickte. »Es überrascht mich nicht, daß er die Aufzeichnungen in dem Notizbuch als Geheimcode erkannt hat. Allein schon die immer wiederkehrenden *tritoni* waren eine Besonderheit, die einem Musikkenner auffallen mußten. Aber warum hat er es nicht sofort der Polizei übergeben?«

»Ich nehme an, weil er den Code noch nicht geknackt hatte«, antwortete Julian, »und es nicht fertigbrachte, das Notizbuch aus der Hand zu geben, ehe ihm das gelungen war. Als ich ihn diese *tritoni* notieren sah, wußte ich jedenfalls, daß er das Notizbuch mit an den See genommen hatte und – was noch viel beunruhigender war – langsam hinter sein Geheimnis kam. Deswegen ging ich das Risiko ein, in der Nacht vor dem Mord zum Schloß hinaufzugehen. Ich hoffte hineinzugelangen und nach dem Notizbuch suchen zu können, aber Marchese Lodovico erwischte mich.«

»Das ist genau die Art von Information, nach der ich mich die ganze Zeit verzehrt habe. Nachdem ich Mailand verlassen hatte, erfuhr ich kaum etwas über Eure Mission. Meine Kollegen bestanden darauf, daß ich ging: Sie befürchteten, daß Lodovico dahinterkommen würde, daß es sich bei meinen Aufzeichnungen um einen Geheimcode handelte, und man mich verhaften und zum Reden bringen würde. Ich vermute, an ihrer Stelle hätte ich genauso gehandelt. Also reiste ich nach Turin, um dort an der Revolte teilzunehmen. Traurigerweise kam sie zu spät und war außerdem schlecht organisiert – die ganze Sache war von Anfang an zum Scheitern verurteilt.«

»Das muß sie wohl gewesen sein«, sagte Julian höflich, »wenn nicht einmal Ihr sie retten konntet.«

»Nun macht Ihr Euch über mich lustig. Aber glaubt mir, wenn ich meine Kollegen dazu gebracht hätte, ein wenig härter vorzugehen, hätten wir etwas erreichen können. Aber die Piemonter hängen zu sentimental an ihrem Königshaus – sie *mußten* natürlich ihr Vertrauen in Carlo Alberto setzen, obwohl jedem klar war, daß er nicht genug Mumm besaß, um eine Revolution anzuführen. Aber das ist eine andere Geschichte. Meine Flucht aus der Lombardei brachte mich um die Ehre, Eure Bekanntschaft zu machen, was ich ziemlich ungerecht fand, nachdem ich derjenige gewesen war, der vorgeschlagen hatte, Euch als unseren Agenten einzusetzen, um das Notizbuch zurückzuholen. Habt Ihr das gewußt?«

»Nein. Bevor wir uns in La Scala begegnet sind, hatte ich noch nie von Euch gehört.«

»Aber ich von Euch. Wie Ihr später herausgefunden habt, war Euer Gönner, der Comte d'Aubret, ein Freund der *Angeli.* Als er den Wunsch äußerte, seinen englischen Protegé nach Italien zu schicken, kamen wir – die *Angeli* – auf die Idee, Euch einzusetzen, um Informationen von einer Stadt in die andere zu schleusen. Das hat uns d'Aubret gleich wieder ausgeredet. Er wollte nicht, daß wir Euch in unsere Aktivitäten hineinzogen. Er war äußerst besorgt um Euch.«

»Das war sehr freundlich von ihm.«

»Kaum eine leidenschaftliche Aussage über den Mann, für den Ihr Euer Leben riskiert habt.«

»Die Tatsache, daß ich mein Leben für ihn riskiert habe, sollte schon Aussage genug sein.«

»Da habt Ihr recht«, antwortete de la Marque lächelnd. »Verzeiht mir, *mon vieux* – ich hatte vergessen, daß Ihr Engländer seid. Aber um auf den Diebstahl meines Notizbuchs zurückzukommen: Wie Ihr sicher wißt, hätte dieses Malheur zu keinem ungünstigeren Zeitpunkt passieren können. Die Regierung in Mailand ging aggressiv gegen politisch Andersdenkende vor. Ein paar Monate zuvor hatte es die ersten Verhaftungen gegeben, und wir wußten, daß es weitere geben würde. Wir *Angeli* hatten es geschafft, unsere Bewegung geheimzuhalten, aber wenn mein Notizbuch entschlüsselt würde, hätte das für uns das Ende bedeutet.

Wir gingen verschiedene Möglichkeiten durch. Wir wußten, daß es sinnlos wäre, Marchese Lodovico direkt auf den

Diebstahl des Notizbuchs anzusprechen: Er würde das Ganze entweder leugnen oder auf seine Art regeln. Die Polizei würde für ihn Partei ergreifen – außerdem war uns sowieso nicht daran gelegen, mit der Polizei in Kontakt zu kommen. In die Casa Malvezzi einzubrechen wäre mehr als sinnlos gewesen – dem Marchese standen Horden strammer Lakaien zur Verfügung.

Zu diesem Zeitpunkt erfuhr ich zufällig, daß Ihr zum Karneval nach Mailand gekommen wart. Ich hatte einen Informanten bei der Polizei, der mich über alle ausländischen Neuankömmlinge auf dem laufenden hielt. Mir war sofort klar, daß Ihr einen perfekten Agenten abgeben würdet. Ihr wart Engländer und hattet keinerlei Verbindungen zur italienischen Politik, so daß Ihr der letzte Mensch wart, den Lodovico verdächtigt hätte, ein Carbonaro zu sein. Ihr wart ein Gentleman und hattet Zutritt zu vornehmen Kreisen. Und nach allem, was man so hörte, wart Ihr Musikliebhaber. Damals wußte ich noch nicht, daß Ihr singen könnt wie ein Engel, aber ich war gern bereit zu glauben, daß Euch der Himmel geschickt hatte. Die Frage war nur, ob Ihr die nötige Raffinesse besitzen würdet, um Euch bei Lodovico einzuschmeicheln, und die nötige Kühnheit, um mein Notizbuch zu finden und zurückzubringen.

Ich überredete Aeneas, deswegen bei Euch vorzufühlen. Zunächst hielt er nicht viel von meiner Idee. Er sagte: Warum sollte ein junger englischer Reisender den Wunsch haben, gemeinsame Sache mit uns zu machen? Ich rief ihm ins Gedächtnis, daß mein Notizbuch auch den Comte d'Aubret schwer belastete. Sollten meine Aufzeichnungen entschlüsselt werden, würde es der Vizekönig für seine Pflicht halten, die französischen Behörden zu informieren. D'Aubret hatte in Frankreich viele Feinde. Sein Verstand war zu scharf, sein Denken zu ungezügelt. All jene, deren Eitelkeiten er verletzt oder deren Ambitionen er zunichte gemacht hatte, würden sich auf diese Gelegenheit stürzen, ihn einzusperren oder als Revolutionär ins Exil zu schicken. Er war Euer Gönner. Man erzählte sich sogar, er sei Euer Vater.

Falls Ihr nicht schon allein ihm zuliebe bereit wärt, uns zu helfen, würdet Ihr es bestimmt in Eurem eigenen Interesse tun.«

Julian gab ihm keine Antwort. Seine Gedanken waren weit weg. Er dachte an den Abend des sechsundzwanzigsten Dezember 1821 – die erste Nacht des Karnevals. In den Straßen von Mailand drängten sich lachende, singende Menschen. Überall gab es Verlockungen: den Duft frisch gebackener *panettone,* das Geräusch knallender Korken, das Blitzen schwarzer Augen über einem Fächer oder hinter einer Maske. Dann lag plötzlich eine Hand auf seiner Schulter, und der in Schwarz gehüllte Mann an seiner Seite flüsterte ihm ins Ohr: *»Signor Kestrel, ich muß mit Euch sprechen.«*

Er dachte an die leise Unterhaltung auf der kleinen Kanalbrücke in der Nähe der Porta Romana – im dunklen Wasser spiegelte sich Kerzenlicht aus nahegelegenen Fenstern, und der Wind trug ein Potpourri aus Liedfetzen zu ihnen herüber. Und dann war da natürlich noch Aeneas' Stimme, die hinter seiner geschnabelten schwarzen Karnevelsmaske lächerlich geschäftsmäßig klang. Das Ganze kam Julian vor wie eine Szene aus einer Oper. Aber die Gefahr für d'Aubret war nur allzu real gewesen.

Eine Sturzflut verworrener Gefühle war über ihn hereingebrochen. Angst um d'Aubret – Gewissensbisse, weil er ihn der Willkür seiner Feinde überlassen hatte – und seltsamerweise auch Freude darüber, daß er in der Lage war, ein wenig von der Dankesschuld zurückzuzahlen, die so schwer auf seinem Herzen lastete.

»Mir ist erst viel später von Eurem Treffen mit Aeneas berichtet worden«, sagte de la Marque gerade. »Er muß ziemlich überrascht gewesen sein, als er feststellte, daß er eine Nachtigall gefangen hatte.«

Julian zuckte mit den Achseln. »Er hat mir erzählt, daß die Musik der beste Weg sei, um an Marchese Lodovico heranzukommen. Deswegen habe ich ihn gefragt, ob sich der Marchese für aufstrebende Sänger interessiere. Was Aeneas bejahte.«

»Aber Ihr müßt verstehen, Signor Kestrel«, hatte Aeneas hinzugefügt, *»in Italien ist jeder zweite Mann der Meinung, singen zu können, und die meisten haben recht damit. Der Marchese würde sich nur für eine außergewöhnliche Stimme interessieren.«* Julian hatte milde angemerkt, daß man ihm versichert habe, seine Stimme besitze ein großes Potential, auch wenn er letztendlich keine Bühnenkarriere anstrebe. *»Schön, dann laßt sie uns hören!«* hatte Aeneas gesagt. Also hatte sich Julian um einen Carbonaro-Auftrag beworben, indem er für einen maskierten Mann, zwei Enten und ein halbes Dutzend dankbarer Liebespaare, die sich entlang des Kanals aus dem Fenster lehnten, ein Ständchen sang.

»Ihr müßt mir alles ganz genau erzählen«, sagte de la Marque. »Wie Ihr Marchese Lodovico dazu gebracht habt, Euch an den See zu verschleppen, und wie Ihr schließlich mein Notizbuch gefunden habt.«

»Ich habe ihn nicht dazu gebracht. Er ist selbst auf die Idee gekommen. Ich fühlte mich fast ein bißchen überrumpelt. Als ich unter seinem Fenster sang, hoffte ich bloß, sein Interesse zu wecken. Ich hatte keine Ahnung, daß er auf diese Weise reagieren würde.«

»Aber Ihr müßt zu dem Zeitpunkt doch bereits beabsichtigt haben, Eure Identität geheimzuhalten – welchen Grund hättet Ihr sonst gehabt, Euch ihm auf so verstohlene Weise zu nähern?«

»Das war gar nicht meine Absicht. Ich sang unter seinem Fenster, weil das romantisch war – weil ich gehört hatte, daß er impulsiv und phantasievoll sei, und mir dachte, daß ihn ein Ständchen eher ansprechen würde als ein Empfehlungsschreiben. Ich wußte außerdem, daß Männer seines Ranges meist nicht viel für Leute übrig haben, die sich um ihre Gunst bemühen. Deswegen war ich sehr schwer zu überzeugen, als er mir zum erstenmal vorschlug, mich auf die Opernbühne zu bringen.«

»Aber das ist ja köstlich!« De la Marque lehnte sich zurück und legte den Kopf auf den Sitz am hinteren Ende des Bootes. »Erzählt weiter!«

»Ich erklärte ihm, daß ich sehr arm sei, mein Vater aber ein Gentlemen gewesen sei und sich für mich keine Bühnenkarriere gewünscht hätte. Ich hätte vielmehr vor, Musikstunden zu geben. Marchese Lodovico war außer sich. ›Musikstunden geben! Mit einer Stimme wie der Euren? Wenn Ihr Euer Brot schon mit Eurem musikalischen Talent verdienen müßt, dann wäre es doch viel besser, auf der Bühne Ruhm und Reichtum zu erlangen, als sich in irgendeinem Konservatorium abzumühen.‹ Ich erwiderte, auf diese Weise müsse ich meinen Namen wenigstens nicht durch die Theater schleifen oder auf Programmplakaten sehen. Vielleicht kam ihm in diesem Zusammenhang die Idee, ein Geheimnis um meine Identität zu machen. Auf jeden Fall ließ ich mich von ihm überreden.«

»Wie machiavellistisch, *mon vieux!*«

Allerdings, dachte Julian. Aber das war nicht die ganze Geschichte. Er mußte daran denken, wie Lodovico in seinem Zimmer in der Casa Malvezzi auf und ab gegangen war. Inmitten von roten Vorhängen und Wandteppichen hatte eine einzige Lampe gebrannt, so daß der ganze Raum rot leuchtete. *»Ihr glaubt wirklich, ich könnte Erfolg haben?« »Ich weiß es! Überlaßt Euch meiner Führung, Signor Kestrel. Ich mache Euch zum größten Tenor Italiens!«* Julian hatte ihm halb geglaubt und sich vor seinem geistigen Auge schon in der Mailänder Scala auf der Bühne stehen sehen, im Théâtre Italien in Paris, im King's Theatre in London – nein, nicht in London. So hatte er nicht nach Hause zurückkehren wollen. Trotzdem pochte sein Herz wild, in seinem Kopf drehte sich alles, und er fragte sich, wer da eigentlich von wem verführt wurde.

»Von da an«, fuhr er fort, »nahm Marchese Lodovico alles in die Hand. Er ließ mich vor Maestro Donati singen und überredete ihn, uns zum See zu begleiten. In der Zwischenzeit ermahnte er mich, im Hinblick auf unser Projekt absolutes Stillschweigen zu bewahren. Daß er unsere Verbindung geheimhielt, war für mich insofern ungünstig, als ich nie in seine Nähe kam, um nach dem Notizbuch Ausschau halten zu können. Aber ich setzte große Hoffnungen auf unseren Aufenthalt am See. Da das Notizbuch Stimmübungen und Ornamente enthielt, bestand zumindest die Chance, daß der Marchese es mitbringen würde, um es für meine Ausbildung zu verwenden. Und wenn nicht, dann ließ er vielleicht eine Bemerkung darüber fallen, was er damit gemacht hatte. Sobald wir am See waren, ließ ich keine Gelegenheit aus, mit ihm über Stimmübungen und Ornamentik zu sprechen. Aber erst nach etwa sechs Wochen verrieten mir seine hingekritzelten *tritoni*, daß er dabei war, den Code zu knacken.«

»Ihr hattet erstaunlich viel Geduld.«

»Mir blieb keine andere Wahl.«

In Wirklichkeit war ihm kaum aufgefallen, wie die Tage verflogen waren. Versunken in seine Ausbildung, herausgefordert durch Donatis Ansprüche an ihn und überglücklich, wenn er ihnen gerecht wurde, mußte er sich oft ins Gedächtnis rufen, warum er eigentlich an den See gekommen war. Während er Donatis Anekdoten über Sänger und ihre Triumphe lauschte, erwachten in ihm der Ehrgeiz und eine leise Ehrfurcht vor seinem eigenen Talent, als handle es sich dabei nicht um einen Besitz, den es zur Schau zu stellen galt, sondern um ein Geschenk, dessen man sich erst würdig erweisen mußte. Er fühlte sich schuldig, weil Donati soviel Mühe in ihn investierte. Er empfand sogar leichte Gewissensbisse gegenüber Lodovico, der soviel für ihn tat. Aber natürlich hatte Lodovico es verstanden, seine Dankbarkeit im Keim zu ersticken.

»Wie habt Ihr mein Notizbuch schließlich gefunden? Wo habt Ihr es gefunden?«

»An dem Morgen, nachdem Marchese Lodovico mich im Schloß erwischt hatte, kam er in die Villa und verkündete, daß er die Nacht dort verbringen wolle. Ich beschloß, seine Anwesenheit in der Villa zu nutzen, um erneut zu versuchen, ins Schloß einzudringen. An diesem Abend schickte er Maestro Donati und mich früh schlafen. Nachdem ich Maestro Donati geholfen hatte, sich fürs Bett fertig zu machen, ging ich noch einmal hinunter, weil ich hoffte, unbemerkt hinausschlüpfen zu können. Ich kam gerade noch rechtzeitig, um zu sehen, wie Marchese Lodovico das Haus durch die Vordertür verließ. Ich schlich mich in die Bibliothek und spähte aus dem Fenster, weil ich wissen wollte, in welche Richtung er ging. Er eilte den Weg zum See hinunter – zum Belvedere, wie wir inzwischen wissen, um rechtzeitig zu dem Rendezvous mit Valeriano zu erscheinen.

Ich drehte mich um, und das Licht meiner Kerze fiel auf den Schreibtisch. Ich sah das Notizbuch, nach dem ich suchte, offen vor mir liegen, und daneben einen Stapel Papiere. Aeneas hatte mir das Buch beschrieben – seine Größe, seine Dicke und die Farbe seines Einbands. Ich blätterte es schnell durch und stellte fest, daß die Seiten Musiknoten enthielten, die immer wieder von *tritoni* durchsetzt waren. Die losen Blätter waren mit *tritoni*, Buchstaben und einzelnen Wörtern bedeckt. Sie zeigten die ganze Geschichte von Marchese Lodovicos Versuchen, den Code zu knacken.

Es blieb keine Zeit zum Nachdenken, zum Zögern. Schnell legte ich die losen Blätter in das Notizbuch und trug es in mein Zimmer hinauf. Ich durfte es nicht zerstören, weil ich Aeneas versprochen hatte, es nach Möglichkeit zurückzubringen. Bevor ich aus Mailand aufgebrochen war, hatten wir uns ein zweites Mal getroffen, und er hatte mir die Namen von zwei Brüdern gegeben, die in der Nähe des Sees wohnten und denen ich das Notizbuch bedenkenlos anvertrauen konnte. Ich packte meine Pistolen und alles andere zusammen, was ich unbedingt mitnehmen mußte, und machte mich auf den Weg.

Ich fand die Brüder, die Aeneas mir genannt hatte, und ließ das Notizbuch bei ihnen. Sie gaben mir ein Pferd, Geld und Reiseproviant und rieten mir, nach Norden in die Berge zu reiten und die Grenze ein gutes Stück oberhalb von Chiasso zu überqueren, wo es nicht mehr so von Zollbeamten wimmelte. Ich verbrachte eine Woche in der Wildnis des Val Cavargna, schlief in Scheunen oder unter Bäumen und ging den Zöllnern aus dem Weg, bis ich mich fast wie einer der ortsansässigen Schmuggler fühlte. Schließlich ritt ich zum Luganer See hinunter und bestach einen Bootsführer, mich heimlich in die Schweiz zu bringen.«

»Wie habt Ihr von Marchese Lodovicos Tod erfahren?«

»Ich habe in der Zeitung davon gelesen, als ich Lugano erreichte. Ich war sehr erstaunt. In den Zeitungen stand, er sei an Herzversagen gestorben, aber ich hatte nie auch nur das leiseste Anzeichen einer Krankheit an ihm entdeckt. Kaltblütig betrachtet, war sein Tod natürlich ein Glücksfall für mich. Er war der einzige, der meinen wirklichen Namen gekannt hatte, so daß es mir nun unter Umständen gelingen würde geheimzuhalten, daß ich Orfeo war. Das erschien mir ratsam, da die Zeitungen außerdem berichteten, die Mailänder Polizei suche nach Orfeo – ich nahm an, daß mich mein plötzliches Verschwinden dem Verdacht ausgesetzt hatte, ein Carbonaro oder eine weniger exotische Sorte Verbrecher zu sein.«

De la Marque nickte. »Meine Kollegen informierten mich über Euren Erfolg und die Mittel, zu denen Ihr gegriffen hattet, um ihn zu erreichen. Denn natürlich«, fügte er nonchalant hinzu, »nahmen wir an, daß Ihr Lodovico getötet hattet, um das Notizbuch zurückzubekommen. Ich war ungeheuer erleichtert, bedauerte aber ein wenig, daß ich wahrscheinlich nie Gelegenheit haben würde, meine Bewunderung und Dankbarkeit zum Ausdruck zu bringen. Später erfuhr ich, wie Ihr die Londoner Gesellschaft im Sturm erobert hattet und der berühmteste Dandy seit Brummell geworden wart. Ich konnte mich des Gedankens nicht erwehren, welche Schande es doch war, solche Talente darauf zu verschwenden, eine Meute von Aristokraten an der Nase herumzuführen. Mit Eurem Wagemut und Eurer Klugheit hättet Ihr einen großartigen Revolutionär abgegeben!«

»Das ist sehr freundlich von Euch.«

»Was habt Ihr Euch gedacht«, fragte de la Marque neugierig, »als ich zu Beginn Eurer Ermittlungen plötzlich aufgetaucht bin? Habt Ihr von Anfang an gewußt, daß ich derjenige war, der die Aufzeichnungen in dem Notizbuch gemacht hatte?«

»Nein. Auf den Gedanken bin ich erst gekommen, als ich von Eurem absoluten Gehör und Eurer Fähigkeit erfuhr, eine Melodie schon nach dem ersten Hören zu Papier zu bringen. Aber Ihr müßt verstehen – Aeneas hatte mir nicht verraten, von wem die Aufzeichnungen stammten oder wie das Notizbuch in Lodovicos Hände gelangt war. Ich war gezwungen, unter Lodovicos sämtlichen Bekannten nach einem Carbonaro Ausschau zu halten, der das Notizbuch an ihn weitergegeben haben könnte. Als Ihr mit uns an den See gekommen seid und ständig angedeutet habt, etwas über Orfeo zu wissen, hatte ich Euch natürlich stark im Verdacht. Aber ich hatte keinerlei Beweise, bis mir die Lakeien erzählten, wie sie Euer Notizbuch gestohlen und ihrem Herrn übergeben hatten.«

»Habt Ihr mich verdächtigt, Marchese Lodovico getötet zu haben?«

»Ich habe die Möglichkeit in Erwägung gezogen. Ich sah, daß es Euch noch immer zu schaffen machte, wie die Lakeien mit Euch umgesprungen waren. Außerdem hattet Ihr vielleicht befürchtet, daß der Marchese so viel über den Code herausbekommen hatte, daß es gefährlich gewesen wäre, ihn am Leben zu lassen, selbst wenn Ihr das Notizbuch zurückbekommen hättet. Aber nach dem Tod Rinaldos zählte ich Euch nicht mehr zu den Hauptverdächtigen. Ich konnte mir keinen Grund vorstellen, warum Ihr ihn getötet haben solltet.«

»Falls es Euch tröstet, *mon vieux* – Ihr habt mich viel mehr verblüfft als ich Euch, und das, obwohl ich den Vorteil hatte, von Anfang an zu wissen, daß Ihr Orfeo wart. Wir – die *Angeli* – standen vor einem Rätsel, als Ihr in Mailand aufgetaucht seid, nachdem die Wahrheit über Lodovicos Ermordung ans Tageslicht kam. Warum in Teufels Namen solltet Ihr es so darauf anlegen, entdeckt zu werden?

Wir konnten es uns nicht leisten, einfach abzuwarten. Schließlich bestand die Gefahr, daß Ihr Euch gegen uns wenden und uns verraten würdet. Ich übernahm es selbst, Euch im Auge zu behalten. Deshalb habe ich Beatrice und Euch mit Hilfe der kleinen Vorrichtung beobachtet, die Euch in der Oper aufgefallen ist. Ein paar Tage später bin ich in Beatrices Loge gegangen und habe sie über Euch ausgefragt. Zu meiner Überraschung lud sie mich ein, mit Euch in die Villa zu kommen. Natürlich war mir bewußt, daß der Diebstahl meines Notizbuchs ans Licht kommen konnte. Aber ich mußte über Eure Pläne auf dem laufenden bleiben. Außerdem hattet Ihr meinen Ehrgeiz geweckt. Wenn Ihr bereit wart, solche Risiken einzugehen, dann durfte ich Euch darin nicht nachstehen.

Nachdem ich Euch kennengelernt hatte, war mir klar, warum Ihr nach Italien gekommen wart: Ihr seid ein verrückter, ritterlicher Engländer, der nicht zulassen kann, daß die Polizei die Ermittlungen in den Sand setzt, wenn Ihr in der Lage seid, die Dinge richtigzustellen. Was mich völlig überraschte, war die Tatsache, daß ich – *ich*, und nicht Ihr – verdächtigt wurde, Orfeo zu sein! Das war wirklich eine gelungene Farce. Eine bessere hätte selbst Molière nicht ersinnen können.

Weniger amüsant fand ich, daß plötzlich diese lästigen Lakaien auftauchten. Das, *mon vieux*, war der Punkt, an dem ich zu dem Schluß kam, daß Ihr nicht nur exzentrisch, sondern hochgradig verrückt seid. Welcher Teufel hat Euch geritten, als Ihr Grimani von meinem Notizbuch und dem Protegé des Comte d'Aubret erzählt habt? Die Lakaien wollten keine Scherereien mit der Polizei. Sie hätten den Mund gehalten, wenn Ihr es auch getan hättet.«

»Ihr habt mir keine andere Wahl gelassen«, antwortete Julian. »Durch Eure Geschichte über den Schützling des Comte d'Aubret habt Ihr mir deutlich zu verstehen gegeben, daß Ihr wußtet, daß ich Orfeo war, und es Grimani jederzeit erzählen konntet. Ihr habt auf diese Weise eine klare Drohung ausgesprochen: Verratet nichts über das Notizbuch, oder ich werde mich auf wundersame Weise an den Namen des Protegés erinnern. Aber das war ein zweischneidiges

Schwert: Sobald ich als Orfeo enttarnt gewesen wäre, hätte ich nichts mehr zu verlieren gehabt, wenn ich Grimani alles über die *Angeli* erzählt hätte. Also drehte ich den Spieß um. Ich gab alle Informationen an Grimani weiter, einschließlich Eurer Geschichte über den Protegé des Comte.«

»Ich muß zugeben, daß Ihr mir damit den Wind aus den Segeln genommen habt. Aber für Euch selbst war es ein Pyrrhussieg. Wenn die Morde nicht aufgeklärt worden wären, hätte Grimani in Paris Informationen über d'Aubret eingeholt und herausgefunden, daß der junge englische Protegé mit der wundervollen Stimme ein gewisser Julian Kestrel war. Und was wäre dann gewesen?«

»Genau dasselbe, was gewesen wäre, wenn der Mord an Lodovico nicht rechtzeitig aufgeklärt worden wäre. Denn Grimani hatte Lucia nur drei Tage Aufschub gewährt. Dann hätte er sie zerfleischt, und das hätte ich nie zulassen können.«

»Soll das heißen, Ihr hättet Euch freiwillig gestellt? Obwohl Ihr mit ziemlicher Sicherheit gehängt oder ins Spielberg geschickt worden wärt?«

Julian lächelte ironisch, weil er an den düsteren Ausflug denken mußte, den er mit MacGregor zur Villa Pliniana unternommen hatte. »Ich muß zugeben, daß mich diese Aussicht ein wenig melancholisch gestimmt hat.«

»Das kann ich mir denken!« De la Marque schüttelte nachsichtig den Kopf. »Wie ich schon gesagt habe – verrückt, völlig verrückt!«

»Gibt es niemanden, für den Ihr sterben würdet?«

»Nur die Freiheit, *mon vieux*.«

Sie schwiegen beide. Julian legte sich zurück. Er spürte das leichte Schaukeln des Boots und hörte, wie das Wasser an seine Seiten plätscherte. Die Sterne verschwammen vor seinen Augen. Seine Lider wurden schwer –

Er schreckte hoch, als de la Marque ihn fragte: »Eins würde ich gern noch wissen. Warum habt Ihr Conte Raversi zu Eurem Verbündeten gemacht, nachdem Ihr das Rätsel der Morde gelöst hattet?«

»Ich mußte mich jemandem anvertrauen. Raversi war Lodovicos Freund, er hatte Einfluß bei den Behörden, und er würde wahrscheinlich erleichtert darüber sein, daß Orfeo nicht der Mörder war. Schließlich hatte er damals mit seiner Geheimniskrämerei dazu beigetragen, daß Orfeo entkommen konnte. Oder jedenfalls –« Julian hielt lächelnd inne. »Soviel zu meiner ersten Erklärung.«

»Was soll das heißen?«

»Hier ist eine zweite, die mir besser gefällt. Conte Raversi ist einer von Euch, nicht wahr? Er kam an den See, während Lodovico und ich uns dort aufhielten, teils, um ein Auge auf mich zu haben, teils, um für den Fall einer Rebellion die Stärke des ortsansässigen Militärs abzuschätzen, was er sehr geschickt machte, indem er ein Treffen der hiesigen Grundbesitzer mit Commandante von Krauss organisierte. Nachdem er von Lodovicos Ermordung erfahren hatte, half er mir auf die einzige ihm mögliche Weise: indem er die Ermittlungen behinderte, so daß ich fliehen konnte.«

»Ich bin schockiert«, erklärte de la Marque erfreut, »zutiefst schockiert, daß Ihr einen solchen Pfeiler der Orthodoxie beschuldigen könnt, ein Carbonaro zu sein!«

»Meine letzten Zweifel«, fügte Julian hinzu, »habt Ihr vorhin selbst ausgeräumt, indem Ihr mir erzählt habt, die Nachricht von der Rettung Eures Notizbuchs hätte Euch damals zu der Vermutung veranlaßt, ich hätte Lodovico umgebracht. Von wem hättet Ihr wissen sollen, daß er einem Mord zum Opfer gefallen war, wenn nicht von Raversi?«

»*Mon vieux*, Ihr seid großartig! Könntet Ihr Euch nicht dazu durchringen, Euch unserer Sache anzuschließen?«

»Ich dachte, Eure Sache würde zur Zeit ein wenig kränkeln.«

»In Italien ja. Die Leute sind untereinander viel zu zerstritten, um gemeinsam handeln zu können. Der Topf köchelt vor sich hin, aber der Deckel bleibt vorerst drauf. Die Revolution wird von Frankreich ausgehen. Wir haben die Erfahrung. Wir wissen, wie man so etwas macht.«

»Und was kommt dann? Eine neue *Terreur*? Ein neuer Bonaparte?«

»Darüber mache ich mir keine Gedanken. Europa ist voll von verkrusteten Institutionen, die demontiert werden müssen. Über das, was an ihrer Stelle entstehen soll, können sich andere den Kopf zerbrechen. Wenn ein Revolutionär zuviel über die Folgen nachdenkt, wird er handlungsunfähig.«

»Findet Ihr diese Einstellung nicht ein wenig verantwortungslos?«

»Nun bricht wieder Euer englischer Ordnungssinn durch. Ordnung gehört in den Bereich der Kunst. Das wirkliche Leben sollte aus Unordnung und Kampf bestehen.«

»Ich verstehe«, antwortete Julian. »Es geht Euch also um eine Philosophie. Ich bin froh, daß Ihr mir das erklärt habt, sonst hätte ich womöglich angenommen, Ihr wärt aus reiner Boshaftigkeit Carbonaro geworden.«

De la Marques Augen tanzten. »Aber, *mon vieux*, seid Ihr denn nicht der Meinung, daß ein Mann seine Arbeit lieben sollte?«

»Es ist ein Vorteil«, räumte Julian ein. »Aber jetzt schlafe ich gleich ein.«

»Tut Euch keinen Zwang an. Ich rudere uns zurück.«

»Das ist sehr freundlich von Euch.« Julian schloß die Augen, machte sie aber gleich wieder auf. »Ich schulde Euch dreitausend Francs.«

»Dreitausend Francs? – Oh, aber natürlich! Ich habe dreitausend Francs darauf gewettet, daß Ihr es bereuen würdet, wenn Ihr Orfeo findet. Ich erlasse Euch die Schuld. Wenn Ihr es wünscht, werde ich in Zukunft sogar darauf verzichten, einer gewissen Dame den Hof zu machen. Obwohl es schade wäre – denn wenn Ihr weg seid, werde ich genau das sein, was sie braucht.«

Nein, dachte Julian. Aber vielleicht genau das, was sie haben will. »Verlaßt Sie nicht einsamer, als Ihr sie vorgefunden habt. Das ist alles, was ich von Euch verlange.«

40

Die Lichter vor der Villa waren alle heruntergebrannt, als Julian und de la Marque zurückkamen. Beim Überqueren der Terrasse waren sie auf das Mondlicht und ihr Gedächtnis angewiesen. Etwa auf halber Höhe der Treppe hörten sie vor sich Schritte. De la Marque blieb abrupt stehen, und Julian spürte, wie sich sein ganzer Körper anspannte. Ein Revolutionär mußte hinter jedem Schatten einen Feind vermuten.

»*Buona sera!*« rief Julian versuchsweise. »*O mei, buon giorno!*«

»Guten Morgen.« Aus der Dunkelheit tauchte Fletchers schlaksige Gestalt auf.

»Hat man Euch ausgesperrt?« fragte Julian.

»Ich habe gar nicht nachgesehen, ob die Tür offen ist. Ich wollte noch nicht zu Bett gehen. Macht Euch meinetwegen keine Gedanken – ich möchte Euch nicht um Eure wohlverdiente Nachtruhe bringen.«

»Ich nehme Euch beim Wort«, antwortete de la Marque. »Ich bin ziemlich erledigt. Gute Nacht, Mr. Fletcher. *Mon vieux*, laßt Euch ja nicht einfallen, morgen früh aufzubrechen, ohne Euch zu verabschieden.«

Er schlenderte hinein. »Wie geht es Lucia?« fragte Julian.

»Gut.« Fletcher stieß einen langen Seufzer aus. »Ihr wißt sicher, daß ihr viel an Euch liegt. Könnt Ihr Euch gar nicht vorstellen, sie ein bißchen zu lieben?«

»Oh, das könnte ich mir sehr gut vorstellen. Aber ich finde, sie hat mehr verdient als nur ein bißchen Liebe, meint Ihr nicht auch?«

Fletcher schob die Hände in die Taschen und begann, nervös auf und ab zu gehen. »Sie hat versprochen, zu mir zu stehen, solange ich in Gefahr bin. Aber nun bin ich nicht mehr in Gefahr.«

»Ihr habt einen einflußreichen Polizeibeamten an der Nase herumgeführt. Solange Ihr im österreichischen Teil

Italiens bleibt, werdet Ihr immer in Gefahr sein. Wenn ich Ihr wäre, würde ich sehr lange bleiben.«

»Aber – ich möchte ihr Versprechen nicht so schamlos ausnutzen.«

Julian legte ihm eine Hand auf die Schulter. »Mein lieber Freund, laßt Euch von einem, der sich auskennt, einen Rat geben. Vergeßt Eure Bedenken. Ihr seid verliebt, und Ihr seid in Italien. Habt kein Erbarmen mit ihr.«

In der Marmorhalle brannte eine einsame Kerze. Julian zündete an ihr eine zweite an und ging auf die Treppe zu. Als er an Amor und Psyche vorüberkam, warf sein Licht einen warmen Schein auf die beiden Figuren, was ihren Marmorgliedmaßen die Weichheit von Fleisch und ihren Gesichtern die Illusion von Wärme und Zärtlichkeit verlieh. Der Anblick tat Julian weh. Rasch ging er nach oben.

MacGregor lag quer über dem Bett und schlief. Er war noch völlig bekleidet. Als Julian den Raum betrat, fuhr er hoch und rieb sich den Schlaf aus den Augen. »So, und nun möchte ich ein paar Antworten von Euch hören. Fangen wir mit dem Comte d'Aubret an. War er Euer Vater?«

»Mein Vater war Richard Kestrel, der Sohn eines Gutsherrn aus Yorkshire.«

»Was ist mit den Gerüchten, von denen de la Marque gesprochen hat? Wart Ihr eine Art Spion zwischen d'Aubret und den Engländern?«

»Er hatte keine Spione. Er hatte nur Ansichten, die in höfischen Kreisen leider nicht sehr beliebt waren.«

»Was war es dann?«

»Ihr vergeßt *l'amour à la Grecque*.«

MacGregor wurde rot. »Ich weiß, daß es das nicht war!«

»Ihr habt recht.«

»Nun, dann –« MacGregor zögerte. »De la Marque hat noch eine andere Geschichte erzählt – irgend etwas darüber, daß Ihr mittellos durch die Straßen gewandert und in d'Aubrets Armen zusammengebrochen wärt.«

Julian wandte den Blick ab, antwortete aber in nüchternem Ton. »Ich bin nicht in seinen Armen zusammengebrochen. Ich bin auf dem Gehsteig vor Tortoni zusammengebrochen, und er ist herausgekommen, um nachzusehen, was mir fehlte.«

MacGregor starrte ihn an. »Wie alt wart Ihr da?«

»Sechzehn.«

»Was habt Ihr dort gemacht? Wieso seid Ihr zusammengebrochen? Wart Ihr krank?«

»Ich –« Es klang lächerlich, fast ein wenig beschämend. »Ich war hungrig.«

»Aber wie – warum –«, stammelte MacGregor.

»Ich hatte kein Geld und nichts mehr, was ich noch hätte verpfänden können. Ich kannte niemanden in Paris. Mein Vater hatte mir als Kind Französisch beigebracht, aber meine Kenntnisse reichten nicht aus, um die Pariser zu verstehen. Ich hatte zu gute Umgangsformen, um als Bettler glaubwürdig zu sein, und zu abgerissene Kleider, um eine ehrliche Arbeit zu finden. In der *beau monde* wird allgemein davon ausgegangen, daß bei dem großen Nahrungsangebot und den vielen Möglichkeiten, ein paar Pence zu verdienen, kein gesunder und einfallsreicher Mensch zu hungern braucht. In Wirklichkeit ist das ganz leicht möglich.«

»Aber was habt Ihr denn in diesem Alter mutterseelenallein in Paris gemacht?«

»Ich hatte bei einem Onkel in London gelebt und war dort nicht glücklich gewesen. Deswegen bin ich davongelaufen.«

»Bis nach Paris?«

Julian lächelte ironisch. »Zugegeben, das war ziemlich verrückt. Es war kurz nach Waterloo, und ich hatte gehört, daß man in Paris ganz verrückt nach allem Englischen sei. Ich hatte mir vorgestellt, Arbeit zu finden, mein Glück zu machen – Gott weiß, was ich gedacht habe. Ich wollte einfach an einen neuen Ort – einen, der sich von der Welt, die ich bisher gekannt hatte, völlig unterschied.«

»Aber was hat Euch dazu getrieben, das Haus Eures Onkels mit einer Stadt zu vertauschen, in der Ihr keine Anlaufstelle hattet – wo Ihr ein Ausländer ohne Freunde sein würdet?«

Julian antwortete nicht sofort. »Mein Onkel wollte mich nicht mehr Klavier spielen lassen.«

»Das kann doch nicht der einzige Grund gewesen sein!«

»Das reichte aus. Unter den gegebenen Umständen.«

MacGregor sah ihn fast ängstlich an. »Welchen Umständen?«

Erneutes Schweigen. »Ich dachte, Ihr wolltet etwas über den Comte d'Aubret hören.«

»Ihr meint, Ihr wollt mir nichts von Eurem Onkel erzählen.«

»Nicht unbedingt. Er war kein böser Mensch, nur engstirnig und ohne Phantasie; er verehrte das Geld, weil es ein Gut war, das er in Händen halten konnte – ein Gut, das keinen eigenen Kopf hatte und nicht so flüchtig war wie Schönheit. Meine Mutter war auch schon vor ihm davongelaufen. Wie Ihr seht, war das so eine Art Familientradition.«

»Ich sehe nur, daß Ihr nicht darüber reden wollt und ich nichts tun kann, um Eure Zunge zu lösen. Also erzählt weiter von Eurer ersten Begegnung mit dem Comte d'Aubret. Was ist passiert, nachdem Ihr auf dem Gehsteig zusammengebrochen seid?«

»Als ich wieder zu mir kam, saß ich allein in einem *fiacre* – einer Pariser Droschke –, und ein Diener reichte mir Käse und Eis und alles mögliche andere durchs Fenster herein. D'Aubret hatte mich in die Kutsche setzen lassen, damit ich in Ruhe essen konnte, ohne von der vornehmen Gesellschaft bei Tortoni angestarrt zu werden.«

»Daß er in dieser Situation an so etwas gedacht hat!« wunderte sich MacGregor.

»Das war typisch für ihn. Er konnte sich sehr gut in die Lage eines anderen hineinversetzen.«

»Wenn Ihr ein gewöhnlicher Gassenjunge gewesen wärt, wäre es Euch völlig egal gewesen, wer Euch beim Essen zusah.«

»Aber der Comte vermutete, daß ich kein gewöhnlicher Gassenjunge war. Er schloß deswegen sogar eine Wette mit seinen Freunden ab. Als er mich auf dem Gehsteig fand, hatte er festgestellt, daß meine Kleidung zwar schmutzig, meine Nägel aber sauber waren. Einer seiner Grundsätze war: Wenn du etwas über die Herkunft eines Menschen wissen möchtest, dann sieh dir seine Hände an.«

»Klingt, als hätte er auch so gerne Rätsel gelöst, wie Ihr es tut.«

»Da ist was dran, wenn ich es mir recht überlege. Jedenfalls unterhielt er sich eine Weile mit mir, und als er erfuhr, daß ich Engländer war und recht manierlich schreiben konnte, nahm er mich in seinen Haushalt auf. Ich sollte ihm bei seiner englischen Korrespondenz helfen. Er hatte nach der *Terreur* ein paar Jahre in England gelebt und hatte dort viele Freunde. Aber da seine Korrespondenz nicht ausreichte, um mich zu beschäftigen, wurde ich zusätzlich mit allen möglichen anderen Aufgaben betraut. Eine Weile half ich mit, seine Kleider in Schuß zu halten.«

»Seine Kleider?« MacGregor fiel der Kinnladen herunter. »Ihr meint, Ihr wart – *Kammerdiener?*«

»Nicht direkt«, antwortete Julian amüsiert. »Sein richtiger Kammerdiener, Justin, hätte das nicht zugelassen. Aber manchmal durfte ich Justin kleine Aufgaben abnehmen, vor allem das Bügeln, weil er das nicht gern mochte.«

»Bügeln«, wiederholte MacGregor benommen. »Woher wußtet Ihr überhaupt, wie das geht?«

Julians Lippen verzogen sich zu einem ironischen Lächeln. Offenbar war MacGregor der Meinung, daß er seine ganze Jugend damit verbracht hatte, lateinische Vokabeln zu pauken. »Ich besitze eben ungewöhnliche Talente. Auf jeden Fall war ich oft anwesend, wenn sich der Comte morgens an- oder abends auszog, und dann redete er mit mir über dieses und jenes, um sein Englisch zu pflegen. Schon bald kannte ich seine Ansichten zu allen möglichen Themen – Politik, Theater, Liebe. Unmerklich begann sich meine Stellung zu verändern. ›Deine Aussprache braucht noch ein wenig Schliff, *Julien*. Du mußt Sprachunterricht nehmen.‹ Oder: ›Du mußt reiten lernen, *Julien*, falls du mich mal begleiten möchtest.‹ Als er herausfand, daß ich Klavier spielen konnte, bestand er darauf, daß ich meine musikalische Ausbildung fortsetzte.

Seine Freunde wußten nicht so recht, was sie von all dem halten sollten, aber ich glaube, ich weiß inzwischen, warum er soviel für mich getan hat. Der Comte war fünfunddreißig, hatte aber nie geheiratet. Man hätte von ihm erwartet, eine farblose, im Kloster erzogene Frau zur Gattin zu nehmen, und ihre Kinder wären von der untergehenden Welt des Faubourg St. Germain verschluckt worden, wo seine Mutter und seine Schwestern verzweifelt versuchten, das *ancien régime* wiederherstellen zu lassen. D'Aubret war ein Liberaler, ein Zyniker – ein Verräter seiner Klasse, und nur in seinem Verhalten ein Christ. Seine Familie kritisierte ihn heftig, und hätte er ein Kind gehabt, so hätten die anderen Familienmitglieder alles getan, um es vor ihm zu schützen. Aber niemand kümmerte sich darum, wenn er sich mit einem englischen Streuner anfreundete, den er auf der Straße aufgelesen hatte, und dessen Ausbildung in die Hand nahm.«

»Das klingt für mich alles ein wenig schwülstig. Ist Euch je in den Sinn gekommen, daß er vielleicht einsam war und Euch mochte?«

Julian dachte einen Augenblick nach und lächelte dann. »Vielen Dank, mein lieber Freund. Ich glaube, das habe ich gerade zu sagen versucht.«

»Wann habt Ihr mit dem Singen begonnen?«

»Das ergab sich rein zufällig. Ich erzählte dem Comte von irgendeinem Instrumentalstück, und da er nicht gleich wußte, wovon die Rede war, sang ich ihm die Melodie vor. Er sah mich mit einem seltsamen Blick an. Dann sagte er leichthin, daß ich vielleicht ein paar Singstunden nehmen sollte. Ehe ich mich versah, hatte er einen Gesanglehrer für mich gefunden. Ich erwartete mir nichts davon. Obwohl ich die Musik schon immer geliebt hatte, hielt ich mich am Klavier bestenfalls für einen begabten Amateur. Ans Singen hatte ich noch nie gedacht.

Der Gesanglehrer gab mir vielleicht ein Dutzend Stunden. Dann verkündete er, meine Stimme sei ohne jeden Schliff, ich hätte nicht die leiseste Ahnung von Atemtechnik und Phrasierung und könne kaum ein Register vom anderen unterscheiden. Ich sei einfach – ein Naturtalent. Der Comte erkärte mir, ich befände mich nun an einem Scheideweg. Ich könne entweder weitermachen wie bisher oder diese Gabe pflegen und eine Bühnenlaufbahn einschlagen.

Ich wollte nicht Sänger werden. Das war nicht das Leben, das ich mir vorgestellt hatte. Aber ich schien keine andere Wahl zu haben; denn mir wurde plötzlich klar, wie abhängig ich vom Comte geworden war. Meine Pflichten in seinem Haushalt waren immer weniger geworden und die Ausgaben für meine Ausbildung immer höher. Ich konnte nicht ewig auf seine Kosten leben. Ich war es ihm schuldig, auf eigenen Beinen zu stehen – nun, da sich mir eine solche Möglichkeit bot.

Ich sagte ihm, daß es mein Wunsch sei, Sänger zu werden, und daß ich ihm, falls er so freundlich wäre, mir dabei zu helfen, seine Ausgaben zurückerstatten würde, sobald ich in der Lage wäre, mir meinen Lebensunterhalt selbst zu verdienen. Er ließ sich nicht täuschen. Von Pflichten und Verpflichtungen hatten wir bis dahin nie gesprochen. Er erklärte mir, er sei sehr selbstsüchtig gewesen. Durch seine Hilfe und sein Geld habe er mich mit einem goldenen Faden an sich gebunden, und er sehe nur eine Möglichkeit, mich davon zu befreien. Er setzte eine Pension für mich aus – genug, um mich davon gut zu kleiden, ein Pferd zu unterhalten und wie ein Gentleman zu leben. Er verkündete, das sei ein *fait accompli,* und ich könne nichts sagen oder tun, um es zu ändern. ›Nun‹, sagte er, ›werden unsere Beziehungen freundschaftlicher Natur sein, und nichts kann sie belasten. Ich werde sonst nichts weiter für dich tun. Und solltest du immer noch das Gefühl haben, mir verpflichtet zu sein, würde mich das sehr verstimmen. Ein Gentleman muß lernen, einen Freundschaftsdienst in Würde anzunehmen.‹«

»Klingt, als wäre er ein guter Mensch gewesen«, meinte

MacGregor, »auch wenn er nicht religiös war. Ich hätte gerne seine Bekanntschaft gemacht.«

»In gewisser Weise habt Ihr das durchaus getan. Diejenigen positiven Eigenschaften, die ich nicht von meinem Vater geerbt habe, verdanke ich größtenteils Armand d'Aubret.«

»Dann seid Ihr nach Italien gereist«, führte MacGregor den Faden fort, »und Marchese Lodovico hat sich in den Kopf gesetzt, doch noch einen Sänger aus Euch zu machen.«

»Ja. Aber den Teil der Geschichte kennt Ihr schon.«

»Ich kenne ihn erst jetzt, nachdem ihn auch alle anderen kennen«, brummte MacGregor. »Vorher habt Ihr es nicht der Mühe wert gefunden, Euch mir anzuvertrauen.«

»Ich hatte Angst, daß Ihr versuchen würdet, mich von der Reise nach Mailand abzuhalten.«

»Warum habt Ihr mir nicht die Wahrheit gesagt, nachdem ich Euch hierher gefolgt war?«

»Ihr hattet Euch sowieso schon, ohne es zu wissen, in große Gefahr begeben, indem Ihr mir bei diesen Ermittlungen zur Seite stehen wolltet. Das einzige, was ich noch tun konnte, um Euch zu schützen, war, Euch in Unwissenheit zu lassen.«

»Ihr hattet kein Vertrauen zu mir«, warf ihm MacGregor vor.

»Ihr seid der aufrichtigste und offenste Mensch, den ich kenne. Ich wollte nur nicht, daß Ihr mit Eurer eigenen Natur in Konflikt geratet.«

»Unsinn! Kein Mensch findet so nette Worte wie Ihr, um einem anderen zu sagen, daß er kein Geheimnis bewahren kann.«

Julian war nur allzu bewußt, daß er MacGregor noch immer nicht die ganze Wahrheit gesagt hatte. Aber was würde es dem Doktor bringen, wenn er von seiner Mission für die *Angeli* wüßte? Er und MacGregor hatten Italien noch nicht verlassen. Es war weitaus besser für MacGregor, wenn er vor der Polizei nichts zu verbergen hatte.

»Ich nehme an, Dipper hat von Anfang an über alles Bescheid gewußt«, mutmaßte MacGregor.

»Ja. Ich glaube, ich bin ungemein in seinem Ansehen gestiegen, als er erfuhr, daß es ein Land gab, in dem ich von der Polizei gesucht wurde. Aber als ihm klar wurde, daß ich mich direkt in ihre Fänge begeben wollte, war er entsetzt. Das widersprach allen seinen Glaubenssätzen.«

»Was werden Eure Bekannten in London zu Eurer Orfeo-Eskapade sagen?«

»Die Details wird man selbst in Mailand nie wirklich verstehen. Bis sie London erreichen, werden sie nur noch eine entfernte Ähnlichkeit mit der Wahrheit haben. Wahrscheinlich wird man die Angelegenheit als einen Scherz, das Resultat einer Wette, betrachten.«

»Vielleicht werden die Leute den Wunsch äußern, Euch singen zu hören«, gab MacGregor zu bedenken.

Julian zuckte mit den Achseln. »Ich werde sagen, ich hätte die Singerei sofort wieder aufgegeben, als ich feststellte, daß Tenöre Flanellhalstücher tragen und unsägliche Grimassen schneiden, sobald sie über das hohe H hinausmüssen.«

»Eure Londoner Freunde könnt Ihr mit so geistreichen Bemerkungen vielleicht zum Narren halten, aber mich nicht. Ich weiß, daß es von Herzen kam, als Ihr Maestro Donati gegenüber beteuert habt, wieviel seine Ausbildung Euch bedeute. Wie konntet Ihr mit einem derartigen Talent das Singen aufgeben?«

»Ich bin nicht zum Singen erzogen worden. Meine Mutter stand auf der Bühne, aber sie starb bei meiner Geburt. Mein Vater wollte trotz seiner begrenzten Möglichkeiten einen Gentleman aus mir machen.«

MacGregor nickte. »Ihr habt mir einmal erzählt, seine Familie habe ihn enterbt, nachdem er Eure Mutter geheiratet habe. Meint Ihr, er hätte es nicht gutgeheißen, wenn Ihr Sänger geworden wärt?«

»Wahrscheinlich hätte er sich sogar darüber gefreut«, überlegte Julian. »Er hat immer gesagt, meine Mutter habe eine schöne Stimme gehabt.«

»Was hat Euch dann davon abgehalten, eine Bühnenkarriere einzuschlagen?«

»Es ist kein Beruf für einen Gentleman.«

»Wollt Ihr damit sagen, Ihr laßt eine gottgegebene Begabung verkümmern, weil Ihr damit nicht den Anforderungen der Londoner Salons genügen würdet?«

Julian schwieg eine Weile. Er trat an das offene Fenster und blickte auf die mondbeschienenen Bäume und den schimmernden See hinaus. »Als ich neun oder zehn Jahre alt war, gingen mein Vater und ich eines Tages zu einem Buchhändler in der Paternoster Row, um ein paar Manuskriptseiten abzuliefern. Nach dem Tod meiner Mutter hielt sich mein Vater mit Schreibarbeiten über Wasser. Er fertigte Kopien, Übersetzungen und Register an – je nachdem, was ihm die Buchhändler gerade gaben. Es war Januar – ein kalter, stürmischer Tag. Mein Vater trug einen schäbigen alten Überzieher und geflickte Schuhe. Um die Schultern hatte er einen mottenzerfressenen grünen Schal geschlungen. Seine Nase war blaugefroren, und dasselbe galt für seine Finger, die von seinen durchlöcherten Handschuhen kaum gewärmt wurden. Gott weiß, welch erbärmliches Bild ich selbst abgab.

Wir gingen den Gehsteig entlang, als wir ein Stück vor uns plötzlich einen Gentleman sahen, der in das Schaufenster eines Buchladens blickte. Der untersetzte, wohlhabend aussehende Mann trug einen schönen Überzieher, einen schwarzen Filzhut und dazu glänzende Lederstiefel. »Aber das ist ja Wrentham!« rief mein Vater aus. »Wir kennen uns von der Universität her.« Mit ausgestreckter Hand eilte er auf den Gentleman zu. Mr. Wrentham blickte sich um. Ich sah zunächst Überraschung in seinem Gesicht, dann Wiedererkennen, schließlich Verlegenheit und Abscheu. Kurz bevor mein Vater ihn erreichte, wechselte der Mann die Straßenseite, ohne ihn eines Blickes zu würdigen.

Vor nicht allzu langer Zeit hat sich der Sohn des besagten Herrn um die Zulassung zu White's beworben. Wie Ihr vielleicht wißt, handelt es sich dabei um den exklusivsten Club Londons. Es war ungewiß, wie die Sache ausgehen würde. Ich habe meinen Einfluß geltend gemacht.«

»Ihr habt dafür gesorgt, daß er nicht zugelassen wurde?«

»Mein lieber Freund, das wäre ziemlich boshaft gewesen. Nein, ganz im Gegenteil, er hat seine Aufnahme mir zu verdanken. Das war meine Rache.«

MacGregor starrte ihn an. Nach einer kurzen Pause meinte er zögernd: »Aber Ihr könnt doch nicht den Rest Eures Lebens damit verbringen, Euch für Kränkungen zu rächen, die Euer Vater erlitten hat.«

»Warum nicht? Es ist ein Zeitvertreib wie jeder andere auch. Und hin und wieder kläre ich einen verzwickten Mordfall auf.«

MacGregor schüttelte ernst den Kopf. Schließlich fragte er: »Wie wird es hier weitergehen – nun, da die Ermittlungen abgeschlossen sind?«

»Unsere Gruppe wird sich rasch zerstreuen, nehme ich an. Grimani möchte sicher so schnell wie möglich nach Mailand zurück, um die Lorbeeren für die Ermittlungen einzuheimsen und den Behörden seine Version der Ereignisse zu präsentieren. Die Marchesa wird wieder in die Mailänder Gesellschaft eintauchen, und de la Marque wird um sie herumscharwenzeln, solange er nichts Dringenderes zu tun hat. Valeriano wird mit Francesca seinen Platz als Familienoberhaupt der Malvezzis einnehmen. Ich werde ihm raten, gut auf Niccolò aufzupassen. Carlo hat drei Söhne, und es ist kaum damit zu rechnen, daß sie nichts von seiner Hinterhältigkeit geerbt haben. Fletcher wird dorthin gehen, wo Lucia hingeht, und keinen Grund haben, es zu bereuen. Wenn St. Carr klug ist, wird er seine Reise allein fortsetzen und lernen, sich selbst aus allen Schwierigkeiten herauszuhalten. Ihr werdet nach England zurückkehren, nehme ich an.«

»Dank Eurer Hilfe in besserer Verfassung als vorher. Aber was werdet Ihr tun?«

»Ich weiß es nicht. Vielleicht werde ich in ein Land reisen, das ich noch nicht kenne, Spanien zum Beispiel.«

»Das ist nicht das Heilmittel, das ich Euch verschreiben würde.« MacGregor kam zu dem Fenster herüber, an dem Julian stand, und musterte ihn mit einem ruhigen, direkten Blick aus seinen braunen Augen. »Ihr seid momentan ein wenig herzkrank, genau wie ich es war, als Ihr mich überredet habt, mit Euch auf den Kontinent zu reisen. Nun sage ich Euch, daß es das beste für Euch ist, nach England zurückzukehren.«

Irgendwo in den weit entfernten Bergen sang eine junge männliche Stimme eine Bauernweise. Ein Schäfer, nahm Julian an. Demnach war die Nacht schon weiter fortgeschritten, als er gedacht hatte. Egal, wohin man in diesem Land ging, man stieß immer auf Musik.

»Ich muß Euch noch etwas erzählen«, sagte er ruhig. »Ich habe Euch erzählt, warum ich mich damals dagegen entschied, Sänger zu werden. Aber seit ich wieder in dieser Villa bin, ist kein Tag vergangen, an dem ich meine Entscheidung nicht bereut habe. Ich war der Meinung, die richtige Wahl getroffen zu haben, indem ich nach England zurückkehrte. Jetzt bin ich mir nicht mehr so sicher.«

»Ich schon«, antwortete MacGregor.

Julian sah ihn überrascht an.

»Das soll nicht heißen, daß ich es für richtig halte, daß Ihr es zu Eurem Lebensinhalt gemacht habt, die Schlachten Eures Vaters zu schlagen. Aber mir ist inzwischen klar, daß Ihr auf der Bühne tatsächlich nicht glücklich gewesen wärt. Maestro Donati war der Ansicht, Ihr hättet dazu nicht das geeignete Temperament, und er hat recht. Wißt Ihr noch, wie Ihr zu mir gesagt habt, in der Öffentlichkeit zu singen wäre, als müßte man nackt vor einer Schar von Fremden auftreten? Das wäre für Euch nie in Frage gekommen. Ihr seid der angezogenste Mann, der mir je begegnet ist. Ihr tretet gerne in der Öffentlichkeit auf, solange die Öffentlichkeit nur das sieht, was Ihr sie sehen lassen wollt. Als Sänger hättet Ihr in jeden Auftritt Eure ganze Seele gelegt, und das vor aller Welt. Ihr besitzt viele Arten von Mut, aber nicht diese Art. Und Ihr wart klug genug, das zu erkennen.«

Der Junge sang noch immer. Julian hörte ihm noch einen

Moment zu, dann schloß er das Fenster. Er legte MacGregor kurz und herzlich die Hand auf die Schulter. »Also gut, mein lieber Freund. Fahren wir nach Hause.«

Anmerkung der Autorin

Die Charaktere in diesem Roman sind frei erfunden. Historische Gestalten werden nur am Rande erwähnt, so beispielsweise die politischen Gefangenen Pellico und Andryane und die Sänger Velluti, Pasta und Catalani. Giovanni Battista Rubini, der in Kapitel 9 und 10 in La Scala auftritt, war ein berühmter Tenor jener Zeit, aber ich habe mir erlaubt, die Geschichte ein wenig zu manipulieren und ihn 1825 in Mailand singen zu lassen (in Wirklichkeit verbrachte er jenes Jahr in Paris).

Abgesehen von den Privathäusern sind alle Mailänder Örtlichkeiten authentisch. Manche Straßen haben inzwischen andere Namen, und das gefürchtete Santa-Margherita-Polizeipräsidium gibt es nicht mehr. La Scala hat im wesentlichen noch immer dieselbe Struktur wie in Julian Kestrels Tagen, auch wenn während der Aufführungen mittlerweile ehrfürchtige Stille herrscht.

Solaggio ist mehreren Dörfern am Comer See nachempfunden, insbesondere Bellagio. Die Villa Malvezzi ist in groben Zügen der Villa Melzi d'Eril nachmodelliert, die sich ebenfalls eines maurischen Belvedere rühmen kann. Canovas lebensgroße, sinnliche Skulptur von Amor und Psyche, die ich in die Villa Malvezzi verlegt habe, ist in Wirklichkeit in der Villa Carlotta bei Cadenabbia zu bewundern. Die in Kapitel 14 erwähnte Villa Garuo wurde inzwischen in das Luxushotel Villa d'Este umgewandelt. Die Villa Pliniana mit ihrer alten, in regelmäßigen Abständen sprudelnden und wieder versiegenden Quelle ist der Öffentlichkeit leider nicht zugänglich.

Die im Buch erwähnte Musik ist, abgesehen von Donatis Eigenkompositionen, authentisch.

Ich danke den folgenden Personen für ihre Hilfe und ihre Anregungen: Julie Carey, Cynthia Clarke, Molly Cochran, Shelagh Ellman-Pearl, Glenn Morrow, Robert O'Connell, Louis Rodriques, Inger Ross-Kristensen, Al Silverman, Ilene Robinson Sunshine, Christina Ward und Gene Wicker. Mein Dank gilt außerdem Dana Young, die sich die Probleme Julian Kestrels und seiner Schöpferin so geduldig angehört hat. Schließlich möchte ich meinem Vater danken, Edward Ross, der mich in einem dafür empfänglichen Alter mit der Welt der Oper vertraut gemacht hat und dessen Enthusiasmus und umfassende Fachkenntnis mir beim Schreiben dieses Buches eine große Hilfe waren.